曼陀罗悬疑馆

给您最好看的原创悬疑小说

亲密谋杀

孙铭苑／著

贵州出版集团
贵州人民出版社

图书在版编目（CIP）数据

亲密谋杀 / 孙铭苑著．--贵阳：贵州人民出版社，
2020.6
ISBN 978-7-221-16016-4

Ⅰ．①亲… Ⅱ．①孙… Ⅲ．①长篇小说－中国－当代
Ⅳ．① I247.5

中国版本图书馆 CIP 数据核字（2020）第 094952 号

亲密谋杀

QINMI MOUSHA

孙铭苑 / 著

总 策 划　陈继光
责任编辑　徐　晶
特约编辑　陈胤凡
装帧设计　陈　晨
封面设计　源画设计
出版发行　贵州人民出版社有限公司（贵阳市观山湖区会展东路 SOHO 办公区 A 座）
印　　刷　长沙鸿发印务实业有限公司（长沙市黄花工业园 3 号）
版　　次　2020 年 6 月第 1 版
印　　次　2020 年 6 月第 1 次
印　　张　27
字　　数　420 千字
开　　本　710mm × 1000mm　1/16
书　　号　ISBN 978-7-221-16016-4
定　　价　49.00 元

目 录

第1章　凶宅（上）

童志宇豁然从梦里醒来，一身冷汗。梦境已经模糊，但那种被人卡住脖子的压迫感还未消退。

卧室里静悄悄的，屋外的树影映到窗前的白纱帘子上。童志宇不经意地瞥了那影子一眼，蓦然发现树影的枝干上似乎吊挂着一个巨大的东西，看那轮廓赫然是一个人形。

猛眨了几下眼睛，童志宇看到轻纱窗帘随风起起伏伏，帘子上可疑的阴影黑白分明，确定不是幻觉。

他回头看了看熟睡中的妻子，轻手轻脚地下了床，走到窗帘跟前，豁然拉开。

月光明亮，一张面目全非的脸正对上他惊疑的双眼。

窗外那一株粗壮的梧桐树上，此时正挂着一具腐烂的女人尸体！

女尸套着一件浅色的睡衣，但血污斑驳，已经看不出底色。长发垂下来，挡住了大半张脸。月色下，露出的一只毫无生气的眼睛正死死盯着童志宇。

童志宇打了个寒噤，这一瞬间如同被钉在了原地，目光不由自主地锁定在女尸惨白的脸上。

眼睑已经腐烂没了，嘴唇也已经消失不见，月色太明亮，童志宇甚至看到有蛆虫从女尸的嘴里爬出来。

童志宇双腿一软，忍不住后退了几步，撞到床头柜上，紧接着传来一声闷响，估计是玻璃杯掉在了卧室的地毯上。

“怎么了？”妻子朱玉被惊醒，打开床头灯。

“外头，外头——”童志宇有些语无伦次地指着外头的梧桐树。

“外面怎么了？”朱玉直起身子望向窗外，“什么也没有啊。”

“刚才是有——”童志宇往那梧桐树上看了看，果然空无一物，似乎刚才的一切都是自己的幻觉。

“树上的，你没看到吗？”

“哪有什么东西？”朱玉惊讶地看着童志宇，招呼他回到床上躺下，柔声道，“你是不是累了，这几天总是关在书房里看资料，也不让我进去看看你。我看你是累出病了，快睡吧。”

童志宇“嗯”了一声。朱玉实在是困了，将胳膊搭在他身上，便再度睡了过去。

童志宇却没了睡意。

刚才真的是自己的幻觉吗？那也太真实了些，他甚至能想象到那女尸身上散发着腐烂的臭气。

难道自己的这个新宅子，真的闹鬼？

童志宇又回想起前天自己刚搬家的情景。

他是个专职作家，自从三年前写过一本轰动畅销的悬疑小说之后便文思枯竭，已经很久没有拿得出手的作品了。

因此妻子朱玉便提议换个居住环境，找个环境清幽的地方住上一阵子，也许能帮他找回状态。

这个提议倒是让童志宇上了心，翻找了网上的资料，居然找到了这一处正在低价出售的凶宅。

据说这宅子原本住了一家四口，三个人被莫名虐杀，只有一个小男孩下落不明。凶案查了多年没有结果，宅子也一直空置着。

童志宇一下子看中了这套宅子，远离闹市区，周围都是独门独院的别墅。每一栋都相隔不近，步行到邻居家都需要十几分钟。

加上这处宅子出过事，两旁的邻居嫌晦气，已经搬走了。

所以他们家住的这栋别墅更显清幽，到了晚上，除了虫鸣之外，安静得仿佛到了另一个世界。

由于别墅远离市区，他们从一早开始收拾东西，等搬家公司的人到了之后，再开两个多小时的车到新家，已经傍晚了。

天色阴沉，乌云密布，空气里透着压抑的雨意。

暗沉的天空下，那栋爬满了爬山虎的欧式别墅透出一股神秘和抑郁的气息。

“真是的，告诉物业让他们把院子好好清扫清扫，怎么还有这么多藤蔓、杂草。”朱玉抱怨道。

“算了，天快下雨了，今天能住就行。”童志宇说着，招呼搬家公司的人搬东西。

就在众人忙活的时候，童志宇不经意地往院门口一瞧，只见一个拖着编织袋的老太太不知何时出现在了门口。

童志宇打量了她几眼，衣衫褴褛，像是乞丐，或者是捡垃圾的。

可这别墅区远离闹市，一半的住户只是买了用来度假，平时静悄悄没个人影，乞丐到这里来做什么？

眼看老太太走近了，童志宇犹豫着有没有必要打招呼，却见到对方露齿一笑，神情有些阴沉："你们住这里？"

"嗯，今天刚搬家。"童志宇笑了笑，"大娘你是？"

"这宅子不干净，你们居然敢住进来！"老太太答非所问，摇了摇头，叹道，"以前死过两家人，没人敢买！"

"两家？您怎么知道的？"童志宇问道。

老太太抬手指向别墅，道："你自己看！"

"什么？"童志宇下意识地问道，回头一看，只见二楼的落地窗前隐约站着一个小男孩，正趴在窗户上看他们搬家。这时候分明是酷暑，那孩子却穿着长衣长裤。

童志宇心中一沉，心想这是谁家的孩子，怎么进去的？

那诡异的孩子这时好像也看到了他，正冲他表情木然地招手。

童志宇有些冒冷汗，眼睛莫名有些酸痛，揉了揉再看，却见那二楼上已是空空荡荡，哪里还有什么孩子的影子。

这件怪事很快就被他淡忘了，搬家的劳累和匆忙很快让他将这个小插曲置之脑后。

直到刚才——想到这里，童志宇又下意识地瞥了一眼窗户外头。树上果然空荡荡的，并没有什么腐烂的女尸。

莫非自己真的是太累了？

童志宇不知道自己什么时候睡着的，再度醒来的时候，天光已经大亮，面包的香味儿飘散进来，猜想妻子已经在厨房准备早餐了。

童志宇揉了揉太阳穴，觉得头有些隐隐作痛。他起身穿衣，正瞧见女儿童念从二楼下来，笑着跟他打招呼。

"爸，早。"

"小念，过来。"童志宇招呼道。

童念走到他跟前，童志宇微笑着看着乖巧清秀的女儿，问道："这新家住得怎么样，还习惯吗？”

“不错啊，昨天我睡得很好！”童念说道，“但是——”

“但是什么？”

“爸，我晚上写作业的时候，总觉得——窗外好像有什么人在看着我。”童念说着，脸上的表情分明多了几分惧怕。

女儿的话，让童志宇心里不由得咯噔一下。

第2章　凶宅（下）

“也许是我想多了——”女儿童念似乎觉察到父亲表情有些异样，试探着说道，“但是，好像有个人就挂在外头那棵梧桐树上——爸，这个房子，你是跟谁买的啊？不会是有什么问题吧？”

“胡说，你想多了，这世上根本没什么鬼怪！”童志宇意识到刚刚语气有些重，忙收回心神，装作镇定的样子，尽量用和蔼的语调继续说道，“快吃饭去，吃完饭我送你上学。”

“哦。”童念点头道。

不久之后，童志宇坐在餐桌前，一边看着儿子童辉向妻子抱怨早饭难吃，一边神思不定。

昨晚，或者说凌晨时分，自己看到的到底是不是幻觉？

如果是自己的幻觉，怎么童念也说树上挂着东西——总不能女儿也跟自己一样产生了幻觉吧？但是，这世上哪儿有什么牛鬼蛇神？

想必是这个凶宅的传说，女儿也从网上看到过一些，才做了那样可怕的联想。为了让儿子和女儿能安心住进来，童志宇并未跟他们提及这凶宅的传闻。

儿子童辉一向大大咧咧，不会去费心搜索这些资料，可是女儿童念向来是个细心聪明的孩子，应该是知道了这宅子的传说，只是不说罢了。

想到这里，童志宇倒是有些愧疚，为了自己的事业，连累了孩子。

早饭后，童志宇将儿子女儿都送去上学之后，便折回家中，准备进书房构思新书。

正走到楼下客厅的时候，就见朱玉在拆通风口的百叶窗。

“你拆那东西做什么？”童志宇问道。

“我还没想好要不要找保姆，这些清扫的事情只能自己来了。这宅子有些年头没好好清理了，你看看，通风口灰尘这么多。反正这阵子我也闲得很，在家慢慢清洗着。”

“对了，楼上天花板的通风口百叶窗，还是得你给我拆下来呀，我够不到。”朱玉笑道。

童志宇应和说：“好，你也别太辛苦了。”

童志宇上了楼，进了书房之后关上门。这别墅虽然有些年头了，但是隔音效果不错，在门关闭之后，外界的虫鸣鸟叫，便彻底被阻隔在外头了。

书房也已经被打扫干净，做成了工作室的样子。童志宇看着窗外那延伸过来的梧桐枝丫，冷不丁想起搬家那天，在楼下看到的小孩子。

那孩子当时的位置应该是在书房吧?

童志宇甩了甩头，想将这些诡异的想法甩掉。这时，他想起朱玉让他拆掉通风口百叶窗的话，于是抬头看了看天花板上的通风口。

他下楼去储物间拿了折叠梯，在那通风口下支起来，爬上去小心地取下百叶窗。

在他取下百叶窗之后，却正好瞧见露出的通风口里似乎藏着什么东西，从小半截露出外头的包装盒子来看——这好像是放光碟的盒子?

童志宇上前将盒子取下来，掸了掸上头的灰尘。

只见盒子上头一片空白，并没有任何标记，看来是光盘主人自己录制的录像光盘。

会是什么呢? 还需要放在这么隐秘的地方。

童志宇顿时起了好奇之心，打开盒子，将光盘放进了电脑光驱里。

电脑屏幕闪了闪，没多会儿便出现了影像。

影片好像是在黑夜里拍的，光线昏暗。童志宇分辨了片刻，便发现这里头的场景居然是他们所住的这个别墅。

影片里似乎也是夏天，因为外头正是枝繁叶茂的时候。镜头正对着别墅的大门。

没多会儿，就见两个黑巾蒙面的壮年男人出现在镜头下，手上还拖着一个被布头塞住嘴的女人。

童志宇目光落到那个不断挣扎、穿着睡衣的女人身上，心中一动。

不知是不是巧合——这女人长发披散、穿着白色宽松睡衣的样子，倒是很像他恍惚间看到的那个挂在窗外梧桐树上的女尸。

他蓦然想起这个宅子的传闻，顿时心跳加快。

只见那女人被两个男人推倒在地上，随即，其中一个便压了上去，粗暴地撕扯掉女人的睡衣。虽然夜色浓郁，看不清女人跟这两个男人的样子，但是他们在做什么，一目了然。

童志宇看着影片里的女人被轮暴和殴打，心中涌起说不出的感觉。一方面有些愤怒和反胃；另一方面，居然涌起一股兴奋愉悦的感觉。

他竟然无意间发现了这个宅子的秘密！

虽然不知道这影片是谁录下来的，但是从影像的背景，以及女人的年纪和衣着来看，她八成是这屋子的前房客，那一家被人谋杀的女主人。

这段影片，是她被虐杀的全过程！是犯罪证据！

影片里两个凶手发泄完兽欲，便将那女人像垃圾一样丢到一旁。紧接着，这家的女儿又被拉了出来，同样的噩运降临在她的身上。

童志宇正聚精会神地看着，书房外头突然传来敲门声，妻子朱玉的声音传来："志宇？"

童志宇被吓了一跳，赶紧将光盘取出，慌忙锁进了抽屉里，这才打开门。

"你的咖啡。"朱玉端进来一杯咖啡和一盘水果，瞥见地上放着的百叶窗，便笑道，"这个我刚好拿出去。志宇，你脸色有点儿不对劲，没事吧？"

童志宇下意识地摸了摸自己的脸颊，笑道："没什么啊。"

朱玉将咖啡放在桌子上："那就好，你别太累。好了，我先出去了。"

说着，妻子出了书房，顺手关上房门。

书房里再度安静下来，童志宇坐在屋里静默半晌，内心却并不平静。

这段录像哪里来的？是凶手的帮凶录制的吗？

影片里那两个男人并未露出正脸，但是，童志宇却看清了其中一人胳膊上的刺青，是一条蟒蛇的图案。

要交给警察吗？这可是犯罪证据！可是为什么没人带走呢？是凶手忘了吗？

他思绪万千，纠结许久，最终决定，将这影片藏起来慢慢看。

一股隐秘的兴奋涌上他的心头，一个慢慢成形的构想涌现在他的脑海里。

他慌张地打开电脑，生怕灵感不经意间溜走了，在文档里写下小说的名字：索命密码。

第3章 恐怖录像

自从无意间找到这张不明来历的光盘，童志宇便有如神助，灵感源源不断地涌现，将自己关在书房里三天，一边反复看影片，一边写着书稿。

第三天夜里，夜深人静，童志宇恍恍惚惚间听到木质楼梯上传来脚步声，像是有人踩着很重的皮鞋走上去。

听到响动，童志宇立即从很浅的睡眠里醒来，睁眼一看，自己居然在书房睡着了。

面前的电脑屏幕定格在录像最后一个镜头上，一个被砍掉的男人头颅滚落在别墅木质的楼梯上，正睁着一双无神又惊悚的眼睛，直勾勾地盯着他。

此时，门外那沉重的脚步声戛然而止。童志宇打了个激灵，心里顿时紧张了起来。

他随手抄起一根棒球棍，打开书房的门，悄悄走出去。

童志宇摸索到走廊灯的按钮，深吸一口气便按了下去，却发现走廊的灯根本没亮。

别墅里一片漆黑，童志宇顿时感觉冷汗出来了。

在睡着之前，房子里的灯还是亮着的。楼上睡着的是儿子女儿，刚才的脚步声如果不是他的错觉，那就是真的有人进来了。

他在一片黑暗里走到木质楼梯跟前，外头的月光漏进来，只照到了楼梯的底下几阶，尽头处一片黑暗。

屋里安静得仿佛无人一样，童志宇蹑手蹑脚地往楼梯上走，呼吸都变得急促起来。上到二楼，童志宇打开儿子和女儿的卧室看了看，两个人都在熟睡，一切安静如常，并无入侵者的痕迹。

于是他沿着楼梯又往下走，就在他下楼的时候，冷不丁往旁边的白墙上一瞥，心顿时一惊，手中握着的棒球棒差点儿摔到地上。

墙上突然多出来一排血手印，杂乱无章，像是有人挣扎着扶着墙往上爬了上来。

与此同时，一股冷风吹过身侧，仿佛真有什么看不到的东西穿过他的身体，扑到了他的身后。

童志宇的手有些发抖。他忍着震惊上前一摸，居然蹭了一手湿漉漉的红色，凑到鼻端一闻，竟然透着一股浓重的血腥味！

“朱玉，朱玉！”他愣了片刻，终于想起还在楼下卧室里的妻子。

“怎么了？！”朱玉匆匆忙忙从卫生间里跑出来。

“墙……墙上这些血手印怎么回事？！”他立即跑下楼梯。

“什么血手印？”朱玉一脸茫然。

“墙上的，你没看到吗？”

“哪有？”朱玉惊讶地看了看墙面，柔声道，“你是不是累了，这几天总是关在书房里看资料，也不让我进去看你。我看你是累出病了，快去睡吧。”

“你……你看不到？”童志宇吃惊地问道，盯着朱玉脸上的神情，才发现她确实一脸漠然和懵懂。

“对了，家里为什么没电了？！”

“不会吧，刚才洗手间的灯还亮着呢。”说着，朱玉走到一旁按下电灯按钮。

客厅里的灯瞬间亮了，晃得人眼疼。

“你太紧张了，赶紧去睡觉，睡醒了就不会胡思乱想。至于新作品什么的，咱们慢慢想。”朱玉柔声道。

妻子的话说完之后，童志宇当真感觉到一阵头疼和眩晕，眼前有些模糊。莫非这真是自己的幻觉？是连着几天看虐杀录像看出来的后遗症？

“我去检查一下门窗。”童志宇刚要迈步，却觉得头晕耳鸣更加严重了。

朱玉赶紧将他扶住，带他去卧室里躺下：“你还是睡吧，刚才我起夜，早就检查过了，一点儿事都没有，你是想多了。”

“真的吗……”童志宇躺下之后，便真的觉得睡意袭来。在彻底入睡之前，他不经意地瞥了一眼床前，却见穿着睡衣的朱玉正俯身看着他，背着光的脸，不知为何有几分冷漠。

还没等他多想，便真的睡了过去。

第二天一早，童志宇蓦然从噩梦中惊醒。卧室里只有他一个人，窗外的阳光照进来，完全没了昨晚的阴沉。

他想起昨晚墙上的血手印，立即跑到外头去查看。

通往二楼的楼梯干干净净，墙上也很干净，挂着家人的照片。他有些茫然了，昨夜的一切仿佛一场梦一样。

到了外头餐桌旁，他才注意到墙上钟表的时间，已经是上午十点。桌上放着早饭，还有一张朱玉留下的纸条，说她送完孩子上学，就去做个美容按摩，下午再回家。

童志宇吃完早饭，想着这两日来的怪事，跟那影片上的恐怖虐杀片段，不由得生出一种想要一探究竟的念头。

小说可以按照这影片来写，但是这个宅子里凶杀案的来龙去脉呢？如果自己查清楚了前后因果，然后按照自己的想法写出来，那将又是一篇经典之作吧。

想到这里，童志宇有些跃跃欲试。从何处入手？他回忆了一遍那影片里的情景，基本上凶案现场集中在女儿住的那间房，以及楼梯和书房。

而且，新闻里说，这户人家本来有个男孩子，但是影片里既没有这孩子的影子，也没有拍到他被杀，当时他是在这个宅子里吗？如果是——会不会藏在某处逃过一劫，然后留下过什么痕迹或者证据？

想到这里，他立即兴奋起来，楼上楼下地开始找线索。

既然光盘是在书房找到的，他便从书房开始寻找线索。但这次他翻找了所有角落，都没找到什么别的古怪的东西。

正当童志宇想去其他屋里搜寻线索的时候，却听到书房墙壁传来一阵动静。

童志宇的目光立即落到书房那面白墙上。声音细密而又带节奏感，像是有人在墙内敲打一样。

他心中一愣，静静地盯着那面墙，却感觉那敲击声还是没有停止，一直在继续。

童志宇走上前，摸了摸那墙面，又动手敲了敲，听声音不像是这墙面有什么夹层。可就在他敲墙之后，刚才那阵敲击的声音却消失了。

童志宇甩了甩头，心想莫非自己最近真的出现幻听了？

就在他迟疑的时候，却觉得墙面有些潮湿，没多会儿，他发现墙面上逐渐浸出水渍，慢慢形成一个人形。

童志宇吓了一跳，猛然退后几步。距离远了，水渍的轮廓反而清楚了，更加确定了他之前的判断。

莫非墙里面藏着尸体？被人残忍地用水泥封在了里面？随着时间的推移尸水逐渐渗了出来？这个念头涌上来之后，顿时让他后背发冷。

童志宇死死盯着墙面上出现的人形痕迹，只觉得那人形印迹越来越清晰，紧张和恐惧瞬间击中童志宇，他突然觉得心跳加速。

不知道哪里来的冲动，童志宇居然冲进了储物间，翻出工具箱里的锤子，冲着那墙壁砸了过去。

第 4 章　干尸惊魂

童志宇像发了疯一般敲击着墙面，接连的重击砸在墙上，墙皮纷纷脱落，露出里头的样子。

这墙果然是空心的！

童志宇看到一只干枯的手瞬间从空心墙壁里滑了出来，在他跟前晃了晃，吓得他差点儿扔掉手中的锤子。

这里果然藏着尸体！

他也不知道自己这一瞬间到底在执着些什么，便继续狠命地砸那石灰墙。

他想将里头的尸体拖出来看看，到底是什么样子！

但就在他不断又执着地砸着石灰墙的时候，书房的门突然打开，妻子朱玉冲了进来，冲他大吼一声："你在干什么？！"

童志宇愣了愣，回头死死地盯着朱玉。朱玉有些惊恐地看着他，半晌后才慢慢走到童志宇跟前，问道："你……你砸墙做什么？"

"这墙里藏着尸体！"童志宇的嘴唇有些颤抖。

朱玉愕然看了看石灰墙，又看着童志宇的神色，这才放缓了神情，低声道："志宇，你再仔细看看，这墙里头有什么？"

童志宇再度回头仔细看着那石灰墙，顿时愣住了。

墙并非空心的，被他这一顿砸，露出了里面的砖块和水泥。

"我……我明明看到里头有东西——"童志宇怔怔地说着。

朱玉将他的脸掰过来，担忧地看着他："志宇，你最近状态太不对劲了，你到底在想些什么？要不然，咱们还是去看看医生吧。”

童志宇皱眉，轻轻拨开她的手：“不行，我如果去看什么心理医生之类的，一旦被人知道，就会有人说我精神已经出了问题，不能继续写东西了。况且，我这不是好好的吗，有什么问题？”

朱玉叹了口气，说道：“那你要怎么办，我看你最近疑神疑鬼的，你确定没事？”

童志宇定了定神儿，将锤子放下，说道：“放心吧，我想可能最近睡眠不太好，今天我不工作了，先休息一天，好好睡一觉，等明天之后再说。”

朱玉点头道：“对，先休息一天再说吧。至于这墙——”她回头看着那被砸开的墙壁，有些无奈地笑了笑，“我找人来修，可能不太好找。还有，我今天去家政中介问了问，是否有钟点工愿意过来工作，结果人家听说是凶宅，都不想来。”

童志宇说道：“没关系，以后家务我会分担的。再说了，这地方难得这么清净，找个外人来，也有点儿煞风景。”

朱玉点了点头，说道：“你先休息会儿，我去给你倒杯牛奶。”

说着，她下楼去了。

童志宇站在书房里，愣愣地看着被自己砸开的墙。这两天发生的事情简直诡异，如果说一切都是自己的幻觉，那这感觉也太真实了。而且，自己精神肯定没有问题，以前写凶杀小说，也没有出现过什么岔子，这次是怎么回事？

他叹了口气，安慰自己说，八成是自己急于求成太累了，才会出现这种情况，还是好好休息一天吧。

于是这天下午，他跟朱玉侍弄了一下院子里刚种下的花草，等到傍晚，才开着车将儿子女儿都接了回来。

晚上他也没去书房，而是在客厅里陪着家人看电视。童辉似乎有些亢奋，喋喋不休地说着自己在学校田径队的事情。

童志宇起初还耐心地听着，后来有些不耐烦，甚至是疑惑，自己儿子什么时候这么多话了？以前跟他说几句话，他都懒得理会。

女儿童念坐在他们俩对面，一边微笑听着，一边削苹果分给大家。等她将手中的苹果递给朱玉的时候，朱玉接了过去，转手递给童志宇：“我不怎么喜欢苹果，你吃吧。”

童志宇伸手接了过去，不经意地瞥见童念的神情，恍惚间仿佛看到她脸上闪过一丝冷笑。

他有些疑惑地再度仔细看了看童念，却见童念依然一脸恬淡地听着童辉和朱玉聊天，并无任何异常。童志宇心中苦笑，自己真的是要去看医生了吗？

到了晚上睡觉之前，由于童志宇已经习惯了熬夜工作，早睡倒是一点儿睡意都没有。于是他踱回了书房，随便找了本书，打算看一会儿书再睡。

他随便抽出一本来，见是东野圭吾的《宿命》，于是拿在手里，想出门的时候，下意识地瞥了一眼被他砸坏的白墙，墙上的裂痕已经暂时被朱玉用一幅油画挡住了。

此时，他突然听到有人敲了敲开着的房门。他回头一看，就见童念站在门口，微笑地看着他。

“小念，怎么了？”童志宇微笑道。

“爸，难得你今天没在工作，找你来聊聊天。”童念笑道。

“好啊。”童志宇坐在书房的椅子上，跟童念面对面。

童念犹豫片刻，低声道：“爸，最近你跟妈的关系还好吧？”

童志宇一愣，说道：“这怎么说的，我跟你妈不一直是这样吗？”

童念看着他，仿佛欲言又止：“哦，没事就好。”

童志宇看着她迟疑的神色，问道：“小念，你到底想说什么？”

童念沉默片刻，说道：“没有，我先去睡了。”说着，她起身走到书房门口，又回头笑了笑，“爸，晚安。”

童志宇看着她走出门，心中慢慢生起了来疑惑。女儿童念是个几乎完美的优秀生。她已经读高三了，很聪明，一直是班级前五名，又完全遗传了朱玉的美貌，性格乖巧文静，温柔懂事，简直是太让他们俩省心的孩子。

不过，童志宇心想，这样乖巧文静，也许并非她本来的样子。想到这里，他心中叹了口气。

童念并非他的亲生女儿，是妻子朱玉很多年前，少不经事跟别的男人生下的孩子。那时候朱玉还没出道，后来当模特，慢慢转到娱乐圈，混到二线明星的水准，被狗仔队爆出有私生女，便只好对外宣称，这是童志宇的女儿，说自己跟童志宇相恋多年了。

如果没有这个女儿，朱玉会不会嫁给自己，童志宇说不准。

童志宇虽然对童念不错，但是，毫无血缘关系的父女，总有些微妙的尴尬。尤其童志宇这人还是个工作狂，很多时候，并不怎么关注童念。

也许正是因为这种距离感，才让童念不能对他畅所欲言。可是，她今天为什么突然提到自己跟朱玉的关系？莫非——朱玉出了什么问题？

第5章　朱玉的秘密（上）

童志宇觉得自己可能是真的困在这个凶宅里太久，才会疑神疑鬼。

回忆起朱玉跟自己从结婚到现在，也有过偶尔的争吵，但是近两年，这种无聊的争吵已经极少了。

妻子对自己的工作表示了极大的支持，不仅放下了本职工作全力照顾家庭，甚至也支持自己搬家到这么个鬼地方。

因为童念几句模棱两可的话，就怀疑妻子，似乎有些说不过去。

想到这里，他暂时放下了心中疑惑。

随后的几天，童志宇将全部精力投入了创作中。为了探究当年凶案的真相，他也尝试过在宅子里找寻线索，奈何一无所获。因此，也只能根据光盘里的影像，加以揣摩。

也许是投入了太多精力，期望过高，童志宇总觉得自己写得不够理想，终于在完成了十万字之后，进入了瓶颈期，有时候对着电脑，一整天都写不出什么来。

接连三天找不到状态，童志宇打算先放一放，出门去散散心。

他开车出去，转了半晌，想起在这个城市里倒是有一个朋友，叫何浩博。本来他是个很有潜质的演员，可惜一次演出意外伤了腿，成了瘸子，只好在这个城市开了一家叫“蓝瑟”的酒吧，安度下半生。

童志宇将车停在外头停车场，便走进了酒吧。这处酒吧跟别处不同，并不是只有晚上营业，白天也开着。横竖老何现在也没什么别的事情，闲来无事就在酒吧里待着。

今天是工作日，外加是白天，酒吧里也没什么人。童志宇进门之后，就见何浩博在吧台后坐着玩游戏，瞧见他进门，便笑道：“哟，大作家来了，这好一阵子没见你了！”

“在家呢。”童志宇有些兴致缺缺。

何浩博给他调了一杯酒，笑道：“看你的样子好像这阵子过得不太开心？”

“也不是不开心，就是新书嘛，写得不怎么顺利。”童志宇微微叹了口气。

何浩博似笑非笑地看着他，说道：“我听说你为了写新书，还搬家了？”

童志宇笑道：“是啊，搬到了城郊一处凶宅里，为了找点儿写书的感觉，可没想到，效果也不是太理想。”

何浩博笑道：“你倒是洒脱，为了写书让全家人跟着你一起搬家，你老婆也答应吗？”

童志宇点头道：“她倒是没什么异议。”

何浩博看了看他，不置可否地笑道：“我也是挺佩服她的，就这么随着你到处搬家。”

童志宇苦笑道：“是啊，她倒是并不反对这一点。”

何浩博沉默片刻，说道：“兄弟，不是我多嘴——女人一般不太喜欢这么频繁换地方住，而且你说你现在住的那地方，是什么凶宅，在咱们本市吗？”

童志宇点头道：“嗯，是啊。”

何浩博说道：“首先，我还真没听说咱们本市有什么凶宅。其次，频繁搬家，对孩子也不好吧？让他们心理缺乏安定感。当然，这只是我自己的看法，而且我认为——就像刚才我说的，作为一个女人，其实内心也未必希望你如此频繁搬家，尤其你还要住那么晦气的地方。”

何浩博一席话，倒是让童志宇沉默了下来。他确实没怎么想过朱玉是不是真的乐意搬来搬去，对两个孩子也是考虑不周，这些年自己过于沉浸在事业里，对家里人疏忽了不少。

童志宇叹了口气：“你说得对，所以这本书写完之后，我还是老老实实住回以前的房子吧。我们住在城郊的那宅子里，确实不太方便。”

何浩博看了他一眼，说道：“对了，你知道朱玉想要复出的计划吗？”

“复出？”童志宇一愣，“她复出什么？”

何浩博说道：“你老婆以前好歹有些人气，如今颜值又保持得不错，当年嫁给你，也着实被媒体大肆渲染了一番什么金玉良缘，还是挺有观众缘的。我听说她要复出，正私下暗中联系导演啊剧组什么的，你居然不知道吗？”

童志宇有些愕然：“我还真——”他想说自己不知道，但是想了想又觉得很窘迫，自己老婆在干啥，老何这个退圈的都听说了，就他自己不知道，于是张了张嘴，却没说出口。

何浩博也没继续说什么，只是笑道：“不管怎么样，这是好事，以后说不定你老婆还能演你的作品呢。”

童志宇苦笑两声，没接茬儿，他突然想起了童念那欲言又止的样子。

以前朱玉做什么决定，倒是都跟自己商量，或者知会一二。

现在却对自己只字不提了。如今回想起来，她在家的时候表现得堪称贤良淑德，脾气很好，但——她以前却真不是这个样子的。

想到这里，童志宇也莫名对朱玉有了一丝丝疑惑。

所谓疑心生暗鬼，不得不说，何浩博那番话让童志宇想起了童念那欲言又止的神情，以及朱玉和三年前大相径庭的变化。

回想起来，他和朱玉结婚已经十几年，刚开始的几年倒还挺好，那时候自己还是个声名远播的编剧、作家。

因为自己赚的钱足够一家人花费，朱玉为了支持自己的事业，退出了公众的视野，息影在家。

但是从前几年开始，童志宇的事业下滑，他跟朱玉也开始摩擦不断，为此俩人差点儿离婚。不过蓦然有一阵子，朱玉倒是不跟他吵架了，突然转变了性子，对他百依百顺，堪称贤妻中的典范。

如今想来，这个转变确实有点儿突然，一向脾气很差的朱玉居然突然温柔和贤惠起来，简直像是换了一个人。以前他太专注于自己的事业，也没有多想这些事。

因此，晚上童志宇将儿子女儿接回家之后，特意在客厅里等朱玉回来。

朱玉一进门，童志宇便将目光落到她身上。

虽然朱玉已经年近四十，身材容貌却依然保持得很好，妆容精致，打扮入时。

朱玉感觉到童志宇的目光，不由得转过身来，笑道：“怎么了？”

“没事，今天写不下去，就下来看看你。你去哪儿了？”童志宇假装不经意地问道。

第 6 章　朱玉的秘密（中）

对于童志宇的小心思，朱玉自然无从知道，像往常一样微笑着说道："我还能做什么，无非就是跟几个朋友聊聊天，去做个头发什么的。你躲在房间里埋头写书，我也不好打扰你。"

童志宇看着她笑了笑，叹了口气，有意表现出愧疚的样子，说道："这两年总让你待在家里，也是闷坏了吧，是不是后悔做了全职主妇？"

朱玉笑道："我这天天出去玩的，哪儿会觉得闷。人一旦闲散久了，可就不爱工作了。"

童志宇留意了朱玉说话时的表情，并没有发现异常，暗中思索何浩博的话。老何没什么必要骗自己，多年的兄弟了。

那么朱玉为什么瞒着自己去联络以前的人？自己从来没有限制她，并没有说不准或者不高兴她出去工作，所以如果她真想复出，不应该瞒着自己才对。

除非——朱玉是为了私事儿去的。这么多年倒是没见她联系任何圈内人，就算是自己偶尔出去应酬，她也没参加过。

那么朱玉为什么要这么做呢？

童志宇想到这里，又打断了自己的胡思乱想。只是一件小事而已，自己未免脑补得太多。

也许是因为最近精神紧张心神不宁，丁点儿小事便让他心存怀疑，这晚上童志宇睡得并不安稳。

也不知道迷迷糊糊过了多久，童志宇恍惚有了意识，习惯性地往旁边一摸，居然摸了个空。

朱玉不在。

童志宇不由得生出不好的预感，起身下了床，查看客厅和楼上，全都黑着灯，并没什么动静。

正当他想去找找朱玉的时候，却瞧见庭院里赫然有一道白色的影子，看那背影，好像正是穿着睡衣的朱玉！

深更半夜的，她在院子里做什么？

想到这里，他并不打算惊动朱玉，而是悄然走过去。

他走到楼下客厅门口，就见朱玉居然蹲下身，在花园里扒开了草坪，背对着自己不知道在干些什么。

过了一会儿，童志宇惊讶地发现，朱玉居然打开了一扇嵌在地上的门，拉开门扇，走了下去。

童志宇心头一惊，一时间怎么也记不起，庭院里有地下室这回事。

怔了半晌，童志宇又等了十几分钟，却见朱玉根本没有从地下室里出来，不由得更加奇怪了。

难道朱玉遇到了什么危险？想到这儿，他赶紧一边推开客厅的门走了出去，一边尽量避免发出声响，以最快的速度来到地洞口。

等走近了他才发现，在那庭院的草坪上，原本覆盖了一层仿真的绿色草皮，盖住了地下室的铁门，看情形即使是白天也很难分辨。

童志宇看了看那草皮，微微皱了皱眉。

此时地下室的门开着，他没再犹豫，悄悄摸索着走了下去。

地下室里有隐约的灯光透出来，还弥漫着一股说不出的味道，像是香烛的气息，又像是什么熏香之类的香料，很甜很浓郁的味道。

等他走到地下室里，却没看到朱玉的影子，而是第一时间注意到了正对着自己的一张供桌，桌上居然放着一张偌大的黑白照片。

等童志宇看清楚那照片之后，不由得打了个寒噤！

照片里的人居然是朱玉！

这照片的尺寸、样子，分明是黑白的遗照！

朱玉为什么要拍这种照片？可这东西如此不祥，谁会给活得好好的人拍了摆在这里？

童志宇顿时愣住了，盯着眼前的相框，只觉得两旁的烛光映在朱玉的脸上，映衬出一股阴暗诡异的感觉来。

“朱玉，朱玉？”他半晌缓过神儿，这才喊了妻子的名字。但是地下室并不大，一眼就能看到边边角角，哪里有朱玉的影子。看这地下室被布置得很诡异，像古代的墓室一般。

墙上也写着乱七八糟的符咒，简直如鬼画符一样。而且，那很特别的香气正是从供桌上的香炉里传来的。

他走上去看了看，不由得皱眉。这熏香童志宇倒是知道，正宗的龙涎香，算是挺名贵的一种香。

因为刚出道时写过几本灵异小说，童志宇甚至研究过风水志怪、灵异诡事，有时候不自觉就信了几分。

传闻龙涎香是能沟通幽冥跟阳间世界的一种熏香，人死后的灵魂跟这香气混合起来，就能变成实体，与普通人无甚异常，徘徊生活于人世间。

只要熏香不灭，阴魂便在。

想到这里，童志宇不由得打了个寒噤：朱玉……朱玉不会是一鬼魂吧？

他刚冒出这个念头，突然又记起来另一件事：明明看到朱玉下了地下室，如今人呢？！

这一迟疑之间，他的目光再度对上那黑白遗照，只觉得朱玉仿佛正在照片里对他冷冷地笑，笑得他全身发冷。

童志宇慌忙从地下室跑了出来。等他到了地面上，夏夜尚未完全退散的热气扑来，间或还能听到夏虫的鸣叫，这才觉得有了点儿真实感。

但正当他要松一口气的时候，猛然间抬眼，却见朱玉正穿着一身睡衣站在客厅落地窗后面，从屋子里冷冷地看着他。

月光明亮，映在她的脸上，如鬼一样苍白。

童志宇打了个寒噤，一时间居然站在原地没动。

倒是朱玉开了门冲着他慢慢走了过来，走到近前，童志宇看到她脸上是惯常的温柔表情，并无刚才的森冷神色。

“你怎么跑出来了？”朱玉担忧地看着他，“一脸冷汗，脸色好像不太好。”

说着，她举起手中的纸巾给童志宇擦去脸上的冷汗。

纸巾的香气让童志宇有些不舒服，便轻轻拨开她的手：“刚才你去哪儿了？”

“我就在屋里啊，我还是听到你开门的声音才醒过来的。”朱玉看着他，叹道，“莫非，你又有什么幻觉了？”

在这一刻，童志宇蓦然生出一种荒唐的念头：眼前的妻子到底是人是鬼？

想到这里，他下意识地看了看地面，还好，朱玉有影子。

他刚松了口气，目光转回朱玉脸上的时候，赫然对上一张七窍流血的脸！

童志宇大吃一惊，后退两步，只见朱玉正用这可怕的脸对着他狞笑。

下一刻，他只觉得头脑一沉，倒了下去。

第7章 朱玉的秘密（下）

童志宇再度醒来，睁开眼睛的时候，只觉得一片亮光映入眼帘。他微微眯了眯眼睛，发现自己正躺在卧室的床上，外头天光大亮。

厨房烤面包的香味儿传来，妻子朱玉似乎在催促两个孩子赶紧吃早饭。

屋里的一切平静如常，外面的阳光明媚。

童志宇僵硬地走到窗前，看着外头的庭院，有点儿发愣。他隐约记得昨晚跟着朱玉找到了一处地下室，大概在院子的东南角，可现在看过去，院子的角落看不出任何异常。

朱玉喜欢打理花草，院子里新栽种下一片金银花，几株月季、茉莉，都是很普通却很有田园风格的花草，草坪也是新修剪的。

童志宇深吸一口气，心中疑惑重重，经过这一段时间繁重的创作折磨，他已经有些分不清现实和幻觉了。

童志宇收回心神，走出卧室，瞧见朱玉和两个孩子正在吃早饭。

“起来了？洗漱吃饭吧。”朱玉对他笑道。

童志宇“嗯”了一声，下意识地凝视妻子的侧脸，见朱玉如往常一般温柔平静，并无任何不对劲儿的地方。

洗漱完毕，童志宇坐到餐桌旁，不经意地对朱玉说：“昨晚睡得还好吗？”

“还不是那样，老早就醒了。”朱玉说着为童志宇拿食物过来，“年纪稍微大那么一点儿，这睡眠就越来越不好了。”

童志宇一边嚼着早餐，一边琢磨朱玉的话，下意识想找出点儿什么漏洞，但妻子的这话又实在没什么破绽。

即便有一肚子的疑惑，但有女儿和儿子在场，童志宇也不好多说什么。

这时，童辉连打了几个呵欠。童念在一旁看着他，说道：“最近你总是在打呵欠，很困吗？”

童辉说道：“也不是，有时候困。”

“呵呵，有时候又跟打了鸡血一样！”童念翻了个白眼儿，“上个体育课，简直没有比你更能嘚瑟的了！”

“我是田径队的主力，怎么了，你嫉妒啊？”童辉哼了一声，对她撇了撇嘴。

童志宇看着他们聊天，琢磨两个人似乎没有听到昨晚的动静。如果昨晚已经有些模糊的记忆不是幻觉，最后他好像喊了朱玉几嗓子，那声音应该足够高，很可能把两个孩子吵醒。

童辉也就罢了，童志宇记得童念睡眠比较轻，所以那动静，她应该是能听到才对。

“志宇？发什么呆呢？”朱玉说着用胳膊轻轻碰了一下童志宇，温柔地催促说，“赶紧吃吧，凉了就不好了。”

童志宇这才回过神，下意识地大口咬了两口馒头，有些后悔，实在没什么胃口，难以下咽。

这时候两个孩子总算是吃完了，要去上学。很快餐桌上安静了下来，气氛莫名有些冷清。

“志宇，我建议你还是多休息两天，你这个样子，我很担心！”

就在童志宇琢磨怎么打开僵局的时候，朱玉竟然率先开口了，“你昨天晚上梦游跑到院子里，还是我把你拖回来的，我们在一起十几年了，之前从来没有过。”

“你说什么？我梦游？”童志宇有些不可思议，但看朱玉的神情十分笃定，眉头打了结，脸上写满了担忧，又觉得无所适从起来。

童志宇意识到自己是不是太多疑了，妻子这么多年来默默支持自己的事业，甚至甘心做家庭主妇，照顾自己和儿女的起居，自己本应该感恩才对，这么凭空臆想妻子，是不是有些过分了？

“别担心，我这不是好好的吗！”童志宇拉住朱玉的手，安慰了两句，又保证会注意休息。

接下来继续吃饭，童志宇又不经意间提到了院子里的地下室。

“咱们刚搬进来的时候，我就告诉过你，有什么不常用的东西可以放进去，免得占用空间。”朱玉说话的时候一直在吃着早饭。

“哦，你说过吗？”童志宇说话间脑袋一阵涨疼，难道自己不但幻觉不断，连记忆力也出了问题？

朱玉漫不经心地说道：“对啊，你还放过一些旧书进去。”

童志宇有些疑惑，仔细回想了一下，实在没有丝毫的记忆。他又不由得想到何浩博的那番话，说他太过痴迷于事业，忽略了太多。如今想来，可能确实如此，他的关注点向来不是这些生活里的琐碎小事。

只是不查看一下究竟，童志宇还是觉得不安心，便问朱玉地下室的钥匙在哪里。

朱玉说道："哪有什么钥匙，根本就没锁。你怎么想起来去地下室了？"

童志宇信口开河说要找个什么东西，朱玉也似乎没什么怀疑，早饭就这么结束了。

朱玉收拾家务去了，童志宇起身来到院子，准备去地下室看看。

他搜寻着脑袋里已经模糊的影像，竟然真的找对了方位。他蹲下去查看，地上草坪有一大块是假的，是塑料做的仿真草坪。

这个假草坪，或许是为了美观吧。再说这么敞露着，被人看见难免徒增事端。

童志宇没再多想，伸手拉开地下室的门。

一段水泥台阶延伸而下，尽头处一片漆黑。童志宇走到台阶底下，摸索了一下旁边的墙壁，找到灯的按钮，按了下去。

两盏壁灯顿时亮了起来。借着壁灯昏黄的光，童志宇看清了地下室里的布置。

对童志宇来说，印象最深的当然是那一张放在桌子上的黑白遗照，眼下地下室里确实放着一张桌子，不过这桌子上放着的是一只偌大的纸箱子，里头放着一排影集，都是朱玉二十多岁的时候拍的剧照留念什么的。

其他的都是家里不用的杂物，而且真有童志宇的旧书。

童志宇又下意识地提鼻子仔细嗅了嗅，也没闻到什么香烛一类的气味，倒是有一股朱玉经常用的茉莉花香水的味道。

这一趟查看可以说一无所获，童志宇感觉有些恍惚，回到书房里，待在椅子上琢磨今后的打算。

如果说暂时放下工作去休息，他又有些不甘心。看着自己已经完成了十多万字的手稿，童志宇决定干脆先写完这本书，再休息一阵子，或者去看看医生。

否则，一旦放下，一切又得从头开始。

想好之后，童志宇走出书房，正打算煮杯咖啡，却见厨房桌子上放着一杯牛奶，旁边是朱玉留下的便利贴：老公，你最近太累，牛奶安神，别总喝咖啡。

第8章 诡异来电

童志宇看到那便利贴，笑了笑，想起自己跟朱玉刚开始约会的那些年，确实总去咖啡馆。他喜欢喝咖啡，外加那地方清净，后来朱玉为了他，自己拜师学艺煮了一手好咖啡，俩人算是因咖啡结缘的。

想起那段时光，童志宇心里有点儿愧疚，觉得朱玉分明是对自己生活的细枝末节照顾得面面俱到，自己却因为别人的几句话而对她产生怀疑，是有些太过分了。

尤其是想到朱玉把之前的影集之类，像丢垃圾一样扔在了地下室里，童志宇更觉得心中有愧。

于是他端起那杯牛奶上了楼，继续打开文档，投入写书过程中。

不知过了多久，童志宇感觉眼睛有些发涩，便停下来，走到书房的沙发跟前坐了下去，靠在沙发靠背上闭目养神。

过了一阵子，他突然听到一阵哧哧啦啦的传真机声。于是他睁开眼看了看，只见桌上的传真机正在不断地往外吐着纸张。

他写这本书的时候，跟出版社联络过，准备出一本小说。

出版编辑经常会给他发一些资料或者后续的什么合同，童志宇以为又是编辑小胡发来的文件，于是便走上前去查看。

但是这一看之下，童志宇只觉得毛骨悚然！

只见那白纸上并没什么文字内容，只有一张诡异的黑白图片。

黑白图片上是一个表情木然的小男孩。

这小男孩也并不陌生，正是搬家那天，童志宇看到的那个小男孩。

图片上，这小孩脸色惨白，眼眸漆黑，目光呆滞，穿一件格子衬衫，莫名透着一股森冷的鬼气。

童志宇的手开始发颤。而这时候，那传真机像是跟他作对一般，不断地往外吐着这鬼娃的图片，各种不一样的表情，连起来莫名像是这鬼娃在慢慢地绽开一抹诡笑，森冷之意透过那图片弥散出来。

就在这时，书房里的座机突然响了起来。

童志宇的手一哆嗦，手上的纸张顿时撒了一地。他看着书房里那一台复古的座机电话，想起这座机只是一个摆设而已，根本没有接过电话线。

那么，这电话是怎么打来的?

想到这里，童志宇更觉得毛骨悚然，然而腿脚却控制不住地往那电话跟前走了过去。

他有些迟疑地拿起电话放到耳边，却不说话，他想听听对方是什么人。

然而听筒里并无人说话的声音，反而有一片哧哧啦啦的不明声响。

等了半晌，无人说话，童志宇刚想开口的时候，就听到话筒里传来一阵刺耳的难听声音，让他顿时头晕目眩，脑袋嗡嗡作响。

下一秒，童志宇只觉得眼前一阵漆黑，倒地晕了过去。

意识混沌了片刻，他才发现自己躺在卧室的床上。

他转过头去，只见朱玉关切地走上前来，说道："怎么了? 梦魇了? 唉你说你，一个大男人还跟小孩儿一样不懂照顾自己。我才出去一上午的工夫，你就躺在书房里睡着了。空调开那么低的温度，你又穿那么少，这下发烧了吧? "

"我……我病了? "童志宇觉得自己是有些头昏脑涨的感觉，好像喉咙还发干，再一看，医生卢冲也在，外头已经日头偏西了。

"我给你量过体温了，没什么大碍，可能有点儿着凉了。夏天记得空调别开那么低，容易生病。你这人忙起来也没黑没白的，身体到底不是二十岁小伙子了，少折腾吧。"卢冲摇头道。

"我……我只是在书房里睡着了? "童志宇茫然问道。

"可不是，睡了大半天吧，我叫不醒你，只好打电话让卢医生抬你下来。"朱玉叹道。

又是梦? 童志宇皱了皱眉，心想自己最近的梦魇越来越严重了。莫非真要走火入魔了?

"行了，没事我就先走了，有问题再给我打电话。"卢冲说道，对童志宇摆了摆手，便出门去了。

朱玉将他送出大门，才又回来，坐在床边看着他："该怎么说你才好，现在我倒是觉得，是不是太支持你的事业了。你一天大部分时间都躲在书房里研究小说，什么时候睡过去的自己都不知道，是不是? "

童志宇苦笑道："这次又让你受累了。"

朱玉笑道："说哪儿的话，正好，你呢，趁着这个机会好好睡一天，写书的事儿，先放放吧，真怕你累出个好歹。”

说着，朱玉上前将他扶起来，垫着枕头靠在床头，又端了温水跟退烧药过来：“还好你的感冒没那么严重，应该吃两回药就好了。”

童志宇接过来，点了点头，便将药喝了下去。

这一感冒，倒是让他睡了个好觉。

这一觉从傍晚睡到晚上十一点多才醒来，醒了之后，童志宇躺在床上，便再也睡不着了。

此时烧退了，脑子清晰了许多。他回忆了一下白天的事情，觉得自己不可能没事把空调开那么低。外头炎炎夏日，屋里就算空调开个二十几摄氏度，也不至于冻感冒了，除非，自己糊里糊涂地把温度调得很低。

但是，他真的记不起自己干过这事。

琢磨片刻之后，童志宇决定先不想了，等感冒好了再说。

大概是感冒药效果太好，没多会儿，童志宇又睡了过去。

这次倒是没有再做梦，他隐约听到朱玉好像在跟谁打电话，但是昏昏沉沉中，他听不清楚内容，便睡了过去。

第二天一早，童志宇醒来的时候，就听到楼上仿佛有争吵声传来。

他仔细听了听，貌似是朱玉跟童念的声音。

童志宇愣了愣，记忆里朱玉一直对孩子温声细语的，尤其是对童念，完全没有过任何争吵，这一早是为了什么？

童志宇沿着楼梯走上二楼，只听到几个模模糊糊的词语从童念房间里传来，仿佛是朱玉正在骂童念：“……你这不知羞耻的东西！”

童志宇更是一愣，他难以想象居然能从朱玉嘴里听到这种话。

他顿住脚步，想听听俩人到底在讨论什么，只听到童念冷笑一声：“你不也是吗？别以为你做的那些事我不知道！”

然而童念话音刚落，童辉的房门蓦然开了，刚睡醒的童辉冲着童念房里大喊道：“你们俩一早起来吵什么吵？！让不让人睡觉了？！”

童念房里的二人这才没了声音。朱玉开门出来一看，看到童志宇的时候，脸色一怔，但很快便恢复了正常：“你醒了？”

“发生什么事了？”童志宇问道。

“没什么，一点儿小事。”朱玉叹了口气，对他笑道，“下去吃饭吧。”

早饭期间，餐厅里围绕着一股低气压。

童念冷着脸不说话，童辉不断地打呵欠。朱玉一脸淡然，跟往常没什么不同，将一杯牛奶递到童志宇跟前。

童志宇想了想，本想劝说朱玉几句，但又觉得无从劝起。一则看两个人的神情是明显不想告诉他早上发生了什么，为了什么争吵。

二则他这继父的身份也是尴尬，外加自己以前也并不怎么干涉童念的生活，除了给点儿生活费，偶尔聊几句，送点儿礼物之外，也没过多的交集。

于是他还是沉默了下来，准备一会儿私下里问问朱玉是怎么回事。

此时，童念冷冷说道："我吃饱了，先走了。"

"这里没有地铁，也没有公交车站，你怎么去学校？等弟弟吃完了，我送你们俩。"童志宇说道。

第 9 章　老照片

"爸，你感冒还没好呢，不用。这小区里是没有车站，走出去，再走个十五分钟就有地铁站了。"童念说道。

"那得走多久，还是我送你们吧。"童志宇说道。

此时，朱玉说道："我送吧，你在家歇着。"

"没事，我感冒都好差不多了，而且也不影响开车。"童志宇说道。

童辉打了个呵欠，说道："那就让我爸送吧，你开车太慢了。"

朱玉看了看他，没说话。

等童辉吃完饭，童志宇载着俩孩子上车，开往各自的学校。

原本俩孩子在一个学校，结果童辉成绩差，高中没考上学校的附中。而童念是从初中直接升的附中，也是全市的重点高中。

因此童志宇先将童辉送去了学校，才转送童念去她的学校。

过一个十字路口的时候，正好是红灯，童志宇停下来等信号灯，并从后视镜里看了看坐在后座上沉默不语的童念。

"小念，早上你跟你妈妈在吵什么啊？"童志宇问道。

"没什么，我妈看不惯我喜欢化妆吧。"童念淡然说道。

"你化妆吗？"童志宇一愣。

"跟同学出去玩的时候是这样。"童念微微叹了口气，说道，"爸，你总在家里待着有什么意思，没事也跟我妈出去遛遛看看，否则她一个人——呵呵。"

童志宇听童念语气不对，便问道："你妈妈怎么了？"

"她？不想说。"童念冷哼道，"还有童辉也奇奇怪怪的，没事就犯困，凌晨就有精神，在屋里又是玩跑步机又是打游戏，吵死人了。"

"年轻人就是觉多，也没什么奇怪的。我会说说他，让他别那么晚还折腾。"童志宇说道。

说着，童志宇将童念送到了学校门口。童念下车的时候估计还是在生气，冷冷地嘀咕了一句："这个家就没有正常人！"

童志宇看着她走进学校，心中苦笑。

也许童念说得对，自己着实应该花点儿心思好好跟家里人相处了。

他回家之后，才发现今天朱玉并没有出门，正在打扫客厅卫生。

见他进门，朱玉笑道："回来了？外头很热吧。"

童志宇"嗯"了一声，冷不丁想起昨天的"幻觉"，便说道："昨天有没有人给我发过传真？我后来就睡着了，也没去书房看看。"

"没有，怎么问起这个了？"朱玉问道。

童志宇想起传真里那个鬼孩子的图片，有点儿起鸡皮疙瘩。不过看来，这又是自己的一场幻觉了。

童志宇刚想跟朱玉坐下来聊会儿，朱玉却冷不丁说道："对了，我在收拾客房的时候，找到了一些旧照片，拍得乱七八糟的，也不知道是不是你拍的，没敢给你扔了。"

童志宇有些讶异："客房里的照片？什么照片？"

"我放在你书房桌子上了，你去看看吧，好像是拍的荒山野岭的。"朱玉说道。

童志宇一听这个，立即起了好奇之心。

他自己并没有拍什么荒山野岭的照片，而客房自己很少进去，除非——是以前屋子主人留下来的照片。

前任屋主到底叫什么名字，他依然一无所知，但是客房里的照片，可能就是他们留下的线索。

想到这里，他也忘了自己刚才决定要跟朱玉好好聊会儿天的事情，立即往书房里走去。

书桌上果然放着一沓照片，照片已经泛黄了，也不知道是什么年代拍的。

照片里确实有一大片的荒山野岭，有山林有荒原，还有废旧茅屋，甚至还有一座破败的寺庙。

童志宇看着照片，觉得景物很陌生，莫非别的城市的?

童志宇想了想，将照片扫描了一下，放到网上一搜，惊讶地发现还真有相似图片。

是一个探险驴友发在帖子里的照片，有几张跟这个照片类似。

出乎他意料的是，这地方居然不是外省外市，而是五年前本地郊区Q县的一处荒地。

传闻这地方本来是清朝末年的一处乱葬岗，还曾有过不少无主清朝孤坟。而且附近的寺庙不知是什么寺庙，供奉的神像在民国的一场地震里碎成几段，从那之后，附近村子里的人就总是失踪或者死亡，后来没人敢住在那附近了。

再之后，那片荒地居然被人买了下来用作家族墓地。虽然说如今土葬不怎么流行了，但还是有人更喜欢土葬，尤其是一些颇有些讲究的大家族后裔。

本来这一家的祖坟确实是在这里，因为据说那地方风水适合阴宅。可是后来一场暴风雨外加地震，居然把这家族的祖坟给震裂了。这一家人觉得不祥，才又把坟给迁走了。当然，这家人到底叫什么名字，没人知道。

所有的传说，只是当时住在附近的村民说的。

童志宇心中一动，心想，自己只是知道这个宅子里发生过凶案，并且有一些关于凶案的虐杀影片。

但是，这宅子里死去的一家人到底都叫什么名字，是否有什么故事，自己却一概不知。而且，如果将这个凶案延伸下去，或者深入写下去，是不是可以引出这家族背后的故事?

如果网上这个帖子说的正巧是这个屋主人一家的故事，那就有些意思了。

不过，却也有些太巧合了。童志宇虽然生出几分怀疑，但随即便打消了。

这个城市本来也不大，民国清朝留下来的贵族后裔，那就更少了。有这么一座大宅子，一定是富贵人家。如果不是因为这是一处凶宅，童志宇自己根本买不起。算来算去，恰好说的是同一家人，这倒是很有可能。

他想到这里，不由得想起朱玉以前当模特的时候，认识不少自由摄影师。这些人平素里也喜欢到处走走拍东西，指不定会知道这些地方，也会知道这照片是在哪儿拍的，或者是什么时代留下来的东西。

想到这里，他拿着照片下了楼，见朱玉正在客厅里看电视，便将照片递给她："这是在客房哪里找到的？"

"在客房窗台上放着的，不是你拍的吗？"朱玉说道，"客房后窗有点儿高，搬过来的时候我忘了打扫了，今天想起来就去擦了擦，然后发现了照片。"

第 10 章　生日

"我估计这照片是前任主人留下的，而且顺着照片查，也许能发现前任主人的身份背景。"童志宇说道。

"你查他们干什么，说是被杀的一家子，万一查出什么来，你莫名牵扯进去，岂不是有危险？再说了，这照片能看出什么，都是荒山野岭。"

"这很可能是他们家的一处祖坟所在地。你不是认识一些自由摄影师吗，问问他们照片是什么年代拍的，然后这地方大概在哪儿，是不是真有什么大家族的传说。"童志宇笑道，"我想改编一下写新书里。"

其实童志宇是想知道这屋子的主人身份背景，起码知道名字跟简单来历，也许借此能调查到他们一家的仇家，或者别的什么，进而查到凶手。

他承认这么做有点儿危险，但是架不住好奇心跟创作欲望的驱使。

影片里一段段血腥虐杀的片段涌上脑海，童志宇居然觉得有点儿曙光乍现的兴奋。

没错，如果不是变态杀手所为——连环杀手一般不会只做一次案，而他没有听说本市或者附近州县有什么惊天大案，那么这么残忍的虐杀，一般就是来自仇家了。

想到这里，他居然更有些莫名的兴奋。

"好吧，我帮你问问，但是不一定有什么结果。"朱玉无奈地说道。

几天之后，是童念的生日。

跟往年一样，朱玉本来想在家给童念过生日，但童念并不领情，说晚上要跟同学出去聚会。

童志宇觉得童念大概还是在跟朱玉生气，而那天早上她们到底为了什么争吵，童志宇也几次三番委婉地询问过，但朱玉只是说一点儿小事，并未多做解释。

既然童念不在家过生日，童志宇这日便出了一趟门，等傍晚才开车回家。

但回家路上，他想起童念，想着自己车里还放着给她买的生日礼物，是一套适合少女的护肤品，便打算干脆绕路去她学校，送了礼物，再确定下孩子在哪儿吃饭，是否安全，然后再回家。

何浩博说过，自己确实太忽略家里人了，童志宇想到这里，不由得有些歉疚。

因此他开车到了学校大门附近停下，提着东西站在大门口的一棵梧桐树下，等着孩子们放学。

他默默等了会儿，却见一群打扮得挺非主流的小年轻从他身旁经过，一路上骂骂咧咧的。

“那个童念真是敬酒不吃吃罚酒，连咱们老大的面子都不给。”

“到底是一中的校花，还挺拽。”

“咱们这样不好吧，万一她家里人找上门来——听说她家挺有钱的。”

“童念的妈不就是个过气的模特吗，听说她爹根本不是那个作家，她是个拖油瓶，亲爹不详。”

“真乱。听说今天她过生日要请几个朋友，咱们也去，敢耍我们大哥，咱们一定得让她过个难忘的生日！”

“哈哈哈哈！对！”

童志宇一愣，心中怒火蹿了起来。但他不解的是，童念的身世，虽然媒体也有猜测，但他在公众面前承认过，童念就是亲生女儿，为什么还有人传说她生父不详？

而且——童念不该是个乖乖上课的好学生吗？怎么会跟这群社会小流氓有交集！

愤怒之余，童志宇有些疑惑，便在一旁不动声色地等着。

没多会儿，放学铃声一响，学校门口学生便多了起来。

童志宇看着那群小混混也站在门口等。又过了一会儿，童志宇看到童念跟几个男女同学有说有笑地从学校门口走出来。

童志宇还没等上前，就见那群小流氓先凑了过去，嬉皮笑脸地拦住了童念一行人。

童志宇扫了几眼这些少年男女，对比之下，童念还真是气质跟样貌很出众的一个。他常见演员明星小模特，自然也没觉得童念有什么特别，如今比较起来，倒是挺显眼的，也难怪被同学们称为校花了。

不过，显然太漂亮的小姑娘容易被觊觎，此时，那群小流氓已经跟童念一行人起了冲突。

童志宇远远看着，貌似是那群混混想拉走童念，但是还没近身的时候，就被同行的两个男同学给挡开了。他们三言两语就打了起来，校门口顿时一片混乱。

那俩帮童念的男孩子架不住一群小混混的群殴，很快就落了下风。看到打架的，校门口的学生们也自动退开了。

童志宇三步并作两步地冲上去，一把将其中一个小混混拎了起来，挥手给他一拳。

童志宇年轻时学过好一阵子柔道，是有些功夫底子跟力气的。只是后来工作了，倒是很久没练过了，不过对付这几个只会耍狠、有点儿力气却毫无章法的货色是足够了。

没多会儿，童志宇便将这几个小混混撂倒在地。学校保安听到外头的动静，纷纷赶了出来。

童志宇本想报警，但童念却拦住他，说今天过生日，不想扫兴，就此算了。

童志宇看着那群等着童念的同学，也没追究，警告了那几个小混混一顿，便就此作罢。闹腾这一场，童志宇有些担忧，问童念是否想带着同学回家过生日，天色晚了就让大家住下，反正家里空间也足够大，第二天他跟朱玉各自开车送他们回来就是。

童念摇头道："我们都定好地方了。没事的爸，那些人被你打了一顿，肯定怕了我们。"说着，童念笑着补充了一句，"谢谢爸，你今天太帅了。"

童志宇笑了笑，将手中的礼物递给童念："生日快乐，送你的。"

童念笑着接过去。童志宇想了想，始终觉得不放心，便说道："你们聚会结束，给我打个电话，我去接你回家。”

童念有些意外：“爸，这个时候，你不是通常会在家工作吗？”

对于童志宇神秘莫测的作息时间，童念还是很了解的。一般夜幕降临之后，正是他效率最高的时候，而且童志宇很不喜欢别人占用他这段“黄金档”。

童志宇笑道：“工作再忙，也得照顾女儿。一晚上不工作算什么。”

童念睁大眼睛看着他，眼神里颇有些感动，半晌后点了点头：“嗯好！那我们先走啦！不过——你不跟我们一起吗？”

第 11 章　尘封的秘密

童志宇知道，要是有长辈在场，这群孩子怕是会放不开，便说道：“不去了，我得去找个朋友，正好也在市里，有事记得打电话。”

童念答应了，笑着跟同学走远了。

童志宇想了想，开车去了老何那里。

华灯初上，酒吧里还没多少客人。何浩博一见童志宇来了，有些惊讶：“昨天打电话问你能不能今天一起吃饭，你说童念要过生日没时间，怎么现在反而自己来了？”

童志宇说道：“童念跟朋友去过生日了。我怕她们闹腾得太晚没办法回家，就准备等结束了接她回去。”

何浩博笑道：“既然这样，你也没吃饭吧，我们一起吃晚饭去？”

童志宇点头道：“好。”

何浩博跟服务生交代了几句，便拉着童志宇往外走。

刚走出去没多久，童志宇发现他总是下意识地放慢脚步，说话的时候偶尔弯腰揉一揉腿。

“怎么，这几日阴雨天气，你腿又开始疼了？”童志宇问道。

“是啊，老毛病了。”何浩博不以为意地笑了笑。

童志宇沉默下来，他想起了十年前的事情。

十年前，何浩博刚红起来的时候，接拍了一部民国悬疑剧，本来是男主角的戏份，结果却因为一场特效爆炸，意外地伤了腿。

童志宇当时就在现场，因为他就是那一部戏的编剧。

也幸亏当时何浩博躲得快，动作但凡慢一点儿，废了的就不只是他的腿了。童志宇现在想起来，也心有余悸。

由于何浩博受了重伤，而戏又得赶着拍完，只能临时换角色，换成了古越。那部戏还真成就了古越，让他一度成为实力跟颜值并存的实力派偶像明星，直到现在，已经混到了一线的位置。

不过想起这个人，童志宇不由得皱了皱眉头。

何浩博看着他，问道："你怎么突然不说话了？"

童志宇叹道："我在想十年前我们年轻那会儿，如果不是你突然伤了腿，如今怕是跟古越一样的大明星了吧。不对，你比他还要厉害，因为他虽然有天赋，但比你还差一截，不算是天才演员。你是真的被埋没了。"

何浩博笑了："没想到在你眼里我这么厉害。想这些做什么，都是陈年旧事了。"

俩人走进一家日本料理店。老板是个日本人，这家店做的吃食不错，但由于价格高一些，所以客人少，但也相对安静许多。

他们坐下之后点了餐，等待的过程里，童志宇冷不丁来了一句："今天我跟人打架了。"

何浩博差点儿被水呛着："你多大年纪了，还跟人动手打架，又不是毛头小子。"

童志宇便将童念在学校门口发生的事情跟何浩博说了说。何浩博听后，皱眉道："童念？印象里你们家闺女文静礼貌，很喜欢读书，可不像是能跟社会上的小混混有什么牵扯的人啊。再者——不是媒体都公开报道了，你就是亲爹吗，怎么还有风言风语的，而且这流言蜚语都多少年前的事情了，现在又被翻出来，什么情况？"

童志宇沉吟道："我好像也没有告诉过你，童念的亲生父亲是谁。"

何浩博看着他，笑道："几年前我问你这件事，你脸色很难看，我再也没敢问过。现在怎么反而主动提了？"

童志宇淡然笑道："时过境迁，我也没年轻时那么不淡定了。童念的亲生父亲，其实就是古越。"

"噗——！"这回何浩博喝进去的茶真的喷了出来，"谁？！"

“古越，就是我们都认识的那个古越，大明星。”童志宇说道。

“靠——！”何浩博有些吃惊，“朱玉以前跟他？”

“他们曾经是同一所学校的同学。后来古越为了前途不承认朱玉的存在，当然也不肯承认童念是他的女儿。”童志宇说道，“后来我遇到了朱玉，我们准备结婚的时候，她告诉我这件事。我表示理解，不能让孩子有什么心理阴影或者负担，于是我就干脆承认，童念是我的女儿，我们早就认识云云。”

何浩博沉默半晌，说道：“这件事童念知道吗？”

童志宇说道：“她不知道，我们没有告诉她。”

何浩博冷哼一声：“现在的小孩子聪明得很，我估计她应该也怀疑过。不过也没什么，这不也好好长大了，还出落得很优秀。你女儿不是什么问题，我看你跟你老婆，才有点儿问题。”

童志宇讶然道：“我跟朱玉有什么问题？”

“前几年，你每次打电话都跟我抱怨，朱玉又跟你因为这个那个吵架了，朱玉脾气如何如何差让你头痛，你跟小明星说几句话她都跟你翻脸。”何浩博说道，“但是这两三年，你俩突然过得很平静。”

“你这什么意思，看不得我过好日子是吗？”童志宇失笑道。

“我说兄弟，我是担心你。你看你这个人，总是一门心思搞创作，很容易忽略身边人。要么就是她爱你爱得深沉妥协转性了，要么——你懂的。”何浩博说道。

“我懂什么呢？”

“一个女人，要是对你一点儿计较都没了，说明可能她的心思不怎么放在你身上了。”何浩博叹道，“但愿你们是前者。”

童志宇本想喷他几句，但是想了想，又沉默下来。老何说得对，他潜意识里也觉得，跟女人是激情，跟创作才是真爱。自己也不是不爱朱玉，只是——始终把事业放第一位罢了。

想到这里，他又想起童念那次含糊其辞地跟他说的那几句话，意思好像也是让他注意朱玉。还有朱玉跟童念在前几天早上的吵架——想来想去，童志宇心下一沉，莫非真是朱玉做了什么事，让童念知道了？

孩子把自己当亲爹看，才斥责朱玉的“出轨”？

想到这里，他突然觉得眼前的饭菜都没了味道。

何浩博此时突然说道："对了，听说古越要回国发展。"

"他？不是进军好莱坞了吗？"童志宇定了定神儿，问道。

这阵子他在家闭门创作，并未关心娱乐圈的事儿。

第 12 章　午夜鬼影

"看来老外的市场不好混呗，就回来了。他回来也不错，肯定有不少人买账。"何浩博说道，"指不定你们以后还能见面合作。"

"哦。"童志宇应道。

何浩博看了看他的神色，说道："上次我就想问你，这阵子怎么脸色这么差？"

"前几天生病了，在书房里睡着了，感冒了。"

"不像啊。"何浩博说道，"你看着气色不好，瘦了一些，眼窝都深了。一把年纪了，少熬夜吧，又不是二十岁的小年轻了。"

童志宇无奈地笑道："我老婆都没管，你倒是像我老婆似的。"

说到这里，童志宇的笑容顿了顿。他蓦然想起刚结婚的时候，他也喜欢熬夜创作，朱玉总是连哄带撒娇地让他早睡，心疼他熬夜工作，甚至会帮忙出谋划策，整理手稿。

而如今，朱玉似乎更像是局外人一样。虽然对他的生活照顾得无微不至，但是仿佛有些东西，还是渐行渐远了。

吃完饭，又跟何浩博回酒吧聊了一会儿，将近九点的时候，童念打来电话。

童志宇开车去接她，等童念上车后，他才问道："时间还早，你们这么快就散了？还以为你们年轻人不闹到十一二点不散场呢。"

童念笑道："明天还上学呢，怎么会那么晚。"

童志宇一路开车回家，将车开进车库的时候，瞧见童念站在门口等自己。

"怎么不进去？"童志宇问道。

"爸，咱们在小区里散散步再回家吧。"童念突然提议道。

童志宇心想，这倒是很少见的亲情时刻啊，便笑道："好啊。"

这片别墅区十分安静，真正住进来的长期住户也很少。大部分别墅买下来只是为了度假用的。

如今才九点半，但四处只有路灯的光映着俩人的身影。

“爸，你跟我妈怎么认识，又在一起的？”童念突然问道。

“哦？怎么问这个？你妈妈年轻时候是个模特，后来当了演员。那时候我是编剧，工作认识的。我们觉得谈得来，就在一起了呗，说起来有些无聊，不像是你们年轻人印象里的爱情故事那么轰轰烈烈。”童志宇笑道。

童念看着他，突然问道：“那你当时有情敌吗？”

童志宇一愣，想起傍晚的事情，才解释道：“你别听外人瞎说，你就是我的女儿。”

“爸，我已经长大了，很多事情不需要跟我隐瞒。但是，我只认你一个爸爸，别人都是外人，可是——可是我妈怎么想呢？”

童志宇心中一愣，忍不住问道：“小念，你可是听说了什么？或者——看到了什么？”

“爸，我总觉得我妈有什么事情瞒着我们，而且有一天晚上她还跟别的男人打电话。我问她是谁，她说是以前的同事，让我别瞎想。”童念皱眉道，“但是那时候已经是凌晨一点半了，她会在那时候给同事打电话吗？！我质问她，她就说同事在国外！太扯了，那号码分明是国内的号！我瞥见了几个数字，1385什么的。”

童志宇只觉得脑袋有些嗡嗡响。莫非，朱玉真的有了什么出轨对象？

“所以那天早上你跟你妈妈吵架，是因为这件事？”童志宇问道。

童念说道：“不只是这个，我就总是想看看她跟谁联系，我妈觉得我盯着她跟防贼一样，就骂了我一顿。”

“哦，也许，是你想多了。你妈妈不是那种人。”

“她？”童念嗤笑一声，并不说话。

“好了，我们回去吧。”童志宇抬手揉了揉她的头发，“小小年纪想这么多，今天是你生日，别想这些乱七八糟的影响了心情。”

童念神情缓和下来，点头道：“好吧，时间也不早了，我们回去。”

俩人往回走，童念走在前头，童志宇则掏出烟来点燃，抽了一根，落后了一点儿。

然而他正往前走着，却隐约听到身后有另一个人的脚步声。

童志宇停下脚步细听，但身后的脚步声也骤然停止了。童志宇低下头，看着地上。如果身后有人跟着的话，总会有影子投射过来。

可地上除了自己的影子，并没有别人的。

童志宇再度加快脚步往前走，但那脚步声再度响起。于是他一边走着一边回头一看，冷不丁打了个寒噤。

身后路旁，仿佛有个低着头的长发女人正在跟着自己走过来。

那女人深深地低着头，只能看到随风晃动的黑色长发，身体隐遁在路边灌木丛的暗影里，仿佛一颗头颅正在后头不断地浮动。

“谁？！”童志宇忍不住喝道。

“怎么了？！”童念听到这一嗓子，立即跑了过来，“怎么了爸？”

“那里有人！”童志宇下意识地将童念挡在身后，指着斜对面的灌木丛。

童念盯着看了半晌，无语道：“爸，你别激动，好好看看，那只是一只挂在了树上的黑色垃圾袋而已。”

“什么？”童志宇有些惊讶，揉了揉眼睛再看，还真是，不知哪儿飘来的一只破败的黑色垃圾袋，正好被树枝挂住了，在夜风中随风轻扬。

“这也不像是个人啊，你这是不是天天写小说写得疑神疑鬼了。”童念有些好笑地说道，“爸，我们快回去吧。”

童志宇感觉有些尴尬，于是说道：“这小区的保洁怎么搞的，也不收拾下。”

说着，他跟童念这才进了家门。但是关上大门之后，童志宇突然想起一个问题：如果刚才看错了，那脚步声从哪儿来的？又出现幻听了？

他叹了口气，就见朱玉打开了客厅拉门，对他们笑道：“回来了？”

童念冷哼一声，不冷不热地打了个招呼，上楼去了。

朱玉皱了皱眉，也没说什么，对着童志宇笑道：“你怎么跟童念一起回来了？”

“我看她过生日，以为要闹到十二点，就想着等接着她一起回家吧。没想到这么快结束了。”童志宇接过朱玉递来的拖鞋，一时间想起何浩博的话，脸色微微一僵，心中顿时五味杂陈。

没等他多想，朱玉突然说道：“对了，你让我问的那些照片，我问过了，而且，有新资料提供哟。”

第 13 章　遇袭（上）

童志宇听到照片的事情，立即将其他想法抛诸脑后，忍不住好奇地问道:“什么资料？”

“你看看这些，别人给我的其他补充照片。”朱玉说着，从包里取出一只小信封，拿出打印好的几张照片。

童志宇瞧见照片仿佛是从什么资料上下载的老图片，因为照片明显不像是现代的，看起来像是民国时候拍摄的。

里面有一张寺庙的图片，很有意思的是，寺庙里本来供奉的神像只剩下了身体，头却不见了。

而且看那神像的身体，仿佛还是个女神仙。但看那神仙又并非观音菩萨，倒像是个古代少女的样子。

“头呢？这供奉的是谁？”童志宇好奇地指着照片上的神像问道。

“你也瞧不出吧？”朱玉笑了笑，“起初我还以为是观音娘娘，但是听说，这庙里供奉的是海神娘娘。”

“海神娘娘林默娘？”童志宇有些惊讶，随即倒是明白了。

本市是海滨城市，虽然那片郊外没有河流或者海的分支经过，但是这寺庙看起来有些年头了，像是几十上百年前留下来的。如果是这样，也许当时那片土地有个小渔村，渔民们供奉海神娘娘，也在情理之中。

“传说这地方被那家人买下来之后，本想用作建造阴宅的场地，而旁边这寺庙本来也是好好的，却在几年前地震的时候，突然震断了海神娘娘的头颅，正巧滚落在他们家选的那处坟地上。”朱玉说道，“如今这一家人突然被人给害死了，很多人传说，当时这家人未能及时处理海神娘娘的塑像，被神灵怪罪，才有了横祸。你说，这种诅咒类型的元素加入你的书里会怎么样？”

童志宇有些好奇地看着这断裂的海神头像：“如今这寺庙居然还在？这海神娘娘的头呢？”

“照片里没有，但是据说已经被人搬到那破庙里去了。只是大家不想多管闲事，没人修缮罢了。你看这些资料对你有帮助吗？”朱玉问道。

童志宇听了，觉得这一段确实有点儿意思。人都有猎奇心理，很多人喜欢这类带着神秘色彩的预言啊，诅咒之类的玩意儿。如果自己加以改编写进书里，可能会有不错的效果。

但这座寺庙到底什么样子，童志宇觉得照片也看不出全貌，便想着开车去看看，也许到城郊看到那片荒地，会更有身临其境的感觉，权当采风了。

想到这里，童志宇问了问这片荒地跟寺庙的具体地址，便决定明天一早开车去看看。

聊完这个，童志宇突然想起何浩博说的古越回国那件事，便忍不住说道："我听说，古越从国外回来了。"

"哦？"朱玉似乎只是愣了愣，但很快便恢复了淡然，"是吗，我已经退圈了，早就不关注这些了。"

童志宇下意识地多看了她几眼，并没说什么。

第二天一早，童志宇开着车打算送俩孩子上学之后，便去那片荒地看看。

童念动作很利索地上了车，见了童志宇，态度似乎比往常更亲近了些，跟他聊了半天学校的事情。童志宇认真听了一阵子，无非就是哪个老师教得好，谁又年级第一了什么的，有些琐碎。

童志宇想起昨晚惹事的小混混，便问道："小念，在学校里有没有人故意欺负你？"

童念一愣，随即笑道："爸，你是想问昨天的小混混怎么回事吧？你放心吧，我跟他们根本没什么来往。"

"他们怎么好像跟你挺熟的？"

"其实他们不是跟我熟，是我一个闺密，就那个艺术特长生刘菲菲，她认识一些社会上的人。那些人去找刘菲菲的时候，见过我几次，想跟我们俩一起出去吃饭喝酒来着，我没理会，这样就有些矛盾了吧。"童念解释道，神情上看不出什么隐瞒之色。

童志宇想了想，觉得也是，那个刘菲菲他也见过几次，确实是个挺叛逆的女孩子。童念这种好学生，大概不会跟小混混搞在一起。

俩人正说着，就见童辉从屋里磨磨蹭蹭出来了，接连打着呵欠。

童志宇看着他，突然觉得童辉好像瘦了一些，甚至有点儿很淡的黑眼圈。等他上车后，童志宇问道："怎么，也没见你好好读书，就累成这样？昨晚是不是又熬夜打游戏了？"

“唉，你怎么跟我妈一样絮叨了？！”童辉不耐烦地说道。

童念在后头冷哼一声：“弟弟这两年确实瘦了一圈儿。不都是说十几岁的男孩子正长身体吗，你怎么越来越瘦了。”

童志宇一边开车一边说道：“这倒是，我也觉得小辉瘦了不少，你身体有没有什么不舒服？改天我带你去卢叔叔那里看看。”

“别去！我讨厌他——呃……我就是讨厌医院。我哪儿有什么事，瘦点儿不好吗？难道我胖死了你们才高兴。”童辉慌忙拒绝道。

童志宇只当他是胆怯进医院，也没多想。将俩孩子送去学校之后，童志宇开了导航，一路往那荒地开了过去。

随着景色越来越荒芜，童志宇才发现自己还真没走过这条路。因为过了这片荒地便是一座小山，之后就是出省公路了，公路直接通往外省，附近基本没什么人烟。

他将车停在路边，自己走下车来，看了看周围的景色。果然跟照片上差不多，甚至一眼望去，还能看到半山腰上的那个破旧的寺庙屋顶。

四下里一片寂静。童志宇深吸一口气，觉得这远离市中心的城郊的小山林，空气还挺清新。

这地方不算大，但由于常年无人，荒草丛生，林木蓊郁。童志宇只觉得心神都清醒了不少似的。在家里的时候，仿佛总是憋着一口浊气，说不上来的感觉，让人头脑不是特别清醒。但出来接近一下山林树木的清新，整个人仿佛都宁静了许多。

他顿时来了精神，沿着一条隐约可分辨的小路往山上走。

就在他往山上走的时候，一群鸟雀突然从山上飞了起来。哗啦啦一大片，扰乱了山林的空寂。童志宇不由得停下脚步，疑惑地看着山顶上飞起的雀鸟。

第 14 章　遇袭（下）

今天没有风，天气算是挺热的，突然飞起这么多鸟，是上头有人，还是有动物？自己也就刚迈了几步，应该惊动不了山顶的鸟群吧。

童志宇想了想，觉得怪好笑的，自己现在疑神疑鬼的，无非是一群鸟儿飞起来罢了。

他刚想继续走上去，却听到自己的手机铃声响了起来。

童志宇一边往山上走，一边接起电话，然而信号不是特别好，听了半天，才分辨出是何浩博的声音。

“老何？什么事？”

“你现在哪儿呢？”何浩博的声音仿佛有些焦急。

“在郊外呢，怎么，出什么事了？”

“你是不是在找一座什么海神娘娘庙？！”

“你怎么知道？哦，我跟你提过。我还真找到了，我——”

“别上山！在山下等我！我带人过去接你！”何浩博突然打断他的话，声音万分焦急。

“为什么？”

“因为你可能有危险！记住了！”何浩博可能还要说什么，但是山间信号确实不佳，电话就这么断了。

什么意思？

童志宇皱了皱眉，心想老何并不是个喜欢恶作剧的人，所以他是真的觉得我会遇到危险。可这地方荒无人烟，谁会对我下手？

想到刚才的飞鸟群，童志宇顿住脚步，莫非山顶上真有人已经藏在寺庙周围等着我了？可是袭击我有什么好处？知道自己今天要来城郊的人——也就只有朱玉吧？也不对，老何是怎么知道的？

但犹豫半晌，童志宇觉得老何说得也许有些道理，自己这么上去，若真有危险还真是孤立无援。

因此他决定先去车里待着，等老何开车过来，一起上去看看也好。

这样想着，他返身回去，走到车跟前，下意识地检查了一下车子，并没什么异常，之后他才开了车门上车。

关上车门后，他不经意地瞥了一眼车上的油耗计算器，不由得吃了一惊。昨晚上他还记得油箱满着，怎么今天上午——油就没了？

这样的话，自己根本就没办法开车回家。

就在他惊异之余，童志宇突然瞥见一个全黑的身影鬼鬼祟祟地从山坡上冲了下来。

当那人影越来越近的时候，童志宇不动声色地锁了车门，翻找出了自己一直藏在车上的瑞士军刀。他觉得自己可能过于紧张了，但是直觉还是促使他将刀子紧握在自己手里。

然而，那个人虽然鬼鬼祟祟地下了山，却没有接近他的车，直接绕开往前走了。

童志宇看着他的身影消失在树后，暗自松了口气，看来是自己神经过敏了。但他转念一想，这大夏天的，为什么刚才那人却穿着长衣长裤，还戴着墨镜，到底是有些不对劲。

想到这里，他突然想起刚才何浩博打来的电话，便拿起手机给他回拨了过去。

但还没等何浩博接电话，童志宇突然听到身后传来一声巨大的脆响。

这刺耳的一声把他吓了一跳，手一抖，手机差点儿脱手飞出去。

他回头一看，吃惊地发现车后头的玻璃多了一道碎纹，如蜘蛛网一样贴在玻璃上。透过碎纹，他看到一个黑衣人正举着一根铁棍砸他的车玻璃。这个黑衣人好像就是刚才消失在树后头的那个墨镜男！

那黑衣人不由分说继续砸玻璃，童志宇愣了片刻后立即反应过来，莫非今天遇到抢劫的了？！想到这里他顿时来了气，就你一个不知哪儿来的玩意儿，我还怕你了？！

童志宇顿时开门下了车，指着那黑衣人大喊道："你干什么？！"

那黑衣人这才住了手，举着铁棍向他冲了过来。童志宇闪身躲过，正在这时，他瞧见另一个人从远处跑了过来。

童志宇端详了几眼，发现这个人也是陌生人，倒是没穿什么黑衣服，而是一身普通的短衣短裤，却在大热天戴着个口罩，只露出一双眼睛来。

童志宇心中暗骂，今天这是遇到团伙抢劫了？但是，这荒郊野岭的，别的人一个都没有，他们俩怎么冒出来的？

来不及多想，童志宇只好先搞定这俩人。自己手中的刀实在是太短，一时半刻根本伤不到他们。而对方的铁棍着实很长，自己只能先躲开对方攻击。

没过多久，童志宇身上挨了好几下，不过倒也不是什么重伤，毕竟有点儿功夫底子。而对方俩人看起来也会点儿拳脚功夫，可是很蹩脚，比只是会干架的莽汉高明不了多少。

对方两个人也没讨到好处，其中一个个子矮一些的，手背上被他手中的刀划了一道口子，此时血流不止。

那手背上带伤的有些恼怒，瞥了另一个人一眼，低声怒道："没想到这小子这么难对付。"

虽然隔着口罩压低了声音，但是从他声音上听，这人年纪不算太大，三十余岁。因为头发染成了白色，或者白金色，从表面还真看不出这人年纪。

童志宇一听，立即警惕了起来。这人这么说，看起来并不是突发性抢劫事件，而是跟自己有仇，或者早就认识自己。

于是他疑惑地来回看着俩人，想推测一下这俩人的身份。另一个男人显然机智许多，发现童志宇的目光，便对那白毛怒道："闭嘴！"

就在俩人再次想冲上来的时候，童志宇隐约听到了一阵汽车引擎声传来。他蓦然想起了何浩博给自己打的那个电话，莫非老何来了？

想到这里，童志宇立即来了精神，而那俩人却如惊弓之鸟一般，互相使了个眼色，分分钟提棍子逃走了。

童志宇看他们俩跑了，也没追上去，因为自己还受了伤，而且如果老何来了看不着他，怕是又要麻烦。

于是他靠在车门上休息了一会儿。等精神稍微松懈下来，他才发现汗水早就浸透了衬衫，手臂跟小腿也开始火辣辣地疼。

过了一会儿，果然有一辆汽车开了上来。童志宇瞥了那车一眼，便知道是何浩博找来了，这才彻底松了口气。

"你没什么事吧？这车怎么这样了？"何浩博开了车门便匆匆忙忙下来，检查了一下童志宇身上的伤，又看了一眼他身后的车。

跟何浩博一起的还有两个年轻人，好像是他酒吧里的服务生。

"我倒是没事，受了点儿皮外伤，莫名其妙被两个人袭击。对了，你是怎么知道我会有危险的？"童志宇好奇地问道。

第15章 神秘电话

何浩博叹道："说起来你可能不信，我今天接到一个电话，那电话里的人说，你今天有危险，让我去救人。那时候还一大早呢，好像才六点半多。我开始并不相信，因为我问那人名字，他也不肯说，还说你一定是往城郊这海神娘娘庙过来了。我再追问，那人就直接挂了电话。后来我觉得心里不踏实，拨过去之后，那人没接。”

童志宇愕然道：“有人打电话找你？是个男人还是女人？”

“好像是个女人，还是个年纪不小的女人。”何浩博说道，“但是由于她压低了声音，我还真听不出是谁，只是莫名觉得有些熟悉。”

“哦？你倒是听得很仔细啊。”童志宇失笑道。

“你还笑！你知道我了，以前是做演员那行的，当时研究了不少东西，什么武打、配音，乱七八糟都掺和了一脚。我那时候是半路出家，并不是什么科班出身的，自然比别人努力些，没事就听影视演员琢磨台词，久而久之，倒是对人的声音有了分辨能力。”何浩博说道，“我敢说，这个女人我可能接触过，恐怕还真是娱乐圈的什么人，但是我退出那个圈子太久了，还真记不起来是谁。”

童志宇更加茫然了，自己跟娱乐圈的人也有来往，但是交情好的寥寥无几。他这个人倒是并不刻薄，别人求他帮忙，也会尽量为之，但是也极少去参加圈内人的交际应酬。所以说有什么朋友——他思来想去，还就何浩博一个人算是长久相处的朋友，另外有几个关系不错的也都是男的，其他都是泛泛之交罢了。

能在他麻烦缠身的时候提醒何浩博救人，总是有些交情才对吧？况且，那人如何知道自己在这儿？他只跟朱玉说过，今天来海神娘娘庙看看，也并未说具体的时间，那人怎么会未卜先知的？

何浩博此时打断了他的思虑：“想什么呢，赶紧回去吧，我开车带你去医院看看伤，你这车——还是叫人来拖走吧，得修修了。”

童志宇点了点头，挽起袖子看了看手臂上的伤口。

此时已经有血渗出，手臂肿得跟馒头似的。

何浩博开着车送童志宇去最近的一家医院，然后让两个服务生先回去。

检查化验了一上午，医生说骨头没事，就是外伤，但是需要好好养几天。

从医院出来，童志宇看到朱玉的电话打了过来，便接了起来。

“你在哪儿呢？中午回家吃饭吗？”朱玉的声音从手机彼端传来。

童志宇听到她的声音之后，有片刻的迟疑。只有她知道自己会去海神娘娘庙吧？会是朱玉派人袭击自己的吗？

但是她的声音听起来毫无异常，并不像是知情的样子。

“志宇？志宇？你还在吗？”

童志宇这才回过神儿来，叹道：“路上遇到两个小贼，挨了几下棍子，我刚在医院包扎了一下，一会儿就回家。”

“什么？！怎么回事？”朱玉的声音听起来十分焦急担忧，“你这是去哪儿了，还会遇到贼？”

“唉，等我回去详细说。”说着，童志宇挂了电话。

何浩博看了看他包成粽子的右手臂，无语道：“这样你也没法回家，我开车送你回去吧。”

童志宇苦笑道：“麻烦你了。”

何浩博说道：“什么麻不麻烦的，走吧。对了，今天袭击你的俩人，你看清楚样子了吗？”

“没有，其中一个戴着墨镜，后来倒是摘了，但是俩人都戴了口罩，看不出样子，只能看出一个三十多岁，矮个子，头发染成了白金色；另一个——也是三十多岁到四十出头的样子，壮实一些，不过穿着长衣长裤——”童志宇说到这里，顿了顿，才说道，“这么热的天气穿长衣长裤，很可能是想掩盖什么，比如身上的特征。”

“既然有人要对你动手，我们是不是应该报警。”何浩博忧心忡忡，“你这最近到底惹上了什么人？”

童志宇说道：“我天天在家工作，能惹上什么人，我也纳闷。”

“那谁知道你今天去那个鬼地方呢？”何浩博问道。

“应该只有朱玉知道，但是我好像也没有告诉她具体什么时间去。”童志宇说道。

“应该？”

“是啊，你这突然一问，我还真是记不清到底说没说过了。”童志宇皱眉道。

随后，他发现何浩博眼神儿怪异地看着他。

“你看什么？”童志宇问道。

“我说，你以前记性不是这么差，相反，记忆力很好。”何浩博说道，“我记得以前人家告诉你一串手机号码，你当场就能记住了。剧本改好几次，都能记住改动的细节在哪儿，导演都要靠你提醒，现在不至于连说没说过这句话都记不住了吧？”

童志宇苦笑道：“你也不看看我现在多大年纪了，毕竟是老了。”

“那也不对，”何浩博说道：“你又没有七老八十。说起来这阵子我看你气色很差，不如找个大医院全身检查一下看看，是不是哪儿不对劲。”

童志宇想起最近频发幻觉的事情，不由得有些烦躁。他也知道自己可能哪儿出了问题，但一旦开始检查，医生无外乎要让他好好休息。可他现在要写新书，哪儿有时间去休息。

童志宇叹道：“你说得对，等我写完这本书就去看看吧。”

何浩博摇头道：“你这人啊——可记得早去看医生！”

童志宇笑道：“你倒是越来越像老妈子了。”

何浩博说道：“摊上你这么个兄弟，我不操心都不行！”说到这里，他仿佛顿了顿，突然掐住了话头。

童志宇看着他欲言又止的神色，也没有继续追问下去，因为他知道何浩博想要说什么。自己去海神娘娘庙，最有可能知道的就是朱玉。

但是他居然想不起自己到底有没有跟朱玉说过今天就到海神娘娘庙看看。如果提过，那么朱玉最有嫌疑。

童志宇能感觉到，那两个人有点儿功夫底子，而且对自己下的是狠手，显然是想要命的节奏。那片荒郊野岭，如果俩人真把他杀了，做成抢劫杀人的假象，扔在野地里好几天没人发现，怕是警察也不一定查出来前因后果。

第 16 章　怀疑

可他转念一想，朱玉为什么要杀自己，难道她平时的温柔体贴都是假的？

想到这里，他突然想起何浩博说过的古越回国的消息。莫非朱玉和这个前情人又有了来往？根据他对朱玉的了解，他觉得朱玉不会是这种喜欢与前任复合的人。

琢磨来琢磨去，童志宇只觉得头更疼了，索性也就先不想了。

何浩博开着车送他到家门口，一路吐槽这地方太偏僻了。

等到了门口，童志宇看到朱玉已经在外头等着了，一脸担忧地迎了上来："你这是怎么回事啊，这么多伤。"

童志宇看着她担忧的神色，怎么看都不像是作假。当然，他内心里也明白，朱玉是个演员，假装出来喜怒哀乐是得心应手的事。

想到这里，他心中有些郁闷，自己居然开始不信朱玉了？她就算杀了自己，又有什么好处，更何况并不是人人都有决心跟勇气去杀人。

朱玉见他不说话，便上前来扶住他："先别在外头站着了，进屋里歇着吧。"

随后，她招呼何浩博到屋里来。何浩博第一次来童志宇新家，觉得好奇，便跟着进了大门。

"你家种了这么多花花草草，还挺好看。"何浩博笑道。

"嗯，我喜欢花草，尤其茉莉花。"朱玉笑道。

"也是，听说茉莉花驱蚊虫，花香还好闻——不过你家这茉莉怎么感觉跟一般的茉莉花不太像？"何浩博问道。

"是说颜色吗？透着淡粉？那是一家花店的老板特意培育的，就是颜色不太一样罢了。"朱玉说着，招呼他进屋里坐。

"香味也不太一样，"何浩博笑道，"好像香味更浓一点儿。不过你倒是很有耐心侍候这些花草。"

朱玉笑道："我这一天天最闲散了，自然有时间。"

"没想过要回圈子里继续演戏？"何浩博突然问出一句。

朱玉愣了愣，笑道："我都离开那么久了，儿女都这么大了，自然没想回去。"

童志宇在一旁听着，并未插言。朱玉随后便将话题转移到了偷袭童志宇的俩人上去，仔细询问了许久。

"我想无非就是藏在那里的两个小贼干的，他们看我开着车过来，又是一个人，想抢点儿东西吧。"童志宇下意识地不想让朱玉知道太多细节，"幸亏当时老何的电话打过来了，我就跟他求救，他赶紧开车过来，才吓走了那俩人。"

朱玉皱眉道："不行，这件事咱们得报警，把你打成这样！这腿都一瘸一拐的了，没伤到骨头吧？"

“报警怕是也没用。一则那俩人捂着脸，看不到样子；二则那地方没有监控，人海茫茫，到哪儿去找那么两个人去。”童志宇说道，“算了，这次真是扫兴，也没看到那庙。”

朱玉说道：“那你就别再去了，不是说好了我们俩一起去的吗？你自己去那么偏僻的地方，多危险。”

“哦？我说过吗？”童志宇突然问道。

“瞧你这记性，昨天刚说的，如果你要是哪天去，带上我一起，谁知道你今天自己偷偷去了。”朱玉摇头叹道。

童志宇回想片刻，无意间对上何浩博的目光，觉得他看自己的样子有点儿意味不明。

也许是由于自己遇到袭击这件事，到底是让童志宇对朱玉有了些猜忌，便下意识地有些疏离。

晚饭后，本来俩人习惯一起看个电视聊会儿天，但今晚，童志宇以看看童辉功课的缘由，上楼去找俩孩子聊天。

站在童辉门外敲了半天门，才听见他在里头应道：“谁？！”童辉的声音听上去有气无力，好像已经睡下又突然被惊醒了似的。

“我！这才七点，难道你这就睡觉了？”童志宇有点儿没好气，心想高中不是课业繁重吗，就算是体育生也得写作业吧。

“哦，你等会儿啊。”屋里传来隐约的动静，不知道他在干什么。

童志宇在外头等了快十分钟，忍不住问道：“你在干什么呢？”他话音刚落，便想到一种可能：这小子不会在屋里看什么少儿不宜的片子吧！倒也是，这个年纪的男孩子难免对那种片子有些好奇。

想到这里，他有些好气又好笑。八成这小子为了不让他知道，正在藏东西呢。

过了一会儿，童辉才打开房门，看了他一眼，低声道：“爸，有事？”

房门一开的瞬间，童志宇闻到一股怪异的香味。仔细想想，也许是香烟混合空气清新剂的气味。

“你在屋里抽烟了？”童志宇皱眉道，“你才几岁就学会抽烟了？”

没想到童辉听了他的话，神情仿佛放松了下来，犹豫片刻便承认道：“是啊，我怕你知道，就关着门呗。”

“烟拿来，收走。”童志宇伸手道，“你还未成年，不能抽烟。”

“我都扔了！”童辉突然莫名紧张起来，“真的！”

童志宇刚要说啥，童辉又说道：“我去继续写作业了啊，我真没烟了。”说着，他“哐当”一下关了门，将童志宇关在门外。

童志宇顿时来了气，想敲开门教训一顿这小子，却见童念突然打开门喊他：“爸，你过来一下。”

童志宇只好作罢，跟着童念进了她的卧室。童念关上门，从抽屉里取出一个信封，递给童志宇：“爸，这是有人寄到我们学校的，你打开看看。”

童志宇不解地打开那信封一看，手不由得微微抖了起来。

里头是一沓照片，看起来是偷拍的，拍得也不清楚，但是从侧脸跟发型、衣服和身材什么的来看，这很像是朱玉。

另一个人貌似是个年轻男人，看样子很帅。

“这是谁的照片？哪儿来的？”童志宇阴沉地问道。

“爸，你别生气，先听我说。这照片本来寄给过童辉，但是他这个人自恋得很，以为是哪个女孩给他的情书，根本就没拆开过，便丢给我让我处理。我当时拆开看了看，也很吃惊，但是没敢跟你说。”童念低声道。

童志宇突然想起前阵子童念欲言又止的样子，有些明了：“你本想告诉我，可是后来没说。”

第 17 章　暗中调查

“是啊，我还私下问过我妈，结果她否认了，还骂了我一顿。”童念看着他的神色，“就是那天早上她骂我的那次，你也看到了。”

童志宇有些郁闷：“确实。”

“没想到过了几天，这个人又寄给我了。我不知道寄照片的是谁，因为没有地址姓名。”童念说道，“他的电话我打过，是个空号，可能是瞎编的。”

“我知道了，这件事要保密，不能告诉你妈。”童志宇说道。

“嗯，我知道。”童念点了点头，“爸，我也希望你们俩好好的，别有什么问题。如果有矛盾就早解决，不能上了别人的当。”

童志宇点了点头，脑袋有些发蒙。照片里的女人真的是朱玉？她想复出就是为了这个年轻男人？也许是个小模特吧？

那么这阵子她的温柔体贴都是虚情假意？童志宇顿时觉得思绪有些凌乱了。

童念看着他的脸色，轻声道："你还好吧？"

"没事，你好好休息，这个我拿走了，记得什么都别说。"童志宇低声道。

"嗯，我知道。"童念说道。

童志宇打开童念的房门，正沿着走廊往书房走的时候，朱玉冷不丁出现在楼梯口。

童志宇正在想着手上照片的事情，完全没注意到悄无声息出现的朱玉，一惊之下手中的信封掉在了地上。

"你怎么了，心不在焉的。"朱玉一边弯下腰去捡信封，一边问道，"这是什么啊？"

童志宇顿时心中一阵紧张，不知为何并不想现在跟朱玉摊牌。于是他一把将那信封夺过来，勉强笑了笑："网上下载的一些血腥恐怖照片，你不看也罢，看了怕是会做噩梦。"

朱玉看了他一眼，笑道："得了，我不看，瞧把你紧张的。刚才我听到楼上你跟小辉好像吵了起来，就上来看看。"

"没有，只是敦促他赶紧做作业。"童志宇说道。

朱玉也没有多问，便下楼去了。见她走了之后，童志宇松了口气，进了二楼的书房，低头看了看手中的信封，便找了个抽屉，将照片锁了进去。

今天发生的事情让他觉得信息量有点儿大。他回想着刚才的照片，不由得有些怀疑。照片上的女人真的是朱玉吗？是有八九分相似，但是由于没有正脸照片，着实也不好确定。

想到这里，他苦笑一声，心想自己是真的不确定，还是希望这不是朱玉？可到底是谁往俩孩子学校寄这些东西的？

其次是那两个袭击他的人，一个大夏天穿长衣长裤，将全身都包裹得严严实实，是遮掩什么？

童志宇思索半晌，仔细地回忆俩人的细节，突然灵光一现，想起那穿着长衣长裤的人手背上好像有什么东西！

他思量许久，记得那人手背上好像有一团黑漆漆的印记。

那印记也不是跟墨色一样黑，更像是蹭掉了什么东西留下的印子。

这个发现莫名让他想起了光碟里的那个全身都是文身的男人。

最初看光碟的时候，他只是注意到了那凶手手臂上的青龙文身。后来每个镜头仔细看的时候，才发现这个人其实全身都文过图案，有的好像很清晰，有的已经看不清什么了。

莫非——袭击自己的那个人就是光碟里的凶手？！凶手正好是俩人，袭击自己的也是俩人。而且从个头儿、特点、身材上来看，好像跟光碟里的那俩人很是符合。

想到这里，童志宇感觉后背冷汗涔涔。莫非那两个凶手发现了他们一家住进了这房子，想把他们都杀了？但是为什么？

想来想去，童志宇觉得可能是因为那个光盘。莫非他们是想起了那光碟还在宅子里，所以想要拿走？

不行，就算是有这个可能，也不能让他们得逞。因为现在就算是自己想把这光碟交出去给警方或者别的什么人，这俩凶手恐怕也不会让自己一家人好过了。

他们怕是会杀人灭口。为了防止这最糟糕的结局出现，童志宇决定先下手为强，找人调查一下那俩凶手的身份。只要查清楚了对方的底细，想办法对付俩人也不是不可能。

想到这里，他取出一张纸，开始试着画下俩人的样子。然而他虽然会写书，画画的技能却很差，画了半天都不像，最后干脆丢在一旁，想了想，写下了俩人的长相特点。

第一个穿长衣长裤的男人，应该是身上带有文身，但是也可能文身已经擦掉了。为了掩盖这个特点，他才穿了长衣裤。个头儿差不多在一米八五左右，肌肉发达，年龄看似三十多岁，眉毛浓黑，眼睛比较大，是双眼皮。

另一个个头儿矮小一些，看似一米七五的样子，瘦一些，染了白金色的头发，毛寸，但是那头发颜色可不一定，也许他们发现上次没有把自己给杀了，回去就把头发颜色给改了，省得被人认出来。这个人眼睛小一些，而且好像左耳朵戴着一只耳钉。

写下来之后，童志宇再想回忆其他细节，却觉得头有点儿疼。何浩博说得没错，自己的记忆力仿佛大不如前了。难道真的是年纪大了，脑子退化了，可他还不到四十岁。

童志宇叹了口气，将这纸张折好，想了想，还是放在了抽屉里，上了锁。

过了许久，朱玉见他一直没出书房门，便将牛奶跟水果送了上来。

“天太晚了，你身上还有伤呢，早点儿睡？”朱玉问道。

“没事，都是皮外伤，我今晚睡在书房吧，有点儿事情要忙。”童志宇说道，“你先睡吧。”

朱玉仿佛想说什么，最终没说出口，点了点头，关门走了。童志宇仿佛松了口气，然而心头却更沉重了。

他瞥了一眼桌上放着的牛奶跟水果，只是拿来牛奶杯喝了一口，便全然喝不下去了。

这天晚上，童志宇倒是失眠了。他躺在沙发上，看着外头那棵在夜风里树枝微微晃动的梧桐树，心中突然有些好奇自己晚上能不能再看到那个挂在树上的女尸。

然而他盯着看了半天，也没出现什么幻象，这倒是让他莫名有些失望。童志宇不由得苦笑，莫非自己还真越来越适应了幻觉出现的情况？

第 18 章　抄袭风波（上）

胡思乱想着，他倒是睡了一觉。天刚蒙蒙亮，童志宇便醒了过来，吃过早饭后，便将俩孩子送去了学校，千叮万嘱要注意安全，平时不要出校门，不要跟陌生人一起离开学校，要跟同学同行。

童念知道他是因为那照片的事情才嘱咐的，便没有作声。一向不怎么搭理他的童辉却有些惊讶，问道：“怎么今天你这么唠叨啊？”

童志宇说道：“为了你们好，一定得听话！”

童辉不耐烦地摆手道：“知道了，反正有人找麻烦也未必打得过我！”

说着，童辉下车就跑远了。童志宇无奈地摇了摇头，将童念送到学校，才开车想回去。

但在路上，他突然又改变了主意。

童志宇想起今天出门的时候，将那张写了嫌疑犯的纸带在身上，既然如此，不如趁机找人调查清楚。这种事既然不能惊动警方，那就只能让私人侦探来调查了。

内地的私家侦探其实并不合法，只是因为他们也并不大肆宣扬，平时也只是调查个富豪小老婆或者出轨什么的，并不怎么惹当局注意。

但是这群人也是存在的，毕竟有需求就有市场。不过童志宇并不知道哪儿有靠谱的私家侦探，但他想起以前在剧组的时候，认识一个副导演叫石雷，这个人是富二代，据说到现在已经离婚三次了。

为了每次离婚的时候打赢离婚官司，这位石导经常雇私家侦探跟拍他的老婆，找各种错处来当证据。

跟拍的便是他找的私家侦探。童志宇琢磨了下，石雷也算是跟他交情可以，而且这个人并不喜欢多话，嘴比较严实，人也圆滑，应该找他帮忙没什么问题。

想到这里，童志宇停了车，在路边给石雷打了个电话。三言两语说明情况后，石雷倒是痛快答应了，并将一个私家侦探的联系方式告诉了童志宇。

童志宇一听，这个人并不在本市，而是在帝都，不由得有些郁闷。难道为了这事儿还跑一趟远门。

不过为了以防万一，他将这人的联系方式记下。刚想回家的时候，石雷的电话又打了过来。

“石导，还有什么指示？”童志宇笑道。

“我一兄弟在你们那儿拍戏呢，拍个民国剧，就你们那民国风情街景区里头。”石雷说道，“我说大编剧你不去看看给提点一下？”

童志宇说道：“我过去？这不太合适吧。”

石雷在电话里笑道：“没事，我那兄弟叫宋凯，是你的铁粉。而且他这次还特意接拍了一部民国悬疑剧，叫《宅迷情深》，我看那风格，跟你的文风挺像的。我们俩前阵子还说呢，要是笔法再成熟一点儿，简直就是你的作品了。”

“听这个名字像是言情宅斗剧。”童志宇笑道。

“不，悬疑，不过也是发生在大宅子里的故事。我给他你的手机号了，他的号码也留给你。要是你有空，就去给指点一下啊。”石雷说道。

宋凯这个名字，童志宇根本没怎么听过，估计是个新人导演，拍的也不会是什么大制作。石雷让他过去，怕是为了给娱乐记者一点儿新闻爆料点，名编剧指导之作等，给他朋友的作品做宣传。

不过他既然让人家帮忙了，自己也不好不去，便答应了下来。

对于石雷电话里说的，他也有些好奇。跟自己的风格很像？然而刚才石雷说了几个演员跟编剧的名字，一半是新人，有几个是半红不紫的小明星，童志宇也不太熟悉。

由于好奇跟不好推脱的缘故，童志宇开车去了那片场。这滨海城市在清末民国时期是英法等国的租借地，留下不少民国风情建筑，形成了一片建筑群。

中华人民共和国成立后，这片地方便被开发成了旅游景区，很多民国戏跟抗日谍战剧什么的都会在这片地方取景。

童志宇到了之后停下车，便打了宋凯的电话。没多一会儿，一个穿着休闲衫的年轻男人便从景区门口走了出来。

童志宇打眼瞧了他几下，长得眉清目秀挺不错，看身上的衣着跟他的气质，像是个养尊处优的富二代。不过这宋凯倒是对他很客气，上前热情打招呼，一口一个“童老师”地叫，让童志宇倒是不太好意思。

童志宇跟着他到了片场，正是剧组休息的时候。男女主演在补妆，有零星几个娱乐记者在拍照采访。童志宇跟宋凯聊了几句，宋凯便将剧本递给他，让他参详参详。

童志宇接过剧本，看了三四页之后，脸色顿时不对了。

这剧情，居然很是似曾相识！

这剧本大概内容是这样的：民国时期，在某地有四大名门望族。传闻这四大家族是清朝八旗子弟的后裔，这四大家族各自藏着一句诗词密码，如果凑在一起，便是一幅完整的藏宝图。

这宝藏富可敌国，得到之后能庇荫子孙后代，因此为了抢走这幅诗词藏宝图，其中一家利用联姻算计了另外一家，灭其门，得了那一家人的诗词密码。

下黑手的这户姓闫，巧合的是，灭门惨案的当日，这两家仇敌之家正好各有少夫人生下小公子，结果被灭门的这家为了复仇，买通闫家的丫鬟调换了两家的孩子，杀死原本姓闫的正牌公子，将自家的孩子送去了闫家。

闫公子在幸存下来的长姐熏陶下变得很是变态，一心弄死其他两家，找出宝藏地址，并屠杀了闫家其他人。其他两家也想要这诗词的密码，自然是想方设法安插眼线或者联姻探口风。

为了达到复仇并且移除眼线这个目的，闫公子娶了一个恶名在外的军阀女儿为妻。利用妻子善妒的名声，暗示她虐杀自己暗中查出来的眼线。

最后结局是宝藏落在了复仇者闫公子的手中，然而他也得了个众叛亲离的下场。

童志宇浏览完剧本所有内容，脸色也变得不怎么好看了。宋凯在一旁看着，有点儿不明所以。

“童老师，您觉得这剧怎么样？”宋凯问道。

第 19 章　抄袭风波（下）

童志宇心中一阵冷笑，思量这到底是怎么回事。这个故事他曾经写过，只是并未发表过。这小说是他偶然想到的，写了下来，只是闲来无事给几个朋友看过。

因为其中细节过于暴力血腥，再者题材过于阴暗，童志宇并未多雕琢，便将这故事置之脑后了，但是，没想到这剧本跟自己写的故事几乎一模一样。

只有人名跟标题不一样，有些句子甚至都一样。如果说巧合，这也太巧合了，分明是抄袭。

“这个编剧是谁？”童志宇问道。

“哦，就是他。”宋凯指了指一旁站着跟人聊天的年轻人。

童志宇顺着他手指的方向看过去，只见那人年纪不大，看上去也就二十多岁，长相俊秀，看那轮廓，居然有些熟悉，但是又确定是个陌生人。

“他叫付瑶，刚毕业没多久的新人编剧，能写出这样的作品来算是很有潜力了。”宋凯说道。

付瑶？童志宇隐约觉得有些耳熟，便问道：“他以前写过什么作品吗？”

“没有，新人一个。可能你觉得耳熟，是因为他跟一些明星关系不错。比如古越、杨莉什么的。”宋凯说道，“其实他什么来历我也不清楚，好像是某个大腕明星介绍来的。不过我看他的剧本不错，也就合作了。”

童志宇听到古越这个名字之后，顿时心中一动，瞬间明白那莫名其妙的熟悉感从哪儿来了。眼前这个年轻人，跟古越的长相有些肖似。不仔细看倒也联想不到，但童志宇本就是心思细腻的搞创作的人，自然能看出这点来。

想到古越，童志宇便想起了朱玉，没来由地心头一跳，莫非这件事还是跟朱玉有关？但是他回忆半晌，不记得自己跟朱玉聊过这故事，而且朱玉对他写的东西也没怎么关注过，除了曾经上映过的一些剧本之外。

况且，无凭无据的，也不能说就是别人窃取了创意，人家说是巧合，又能如何。

童志宇让宋凯将那付瑶喊了过来，状似无意地跟他聊了聊剧本的细节。结果，童志宇发现这个付瑶似乎并不十分熟悉剧本，聊起来有点儿磕磕巴巴，不怎么顺畅，最后对方似乎也觉得尴尬，便找了个借口离开了。

宋凯在一旁笑道："这年轻人可能没怎么见过大作家，紧张，看他话都没怎么说清楚。"

"可能是被我吓着了，我这人平时有些严肃。"童志宇敷衍地笑了笑，心中却是越发怀疑起来。

为了更好地配合拍摄，一般来说，编剧都会配合剧组修改剧本细节，有时候会看好几遍自己的作品。这部戏拍了也有一段时间了，但是这付瑶居然对自己写的东西依然不那么熟悉，解释起情节来前后逻辑不通，简直破绽百出。

童志宇越想越觉得坐不住了，跟宋凯聊了几句就离开剧组，准备回家旁敲侧击地问问朱玉，看她是否将自己写的东西给别人看过。

古越的回归，朱玉的反常，作品泄露，莫名其妙遭到袭击……童志宇越想越觉得心里发寒。

如果这一切都跟朱玉有关的话——童志宇想来想去，觉得心有点儿发凉。

莫非一切的幕后人就是朱玉？她是什么目的？窃取自己的成果，然后捧红古越身旁的人？

他左思右想，最后还是不信是朱玉搞的鬼。也许事情无非就是个巧合，可能不知道是谁将自己写过的故事讲给别人听，被人用了写出来罢了。

但这件事却像是细若牛毛的一根刺一样扎进了童志宇心底。晚上回家之后，童志宇恢复如常，但想起今天的事情，他始终有些不怎么高兴，连带看朱玉也不怎么顺眼，态度有些冷漠。

不过朱玉仿佛没有发现什么异常，依然如往常一样跟他聊天。晚饭后，俩孩子上楼去写作业，楼下客厅里只剩下他跟朱玉。

童志宇想了想，开口道“今天石雷联系我说，他好兄弟在我们这儿拍戏，让我去看看。”

“哦？拍的什么？”朱玉问道，似乎不怎么感兴趣。

“名字叫《宅迷情深》，是一个新人编剧写的本子。那编剧好像叫付瑶，是个毕业没多久的男孩子。”童志宇轻描淡写地说道，目光却落在朱玉脸上，想观察一下她的神色变化。

然而朱玉神情并无变化，只是说道：“是吗，你去干什么了？指导一下这新人？”

童志宇冷笑一声，说道：“也不知道为什么，那剧本居然跟我以前写过的一个故事十分相似，除了里头的人名、地名跟标题之外，基本没什么差别。”

朱玉闻言十分惊讶：“真的？跟你哪本书一样？”

“没发表过的一本小说，练笔用的。”童志宇说道。

“这怎么可能？他从哪儿抄袭呢？你都没公布过的话。”朱玉说道，“哪本？你的书我大部分都看过。”

“那小说的名字叫《血腥诗词》，你记得吗？”童志宇问道，盯着她的神情变化。

朱玉脸上浮现出一丝茫然：“好像看过，但是记不清了。这十多年你写了太多书，如今我的脑子可不比年轻时候了。”

童志宇沉默下来。朱玉的神色没有什么异常，语气也没任何心虚的表现。但是她本身就是个演员，也许她是在伪装呢？

想到这里，童志宇心中苦笑，什么时候他们两人之间开始算计跟猜测了？

朱玉见他不说话，便继续问道：“那你打算怎么办，就这么算了？”

童志宇沉默片刻，说道：“那篇小说我根本没有公开发表过，如果说他抄袭，哪里去出示证据？算了吧，反正那本书写得也不完美，随他去吧。”

朱玉有些愕然，可能没想到他会这么回答。片刻后，朱玉笑道：“也好，听你的。你的新书怎么样了？”

“写了前几章，感觉还好。”童志宇敷衍地说道。

朱玉点了点头，随后将话题扯了开去。童志宇跟她聊了一阵子，便回书房了。

等关上书房的门，童志宇这才开了电脑，找出以前自己写的那篇小说看了看，果然跟剧本一模一样。

事到如今，他不得不对朱玉有所怀疑。莫非，要调查自己老婆去？

第 20 章　阴谋往事

童志宇认真想了想，决定先不跟朱玉多透露什么，等暗中调查一下朱玉再说其他。

他打开文档继续写了一阵子，却又觉得心中烦乱，便搁笔不写，喝完一杯牛奶后准备在沙发上小睡一会儿。

迷迷糊糊间，童志宇仿佛听到有人在叫自己的名字。他睁开眼睛一看，却见有人正举着手在自己眼前晃来晃去。

看面孔，这人是何浩博。

“老何？”童志宇迷茫了片刻，突然发现何浩博这身打扮不对劲。他的容貌虽然没太大变化，但是一返老还童了？

童志宇直起身子，才发现自己睡在一张躺椅上，而周围是一片山谷，远处是一泓碧水。

这好像是一九寨沟风景区？童志宇顿时一惊，回头再看何浩博，才发现他穿的是古装，看他的模样，应该是二十左右，十几年前的样子。

看这情形，是在拍戏。

穿越了？作为一个资深的编剧，这种狗血的剧情，童志宇无论如何是不可能相信的。唯一的解释是梦境，童志宇当下的意识里认为是自己睡着之后做了一个梦。

梦的来由都是无道理的，但眼下的场景让童志宇心里不由得一沉。

他记起来这部戏是老何退出影视圈之前的最后一部仙侠剧。这部戏之后，老何腿受了重伤，落下终身残疾，彻底结束了演艺事业。

当年自己也在，但因为距离较远，并未受什么伤，却是目睹了事发过程，只是后来的心思全放在如何将这部戏拍下去的后续处理问题上，并未过于关注何浩博受伤前后的状况。

童志宇来不及多想，便听到导演在远处喊道：“准备了啊，赶紧就位！”

何浩博此时对他笑道："山里风冷，你可别总睡觉，会感冒。"

说着，何浩博要上场，童志宇立即伸手拉住他："别去！有危险！"

何浩博笑着掰开他的手："你说什么呢，无非就是一场普通的戏。"说着，义无反顾地上场了。

童志宇本想跟上去，却发现自己虽然努力想走路，脚却像是钉在原地一样，只能远远看着。

这一场是男主拉着女主的手，在山路上逃命的戏份。路两边都埋了拍戏用的炸药。十几年前不像如今，特效技术并不发达，很多镜头只能实景拍摄，全靠爆破。

何浩博就是在这场爆破中差点儿被炸死的。童志宇紧紧盯着远处山路上的何浩博，他正牵着女演员的手跑在那条路上。按理说，如果有这种比较危险的戏份，导演都会提前告诉演员，哪里有爆炸点。导演也确实提前说过了，那么，俩人还是误撞上了？

也不知为何，可能是心中念头太盛，童志宇感觉自己莫名其妙靠近了那条山路，站在路的中央。

就在这时，他看到何浩博跟那个女演员冲着自己跑过来。突然跟前一声爆炸声响起，何浩博下意识地将女演员抱住来抵挡飞来的沙石。一阵浓烟弥漫开来，童志宇看到那女演员好像推了何浩博一把。

紧接着，另一声炸响响起，浓烟彻底弥漫了视线。

童志宇不由得目瞪口呆。怎么回事？这是当年的真相，还是自己的幻想？

就在这时候，他感觉身体一抽，蓦然醒了过来，睁开眼睛，赫然看到一道白色的影子立在跟前。

他抬头去看，正对上一个女人有些阴沉的脸，那面容模糊，似乎正是对年轻的老何下阴手的恶毒女人。

童志宇本能地要说话，却觉得喉头一干，只发出短促的沙哑声响。这时候面前的女人率先说话了，温柔地叫了一声"志宇"。

这声音再熟悉不过了，童志宇猛眨了两下眼睛，不禁长舒了一口气，原来是自己的妻子朱玉正关切地看着自己，表情带有一些担忧。

"志宇，你又睡着了，空调还开这么低，万一再感冒了！"朱玉一边像老妈子一样责怪童志宇不知道照顾自己，一边起身去关空调，然后又去倒热水。

童志宇像个犯了错的孩子，“呵呵”笑着应付，思绪却还不由得沉浸在梦境里，难道老何当年真的是遭人算计的？自己还从来没有往这个方向想过。

要说当年搭戏的女演员就是嫌犯，倒还不至于，毕竟一个无端的梦完全证明不了什么，只是让童志宇对事情的真相产生了怀疑。

还未等童志宇分析出什么，突然腿上感觉到了压力，童志宇收回心神，发现妻子朱玉竟然跨坐在了自己的腿上。因为穿的是长裙，两条修长的腿自然暴露在了空气里。

尽管已经算得上老夫老妻，童志宇不免也有些心中荡漾。要知道朱玉当年可是当红的一线模特，自己能够讨到这么个人间尤物作为老婆，在别的男人看来，用句不中听的话说，真是做鬼也风流。

朱玉的手臂还是像小姑娘一样粉嫩，勾着童志宇的脖子，眉目含情，嘴唇轻抿，长发随意地飘散在肩上。童志宇有种时光穿梭的感觉，仿佛回到他决定要和朱玉在一起的时候那种久违的年轻感觉，想想真让人热血沸腾。

“朱玉，你今天真是——”童志宇喃喃地说着，作为一个大编剧，竟然卡词了。

“我怎样——”朱玉没有给他继续说话的机会，如一只俯冲而下的飞鸟冲向他，一下啄住了他的上半瓣嘴唇。

童志宇莫名有些心跳加速，他快忘记这种感觉了。

似乎每一次都是被动的一个，朱玉动情的时候像是要把自己吃掉，哪怕是自己偶尔挑事，朱玉也是配合一阵之后，便带起了节奏。这种事情哪需要分出个高下，童志宇开了小差。

差不多要喘不过气了，朱玉直起身，把童志宇的脑袋抱在胸前。面颊上有肉肉的温柔，还有好闻的体香，童志宇莫名地有些小男生的害羞，转念又想朱玉可是自己老婆，便放肆地动了手，朱玉默契地扭动着熟透的身体。

这时候的朱玉散发着贤妻的温柔，甚至让童志宇有暖暖的母爱的错觉，近段时间以来紧绷的神经渐渐舒展开。

沉浸在软软的安全感中，童志宇突然感觉脖颈一凉，难道是房顶漏了不成？

童志宇轻轻挣脱开，抬头看向朱玉，正看到妻子的眼角滚下一滴水珠，把他吓得不轻，马上回忆自己是不是犯了什么错事。

“志宇，你是要我守活寡吗？”朱玉莫名地说出这话，眼看着一脸的委屈。

童志宇恍然醒悟，自从搬到这宅子，自己为了创作竟然忘记作为丈夫的义务了，不禁有些内疚。

没等童志宇做出反应，朱玉双手往下一探，撩起裙摆。

竟然是“真空”——那还有什么说的。

第21章　袭击者

“志宇，我有累到你吧？”朱玉整理着裙摆，故意不去看童志宇，好让他处理个人卫生的时候，不至于尴尬。

童志宇下意识地瞟了一眼墙上的挂钟，笑着说“怎么会”，心里对自己的表现还是比较满意的。

“我给你换了杯水，茶都凉了。”朱玉说着放下杯子，又关心了两句让童志宇注意休息，便走出去要做家务了。

房间里又剩下童志宇一个人。不知为何，激情过后总觉得朱玉多了一些距离感，那种太过于相敬如宾的感觉。

之前隐约也有这种错觉，只是没有眼下这么对比强烈。

接下来的几天，童志宇除了写书，便是在家养病。等伤好得差不多了，童志宇决定去见老何，问问当年那场戏的细节。

童志宇觉得自己有些神经过敏了，可他又莫名有一种直觉，觉得这些事情是联系在一起的，甚至包括自己的那些幻觉。

于是他开车出来，照旧来到老何的酒吧。

何浩博看到他进门，便笑道：“哟，你这是伤好了？”

“嗯。”童志宇应道。

何浩博见他脸色不太好，继续问道：“怎么，又出什么事了？如果吉尼斯世界纪录有‘谁是全世界一天内出事故最多的人’，我肯定推荐你上榜。”

童志宇苦笑道：“你还有心情开玩笑，我今天是来问你一件旧事的。”

何浩博见他神色认真严肃，便将他带到休息室里关上门，这才问道：“怎么了，什么旧事？”

“最近我也不知怎么回事，精神有些恍惚。记性虽然不太好，但是也莫名其妙想起很多以前的事情。”童志宇说道。

何浩博一听，乐了：“你这症状像是我奶奶当年的老年痴呆症。得了老年痴呆的人吧，当时的事儿记不住，但是很多年前的事情反而能记起来，而且特别清楚。”

“你就损我吧。”

“好了，说吧，你想起什么了？”何浩博笑道。

“当年你拍那戏的时候，遇到的爆炸事件。”童志宇说道。

“那件事啊。”何浩博的神色有些不太自然，毕竟是害了自己留下终身残疾的事件。

“对，我想起当时的爆炸点都在路两旁，但是好像其中一处却设置在稍微靠近路中央的地方。你还记得吗？”童志宇问道。

何浩博苦笑道：“当然记得，事后我问过导演跟剧组的人，他们说不知道怎么回事，应该没有那个爆炸点才对，谁也说不清楚是怎么出现的。但我想，也许是埋的时候有点儿偏差，也算不上故意。”

童志宇问道：“那么，当年那女演员呢？我记得她叫于冰冰，现在好像不是很火，二三线演员的样子。”

“她？问她干什么？”

“她当时是不是推了你一把？当时我就站在你们斜对面的山坡上，好像正好看到你们俩。”童志宇说道。

“推我一把？哦，这件事后来于冰冰特意跟我解释过。”何浩博叹道，“当时爆炸发生，我下意识地抱住了她，也算是一种救人的潜意识。可于冰冰惊吓之余仿佛是误会了，于是就推了我一把，差点儿将我推到爆炸点上，对此她还自责了很久。我住院那阵子，她倒是天天来看我。”

“你相信吗？”童志宇想了想，问道。

“这——相信吧，不然她骗我做什么。”何浩博说道，“你怎么想起她来了？怀疑她故意的？为什么呢？”

“你出事之后，古越替代了你的位置。”童志宇沉吟道，“古越跟于冰冰当年有没有什么关系？”

“绯闻？没有。”何浩博说道，“于冰冰好像对古越挺冷漠，能看出俩人没啥火花。我说你最近脑洞开得挺大啊。”

“但愿是我多想了吧。古越回国之后，好像没什么动静啊。”童志宇说道。

“我也没听说，好像还在休息中。”何浩博说道，“怎么样，袭击你的俩人查到没有？我觉得你与其关注这些八卦，不如赶紧查清楚袭击你的是谁，防止他们再下手。”

“嗯。”童志宇应道，若有所思。

童志宇又跟何浩博聊了半天别的，这才从酒吧里出来。老何这人想法简单，否则也不会被人害到这地步。童志宇觉得，当年的事故怕是人为的，并非什么意外。

但，这跟如今自己遇到的事情，到底有没有联系呢？

童志宇回家之后，脑子里不断地回想刚才跟何浩博的谈话。

如果说当年有人针对何浩博——似乎有点儿不怎么值得。

何浩博当年颜值跟演技都很不错，可他当时拍仙侠剧的时候也正开始小有名气，却也算不上一线明星，如果说这就遭人嫉妒了，好像说不太过去。若是古越为了替代或者嫉妒而陷害他——以童志宇对古越的初步了解，他觉得古越不是这么简单肤浅的人。

莫非自己真是多想了？当年真是事故？然而童志宇总觉得这事儿透着一点儿古怪，只是他现在一时间还想不出古怪跟违和感在哪儿。

又过了两天，石雷那边给他送来了消息：袭击他的俩人疑似是在剧组待过的武打替身演员。这倒是让童志宇有些意外，武打替身居然干这种事！

就算是收钱办事，帮人来收拾自己，但是演员这个行业，还是有些扎眼了。于是童志宇仔细问了问，才知道这俩人一个叫曲石，一个叫吴有，是最近才混剧组的龙套和武打替身。

“只是说疑似啊，因为你也没看到人家的脸，所以我们找了最为相似的两个人来让你辨认。本来很难找，还是因为我把按照你的描述画的蒙面照片给朋友看过，那朋友开玩笑说像是以前他们剧组的俩人，我才对比了一下照片，确实像。”石雷笑道，“不过可能并不是，因为他们跟你没有交集吧。但是说实话，你没看到那俩人的脸，还真不好找。”

童志宇知道石雷的意思是自己给的线索太少，那位侦探也是查不出什么所以然了。而这俩人到底在哪儿也没有个准确消息，只是可以确定四月初的时候，俩人还在一个来本市拍戏的剧组里混过，只是和副导演产生了点儿摩擦，就被赶走了。

童志宇要来俩人的照片之后，便挂了电话。看着石雷发来的曲石和吴有的照片，童志宇确定自己并不认识这俩人。

但是挡起半张脸之后，确实十分像自己遇到的那俩歹徒。难道是巧合吗？但是仔细想想又觉得不是。迄今为止，所有的事情仿佛都跟自己所熟悉的圈子有微妙的联系，莫非这幕后有更大的阴谋？！

想到这里，他只觉得不寒而栗。

第22章　“外遇”

童志宇觉得自己脑补这么多也没用，如果有所怀疑，那不如着手开始调查。比如，妻子朱玉的反常。他再怎么迟钝，也能感觉出朱玉确实有些变化。

因此接下来的这些日子，童志宇倒是注意了一下妻子的行踪。但几天下来，并未发现什么不妥，而且朱玉这几日居然多半时候都窝在家里陪着自己，这倒是让童志宇觉得自己过于多心了。

养伤期间不能出门，童志宇便又将那光盘里的影片看了一遍。果然看第二遍的时候，光盘里的血腥镜头带来的不适感减弱许多，也让他能平静下来仔细看里面的细节。

但看了半晌，他突然意识到一个问题。如果说这个宅子里真的发生过凶案，那流过那么多血，就算后来渗入了地板或者有人打扫过，也会留下痕迹。

既然警察来查过的话，这么大一桩案子，后续呢？只是听说这案子没破，可几年过去了也没有任何后续，甚至自己在网上查的资料也很少有关于这件案子的分析。

记得当年的南大碎尸案，死了一个女学生，却被各路厉害人士分析了好几年。可这一家子死了四个人，失踪了一个，却没引起什么反响。

也许是警方封锁消息做得好，但想想又觉得不合理。自己这房子买来的时候相当容易，都是朱玉办的，没几天就到手了。如果说这凶宅关联着悬案，不该这么容易吧？

他正思量着这房子的问题，就听到身旁手机铃声响了起来。童志宇吓了一跳，摸过手机一看，是何浩博的电话。

“哎，志宇？”何浩博的声音传来。

“怎么了？”

“别嫌我打小报告啊，你前阵子不是说怀疑朱玉——咳咳，让我如果发现她和什么圈内人联系就转告你吗，我还真看到了。本来也不觉得有什么问题，但是这次我发现她还特意乔装了，戴了假发和墨镜，正和一个男的在咖啡馆聊天呢。”何浩博说道。

童志宇眉头一皱。他确实跟老何说过，如果发现朱玉和别的男人出去，他发现的话就转告自己。老何跟圈内人依然有联系，童志宇此前也确实对朱玉有怀疑，便提了这要求，老何也是勉强才答应的。

今天居然被老何发现了朱玉和其他男人约会？！莫非自己的猜测是真的？！想到这里，他怒火一下升腾起来，定了定心神，问道：“她和谁在一起，你认识吗？”

何浩博说道：“还真不认识，不过和她在一起的那人看上去挺年轻，也挺帅，戴着眼镜。他们就在我们店斜对面的一家咖啡店。其实开始我也没认出是她，只是偶然看到她停车，你们家车的车牌我是知道的。”

童志宇一愣，心想朱玉应该知道老何的酒吧就在对面，怎么还会选去那地方约会。但是转念一想，那地方是市中心，距离哪儿都方便。况且朱玉出门的时候做了伪装，她估计没人能看出来。

“你确定是——”童志宇忍不住问道。

“这个就不知道了，我想如果见朋友，没必要乔装吧。”何浩博叹道，“你打算怎么办？”

“能怎么办，直接去找她看看。”童志宇冷冷说道。

问了地址后，童志宇开车直接找了过去。从咖啡馆的窗户，他一眼就看到了乔装过的朱玉。

今天她确实穿的跟平时不一样，平时朱玉不喜欢红色衣服，今天却穿了一件红色连衣裙，戴了短的栗色假发。对面坐着一个男人，手腕上戴着一款卡西欧表，露出一点儿浅灰色西装的边缘来。

由于咖啡馆的窗台上放着几盆植物盆栽，正好挡住了这个男人的脸，童志宇也看不清楚他到底是长什么样子。

童志宇站在外头看了许久，这才下定决心走了进去。他走到朱玉身后，冷冷喊了一嗓子："朱玉？"

朱玉回过头来，她对面那个男人也抬起头。童志宇看清那人之后不由得一愣：居然是卢冲？

"你怎么来了？"朱玉神色里满是惊讶，并未有任何心虚的样子，反而一派坦然。

"老何的店就在斜对面，我来找他，结果出门就看到了你。"童志宇说道，目光落在卢冲身上，"你们俩这是？"

朱玉欲言又止。卢冲看了看俩人，笑道："别多想，朱玉约我出来呢，是想和我聊一下你的健康状况。我听说你睡不好，还梦游、说梦话什么的，所以我想多跟她了解一下情况。"

朱玉看着他的神色，叹道："我让你看医生，你说非要写完那本书才去，于是只能自己先问问医生了。"

童志宇端详着她的衣服，皱眉道："很久没见你穿红色的了。"

朱玉冷哼道："你没发现吗？最近偶尔有记者在跟拍我们。我想，让他们发现我出来见医生什么的，万一引起各种猜测，还是打扮一下再出门更好。"

一席话让童志宇顿时无言以对。一瞬间，他有点儿愧疚，觉得妻子对自己关怀备至，自己却怀疑她出轨。

但是，也不知为何，童志宇脑子里另有一个念头悄然涌上来——她会不会是已经发现自己有所怀疑，才故意找卢冲出来做个样子，来打消自己的疑虑？

否则，卢冲的医院距离这地方不算近，他那周围咖啡馆之类的也很多，为何非要选在老何这店面的斜对面？

想到这里，他不由得抬头从俩人位置的窗户看过去，果然正好看到老何那家酒吧的玻璃门。

她改妆之后，普通人是看不出，但是老何毕竟是自己多年的朋友，见朱玉也无数次了，外加老何是演员出身，对别人的打扮比较注意，如果仔细看看，不难发现这人就是朱玉。

如果是这样，朱玉算不算是一种"反侦察"，拿着卢冲当挡箭牌，给自己放个烟幕弹？其实，真正和她要好的人，却躲在更深处。

这个念头顿时让童志宇不寒而栗。看着朱玉淡然微笑的脸，他不知道自己什么时候开始有了这种防备妻子的念头。还是说，随着时间的流逝，自己对于朱玉的信任已经消失殆尽了。

第23章　梦魇

从咖啡馆出来，童志宇的心情并未变好。卢冲走到他跟前，拍了拍他的肩膀，说道："你最近太紧张了。睡眠还是不好？不然我给你开点儿安神的药试试。"

童志宇有些提不起精神来，便敷衍道："好，多谢。"

卢冲见他有点儿心不在焉的，便将一瓶药递给了朱玉。俩人各自开了车回家去。

到家之后，童志宇见朱玉一派淡然，便没有追问下去。可今天的事情，却总让他觉得哪里怪怪的。

躲在书房写了一天书，晚上，朱玉拿来一瓶药递给童志宇："卢冲给你开的安眠药，晚上你若是睡不好，可以吃点儿。"

童志宇确实觉得有些头疼，大概是书房空调开得太足了。想起明天还要去见编辑小胡，不如吃点儿药赶紧睡一觉，养足了精神再说。

于是他接过朱玉递的药瓶，倒出一粒来就着水服了下去。这药果然是挺有效，很快地，童志宇感觉睡意袭来，迷迷糊糊沉入了黑暗中。

不知过了多久，他听到一阵水滴滴落的声音，滴答滴答的频率十分舒缓，仿佛带有一定的韵律。

童志宇睁开眼睛，迷迷糊糊地走出房门。蒙胧间，他看到前方又出现一道门，仿佛是书房的门。

此时，那门正虚掩着，里头透出微弱的光。童志宇上前推开门，只见朱玉仿佛正背对着他坐在电脑前，正用电脑写什么东西。

他走上前去一看，赫然发现电脑文档上两个偌大的字"遗嘱"。

"你在给谁写遗嘱？"童志宇一愣，忍不住问道。

朱玉霍然抬起头来，电脑屏幕散发出的荧光，将她的脸镀上一层阴惨惨的光圈。

她诡异一笑，低声道："是你的遗嘱啊。"

“我还没死呢！”童志宇怒道。

“你已经死了啊。”朱玉的脸上满溢着冷笑，目光则慢慢地移动到童志宇的心口上。

童志宇的目光慢慢落下去，吃惊地发现一柄匕首不知何时没入了自己的心脏，鲜血从心口处慢慢流淌下来，很快地浸湿了整个地面！

“啊！”童志宇惊叫一声，霍然从床上醒来，半晌才回过神儿来。

他转头看了看窗外，此时天刚蒙蒙亮。朱玉不知去哪儿了，房门虚掩着。刚刚只是一场噩梦，但仿佛吓得自己不轻，后背全是冷汗。

童志宇揉了揉太阳穴，觉得头有点儿莫名的疼，口干舌燥。扫了一眼床头柜，水杯是空的，于是他起身下床，拿着杯子往厨房走。

回想起刚才的噩梦，童志宇莫名地心有余悸。走廊里没有灯光，穿过客厅，也没看到朱玉的影子。

但是就在他要进厨房的时候，突然听到一阵轻微的低语声从周围传来。

童志宇惊讶地四下环顾，并未见到屋里有人，但是，那一男一女的低语声十分明显。虽然听不清楚他们具体说的是什么，但童志宇能分辨出确实是两个人在说话。

莫非又是幻觉？童志宇皱了皱眉，仔细辨别了一下声音传来的方向——最后他的目光落到了脚底下。

从地下传来的？童志宇莫名打了个寒噤。

多半又出现幻听了吧？他想也不想地立即冲进厨房，打开水龙头，用冷水洗了几把脸。关掉水龙头之后，他仔细听了听，周围的人声确实又没了，一切重归寂静。

果然是自己出现幻听了吗？那么，朱玉去哪儿了？

童志宇从厨房出来，从一楼洗手间到两间客房、起居室，挨个儿找朱玉的影子。但是他找遍了一楼，也没见着朱玉。

就在他走回客厅的时候，赫然瞧见朱玉就站在客厅门口。门口的壁灯亮着，光打在她半边脸上，透着几抹狰狞。

“你去哪儿了？”童志宇下意识地问道。

“哦，我四点就起来了，之后睡不着，在小区里走了走。”朱玉走到他跟前来，脸上浮起微笑，“怎么了？才一会儿没见我，就到处找我。”

“我只是被一阵说话声吵醒的。”童志宇看着她的神色，“好像有人在说话，就在咱们屋里。”

“这怎么可能，你又睡糊涂了吧。”朱玉笑道。

“也许吧。看来卢冲开的药并不怎么好。”童志宇冷哼一声。

“不好吗？昨天你可是不到十点就睡着了。”朱玉说道，“我瞧着药效挺好。虽然醒得早，可这也睡七八个小时了吧，平时你可睡不了这么长时间。”

“我做了不少噩梦。”童志宇叹道。

“哦？什么梦，说来听听。”朱玉笑道，拉着他坐到客厅沙发上去。

“我梦到我被杀了，你在替我写遗嘱。”

“什么？这梦真荒唐。”朱玉笑着靠在他的肩头，“你一定是写小说写多了，什么都往残暴里想。谁会杀你呀。”

童志宇笑了笑，沉默不语。

朱玉看了看墙上的钟表：“五点了，我去做饭，你再睡会儿吧。”

“算了，睡不着，我跟你一起做饭吧。”童志宇说道。

朱玉没有反对，俩人一起进了厨房之后，却微妙地沉默下来。童志宇有些心不在焉，一连几日的怪异现象让他对朱玉的怀疑也加深了几层。

他总觉得，这宅子里藏着别的什么秘密，是朱玉知道，而自己并不知道的。想到这里，童志宇决定再找机会仔仔细细前前后后地将宅子搜寻一番。

但朱玉这阵子总是在家待着，也不太好办。于是他斟酌片刻，问道：“现在你还想复出演戏不？”

朱玉一愣，转头看着他：“怎么突然问我这个问题，我现在都三十多岁了，就算复出，也不能拍以前接的青春偶像剧了。”

童志宇笑了笑：“近几年的青春偶像剧市场并不怎么景气，不拍也没什么遗憾。除了这个，还有很多可拍的题材，你想不想试试？”

朱玉犹豫片刻，笑道：“你是嫌我在家白吃饭这么多年吗？”

“怎么会，我是看你总在家里，怕你会闷。咱们以前的朋友多半都在北京，住在这里的很少。你总守在家里，我又总是在忙，总怕亏待了你。”童志宇说道。

“好吧，既然你让我去试试，那你可有什么好建议吗？”朱玉半开玩笑地说道，“还是最近有什么剧组在找演员试镜了？”

第24章 古越

童志宇沉默了片刻，因为他想起来，最近只有一个剧组在本市取景，拍的是民国谍战剧《谍战上海滩》，古越是其中一个主角。这部戏双男主，另一个不知道是谁，女二号还没有确定，导演也是熟人，前几天还有人跟自己问过，有没有推荐的人选。

这剧组只是在这儿取几个景，估计也待不了几天，就得去上海继续拍摄。如果推荐朱玉去，倒是能让她忙起来，但是古越——想起这个人，童志宇心中总是不怎么舒服。

童念的生父就是古越，童志宇觉得，自己这么多年难以跟童念十分亲近，也是因为她长得越来越像古越了。

古越有一张很英俊清秀的脸。童念的容貌集合了古越的俊朗跟朱玉的美艳，是很美，可总让童志宇心有芥蒂。

“古越的新剧在找女二号。”童志宇刻意平静了语气，打开豆浆机，“有没有兴趣？我看过那个剧本，女二号的设定不错，是个中统特工，跟男主有一段生死情谊。”

“哦，那剧啊。”朱玉想了想，说道，“可是我去拍戏了，谁照顾你呢？”

童志宇看着她的神色，心中却生出几分不悦。果然听到是古越的戏，她就痛快同意了？

但只迟疑了片刻，童志宇便笑道：“我这么大个人了，还需要人照顾吗？你放心去试试吧，现在这个年纪正是黄金时期，我不想你留下什么遗憾。”

朱玉歪头看着他，半晌后失笑道：“好啊，那我就去试试。不过，你就放心我跟古越在一起拍戏啊？”

说着，她笑着环住童志宇的脖子。

童志宇倒是没想到她这么快就答应了，反而有些意外。

“怎么会，都是陈年旧事了。”童志宇笑道。

等他们做好早饭，七点的时候，两个孩子下楼来吃饭。童辉似乎心情不错，顺手开了客厅的电视。

他端着面包跟牛奶跑到客厅去吃，朱玉唠叨了两句“别弄脏了地毯”之后，也就随他去了。

半晌后，童念先吃完了，便在玄关处穿鞋等着。此时，童志宇听到童辉对童念喊："姐，我怎么觉得你跟这人长得挺像？"

童念说道："谁跟我像？"

"这个明星吧，叫古越。真挺像的啊。"

"胡说，我长得像爸，谁会像一个陌生人！"

"你有病吧，我就随便说说，你瞪我干吗？"

两个孩子的争执，让童志宇有些尴尬。他回头瞥了一眼客厅的电视，此时正是地方台的早间新闻娱乐头条，播放的正是古越接拍《谍战上海滩》的新闻。

他又下意识地抬眼看了看朱玉，见她正微笑望向自己，仿佛一派深情，反而让童志宇更觉得别扭。

"我去送两个孩子上学，今天你就准备一下，去试试镜吧。负责人电话你也知道吧？"童志宇说道。

朱玉微不可闻地叹了口气，笑道："好吧，既然你这么嫌弃我在家闲着，我一定去试试看。"

童志宇开车送了俩孩子去学校。童念下车之前，仿佛要跟他说些什么，最后却什么也没说出口，下车跑远了。

童志宇在车里看着童念的身影走远，这才摸出手机来给石雷打了个电话。

"兄弟，还得请你帮忙做一件事。"

"什么事，尽管说。"

"帮我调查朱玉的行踪，"童志宇定了定神儿，说道，"别让她知道。"

石雷有片刻的安静，随后问道："你们俩不是——出了什么问题了吧？"

童志宇苦笑道："但愿没有吧。"

石雷沉默片刻，说道："好，你放心，我会安排人调查。"

"朱玉去试镜了，《谍战上海滩》，如果你在剧组里有人——帮我照看她。"童志宇说道。这个"照看"自然是有多重意思了，石雷顿时秒懂，立即同意了。

童志宇放下电话，想起今天早上的怪声音，总觉得哪里不对劲，于是开车回家去。

他开车到家的时候，朱玉正要出门。抬头看到童志宇，朱玉笑道："听你的话，我今天就去剧组试试。我要是中午赶不回来，你就自己做饭吃，东西我都放在冰箱里了。”

“好，你去吧。”童志宇笑了笑。

目送朱玉开车出门，童志宇便关上大门，站在客厅里开始回忆今天凌晨的事情。

他听到声音，是快走到厨房门口的时候。于是他先在客厅里检查了一番，其实他也不知道要查什么。最初的想法是，也许朱玉在客厅里放了什么隐藏的音响设备，但他并未深想为什么朱玉要放这玩意儿。难道——是为了让自己造成幻听的错觉?

这个念头让童志宇冒出一身冷汗。

但找了半晌，他并未在客厅里寻到任何音响设备，倒是暗地里松了口气。

他在客厅坐了半晌，才慢慢冷静下来。童志宇决定还是先等等石雷的消息再说以后，现在，不如把所有精力放在写书上。

如今已经写了一大半内容，不能为了任何事情放弃。

童志宇于是上了楼，正要进书房的时候，却瞥见童辉的房门虚掩着。

童志宇脚步顿了顿，想起以前童辉在家的时候，要么反锁着门，要么敲半天不开门，不知道在搞什么鬼。再仔细一想，最近家里态度跟言行有点儿奇怪的，可不只是朱玉一个人。童辉跟童念多少都有点儿奇怪。

虽然以前童念也没有表现得跟朱玉太亲近，但最近俩人之间那股若有若无的疏远感，还是让童志宇感觉到了。

他曾经私下里问过朱玉，是不是跟童念吵架没有和好，但朱玉轻描淡写地说俩人没什么事，童志宇也就没有深究下去。

如今看来，他越想越觉得自己身旁这一家子人仿佛各有各的秘密，而自己却一无所知。

于是童志宇转身往童辉房门前走去。今天早上童辉好像心情不错，精神挺好。当然，他这种状态经常出现，童志宇认为可能是青春期少年那使不完用不尽的精力造成的。小孩子总会莫名兴奋起来，这没什么奇怪的。

门一开，一股奇怪的香味扑面而来。童志宇提鼻子闻了闻，仿佛是朱玉常用的那种车用茉莉花空气清新剂的味道。

这宅子里所有的房间都是大窗户的，通风情况很好，平时也没什么异味儿，童辉一个男孩子喷这种东西在屋里做什么?

童志宇很是疑惑，便在屋里四下看了看。这房间是童辉自己布置的。靠墙位置放着一只很大的橱柜，里面放着不少手办，但是看来很久没有动过了。

橱柜旁边是一组打击乐乐器，节假日的时候，童辉也会在屋里玩一阵子，不过印象里——他屋里也很久没传来鼓乐声了。

靠窗的位置放着电脑桌跟电脑，旁边是床跟书柜。

童志宇在屋里随意看了看，翻找了一下，见床上散落的基本都是体育杂志，没什么十八禁书籍之类的玩意儿。

童志宇心中好笑，刚想离开房间的时候，眼睛瞥见房间垃圾箱里的一个小瓶子。

这小瓶子并不起眼，圆柱形的，黄色盖子，就像是小时候放巧克力糖豆的塑料瓶子。

但童志宇却心中一沉，将那瓶子从垃圾筐里取出来，放在眼前看了看。

虽然里头空无一物，可童志宇却想起自己曾经见过这种瓶子。

第 25 章　玩偶

老何刚开酒吧的那一年，为了吸引顾客，价格比较实惠，酒吧常常夜夜爆满。

那时候不少十几岁的小孩子也去泡吧。人多就容易乱，没过几天，就被老何抓到几个在酒吧里贩售摇头丸的小子。抓到之后询问之下，才知道他们为了防止被警察抓，摇头丸的瓶子都用那种盛放糖果的小塑料瓶来装，只是为了跟糖果区别开来，所有的瓶子盖都用黄色标记。

看到这瓶子之后，童志宇顿时很恼火。难怪这小子奇奇怪怪的，原来是在吸毒！

他将瓶子放进口袋里，着手在童辉屋里翻找。不过他找遍了角角落落，却没有找到什么摇头丸，连这种瓶子也没找到。

看来这小子都吃了！童志宇顿时觉得火更大了。就在这时候，大门的门铃突然响了起来。

童志宇定了定神儿，走到窗口往下一看，只见一个开着三轮电瓶车的顺丰快递员正站在大门口。

他走下楼，穿过庭院开了大门，见快递员递给他一只包裹：“是童志宇先生吗？”

“是。”童志宇看了看那包裹，接了过来。很轻，也许是朱玉网购的东西吧。

“麻烦您签收下。”快递员说道。

童志宇迅速签了字，便拿着包裹进了屋。见快递单上写着自己的名字，寄件人只留了个名字跟电话，名字也很奇怪，叫阿言。至于电话，童志宇对照着查了查自己的电话簿，并不是熟人的电话，是一个陌生号。

可能只是朱玉网购的东西，童志宇心下想着，便动手拆开了包裹。

但包裹一打开，童志宇倒是愣住了。里头只有一只毛绒玩偶，是个小熊的形状，系着一个蝴蝶结。

朱玉买的玩偶？但他瞧了半晌，觉得应该不是朱玉特意买的毛绒玩具。

家里只有童念喜欢这些小东西，可她的玩具一般都是在专卖店买的，手里这个小熊玩具，虽然是仿照了泰迪熊的样子做的，但实际上并不是泰迪熊，是个山寨货。

童志宇拿着这玩偶翻看半晌，晃了晃，感觉这玩偶中仿佛有什么东西在晃动，发出“唰拉拉”的响声。

于是他将玩偶举到眼前仔细看，见玩偶背后有一道针线痕迹，仿佛是有人特意再度缝制过的样子。

童志宇从屋里找出一把剪刀来，顺着那针脚剪开，里头果然露出一个白色信封来。

童志宇立即将那封信抽出，打开一看，顿时吃惊万分。

里头是几张照片，照片上是两个男人，居然正是他找人调查的曲石跟吴有两人。

照片上俩人仿佛正在跟一个男人说话，但这个男人背对着镜头，不知道是谁。

一共六张照片，都是这三个人。背对着镜头的男人个头儿挺高，应该足有一米八五左右，但是他好像故意佝偻着身子，让人看不出真实的身材。

不过童志宇经常参与选演员的环节，对人的外貌特征也有一定的把握。他觉得这人身材应该不错，而且个头儿高，只是故意掩饰了自己。

穿的也很奇怪，这张照片是在夏天拍的，那男人却穿了一件长袖黑色遮阳衫，戴着遮阳帽跟墨镜。一般来说女人才这么注意遮阳，大男人如此讲究，真是少见。

再看那照片的背景，仿佛在一处棚户区，四周都是老房子，还有纵横交错的电线。想必这个人不想让别人知道自己私底下见了曲石跟吴有俩人，才选了这么一个没有监控的地方来见面。

可是寄给自己照片的人又是谁？童志宇将那小熊玩具前后左右翻看了许久，没有找到其他能表明寄件人身份的东西，不由得有些失望。

看着这照片，童志宇想起了以前何浩博说过，有个听上去声音沙哑的老女人给他打过电话，说自己会遇到危险，让何浩博去救。

莫非同一个人？

可这个人为什么无缘无故地要帮自己？童志宇叹了口气，只觉得这件事越来越复杂了。

童志宇看着手中的玩偶，想了想，拿着出门扔到了附近的垃圾箱里，然后进了书房，将照片锁进了只有自己知道密码的书柜下面。

童志宇坐在电脑跟前沉思半晌，突然想到一个问题。

这个神秘人为什么要跟那俩人选一个如此鸟不拉屎的地方谈事情？如果说为了避人耳目，那么本市有不少荒海或者僻静之地，在那里见面会更没有人发现。

之所以选这种地方，八成是——这俩人应该就住在棚户区。照片上的地方就是市北的棚户住宅区，看来是那俩人目前的住处。

没想到自己找了许久的人，居然还是藏在本市！可他们到底是不是袭击自己的人呢？

童志宇考虑片刻，决定自己先去会会这俩人再说。

打定主意后，童志宇想起自己留过宋凯的电话，便给他打了过去。

宋凯接起电话后，童志宇编造了个借口，说自己一个朋友要拍个剧，需要两个身手好的替身演员，特别点名了合作过的曲石跟吴有，问他是否知道俩人的联系方式。

宋凯有些惊讶地说道：“童老师，这俩人我倒是认识，此前见过，但是他们俩也不算是特别有名的替身演员啊，您怎么还特别点名让他俩来。”

“哦，只是朋友提过，不知道能不能找人带我去找他们，听说俩人就在本市。”童志宇回道。

宋凯也不多问，便笑道：“行啊，今天下午我有时间，联系上他们之后，我就给您电话。”

“行，多谢了。对了，因为事情还不知成不成，所以拜托你一件事，先不要告诉他们到底是谁要找他们俩，就说是想拍片的朋友见见他们。”童志宇补充道。

“行，还是您想得周到，就这么着了。”说着，宋凯挂了电话。

挂断电话后，童志宇看了看时间，才发现自己思前想后折腾这许久，不知不觉居然过去了一上午。

他自己做了点儿午饭吃了，发现朱玉中午居然没回来，却也没有电话跟短信过来。

童志宇拿起手机，本想给她打电话问问试镜的结果，犹豫片刻又放下了手机。

第 26 章　意外

吃午饭的时候，宋凯来了电话，说已经约好了两个人，下午在市北区的一家茶馆见面。

童志宇确定了时间地点，便挂断了电话。他心中暗想，看来宋凯并未透露是自己约的他们俩，如果见面后，俩人神态出现异常，或者立即逃跑，那就说明，这俩人八成是袭击自己的凶徒了。

市北区人群密集，见面地点又在公共场合，童志宇觉得那俩人不可能当场对他跟宋凯有什么不轨行为。

而且俩人可能还存有侥幸心理，觉得童志宇认不出来他们。其实童志宇也不十分确定凶徒就是这俩人，一切只看下午的会面了。

收拾停当，童志宇出了门。从大门出去往车库走的时候，他突然觉得有光影在自己脸上晃了一下，仿佛对面有亮光反射到了自己脸上。

童志宇疑惑地看向前方。别墅之间距离不算近，但是也能一眼看到对面的楼。

对面是一栋风格跟自己家类似的别墅，庭院里荒草丛生，但是童志宇清楚地记得，对面的别墅里没有住人。可是刚才转头的一瞬间，他却觉得有人在那窗口上晃了一下。

童志宇盯着对面楼上的窗户，但是再也没看到什么人影。大白天的总不能见鬼了吧？或者自己眼花了？

想到这里，他下意识地往那栋楼走了过去。但走到楼跟前的时候，他发现大门口上着锁，锁已经生锈了。

庭院里满是野草，房子虽然新，可看得出来没有人气。也许是业主买了房子却没有搬进来。

但一股奇怪的感觉盘桓在童志宇心头。他盯着那窗户，总觉得有一双眼睛藏在后头，正在冷冷地盯着他，如潜藏在冰雪洞窟里的蛇，让他的后背生出几许寒意。

他站在庭院门外许久，眼前便是那镂空的铁栅栏门，缠绕着叫不上名字的藤蔓植物。门里是一栋孤冷的别墅小楼，四下里一片寂静，偶尔有秋虫鸣泣之声传来。

童志宇感觉心口仿佛压着巨石，没来由地觉得恐慌，但又找不到这恐慌的根源。

半晌后，他才挪开步子去了车库，开车出小区的时候，他又回头看了一眼那小楼，却没再瞧见什么可疑的影子。

到了茶馆外头，童志宇深吸一口气，推门而入。今天是工作日，茶馆里没什么人，童志宇一眼就看到靠窗户边坐着的三个人。

其中俩人背对着自己，另一个就是宋凯了。只见宋凯冲着童志宇招了招手，童志宇于是大步走了过去。

“给你们介绍一下，著名编剧，童志宇童老师。”宋凯很是恭敬地站起来介绍。

童志宇则将全部注意力放在了那俩人身上，只见那俩人听到他的名字之后，果然表现得不太对劲。

二人的目光看向他，童志宇也望了回去，目光平静。

他将俩人的样子跟自己记忆里两个歹徒的影子对比了一下，果然，身高、身材、眼睛都很像。只是记忆里的那个白毛，现在把头发染了回来。

高个子的曲石今天穿了短袖，能看出他身上隐约有刺青的痕迹。

而俩人眼睛里一闪而过的惊慌也没有逃脱童志宇的眼睛。

“三位怎么都愣着啊？坐啊。”宋凯见他们三人彼此看着不说话，便有些奇怪。

“哦，这两位有些眼熟啊。”童志宇淡然说道，“我们见过吗？”

曲石听到这句话之后眼神有些闪烁。矮个子的吴有倒是淡定了些，笑道：“童老师记错了吧，您怎么会认识我们。”

“哦？我倒是觉得两位很是眼熟。”童志宇依然盯着他们说道。

“那不可能的！我们不认识。”吴有的神色有些慌乱了。

宋凯有些疑惑地开玩笑道：“怎么了你们俩，童老师说认识你们，你们倒是慌得不像个样子，跟童老师认识很可怕吗？”

俩人的脸色顿时难看了几分。童志宇心中冷笑，切实地确认了心中的疑惑，他们就是袭击自己的人。

不过他并不挑破，只是就着今天的幌子跟俩人聊了许久。

可能后来他们俩也觉得童志宇并未认出自己的真实身份，神态间放松了一些，但却不怎么说话，只是点头迎合。

扯了半天，童志宇才停了下来。俩人也没多问后续合作的事情，立即匆匆离开了。

童志宇看到二人离开，也跟宋凯道了别，开着车悄悄跟着俩人坐的出租车，一路到了俩人住的棚户区小巷子外头。

俩人下了车，童志宇靠路边远远停下，看着他们进了一条巷子之后，他也下了车站在巷子口，借着杂物掩饰身形，看着俩人进了一栋老楼，之后默默记下了那楼的单元号。

这楼一共四层，是老楼了，要是跟上去，怕是被俩人发现。不过确定了他们的住处，童志宇决定再让私家侦探查查俩人的房子，也许能找到他们跟那个神秘男人的联系信件或者痕迹。

童志宇正想迈步回去的时候，突然听到一声炸响传来。这响声震耳欲聋，让童志宇有片刻的蒙逼。

等他回过神儿来的时候，才惊觉小巷里一栋楼爆炸了！

一股股浓烟从爆炸的楼体升腾起来，周围的居民纷纷惊慌失措逃出家门。

童志宇只觉得耳朵嗡嗡作响，过了许久都听不清周围人在说什么。

等他慢慢听到了些声音之后，才惊觉那爆炸的楼居然是曲石跟吴有刚刚进去的那栋楼！

童志宇顿时生出不祥的预感，这么巧？！

他愣了片刻，回过神儿来之后便立即往巷子里冲过去。但是，小巷里涌出来的人却将他又挡了回去。

第 27 章　迷茫

没过多久，消防车、救护车跟警车赶到了，纷纷停在了巷子口。

警察疏散开民众，消防人员便赶过去灭火。童志宇被挡在警戒线之外，只能暂时等着。

他全程盯着，不断有受伤的人被放在担架上抬出来，但是却没有曲石跟吴有俩人。

等受伤的人都被抬走之后，童志宇看到又有人被盖着白布抬了出来。

他心中咯噔一下，赶紧分开人群围上去抓着医护人员问道："死了几个人？我朋友住在这里，我想看看他！"

也不等别人说话，他掀开白布挨个儿看了看，顿时心沉了下去。

其中两具尸体正是曲石跟吴有。虽然爆炸已经将俩人炸得血肉模糊，但是身上的衣服、刺青的图案，还有依稀可见的半张脸，都能判定，这两个人已经死了，面前就是俩人的尸体。

童志宇看着那两具尸体，顿时一阵反胃，扶着路边的电线杆就吐了个天翻地覆。

此前分明是活生生的两个人，不过瞬间工夫，居然变成了两具尸体。纵然自己看过那么多血腥录像，可这是第一次见真正的尸体，也是第一次见两个大活人变成两具毫无生命的死尸。

那尸体身上挥之不去的血腥味跟焦煳味萦绕在鼻端，童志宇又觉得一阵反胃，再度吐了起来。

许久之后，他才顺过气儿来，扶着电线杆喘气的时候，瞧见一瓶矿泉水递到他跟前来。

他一愣，顺着那矿泉水抬头一看，只见侧后方站着个女警察，正举着那瓶泉水递给他，脸上满是理解跟同情："刚才看你在认尸，朋友出事了？节哀吧。"

童志宇道谢接过，将瓶盖扭开喝了几口水漱了漱口，这才问道："对了，警察同志，这爆炸是怎么回事？"

"现在还不清楚，刚才消防的同事初步勘察了现场说，好像是煤气泄漏引发的爆炸。这些楼呢都是老楼了，而且现在秋天了，天气干燥，爆炸之后引发了小规模火灾，所以才有那么多人受伤。可现在看来，你的朋友可能是在爆炸中一出了意外。"警察说道。

煤气泄漏，突然意外？童志宇眉头紧蹙。如果这是意外，那就有点儿巧合了。此前神秘人刚给他寄了照片，他刚找到俩人的住处，结果这两个人就被炸死了。

与其说是意外，倒更像是谋杀！

童志宇觉得自己卷入了更为复杂的旋涡里去，但是如今千头万绪，却找不出一点儿线索。

女警察以为他被吓着了，便让他回去休息。童志宇这才挪着步伐回到自己车里，坐在车中静思了许久。

随随便便就设计了一桩谋杀案，随时能注意到自己的行踪，这看起来，可不像是某一个人能做到的，更像是某一个群体组织在暗中行动。

可是这个组织的目的是什么呢？自己被袭击之后，外加家里跟身旁频繁发生的怪事，曾经一度让童志宇觉得朱玉也许跟这些事情有关。

但如今，他觉得凭朱玉的本事，做不到这些。也许有人在帮她，会是谁？

莫非一古越？童志宇想到这个名字，又否认了。

古越如今功成名就，自己有什么可让他觊觎的？如果只是为了跟朱玉复合，那也大可不必如此大费周章。

童志宇越想越觉得心烦意乱，于是一路开车去了童念的学校，准备接童念跟童辉放学。

看到童辉的时候，童志宇突然想起那瓶子，顿时气不打一处来。但是他也不很确定童辉是不是真的在吃什么摇头丸，于是只是冷眼看着他上车。

"爸，你老盯着我干什么？"坐在副驾驶上的童辉注意到童志宇的目光，忍不住问道。

“小辉，最近你的状态可不怎么对劲！”童志宇突然说道。

“啊？什么状态？”童辉不解地问道。

“有时候有精神，有时候又无精打采，怎么回事？！”童志宇冷冷呵斥道。

童辉说道：“这不是很正常吗？人都这样，谁能一直亢奋啊，那不是做传销的吗？！”

此时正路过一处十字路口，红灯亮起，童志宇停下车，将那瓶子从口袋里掏出来，丢给童辉：“这东西是什么？！”

童辉眼神儿一慌，嘴上说道：“什么啊，我怎么知道，不就是个塑料瓶子吗？！”

童志宇冷冷说道：“只是个瓶子？！童辉，别当我不知道！这里面是不是装过什么别的东西？！”

童辉立即否认：“没有！”

“那瓶子里头本来装的是什么？！”

“就巧克力糖而已！”童辉嚷道。

“巧克力糖，连个标签也没有？！再者，你不是很讨厌巧克力吗？！什么糖你都不喜欢吃，不是吗？！”童志宇喝道。

童辉看着他山雨欲来风满楼的阴沉脸色，神色有些瑟缩：“就偶尔吃一次有什么奇怪。”

嘴上虽然否认，但语气已经显示了心虚。童志宇心中越发凉了下来，看来这孩子八成是在吃摇头丸之类的毒品。

此时信号灯换成了绿灯，后头传来一阵不耐烦的鸣笛声，童志宇只好继续往前开车。童念不明所以，注意到俩人之间紧张的氛围，只是沉默无言。

一路上三人默默无言，等到家下车之后，童辉开了门就要跑。童志宇喝道：“给我站住！”

童辉被吓了一个哆嗦，犹豫地站在原地。

“说清楚，你最近是不是吃了什么不该碰的东西？！摇头丸？！”童志宇怒道。

“绝对没有，你这说的是什么啊？！”童辉反驳道。

童志宇更是生气，正要给童辉脸上甩一巴掌，童辉却怒道：“你都没什么证据，就说我吸毒，有你这么当爸的吗？！平时也不见你管我，今天发什么神经！”

童志宇刚想发作，便听到身后一阵汽车鸣笛声传来。回头一看，只见朱玉开着车出现在门口，摇下车窗对着他们俩问道：“你们在这儿做什么？”

“我爸莫名其妙发脾气！”童辉愤愤道，也没看他们仨人，自顾自地进了大门。

童念想了想，瞥了朱玉一眼，又看了看童志宇，也跟着进了门去。

童志宇本想追过去训斥一顿，可被冷风一吹，脑子倒是静了下来。

自己确实也没抓到什么切实的证据，不过童辉的表现着实太明显了，这小子分明有鬼。而且这倒是也能解释得了为什么他最近总是情绪不对劲，甚至还明显瘦了。

想到这个，他更是担忧了起来。看来得暗中找卢冲给他检查一下身体，如果是真的吸毒，那必须送去戒毒，否则一辈子就完了。

朱玉停好车，走到大门口的时候，见童志宇还是愣在原地，便问道：“今天怎么发这么大火？”

“问问你的好儿子吧。”童志宇叹道，“我怀疑他吸毒。”

“什么？！”朱玉脸色一变。

“不行，明天送卢冲那儿检查一下，如果是吸毒，得送去戒毒所戒掉！”童志宇怒道。

朱玉连忙劝道：“不行，要是他被送去了戒毒所，一旦被人发现，不只是你受影响，小辉以后怎么在学校里继续上学，而且这课程也跟不上啊。”

童志宇冷哼道：“他功课什么时候跟上过？！此前找过那么多老师给辅导功课，也没见他有长进！”

朱玉思量片刻，说道：“这样吧，我给卢冲打个招呼，如果明天查出小辉真的吸毒，就让他暂时住在卢冲那里，在他诊所里戒毒，他是医生，能照看好的。”

童志宇皱眉道：“让他照顾？人家哪有时间照顾？！你这也太强人所难了。”

朱玉劝道：“没事，我们多给他点儿钱就行了。”

这句话虽然是朱玉无心说出来的，但听在童志宇耳朵里，总觉得有点儿别扭，不怎么恰当。

但是他也知道，如果真的把童辉送去戒毒所，怕是媒体知道之后又是一场风波。这几天古越刚回国，就已经有新闻八卦又明里暗里地提到朱玉跟古越那段初恋往事。

虽然他跟朱玉在外宣称，彼此是初恋，但是圈内不少人都知道，古越才是朱玉的初恋。俩人的生活再度进入公众视野，万一被拍到童辉吸毒，对儿子前途的影响确实很严重。

相比较之下，他也知道将童辉送给卢冲照顾比较好。可人家是否接受，就不好说了，平添一些麻烦给人，总归不好。

朱玉见他不说话，便继续劝了几句，说自己会跟卢冲说，如果商量不妥再说。

童志宇见她这么说，也只好作罢了。

到了晚上，等他进了书房，独自一人待着的时候，白日里见到的死尸惨状再度呈现在眼前。童志宇叹了口气，走到窗前，透过玻璃看向窗外的偌大的梧桐树，听着夜风吹过树叶发出的沙沙声出神。

愣了半晌，童志宇再次拿出那恐怖光盘放在电脑里观看。他一直觉得里头的凶手就是曲石跟吴有俩人。

如今这俩人已经死了，再次看这光盘，莫名生出几许怪异的感觉。

可是，如果凶手是他们，他们杀前任屋子主人是为什么呢？因为变态杀人？可自从神秘人给自己寄了照片之后，童志宇又觉得事情没有这么简单。他们俩不像是变态，不只是从自己对这俩人察言观色来看，还是从那照片上来看，他们更像是另有目的。

可惜，人是死了，自己想慢慢调查的计划怕是不会顺利进行了。

接下来要怎么办呢？童志宇顿时感到一阵迷茫。

第 28 章　鬼音

睡觉之前，童志宇进了卧室，瞧见朱玉正靠在床头翻看剧本。

“今天的试镜怎么样？”童志宇坐到她身旁问道。

“不错，导演居然敲定了我。我想大概也是因为这个角色的戏份不是很多，因为在二十集的时候，这角色就为了男主角的任务而殉国了，”朱玉笑道，“所以也不算什么戏份太多的角色。”

“不错了，有古越当主演，收视率一定挺高。”童志宇说道。

“但愿吧。今天你的气色好像不太对，就是被小辉的事儿气的？别担心了，刚才我已经跟他谈过，他决定要戒毒，必要时住到卢冲那边去。晚上我给卢冲打过电话，他也同意。”朱玉说道。

“他就这么同意了？”童志宇有些意外，“这事儿我觉得太打扰他了。”

“嗯，换成别人呢，确实是这样。不过他一个单身男人，父母都去国外了，什么事都不需要操心，所以还跟我说，希望童辉住过去几天呢，否则他下班后也是无聊。”说着，朱玉将卢冲开的药递给他，“我看你今天好像很累，吃点儿药早睡吧。”

童志宇想起今天遭遇的事情，接过了那药瓶吃了一颗，便躺下睡了。

迷迷糊糊的地，童志宇觉得耳边有点儿吵。他微微睁开眼睛，看到一缕光线在眼前晃悠。

他睁开眼睛，却见自己躺在一处废墟中。说是废墟，也不全对，这景象更像是玄幻片里的蛮荒之地，四下里飘浮着寸草不生的黄色山石。

童志宇踩着那些山石走了许久，才见到前头有一扇门。那扇门是这场景里唯一“正常”的东西。

于是童志宇冲着那扇门走了过去。他伸手推开那扇门，却见里头居然是另一个世界。

一片偌大的丛林出现在他眼前。他沿着一条小路往那树林深处走过去。这片风景让童志宇觉得有些熟悉，却又不曾见过。

走到树林深处的时候，童志宇看到前头有一处小屋。这林间小屋不像是守林人住的，因为屋子的风格是日式的，居然还有一处小庭院。

童志宇忽然觉得这场景确实熟悉，于是他顺着那庭院后头的小路找过去，果然找到一只被困在树上的木头鸟巢。

他翻了翻鸟巢里头，从里面取出一只毛绒玩具。玩具是中空的，里头放着一封信。

童志宇刚想拆开信看看，便觉得眼前一花，身体下意识地一哆嗦，突然清醒了过来。

醒来之后，依然是熟悉的头疼感袭来。他往旁边一看，朱玉又不在身旁。外头天色有些黑，自己醒来得好像比昨天早一些。

童志宇坐在床上发愣，想起刚才的梦，有些吃惊。

因为他梦里的丛林跟小屋，居然是他出版的第一本书里的内容！他记得那本书叫《恶魔的信约》，讲的是一个读犯罪心理专业的学生发表过一篇很受瞩目的论文，因此被犯罪分子盯上，经常以传信的手段跟他联络。在一次次的通信里，那个学生慢慢找到了犯罪分子的线索，最后抓住了这个人。

这不算是一部太成功的作品，但是由于他在书里把某些场景描述得比较惊悚，因此那本书比较有人气。可现在想来——童志宇冷不丁地想起了那只玩具小熊。

莫非，那个跟他通信的人，居然看过他的书？也不太可能，也许只是巧合而已。

童志宇胡思乱想了一通，纳闷朱玉怎么又没在。他摸出手机看了看时间，凌晨三点，朱玉不会醒这么早吧？

想到这里，他出了屋门，站在客厅的时候，又听到了一阵隐隐约约的说话声。

又来了？童志宇这回仔细聆听了一下，切切实实听到这声音就是从地下传来的。

如果不是幻觉，那么声音怎么会从地下传来？童志宇思索片刻，立即想到了那地下室。

可地下室在院子里，距离屋里有一段距离，就算有人在地下室说话，也不可能在屋里听到。

但如今童志宇也想不起别处能从地下传来什么声音，于是干脆推开门走到院子里，拉开地下室的门走了进去。

走进地下室之后，童志宇摸索着开了灯。地下室里并没有人，但那说话声却略显清晰了些。

童志宇循着那声音走到地下室尽头，摸了摸尽头处的墙壁，将耳朵贴了上去。

声音似乎是在墙壁后头。可他摸索半晌，也没找到什么机关暗格之类的。找了半天，当那声音消失之后，他又觉得是自己疑神疑鬼了。

自己家又不是军统情报处，有什么暗格，有点儿扯。

摸索了半天没有线索，童志宇只好从地下室出来。等他到了院子里之后，看到客厅里亮着壁灯，朱玉简直鬼魅一样又悄无声息地出现在落地门前。

童志宇走过去，问道：“你又去哪儿了，睡不着，又出门了？可我看大门锁着啊。”

朱玉觉察到他语气里的不悦，也没生气，说道：“我就在洗手间啊，起夜呢。倒是你，晚上去地下室做什么，吓人一跳。”

童志宇不怎么想告诉她自己听到的声音，便说道：“我刚才做了个梦，梦到我十年前写的一本小说，突然间就有些怀念，一时兴起跑到地下室找那本旧书，却没找到。”

朱玉盯着他，脸上依然微笑：“可你出版过的书，都在二楼书房的书架里放着啊，你忘了？”

童志宇莫名从她的语气里察觉到一丝森然的冷意，不由得仔细观察了一下她的神色。但朱玉的脸上却带着很温柔的微笑，没什么特别。

“哦，对，你看我这记性。你知道的，我最近记性总是不好，也不知道怎么了，可能真是老了。网上有个名词叫什么来着？‘初老症’，是吧？”童志宇笑道。

朱玉叹道：“你真是的，快继续睡会儿吧。”

童志宇应了一声，跟着她回了卧室。重新躺到床上的时候，童志宇闻到朱玉身上有一股挺浓的玫瑰花香水味儿。

“最近你换香水了？以前你好像不喜欢香味儿这么浓郁的。”童志宇问道。

“今天白天不是去试镜吗，我就随便涂了些。”朱玉打了个呵欠，关了灯，“再睡会儿吧。”

童志宇心想，在睡觉之前还没闻到她身上有这种香水味儿，但由于困意袭来，他也没多想，转头睡了过去。

第 29 章　神秘来电

早上，朱玉说要去剧组一趟，顺路送孩子们上学。

童志宇看了一眼童辉，见他沉着脸不说话，便问朱玉：“他的事情怎么办？”

“我大概下午就完事儿了，去接小辉然后找卢冲检查下。今天你就在家待着吧，我来处理，反正也是顺路。”朱玉说道。

朱玉跟童辉先走出屋，童念却留在后头，见俩人出了院门，才对童志宇说道：“爸，咱们家对面的那楼上应该没人吧？”

“应该没人，那院子都长满了荒草呢，问这个做什么？”童志宇问道。

“我昨晚睡前去上厕所，好像看到那楼里有灯光。但是距离有点儿远，我也不确定，因为很快灯光就没了。”童念说道，“我就觉得有点儿奇怪。爸，咱们住的这片地方真是……真是很怪异啊。”

“没事，别担心。”童志宇安慰道，“这小区安保设施还不错，我也在想，要么过几天买只看门小狗回来，如果有什么陌生人靠近，还能示警。”

听到要养小狗，童念的眼神儿立即亮了：“真的？爸，你要养什么小狗？”

“金毛吧。你喜欢吗？”童志宇笑道。

“好呀好呀！咱们家院子这么大，可以给它做个小别墅。”童念顿时兴奋了。

“没问题，我今天去狗市看看，找到漂亮的就买回来。”童志宇笑道。

“爸，看到漂亮的小狗就拍下来给我发微信看看哈，咱们一起选。”童念撒娇道。

“行，不过你上课不能看手机。”童志宇说道。

“没事，我下课看啊，中午吃饭什么时候的，好吧？”童念笑道。

“行，你快走吧，我一定给你发照片。”童志宇说道。

童念听罢，兴高采烈地跑出去了。

童志宇看着她欢乐的背影，无奈地笑了下，女孩子都喜欢小萌物啊。

童志宇不太喜欢小动物，但自己两次听到那种怪异的说话声，总觉得哪儿不对。如果养只听觉灵敏的小狗，一旦有声音，必然会狂吠。

这附近晚上连个车辆经过的声音都没有，可如果小狗总是叫，那说明自己听到的声音并不是幻觉。

童志宇先是去楼上工作了一上午，吃完饭便真的往狗市赶了过去。

他也没什么耐心选小狗，本想随便挑一只差不多的就算了，但想起童念的话，也就只好拍了几张用从微信发给童念。

童念没多会儿就回了一条微信：“要第三只！胖嘟嘟的好萌！”

童志宇心中好笑，回道：“你不是在上课吗？好好听讲，晚上回来再说！”

店主此时热情地问道：“先生，那您想买哪一只？”

“那只最胖的吧，再来点儿狗粮，还有那个最大的狗窝。”童志宇说道。

店主一看来了个土豪，买的是最宽敞舒服的双层狗别墅，于是态度越发热情：“这小狗好几个月大了，早就断奶了。疫苗我也打过了，放心养，很健康，是只小公狗。”

“嗯，这狗很闹腾啊。”童志宇敷衍地回道，见小狗很欢快地跑到他脚边儿，咬裤腿玩儿。

“小狗都是这样，其实越闹腾说明小狗越健康，等长大了会好一些。”店主说道。

童志宇心想，管他，反正养在院子里，够它折腾了。

童志宇带着新买的小狗开车回家，快到家的时候，手机突然响了起来。

他瞥了一眼来电显示，居然是号码不详，不由得一愣。但转念一想，觉得这八成是什么诈骗或者推销电话吧，于是干脆没接。

可这号码却执着地再度打了过来，不厌其烦。童志宇于是接了起来：“喂？哪位？”

“童老师，别来无恙啊。”手机里突然传来一阵怪声。但是这声音显然是经过变声器改过的，让童志宇一愣，不由得追问道：“你是谁？！”

“一个故人。”

“少故弄玄虚！”童志宇怒道。对方仿佛并不生气，反而笑了起来。

童志宇突然灵光一现，问道：“难道……是你给我寄的照片？！”

“童老师果然聪明。”那人说道，“我送你的玩偶，你还喜欢吗？”

“不好意思，让我扔了。”童志宇冷冷说道。

“童老师，你不觉得这玩偶跟你小说里写的一样吗？《恶魔的信约》。”

童志宇有些愕然。这个人在模仿自己的书？别是什么变态吧？

“你到底想做什么？！”童志宇冷冷问道。

“童老师，莫非你觉得我是你书里那种变态杀手？那你就想错了。我只是个复仇者。”

“复仇者？”童志宇心中暗想，这么中二的名字，别是一个无聊小孩吧。

“童老师，你的生活里充满了欺骗，你却被蒙在鼓里。没关系，我也是用了十年，才查清楚了一些秘密。童老师想不想知道？”

“我没兴趣。”童志宇冷冷拒绝。

“别这么着急拒绝我。童老师，你不想知道为什么曲石跟吴有要杀你吗？”

“杀我？你都知道些什么？”

“童老师，你不是不感兴趣吗？”对方一阵笑声之后，又继续说道，“他们俩以前不过就是混混，仗着有点儿功夫，做过高利贷催债的，还有武打替身，所以一定是有人收买了他们。那个人就是照片里的人，可惜我没有拍到正脸。但是这足以说明，童老师，你现在正置身于危险之中，要小心身旁每一个人！”

“我凭什么相信你？！”童志宇问道，“你为什么告诉我这些？”

“我说为了帮你，你也不会信。不如这样，我们俩合作，我提供给你一些资料，你帮我尽量了解资料里相关的人。无论他们有什么信息跟八卦，都告诉我。”对方说道。

“你要调查谁？我交际圈不是很广泛，可能帮不了你。”

“不会，因为这些人都是影视文艺圈的知名人物。可惜我隐居多年，没办法直接见到他们。”

“你跟这些人有仇？”童志宇越发疑惑。

“这个你就别问了。我只能说，调查他们，也能帮你解决心中疑惑。我们俩人的目的殊途同归。”

童志宇不知对方什么目的，但是同时也很好奇他（她）是怎么知道自己的困惑的。

“童老师不说话，我就权当你同意了。”那人说道，“我们如果用手机通信，那就太没意思了，还是按照你书里那样，等我快递。”

“哎你——”童志宇刚想问话，对方却挂断了电话。

童志宇一阵愕然，这人什么来路？

但事到如今，也只好静观其变了。

第 30 章　另一个快递

晚上，朱玉带着童辉跟童念回家，童念忙不迭地来找童志宇要小狗。

童志宇指了指客厅角落：“玩累了在窝里睡觉呢。”

童念立即冲过去将小狗抱了出来，满脸惊喜：“好可爱！爸，给它取个名字吧！”

朱玉看到那狗之后，皱了皱眉头，脸色不悦：“怎么有只狗呢？你给她买的？”

“嗯，咱们家这么大，我觉得养点儿宠物也不错。我还想在客厅里养些金鱼呢，难得你也喜欢这房子，咱们不如长久住下去。”童志宇说道，盯着她的神色变化。

朱玉缓和了脸色，说道：“我不是不让你养宠物，但这狗万一到处拉屎撒尿的，还在角落里拉，打扫起来不方便。”

童辉在一旁冷哼一声：“你们都忙，不如请个保姆啊！”

朱玉说道：“这倒是个办法，志宇，我们这剧下月就要拍了，到时候我忙起来会顾不上你。这个月我赶紧找个靠谱点儿的全职保姆，给家里做饭洗衣打扫卫生什么的。”

“也好，你看着办吧，我没意见。童辉今天检查了吗？”童志宇问道。

“检查了，等过几天出结果。”朱玉说道。

“爸，我能不能把小狗抱我屋里啊？”童念问道。

“还是放在客厅吧。你屋不算大，放这么大一个狗窝不方便。”童志宇说道，“对了，你想好小狗叫什么了吗？”

童志宇并不想童念把狗带走。他分明是在客厅里听到了怪声，还是把小狗放在客厅得好。而且他们的卧室在一楼，狗叫也能听见。于是童志宇立即转移了一下话题，果然童念也跟着将思维放在了思考小狗名字的问题上。

“现在是九月，就叫九月吧？小九，九九。”童念说道。

“还九月，当这狗是挂历呢？”童辉在一旁冷哼道。

“你懂什么，就叫九月了。”童念笑道。

小狗九月来了几天之后，家里却一切正常，童志宇也没再听到什么怪声，倒是难得的平静了几天。

利用这几天的安宁，童志宇将小说写到了将要结尾的部分。但是这个结局——他总觉得无论如何来写，都不够精彩。

因此他暂时停了笔，休息了两天。朱玉这阵子开始研究剧本，也忙了起来。这日，朱玉刚出门不久，又有童志宇的快递送了过来。

童志宇拆开一看，发现里头还是一个毛绒玩具——一只怪丑的山羊。

这种劣质的玩意儿透着地摊货的气息，童志宇终于明白这东西从哪儿来的了。

夜市上不少套圈的摊位，还有游戏城的射击游戏之类的，这些便宜娃娃一般就是奖品。

有了第一次的经验，童志宇很快地拆开了娃娃，发现这次里头塞着一张医院病历表。

这病历表显然是打印出来的，时间是一年前，名字居然是童念的。童志宇仔细看了看，惊讶地发现这病历表上写的是童念在一年前住过院，时间是一个月，原因是车祸。

那段时间，好像是自己在跟一个剧组到外地拍摄的时候。自己全程跟进，出去了两三个月，并不在家。

可这件事，无论是童念还是朱玉，都没有跟他提过。就算俩人为了不让自己担心而隐瞒了这件事，可童志宇觉得按照童辉那个性格，家里出点儿大事，他都会隔三岔五地在家里提及。

可就连童辉也对这件事保持缄默，为什么呢？或者童辉并不知道这件事？为什么俩人要连童辉都隐瞒呢？

童志宇越想越不对劲，但是也没办法问那人到底什么情况。

除了病历打印件之外，没有留下别的东西。

以前病历都是医生亲手填写的，但如今很多医院都存电子档，尤其是住院的病人，方便留底管理。

但这是病人的隐私，如果去问医院，对方不会透露。那这个神秘人是如何查到的？

童志宇看着手中的病历打印件，觉得对方不会无聊到给他提供没用的信息。这件事有蹊跷。

童志宇坐进客厅沙发里，环视客厅的陈设。朱玉是个挺有生活情调的人，屋子装修简单，但透着温馨的味道。

可事到如今，看似温馨简单的家，却让童志宇有些不寒而栗。自己周围的人，包括老婆儿女，都藏了各自的秘密，而自己却毫不知情。

他在客厅愣了许久，才起身将这病历打印件折叠起来，塞进裤子口袋里。

这时，九月从狗窝里钻了出来，伸了个懒腰，打了个呵欠，然后跑到童志宇身旁趴下，瞪着水汪汪的眼睛看着他。

于是童志宇取来狗粮袋子，倒了一些在它的碗里，九月便愉快地跑过去吃了。

晚上童念放学回来，第一时间跑过去抱着小狗玩。

“爸，九月好像总是在睡觉。”童念说道。

“小狗就是喜欢睡觉，没什么，跟小孩子一样。”童志宇说道。

“嗯，总觉得它睡得太多了。”童念摸了摸九月圆润的头。

“小念，我有事想问你，到我书房来一下。”童志宇说道。

童念一愣，倒也抱着小狗跟了上去。

到了书房里，童志宇关上房门。童念不解地问道：“爸，有什么事情要这么秘密地谈呀？”

“这个你看看，是真的吗？”童志宇将那病历拿了出来，递给童念。

童念接过来一看，脸色顿时煞白。

童志宇注意到她的神色变化，继续追问道：“怎么，这个病历有什么问题？”

童念犹豫半晌，摇头道：“没什么问题，就是我当时出了场小车祸，被送去了医院住了几天而已。”

“就这样？”童志宇说道，“当时伤得怎么样，没有留下什么伤疤或者后遗症吧？你们俩为什么瞒着我，我现在才知道你出过车祸。”

童念笑了笑：“我们只是不想爸担心。”

“什么车撞的你，你还记得吗？”童志宇问道。

“不……不记得了。”童念说道，眼神有点儿闪烁。

“到底怎么回事，如果说有人故意撞你，我们不能就这么算了。”童志宇想起前阵子在学校门口找童念麻烦的那几个小混混，于是问道，“难道是那几个找过你麻烦的小子？”

“不是他们。爸，就是个意外，你就别问了。”童念皱眉道。

“好吧，那车祸出在什么地点？”童志宇问道。

“都一年了，我都忘了。”童念说道。

“好吧，那你回去吧，以后有事一定要告诉我。”童志宇说道，“出车祸住院不是小事，我却不知道你受了伤。”

说罢，童志宇叹了口气。童念见他神色担忧，有些感动，不禁开口道：

"爸，你要小心！"

"哦？小心什么？"童志宇一愣。

童念沉吟半晌，才说道："爸，说实话，我不是您亲生女儿吧？"

童志宇一愣，自己在俩孩子跟前也没说过什么，她是怎么知道的？

童志宇转念一想，说道："你不要听外头那些人瞎说，你就是我的女儿。很多媒体为了炒作，硬是要扯上什么明星绯闻，但那都是捕风捉影的事情。"

"可是，你跟我们说过，你是工作几年之后才认识的我妈，那时候你也要快三十了吧，我妈比你小几岁，但也二十多岁了。可是按照我的年龄来推算，她可是十六岁就生了我，时间根本对不上吧。"

第 31 章　猜忌

童志宇一愣，回忆了片刻，记得自己好像在几年前过年的时候，一不小心喝多了，在家里跟俩孩子絮絮叨叨了不少以前他和朱玉的事情。

童辉那小子粗心，记不得这些，没想到童念却记住了，还记了这么多年。

童志宇一时哑口无言。童念笑了笑，说道："爸，我不在意亲生父亲是谁，他不要我，我也懒得去找他。在我心里，你就是我爸，所以我不希望你有事。"

"为什么说我会有事？"童志宇问道。

"就是——前几天看你受伤了嘛。好了，我先回去啦。"童念抱起小狗走了出去。

童念的态度有些奇怪，童志宇也不知她这到底什么意思，但是这神秘人不会平白无故给自己寄来一封毫无意义的快递。

童志宇决定亲自去查一查这件事，也许当年的车祸里藏着什么内幕。

童念走后，童志宇独自坐在书房里，看着手中的病历，想起了前阵子童念收到的不明照片。

照片上一个貌似朱玉的女人和小鲜肉帅哥私会，以前他还觉得那女人不像是朱玉，但如今看来，朱玉好像瞒着他不少事情。

童志宇又想起怂恿朱玉去古越剧组的事，潜意识里是想朱玉可能会露出什么马脚，但万一情况失控呢。朱玉明知道自己心里不可能真的没有芥蒂，为什么顺水推舟答应了呢？

前几天让石雷帮忙找人调查朱玉，貌似也没有什么进展，到现在没有任何消息，可这个病历后头到底藏着什么不可告人的秘密呢！

斟酌片刻，童志宇打了电话给何浩博。

“老何，我记得你以前认识一个警察来着，现在还有联系吗？”童志宇问道。

“哦，张迪，我前女友的弟弟呗，现在好像都当刑警队长了，你怎么了，要查什么事情？”何浩博问道。

童志宇一愣，这才想起老何以前有一个未婚妻，不过因为他太忙，后头又出了意外，那女的以为老何从此落下终身残疾，就跟他分了。

不过姐姐薄情，弟弟倒是重情义。当年老何对他们一家人不错，当小警察的弟弟张迪也就一直跟他保持联系，结果他少了个未婚妻，却多了个弟弟。

“嗯，我今天发现童念以前出过车祸。”童志宇叹道。

“什么？这倒是没听你说过，什么时候的事儿？”

“具体情况我也不清楚，只知道时间是一年前，4 月 20 日。你能找张迪给查一下，看有没有卷宗资料之类的？”童志宇记得病历上的就诊时间，应该就是事发当天。

“你怎么不问问童念啊？这车祸有什么问题吗？”何浩博问道。

“她要是告诉我，我就不自己查了。奇怪的是，我问她，她却不想提。我问是意外还是故意的，她也没说清楚。直觉上，我觉得她和朱玉瞒着我什么。”童志宇说道。

“是有点儿奇怪，这有什么不好说的，出了车祸俩人还瞒着你，这又不是什么小事。”何浩博沉吟道，“好吧，我让张迪找人查查，不过只有姓名和时间，怕是信息有点儿少，这么大城市一天的车祸估计也不少。”

“嗯，又麻烦你了。”童志宇苦笑道。

“这算什么。不过我总觉得你这家里越来越不安生了，唉。上次袭击你的歹徒，你好像跟我说过有线索了，后头就没下文了。现在呢，查到没？”何浩博问道。

“我怀疑是两个武替，但是他们特别巧合地死了。”

“什么，死了？怎么死的？”

“前几天市北棚户区的爆炸新闻，你看过吗？”

“看过了，说是煤气管道老化，泄漏导致爆炸，还死了俩人，重伤好几个。”何浩博说道。

“对，死的那俩人刚好就是袭击我的人。我觉得他们俩九成九是袭击我的那俩歹徒。”

“怎么会这样？！”何浩博沉默片刻，说道，“你怀疑他们俩是被人谋杀的？杀人灭口？”

“我想是这样。不然怎么会那么巧合，正好是那楼上爆炸，正好是那一家死了俩人。”童志宇说道。

“你说得倒是有道理，不过这么一说，你会不会有危险啊。看来你的动向，对方都知道。或者就算不知道，也能猜出个大概的样子，显然他好像是认识你啊。”

童志宇在心中暗暗补充了一句：也或许是我身边的人出卖我。

而这个身边人，他第一想到的就是朱玉。

他在内心里深深叹了口气。

也幸亏最近朱玉太忙，回来便觉得很累，俩人相处聊天的时间变少了，童志宇的微妙异常，朱玉好像并没有发现。

又过了一天，何浩博打来电话，说张迪已经查到了童念出车祸前后的资料，让童志宇去派出所一趟。

童志宇于是和何浩博说好，一会儿在南阳路派出所会合。

等到了之后，何浩博介绍了一个三十多岁的年轻男人给他认识，说这就是刑警队长张迪。

童志宇端详了一下对方，打过招呼，觉得这年轻人长得挺精神。

“我费了好大劲，还真查到了。”张迪接着说道，“不过我仔细看了一年前那个车祸的卷宗和保留的监控视频，没有什么问题。不知道你们为什么要查这桩车祸？”

“因为里面出事的女孩子是我女儿。一年前我在出差，这件事我并不知道，前几天才听说，但是我问她的时候，她却向我隐瞒这件事，所以我觉得可能有些什么我不知道的事情。”童志宇解释道。

张迪表示理解：“行，卷宗和当时的监控视频都在这里。”

童志宇道谢之后，便打开留存的监控视频看了看。打开之后，视频上显示南阳路旁边的一条不算宽的马路上，开来一辆送货车。

就在这辆车经过南阳路和这条路的路口时，只见童念突然从那路上冲了出来，而那辆车一个刹车不及，撞上了童念，将她撞到路旁。

童志宇看完这段监控视频之后，只觉得心惊胆战。童念也是命大，这车撞一下，弄不好就是当场死亡或者残疾。

卷宗上说，这货车是附近一家五星级酒店的生鲜送货车，经过那附近的时候，没想到一个女孩子突然从路上冲了过来，来不及躲闪，就撞上了。

事后女孩子只是说，当时在同学家玩，着急回家，就没注意到路上的车，结果出了车祸。

看上去这确实是意外事故，不过，童志宇重复看了那视频几遍，突然发现一个问题。在视频最后，也就是货车司机下车来查看童念伤势的时候，有一辆银灰色轿车慢慢停在了童念冲出来的那条路的路口。

童志宇只觉得那车有些眼熟，等放大了看那车牌，不由得心中一惊。

视频不够清楚，但是能依稀辨认车牌最后几个字：9528。

怎么这么巧？！

朱玉之前的车是自己买的，一辆大众车，车牌号最后几位就是9528。也是一年前，童志宇偶然发现她的车没了，便问了几句。朱玉说那辆车时间太久了，有些零部件不太好使，她又懒得修理，干脆卖了。

而为了她出门方便，童志宇才给她买了现在的车。

他仔细看了看那车里的人，实在看不清样子。

“怎么，发现什么了？”何浩博问道。

“没有，看来就是个意外吧。”童志宇说道。

第32章　探班

出了派出所的时候，何浩博见他脸色不对，便问道：“怎么，你是不是从那视频里看到了什么？”

“唉，我就不瞒着你了。那视频最后出现的那辆车，是朱玉以前的车。”童志宇皱眉道，“巧合的是，那车一年前就被卖掉了。朱玉说，是因为那车太旧了，性能不好，就转手卖给了别人。”

“你确定？别是看错了吧，车牌号不是很清楚啊。”何浩博吃惊道。

“不会那么巧，车牌号那么相似，又是一辆银灰色的大众车。”童志宇叹道，“所以朱玉当时也在现场，但是卷宗上却说，送童念去医院的是那个货车司机，朱玉是后来到的。”

“呃……如果是这样，那么朱玉的行为是有点儿奇怪。当时如果她在场，开车直接送孩子去医院就行了。可是老何，朱玉有什么理由视而不见。就算她对你真的有点儿什么——那童念是她的亲生闺女，不至于见死不救吧？我说，你是不是写书写多了，脑子也坏了，生活不是小说，你不能总是怀疑这个那个的啊。”何浩博劝说道。

“你说得是，也许是我想多了。”童志宇也觉得一阵头疼，“反正也出来了，一起吃个饭，然后去看看朱玉拍戏怎么样？”

“好啊，我可是很久没去过剧组了。”何浩博笑道，“听说古越回来了，我也好奇他变什么样儿了。从电视上看，古越倒是没显老。”

俩人一路聊着，吃了饭，下午便去了片场。

当他俩到的时候，正拍古越和朱玉的戏份。摄影棚灯光下，穿着民国贵公子西装的古越正跟穿着旗袍的朱玉深情凝望。

恍惚间，童志宇仿佛从俩人眼中看到了绵绵情意。

即使知道是拍戏，童志宇也不怎么高兴。毕竟古越是童念的生父，自己当年不仅要替他“遮丑”，如今又要看见他，实在厌烦。

但古越的影响力不容小觑，外围都是粉丝和记者，自己不可能给古越冷脸看，否则又要被人写成五花八门的新闻了。

何浩博在一旁叹道：“不得不说啊，古越这个人真是长得不错，那双眼睛还挺会撩人。”

“以前他不就是情场高手吗？用现在的话说，就是撩妹高手。”童志宇低声道。

“可不是，跟他传绯闻的多了去了，而且多半都是真事儿，只是大家不对外承认罢了。”何浩博笑道，话语里也带着点儿不屑。

童志宇深以为然。古越人长得英俊，而且气质不错，演技也上乘，为人圆滑，人缘好，但只有一点，太能撩妹。

从刚出道到成名，跟他搞暧昧的大小明星加一起都能开奥运会了。有些撩成了炮友，有些把他的搞暧昧当成了搞对象，认了真的也不在少数，结果最后发现古越不过是玩玩，因此而撕逼的也有。

但是，大多数人居然对古越评价不错，并不认为他是个渣男。童志宇想到这里有些感叹，果然是看脸的世界，长得好看的容易被原谅，这好像是定律。

俩人正混在人群里看着，突然，旁边一个副导演模样的人看到了童志宇，有些惊讶地叫了一声："童老师？"

童志宇回过头来，跟那人打了个招呼。他也记不清楚那人是谁了，不过这一声轻呼，倒是让周围的人都将注意力投了过来。

就在大家的目光纷纷落在童志宇这边的时候，童志宇也看到了人群里一个正在瞧着他的少年。

这不是那个付瑶吗？他有些惊讶。上次因为他的《宅迷情深》跟自己曾经写过的随笔小说太相似，童志宇一下子就记住了这个年轻编剧。

但一个刚出道的编剧就参与主旋律剧的拍摄，也许还是编剧之一，这就有些厉害了。

但想到传说中他跟古越的关系，童志宇觉得倒也好理解。听说他是古越的亲戚，还是古越介绍他给宋凯拍的那个网剧，如今怕是也因为古越的关系来了这个剧组。

付瑶看到他之后，倒是面带微笑走了过来。童志宇也笑了笑，内心里却懒得跟他多说什么。不只是因为涉嫌抄袭自己的创意那件事让他心生龃龉，也是因为付瑶跟古越扯上关系，总是让他从心里不爽。

"童老师，没想到你也来了。"付瑶热情打招呼。

"嗯，我来探班。"童志宇指了指朱玉。

"朱玉姐姐拍得很好。"付瑶笑道。

童志宇皱眉不语。谁他妈是你的姐姐，他内心暗暗骂道。

付瑶看见他冷冷淡淡，也没有继续说话，就安静地站在一旁。

这时候一场戏结束，大家中场休息。此时，古越和朱玉都看到了童志宇，便走过来打招呼。

"你怎么来了？"朱玉问道。

"来看看你，顺便看看老朋友。"童志宇说道，冷淡地瞥了一眼一旁永远微笑的古越。

“童老师，好久不见，”古越笑道，“觉得我跟朱玉的新戏怎么样？”

童志宇莫名觉得古越提到朱玉的名字时候，带着一股亲昵味道，不由得一笑，说道：“刚来，还没看清楚。不过我今天也是有一件事想问我老婆才过来的。”

说着，他看向朱玉，突然问道：“一年前，小念出过车祸，你怎么不告诉我？”

“啊？”朱玉完全没想到他会问这个问题，一时间愣住了。童志宇虽然看着朱玉，但是眼角余光注意着一旁古越的神色变化。

不出他意外的，古越的微笑有点儿僵硬了。

“这……我看你出差，当然没告诉你，而且也不是什么大病，只是受了皮外伤。”朱玉说道，神色努力平静了下来，“她告诉你的？”

“嗯，”童志宇语气冷淡，“不过她也不详细说到底前因后果是什么，是意外还是别的原因，所以我只好去警察局自己查了查当年的档案。”

朱玉有些吃惊地盯着他，没想到童志宇突然会查这件事。半晌后，她才问道：“那……你查到什么了？不是一场意外吗？”

“我在视频里看到了你的车，一年前那辆银灰色的大众车。当时既然你在场，为什么不救小念？还是说，她出事另有隐情？那之后，你的车就卖了。”童志宇缓缓说道，“我说这些没有别的意思，只是想知道当年的真相。你到底为什么不告诉我呢？童念是我女儿，威胁到她生命安全的事情，我希望不再有。”

童志宇一番话，似有若无地暗指了童念出事跟朱玉脱不了干系。

第 33 章　噩梦惊魂（上）

他知道古越是童念的亲生父亲，看他的神情，仿佛并不知道这件事。就算这么多年他没有养过童念，但毕竟血浓于水，听到亲生女儿出事，不可能没有任何波动。

童志宇心中冷笑，朱玉，如果你真的背着我搞什么动作或者搞什么男人，或者说跟古越藕断丝连，那么童念的事情，就是你们嫌隙的开始。

他看着朱玉的神色，瞧见朱玉脸上有些阴晴不定，心更是冷了下去。

从她的神色可判断，朱玉也许当年真的在场。可如果她真的在车祸现场，那么无论由于何种原因而没有出现及时救自己的女儿，都说明这个女人足够冷血薄情。

对自己亲生女儿尚且如此，其他人更别说了。

古越也没有说话，不过脸上的笑容彻底没了。

何浩博站在他们旁边，也有些尴尬，此时说道：“好了，我们先走吧，人家还得继续拍戏呢。”

“也好，我们先走了。”童志宇冷冷说道。

朱玉此时才对他说道：“小念的事情，晚上回去跟你说。”

“嗯。”童志宇冷哼一声。

俩人转身要走的时候，那付瑶上来跟童志宇套近乎。童志宇瞧见旁边有娱乐记者，便对付瑶微笑着拍了拍肩膀：“小伙子，以后有什么问题尽管来问我。你是古越介绍来的，也就是我朋友，好好努力。”

童志宇看似对他和颜悦色，其实是将付瑶是走后门进来的身份透露给娱乐记者。付瑶毕竟年轻，有些受宠若惊，连连点头。

殊不知这时候旁边的娱乐记者在窃窃私语，童志宇也心中暗笑，指不定这件事又要被写成什么了。

就算不往负面写，只要提到付瑶是古越的亲戚，立捧新人只是因为提携自己家人，那就会造成一部分网友的反感，不少人会冷嘲热讽一番。

以前童志宇从来不屑于用这些小计谋小手段来黑别人，但朱玉、古越这俩人，显然让他有点儿恶心了。

何浩博仿佛发现了他的小心思，等俩人上了车之后，何浩博笑道：“你今天好像火气不小啊。”

“我也跟你说过，我总怀疑朱玉背着我搞什么。如果我一点儿都不出声，怕是也查不出什么。这回我先拿童念的事情试试看，看她会跟我说什么，或者做什么。”童志宇冷冷说道。

何浩博看着他，叹道：“你说你们家这点儿破事，你俩真的——没必要把关系闹这么僵吧。吵架闹别扭，最后也可以直接说清楚啊。”

“我俩两年没有吵架了。”童志宇说道。

“什么？！你俩居然没吵架。”何浩博愕然道。

“嗯。”

“唉，夫妻不吵架——得说你俩感情太好还是啥。”何浩博苦笑道。

“你不说我也知道，夫妻不吵架，八成感情也快没了。其实这几天我也在反思，我俩是不是还有当年那点儿感情。曾经热恋时候的热情，现在真是找不回了。”童志宇语气颇为失落。

“都快四十的人了，还什么热恋激情。”何浩博说道，“我也不了解你们俩的详细情况，不好说什么。不过在一起这么多年不容易，孩子都那么大了，轻易别分开。”

“嗯，我知道。”童志宇叹道。但是他内心里却隐隐觉得，他跟朱玉，终究是渐行渐远了。

将何浩博送回酒吧之后，他见时间差不多了，便接了童辉跟童念回家。

一路上三个人也没怎么说话。

回家之后，童志宇进了院子门，傍晚的风送来一缕浓郁的花香。

他回头看着院墙栅栏上爬满的茉莉——朱玉说是特别培育的茉莉花，但是他总觉得不像，蓦然感觉到一股“开到荼蘼花事了”的凄然。

又是秋天。过不多久，这花儿也要凋零一地。

“九月！”此时，童念将在院子里跑着玩儿的小狗喊了过来。

小狗扑到她腿边儿，懒懒散散地趴着。

“爸，听说小狗都很活泼的，咱家九月总是懒懒散散的像是只小猫，不会生病了吧？”童念问道。

“能吃能睡，我看没什么病。”童志宇看了那小狗一眼，圆嘟嘟的身子、圆溜溜的大眼睛，没啥病的样子。

“唉，可能咱家的狗比较文静。”童念笑道。

“可能吧。”童志宇说道。童念想起之前俩人的谈话，一时间有些尴尬，半晌后说道：“爸，那我先带着九月去吃饭啦。”

“好，去吧。”童志宇勉强笑了笑。

“爸，你没事吧？脸色不好。”童念问道。

“没事。”童志宇摆手道。

童念于是抱着小狗走了。童志宇想进屋门的时候，鬼使神差地想起了对面的那空楼，于是回头看了看。

那楼上一片寂静，看不出个所以然。

自己真是越来越神经质了，竟然怀疑空楼上有人。不过，万一有呢?

童志宇突然冒出这个念头。琢磨片刻，童志宇决定找一天进那楼去看看。反正院墙不高，翻进去没问题。而且那楼既然是空置的，物业也不会揪着不放追究责任，就说自己的东西掉到院子里，所以去寻找，搪塞过去就行。

到了晚上九点半多，朱玉这才回家。

童志宇正在书房看书，朱玉敲门进来，童志宇只是抬头看了她一眼。

“今天收工晚了，我就在外头吃了点儿东西。你们吃过饭了吗？”朱玉走到他跟前，坐了下来。

“嗯，我做了点儿晚饭。”童志宇冷淡地说道。

“今天你去看我的时候，说的车祸——怎么突然想起问这件事? 你是怎么知道的？”朱玉看着他的神色问道。

“我说了，小念无意间告诉我的。我倒是想问，你为什么瞒着我这么大的事。关于那天，你有没有什么解释？！”童志宇冷冷问道。

“那天车不是我开出去的，”朱玉叹道，“我把车借给了朋友。但是她并不认识小念，所以没出来救人。这件事她到现在都不知道，而我也是刚刚才知道原来她开着车去过那儿附近。”

童志宇心中冷哼，并不太相信她的话，怎么听都觉得这解释很牵强，简直是强行解释。

不过童志宇也知道，他继续问下去朱玉也不会说实话，干脆也就不问了。

俩人无关痛痒地聊了几句，朱玉才提到一件事：“小辉的化验报告出来了，确实——是在吸毒。你看？”

“按照原定计划送过去吧，如果卢冲同意。”童志宇突然觉得心累，他确实不是个称职的父亲。童辉小时候他确实也多方管教，大概不得法，孩子十分叛逆，表面怕他，内心里从来不按照他说的做。

如今到这地步，也是自己无能为力。

第 34 章　噩梦惊魂（下）

第二天一早，童志宇就去给童辉请了一个月假，带着他去了卢冲那里。

童辉十分不乐意。童志宇说道：“我知道我管不了你，但是你不是热爱体育吗？！你自己想想，以后高考体育考试，体检发现你吸毒，会被取消考试资格。这样你就别想读什么体育学院了！”

童辉听罢沉默不语。卢冲在一旁笑道：“放心吧，孩子住我这儿，我看着他，也保证不被别人知道。”

“麻烦你了。”童志宇叹道。

卢冲笑道：“我们之间还说什么麻烦不麻烦。”

送走了童辉，童志宇回到家里，只觉得本来就空荡荡的家显得更空了。

他回到客厅，往沙发上一躺，只觉得头疼欲裂。

九月秋高气爽。窗外阳光明媚，纱窗拉门开着，奇异的花香隐隐约约飘了进来，让童志宇觉得头越发沉了。

他闭上眼睛躺在沙发上，没多会儿，便觉得自己的身体飘了起来。

等他睁开眼睛的时候，吃惊地发现自己并未躺在沙发上，而是躺在一处草地里。

童志宇起身看了看四周，都是荒郊野外的景象，但是隐隐约约地，他听到一阵水声从远处传来。

童志宇循声走过去，眼前视野顿时开阔，一大片湖水呈现在眼前。

湖水清澈，水里还有偌大的游鱼。

这是什么地方，童志宇有点儿蒙。他下意识地蹲下身去摸水中的游鱼，却觉得眼前的湖水突然慢慢变了颜色。童志宇一惊，只见那湖水居然慢慢变成了血红色！那血红色从湖水底部慢慢泛起，如同人的血混入了湖水中一样。

他想要抽回手，却觉得手上好像抓着一样东西，于是慢慢地将那东西带出水面。一颗头颅突然出现在他眼前，冷冰冰闭着眼睛的一张脸，吓了他一跳，立即抽回手来。

等他抽回手，才发现这头颅好像就是——古越的？

他打了个寒战，看着那颗头立即往后退。就在这时，那头突然睁开了眼睛，把童志宇吓出了一身冷汗！

童志宇觉得身体一空，蓦然觉得一阵疼痛传来。

他豁然睁开眼睛，发现自己从沙发上摔到了地上，磕在沙发茶几腿儿上，幸亏没磕破头。

他无奈地爬起来，摸索着正要起身，手机突然响了起来。

童志宇摸索半天，在沙发坐垫下摸到了手机，一看那号码，居然还是未知，不由得有些郁闷。一定是那个神秘人的来电，但同时，他又觉得有些莫名的安慰。

身旁的人没有几个可靠的，有些朋友就算你信任他，也不能把所有事情都告诉他。但是这神秘人仿佛什么都知道，自己也没必要跟他隐瞒。

童志宇接起电话："喂？"

"童老师，那场车祸，你可查清楚了？"对方的声音，从手机彼端传了过来。

"我去看了当时的监控视频，是个意外。"童志宇说道。

对方半晌没说话，之后突然发出一阵冷笑。由于用了变声器，这阵怪笑便尤其刺耳。

"你相信是个意外？"对方止住笑声，冷冷问道。

童志宇沉默了。他自己心中也完全不确定，童念的事情到底是不是意外，朱玉到底是不是出现在现场，如果出现了，为什么连自己的亲生女儿都不救。

"童老师，你不相信是吗？"对方问道。

"你怎么会觉得我不信？"童志宇问道。

"你的语气告诉我的。"对方冷笑道，"说吧，你发现了什么？我来给分析分析。"

"我为什么要告诉你，万一你——"童志宇想到朱玉还出现过，万一这个人将自己说过的事情录音，发给什么别的人，这对俩人都不好。他虽然和朱玉已经有点儿微妙的疏离，可他也不想朱玉牵涉进麻烦里。

对方冷笑道："你怕我说出去？你这想法有些意思。如果我想公开你的秘密，早就动手了，何必等现在。童老师，如今你身边还有什么可信的人吗？"

一句话还真是戳了童志宇的心。扎心了，确实没啥可信的。老婆也许正出轨，儿子吸毒被送去了治疗，至于女儿，似乎还瞒着自己什么秘密。

想想自己的生活也是可悲。童志宇叹了口气，最后决定还是将事情全部告诉这个神秘人。

等他说完，那神秘人沉默片刻，突然说道："那你有没有怀疑过，朱玉在现场如果不是意外，那么，她会不会是故意去杀童念的？"

"你胡扯！她是小念的亲生母亲，怎么可能要杀她？！"童志宇吃惊道。

"怎么没可能？你可以从网上看看，有多少杀了自己亲生儿女的父母，又有多少逼迫亲生女儿去卖淫的父母。这个可能性，不能排除。”对方冷冷说道。

“可朱玉并没有杀小念的理由。” 童志宇皱眉道。

“有没有理由，并不是你随便想想就知道的。也许你老婆瞒着你很多事情，也许问题出在童念身上。无论如何，其中原因，你暂时还不知道。”

童志宇本觉得这个人的猜测十分荒谬，可想到朱玉的行为之后，他又隐隐觉得这个可能性不一定没有。等这个念头涌上来的时候，童志宇被自己的想法吓了一跳。

“所以童老师，下一步，你还是好好盯着你的老婆和女儿吧。也许从你女儿身上，会有特别的突破。”神秘人冷笑道。

说着，对方挂断了电话。

童志宇呆坐在沙发上许久，只觉得额头渗出冷汗。

下午，他在书房里想将新书的结局完成，但是写完之后，又觉得不够理想，干脆删掉了。

他走到窗前，看向窗外的梧桐。盯了半晌，突然想起对面那空置的楼，于是他决定过去看看。

想到这里，他斟酌片刻，还是带上了自己的瑞士军刀，出了家门。

他刚出大门的时候，九月突然跟了上来，汪汪叫了两声，抬头摇着尾巴看着他。

童志宇想了想，对它招了招手，那狗便跟了上来。

他带着小狗出了门，走了几分钟后，到了斜对面的那座楼跟前。

今天一如既往，里头安静一片。

但九月却好像比较兴奋，顺着那栅栏的空隙钻了进去，往正门方向跑了过去。

童志宇看了看那围墙，四下瞧了瞧，没什么人，于是徒手翻了进去。

第 35 章　细思极恐

还没等他靠近正门，就瞧见九月沿着一楼微微开启的窗缝挤了进去。

童志宇这才发现，一楼窗户居然安装了纱窗。纱窗开了一道缝，九月胖嘟嘟的身子将那缝隙挤得越来越大，然后钻了进去。

童志宇看了看这座楼，庭院里荒芜一片，一楼安装了纱窗还开着一道缝儿，看起来应该是有人住，否则不需要这么早就安装纱窗。二楼好像也是，还有一扇窗开着。

他正想趴窗户看看里头啥样，就见九月叼着一片火腿肠的包装纸跑了过来，丢在他脚下。

童志宇愣了愣。看来这屋里真的住着人，可为什么鬼鬼祟祟地住？

或者，不会是——他想到一种可能，回头看了看自己住的那宅子。

总不会这里住的人，是为了监视自己一家吧？

童志宇趴在窗缝儿往里看了半晌，发现这间屋子是个小卧室，但是里头没什么东西。只是这卧室的门开着，正好冲着厨房。

这厨房的设备居然比较全，很像是有人住的样子。

地上放着一个垃圾箱，这火腿肠的包装，应该是九月从里头掏出来的。

“走吧，我们出去。”童志宇查看半晌，确定这里头现在没有人，便带着九月翻了出去。

回到家之后，没过多久，童念居然回来了。童志宇十分意外，看了看时间，问道：“今天你提前放学了？”

童念笑道：“今天放假啊。从今天下午到明天我都放假。”

童志宇想了想，也是，高三假期很少，童念每周就一天半假期，有时候还不放假。

“爸，求你件事呗。”童念笑嘻嘻地凑到他跟前来。

“说吧，什么事？”童志宇问道，很少见童念这么兴高采烈的时候。

“我听说于冰冰要来拍戏，明天，在咱们这儿小渔岛影视城。你能不能帮我引荐一下，我想同她拍个合影要个签名。”童念笑道。

“于冰冰？你们这00后还喜欢这么冷门的演员？不都是应该喜欢小鲜肉吗？”童志宇有些好奇地问道，但同时也想起了于冰冰当年和老何拍戏的事。

“唉，现在的明星没意思，演技烂还网红脸。于冰冰不一样，她气质特别，演技又好，还低调，我很崇拜她。”童念笑道。

童志宇暗中点了点头，心想这女儿还挺有眼光。于冰冰确实不算很出众，但是气质很好，为人有点儿高冷，不过绝对不会找工作人员或者剧组的麻烦，而且还很积极配合拍戏的变动跟进度，演技很好，是个很难得的演员。

只可惜太低调，在公众眼里不怎么火。

不过，自从童志宇回忆起于冰冰在那场戏里推过老何一把之后，就对她有种说不出的感觉，有点儿不太信任她。

但既然只是要个普通合照跟签名，也影响不了什么。

于是他点头道："行，明天我带你过去。"

童念立即喜笑颜开："谢谢爸！"

第二天，童志宇如约带着童念去拍摄地见于冰冰。剧组的主演什么的他都认识，打了个招呼也就过去了。

这地方是在一处海岛上，这次拍的是悬疑爱情剧，近几年流行的玩意儿。其实也就是言情剧，只是加入了神道道的悬疑要素，仿佛正是流行的，满足现代观众的中二感。

于冰冰演的是里头的女二号，是个白富美女配。童志宇也没看过剧本，只是开车在路上的时候，童念不住在他耳旁叨叨这部戏的内容。

说是根据一个小说改编的。

童志宇看了一眼眉飞色舞的童念，想着她平时的样子，总是安安静静的有点超于年龄的深沉。虽然别人以为那是安静乖巧，不过童志宇觉得太乖的孩子也不太好。如今看着童念，倒是有了不少孩子的活力。

毕竟才十六七岁，童志宇不由得笑了笑："你倒是很喜欢于冰冰。那你以后长大了想当演员吗？我女儿的颜值可是比现在当红的小明星高多了。"

"不想。"童念想了想，神色稍微冷了下来，不由得冷哼一声，"想起我妈那样的也是演员，我就不想去了！"

童志宇一愣，问道："你和你妈又吵架了？"

"没有。"童念冷哼道，"懒得说她而已。"

童志宇虽然心中惊讶，但想起那不明车祸，他也就没再追问下去。那神秘人的话越来越像是魔咒一样回荡在自己脑海里。朱玉要杀童念？

本来他认为的十分荒唐的念头，如今却仿佛越来越动摇了。难道是真的？可为什么呢？

胡思乱想中，俩人到了小渔岛影视城。

小渔岛影视城也叫海岛影视城，这是一座只有一边连着陆地的小海岛，其他三面都被海水包围。影视城就在小岛上头，占地面积不小，分民国、现代、明清、汉唐四个部分。

不过规模比横店影视城是小多了。只是因为附近就有海，需要拍海水出航或者海边镜头的剧组也都来这地方拍摄。

外加海岛上有一处五星级酒店，正好用来拍偶像剧或者言情剧。于冰冰他们也就住在这酒店里。

由于这部戏起码要拍仨月，童志宇提前了解过，这剧其中一个月的时间要在这海岛上拍。

童志宇联系了剧组的负责人，立即有人带着他们俩到了酒店，说现在于冰冰在拍戏，让他们在休息室等一下。

童念兴冲冲地要去看现场，童志宇让人带着她去了。他实在对于冰冰的戏不怎么感兴趣，也只好坐在原地等着。

过了一阵子，有个小助理模样的人拎着一堆大小毛绒娃娃来了，走到童志宇前方的时候，“哐当”掉了一包。

小助理个子矮，又有点儿胖，拎着娃娃很吃力。于是童志宇走上前帮她捡了起来，说道：“你要送到哪儿去，我帮你吧。”

那小助理抬起头来，圆脸，戴着个大黑框眼镜。

“啊谢谢，欸？您有点儿眼熟。”小助理惊讶地说道。

童志宇笑了笑。小助理顿时恍然大悟：“哦！您是童志宇老师对不对？！”

童志宇点了点头，于是小助理激动了，一路上啰啰唆唆。

童志宇打断她，问道：“你要送到哪儿去，这儿有电梯，你为什么不坐电梯啊？”

“送到22层。唉，别提了，电梯今天坏了，在维修。”小助理笑道，“我是于冰冰的助理，叫林抒彤。”

童志宇心想，书童？挺符合，但是这么多毛绒玩具是什么情况。

“于冰冰从哪里弄来这么多毛绒玩具，粉丝送的？”童志宇问道。

小助理叹道：“有些是，有些是她自己抓娃娃抓来的。你不知道啊童老师，我们冰冰姐简直是毛绒玩具控！她超级喜欢各种毛绒东西的！无论是抓娃娃的还是粉丝送的，她都留着！”

童志宇看着眼前的毛绒玩具，顿时心中浮起了一种猜测。而这个猜测，让他自己也有些吃惊。

第36章　不明意图

他想起了那个喜欢用毛绒玩具来遮掩送信的神秘人。

莫非于冰冰？但童志宇觉得不像，于冰冰没理由这么做。

正胡思乱想着，俩人到了22楼于冰冰的房间门外。小助理开了门，童志宇帮着她将玩具都搬进门去。

五星级酒店的房间很大，设备一应俱全。可能因为要在这儿住一个月的缘故，于冰冰摆了不少东西在屋里，尤其是一床毛绒玩具。

放下东西后，他跟着小助理离开屋子，童志宇问道："于冰冰现在在哪儿拍戏？"

"海边儿呢，如果您想去看看，我带着您过去。"小助理说道。

"好。多谢了。"童志宇说道。

小助理带着他过去，只见这时候于冰冰正和男主在海滩上拍一段回忆里的爱情戏份。

童志宇在人群里找到偷拍并兴奋发朋友圈的童念，好笑地走过去，问道："你还挺来劲。"

"那当然，看到女神了嘛。"童念笑道。

童志宇看着海边的于冰冰，她最近几年的角色都是高冷型，不怎么笑，但是气质造型确实很好。

下午的阳光将画面烘托得十分温柔，远处碧海蓝天，衬着一对儿俊男美女，着实养眼。

过了一会儿，这段镜头拍完，导演表示收工，晚上拍晚上的戏份。现在太阳快下山了，光线不行。

由于是休息时间，童志宇带着童念去跟于冰冰打招呼。于冰冰看到童志宇，愣了愣，随后微微笑了笑，握了握手，便亲切地和童念合照去了。

童志宇回想着刚才于冰冰见到自己那一瞬间的神色变化，仿佛是有点儿微妙的意料之外和沉重感。

于冰冰讨厌自己吗？他回忆了一下以往，自己和于冰冰没啥深交，但是也谈不上有什么仇怨，属于泛泛之交的类型。

是不是自己太多心了？童志宇若有所思地看着于冰冰。

过了一阵子，童念跑了过来，说已经拍完照要了签名，问是不是要现在就回家。

童志宇看着她一脸不舍的样子，便笑问道：“你晚上想看于冰冰拍戏？”

“是呀，我能来剧组探班，好多同学都羡慕我啊。”童念笑道，“爸，要么我们在这儿住一晚上，不必五星级饭店，也总有其他小旅馆吧。”

“既然都来了，就住这里吧。”童志宇于是去前台问了问。没想到酒店的人知道他是谁，倒是给童志宇俩人打了个折扣，住宿费和剧组其他人一样的价格。

童志宇觉得还算便宜，一早开车回去倒也能赶上送童念上学，就订了两个房间住了下来。

之后他给朱玉打了个电话，说明情况。朱玉并未生气，反而说道：“好啊，你们好好玩，第二天记得别让她迟到就行。”

挂断电话之后，童志宇出了会儿神。记得刚结婚的时候，童志宇晚上晚归一会儿，朱玉都不乐意，总是希望他早回家才好。

如今倒是宁可他别回家才好。童志宇苦笑，就算再怎么迟钝，也该明白，他俩的情分快走到尽头了。

“童老师？”童志宇正在走廊尽头看着落日发呆的时候，听到身后有人在轻声叫他的名字。童志宇回过头一看，只见于冰冰出现在他身后。

“哦，于小姐，拍完戏了？”童志宇问道。

“我们合作过，就直接叫我名字好了，不需要这么客气。”于冰冰语气虽然温和，但神色却很疏离。

“你是要去休息吧？”童志宇看了看她身后，居然没有助理跟着。

“童老师晚上可否跟我一起吃个饭？”于冰冰问道。

“哦？”童志宇有些意外。自己认为跟于冰冰没啥交情，而且她跟自己说话的态度，分明就是不怎么喜欢自己。

那么为啥还要一起吃饭？

童志宇想了想，补充道：“我能带上我女儿一起吗？”

自己好歹是个有妇之夫，于冰冰又是个小明星，要是被记者拍到了，这也就说不清了。

要是带上孩子一起，可以解释说因为童念想和偶像多接触，自己就陪着去了。

于冰冰想了想，理解地点头说道：“可以，那我们晚上七点，海边餐厅见。”

童志宇答应了，虽然不知于冰冰想干什么，但想必童念会很高兴，于是敲了敲童念的房门，去告诉她这个好消息。

童念听了，自然很高兴。童志宇想了想，说道：“这件事别发朋友圈了，太招摇了不好。”

童念点头答应了。

到了晚上，童念去前台问了问海边餐厅的位置。他本以为这餐厅也是附属于这个五星级酒店的，结果前台告诉他，那个餐厅在比较偏一点儿的地方，并给他指了一条路。

童志宇带着童念过去，却见海边餐厅居然是个小西餐店，地方不大，但是很幽静。

一律都是落地窗，窗台上放着小植物盆栽，灯光是暖光，从外头往里看，觉得这小餐厅还挺像是咖啡馆。

可能是因为刚开没多久，外加这个海岛多半来的是剧组，所以客人居然不多。除了一对儿情侣之外，就是坐在角落里穿着休闲服的于冰冰了。

童志宇带着童念坐到于冰冰的那张桌子跟前。

于冰冰对童念笑了笑，打了招呼，又问童志宇：“童老师喜欢吃什么？”说着，她把一份菜单推给童志宇。

童志宇笑道：“我随意，你们俩选吧。”

于是于冰冰让童念来选，自己则和童志宇闲聊了起来。

聊了几句废话，于冰冰突然问道：“童老师还记得我们第一次拍戏的时候吗？”

“哦，那部古越为主角的仙侠剧吧。”童志宇苦笑道，“可惜后来老何没能拍下去。”

“是啊，本来应该何浩博是主角，可惜了。”于冰冰叹道。

童志宇盯着她，觉得她平时冷冰冰毫无表情的眼神里，此时倒是透出了几分真诚的惋惜和——内疚同情？

童志宇也说不好，于是问道：“你怎么想起了这件事？”

“没什么，可能年纪大了，总是想起以前，也总是会对过去的事情抱有一丝遗憾。”于冰冰微不可闻地叹了口气。

童念在一旁听着他们俩说话，童志宇瞥了她一眼，问道：“选好了？”

“嗯嗯，那我先送去给服务生啦。”童念说着，拿着菜单跑去服务台了。

童志宇见童念离开，便问道：“你找我来，不只是闲聊吧？”

于冰冰看着他，压低声音道：“童老师，当年那个剧组的人，现在可都是大火了。当然，除了我。”

第 37 章　凶杀照片（上）

童志宇想了想，确实，因为在十年前这种仙侠剧很少，先驱的一批总是沾光。多数演了这个剧的主角配角都火了，除非自己不怎么努力的。

但是于冰冰？童志宇微微蹙眉：“你这是想说什么？”

“当年本来是何浩博主角，后来出事，被古越抢了。再后来主演里有个女配，觉得古越演技不如何浩博，公然反对导演匆忙换角，最后却被雪藏了。”于冰冰说道。

“你的意思是什么，我还没明白。”童志宇笑了笑。

“我想说，得罪古越的，最后下场都不太好。”于冰冰叹道，“还有一个甚至出了车祸。”

童志宇想起几年前一个叫于昊然的小明星，和古越合作拍戏，但是微博里暗讽古越装逼撩妹，结果出了车祸毁了容，沉寂了好几年出来跑龙套，情境有点儿凄惨。

但是，那车却是古越的车，当时下雨，古越好像有别的事情就没上车，只是让人送于昊然回去，结果出了车祸。不过没有人对车祸质疑过，因为确实看似意外，警察也确定是意外。

听于冰冰这个意思，是古越要把所有对自己不满的人都弄死？

“你是说，这几个人出事都和古越明里暗里的下手有关？”童志宇见她将事情都说到这程度了，意思已经很明显了。

“嗯。”于冰冰居然点头同意了，“我总觉得古越这个人不太简单。他出名也是因为有大财团金主的支持。”

童志宇回忆了一下古越的背景。很久前俩人合作的时候，他就听导演说过每一个演员的背景履历。

古越出身一般，是上海人，爸妈都是普通的工薪阶层。他是上戏毕业的，毕业后接的第一部戏就是仙侠剧,本来就是个配角,结果老何出事,一跃成为主角。

确实他也听说古越和各种美女妹子牵扯不清，但是却没有听说他和哪个富豪混在一起，不过也许这种很私密的事情也刻意做过遮掩，而且妹子里也许还真有真正的白富美什么的。

“你和我说这些做什么？”童志宇问道。

“童老师，一直以来，我都对以前的一件事耿耿于怀，就是何浩博被炸伤的事情。”于冰冰叹道。

“你当时真是故意的？”童志宇皱眉道，“为什么，老何和你没什么仇恨吧？”

“被人逼迫。虽然逼着我做这件事的人是黑道的，但是我怀疑，这事情和古越有关,可我没证据。如果我不做,我妹妹、我家里人就要倒霉。而且,我们一家子靠我养活，我如果不答应，就会被雪藏，一点儿钱也赚不到。”于冰冰叹道。

“但是你现在为什么改了主意，决定告诉我？”童志宇问道。

“因为，我得了胃癌，”于冰冰叹道，“我怕是也活不过明年了。人要死之前,总会想要忏悔以前做过的事情。现在拍的这部戏,是我的告别演出。杀青宣传的时候，我会向媒体公布病情，然后在家休养，度过最后的时间。”

“什么？！”童志宇有些吃惊。于冰冰也才三十岁而已，对于女星来说，算是黄金鼎盛时间。

他端详着于冰冰，确实发现她脸色不对。因为平时都涂浓妆，看不出什么。她出来这一晚上，卸了妆，露出略显病气的脸。

从脸颊轮廓也能看出，她瘦了不少，手上都隐隐有青筋暴出。

于冰冰笑了笑，说道：“我没必要骗你。在我们这行，得绝症也不算稀奇。或者被累的，或者压力大，总是有这样那样的病。我是个二三线的演员，有时候也不能随意决定休息时间。”

童志宇叹了口气，说道：“我很意外。”

于冰冰对自己的情况倒是很看得开：“没什么，我倒是觉得这对我来说是一种解脱，不用拼命养家，不用每月接到老家催债一样的要钱电话。更重要的是，当年那件事也让我总是寝食难安，如今，可算是告诉你了。”

童志宇有些沉默。于冰冰看来并没什么恶意，莫非她说的是真的？

原来一切都是古越在陷害老何？

为了出名，这人也够狠的。

“不过你告诉我这些也没用。十年前的事情了，就算想追究，也没什么证据，何况老何还不想追责。”童志宇说道，“不过我会转告给他，按照他的性格，也不会在意以前的事。你放心吧。”

“我知道，当时其实他发现爆炸点不对，就想保护我。”于冰冰苦笑一声，“这么多年，很多女人对古越趋之若鹜，多少人都以跟他闹个绯闻或者约炮为荣。可我看到他那张脸，就觉得反胃。因此他的剧我都推了，也与那个公司解约，签了个小公司，一直都避着他。不过，我也经常找机会默默调查他，在五年前，我——”

于冰冰刚说到这儿的时候，服务生端着他们点的东西送了过来，童念也跟着走了过来。

于冰冰因此不再说话。童志宇看了看坐下来的童念，问道：“这么长时间干吗去了，又出去玩了？”

“没呀，我去了洗手间。你们聊什么呢？”童念笑道。

“随便聊聊以前的事。你不是吵着见你偶像吗，现在见着了，有什么想问的就问吧。”童志宇笑道。

童念于是和于冰冰聊了起来。小孩子关注的话题无非是那几个，什么星座，平时喜欢做什么，喜欢的男孩子类型，等等。

于冰冰也都笑着耐心解答了。看着俩人闲聊，童志宇则在一旁想着刚才于冰冰说的事情。

他猜测得果然没错，当年于冰冰是故意想炸死老何的，那炸药被做了手脚。

而且她说可能是古越授意的，但是这也没啥证据。

古越就为了自己红，才找金主炸死何浩博？有点儿牵强。想要替代这个角色，可以用别的办法施加压力，他既然认识金主还是什么黑道的，那也不至于非要杀了对方才能达到目的。

就在他神游物外的时候，于冰冰突然从包里拿出一只怀表，递给童念：

"这是我有一次去英国的时候买的小东西，小妹妹这么喜欢我，就当留着做纪念吧。"

童念立即惊喜地接了过去。

童志宇端详了一下那怀表，只见那怀表是银色的，搭配精心打磨的表镜和凸圆形蓝宝石的上链表冠，表盘由两部分组成，一部分为外圈的十二个纯金罗马数字时标，另一部分为火焰蓝色指针和小表盘，分明是卡地亚出的一款镂空复古怀表。

"太贵重了，小孩子不适合这个。"童志宇说道。

于冰冰笑了笑："我如今留着这些东西也没有什么意义，她喜欢就给她吧。"

童志宇想起于冰冰的现状，顿时明白了她话里的意思，一时间有些默然。

第 38 章 凶杀照片（下）

童念此时打开表盖，惊讶地赞叹道："哇，这张照片好漂亮，我喜欢。"

童志宇转头看了一眼，只见怀表里面贴着一张于冰冰的照片，好像是她自己拍的大头照。

"谢谢冰冰姐姐，这怀表我会好好保存的。"童念笑道。

"我给你装着吧，等回家再给你，看你连个书包都没带，别再丢了。"童志宇说道。

童念便依依不舍地将怀表递给他："那你回家记得还给我啊。"

"一定记得，不过你不能随便带去学校，这东西挺贵的。"童志宇说着，将怀表放进衬衣口袋里。

"行啦，我知道了。"童念笑道。

仨人聊了半晌，到了八点多的时候，导演给于冰冰打电话，于冰冰才跟俩人告别，说要去拍晚上的戏。

童念立即想跟去。于冰冰说，可以带她过去，童志宇也就答应了。

俩人走了之后，童志宇也出了店门，沿着暗沉沉的海边往前走了一阵子。

远处灯塔的光若隐若现，偶尔有鸣笛声。海浪拍岸，一层层海水扑过来，海腥味扑面而来。

童志宇站在海边，望着远处黑漆漆的大海，那种广阔而深远的感觉，让童志宇觉得似乎可以吸纳一切。

他在海边儿站了会儿，才回住处去。进房间之后，想起自己随身带的平板电脑，就从包里拿了出来，想上网看看。

就在他脱掉衬衣想换酒店提供的睡袍的时候，那怀表从衣服里掉了出来。

童志宇捡起来看了看，没摔坏，这才打开表壳看了看里头。

里面贴着于冰冰的照片，但是童志宇看了却总觉得这照片有点儿鼓，不太贴合。

难道这表里头有什么玄机？童志宇想了想，找了自己的瑞士军刀出来，用刀尖慢慢将照片揭下来，之后，一只相机存储卡掉了出来。

什么情况？是于冰冰故意留给自己的？

童志宇有些惊讶，将那存储卡从地上捡起来，放进了平板电脑里。

打开一看，童志宇顿时惊讶了。

里头的照片十分出乎他的意料。这照片好像就是在这海岛边拍的，但内容却有点儿——惊悚。

这貌似是大晚上拍的，光线有点儿暗，照片里四个穿黑色衬衫的男人将一个黑布包沿着海岸抬到海边，缠绕上了一重重的铁缆绳，然后抬上了一艘船。

这船是普通的小游艇，接下来几张拍的是游艇向远处行驶，融入了黑暗中。

那黑布包被拍照人拉进镜头拍了好几张特写。从那个形状不难看出，那里头装着的可能就是一具尸体。

看他们穿的衣服，像是在夏秋季节。沿海城市都有防鲨网，但是以前的时候，在旅游季，总有喜欢游泳的旅客不怕死地越过防鲨网。

也许是不小心，也许是觉得没事，结果死过不少人。

因此这几年海岛附近的防鲨网加高了，就是说，在一定距离之外，那张网比水面高一段距离，足以挡住要开过去的游艇。

其实这地方不是码头，平时没什么别的船。渔船并不在风景区出现，来往的船都是为了旅游或者拍戏用的。

因此大家都在近距离活动，要去更远的地方，则要从别处绕路。

但是，这照片上的风景，正好拍到了刚才童志宇看到的远处灯塔。也就是说，杀人抛尸事件发生在放置了防鲨网的这片海域。

如果这是真的，那么他们会不会将尸体抛向深海？

童志宇觉得不太可能。越过防鲨网下潜然后抛尸，就算深海区有鲨鱼，也不一定扔个尸体过去，就那么巧遇到鲨鱼吃了尸体，他们还是得下海潜水抛尸。而且这几年旅游开发之后，鲨鱼比以前少了许多，越来越难见到了。

对深海情况不熟悉，而且还得爬过防鲨网，那东西不好扭断也不容易攀爬，比较起来，抛尸就不如在浅海区域，将尸体丢下去固定在海底。时间久了，海水侵蚀外加鱼类啃食，悄无声息地就没了。这地方又不是捕鱼区域，除了旅游季有一些游人来，过了九月连游人都很少了。这样被发现的机会很小，基本不可能被发现。

所以这群人估计还是将尸体抛在浅海里，他记得于冰冰最后一句话是，五年前——然后就被童念打断了。

那么这照片应该是她五年前拍的。她一晚上都在说古越，莫非这些人也是古越认识的？可被杀的人是谁？

五年前？童志宇想了想，五年前并没有什么演员或者明星失踪。

想不出个所以然，他便先将存储卡藏进自己的钱包里，将照片备份在电脑里，然后重新贴好照片，将怀表收好。

他也想继续问问于冰冰，这到底怎么回事，但是剧组人多眼杂，怕是于冰冰也不方便详细说。

童志宇想了半晌，决定先隐瞒这件事，等明天回去找老何商量一下，他认识警察，看看是否将这照片给警察看。

但是，至于照片怎么来的却不能说，不能将于冰冰供出去。

打定主意之后，童志宇给童念打了个电话，问她到自己房间没。

“爸，我已经回来了，在房间看今天拍的照片呢。剧组还在拍戏，我也没办法和冰冰姐说话就先回来了。对了，明天我们几点出发啊？”童念的声音从手机里传来。

童志宇这才放下心来：“那就早上六点出发，到市区也得七点了，我带你去吃点儿早饭，然后送你去上学。”

“好，那晚安啦。”童念说着，挂了电话。

童志宇看了看时间，不知不觉已经十点多了，想来今晚也没时间和于冰冰细聊，只能洗漱睡觉了。

但这一晚上他也没睡好，睡睡醒醒，梦境连连。

有时候梦到自己年轻时候的事情，有时候梦到朱玉，还有老何，还有于冰冰那张憔悴的素颜。

凌晨四点的时候，他就再也睡不着了，干脆起床出门，到了海边，看早上的大海。

此时太阳还未升起，但是天光开始亮了。清晨的空气很清新，伴着特有的海腥味。

沙滩很干净，赤足踩上去，能感觉到绵软的触感。童志宇极目远眺，想象着这片大海之中葬身的阴魂。

于情于理，自己都应该报警查一查这照片上的人是不是真的杀人了吧？

也许某个不知名的男女独自在海水里泡了五年，尸骨都不一定完整。

第 39 章　报案

传说里，这种死法的人灵魂也得不到解脱，尸体不能入土为安，他的鬼魂也会常年被泡在冰冷的海水里，暗无天日。

童志宇叹了口气，决定先回去再说。

等到了早上六点的时候，童念也收拾停当。这孩子倒是勤快，学霸可能都有这种潜质。

童志宇心中唏嘘，要是童辉能有童念一半的认真努力，也不至于落到那地步。

到了市区之后，他带着童念找了一家快餐店吃了早饭，然后送她去上学了。

此后，童志宇开车直接去找了老何。到了酒吧门口，也才上午八点半，老何还没开门。

童志宇坐在门口等着何浩博，看到对面有个便利店，冷不丁想买包烟来抽，但是他已经戒烟很多年了。

他忍了忍，还是坐在原地没动。到了九点，何浩博来了。

“你干什么呢，跟流浪狗一样蹲我家门口。”何浩博笑道。

“你才流浪狗。”童志宇没好气地说道，“有事找你商量。”

“又有事？我都想建议你去烧香拜佛了。”何浩博叹气摇头，开了门让他进去。

“说吧，这回又遇到什么事了？”何浩博问道。

童志宇拿出那张存储卡递给他：“你用电脑看看这个。”

“什么东西，照片？”何浩博问道。

“嗯，你先看看。”童志宇说道。

何浩博打开电脑，找了个读卡器，打开存储卡里的照片，浏览一遍之后，脸上笑容僵住了。

“这……这不会是杀人抛尸吧？”何浩博低声道，“你哪儿弄来的？里头这都是谁啊？”

“你完全想不到是谁给我的，是于冰冰。”童志宇说道。

“于冰冰？你去见她了？”何浩博惊讶地问道。

“对，而且她现在情况不太好，生病了。”童志宇叹道，然后将昨天的事情简单和何浩博说了说。

何浩博听完，神色变了变，语气有些唏嘘：“真没想到，她最后是这样的结果。”

“是啊，她说让我跟你道歉，当年也不是故意的，说是被古越胁迫的。可我觉得古越不至于为了抢个角色做到这地步。”童志宇说道，“但是她当时那神色又不像是说谎。”

何浩博沉吟片刻，说道：“也许是和古越有些关系，但原因是什么不好说。于冰冰也只是猜测是跟古越有关，而这些照片也说明不了古越参与了这件事。”

“听说古越当年出道的时候有金主，你知道这件事吗？”童志宇问道。

“倒是有些风言风语，剧组里传过一阵子，但是后来公司严禁谈论古越的事情，就没人敢说了。”何浩博说道，“古越当时和一个大财团的大小姐有点儿暧昧，听说还当了人家男朋友。那女的很迷恋他，那位小姐的背景也复杂，家里以前有人混黑道，不是什么好惹的货色。”

“那女的叫什么？”童志宇问道。

“汪依琳，你知道的吧？她还有个哥哥，叫汪子阳。但是后来家里没同意这位大小姐和古越的事儿，拿钱把古越打发了，大小姐也被送去了美国定居，现在好像是嫁人了。”何浩博说道，“你懂的，古越那个人骗骗无知小女孩还行。他演技方面是没的说，为人处世也游刃有余，就是在男女关系上会逢场作戏。聪明的女孩子知道当不得真，但总有一些小女孩拿着暧昧当真爱，上了他的当。汪依琳小姐就是其中之一。”

“这些事你都是怎么知道的？”童志宇有些惊讶。他们俩都和古越在一个剧组待过，为什么何浩博这些八卦都知道，自己却什么都不清楚。

“当年很多人都知道，你不知道，是因为你脑子从来都不考虑这些事。”何浩博失笑道，“你问问自己，你老婆在干什么你都不知道对不对？你就一门心思想你那小说。”

童志宇苦笑一声，确实如此。

何浩博问道：“那我问你，接下来你打算怎么办，这照片怎么处理？”

“我想交给警方查一查。但是不能说这照片的来历，因为我不想于冰冰因此被牵扯进来。她现在病成那样，也够可怜了。”童志宇叹了口气，“还是得麻烦你，让你那朋友查查，怎么样？”

“也好，我把照片交给张迪。那怎么解释这东西哪儿来的呢？”何浩博问道。

童志宇想起了总给自己打电话的那个号码，心想关键时刻就你来背锅了。

“你放心，我有办法给警察解释。你尽管约张迪吧。”童志宇说道。

同何浩博商量完毕，童志宇立即打了电话。张迪正好在外头走访一户人家，接了电话后表示立即赶过来。

等张迪到了的时候，仨人进了老何的休息室详谈。

何浩博给张迪看了照片。张迪看过之后，皱紧眉头：“这好像是抛尸啊。这袋子的形状，跟尸体很像。”

张迪抬头看着童志宇：“这照片哪儿来的？”

童志宇说道：“一个匿名人发快递给我的。快递单子让我扔了，但是他之前给我打过电话。”

说着，童志宇给他看了看通话记录里那个未知号码的通话记录。

张迪看了看，问道：“这个人是男人女人？为什么要把照片寄给你？”

“听不出男女，用了变声器吧。至于为什么给我，那人说是因为怀疑这些黑衣人和古越有关系。”童志宇说道。

“古越？这名字有些耳熟。”张迪皱眉道。

“就是那个大明星古越。”何浩博在一旁补充道。他看了看童志宇，虽然俩人没有提前通过气，但他并未对童志宇的说法提出任何异议。

童志宇很感激老何的体谅和理解，也对他笑了笑。

“这既然和古越有关系，为什么又要寄给童老师？”张迪一脸蒙逼。

“你不看娱乐新闻，当然不知道其中的缘由。”童志宇平淡地说道，“我老婆朱玉，以前是古越的女朋友。不过这件事没有对外承认过，网上有诸多猜测，倒都是真的，但是希望你也继续保密，毕竟现在我儿子女儿都这么大了，我不希望有些事情传扬出去影响他们。我猜想，那个人之所以将照片给我，还说里头牵涉了古越，想必是因为和古越有什么过节，但是却希望借由我的手来打击古越。”

张迪恍然大悟，连连点头道：“了解，我们会先确定一下这照片里是不是抛尸的过程，然后进入调查。但是你们放心，所有调查不会公布于众。”

童志宇点头道：“多谢了。不过你们去打捞的话，能不能让我们也去看看？”

第40章　捞尸

“这个倒是可以，毕竟你们是报案人。”张迪说道，“我先拿着这照片回去分析一下，然后联系人去海岛，大概下午就能搞定一切，到时候接着你们过去。”

“可以，麻烦你了。”童志宇说道。

“应该的。”张迪说着，拿着那张存储卡就出门了。

何浩博无奈地看了看童志宇：“现在我有点儿担心，介入这件事是不是你会很危险。”

“没事，不查清楚，我觉得心中发堵。”童志宇苦笑道。

“于冰冰现在还在海岛影视城拍戏吧？”何浩博问道。

“是，还在，要待一个月吧。”

“如果她发现警察去打捞尸体，不知道会不会对你有意见，”何浩博笑道，“万一以为你把她扯进来了。”

“没事，警察不会去找她谈话，她自然会明白我没有说出她的名字。”童志宇说道，“先等结果吧。”

说罢，他想起昨天于冰冰给童念怀表的事情。大概于冰冰也不会料到，自己这么快就发现了里头的玄机。也许她料想的是，等她某天真的去世了，童志宇才发现里头藏着东西，那时候随便他如何，也牵扯不到自己身上。

到了下午，张迪果然来了电话，让他们一起去海岛影视城。童志宇和何浩博开着车跟着张迪的警车。

等返回海边时，童志宇瞧见已经有打捞队到了。

此时一部分人潜水下去，另几个人在船上等着潜水人员的报告。童志宇和何浩博在岸边等着，等到太阳下山，还没什么结果。

何浩博说道：“咱们先去找个地方休息下吧，我看这打捞也快结束了。大晚上的，他们应该也不会继续工作了。”

“也好。”童志宇先给朱玉打了个电话，让她去接孩子。

朱玉惊讶地问道：“你在哪儿呢？”

“跟老何在一起，我们有点儿事儿，可能晚回去一会儿。”何浩博说道。

“那好吧，早回家啊。”朱玉叮嘱了几句，挂断电话。

何浩博在一旁听着，笑道：“说起来，你老婆现在这个状态，可真是理想状态。不管老公去干啥，温柔体贴，绝对不多问。”

“不过你不觉得这样的话，你老婆显得很不在意你吗？”童志宇苦笑道。

“这倒是，你老婆以前可不是这样的。”何浩博笑道。

童志宇沉默下来，他自然也知道朱玉在悄然发生着变化。如果只是感情淡了或者没了，实在挽回不了，这也是没办法的事情。

但是如果她背着自己干什么别的事，那就有点儿太过分了，自己绝对不可能坐视不理。

童志宇带着何浩博去了昨天的海边餐厅吃了饭。到天快黑的时候，张迪给何浩博打了电话，说有东西捞了上来。

俩人都很紧张，一起回了海边。

此时，童志宇看到有人正拖着一个黑色袋子状的东西往岸上来。

那袋子像是黑色防水布做的，但是已经瘪了，看来尸体八成只留下骨头渣了。

法医人员上前拆开袋子，里头果然抖出一些人骨头渣来，其中还有一只骷髅。

骨头已经被海水腐蚀，看起来有些残缺不全。童志宇盯着那骷髅，总觉得那骷髅时而变成一张表情惊悚的脸，腐烂了半边的血肉，冷冷地带着嘲讽的笑看着他。

张迪走到俩人跟前，叹了口气："果然是有人抛尸。这尸体被石头压在海底，现在骨头也不全了，但是只要有头骨，我们就可以做个容貌复原图。既然那人寄照片给童老师，那么这个死去的人，可能是你们认识的人。我们要连夜工作，法医可能需要清理尸骨。我希望明天能占用你们一点儿时间，去我们市局看看这人容貌复原图，看你们是否认识。"

童志宇点头道："好，没问题。"

童志宇先开车回去，一路上俩人无话。

送何浩博到家的时候，老何对童志宇说道："现在出了人命案，你自己要小心。如果有什么危险，记得打电话告诉我。"

童志宇点头道："好。"

回家路上，童志宇觉得心头更是沉重。打捞的时候警方清了场，没人靠前，但是不知道会不会有记者拍到。

如果自己也在画面里，不知道会不会被凶手发现。他倒是不怕对方来寻仇，就怕他们对俩孩子下手。

希望自己的行为，不要给孩子们带来麻烦。

一路胡思乱想着，他开车进了别墅区大门。

小区绿化好，外加路灯多，起风之后，树影摇摆，倒有些森然可怖。

难怪这里深夜的时候连个出来散步的人都没有。幽静是幽静，可也太清幽了。

就在童志宇拐弯的时候，他突然觉得前方有一群人正在路边。

大晚上的，谁会在这儿候着？

他仔细看了看，吃惊地发现居然是一排穿着寿衣的人，男女老少都有，冷着脸盯着他，冲他缓缓招手。

见鬼了？童志宇头皮发麻，就在他的注意力都集中在这群人不人、鬼不鬼的东西上的时候，冷不丁觉得眼前一黑，玻璃上好像有什么东西。

他立即打了方向盘拐向路边，以为撞上了人。

就在他回头的瞬间，童志宇看到一个留着长发、脸上血肉模糊的头颅冲着自己的风挡玻璃飞了过来。

童志宇一惊，下意识地又打了转向，结果正好撞到了路旁的花坛里。

过了半晌，童志宇才回过神儿来，所幸自己并未受伤，但是却撞倒了一棵花坛里的冬青树。

此时，从监控里看到事故的保安跑了过来，敲了敲他的车窗："先生，先生您没事吧？！"

童志宇定了定神儿，摇下车窗说道："没事，我一个不留意撞路边儿了。你看这树是不是要赔，实在不好意思。"

说着，他开了车门下了车往保安后头看了看，并没有什么人头之类的。

自己又出现幻觉了。

那保安见他没事，才松了口气："具体是否要赔，我也不清楚。我是第一天来上班，要不这样吧，您留个电话给我，明天我们领导来了我问问，然后打电话给您。"

"好，麻烦你了。"童志宇说道，从车里找了个备忘本撕下一页纸，写了个电话号码跟姓名、楼号给他。

递给那保安的时候，童志宇抬头看了他一眼，只见这保安居然是个很英俊的小伙子，个头儿一米九左右，比自己高半头，看身材也是不错的。

虽然这高档小区的保安颜值也都可以，可这么帅的保安，他倒是第一次见。

"不麻烦，我叫秦萌，您有事可以到前面保安室找我。"小伙子仿佛有点儿羞涩，抬手挠了挠头。

童志宇点了点头，想开车走，结果发现车熄火了，他自己捯饬半天，也没修好。

第41章 保姆

秦萌一直没走，举着手电看着他，看了半天看不过去了，上前说道："您帮我打着手电，我来修理。"

"会修车？"童志宇接过手电问道。

"在部队的时候什么都干过，修车小意思。"秦萌笑道。果然没出多久，他就将车修好了。

"没事了，就是这车划了几道痕，可能要去修理厂修一下。"秦萌说道。

"没事，明天我去一趟就好。今晚多谢你了，小伙子。"童志宇笑了笑。

"这没什么。"秦萌接过手电，帮他照着，童志宇才将车倒回来，然后开回了家。

快到家的时候，童志宇发现家门口好像站着一个人。

灯光下看不清楚，但是那身影——莫名让他想起搬家那天遇到的那个诡异的老太太！

又是幻觉？童志宇赶紧停下车，亮起车前灯细看。

结果那人好像转身走进了自己家里。

童志宇赶紧将车放好，跑进家门。

一进客厅，就见朱玉正跟一个中年女人说话。瞧见他进来了，朱玉对他笑道："志宇，你回来啦。"

"这位是？"童志宇指了指一旁的中年妇人。

这女人看上去五十多岁了，穿得倒是整齐，模样一般，长相上没什么特色，就是一双眼睛让人很不舒服，盯着人的时候带着一种探究跟森然似的。

"我请来的阿姨，帮着做家务照顾你和小念的。我这回忙了，只好找阿姨帮忙了。她姓宋，是我老家的远房亲戚。"朱玉笑道。

"哦，是这样。"童志宇点头道，想起了以前朱玉就提过要找个保姆来帮忙的事儿。

"童先生你好。"那女人笑道。

"您既然是朱玉的亲人，又比我们年长，直接叫我名字就行，别太客气了。"童志宇淡淡地说道，瞥了一眼朱玉。

她是真找个保姆来帮忙，还是找个人来监视自己？

保姆笑道："那我就叫你小童了。那你吃饭没有？我还热了饭在锅里。"

"我在外头吃过了，"童志宇说道，看了看朱玉，"跟老何吃的。怎么样，在外头拍戏还顺利吗？"

"还不错，我的角色戏份不多，下月去一趟上海拍完结局的戏份就可以了。"朱玉说道，"你今天干什么呢？一天都没见你。"

俩人说话的时候，那保姆倒是很自然地避开了，去了厨房收拾东西。

童志宇坐到朱玉对面，说道："老何家有点儿事让我帮忙，我就去了。不过后来我们遇到张迪，就是老何的朋友。他说有人举报海岛影视城发生抛尸案，我和老何觉得好奇，就跟过去看看。"

童志宇心想，如果有记者拍到他和老何在海岛海边跟警察一起打捞尸体，被朱玉看到一定会问。既然这样，不如自己先随便解释一下，也让她觉得自己没什么隐瞒。

"打捞尸体？"朱玉皱眉道，"你们也真是爱凑热闹！是什么人的尸体啊？"

"张迪肯带上我们，也是因为怀疑那尸体可能是演艺人员的。因为海岛影视城在那边。可惜尸体只剩下了骨头，没法判断，我们只好回来了。"童志宇平淡地说道。

"哦，那看来是好几年前的事情了吧，"朱玉说道，"人都只剩下骨头了。"

"我想也是，听说起码四五年了，法医说的大概时间。"童志宇说道，"但是这件事警方没有对外公布细节，你可别到处乱说啊。"

朱玉连连点头，脸色却有一些怔忪。童志宇注意到她拿起杯子喝了一口水。

朱玉紧张的时候，经常有这个小动作，但是童志宇却发现另外一件事：朱玉右手上的结婚戒指没了。

"今天没戴戒指吗？"童志宇随口问道。

"哦，拍戏的原因，摘下忘了戴上。"朱玉笑了笑，"我有点儿累了，先去洗澡睡了。咱们明天再聊，你是不是还要工作？"

"嗯，那我去书房了，你好好休息。"童志宇说道，起身往楼上走。

当他走到二楼楼梯口的时候，又悄悄退回来，俯身看着朱玉的行动。

只见她在沙发上坐了一会儿，才从包里摸出手机，仿佛要去打电话。

童志宇往二楼楼梯口的发财树后头藏了藏，便听到朱玉开了客厅门去了庭院的声音。

童志宇暗中冷笑，推开书房门走了进去。

关上门之后，童志宇彻底心凉了。

以前朱玉就算拍戏或者拍广告，能不摘那钻戒就不摘掉；就算必须摘掉，拍完也立即戴上，仿佛嫁给自己是一件特别需要炫耀的事情。

如今她却经常忘了戴，而且现在，朱玉应该是去给古越打电话了。

这个抛尸案，可能朱玉也知道一些什么。

也就是说，朱玉很可能和自己在一起的十年，有起码五年的时间，还和古越藕断丝连。

也难怪，从几年前，朱玉先是和自己频繁吵架，后来才如现在一般平和。

怕是就在那时候，她已经对自己没什么感情了。

那么，古越都回国了，而且还是单身，看起来俩人也相处融洽，她怎么说也应该和古越有点儿旧情复燃吧？

既然这样，朱玉为什么不肯离开，还要对自己言听计从？家里一切怪事，自己频出幻觉，难道是朱玉搞的鬼？

她的目的是什么？想到这里，童志宇一阵心头发冷。

就在他发愣的时候，门外传来敲门声。

童志宇上前开了门，只见保姆端着牛奶和水果站在门口，笑道：“小朱告诉我，你晚上都要喝牛奶，我就送来了。”

“好，谢谢阿姨。”童志宇笑了笑，端了进来。

保姆看着他端进去，也转身走了。

童志宇关上门之后，脸上笑容隐去，将牛奶倒进书房墙边的滴水观音盆栽里。只要是朱玉给的东西，他都信不过。

朱玉第二天又一早就出门了。童志宇送完童念，想起在卢冲家里住的童辉，便想去看看他。

当然，另外一个原因是，他想问问卢冲，他给朱玉开的安眠药是不是有什么问题。

童志宇怀疑自己总是做噩梦出幻觉，也许是朱玉把原本的安定药片给换成了其他的药物，或者是食物里也有什么药粉之类的。

童志宇也考虑过卢冲会不会也是帮凶，但回想他和卢冲认识的前后，以及平时对卢冲为人的观察，童志宇觉得卢冲不会和朱玉同流合污搞什么阴谋。

卢冲先是自己的朋友，此后才认识朱玉。而且他为人不错，不会做出害自己的事情，可以相信。

他刚要出门，保姆便笑脸迎上来问道：“你不吃早饭吗？小朱送小念去上学了。”

“嗯，今天不想吃，没胃口，我要出去一趟。”童志宇说道，心中很是厌烦她这种盯梢一样的眼神。

第42章　谎言

“好吧，这大热天的是去哪儿啊？”保姆一边说着，一边给他开了门。

“我有点儿头疼，去找朋友看看病。”童志宇说着，心中冷笑。朱玉找的这个眼线可真不怎么样，问话的目的让人觉得很明显。

“那你一路小心点儿。”保姆将他送出门。

童志宇开着车往小区门口走，正要出大门的时候，看到有人在车前方招手。

童志宇停下车，探头往外一看，只见外头站着的是昨晚那个叫秦萌的保安。

“童先生，要麻烦你一件事。”秦萌说道。

童志宇突然想起昨晚自己还撞毁了小区花坛的一棵冬青树，于是下车说道：“是不是要赔昨天的冬青树？多少钱？”

秦萌笑道：“是，麻烦您到物业来一趟。”

童志宇只好跟着他到了物业，赔了三百块钱。出物业办公室的时候，童志宇不经意地回头看了看跟在身旁身穿保安制服的秦萌。

白天阳光下更能看清他的长相，只见这小伙子长得真是精神。小麦色皮肤，五官深邃俊朗，身材高大，穿上衣服简直可以不上妆就走T台了。

童志宇有些感叹，说道：“小秦，你这样子来当保安真是可惜了，去当个小模特估计都能赚不少。”

秦萌笑了笑，脸又红了：“我学历不高，初中毕业没多久就当了兵，后来退伍，做了几份工作都不太赚钱，然后就来这儿当保安了。这边的工资高一些。”

“你年纪不大吧？”

“嗯，今年二十五。”秦萌笑道。

童志宇看着他的眼睛，只觉得这年轻人的眼神跟他常见的那些小孩子的眼神不一样。

他混迹娱乐圈多年，早就看过了各种各样的心机婊，小小年纪就鬼精的人比比皆是，但眼前的年轻人眼神清澈，简单坚定，一看就是很单纯的人。

童志宇顿时对这小伙子多了几分好感，想必他也是个诚实的人，便问道:“对了小秦，我想问你一件事。”

秦萌说道：“您尽管问。”

“我们家斜对面——就是七栋楼对面的那个楼，有人买下了吗？平时是不是有人住？”童志宇想起那楼里的火腿肠包装袋，便问道。

“好像没有人住，但是应该有人买下了。这边的楼房都有主人了，只是有些人不常来，只用来度假。”秦萌说道。

“那楼的业主是谁？”

“这个……我们不方便透露，不好意思啊。”

“我听说我住的那栋楼以前发生过凶案，是吗？”童志宇问道。

“什么？！那不可能的童先生，我们这里的房子就算是二手的，也没有什么凶宅之说，前任屋子主人都活得好好的呢。”秦萌忙说道。

“哦？你怎么这么清楚啊？”童志宇看着他问道，“你不是新来的吗？”

秦萌挠了挠头，不好意思地说道：“我习惯了，每到一处地方，就将周围的情况都了解得很清楚。比如地形，比如这里户主的名字和大体情况，比如房子的情况。这样万一有突发事件，我们就不用现查资料了。这个别墅区说大不大，说小也不算小呢，现查资料会很费时间。”

童志宇赞赏地说道:“你很认真，在现在的年轻人里，这份认真不多见了。”

秦萌听到夸奖更不好意思了。

童志宇心中冷笑，果然如此。从昨晚他就在想，如果朱玉在策划什么，那么她提议搬家到这个所谓的凶宅，是不是也是计划的一部分。

而想当然的，这个凶宅可能并不是真正的凶宅，而是她为了吸引自己搬过来编造的一个故事。

难怪网上没什么资料，难怪问其他人，大家都不知道这所谓的一家子被杀的案子。

那光盘也应该是朱玉早就暗中放在通风口的东西，以要清理通风口的名义，引着自己去发现。

里头所谓的凶案自然都是假的，是由那俩替身演员和几个群演演出来的，外加里头的血迹什么的，八成都是道具。

朱玉对自己真是了解得很透彻，她知道自己心里装着的只有故事。在看到这光盘之后，第一反应肯定是留下来当素材来看，而不是告诉别人或者交给警察。

可她为什么非要让自己住在这楼上？鉴于对面那楼也住过人，那么——她是为了找人方便监视自己？

“童先生，你在想什么呢？”秦萌的声音传来。

童志宇这才回过神儿，说道：“哦，对了，今天我问你的事情，千万不要告诉别人，任何人。”

“呃？为什么？”秦萌一愣，但随即又连忙答应下来，“好的，我不会多嘴。”

童志宇满意地点了点头，笑道：“你什么时候下班？”

“我们都是倒班，我今天上白班，傍晚六点就下班了。”秦萌说道。

“你住在附近，还是？”

“不是，住在市北区，每天要坐地铁来。”秦萌说道。

“今晚我请你吃饭吧，谢谢你昨天帮我修车。”童志宇说道。

“啊这个不需要，举手之劳而已啊。”秦萌脸又红了。

童志宇笑了笑，其实他也想跟这个保安套近乎，以后也好查清楚到底斜对面的房子住的是谁。

“没关系，反正晚上我也得吃饭。你喜欢吃什么？”

“啊这个……真的不需要。”秦萌低声道。

童志宇突然明白，他可能是和自己相处的时候有些不自在，所以不想和自己一起出去吃饭。

但自己真那么吓人？童志宇知道自己不太喜欢笑，但是长得也算不错，不至于让人见了退避三舍吧。

他沉吟片刻，说道：“那如果你不想去——”

“我不是不想去，而是——我昨天出门仓促，忘了带换洗衣服，就一套保安服了……”秦萌有些局促，“昨天来的时候，在地铁上遇到个生病的乘客，吐了我一身，所以我昨晚把衣服洗了，到现在还没干。”

“既然这样，那就改成后天晚上吧。”童志宇说道。

“嗯，好。”秦萌笑了笑，仿佛特别不好意思。

童志宇觉得这小伙子有点儿太害羞了，不由得有些好笑，也没往深了想。

定好了时间，童志宇开车出门了。

他先去找了卢冲，直接将那瓶药递到他跟前，问道：“这药你看看，是不是当初给我开的安定？”

卢冲惊讶地看了他半晌，才接过了那瓶药，打开倒出几片看了看，闻了闻，又掰开试了试，点头道：“没错是安定，怎么了？”

“不知道是不是我多心，我总觉得吃了这药做噩梦。”童志宇说道。

“胡说，这是安定。”卢冲皱眉道，“你怀疑我给你假药？”

第 43 章　尸体的身份

“假药”这个词倒是让他乐了：“并不是，我是怀疑这药片被人换了。”

“这药是真的，但是，我怎么闻着略微有点儿香味，”卢冲说道，“分不清是瓶子上的香味还是药片的。”

“什么香味儿？”童志宇问道，略有些紧张。

“这说不好，我也不知这是什么香味儿，也许是你老婆手上的化妆品味儿呢，别太疑神疑鬼的。你这是怎么了？”卢冲皱眉道。

“拜托你件事，把里头的药片都换成维生素什么的。”童志宇说道。

“你确定？好吧，搞不懂你现在在想什么。”卢冲摇头道，将药片倒掉，重新找了一瓶维生素片塞进去。

“记得，这件事不要告诉别人，尤其朱玉。”童志宇说道。

“好吧，听你的，希望你俩别有什么事啊。”卢冲不解地看着他，目光充满疑惑。

“不说我了，小辉如今怎么样？”童志宇问道。

“在我家，我上班的时候，就找了我妹妹看着他。我妹妹是护士，毕业了，还没去工作呢。所幸小辉毒瘾还不算深，我感觉很快就可以戒掉。其实戒毒不算难，就怕他重新染上。你可要看好了。”卢冲叮嘱道。

“明白，唉，家里的事儿让你费心了。”童志宇叹道，“你什么时候回家，我想去看看他。”

“你想看晚上去我家就行。”卢冲说道。

就在这时，童志宇的手机响了起来。

他看了一眼，是何浩博打来的，便接了起来。

“你在哪儿呢？张迪打电话说，那个面部复原图出来了，让我们去看看。”何浩博说道。

“这么快？”童志宇有些吃惊。

“当然，人家警察跟法医连夜工作熬通宵做出来的，赶紧去吧，也好看看到底是谁。”何浩博说道。

童志宇挂掉电话，对卢冲说道：“我得出去一趟，晚上如果有时间我去你家看看。”

卢冲点头道：“没问题，随时欢迎。”

童志宇赶紧出门开车，往市局赶过去。

到了之后，何浩博出来将他带去张迪的办公室。

张迪指着电脑上一张图给他们看：“你们仔细看看，这个女人认识吗？”

电脑上是一张面部僵硬的女人头像，但是五官十分清晰，像是一个三十七八岁的女人，小眼睛，长脸，其貌不扬。

“这个女人有些面熟。”何浩博说道，“志宇，你能看出这是谁不？”

“能。”童志宇心中一沉，“我见过她两次，十年前她是咱们那个剧组的化妆师，好像是姓赵。”

“欸，你这一说，我是有些印象。”何浩博说道。

张迪皱眉道：“化妆师？知道她叫什么名字吗？”

“不记得了，因为当时也没问，只是知道姓赵，不是本地人，应该是河北的，十年前是我们那个剧组的化妆师。”童志宇说道，“这个人怎么死的？”

“这个还得等进一步的结果。”张迪叹道，“那些抛尸的人，我们已经挨个儿发了通缉令，试试看能不能找到他们。但是时间过去这么久，也不一定很快找到。关于这个赵小姐你们两位还知道什么？”

“不清楚了，印象里她也没和我们剧组的人有过什么冲突，好像性格还算可以，就是有些八卦。”童志宇回忆道，“其他的记不起来了。”

“这件事还涉及一个神秘人，对于这个神秘人，童老师还有什么资料提供？”张迪问道。

“这个不清楚，我知道的已经告诉你了，这几天那神秘人也没来电话。”童志宇说道。

“那好，谢谢你们配合调查，那你们两位先回去吧，有进展我会通知你们。因为这个神秘人动机不明，所以童老师要注意安全，一旦发现什么可疑人或者事，一定要及时报告给我们。这是我的电话，有事给我打电话。”说着，张迪将自己的名片递给他。

童志宇接过来，觉得有些好笑，连警察都开始有名片了。

不过也是，有时候为了方便收集消息情报，留个手机也方便。

童志宇和何浩博出了市局大门，俩人都有些心事重重。

等进了车里，何浩博说道：“刚才你也看到了，是当年那个剧组的人。对于这件事你怎么想？”

“一切都仿佛是当年那个爆炸事件的延伸似的。你说，这个化妆师赵，会不会知道些什么内幕，又忍不住在几年后说出去了，才被人灭口。”童志宇说道。

“你觉得是古越做的吗？”何浩博问道。

“不知道，主要是我不明白当年到底发生了什么，为什么有人要炸死你，可这么多年为什么又平静如常。老何，你仔细想想，当时你会不会无意间知道了什么秘密，才有人想下手？”童志宇问道。

“秘密？我能知道什么事关性命的秘密。”何浩博沉吟道，“况且我也没有你那么好的记忆力，现在能记住大部分十年前的事情已经不错了，其他的一点儿不记得了。”

“算了，让警察先查查看吧。”童志宇叹道。

“让你这一说，我真觉得你的生活简直惊心动魄。”何浩博苦笑道，“你现在跟朱玉怎么样？”

“能怎么样，真正地相敬如宾。”童志宇苦笑一声。

“孩子们——会不会觉得你们俩——”何浩博迟疑道。

“童辉现在住在卢冲家里，此前我跟你说过，这小子戒毒呢。小念看起来还不知道，但是这孩子聪明得很，怕是会觉察一些不对，”童志宇说道，“所以我希望赶紧将这些千头万绪查出个所以然来。”

何浩博拍了拍他的肩膀：“好，需要什么帮忙，尽管告诉我。”

“一定。”童志宇笑了笑。

他开车先去修补了一下昨晚撞出来的痕迹，回家之后，瞧见那保姆正在院子里浇花。

“回来了？”保姆对他笑道。

“嗯。”童志宇也笑了笑，总觉得这保姆一股子怪里怪气。也许是因为朱玉找来的，他从心里防着这人。

进了书房，想起那光盘，童志宇觉得好笑，自己以为的故事可有一个出人意料的结局。

那么不如就把自己调查到的事情外加身旁发生的故事，改编一下加入这小说的结局里。

想到这里，他另开了一个文档，继续写了下去。

第 44 章　意外收获

接下来几天，童志宇倒是意外的平静。

他也惊讶于自己这个状态。也许是对朱玉彻底寒心了，也许是对自己身旁秘密的好奇，让他居然有了比以往更多的耐心，来冷眼旁观自己身边的人跟事。

朱玉依然对他温柔体贴，童志宇也逼着自己去迎合，俩人表面夫妻情深，实则同床异梦。

童志宇总觉得自己这房子里还藏着什么秘密，否则朱玉不可能建议自己搬家到这里，还编造什么鬼故事凶案啥的。

但是他也查过家里的里里外外，连厕所都查过了，并没什么奇怪之处。当然，童念的房间他没怎么翻过，只是朱玉也不怎么去童念的房间，所以童志宇觉得就算有什么问题也不会出在她房里。

那么，对面那个楼是不是有问题？那楼据说有主，但是却没人见过那房子主人，可里头又有人住过的痕迹。

那么这人是怎么进去的？锁确实已经生锈了，那房子确实很久没人从大门进出了。

想进去查查的话，只有问物业了。他们可能留有大门的钥匙，而更有可能登记了户主资料。

突破点就是那个小保安了。童志宇托张迪查过秦萌的背景，他确实是个身份背景简单的人。

他是单亲家庭出身的，母亲很早去世了，有个十几岁在上高三的妹妹。

父亲好像出了意外去世了，具体情况不详，所以他家条件确实不咋的。

他在这个城市无依无靠，童志宇觉得，也许这个秦萌很好笼络，让他对自己推心置腹或者亲近起来，自己可能很容易打听到那楼的户主。

打定这个主意后，童志宇开始对秦萌关注起来，隔三岔五和他打个招呼。

而自从俩人吃过一次饭之后，秦萌倒是也和他熟络起来。

他们这个小区有一面靠着一处无名小山。说是山，其实就和小丘陵一样的高度，后来被市政府开辟成了一处小公园，基本上成了附近人们晨练的地方。

这天周日，童志宇早上五点就起床了，牵着九月出门遛弯。

绕着山走了一圈，到了山脚下的时候，他正看到秦萌坐在路边，脸色不太对。

童志宇立即走到他跟前问道："你怎么了？哪儿不舒服？"

"胃病犯了，没事。"秦萌一张脸惨白，抬头看了看童志宇，勉强笑道，"过阵子就好了。"

"你是来晨练？"童志宇看他穿了休闲装。

"嗯，在部队养成的习惯，没想到跑下山的时候突然胃疼。"

"你没有带药？值班室有没有药？"童志宇问道。

"没有，好长时间不犯病了，可能昨天吃得不太好，又犯了。"秦萌苦笑道，"大概忍忍就好了。"

"你脸都白成这样了，还忍？走吧，我扶着你去我家，我有药。"童志宇叹道，上前拽起他。

秦萌呆呆地看了他一阵子，听话地起身，手臂搭在童志宇肩头，随着他一路往小区里走。

童志宇将他带进自己家门，保姆立即迎上来："怎么了这是？"

“宋阿姨，麻烦你去倒杯温水，然后从药箱里拿点儿胃药来。我看他这是胃炎犯了。”童志宇说道。

保姆立即去了。

童志宇将秦萌扶到沙发上坐下。秦萌好奇地看了看他家里的布置，神情有点儿局促。九月一直跟在他们后头回来，看着俩人的神情，大眼睛眨了眨，便跳到秦萌身旁坐下，两只胖嘟嘟的前爪搭在秦萌的大腿上，睁着乌溜溜的眼睛看着他，轻轻摇动尾巴。

秦萌侧头看着九月，忍不住一笑，抬手摸了摸它的头：“真可爱。”

“是啊，我们九月是暖男。”

“它叫九月？”

“是啊，我女儿取的名字。”童念笑道，接过保姆递来的药和温水递给秦萌，“你吃过早饭了吧？”

“吃过了，谢谢。”秦萌道谢之后喝下药去，休息了一阵子，脸色逐渐恢复过来。

童志宇端详着他，心想这孩子八成只是忙着工作赚钱，根本没好好照顾身体，也没按时按点儿吃饭才落下了这病。

想到这里，他有些怜惜眼前的年轻人，便将胃药塞到他手中：“以后要是上班时身体不舒服就给我打电话，我就在家工作。”

秦萌甚为感动地看着他。

童志宇有些好笑。半晌后，秦萌说道：“谢谢童先生，我得上班去了。”

“那我送你出去。”

“不用了，我胃不疼了。”秦萌说着，起身走向外头。

童志宇也跟着送了出去。

秦萌回头看着他，眼神清澈，让童志宇想起家里那条小狗，不由得笑了笑：“你这么看着我做什么？”

“童先生……”秦萌欲言又止。

童志宇笑道：“不必这么拘束，叫我童大哥或者宇哥就行。”

“宇哥，我知道你想了解你们家对面那栋楼的事。”秦萌低声道：“我虽然不能告诉你户主的名字，但是我们保卫科一个大哥经常和我们聊一些琐事。关于你们家对面那座楼，是有些奇怪。”

“哦？”童志宇完全没想到他现在就肯告诉自己那楼的故事，不由得认真听着。

“听说那户主是个男的。而且他在你们家搬过来之前就来过，还带着自己的装修队。”秦萌说道，“可是他们装修的时间相当长，比一般人用的装修时间还多出两个月。当然，并不是天天都在装修。”

“居然这么长时间。那么费力地装修完了，却没有住进去？”童志宇问道，想着自己在外头看过那房子里的情景。

里头很简单地装修了而已，根本没什么复杂的东西，哪里需要这么费劲？

“不清楚，但是听说他们大晚上也装修，凌晨也是，加班加点的。”秦萌说道，“一般的装修队都不愿意通宵干活，但是他们家好像很特别。而且每天那个户主都开车来来回回好几趟。当然，进出小区并不犯法，只是特别奇怪罢了。”

童志宇听完之后沉默了。确实很奇怪，这户人家在搞什么鬼？

秦萌看了看他说道：“宇哥，这些也都是别人告诉我的，我也不清楚是真是假，因为我刚来。你也别告诉别人是我说的啊，我怕影响了我工作……你知道，我缺钱。”

童志宇点头道：“我明白，你放心吧。”

第45章　恐怖秘密（上）

秦萌说完就离开了。童志宇看着对面的那栋，越发起了探究的心思。

谁会装修装小半年，还日夜兼程？结果院子里的草都没心思去剪除。

装修的业主开着车来来回回小区好多趟，就算是买装修材料，也不至于一天之内出去那么多次。

想到这里，他看着对面的小楼陷入沉思。

对面的楼没有装铁栅栏，而且上次九月进屋的时候，童志宇就发现第一层有一扇窗是开着的。如果他推开那窗，就可以爬进去。

但问题是他们家和那座小楼之间有监控，自己得绕过监控爬进去试试。

可是童志宇绕了小区大半个上午，都没找到监控盲区，也没找到如何靠近小楼而不被发现的办法。

等他转悠到了中午，想回家吃点儿饭再想办法的时候，就瞧见秦萌从远处缓步走了过来。

“中午了，还在执勤吗？”童志宇笑道。

秦萌走到他跟前看着他笑道：“正要去食堂吃饭，看到你在这里，就过来看看。”

童志宇尴尬了一秒，心想刚才自己在人家楼前走来走去估计已经被秦萌看到了。

童志宇正要说点儿什么，秦萌却突然问道：“宇哥，你为什么非要去那无人的楼里看看呢？”

“我……其实我女儿和我说过一次，总觉得那里头有人在看她。虽然我觉得这事儿有点儿荒谬，不过也怕有什么人藏在里头。”童志宇说道，只好将童念作为理由。

当然，童念也确实说过一次，自己也不算骗这傻小子。

果然，秦萌信以为真：“真的？！”他想了想，摇头道，“也不会啊，这里进出的人都登记，不应该有人混进来啊。”

“我也觉得，但是还是想看看才放心。”童志宇说道。

秦萌顿时纠结了：“可……可怎么进去呢。”

童志宇一看，他这么容易就被自己忽悠了，便低声道：“我知道这附近有监控，希望你帮我一个忙。”

“什么忙？”秦萌问道。

“帮我把监控里关于我的部分都删掉。”童志宇说道。

秦萌有点儿迟疑，半晌没说话。

“你也知道，那座房子应该是空的，连家具都很少吧，我不可能进去偷东西。”童志宇叹道，“我也不需要去偷。”

秦萌看着他眼神里满是羡慕：“你对你女儿真好。”

童志宇一愣，想必这孩子是真信了自己那套说辞，以为是为了童念不惜冒着犯“非法入侵罪”的危险，进人家家里查看。

这让童志宇有点儿汗颜。不过秦萌就这么简单地同意了，让童志宇倒是有些莫名感动。这孩子太好骗了，跟《天下无贼》里的傻根儿似的。

秦萌说今晚他值班，虽然还有另外一个人和他一起，但大家一般都分上下夜来值班。

秦萌告诉童志宇，自己会和同事商量下半夜来值班，让童志宇凌晨一点之后再行动。

俩人商量好了之后，秦萌转身要走，童志宇立即叫住他："谢谢你，让你陪着我一起冒险实在是过意不去。"

秦萌说道："我相信你。"

说着，他大步走回去了。

晚上，童志宇趁着夜深人静从自己家出来，轻车熟路地到了那对面的小楼跟前，翻进院子里。

他静静听了一会儿，确定里头没人，才轻轻推开一楼右边房间的窗户跳了进去。

进门之后童志宇打开手机上的手电筒，从楼下到楼上慢慢摸索了一遍。

这楼的布局跟自己家的差不多，房间一样，只是装修上显得更简单。

家具也几乎没有，只有二楼一间卧房里有简单的床和橱柜、被褥，甚至还有空调。

厨房的设备也比较齐全，除此之外，别的房间都空置着。

这房子里确实有人生活的痕迹，但这人仿佛在这儿没住几天。衣橱里还有几件衣服，都是男人的便装。

童志宇关了手电筒，走到二楼窗前，果然能远远看到自己家的窗户。

但是如果不开灯，对面应该看不清这屋里是否有人。

童志宇十分奇怪，大门上着锁，这里的人怎么进来的？这小楼也没侧门。从大门的锁可以看得出，早就没人进出了。

琢磨来琢磨去，他突然想起自己家里有个地下室。但这家庭院里并没有地下室，他进来的时候就查过了。

可是就算有地下室，也解释不了这怪现象。

童志宇纳闷不已，仔细在屋里前后左右找了半晌，实在看不出个所以然来。

就在这时，暗夜里突然响起一阵手机铃声，吓了他一跳。

他摸出手机一看，居然是秦萌的来电，于是接了起来。

"什么事小秦？"

"宇哥，你还没出来吗？"秦萌在电话里低声问道。

“没有……我总觉得这宅子里应该有奇怪的地方，但是却找不出来。”童志宇叹道，“但愿我多想了吧。”

“那你在里头等着我，我现在过去看看。”秦萌低声道。

“你过来的话，值班同事不会发现吗？”

“没事，我把那边的监控先关了。至于我同事，他要是睡着了，除非打雷，否则不会醒。”说着，秦萌挂断了电话。

童志宇没来得及阻止他，本想说你来也没什么用。但对方既然要来，童志宇也只好等着。

他在客厅里走来走去，等着秦萌过来。这家的客厅只铺了简单的地板，并未铺地毯。他今天穿了皮鞋，走来走去，脚步声在静夜里居然挺明显。

但是来回走了几趟之后，童志宇觉得不太对劲。

脚步声听起来有细微的变化。有的地方是闷响，声音不大，但是走到别处，又觉得脚下的响声变了，仿佛有点儿空。

童志宇突然停下脚步，看着地面。

总不会这地下是中空的吧？童志宇觉得自己最近脑洞太大了。

就在这时候，童志宇听到屋里“砰”的一声，于是转头一看，就见秦萌从窗户外头直接一个侧身跳了进来，跟拍剧似的。

“你来了。”

“宇哥，这屋里有什么不对吗？”秦萌问道。

“我刚才发现地下好像是中空的，正在找是不是有隐藏的洞口呢。”童志宇说道。

“什么？这……这难道是地下室吗？”秦萌低声道。

“不知道，我们下去看看。正好你来了，帮我找找。”童志宇说道。

秦萌愣了片刻，也立即开始俯身寻找。

第 46 章　恐怖秘密（下）

俩人找了不多会儿就摸到了一块活动的地板。搬开那块正方形的厚木板，底下露出一个只能通过一个人的洞口来。

秦萌先是仔细听了听，发现没人，才用手机照了照。

居然有段木质楼梯延伸下去，楼梯还挺新。

秦萌低声道："宇哥，我先下去看看，确定没危险你再下来。"

"好，你小心点儿。"童志宇低声道，举着手机给他照明。

秦萌沿着楼梯下到底下四下转了转，才对童志宇说道："宇哥，这底下好像没人，而且一这好像不是个地下室，空间很大！更像是个……像是个地道！"

"什么？"童志宇顿时蒙圈了。

他立即沿着木质楼梯走下去，用手机往前一照，确实，底下仿佛是一条地道，手电都照不到尽头。

但是，他们俩好像在一处地道的中段，往前有一段路，往后也有。

童志宇想了想，先往后走了走。秦萌立即跟上他。

但走了没多久，他就走到了尽头。尽头处有简单的砖石砌成的楼梯台阶。童志宇估摸着布局，觉得这应该是地道的其中一个出口。

秦萌被这个架势惊呆了，喃喃说道："这一家人是想干吗啊，藏宝吗？"

童志宇心中冷笑，藏宝？如果这样倒也是好了，怕是还有别的企图！

他心中有个念头隐隐约约升腾起来，让他有一瞬间的恶心。

童志宇返回往后走，说道："我往另一个方向看看，你先回去吧。"

秦萌立即摇头道："不行！这么古怪的地方，我还是跟着宇哥吧，万一有什么危险。"

童志宇也顾不上他，没再跟他多说，便一直沿着地道往前走。

这一路真的还算挺长，走了一会儿，前方又出现一处砖石砌成的楼梯。但童志宇想了想，没有上去，沿着那地道继续拐了个弯，看到前方已经到了尽头。

"欸？这一边居然没有楼梯。"秦萌好奇地说道。

童志宇看着面前的那堵"墙"，举着手机发出的光仔细分辨摸索之后，他觉得这不是水泥墙，而是用木头做的仿真水泥墙。

因为摸上去手感什么的完全不同于真的水泥。

于是他将手机慢慢往下移动，果然找到了金属插销。

他上前拉开插销，缓缓推开那门。

他身后的秦萌发出好奇的惊叹声，而随着那门缓缓开启，童志宇的心也随着沉了下去。

门后头也是一个地下室。然而里面却放着一些杂物。

可这些杂物他太熟悉了。这就是自己家的地下室！

刚才那一段楼梯，怕是上头也连着一处洞口，如果自己上去打开，那应该就是自己家的客厅。

而这里，是自己家的地下室。

由于地下室和后头的地道之间用这木门隔离，木门又被做成了水泥墙一样的颜色，在昏暗的灯光掩饰下，他从未发现端倪。

可能也是因为自己没有想到家里地下居然有一段地道！

难怪朱玉后来将杂物重新堆放，尽量空出了这木门的位置。她是为了进出方便！

难怪有一天自己分明看着朱玉从地下室进去，最后却在客厅出现，当时他还以为是自己的幻觉！

童志宇只觉得一时间自己从头凉到脚，站在原地动弹不得。

自己在屋里昏睡的时候，也许朱玉正在密道里密会其他男人！

自己在屋里听到的一些音乐的声音,很可能正是她和那个人在地道里说话！

那么，这个人是谁？！古越吗？还是照片里那个年轻人？！

童志宇只觉得自己握着手机的手都在发抖。

"宇哥，宇哥？"秦萌低声道，"这是哪儿啊？你怎么了？"

"这是我家，地下室。"半晌后，童志宇冷冷说道。

"啊？对面，地道通往你家——你……你不知道吗？"秦萌的声音越来越低。

因为他再蠢也觉出了不对劲。男主人不知道这里有个地道，从对面通往自己家，那么，这地道是谁在用呢？想想就觉得可以脑补十几万字绿帽文。

童志宇站在原地许久,秦萌觉得这么站着也不是回事,便拉着他出了地道。

俩人回到对面那个楼上，从大门翻墙出去。

等再度站在门外的时候童志宇才平静下来，对秦萌道谢："谢谢你今晚帮忙。"

秦萌看着他，担忧地问道："宇哥，你真的没事吗？你脸色不太好。"

"没事，还是希望你别把这件事说出去，就算是看到了我老婆，也别露出什么来。”童志宇低声嘱咐道。

“嗯，你放心，我不会的。”秦萌认真说道。

童志宇点了点头，感觉从未有过的累。

他站在原地看着自己的家门，却不想进去。

秦萌也陪着他站着，幽幽望着他。

“你怎么还不走？”童志宇问道。

“我……我就是担心你。”秦萌说道。

“我又不是个女人，你还怕我大哭大闹一场不是？早回去吧，早休息。”童志宇说着，走到门前摸到那密码锁。

但是他手指哆嗦半天，始终没有输对密码。

秦萌在一旁看着，冷不丁走上前来站在他身侧，握住他的手，轻声道：“这样手就不抖了。”

童志宇这回才输对了密码，打开了大门。

秦萌看着他进了门，防盗铁门在身后关上。

童志宇慢慢走进屋里去，没再回头看他。

这晚之后，童志宇病了两天，突然发起了高烧。

躺在床上的时候，他觉得眼前不断闪过各种各样的记忆碎片。

十年前年轻的自己，刚刚跟自己新婚的朱玉；

幼年的童念牵着自己的手，一起放风筝的情景；

童辉出生时候，全家被新生的喜悦所笼罩的情景……

层层叠叠，如碎片一样灰飞烟灭，又莫名重新组合成黑漆漆的一片。

等他再度醒来的时候，就见朱玉正守在床边，自己床头上吊着吊瓶，卢冲也在一旁。

“你们怎么都在？”童志宇看了看俩人，平静地问道。

“你还说呢，不知怎么突然发了高烧，宋阿姨给我打电话说她和小念没办法送你去医院，我只能带着卢冲来了。”朱玉神色担忧地问道，“你现在感觉怎么样？怎么会发烧了呢？好端端的。”

“可能这几天吹了海风已经有点儿感冒了，只是我不知道，结果等发现了已经开始发烧了。”童志宇清了清嗓子说道。

“这几天你就好好休息吧，别到处折腾了。”朱玉叹道。

“这几天有没有人给我打电话？”童志宇想起那个神秘人和老何，怕他们在自己昏睡的时候打来电话却被朱玉发现。

第 47 章　到底是谁

朱玉说道：“没有，这几天没什么人找你。哦对了，昨天咱们小区一个叫秦萌的保安来找过你，我问他找你做什么，他也没说。你什么时候和咱们这儿的保安关系这么好了？”

朱玉说这番话看似平常，但童志宇听出她语气中的一丝不屑。童志宇内心不由得一阵恶心，你算什么东西，还敢瞧不起别人？

事到如今，他对朱玉是彻底失望了。

就算夫妻情分不在了，相依相伴这十年，朱玉总不至于瞒着自己这么多，还要给自己下药。他现在不能确定朱玉到底如何让自己生出幻觉，但是，这地下的通道，总是消失不见又突然出现的朱玉，一定没做什么好事。

偏偏她还要和自己做什么恩爱夫妻的样子。

童志宇深吸一口气，让自己的神色看起来如往常一般。

不能就这么算了。从这宅子开始就是谎言，朱玉费这么大事来布置，一定有她的原因。

为了想办法陷害自己？

无论为了什么，童志宇决定，还得假装一切不存在，继续配合她演下去。

因为他想知道那个费尽心思连同朱玉一起陷害自己的男人到底是谁，到底是不是古越。

想到这里，他很淡然地对朱玉笑道：“哦，小秦帮我修过一次车，我们就认识了。上次我撞坏了小区一棵树，他是来让我交钱的吧。”

“什么？你还出车祸了？”

“没那么严重，只是不知道为什么，最近精神状态不好。你说得对，我得好好休息休息。现在你们俩出去吧，我再睡一觉。”童志宇微笑道。

朱玉和卢冲见他没事了，都退了出去。

童志宇见俩人都走了，这才起身从书桌上找到手机。翻找了一下，确实没有任何“可疑来电”，这才稍微放下心来。

接下来要怎么办？童志宇从未觉得如此茫然过。

朱玉如今的所作所为不只是让他寒心，更是恶心。

但她到底有什么目的，童志宇还是不能确定。如果现在离婚，那么他的理由是什么呢？怀疑朱玉出轨？一则朱玉同意，俩人分开，但是童志宇觉得，自己可能会错失一些了解秘密和真相的机会；二则她如果不同意，那就一定会察觉到自己已经对她产生了怀疑，那么她会藏得更深。

所以为了查出她到底在搞什么鬼，是和什么男人鬼混，是古越还是那照片上的小鲜肉，那就得继续演下去这个恩爱夫妻的戏码。

想到这里，童志宇慢慢定下心神，决定继续装下去。

所幸现在朱玉的心思仿佛也不怎么在他身上，每天回来看看他，聊几句，就去背台词了。

童志宇也很“小心”地没有在她跟前露出什么心思来，俩人表面上看去十分和谐，平安无事。

过了几天，朱玉和童志宇说要去上海待几天。

“你也知道的，我们剧组要在上海百老汇那边取景拍戏，所以少则半个月，多则一个月，我要去上海一趟。”朱玉说着，带着探究的目光看着童志宇，“你自己在家能行吗？”

“什么叫我能不能行，”童志宇微笑道，“让你说得我像是离开你不能活的小孩子。你放心去吧，宋阿姨帮我一起照顾这俩孩子，完全没问题。”

朱玉沉吟道：“如果有什么事情要及时给我打电话发微信，我总觉得你有好多事情不想和我说。”

童志宇微笑不语，内心却想骂一句 MMP。到底是谁瞒着谁很多事情，到底是谁藏在心里那么多秘密？！

童志宇垂下眼睑下意识地翻着今天的报纸：“看你说的，我有什么事情没和你说过？”

朱玉笑了笑，将手臂搭在他肩膀上：“我是觉得你好像藏着心事。难道去我们剧组探班的时候，还有去海岛影视城的时候看上什么美女啦？我可听说，你好像和于冰冰见过面。”

童志宇心中一动，心想她怎么知道的，但转念一想，他带着童念过去，那剧组好多人都瞧见了。童念是冲着于冰冰去的，要是剧组的八卦传出去，也许就变成了自己去见于冰冰这种传言，也不奇怪。

“得了，我和你说过了，是小念喜欢于冰冰，拿她当偶像，非让我带着她去要于冰冰的签名。”童志宇转头看了她一眼，笑道，“倒是你，见到古越——”

“哎呀，陈芝麻烂谷子的事儿了，你还放在心上。”朱玉揽着他的肩膀笑道，“你吃醋啊？”

“哎，你看看，当地的娱乐版都登了你们了。”童志宇笑着将手中的报纸递出去。

其实那篇报道里没有写什么，只是提了一下朱玉和古越合作的新戏《谍战上海滩》的拍摄进度，只不过是其中有一句“传闻古越和朱玉曾经是恋人，如今是很好的朋友，想必拍戏的默契来源于此”。

“这也没写什么，你就别瞎想了。”朱玉晃着他的肩膀笑道，“不过我很高兴，这几天你都没做噩梦了。”

童志宇心中一沉，他已经怀疑自己的幻觉是朱玉搞的鬼，这几天为了观察朱玉到底会在自己的饮食里做什么手脚，他经常在朱玉或者保姆在厨房的时候突然进去倒茶或冲咖啡，只要是他怀疑朱玉会做手脚的饭菜或者饮料，他都尽量少吃少碰，果然没有再出现什么幻觉，睡眠也好了不少。

那么朱玉现在说这句话，是在试探？想知道自己到底还有没有幻觉或者做噩梦？

于是童志宇叹道：“噩梦也还是会做，只是不那么频繁了。”

“那就好，我去上海之前会嘱咐宋阿姨好好照顾你。听说睡前喝牛奶会助眠，你记得喝点儿。不行自己去卢冲那里开点儿药。”朱玉柔声道。

“嗯，你放心去拍戏吧，我会照顾自己，顾好两个孩子。”童志宇笑了笑，伸手拍了拍朱玉的手背。

第二天下午，朱玉便收拾行李出发，童志宇开车将她送到机场，这才又开车回来。

到了小区门口的时候，就瞧见秦萌站在门口看着他的车靠近。

童志宇停下车摇下车窗，探头对他笑道：“怎么了？站在这儿迎接我。”

秦萌走上前端详了他一阵子，笑道：“宇哥，你病好了啊？我前几天去看你，你还在发烧。”

“早好了，对了，这几天好像一直没看见你？”童志宇问道。

“嗯，请了三天假，一方面去学校看我妹妹，一方面是——”秦萌说着说着，声音就降低了，挠了挠头，看了看童志宇，“是……我去找了退伍后当上警察的战友，让他帮我从房管局那里，查了查你们家对面小楼的户主信息。”

童志宇一愣，问道：“你怎么去查这个了？”

“因为你说想知道那里住的是谁。其实我们物业也有户主信息，但是只有一个名字和身份证号码，别的没有。”秦萌说道。

童志宇一惊，赶紧下车将他拉到路旁，低声道：“你想告诉我里头住的是谁？”

第48章　美人花（上）

秦萌点了点头。童志宇摆手道：“不行。以前是我考虑不周，向你打听这些事是我不对，因为你如果向我透露这些信息，那就是违法行为。我以前一时着急才和你提起这个问题，这是我太强人所难了。”

秦萌说道：“没事，我相信你，我还是决定告诉你。那个户主叫赵飞，40岁，在我们这儿登记的信息是企业老板，但实际上，他是影视公司经纪人。”

童志宇没来得及再次拒绝，秦萌倒是快言快语把他查到的信息一股脑儿地全说出来了。

但听到赵飞这个名字，童志宇却沉默了。这个人是古越的经纪人，俩人合作多年，一直算是黄金搭档。但是赵飞个头儿矮，才一米七。那天晚上他在对面楼里看到的男人衣服，尺码却很大，更适合古越这种一米八以上的人。

所以，真正住在里头的怕是古越而不是赵飞，赵飞只是幌子。既然楼下有地道，那么装修的那段时间他们家用的时间长，就可以解释了。

一群人在挖地道呢，简直可以当抗战片拍摄地了！

那么赵飞那几天应该也在，秦萌说那几天一个男人开着车来来回回，一天进出小区好几趟，那么一定是赵飞将地道里挖出的土装在了后备厢里运出去倒掉的。否则那么多土倒在小区里实在太扎眼。

童志宇想到这里，只觉得心中发苦。

难道自己的十年陪伴，居然抵不过古越和朱玉当年那段初恋？还有古越这个人，经历过多少女人，为什么突然想要回来重修旧好？

想到这里，童志宇更是有些咬牙切齿。

秦萌见他脸色不对，忙说道：“宇哥，你也别着急，这事……这事儿也不一定就是—”

他显然不会安慰别人，“就是”了半天，也说不出个所以然来。

童志宇苦笑道：“没什么，但这件事不要告诉别人，否则你也会扯上麻烦。”

秦萌点头道：“我懂的，你放心。”

俩人聊了一会儿，童志宇便想开车回家去。想起中午家里只有他和保姆俩人，偌大的房子有些冷冷清清，于是童志宇对秦萌说道：“小秦，不如中午你来我家吃饭，反正朱玉她出差了，俩孩子中午不回家，我在家一个人吃饭也没意思。”

其实童志宇内心是想找个人在身旁，省得他自己坐在饭桌前胡思乱想，想来想去恶心到吃不下饭。

秦萌说道：“这怎么好意思……”

“你一定要来，”童志宇叹道，“其实我是怕自己坐在饭桌前，想起家里那些破事，烦。你来一起吃饭，有个人说话，比我一个人待着要好。”

那个保姆也许是朱玉找来盯着他的。童志宇看到她就觉得浑身不舒服，尤其那一双探究的眼睛，总让他想起心思深沉的朱玉。

听童志宇这么说，秦萌有些默然，最后点头道：“好，我一定去。”

童志宇开车回家，瞧见保姆正在院子里修剪花枝。

他看了看院子里那茉莉花，居然还在灼灼地开着。保姆剪了几束花，看到童志宇正瞧着那花出神，便笑道：“小朱说这花好闻又好看，可以剪点儿花枝放屋里装点。”

“不用了，这么浓郁的花香放屋里熏得人头疼。”童志宇皱眉道。想起这花是朱玉最喜欢的，他就有些厌烦。

保姆见他神色有些不高兴，便笑道：“那行，我扔了这些吧，就是怪可惜的。”

童志宇瞥了一眼那些被她新剪下来的花枝，心里也觉得有些可惜，便说道：“算了，中午有个朋友来吃饭，给他带回去好了。先放到花瓶里养着吧。”

保姆点头道：“那好，中午几个人吃？我好准备饭菜。”

“做点儿家常菜就行，只有一个客人。”童志宇说道。

说完，童志宇自己去了书房继续写新书。到现在，书已经完成三分之二了，不过童志宇修改了最后部分，准备将自己家里发生的事情也续写在后头，加以改编。

快到中午的时候，童志宇停了笔，想起以前找到的那光盘，知道其中灭门的血腥内容是演员演出来的，顿觉索然无味又十分厌恶，这肯定又和朱玉有关系。

他本想丢掉，但想起以后也许会和朱玉有一场撕逼，干脆也就留下来，准备摊牌的时候拿出来。他将光盘和自己查到的收到的其他东西一起锁进了保险箱第二层里。

关上箱子之后，童志宇考虑片刻，改了密码。

家里有两个保险箱，其中一个放了一些现金和文件等贵重东西，另一个是他自己用的，基本放的都是自己签约用的合同、自己的印章等东西。

以前朱玉也知道这个保险箱的密码，但是不怎么动他的保险箱。如今为了防着她，也只好改密码了。

到了中午，秦萌果然来了。中午有一个电视频道正好直播全国柔道比赛，童志宇本身会柔道，于是开着电视看直播。

秦萌见了这节目也十分欢喜，说自己也喜欢看，于是他们干脆端了饭菜到客厅边看电视边吃，留下保姆吃的份儿让她在餐厅自己吃。

秦萌一开始有些拘束，后来借着这比赛，俩人聊了起来，秦萌便开始滔滔不绝，倒是让童志宇有些意外。

吃完饭看完比赛，也到了秦萌上班时间。童志宇想起那茉莉花，便让保姆连着花瓶都取来，直接给了秦萌：“这个送你，放你们办公室好了，或者值班室。我老婆种的花儿，这香味儿还不错。”

秦萌接过去，有些惊讶又有些微妙的腼腆：“送我花啊。”

童志宇顿时乐了：“也是，你一个男孩子，送你鲜花是不太合适。”

“不不，我喜欢这个。”秦萌立即说道，“只是这花叫什么名字？看起来像是茉莉花，但是花瓣比茉莉大一些，颜色也不像。”

“我也不清楚这到底是什么花，朱玉她喜欢研究这些花花草草，可能是两种花草嫁接出来的吧。”童志宇说道。

秦萌看着手中的花，感叹道：“真厉害。”

童志宇笑了笑，不作回答。秦萌这才捧了花儿向他道谢之后走了。

第 49 章 美人花（中）

没了朱玉和童辉在家，童志宇果然清净了许多，但他也没闲着。

起初童志宇怀疑朱玉给自己吃的药有问题，但是卢冲说没事，况且自己也换了那药。此后他询问过卢冲，并查过资料，说是人平白无故产生幻觉是不太可能的。

要么突然精神压力大工作压力大—自己年轻时工作压力更大，也没特么的幻觉过，要么是真的吃了什么致幻药物。

那么以前朱玉她是怎么给自己下药的呢?

这个保姆宋阿姨会不会也在朱玉的授意下给自己做什么下过药的饭?不过他尝试吃了几天，觉得没什么问题。

这天晚上，童志宇觉得有些犯困，很早便躺下睡了。

蒙眬间，童志宇听到一阵开门声，于是从床上起来，走到客厅门口，瞧见外头好像站着一个人。

但是透过暗光玻璃，童志宇发现外头看不到人影子，好像只有一双脚。

童志宇上前推开客厅的门，却见外头并没有人，只有一双鞋子。

这是一双很诡异的鞋子，黑色的开口鞋，很像是民国时期死人穿的寿鞋。

是梦是真?童志宇一时间有些疑惑，蹲下身去摸了摸那鞋子，却发现那鞋子突然不见了。

童志宇有些发愣，关了门，想继续回卧室睡觉，却瞥见这鞋子出现在浴室门口。

但是等他走过去，鞋子又不见了。

就在他转身的时候，突然看到朱玉正站在他身后，冷冷地望着他。

“你怎么回来了?”童志宇一愣，“刚才我看到屋里有一双黑鞋子。那鞋子是谁的?”

“给你的啊，你试试是不是自己的尺寸?”朱玉森然一笑，指了指他的脚。

童志宇低头一看，吃惊地发现自己的脚上并不是穿着拖鞋，而是穿着刚才的黑色鞋子！

他吃惊地看着朱玉脸上的森然冷笑慢慢扩大，最后整张脸都陷入一种扭曲的恐怖之中。

童志宇忍着惊恐慢慢转过身，看向身后镶嵌在墙上的镜子。只见自己脸色惨白，七窍流血，穿着一身白色寿衣，活脱脱一具行走的僵尸！

童志宇惊叫一声醒来，愣了半天神儿才意识到自己是做了个噩梦。

窗外是一片昏黑，天色未明。他看了看床头的闹钟，现在才凌晨三点一刻。

童志宇抽了一张床头柜放着的抽纸，擦了擦冷汗。

他下意识地看向对面墙上挂着的合照，那是他和朱玉在七年前拍的照片。此时照片上的朱玉隐在暗影里，脸上仿佛还带着梦里那种诡异的微笑看着他，让童志宇一阵恶寒。

自己怎么又做梦了？或者说，这次不是因为药物，而是因为——自己对朱玉的怀疑和怨恨？

童志宇重新躺在床上，却怎么都睡不着。他干脆起床，想拿杯子接点儿水来喝。但是当手碰到那杯子的时候，他顿时动作一滞。

今天他喝了冰箱里的牛奶，而前几天并没有喝过。

莫非牛奶有问题？可是牛奶是超市里买的，全都是密封的，怎么下药呢？难道是保姆干的？

朱玉在家的时候，如果是她自己或者保姆端来牛奶，童志宇都会喝一点儿然后倒掉，或者直接倒掉，因为他觉得自己做梦或者出幻觉前后，也吃过水果，喝过牛奶。水果不好下毒，牛奶比较容易。奶腥味容易掩盖一些微小的药物味道。

可以前她们是把牛奶倒在杯子里，这还容易下手。这几天自己都是从密封的牛奶盒子里倒出来的牛奶，这怎么下药？

童志宇躺在床上望着天花板，不断地反复思量。蓦然地，他想起一种可能，顿时翻身坐起。

要验证这种可能，自己得去找一样东西。

童志宇起床穿上衣服，往地下室走过去。由于上次发现了地道，联想一下就知道朱玉可能做了什么，童志宇便对这个地下室也没啥好感。

他忍着无奈和反胃感到了地下室里，在旧物里翻找半天，找到了一枚放大镜。

年轻的时候他写过一个侦探系列，有特别忠实的读者做了一套侦探用具给他，其中就包括一个货真价实的放大镜。

好在旧物堆放得并不乱，很快他便找到了那个放大镜。擦掉镜面上的灰尘，他将这东西带回了客厅。

此时屋里一片安静，童念和保姆应该还在熟睡中。童志宇蹑手蹑脚地走进了厨房，打开灯拉开冰箱门，将所有牛奶盒子全都拿了出来。

朱玉喜欢买那种大盒子装的牛奶放在冰箱里。结婚之前童志宇并不怎么喜欢喝牛奶，后来跟着朱玉一起生活了几年之后，也养成了喝牛奶的习惯。

连同童辉也喜欢上了喝牛奶，只有童念不怎么喜欢。如今童辉不在家，朱玉也只买了四盒牛奶留在家里。

童志宇将这四盒牛奶前前后后查看了一遍，居然在四盒牛奶的盒子封口附近，有非常微小的一个小针孔。

如果不是拿放大镜仔细去看，基本看不出来，因为那针孔的位置正好有个图案标记，更遮掩了那微小的小孔。

童志宇叹了口气，这怕是朱玉用针管往牛奶里注入了什么东西，但是具体是什么，自己还真不知道。就算是什么药物，那药物的气味也应该很淡，因为自己完全没感觉出来。

他留了一只盒子，找了一只塑料袋装了起来，剩下的干脆扔到了外头垃圾箱里。

等他收拾好了厨房，便回了屋里继续睡觉。

第二天一早吃饭的时候，保姆问道：“小童，这冰箱里本来有小朱临走前买的四盒牛奶，怎么一盒也不见了？这不是我拿的啊。”

“哦，我看她买的要过期了就扔了。”童志宇说道。

“过期？不能吧，新买的呢。”保姆有些心疼地摇头道，“就算过期了也能拿来浇花啊，干什么扔了，怪可惜的。”

此时，童念正从二楼下来，听到二人说话，冷笑道：“她买的东西，扔了就扔了。”

保姆一阵惊讶，似乎并未想到童念会说这种话。

童志宇看了看童念，说道：“年后就高考了，怎么样，功课还跟得上吗？”

童念说道：“放心吧，应该没什么大问题。”

三人吃了早饭，童志宇照旧将童念送去学校，回来的时候，就见一个保安在小区里巡逻。

上次跟秦萌见面的时候，他告诉自己值班时间，算起来今天是秦萌当值，现在怎么换人了？

第50章　美人花（下）

童志宇忍不住停下车，摇下车窗问道：“小伙子，秦萌今天没上班吗？”

那保安看到他仿佛觉得面熟，于是回答道：“哦，他确实今天上班，不过昨晚不知道怎么了，说是没睡好头疼，跟我换了班，晚上才是他值班。”

“病了？”童志宇有些惊讶，昨天他还生龙活虎的。

“也不是病了，就是没睡好。”那保安说道。

童志宇道了谢，这才开车走了。

回家之后，童志宇想起秦萌的事情，越琢磨越不对劲儿。秦萌当兵出身的，那天跟着自己在地道里来回查看一晚上，第二天还上班，精神抖擞的根本没事。

秦萌还是个很负责的人，一般能不请假就不请假，不可能为了没睡好这个理由而和人换班去睡回笼觉了。

童志宇于是出了门走向秦萌的宿舍，想去看看他什么情况。

所谓的宿舍其实也就是值班室后头的休息室。平时值班也没几个保安，宿舍三间，里头放着的是大学宿舍里的四人间用的上下铺。

童志宇找到第二间的时候就找到了秦萌，看到他躺在下铺，面对墙壁正在睡觉。

童志宇走到他床前，刚伸出手去，手便停在半空中。既然人都睡了，好像也不方便打扰他。

童志宇这样想着，便转身要走，却见床上的秦萌突然转过身来，睁开眼睛看着他。

“哟，醒了啊。”童志宇笑道，坐在他床边，“我听说你没睡好有点儿头疼，怎么回事啊？”

“做噩梦了。”秦萌从床上坐起来，眼神有点儿呆地看着童志宇，“梦见我妈了。”

“哦？”童志宇说道，“梦而已，跟现实反着的，别当真。”

“没，梦里我妈死了，现实里我妈也死了。”秦萌说道，神色有些难过。

童志宇一时间有些尴尬。他知道秦萌的父母都不在了，刚才一时间没想起来。

童志宇斟酌半晌，不知说什么才好。

秦萌此时说道：“也没什么，这件事都过去十多年了。”

接着，秦萌三言两语地和童志宇聊了聊自己的过去。

原来秦萌的妈妈居然是抑郁自杀的。秦萌的亲爸是个挺混账的玩意儿，酗酒打人，喝完酒就喜欢打他妈。那时候秦萌的妹妹还小，秦萌的妈妈本想离婚来着，但是他爸不同意，纠缠不休。

有一天，秦萌的妈妈想不开，在家里上吊了。等他发现的时候，妈妈已经断气了。

“我妈死后的一年里，我总是做噩梦，梦里总是梦到我妈临死前那张青白色张大了的眼睛吐着舌头的脸。其实我小时候我妈妈对我还不错，我努力想回忆起来她生前对我温柔的样子，可最后总被那张可怕的脸覆盖。”秦萌苦笑道，“所以到现在我想起我妈，不知是想念还是惧怕。”

童志宇听了之后，颇有些怜惜之意：“那后来呢？”

“后来，我爸喝醉酒没人打了，就开始打我和我妹妹了。每次他喝醉了我都把我妹妹藏起来，跟他对打。不过那时候我个头儿小，又瘦弱，总是被他打得浑身瘀青。我妈走后第二年我爸又喝酒，在外头被车撞死了。”秦萌说道，“司机撞死人之后就跑了，那时候农村更没什么监控之类的，深更半夜的，没人看到是谁撞死的，这事儿也就不了了之了。我爸死了之后，叔伯们觉得我可怜，大伯就托人找关系把我送去了部队，我妹妹呢，就轮流在我大伯和我叔叔家住着，直到我退伍回来。”

童志宇听完之后，默然无语了许久。本以为自己这事儿就够倒霉的，但其实现实生活远比任何人想象的更残酷，每个人都有自己的身不由己和伤痛无奈。

他伸手揉了揉秦萌的头发，笑道："都过去了，以后的日子会越来越好。"

秦萌愣愣地看着他，突然脸色一红，将眼睛看向别处。

就在这时候，一股清风从窗户吹了进来，童志宇闻到一阵熟悉的花香。

他往旁边桌子上一看，只见自己给秦萌的那瓶花还在桌子上，一夜过去也没见凋零。

童志宇突然心中一动，问道："小秦，你以前经常做噩梦吗？"

秦萌听到童志宇问话有些茫然："不是，去了部队之后就很少做噩梦了，这几年基本梦不见我妈了。这么多年过去，其实我真的也淡忘了她的样子。"

"也就是说，昨晚是你第一次又做噩梦？"童志宇问道。

秦萌茫然点头道："是啊，这有什么问题吗？"

童志宇将花瓶里的花抽出来，皱眉道："怕是我害了你。这花我觉得很邪性。我不怎么喜欢花草，但有时候在院子里待久了，我总会有点儿犯困。本来以为是晒太阳晒的，可现在我觉得是这花的问题。"

秦萌吃惊道："这花，能让人犯困想睡，还做噩梦？怎么可能有这样的花啊？！"

童志宇说道："一开始你会觉得我家有可能有个地道吗？现在我倒是觉得，这世上没什么不可能。这花我拿出去扔了，我得找朋友查查这东西到底是什么。"

秦萌有些遗憾地看着那花束："可惜了这么美的花。"

"越是美的东西，越容易有毒。"童志宇冷哼道。

秦萌凝视着他，许久无言。童志宇回头看了看他，觉得这货的眼神儿无辜得像自己家的那只小狗一样。

他不由得心中感慨万千，嘴上不禁说道："你是难得的人，人干净，心也干净。"

秦萌顿时脸上浮出一丝喜悦之色来，想了想说道："哦，宇哥，这花的事儿，我也不会说出去的。昨晚只有我睡在这个屋，其他人在隔壁。"

"谢谢你。"童志宇说道，"你再休息一会儿，我回家了。"

"宇哥！"秦萌突然站起来，一把拉住他。

"还有什么事？"童志宇不解地看着他。

"我也不知道你家到底怎么了，不过看起来好像有点儿危险的样子。

我认识一个朋友在安保公司工作，宇哥，你要不要一给自己家安装点儿监控什么的，我不是推销啊！不要钱。”秦萌急忙说道。

“这个主意倒是不错。”童志宇微笑道，“如果需要，我会来找你。”

“啊，好。”秦萌这才松开手，“那我送你出去。”

童志宇回家之后提了那牛奶盒子，摘了几朵花放在袋子里拎着往外走。在做这些事的时候，他小心地避开了保姆的视线。

他开车直接去了何浩博的酒吧。

何浩博看到他，顿时无奈地笑道：“一看你这神色，就知道又出事了。说吧，这次又是什么？”

“这次，你完全想不到是什么，简直比小说还离奇。”童志宇笑道，表情却比哭还难看。

说着，童志宇将最近自己家里发现地道的事儿和这花的邪性统统给何浩博说了一遍。

何浩博听完惊讶万分：“真的假的？！你老婆不是演员，是间谍吧？！这都能想出来！”

童志宇苦笑不语。

第 51 章　照片

何浩博唏嘘半晌才回过神儿来：“也难怪，和你这样脑洞大的作家待个十年，设计人的本事一定见长。对了，既然你确定朱玉留给你的牛奶有问题，那不如我托张迪找他们市局的法医做个毒理检验，看看有什么成分在里头。还有这花，我想他们也能找到专家给解答一下。”

童志宇叹道：“我正要麻烦你这件事，这次又得让你操心了。”

何浩博苦笑道：“没什么，我可不希望你出什么事，一切还是防患于未然好。”

决定之后，童志宇和何浩博立即起身前往市局。找到张迪之后说明情况，张迪也惊讶万分：“还有这样的事？！”

童志宇将自己折下来带来的几朵花和一枝花枝递给张迪：“我怀疑这花也有问题，可我查了一些花草的资料也没查出什么，还是麻烦你给找个植物专家问问。”

张迪答应下来。童志宇想起前阵子那个女尸的案子，便问了几句。

张迪说道：“很难查，毕竟五年过去了。这化妆师叫赵晓霞，至于照片上的几个人，能查到以前曾经是汪氏集团汪子阳的保镖，可五年前已经都被解雇了。我们觉得这时间有些巧合，正在查。当然，这些事你们不要跟外人透露。”

童志宇点头道：“我明白。”

童志宇从市局出来之后，便开车回家了。刚进家门，保姆拿着一只快递包裹走了过来：“小童，这是今天快递员送来的，说是寄给你的。”

“我的？”童志宇不解地接过去，突然想起那个神秘人。

莫非又是他寄来的？

童志宇注意到保姆一直在一旁看着他，于是拿着快递包裹往楼上走去。

等到了书房之中，童志宇才关了房门拆开快递，只见这次快递里放的是一只毛绒小猴子。他拆开那猴子，当真从里面找到一沓照片。

可等他看完照片之后，脸色顿时十分难看。

这次照片上的人并不是朱玉，却是童念。童念一改平时清纯乖巧的形象，穿着性感撩人的红色吊带裙，烟熏妆，长波浪假发，这一打扮显得年长了七八岁。

这照片有她单独在酒吧门口出现时候拍的，还有在一条小巷子里拍的，更甚者，照片里一个男人揽着童念的腰身，情状亲昵。

童志宇顿时恼火不已。什么情况，才十六七岁的女孩子，却穿得像个酒吧站街女，还和男人勾肩搭背！

平时她不都是在学校吗？就算假期也都在辅导班补课班，居然还有时间去做这种事！

童志宇压着怒火仔细看着那照片，发现其中有几张照片里的场景似曾相识。

等他多看了几遍才恍然想起，照片里的地方，好像是童念出过事的那条小巷子！

一年前童念正是从这条街跑了出来，才被大卡车给撞了！

这几张照片显然都是偷拍下来的。不过，看起来这拍照设备不错，照片就算偷拍的，画面也很清晰。

所以就算是童念浓妆艳抹，童志宇也还是一眼就认了出来。

不过童念这打扮也有些眼熟，让他一时半刻想不起在哪儿见过。可这样子的打扮，如果不是去拍特定主题照片的模特，那走在大街上就像是站街女似的。

可偏偏那红裙子又有些过时——一种处处矛盾的感觉充斥在照片里的童念身上。

她这到底是在干什么？！童志宇很是火大，准备等她回来好好问问。

不过等怒火稍微平息之后，童志宇又觉得一股后怕和担忧升腾起来。

这个神秘人不只是跟踪偷拍了那两个杀人凶徒——曲石和吴有，还跟踪偷拍童念，有这么一个跟踪狂在周围，可不是什么好事。

本来他将这个神秘人和自己通话，以及寄过毛绒玩具的信息告诉了张迪，但是警方显然也没查出神秘人的来历，许久都没消息。

不过关于这个神秘人的资料，他确实也知道得少之甚少，能够提供给警方的线索也少。

童志宇将照片放在书桌上，面沉如水，准备等童念回来兴师问罪，问问这孩子是怎么想的。

等他慢慢冷静下来之后，才觉得自己的生活真是彻头彻尾地失败。如果不是这次搬家，他甚至不会发现老婆对他已经厌烦，甚至还有搞外遇的嫌疑；他也不会发现自己的儿子居然吸毒，女儿平时是这副混社会的小太妹的样子！

一时间，他觉得自己的生活太过于虚幻，一切居然都是假象，让人无法确定到底什么才是真的。

不过这世上的事，有因就有果。自己以前几乎将所有的精力都放在创作上头，忽略了身边人，如今算是现实给他的深刻教训。

但他也庆幸搬了这次家让他发现自己家里这么多秘密，给予他补救的机会。

就在他胡思乱想的时候，手机突然响了起来。

童志宇吓了一跳，拿起手机一看，心顿时怦怦跳了起来。又是未知号码，肯定是那个神秘人的来电。

于是他接了起来："喂？"

"童老师，别来无恙啊。"那怪声又从电话里传来。

"这次的快递也是你送来的？！"童志宇冷冷地问道。

"当然。童老师看了之后有什么感想？"那个神秘人笑道，发出刺耳的怪声。

"你偷拍我女儿？"童志宇怒道，"你什么目的？！"

"童老师，我以为经过我们这几次通话，你会明白我的立场。我同你是合作的一方，并不是敌人。我当然不会害你女儿。"那人说道。

"那你什么意思？"童志宇问道。

"我只是偶然拍到的，您家这位大小姐，好像也有不少秘密啊。当然，本来我对她没什么兴趣。只是我拍到她的照片之后，觉得她这么做有点儿意思，好像是很缺钱的样子。"神秘人嘲讽地笑道。

童志宇明白这人是暗指童念卖身，不由得怒道："你，嘴巴放干净点儿！"

"哟，童老师生气了。既然这样，不如你自己去看看，眼见为实呗。"

童志宇沉默下来。一瞬间，他脑子里转过了无数念头。他想立即给童念打电话问个清楚，却又不知从何说起。

还是，他见了童念就将照片丢到她面前，斥责她一顿？

童志宇强行压下心头的怒火和震惊，对那神秘人冷冷说道："这件事我会查清楚，但是请你以后不要随便跟踪我女儿！"

"童老师，我对你女儿没有恶意。你不是该感谢我吗，如果不是我，你怎么会知道她在做什么。好了，我不跟你说了。"说着，神秘人突然挂了电话。

第 52 章　童念的秘密（上）

童志宇对着这些照片思量半晌，决定先不和童念多说什么，假装不知道，亲自查看一下童念到底在做什么。

于是他将这些照片先收了起来，同样锁进了保险箱里。

但在收到照片之后的几天，童志宇都过得有点儿寝食难安。

每次他和童念早上一起吃早餐的时候，都想直接问问这孩子在想什么。

但是每次看到她文静乖巧的样子，又会觉得那照片是弄错了。

可那照片上的人又分明就是童念。

不过一连几天，童念都没出什么“状况”，每天上学放学，回家做作业，正常得很。

当童志宇纠结于这件事到底如何问出口的时候，这天下午，童念给他打来电话，说晚上和同学出去庆生，要十点才回家。

童志宇瞬间神经紧张，装作随意的样子，问童念晚上在哪里庆生。

“反正在学校附近找个地方吧，不会太远的，放心吧。”童念笑道。

“嗯，好。”童志宇说道，“那你自己小心。”

童念答应了一声“知道了”，挂了电话。

这之后童志宇盯着手机陷入沉思，总觉得内心很不安，童念在隐瞒着什么，于是暗下了决心，晚上要悄悄看个究竟。

童志宇收拾出门，开车到了童念学校的校门外，把车停在一处方便观察校门的地方。没多会儿，到了学生放学的时间，学生们陆续从校园里出来。

过了一会儿，童志宇在人群里看到了童念。

虽然学校学生众多，但童念毕竟身高出众，颜值高，一眼就能从人群里瞧见。

这回童念没有和一群学生一起走，而是沿着学校的围墙走，似乎故意要避开熟悉的人。

童志宇一边跟踪，一边暗想，果然童念并未去什么聚会，这是要偷偷见什么人?

不过童念并未往公交车站或者地铁站走，看样子就在附近，不一会儿便绕进了小路。他眼看着童念进了一家小旅馆，童志宇顿时火大了。

这条街虽然在学校附近，但由于是老城区，常有一些挂羊头卖狗肉的小店，暗地里做着些皮肉生意。

难道童念真如神秘人所说?自己也从来没有限制过童念的花销啊，只要不明显太过离谱。

童念套了一件明显肥大的外套，多半是一身妖艳的打扮，如果不是约了什么人，没必要这么“隆重”。童志宇越想越觉得恼火，真想立刻冲过去，揪住童念问个清楚。

为了查明真想，童志宇强压住怒火，很快闯进了小旅馆。前台一个化了浓妆的少妇马上媚笑着迎了上来，问童志宇要不要开房。

童志宇着急去找童念，但也不好硬闯，毕竟还要顾及女儿的名声。作为一个熟谙推理小说套路的知名作家，马上心生一计，装作淡定的样子，问刚进去的小姑娘在哪个房间。

童志宇故意说得遮遮掩掩，前台马上一副“我懂”的表情，低头在小本子上瞄了瞄，报上了房间号码。

暗自长舒了一口气，童志宇刚要上楼却又被前台叫住了，回忆是不是漏了什么马脚，却见前台递过来一团纸巾，似乎包了东西。

童志宇不明所以地接过来，拿手指一拨，却见到纸巾里裹着的赫然是一个安全套。

“注意安全，别伤着小姑娘。”

童志宇脸上的肌肉抽了抽，强压着要拍死前台的念头，扭头上了楼梯，很快找到了前台提供的房间号。

在房门口呆了一呆，童志宇感觉有些恍惚，恨不能破门而入，转念又压住怒火，在房门上敲了敲，捏着嗓子怪叫了一句“服务员”。

房间里马上有一个男声应了一句，让等一下。虽然早有思想准备，童志宇还是气得浑身发抖。

房门刚开了一道缝，童志宇已经一个冲撞闯了进去，门后的男人估计是没有防备，直接被拍在了门板上。

这种小旅馆的房间本来就不大，童志宇一眼便瞧见童念散着头发，衣衫不整地坐在床上。

事实清楚，还好到得及时。

童志宇二话不说，回身去找刚从门后面钻出来的小子，上去就是一拳，砸得小男生下巴差点儿脱臼。

“小子，敢欺负我女儿？！”童志宇说着揪住小男生的衣领，一下摁在了地上。

童念这才反应过来，跳起来上前拉架。童志宇一把将她甩开，力道没控制好，童念被他一下甩到窗台边儿，闷哼一声蹲了下去。

童志宇这才缓过神，回身去看女儿有没有受伤。地上的小男生得了空子，赶紧挣脱起来，连滚带爬地跑了出去。

虽然没有解气，童志宇也不可能真把小男生怎么样，况且闹大了对女儿的名声也有影响。

眼睛的余光瞄见童念并没有大碍，童志宇像泄了气的皮球，一下坐在旁边的椅子上。

童志宇想抽支烟，无奈没有，也不会。

气氛有些冷清。童志宇自责、懊悔，又有些不甘。大脑里原本一堆说教的说辞，眼下却讲不出半句。

这个女儿虽然不是他的血脉，但他自以为视如己出，甚至比别的父亲更加小心呵护，但现实呢？

后爹终究是后爹。

“你没事吧，爸——”童念蹲在地上没有动，那一声“爸”莫名有些生涩，在童志宇听来似乎多了一些陌生。

“小念，是我没尽到父亲的责任，不然，你也不至于——”童志宇叹了口气，感觉有些恍然。

“你之前猜得没错，我不是你的亲生爸爸——”

“不过我始终把你当成是亲生女儿——没有一丝一毫的偏见！”说出这样的话，童志宇也吓了一跳，怕童念有什么想法，赶紧强调了一句。

虽然知道总有这么一天，但童志宇还是没做好准备。

“以前吧，我总是自我感觉良好，觉得我这个父亲虽然说不上完美，起码是及格的。我对你这个女儿视如己出，尽可能提供了好的生活条件，凡事都想着称你的心意——”

“养不教，父之过——”童志宇懊悔这之前没有真正领悟这一句先贤的话。

“可能是我的小心翼翼，反倒制造了某种屏障——”童志宇从来没有这么词穷过，以往虽然能写出一本本厚厚的书，竟然不知道怎么表达了。

“不过，小念，你就是我的女儿啊——”

“爸，我是不是让你伤心了？”童念猛地从地上爬起来，一下冲到童志宇跟前，已是泪眼婆娑。

第 53 章　童念的秘密（中）

“爸，你在我心中的位置——谁也替代不了！”童念躲在童志宇怀里，语调模糊，在童志宇听来却是阵阵暖流，一些被不经意避开的隔阂似乎在消解。

“小念，可能我们这个家存在太多的问题，才影响到你。可是小念，人生是自己的，你这么聪明，总应该知道要为自己着想。”童志宇说话间恢复了平静，似乎觉得跟女儿沟通轻快了许多。

“爸，其实不是你想的那样——”童念说着从童志宇怀里挣脱出来，“我没有做什么坏事，就是来拍一些照片。”

“照片？拍什么照片？”童念的这话实在莫名其妙。

“我只是来拍拍照片。”童念指了指床头柜上一只单反相机，“我让我同学帮忙拍照，不过刚才你把他打跑了，相机都没来得及拿走。”

“拍照？你拍照做什么？”童志宇不解地问道，拿起床头柜上的相机，翻看了前后照片。

照片里童念穿的衣服都是有点儿——过时或者夸张的样子，以性感暴露为主，甚至有和年轻小帅哥的暧昧合照。

“你拍这个做什么？”童志宇脸色不太好看。

“为了假装我妈。”童念冷哼道，“我早就看她不顺眼了，我假装她，就是为了黑她。”

“什么？”童志宇只觉得十分惊讶。

如果说是朱玉的话——童志宇打量了一下童念的造型，她好像还戴了顶假发，衣服换成了吊带裙。童志宇端详了半天，觉得她的造型有些眼熟，思量半晌，好像真的是朱玉曾经用过的造型。

童志宇心说，年轻人的想法，真是让人捉摸不透。

就在他茫然的时候，手机突然响了两声，是自己挂着的工作 QQ 发出的声音。

童志宇躲开女儿的视线，打开一看，见是那个神秘人的小号发来的截图。点开截图一看，童志宇顿时愕然了。

这些截图的内容，多半是在吐槽朱玉的所谓黑历史，或者说她和小鲜肉拍戏却趁机搞剧组恋情、上演活春宫等。里头居然还有配图，当然图像都不清楚，只是模糊的轮廓看起来很像朱玉罢了。

还有说朱玉不要脸、配不上童志宇之类的帖子，看得童志宇头疼。

“这些不都是捕风捉影的黑粉发的无聊帖子吗？”童志宇觉得很无聊，在QQ上回复那神秘人。

“那你有没有想过，这帖子里的照片是怎么来的？你不觉得就算照片不够清楚，也能看出几分像是朱玉吗？”那神秘人仿佛在电脑彼端冷笑。

“你什么意思？！”童志宇虽然嘴上这样问，但心中却隐约有了答案。

难怪他看到童念那些红色吊带裙照片的时候觉得眼熟，那是因为朱玉有一次接了个广告，广告里的服装就是那件衣服，发型也是那样。

童念的眉眼有些像古越，但是整体轮廓和朱玉也挺像，毕竟是朱玉的女儿。那么浓妆遮掩之下，外加童念刻意模仿，打扮起来，倒是很有几分朱玉的样子。

想到这里，他抬头看了看站在一旁的童念。

“童老师这么聪明，一定很明白这些照片是用来干什么的。您那女儿拍了照片只是为了发这种帖子来黑你老婆。”那神秘人回道，“所以她们俩的关系还真是耐人寻味。”

这人话音刚落，童志宇便立即想起了此前童念出意外的时候，朱玉的车在那条街出现过的情况。

那深藏在内心的猜测仿佛又在叫嚣：朱玉想杀了童念。

难道只是因为这个？童志宇觉得自己的猜测有些疯狂，关键是逻辑有些牵强。

他定了定神儿，问道：“你为什么对她们俩的关系感兴趣？”

“我想，你们家发生的所有事情都不是偶然，而是都和某种事件有关系，如今我还没有寻出个头绪。童老师，我想你也想弄明白为什么你身旁的家人藏着那么多秘密吧。”神秘人说道。

“那我还得谢谢你了？！”童志宇觉得自己的手气得都在发抖。

“不客气。”神秘人仿佛完全无视了他语气里的讽刺。

“好吧，那你给我这些照片有什么目的？”童志宇问道。

“我说过，我给你提供一条信息，你必须给我提供你最近查到了什么，事无巨细，这是交换。”神秘人说道。

“如果我不答应呢？”

“那下次也许我就不是偷拍你女儿了，你懂的。”

“你敢！你敢对她下手？！”童志宇皱眉。

“你紧张什么？童念又不是你的亲生女儿，假装别人的爹还上瘾吗？”

童志宇闭了闭眼睛，冷静下来，回复道：“无论她是不是我亲生的，我都当她是我女儿。如果你敢对她下手，无论你躲在什么地方，我都会把你挖出来宰了！”

“童老师，我只是开个玩笑。我和你没什么仇怨，只是信息交换。”神秘人半晌后，回道。

“说吧，你想知道什吗？”童志宇这回也冷静下来，问道。

“把你查到的所有信息都告诉我，关于你家的，关于朱玉的。”神秘人说道，“我没有办法靠朱玉太近，而你可以。”

童志宇不解这个人到底想干什么。但他也明白，如果对方真有心要对自己身旁的人动手，按照他这跟踪的本事，应该很容易。他不动手，却还告诉自己身旁的人都在干什么，显然并不是真要下什么黑手。

因此他斟酌片刻，回道：“查到的东西比较多，打字太麻烦。”

没多会儿，神秘人的电话就打了过来。童志宇嘱咐童念别离开，便出了门，站在走廊尽头的拐角处，将自己查到的事情和对方说了说，包括家里的地道。

本以为说完之后，那人会有什么反应，结果对方只是“哦”了一声，说了句“知道了，再联系”，然后挂了电话。

这倒是让童志宇愣住了。这神秘人打来电话，只是为了问问情况，然后什么也不说？

童志宇看着暗掉的手机屏幕发了会儿呆。就在这时候，手机再度响了起来。童志宇低头一看，只见来电显示是石雷的号码。

童志宇想起让他找人查朱玉的事儿，便立即接了起来。

“喂，童老师？”石雷的声音从手机另一端传来。

“是我，上次拜托你的事情有结果了吗？”童志宇问道。

第 54 章　童念的秘密（下）

“嗯，童老师，我找私家侦探跟了好一阵子，朱玉并没和任何人有过密的来往啊。而且他们剧组的人也说，朱玉除了拍戏之外，就自己逛逛街什么的，根本没什么特别。”石雷说道，“童老师，你这是多虑了吧。”

石雷看来早就对这种夫妻之间互相调查的事情见怪不怪，尤其富豪或者名人，一旦互相怀疑侵犯了对方利益，或者背着自己做小动作，便会快速翻脸，这情分比普通人还不如。

“她也没去见古越吗？”童志宇有些意外地问道。

“没有，除了必要的见面之外，她没有在私下里见过古越，当然，也没见过其他人。”石雷说道。

“好，麻烦你了。”童志宇说着，挂了电话。

朱玉居然没有趁着出差和古越私下见面？莫非她是知道自己已经找人在查她了？

但童志宇觉得朱玉不可能察觉到有人跟着，她应该没有这么强的反侦查能力。

那么，她难道真的和古越没什么暧昧？或者，她暧昧的对象——想起古越的经纪人赵飞，童志宇更觉得没可能。

赵飞虽然长得也不错，但是圈内只有一小部分人才知道，赵飞是个GAY。他这么多年没结婚一直跟着古越，不少人以为他是工作狂，但圈内的老人心中明白，赵飞是GAY，因为有人见过他出入GAY吧，也知道他养过男的小情人。

那朱玉到底什么情况，童志宇也有点儿蒙了。

童志宇回到那房间，童念一惊，把假发摘了，披上了外套。

“小念，你看看这个。”童志宇给她看刚才自己存下来的截图，“照片上的人是不是你？”

“爸，坦白说了吧，这帖子都是我找人发的。你之所以没有在网上看到，一是因为你没有逛论坛的习惯，二是因为她找人删帖。”童念冷哼一声，毫不在意地说道。

“你做这些到底为了什么？”童志宇不解地问道，“你对你妈有意见？”

“爸，我说了你可能也不会信，”童念冷笑道，“所以我懒得说。”

“你不说明白，怎么知道我会不会信？你说说看。”

“我妈根本不喜欢我，她在两年前就发现我拍这些照片的事情。当然，她不只是以为我拍这些所谓的艳照，还以为我在卖身。”童念冷笑道，“她怕这件事被别人知道了损害自己的名誉，所以一年前的时候，她开车想撞死我。”

童志宇听了之后，心中一窒，难道自己的猜想是真的？

“你怎么确定她要开车撞你，哪有亲生母亲对自己孩子下手的道理？！”童志宇皱眉道。

“爸，我看你和我妈生活这么多年，基本跟陌生人也没什么区别嘛。你真的了解她吗？”童念叹道，“我和她生活的时间更长，而且她可是遇到你之后才慢慢发达起来，过得越来越顺，以前她就是个野模特。”

童志宇十分惊讶于童念的态度和她语气里的嘲讽跟冷漠。本想追问一番，但看童念冷漠阴沉的神色，童志宇隐隐有了猜测。

朱玉在同自己结婚之前虽然是个模特，但确实算是个二三流的小模特，不出名。曾经朱玉拿着自己和古越的绯闻炒过一阵子，想就此成名，结果不只是古越开玩笑一般否认了他们俩的过去，就连有些节目也曾对朱玉这种说法冷嘲热讽。

朱玉确实认识了童志宇之后才有越来越多的机会上镜。后头她暂时隐退，也是自己的意愿。不过自从她嫁给童志宇之后，媒体对朱玉的正面评价就多了不少，大概都是看在童志宇的面子上没有再提那些贻笑大方的传闻。

如此想来，在没遇到自己之前，朱玉的生活应该不太如意。想必在不如意的那段日子里，她和童念生活得不太好，朱玉对童念也不见得太好，疏于照顾。或者为了生存下去，朱玉做了一些不怎么光彩的事情，却被童念发现了，才导致了两人关系越来越恶劣。

童志宇叹了口气，默默无语。

童念继续说道：“爸，我看你也并不是不知道我妈是什么样的人吧。”

童志宇继续沉默，但是他也不能确定朱玉是不是丧心病狂到对自己亲生女儿下手的地步。可能吗？如果理由只是因为厌恶童念，那似乎不应该啊。

假如她当年真的和古越好过一段，即使现在旧情没了，可也不至于杀了和前任生的女儿。

童念见他不说话，叹了口气，继续说道：“爸，我还真想你就是我亲爸呢。起码你看到我现在这个样子，并不是像我妈一样，第一念头是想放弃我抹杀我，宁可我不存在。”

童志宇看着她，想起以前童念跟自己提过，知道她亲爹不是自己。

“无论我们有没有血缘关系，现在你都是我女儿。”童志宇叹道，“我希望你像其他十几岁的孩子一样无忧无虑地活着，唯一操心的就是自己的学业问题。其实我跟你妈妈的事情，是我们大人的问题。你放心，我会尽快解决，你不要想太多。”

“已经想了很多。”童念冷笑道，“我也看过不少报道，有人猜测我是古越的女儿，不过我觉得也不是。”

这话倒是让童志宇有些出乎意料，不是古越？

“你这意思是？”童志宇有些愕然。

“你没看出吗，我看我妈很是迷恋那个古越。”童念冷哼道。

“别瞎说，过去的事儿了。”童志宇心想，如果俩人真的有暧昧关系，没道理没被小报记者和私家侦探拍到零星半点。

“也就你相信她。”童念冷哼道。

童志宇说道：“这些事暂时不提，先说说你的事，以后不要做这种事情。女孩子要懂得保护自己，也要懂得爱惜自己。快高考了，以后不能这么胡闹了。”

童念看着他沉默片刻，垂下眼睑说道：“好吧，本来我也玩够了，没什么意思。”

童志宇看着她，突然想到刚才说过的问题，便问道：“小念，你妈当年——在哪个医院生下的你，你知道吗？”

“我妈老家在河北，医院好像是涉县第一人民医院吧。本来我也不知道，有一次搬家的时候，我收拾东西，看到我们俩的户口本，还有当时我的出生证明，放在袋子里装在一起。”童念说道，“爸，你问这个做什么？”

第 55 章　幻觉由来

“没事，我们先回去吧。”童志宇说道。

童念点了点头。

俩人一路无话，下了楼，走到一楼的时候，看到那老板正在楼梯口站着，往楼梯上张望。

看到童志宇之后，顿时缩了下脖子，仿佛十分害怕。

童志宇瞪了他一眼，拉着童念走了。

路上，俩人也没有多说话。童志宇一边开车，一边沉默地思索。

童念和朱玉之间的关系仿佛变得很不可收拾，与其说是像关系破裂的母女，不如说她们更有一种类似仇敌的敌意。

到家之后，童念便回了自己的房间。童志宇也回了书房，有些疲惫地躺在躺椅里。

那个神秘人好像也很在意和朱玉相关的信息，甚至连童念和朱玉之间的“敌对关系”都查了个清楚。

这个人到底想知道什么，在他看来，朱玉充其量也就是出个轨谋财什么的，她一个演艺圈的，又毫无背景，闹不出什么事来。

那这个神秘人可能是想通过朱玉了解——古越？

可他让人跟踪偷拍，也没找到朱玉和古越联系的证据。如果这个人想调查古越，那还不如直接跟踪古越，何必这么费事。

他想来想去也不知对方是在打什么主意，于是干脆不想了。

今晚童志宇又失眠了。翻来覆去睡不着，童志宇就穿了衣服，推门出去在小区里遛弯。

没走多久，何浩博的电话打了过来。

童志宇接起来之后，老何的声音就着急地从对面传来：“你在家吗？”

“在，这个点儿了能在哪儿。什么事？”童志宇问道。

“还记得上次你让我查，哦不对，你让张迪查的那盒牛奶吗？”

“记得，怎么，出结果了？”童志宇突然有些紧张。

“唉，我告诉你，你家里那些花赶紧都铲了吧。那些花儿也不算是有毒，但是花香闻久了就让人昏睡没精神，引发人噩梦盗汗。据说花的汁液也有同样效果。这牛奶里头含的就是那东西的汁液。”何浩博说道。

虽然这个答案是意料之中，但亲耳听何浩博说出来，童志宇还是有些失落。

他握着手机，半晌没说出话来。

“喂，喂？你还在吧？没事吧？！”

“没事，这花到底叫什么名字？”童志宇问道。

“嘿，说起这花倒是挺风雅，叫美人花，是一名国外的生物学家培育出来的，本来国内可没有，不知道你老婆——朱玉哪儿弄来的。不过你说她喜欢捯饬花草，可能是特意从国外买回来的。”

童志宇心中苦笑，朱玉还真是处心积虑啊。

“算了，这件事别告诉别人，”童志宇说道，“我想看看朱玉到底在做什么。”

何浩博叹道：“唉，不如直接向她摊牌，问个清楚。你们在一起十年，就算不是夫妻吧，单纯在一圈子里认识了也有十多年，她总不至于——真对你那么绝情下什么狠手吧。”

童志宇苦笑道：“但愿吧。不说了，有点儿困。”

“那你早睡，挂了。”说着，何浩博挂了电话。

童志宇这才松了口气，简直想把手机给扔出去。

他坐在花坛边，听着静夜里秋虫鸣泣，脑子里一片空白。

就在他发愣的时候，听到身后隐约有脚步声响起。

童志宇回头一看，却见秦萌从远处走了过来。

“又是夜班？”童志宇问道。

“嗯，你在这里做什么？”秦萌问道。

“睡不着。”童志宇叹了口气。

秦萌在原地站了会儿，也走过去坐了下来。

俩人默默地待了许久。

童志宇突然叹道：“你和你妹妹相依为命，她现在也得十多岁了吧，跟我女儿差不多？”

“嗯是啊。”秦萌说道，“宇哥你怎么了？”

“没什么，只是觉得生活失败，儿子女儿都没教好，”童志宇苦笑道，“尤其我女儿。她在我眼里，从小就很乖巧听话功课好，现在看来，也不尽然。我甚至找不到和她好好沟通的办法。你妹妹呢？你们是不是也会有这类问题？”

秦萌挠了挠头：“没有……我妹妹是个挺胆小内向的女孩子，性格很随和，我说什么她也都听什么。至于功课，不好不坏，我对她要求也不高，能考上个大学就可以了，只要尽力了，不管是哪所学校。宇哥，你家的小念听说是市重点学校的年级前十名，我妹妹比不上的。”

“哦？你也知道小念的成绩？”童志宇有些惊讶。

“我，我不是故意打听你们家的事儿，是我同事没事儿的时候说起来的。毕竟，毕竟宇哥是名人。”秦萌连忙解释道，童志宇发现他一脸窘迫。

“没什么，反正你也知道不少了。”童志宇好笑地说道。

“那，宇哥你打算怎么办？你家里有个地道——这看上去总觉得不太，不太简单。”秦萌低声道。

“走一步看一步吧。”童志宇说道。

秦萌看着他的神色，也没有多说什么。

俩人默默坐了许久，等天光放亮才各自回去。

第二天，童志宇待在书房中一天，开始梳理最近发生的怪事。

但是纵观前后，童志宇发现，从发现那女尸开始，一切好像就隐约和十年前的事情有所关联。

十年前的造型师赵晓霞，十年前和自己同剧组的古越回归，十年前何浩博被伤的旧事，还有自己和朱玉，那么那个剧组里到底存在什么秘密？

童志宇取出纸笔，将所有能想到的，当时和古越认识的几个人写了下来。

赵晓霞当时是古越等几个主角的造型师。于冰冰是女主之一。

古越是男二号，后来的男主。

何浩博是原本的男主，中途退出。

虽然剧组人很多，可那时候古越并不出名，在剧组里乐意搭理他的也没几个人。那时候的古越比较青涩，也没有现在招蜂引蝶的魅力。

那时候赵飞也不算特别厉害的经纪人，只是稍微有些名气罢了。

所以加上赵飞，都是自己认识的人。

可这几个人真的是毫无联系。

赵飞自然是在工作时间跟着古越，不过赵飞自己也有自己的朋友圈子——毕竟是个GAY，大家都在拍完那部戏之后各奔东西，就算偶尔见面，也都是点头之交而已。甚至如果没有死人的案子，赵晓霞这个人基本上从他脑子里淡忘了。

童志宇思量再三，想起何浩博说过的一种传闻：古越曾经和汪氏集团的大小姐有过一段恋情。

想到这里，他打开电脑，搜索了一下汪依琳，果然搜索相关消息里出现了古越和汪依琳这个词条。但是点进去之后，又发现没什么内容，仿佛已经被人删除了。

至于汪依琳，好像在同古越分手后就定居去了美国，这么多年居然没有回过一次国。有新闻说汪依琳已经结婚生子，但是也有新闻说她在美国过得不太好，一直未婚，仿佛同古越分手给她留下了很深的伤痕。

传闻汪依琳的哥哥汪子阳对古越很没好感，可能因为他妹妹的缘故。

但也有人说古越背后就是汪氏集团，这才让他一个毫无背景的小明星一跃而成一线大明星。

事情到底如何，童志宇也不清楚。

童志宇思前想后只觉得十分头痛。如果他真的有书里那些男主厉害的催眠术就好了，干脆给朱玉来个催眠，什么事儿也就都问出来了。

他正胡思乱想间，秦萌的电话突然打了过来："宇哥，我前几天提议你装个监控在家里的事情，你考虑得怎么样呢？"

第 56 章　自杀

童志宇一愣，他本来将这回事忘了，但现在想想，如果安个监控，自己不在家的时候，保姆和朱玉都做了些什么，倒是可以一目了然。

他斟酌片刻，说道："我倒是想试试。你的主意不错，那就麻烦你了。不过，来安装监控的时候还是麻烦你假装来修线路，我不怎么希望家里的保姆知道这事，万一她告诉我老婆。"

"明白，宇哥你放心吧。"秦萌说道，"什么时候我去你家合适？"

"看你什么时候有时间。"童志宇说道。

"我今天休假，都有时间。"秦萌说道，"我带我朋友过去。"

"好不容易休息一天你还跑过来？"童志宇说道。

"没事，反正我平时也是闲着。"秦萌说道。

童志宇有些好笑，这年轻人倒是热心，不是自己的事，却帮着积极奔走。

秦萌还真说到做到，下午就带人来了。童志宇对保姆说，自己的电脑总是出问题，不知道是网线还是哪儿的问题，需要把各个屋子里的线路都查看一下。

除了童念的房间和保姆暂时住的房间，童志宇让秦萌的朋友在每个屋里都安装了微型监视器。

秦萌的朋友在忙活，秦萌则待在童志宇的书房里，好奇地这儿走走那看看，感叹童志宇出版了这么多书。

“有喜欢的吗？喜欢哪本就送给你。”童志宇见他徘徊在书橱跟前许久，便好笑地说道。

“都喜欢看，要么借给我看看好了，我看完了再给你送回来。”秦萌说道。

“也行，你想留下也可以，反正这些书我还有好几套，都放地下室里了。”童志宇说道。

“那我就不客气了。”秦萌说着，拿了两本书，很是小心地抱在怀里。

“喜欢看悬疑小说？”童志宇看着他的神色，不像是为了讨自己欢喜才表现的兴趣，仿佛是真心喜欢看的样子。

“嗯，以前在部队除了看书，也没什么别的娱乐。我喜欢看刑侦和悬疑小说，只是我没有那么好的文笔去写这个，所以很羡慕。”秦萌说道。

童志宇抬头看了他一眼，只见他正靠在窗台边儿上，修长青春的身体笼罩在秋日暖阳中，脸上的微笑仿佛与阳光的明媚味道融为一体。

一瞬间，童志宇居然有些感慨。在压力最大的娱乐文艺圈里浮浮沉沉十多年，见识了各种各色的人心阴暗，却鲜少见到人心干净、气质纯粹的人。

童志宇内心在想，也许自己能写出各种各样的人心阴暗，也与自己所处的环境和心态有关。

“宇哥，宇哥？”秦萌的手在他眼前晃了晃。

“哦，你说什么呢，刚才走神了。”童志宇笑道。

“没什么，我是说有人给你打电话。”说着，秦萌将书桌上童志宇的手机递了过来。

童志宇接过来一看，居然是于冰冰的号码。

上个月见过她之后，童志宇就存了她的手机号码。看到这手机号，童志宇多少有些唏嘘。

“冰冰，最近身体怎么样？”童志宇问道。

“童老师，我有事情要告诉你，我想我知道为什么当年何浩博会出事，是因为——”

于冰冰的声音仿佛有些发颤，但是这话才说了不到一半，突然就中断了。

童志宇听到电话那端传来的嘟嘟声，电话已经断线了。

“喂喂？”童志宇有些惊讶，思索片刻，回拨了于冰冰的电话号码。

但这回却没人接，对方的铃声一直响了许久。

“宇哥，出什么事了？”秦萌见他脸色凝重，便问道。

“我一个朋友，打着打着电话突然断线了，再打回去就没人接了。我觉得这事情有点儿不对劲。”童志宇蹙紧眉头说道。

“事情不对劲？”秦萌问道。

“不行，我得看看她去。”童志宇轻叹了一声，总觉得一股不太好的预感充斥在心头。

于冰冰该不会是出事了吧？

童志宇翻了一遍电话簿，最后找到了宋凯的电话，向他询问于冰冰助理的联系方式。

“于冰冰？”宋凯有些惊讶，“她的戏昨天晚上刚杀青，说是今天要去市区逛逛，然后坐飞机回北京。现在应该是在丽景影视酒店住着，他们剧组的负责人和这酒店的老板是老朋友，来这边都是住那里。怎么了童老师，突然想找于冰冰了？”

“刚才她给我打过一个电话，话还没说完，手机突然打不通了。我怕出事，所以问问。”童志宇说道，“能帮我查查她住在哪儿吗？具体的。”

“行，童老师你稍等，我问完了就短信发给你地址。”宋凯说道，“您别担心，可能就是手机突然没电了吧，大白天的又住在五星级酒店里，能出什么事。”

“谢谢你，但愿吧。”童志宇说完这句话，却觉得右眼狠狠地跳了三下。一瞬间他有些心神不宁，忍不住在书房里踱步。

“宇哥，到底怎么回事啊？”秦萌见他一脸焦急，于是问道。

“还不知道，我总觉得不对劲，当然也可能最近发生太多不好的事儿，人就容易胡思乱想。”童志宇揉了揉眉心。

“宇哥，别担心，凡事都有解决的途径。”秦萌说着，抬手安抚地拍了拍他的肩膀。

就在这时，秦萌的朋友敲门进来：“都安好了，童先生可以打开电脑试试能不能看到监控图像。”

童志宇试了试，果然不错。镜头下他看到保姆正在花园里喂小狗九月。

想起九月此前懒懒散散的样子，童志宇这时才确定确实是那美人花的迷醉效果造成的，顿时心中郁郁难平，自己这个家里真是处处危机，让人无奈。

没多会儿，宋凯的短信发了过来。童志宇拿起手机一看，上面只有几个字：童老师，于冰冰住在丽景影视酒店 23 楼 2307 房间。

童志宇想了想，决定现在就去看看于冰冰。

他关了电脑，对秦萌说道：“我有事要出去一趟，如果你现在要回家，我捎你一程，反正我也要去市区。”

“好啊，那一起走。”秦萌说道。

“秦萌，你不是说今天下午跟我出去玩吗？”秦萌朋友笑道。

“不去了，我回家，改天吧。”秦萌摆手道。

秦萌的朋友也是个年轻小伙子，看着俩人撇了撇嘴：“好吧，那我先走了。”

“慢走，今天谢谢你了，我把钱微信转给你了。”童志宇说道。

“多谢童老师！”那小伙子笑着告别离开。

童志宇载着秦萌进了市区，思量了一下，从丽景影视酒店到秦萌家也不算远，先去酒店看一眼然后送他回家，正好顺路。

秦萌也同意了。

童志宇一路开车到了丽景影视酒店的停车场停下，下车之后又给于冰冰打了个电话，却还是无人接听。

就在这时候，他看到一辆救护车、两辆警车呼啸而来，停到停车场附近。

童志宇顿觉心头咯噔一下，不祥的预感加剧。

一群警察快速从车上下来，往丽景酒店的大门跑过去。

第 57 章　逝者之语

童志宇和秦萌也跟了上去，但俩人还没靠近酒店门口，童志宇就看到门口位置拉起了一道警戒线。

透过人群看过去，童志宇看到有个人躺在地上，脸朝下，一大摊血将她半边白裙子都浸透了。

从身形和发型上看，好像那躺在地上看起来已经死了的人，是于冰冰。

童志宇觉得全身的血液瞬间凝固了。

半晌后，他才听到秦萌说话：“宇哥，宇哥！你怎么了？”

“死的人，是谁？”童志宇深吸一口气，下意识地问道。

“还不知道，周围的人说是个跳楼自杀的人。”秦萌说道，看着童志宇难看的脸色，才轻声问道，“宇哥，这就是你朋友吗？”

童志宇也不想这就是于冰冰，于是想走近了看看，结果被一个警察给拖了回来：“干什么，这是案发现场，都退后！散开！”

“这人死了吗？”童志宇下意识地问道，“好像是我朋友。”

“你朋友？人肯定死了，说是从楼上跳下来的。你是？”那警察疑惑地打量着他。

就在这时，一个人走到童志宇身旁将他拉到一边。

童志宇这才回过神儿来，抬眼一看，居然是张迪。

“童老师，你怎么在这儿？”张迪惊讶地问道。

“我来看一朋友。对了，这是怎么回事，谁死了？”童志宇急忙问道。

“还不清楚，我们也刚来，好像是个女孩子，从楼上跳了下来。报案人是酒店的人，说是自杀，但是暂时没调查清楚。”张迪说道。

童志宇远远看见有法医给尸体拍照取证，最后看到他们把那个女尸翻了过来。

一张早已经摔得血肉模糊的脸出现在他眼前，让童志宇差点儿吐了。

早就看不清这人生前的长相是什么样子，但童志宇觉得，她可能就是于冰冰。

就在这时，他看到有法医从地上捡起一本被血浸透的书。看到那书之后，童志宇有些愕然。

那书是自己写过的一本书，叫《逝者之语》，是从法医的角度来解剖检查尸体，或者从法医学的一些细节，来剖析这个人是怎么死的，生前的一些生活习惯，然后将这无名尸体慢慢还原，推测他生前的样子，甚至喜好、心理活动、性格等等。

这本书在当年算是少见的题材，火过一阵子，还被拍成了短剧。但是童志宇记得于冰冰不太喜欢看这类题材的剧，她更喜欢文艺片。因为俩人偶尔合作过一两次的时候，她自己带的书、看的东西，都是村上春树之类日韩小资派作者的书。

于冰冰怎么会突然抱着自己这书跳楼?

有法医招呼张迪过去看看情况。张迪正要走上前，童志宇一把拉住他，说道:“我看法医找到的那本书，好像是我写过的一本。”

“哦?”张迪愣了愣，随即说道:“那童老师，你先在这儿等一下，我去看看这死者的情况。”

说着，张迪上前去和法医聊了一阵子。童志宇站在原地等着，这才想起秦萌，便对沉默在一旁的秦萌说道:“这里离你家比较近了吧，要么你先回去?不好意思，出了这种事不能送你回去了。”

秦萌急忙说道:“没事，我陪你等。这死去的姑娘——”

“我怕她就是我朋友。”童志宇皱眉道。

秦萌立即沉默下来。俩人安静地在一旁等着。过了没多久，张迪回来了，叹了口气:“现在身份大概确认了，跳下来的这个姑娘叫于冰冰，是个演员。现在她的脸虽然模糊难辨，但是从身上的衣服、基本特征可以判断，这个人是于冰冰。”

童志宇愣愣地看着前方，看到于冰冰的助理林抒彤已经来了。法医把于冰冰的脸用白布盖住了，因为脸部损毁严重，就算别人想辨认，也看不出啥。

林抒彤只是看了几眼便忍不住哭了，童志宇心沉了下来，看来这人八成就是于冰冰了。

“怎么突然会死了呢?”童志宇感觉心头发凉。分明于冰冰前一刻还在和自己通电话，就在电话断了的时候，她就跳了楼?

显然不像是自杀，更像是被杀的。

童志宇心中情绪起伏，一时间难辨心情。

悲伤吗?也算不上，毕竟他和于冰冰算不得好朋友，只是略微熟悉一些的陌生人罢了。况且他也知道于冰冰得了绝症，早就有“她总有一天就会去世”的心理准备。

所以他现在的心情怕是茫然的成分更多，甚至觉得有些恐怖。

想到这里，童志宇突然想起于冰冰死前俩人的通话，便忍不住问了张迪一句："于冰冰——就在刚才我来之前还给我打了个电话。"

"什么？刚才法医去现场查看，没有找到于冰冰的手机。"张迪有些惊讶，"童老师给她打电话是为了？"

"不是我打的，是她打给我，好像要告诉我什么事情，结果还没说完，就断线了。"童志宇叹道。

"那好，麻烦童老师和我们去一趟市局录口供，占用不了您多长时间。这期间，我们会好好找找于冰冰的手机。"张迪说道。

童志宇此时心中烦乱，只能同意了。

他刚想让秦萌回去，却见秦萌已经往自己停车的方向走了过去。

等到了车旁边，秦萌看着童志宇说道："宇哥，我看你脸色很差，我来开车吧。"

"我没事，你还是回去吧，好好的休假让我给你搅和了。"童志宇说道。

"没什么啊，反正我也没别的事情可做。"秦萌说着，接过童志宇的钥匙开了车门。

两人一起去了市局录完口供，张迪告诉童志宇，在于冰冰住的房间里没有找到手机，而监控在早上突然坏了，没办法拍到于冰冰房间走廊外头的情况，也就是无法确定是不是有外人进入过她的房间。或者说其实是今天早上整个楼都停电了，因为有人在外头打开电缆盒把电线给割断了，所以监控查不到谁出入过于冰冰的房间。这个酒店接待的人多数都是娱乐圈文艺圈的，这时候住客不多，于冰冰住的那一层只有她和助理两个人。

在她房间的桌子上放着电脑，警察进去检查的时候，看到一封写在文档里的遗书打开在电脑桌面上。

第 58 章　死亡密码（上）

"遗书？"童志宇皱眉道。

"是，电脑打出来的，说不好是不是她自己写的。"张迪说道，"不过楼下掉落的那本《逝者之语》好像是她新买的。至于是不是自杀，要待进一步验证。但是这种种巧合，让我们不得不怀疑，于冰冰是被害的。"

"确定是于冰冰吗？有没有进一步验证过？"童志宇总觉得不对劲。

于冰冰并不喜欢看自己写的那种书，而且她身体状况不好，童志宇觉得她也没什么闲心看书。

“童老师好像觉得死了的不一定是于冰冰？”张迪端详着他，目光带着探究的意味。

“对，于冰冰应该不喜欢我写的那类书，她没理由突然想到去买一本。”童志宇沉吟道。

“这个不能说明什么。也许她突然想看，买了一本而已。也许她是和童老师关系好，在书店里看到书，顺手买一本支持一下罢了。”张迪说道。

童志宇沉默不语。如果只是顺手买来的，于冰冰不可能临死的时候还抱着书看。

张迪说道：“要么童老师先回去，如果有什么结果，我会通知你。”

童志宇点头道：“也好，那我先走了。”

“嗯。”张迪将他送出门去。

秦萌一直在门口等着，来来回回的小女警都偷偷瞥他。

“宇哥，可以回去了吗？警察说什么了？”秦萌立即迎上来。

“没事，警察说一切等调查清楚再说，现在连死者身份还没正式确定。”童志宇说道。

“那我就先回家了，你自己开车没事吧？”秦萌问道。

“当然没事，你把我当女孩了？”童志宇有些哭笑不得，“你先走吧。”

秦萌这才回了家。

童志宇本想开车回去，但于冰冰的死倒是让他很有些感慨。

纵然知道她终有一日会离世，却没想到如此突然。

人在无限靠近死亡的时候，头脑中会有一些不同于平时的念头和感叹，也会突然想起许多平时忽略的人和事。

比如还待在卢冲家里的童辉，算算日子，才过了一个多月，怕是戒毒还不成。

童志宇叹了口气，准备到卢冲家去看看这货。

童志宇开车在路上的时候，心想童辉这小子从模样到性格，外加爱好方面都和自己大相径庭，真不像自己的儿子。

他路上给卢冲打了个电话。卢冲说童辉在他家待着，平时是他妹妹卢欣照看着。

卢冲家的地址童志宇也知道，于是这回轻车熟路找了过去。

见到童辉之后，童志宇倒是有些意外。这孩子虽然脸色苍白了一些，但是精神看着还好，比他想象中好不少。

“墨鱼仔、薯片、沙琪玛？”童辉一脸惊讶地看着童志宇带来的零食，“爸，你不是总说这些算是垃圾食品吗，都不让我吃。”

“比吸毒好。”童志宇没好气地说道。

“爸，你今天怎么想起看我来了？”童辉问道。

“我来看看你还不行了？”童志宇说道。

“没，就是觉得你好像吃错药了。”童辉拆开一包薯片说道。

“你小子这叫什么话！”童志宇拿起桌上的报纸卷成筒，冲着童辉头上拍了几下。

童辉往旁边一边躲一边嚷道：“爸，有你这么对待病人的吗？”

此时，卢欣端了水果来，对童志宇笑道：“这孩子精神比一个月前好多了，我看再过两个月，他就没什么问题了。”

童志宇感激地说道：“麻烦你们兄妹了。”

卢欣笑道：“这没什么，这也是我的工作。”

“爸，我妈和我姐呢，都不来看我一眼？”童辉塞了满嘴的薯片，边吃边问道。

“你妈去上海出差了，你姐姐在准备高考，哪有那么多时间出来。”童志宇说道。

“借口，不过就是来看我一眼，哪就没时间。”童辉冷哼道。

说着这话，童辉垂下头去，那神情仿佛有点儿落寞。童志宇顿时有些心疼，抬手揉了揉他的头发：“那等你回家的时候不就看到她们了。”

可能童志宇从未对童辉如此温和地说话，倒是让童辉有些错愕。

“爸，你今天吃错药了？”童辉惊讶地看着他。

“臭小子，你说什么呢？！”

“以前你可懒得管我。”童辉耸耸肩，“是不是我妈不在家你没事干了。书写完了？”

“我这关心你一次还不行了？”童志宇失笑道。

但想起自己那所谓的家，童志宇收敛了笑容，心口有些沉闷。

大概因为朱玉和童念的问题，让童念和童辉的关系也有点儿微妙。童念除了在家里表现得乖巧之外，她对童辉这个同母异父的弟弟并不亲近。

也许同样和朱玉偏爱童辉有关系。可以前的自己只是沉浸在虚拟的世界里，把写故事编剧本列在第一位，没怎么想过去处理这些问题。

可等他意识到这些看似微小的问题已经慢慢累积到了引发家庭危机的地步，也有些为时已晚了。

“好了，你在这儿好好待着，过阵子我来接你。”童志宇说道。

“哦，好啊。”童辉点头道。

童志宇又难得和颜悦色地和他聊了会儿学校的事情，才从卢冲家里出来，开车回家。

回到家里，何浩博的电话打了过来：“我说，你听说没，于冰冰跳楼自杀了？”

“消息传得这么快？”童志宇吃惊地问道。

“废话，她住的那酒店在市区，她从那么高的楼上跳下来，注意到的人难道不会很多吗？是有围观的人拍的照片，发到网上了，引起了轰动。”何浩博说道。

“唉，说不好，我觉得这事儿没这么简单，不像是自杀。”童志宇叹道，“在此前，于冰冰给我打过电话，想告诉我什么，但是，话没说完，居然跳楼了，你觉得可能吗？更像是有人不让她说出来，一把把她推了下去。”

“真的？如果是这样那真可能是被杀的。不过，你还是少掺和这些事，你看，现在发生点儿什么事儿都有你卷在里头，警察会怎么想。”何浩博叹道。

“顾不上警察怎么想了。”童志宇只觉得一阵头疼。

第59章　死亡密码（中）

“算了，你还是好好保重吧。”何浩博也叹了口气，“不说了，我先忙去了。”

“嗯。”童志宇说着挂了电话。

电话刚挂断，童念的微信就接二连三发了过来。童志宇打开一看，无非就是问一个问题：于冰冰死了是不是真的。

童志宇想了想，回复道：可能是真的，说是自杀。

童念立即回道：不可能，冰冰姐才不会自杀！

童志宇无奈地回复：这个我就不知道了。好好上课，今晚是不是有晚自习？最后一节晚自习的时候提醒我去接你。

半晌后，童念才回复了个流泪的表情：哦。

童志宇放下手机，感觉心有点儿累。

此时，保姆在书房外敲门：“小童，晚上想吃什么？我来做。”

童志宇上前拉开房门说道：“您随便做点儿就行，小念今天有晚自习，很晚回来，她在学校吃饭，晚饭不用做很多。”

“那好。”保姆点头道，随后瞥了他几眼说道，“小童，你今天脸色很差，注意休息啊。”

“谢谢，没什么，就有点儿累。”童志宇勉强笑了笑。

保姆没多说什么，就下楼去了。

童志宇突然想起家里安装的监控，于是关上门来打开电脑，但是看完之后，却没有发现保姆有任何异常举动，一切都十分正常。

童志宇想继续写会儿书，却发现写不下去。

于是他打开新的文档，对着那闪烁的鼠标半晌，才敲下今天的日期。

2017 年 9 月 17 日 晴

我曾经在书里无数次地描绘过各种各样的死亡，却没想到某一天，死亡如此逼近眼前。

秋短夜长，梦少烦多。

当你的身旁——

童志宇刚抒情了几句话，就看到自己挂着隐身在线的工作 QQ 晃动了起来。

他点开那头像一看，居然是那个神秘人的小号在说话：“童老师，今天死的那个人，不是于冰冰。”

童志宇顿时一惊，半晌后才反应过来回复道：“你怎么知道？！”

“于冰冰喜欢涂指甲油做美甲，那女尸手上干干净净，还留了短指甲。”

“也许是她拍戏的时候没涂呢？”

“她只有在拍古装戏的时候才不会做美甲，而她最近拍的都是现代悬疑爱情剧。”

“你怎么了解得这么清楚？你怎么知道那女尸手上没有涂指甲油？”

童志宇回想了一下，自己还真没注意。不只是自己，他相信于冰冰的助理也不会注意到这个问题。

多数人在看到一具尸体或者一个人的时候，都会从眼睛能看到的身体特征来判断这到底是不是某个人，比如身段、脸、发型、衣着。

极少有人第一时间注意到对方的手指甲。

网上有几张女尸的照片，不过是在法医盖住了女尸的脸之后，围观的路人拍的。

可能从这照片上，神秘人注意到了于冰冰的手。

可这个判断也太——草率了吧。

“我不信，如果不是于冰冰，那这个死的人是谁？！”

“于冰冰拍了这么多年的戏，总有那么一两个御用的替身吧。”

“她的替身？”

童志宇愣了。于冰冰他都不算熟悉，对于于冰冰的替身，他就更不了解了。

“对。她穿着于冰冰的衣服，想必是在拍戏之后没来得及换下来。而凶手对于冰冰并不熟悉，所以就把相似于她的女人杀了。”

“那你认为，她的死是谋杀？”

“当然。我总觉得于冰冰没死，现在是藏了起来。”

“她为什么这么做，又是怎么逃脱凶手毒手的？”童志宇觉得神秘人的猜测没太多根据。

“这个我还不知道，但是看来于冰冰知道些什么，如果她和童老师你联系了，说过什么话，都要告诉我。”神秘人说道。

“告诉你？你连于冰冰的事情也查？”

“童老师，你不觉得于冰冰和古越的关系很奇怪？大多数女人对古越都趋之若骛，可于冰冰见了他，像是见了瘟神一样躲着。我曾经以为于冰冰也许是拉拉，但她也有过男朋友。所以，于冰冰十分讨厌古越，却又和古越没有感情纠葛，也没有实际上的仇恨——起码履历资料上显示，俩人几乎没有交集。那么，于冰冰有什么理由避开古越。”

“你的意思是，她知道古越的什么秘密，或者古越某个隐藏的秘密让于冰冰十分厌恶，才导致了两个人不和？”

“嗯，而且可能是了不得的大秘密。现在我想赶紧找到于冰冰，否则她就危险了。”

“就算是找到了，她也危险。于冰冰得了胃癌，晚期，可能没多少日子可活。如果她不去医院治疗而自己躲了起来，那可就不知道会怎么样了——”

“什么？！癌症晚期如果不去医院经常化疗，那疼痛可非一般人能忍。除非，她服用镇痛药物。可一般的止疼药很难有好的效果。”

“你什么意思？仿佛话里有话。”

“毒品可是个很好的止疼药。”

“神秘人先生，不如你来写小说好了，这所有都是你的猜测。”

“我听说于冰冰对她那个助理林抒彤很好，小助理和她关系情如姐妹，不如童老师想办法去问问她，验证一下我的猜测。艺人们吸毒不罕见，不少人都吸毒，只是有些被发现送进了戒毒所，有些人没有。”

“那她的毒品——你的意思是，毒品是林抒彤给她弄来的？”

“很有可能，这个世上可信的人不多，找人买毒品这类事情，得信任的人去。况且，她吸毒很可能是为了镇痛，助理也不会忍心拒绝。”

“你说得太离奇了。”

“我看童老师工作时间也怪自由的，不如你去跟着林抒彤，看看她最近都去哪儿？”

“你和我说这些，是为了给我安排跟踪任务？”

“哟，难道童老师不关注朋友的死活？你去海岛影视城的时候，还见过于冰冰吧。”

童志宇沉默了。确实，他想知道于冰冰到底要告诉自己什么秘密，是不是这个秘密让她死于非命的。

“你说得也对。”童志宇想了想，回复道。

于冰冰说过，自己要养活一家子人，家里人对她好像并不太好，除了要钱之外，没有别的什么联络。

这些年也不见她交过几个朋友。从出道一直陪在于冰冰身旁的，就是那个小助理了吧。

“童老师是同意了？”

“好，我可以试试，我也想知道事情的答案。”童志宇说道。

“那等你消息。”说完这句话，对方分分钟下线了。

童志宇对他的神出鬼没也已经习以为常。

第60章　死亡密码（下）

打听一个明星小助理的行踪倒是很容易。童志宇打了几个电话，问了几个圈内人，很快有人告诉他，林抒彤这几天会待在本市，因为于冰冰的案子，她需要配合警方调查。

还有就是于冰冰近些年的大小事情，也都是林抒彤在打理。至于于冰冰的家里人，不提也罢。

丽景影视酒店发生命案，不少人都不敢继续住了，但是林抒彤还住在23楼，在于冰冰隔壁房间，可见她们俩确实感情很好。别人忌讳住在死过人的房间附近，她却不在意，想必已经把于冰冰看成了家人。

童志宇觉得也许神秘人说得有些道理，不如查查看。

过几日其实市局也会出DNA鉴定报告，来分辨死者的身份，只是警方不可能对外公开，所以自己还是得私下里调查。

现在看来，跟踪林抒彤是个最可能奏效的办法。

童志宇决定后，便在家收拾乔装了一番，然后开车出门了。

林抒彤这几天基本上都在本市到处转悠，应付各家记者，协助剧组完成后续工作，整理于冰冰遗物。

晚上林抒彤也不怎么出门，在酒店里待着。

童志宇跟踪了几天之后，什么也没发现，不由得有些泄气。况且这天天跟着，几乎没啥时间做别的事情。

于是几天之后，童志宇在蹲点的时候，体会到人民警察的不容易之余，同时觉得还是好好考虑这件事。

自己又不是特么的没事儿可做，不能天天在这儿等着候着。

但想起那个神秘人的话，童志宇又有些郁闷无法和这货通信联系一下，商量找个别人来轮班。

想到这里，童志宇惊觉自己居然开始慢慢信任这神秘人。可他到现在却不知这神秘人的身份，就连警察也没查到。

当然，事到如今，出了越来越多的案子，警察怕是也没时间去深入调查给他打电话的这个神秘人。

童志宇叹了口气，抓起手机看了一眼时间，上午十点五分。

今天天气不错，他却要闷在酒店附近的一处小巷子里盯着，不由得有些郁闷。

就在这时，童志宇看到林抒彤提了个篮子从酒店里出来。

上坟吗？童志宇第一个想法居然是祭拜。不过他转念一想，于冰冰还没下葬呢，去哪儿上坟。

而且这几天警察的调查结果如何，他也不知道。不过根据童志宇这几日的观察，林抒彤除了前两天比较悲伤之外，随后的几天一切正常，这倒是让童志宇有些纳闷。传闻里她和于冰冰感情好得很，现在好姐妹突然离世了，就伤心了两三天，一切又恢复正常，好像是有点儿太冷漠了。

不过如果非要要求人家哀伤难过，似乎也有些强人所难。现在这社会生活节奏快，生活压力大，大家也没什么时间去哀悼。

此时，林抒彤拦了一辆出租车，上了车。童志宇见了，立即跟了上去，就这么不远不近地跟着。

这一路他就从市区跟出去，到了郊外。

童志宇也就一路跟了过去，最后却十分意外地发现林抒彤并不是去找人，也不是去祭拜谁，只是到了郊外的一处废屋里。

这处郊外带着院子的小平房已经很旧了，就连木门的油漆都脱落了大半。

但小平房里并不是空的，里头居然有不少流浪猫在晒太阳。

童志宇惊讶地看着林抒彤进了这废弃的小院子，把篮子里的食物分给流浪猫。

于是一群猫围了过来。之后，她进了屋里，没多会儿就出来了，同那些猫打招呼之后，才又走远了。

童志宇在一旁看得惊讶。什么情况，这大老远来一趟只是为了喂流浪猫？

童志宇思量许久，觉得这不符合情理。于冰冰刚去世没多久，林抒彤就有来喂猫的心情？

他看着没上锁的破木门和院子里分散开来吃东西的流浪猫，一时间有些怔忪。

童志宇在院门外等了会儿，觉察到林抒彤彻底走远了，才推门走进院子里。

有些猫看到他之后，一溜烟儿就逃跑了。也有一些根本不怕人，看到他站在院子里，照旧在原地没动。

正屋的门也虚掩着，里面一片安静。童志宇推开门进去，瞧见里头空空如也，什么家具也没有。

墙是石灰墙，但是白墙已经结了蛛网，泛着颓败的灰色。

那么林抒彤进这屋里干啥？童志宇很是不解。里屋也没什么东西，如果说住着什么人，那更不可能了。

童志宇摇了摇头，从院子里出来，回到了车里。

他坐在车里许久，回想着这前后奇怪的事情。这么久以来，这是林抒彤第一次来这么奇怪的地方，而且看起来毫无缘由。可是他查不出对方来这儿到底干啥。

童志宇在原地待了半晌，才开车离开。

这回他也懒得继续蹲守了，干脆开车回了家。

从停车场出来，童志宇看到秦萌居然站在外头。

“这么巧，又值班？”童志宇微笑道。

“嗯，宇哥，这几天都没见到你啊。”秦萌说道。

童志宇失笑道：“你还天天关心我的行踪？”

他这话本来只是开玩笑，却不想秦萌听到后，不自然地脸红了：“没，就是觉得……觉得好像好久没见了。”

“我一朋友出事了。”童志宇叹道，“这几天忙这个。”

“是——于冰冰吗？”秦萌问道。

“哦？你也知道。”童志宇说道。

“嗯，都上热搜了。”秦萌说道，“说是抱着宇哥的书跳楼自杀的，网上的人猜她是抑郁症什么的。”

“恐怕还有人猜，她和我有婚外恋情。”童志宇平淡地说道。

他早就看过网友猜测的八卦了。

“宇哥绝对不是那种人。”秦萌一脸认真地说道。

童志宇笑了笑，随便敷衍了几句正要和他擦肩而过，结果秦萌突然打了几个喷嚏。

“感冒了？”童志宇问道。

“不是，好像是有点儿过敏。”秦萌说道，瞥了童志宇裤腿几眼，“宇哥裤子上沾了猫毛？”

“哦，还真是。”童志宇低下头看了看，“你对动物毛发过敏？可你对九月也没什么反应啊。”

“不是，只是对猫这样。宇哥遇到流浪猫了啊。”秦萌说道。

“去了一个小院子，看到不少流浪猫。”童志宇说道。

秦萌盯着他，突然问道：“你这几天，到底在忙什么？”

第61章　密码

童志宇凝视着他，本来有些反感他问得太多，但是转念一想，这孩子也是为自己着想，便说道：“出了点儿事情，需要一些时间来解决，没什么大不了的，不用担心。”

秦萌看着他，叹道：“宇哥，我只是真心想帮你。算了，如果你有什么麻烦，一定要第一时间打给我。”

童志宇笑了笑：“谢谢你，不过我身旁的人和事都很危险，你不应该卷入。”

秦萌着急道：“那就更要告诉我了！”说着，他一着急便拉住童志宇，“我休息的时间也比较多，你想去哪里，我可以替你去。”

童志宇有些愣神儿，半晌后点头道：“这……好，如果需要帮忙，我一定找你。”

秦萌点了点头，这才放开手。

童志宇和他道别之后回了家，算算日子，朱玉也快回来了。但是自己的调查仿佛一直没有太多进展，反而是越来越纷乱。

幸亏朱玉给他打电话的时候也比较少，否则他还真觉得自己会控制不住脾气骂她一顿狠的。

但随着身旁的事情越来越多，童志宇对朱玉的怒气也慢慢消磨掉不少，取而代之的只是厌恶。

童志宇待在书房许久，目光漫无目的地落到一旁的书架上。

蓦然地，他想起了自己写的那本《逝者之语》。

童志宇想了想，走到书架旁，取下这本书翻开。这本本来是放在书橱里的，但前几天秦萌拿了几本书，就将它放在了书架上。

这是好几年前的书了，童志宇虽然记得绝大多数内容，可有些细节已经模糊不清了。

于是他打开这本书翻了翻，翻到其中一段，不由得一愣。

这书里有一段是文字密码，说的是一个凶手迷恋纳兰容若，把他生平画的画、做的词都做成密码，提示杀人的时间和地点。

这也是《逝者之语》中的一件案子，凶手是个飞行员，很多人说这人是十分意外的设定。

童志宇看到这一段，突然觉得哪里有什么不对。密码？

他闭上眼睛，缓慢而仔细地回忆了一下今天去的那个流浪猫聚集的院子。

院子外头虽然没有什么端倪，但是屋里好像有东西，是起初被自己忽略的线索！

具体是什么呢？童志宇追忆半晌，突然想起那墙壁上好像有一串数字。

本来他以为是随便什么人写在墙上的手机号，这是城市里随处可见的事儿，什么马路边儿上、墙上、公厕里，都有人留手机号卖各种东西做各种假证。

但是，那废弃小屋又偏僻又难找，应该没有人闲着无聊写什么手机号在墙上。

所以，该不会是——密码吧？

可能吗？

此时，童志宇突然想起自己看到尸体的那一天。大家都以为那本书是死者跳楼的时候抱在怀里的，但如今童志宇有了个大胆的想法：如果那个神秘人说的是正确的，死者不是于冰冰，那么这本书是不是别人扔下去的，只是正好和死者尸体扔在一起了？

那么多人围观，扔书的人也许还知道于冰冰给童志宇打过电话。

童志宇一定会注意到这本书，然后——对方也知道童志宇盯林抒彤的稍？林抒彤是故意引着自己去了郊外的废屋，留下密码，提示见面地点？

童志宇好笑地摇了摇头。自己真是写书写太多了吧，可能吗，又不是谍战片。

虽然这样想，但童志宇还是下意识地回想了一下那墙上的数字——2370890。

一串数字慢慢地浮现在他的脑海里，童志宇有点儿感谢自己的记忆力。这串数字挺清晰，想必是刚写在墙上没多久的。

童志宇记得自己家里有本《纳兰词选》，于是拿出来按照书里写的规则来对比密码，居然真的得了一个地名：二十日晚八点流云榭避风塘。

二十日晚，是明天。流云榭避风塘，让童志宇一愣。这地方就在本市，流云榭是一个本地所谓的文化区，也就是茶馆、画廊、戏曲剧院多的地方。

平时那里没什么人，又在靠近城郊的地方，倒是可以躲避旁人耳目。

童志宇盯着自己写在纸上的这个地址许久，心中迟疑。

是巧合还是真的？如果是巧合，这也太巧了。如果是真的，林抒彤为什么这么做，难道神秘人说得对，死了的是于冰冰的替身？

这次是于冰冰约他见面？

童志宇觉得自己真的活在谍战片里了。

虽然觉得荒唐，但是他准备试试看。

万一是真的，那自己就能了解到于冰冰所知道的秘密了。

想到这里，童志宇决定去看看。

转眼到了第二天晚上，童志宇先将童念送回来，又开车出去了。

出门的时候，保姆追了出来，问道：“小童，这么晚了去哪儿？”

“一个朋友聚会。”童志宇皱了皱眉，感觉保姆盯着自己十分碍眼。

“哦，晚上可能下雨，记得带雨伞啊。”保姆觉察到他脸色难看，于是讪笑着说道。

“嗯，谢谢。”童志宇说着，开着车出去了。

他提前半小时到了流云榭的那家避风塘里。

这家店简直非一般地没人气，他到了之后，发现店里一个人也没有。

童志宇找了个角落坐下来，要了一杯咖啡，静静等在原地。

然而，一小时、两小时过去了，店里也来了两三个客人，却没有一个是他认识的，更没有于冰冰或者林抒彤。

等到快十一点了，服务生说要打烊，童志宇只好从店里出来，十分无语。显然自己脑补过度，于冰冰是个演员，又不是个间谍，玩什么文字游戏。

等他开车进小区的时候，从后视镜里突然看到秦萌正在后头走过来。

童志宇一愣，想起今天好像不是秦萌上班的时间，于是摇下车窗，对他喊道："小秦？你没回家吗？"

"没有。"秦萌笑了笑，"我妹妹这一年基本都在住校，我回去也没什么事情，不如赚个加班费。"

"这么晚了，出小区干吗？"童志宇笑道。他只是随便一问，因为周围只有一座小山，和一处距离不算近的地铁站。

没想到秦萌一愣，眼神闪烁："没啊，就随便转转。"

"好吧，没事早回去休息啊。"童志宇笑道。

第 62 章　谁生谁死

秦萌犹豫半晌，对他点了点头，回宿舍了。

童志宇开车回了家，到书房看了一遍监控视频，照旧没发现保姆有啥问题，这才躺在躺椅上，头枕着胳膊默默发呆。

童志宇此时心中感觉十分好笑，自己真是脑补帝，想太多了，也许那串数字真的是巧合，自己却还以为是于冰冰留下的线索。

于冰冰哪儿会玩这么复杂的套路。

童志宇起身，回到电脑旁继续写了一章节，正在继续的时候，有人在外头敲门。

童志宇起身开了房门，就见童念站在门外。

"小念？什么事？"童志宇问道。

"爸，你最近很忙吗？"童念问道。

"还好，也不算忙。"童志宇微笑道，"是有功课需要我帮忙？"

“不是，爸，我是有件事想同你说。”童念进了屋里，坐到躺椅上，“爸，咱们小区那个很帅的保安，他是谁啊？”

“你说——秦萌，小秦？”童志宇有些愕然地问道，“怎么打听起他来了？看人家长得帅？”

“不是，帅是很帅啦，可我觉得他怪怪的。”童念皱眉道，歪头想了想，“爸，你不觉得吗？”

“他哪里奇怪了？”童志宇问道。

“今天早上上学的时候，我看到他骑着一辆摩托车来的，放在了小区外面。晚上，爸你开车出门的时候，我看到他也骑着摩托车追了出去，嗯——很像是跟踪啊。”童念说道。

“什么？跟踪？不会的，你想多了。但你是怎么发现的？”童志宇回忆片刻，并不知道秦萌是不是跟在自己的车后头，当时他满脑子想的是那奇葩的密码，根本没注意到车后头。

“我一回来，就牵着九月出去遛弯了啊，正巧在门口附近看到的。所以我想来问问，爸你注意到了吗，晚上回来的时候看没看到那个秦萌？”童念问道。

童志宇默然。他确实看到了秦萌，不过并没有注意到他的摩托车。

但是秦萌跟踪自己干什么？

“我是在回来的时候看到了秦萌，不过这也不代表他在跟踪我。”童志宇说道，“好了，别瞎想了，回去看书吧。”

童念撇了撇嘴：“行吧，反正他就是很奇怪。”

童志宇有些好笑地说道：“我又不是美女，也不是女人，他跟踪我有什么意思呢？赶紧去看书吧！”

“万一是疯狂粉丝呢？”童念说着，站起身来往房门口走，“不可小看现在的变态。”

童志宇无奈地摇了摇头。他知道秦萌不会是变态，也不会有什么恶意，也许是巧合吧。

第二天一早，童志宇被手机铃声吵醒。迷迷糊糊间，他摸过手机一看，居然是何浩博的来电。

“老何，这么早有什么事啊？”童志宇打了个呵欠问道。

“哎，我有个消息告诉你，是我从张迪那里打听来的。”何浩博语气有些凝重，“他们市局DNA对比证明那个跳楼死了的人不是于冰冰，具体是谁还不清楚。但是从外形的相似度来说，很可能是于冰冰的替身。”

“什么？！那最后证明是他杀还是自杀？”童志宇顿时清醒了，立即从床上坐了起来。

“这个……好像酒店现场被人弄乱了，因为出事之后，林抒彤和剧组的人都去过于冰冰的房间查看是否跳楼的是她。”何浩博说道，“但既然死了的不是于冰冰而是别人，那么这个遗书就很有问题了。破案细节张迪也不方便透露，但是他和我说，遗书就是于冰冰电脑打出来的。电脑上没有其他人的指纹，只有于冰冰的。”

“这事真是奇怪了，总不至于是于冰冰杀的人。她杀了替身有什么好处？”童志宇皱眉道。

“这我哪儿知道，我只是告诉你，事情越来越邪性了，没事就别掺和了吧。”何浩博叹道。

童志宇沉默了，心想他也不想卷入其中，奈何已经没了退路。

“好，我知道了。”童志宇说着，挂了电话。

他愣了一会儿，脑子里已经乱七八糟冒出了不少念头。

跳楼的既然不是于冰冰，那么她去了哪儿呢？

于冰冰的替身谁杀的？如果是某个杀手什么的，那遗书怎么来的？

如果凶手做的是假遗书，那么可能他杀了那替身之后，把遗书复制到电脑上，然后离开的。

可林抒彤当时就在隔壁，凶手的时间并不多。而且丽景影视酒店由于客人的特殊性，酒店的安保措施一向很谨慎，保安会记下每一个住客的身份样貌，外来人必须说明来意并且登记才能放行。

如果凶手是陌生面孔，怕是很难进入酒店。

所以凶手难道是熟人？或者，根本没有出过酒店？

但是，根据何浩博透露，当日住在那酒店里的客人基本上已经排除了嫌疑。因为多数人都在剧组拍戏，留下来的几个，除了林抒彤和于冰冰有所交集，其他人和于冰冰或者她的替身之类没什么来往，没有杀人动机。

如果于冰冰没有事，那么林抒彤可能真的是在给自己传递信息。可是她为什么不出现？或者不直接通过别的办法联系自己？

童志宇叹了口气，想着也许是于冰冰也觉得林抒彤会被某些人监视，才用了这么曲折迂回的办法。

林抒彤都发现自己在跟踪她，那么别人可能也发现了，所以林抒彤不敢打电话，也不敢直接约，才用这种办法？

这倒也能解释得通。警方很快就会查出死者不是于冰冰，所以要对于冰冰和林抒彤进行调查监控，她们也就不能轻易和自己见面。

也许不只是警方在盯着她们，可能还有别人。

但是既然千方百计留了信息，昨晚为什么没有出现？

童志宇想来想去也没想出个所以然。

转天之后，朱玉打来电话，说明天回家。

童志宇心中无奈，这回如果自己出门的话，就多一个人盯着了。

而自己这段时间也根本什么都没查出来，反而像是扯了一只线团，越扯越乱。

童志宇正在家里思前想后的时候，石雷突然打来电话。

“童老师，于冰冰的影迷会举办了一场追悼会，我们几个相熟的人想去一起参加看看，你去不去？”石雷问道。

童志宇心中无奈，心想死的人压根儿不是于冰冰，你们举办个什么追悼会。

但是警察并不对外公布，所以童志宇也不能明说。

他本想拒绝，但是转念一想，总觉得这追悼会哪里不对，于是想了片刻，答应道：“没问题，我去。什么时间？”

“明天上午十点开始，”石雷说道，“在第一剧院举行，临时租借的地方。”

第 63 章　第二则密码

童志宇记得朱玉是晚上回来的飞机，如此算来，倒是可以去看看。

“行，我们到时候见。”童志宇说道。

放下手机之后，童志宇心想，冷不丁举办什么追悼会，警方对外的消息是，还没确定死了的那人到底是不是于冰冰。

不过看来粉丝跟影视公司还有剧组的人都在内心里觉得死了的人就是于冰冰，这才默认了粉丝开追悼会。

但这个粉丝追悼会突然在近期举行，童志宇觉得不一定是偶然。

不少明星都有粉丝后援会，而大多数重视粉丝拥护的明星们都会让自己的经纪人或者助理同粉丝后援会的组织者联系。

于冰冰如此信任林抒彤，看来这次的追悼会也是林抒彤在其中周旋过。

所以——童志宇现在总觉得林抒彤也许是在找另外的机会和自己联系。

也不怪自己脑洞有点儿大，主要是最近出来一系列的事情，仿佛都透着莫名的诡异和若有若无的内在联系。因此，童志宇决定去一趟。

童念因为于冰冰的去世情绪也很是低落，听说有追悼会，便求童志宇带她去参加。

童志宇觉得这样带着童念去仿佛更自然一些，便答应了。

第一剧院是本市最大的一家剧院，之所以选在这里，是因为于冰冰最早出道的时候是歌舞剧演员，因为外形和演技而被星探看中，进了影视圈。

于冰冰也曾经在公众面前说过，感谢早些年自己在剧院里的那段历练，让自己奠定了演艺基础。

所以不少铁粉都知道她出道的源头。选择在这个地方，也算是一种“来处即归去”的怀念之意。

童志宇带着穿着黑色小洋装的童念进了剧院，只见偌大的大堂里已经放满了鲜花或者花圈。

中央的幕布上轮流放映着于冰冰生前的照片、剧照，还有一些小视频——从出道时候的青涩，到十年之后的成熟冷艳，过生日时候给粉丝拍的感谢视频，领奖的时候的感谢感言。

一幕幕放映出来，如走过了人的一生，如同见证了于冰冰的一世。

童志宇看着那视频和画面，心中颇有感慨。即使他知道于冰冰不一定真的死了，但是看着这些视频，总有一种故人已逝的感慨。

怀旧忧伤的背景乐一响，童念就忍不住掉眼泪了。

童志宇在一旁看着，安慰道：“别太伤心了。”

童念呜呜哭得更凶了。

童志宇刚要说点儿啥，却瞧见林抒彤来了，同样穿了黑色衣服，和几个小姑娘在说话，应该是于冰冰的粉丝。

他看向林抒彤的时候，仿佛林抒彤也正看向他。俩人对视一眼，林抒彤冲他点了点头，于是走了过来。

“童老师，您也来了。”林抒彤点头道，“感谢您来。”

说着，林抒彤伸出手来要跟童志宇握手。

童志宇觉得稍微有些意外，但是也伸出手去和她握了握。林抒彤以前见到他的时候，也没这么客气过。

但在握手之时，他觉得林抒彤手中有东西悄悄塞到了他手里。

童志宇不动声色地接了过来。林抒彤松开手，和童念聊了几句，童志宇就让她带着童念转悠去了。

童志宇在大厅里待了一会儿，和来客里认识的几个人聊了几句，借口去洗手间，就独自往洗手间走了过去。

进了洗手间的隔间，关上门，他才展开林抒彤塞给自己的一张小纸条。

小纸条上依然是写了一串数字和字母的组合：35621Klw。

童志宇心中一惊，心想自己以前的脑补居然是真的，林抒彤在和自己用密码联系。

他那本《逝者之语》里都是数字密码对应的汉字，并没有字母。

至于对应了什么，他还是得查查才知道。可这个字母是什么情况？

童志宇皱眉半晌，想不通。

他记忆力不错，过了一遍脑子，自然就记住了，于是将手中的纸条撕碎扔进了马桶里，用水冲了。

他回到追悼会大厅，林抒彤并没有再过来招呼他，而是同别人去忙活了。

童志宇看着屏幕上变换的视频，一点儿也没看进去，他脑子里都是那串密码：35621Klw。

这是什么意思呢，为什么还有字母。

思量了大半天，追悼会总算结束了。童志宇看了看时间，已经中午十二点半多了。

“饿了吧？”童志宇问童念道。

“有点儿。”童念说道，“我们现在回家吗？”

“好不容易你放一天假，要不要去哪儿玩玩？”童志宇微笑道。

“我不高兴，不想去。”童念有些沮丧，“冰冰姐走了。”

“人死不能复生。”童志宇摸了摸她微微垂下的头，“你只是见过于冰冰一次，就为了她的死这么伤心啊。”

“爸，你不懂，冰冰姐是我的女神，以后我再也没女神了。”童念沮丧地说道。

“咱们吃点儿饭逛一下，下午去接你妈回家吧。”童志宇说道，“今天她从上海飞回来。”

“接她？！让她自己打车回家吧！”童念没好气地嚷道。

“机场不好搭车。”童志宇斟酌片刻，说道，“见到你妈的时候，别太过分了。”

童念翻了个白眼儿：“知道了。”

童志宇难得陪着童念逛街，逛了一会儿，童念心情好了不少，俩人特意去了一次宠物店，买了狗粮和小狗沐浴露。

看时间差不多了，童志宇带着她开车去机场接机。

童志宇到了机场等朱玉的时候，居然在人群里看到几个娱乐记者和拉着横幅的小粉丝。

他的目光落到那横幅上，才惊讶地发现他们是在等朱玉。

没多会儿，其中一个记者认出了童志宇，笑着过来打招呼拍照。

童念也注意到了那横幅，顿时露出一脸不屑。

童志宇暗中拽了她一把，给她使了个眼色。记者跟前不能露出太过分的言行，否则对他们一家都没好处。

童念只好收起眼光，在一旁静默不语。

等了一会儿，朱玉从机场出来了。几个粉丝立即尖叫着迎了上去，记者们也纷纷围了过去。

童念在一旁低声道：“没想到她这种过气的还能再红起来。”

童志宇皱眉道：“一会儿别在记者面前这么说话。纵然她对你不好，有不对的地方，她也是你妈妈。这世上你的妈妈可只有她一个。”

“我可不记得我有妈，我就记得我有你这个爸爸。”童念看着他笑道。

第 64 章　跟踪者

童志宇无奈地摇了摇头，此时，朱玉远远地冲着他们俩招手，满脸带笑。

如果是在以前，童志宇看到她笑容满面，自然会觉得很高兴。

可如今看到朱玉满脸的笑容，童志宇只觉得虚伪到反胃。

但此时记者们的镜头已经对向了俩人，童志宇只能堆出满脸的微笑迎上去，不动声色地接过朱玉手中的行李箱，借以躲开跟她碰触的尴尬。

但是没想到，朱玉演戏演全套，上来就给了他一个拥抱。

童志宇笑容有片刻的僵硬，但随即轻轻抱住朱玉，安抚似的拍了拍她的后背。

越过朱玉的肩膀，童志宇察觉童念正在瞥着朱玉的背影似笑非笑。

他心中暗叹，自己这一家子也是极品。

他们三个从机场出来，童志宇载着她们俩回家。朱玉坐在副驾驶的位置，童念则坐在后座，脸冲着窗外，沉默无语。

朱玉上车之后也不怎么搭理童念，倒是和童志宇聊了几句，说了说剧组的事情，又问了问童志宇在家的情况。

“剧都杀青了？”童志宇随意问道。

“拍完了，以后我可以陪着你啦。”朱玉仿佛心情不错。

童志宇笑了笑。

“志宇，你好像不太高兴？”朱玉侧过脸问道。

“没有，不过确实有一件让人有些难过的事。”童志宇叹道，“你知道于冰冰死了吗？”

其实童志宇并不是为了于冰冰的死而心情不好，让他最烦的是未来将和朱玉朝夕相对的日子。

不过对方问起来，他也只能找这个理由搪塞过去。

“哦，我听说了，新闻里到处都是呢。不会吧，于冰冰——为什么自杀啊？”朱玉惊讶地问道。

“看来你也看新闻了，还知道是自杀。”童志宇说道，“可我觉得于冰冰不太像会自杀的人。”

“这怎么看像不像。你心情不好，就因为知道于冰冰死了啊？”朱玉问道。

“我十年前就认识她了，自然会有些伤感。”童志宇叹道，“不过人死不能复生，过去就过去了吧。”

“对了，你去看过小辉吗？”朱玉问道。

“看过，他状态还不错，估计再过两天就没事了。”童志宇说道。

“那就好。”朱玉说道，突然也沉默了下来。

于是三个人各怀心事一般沉默不语。等到了家，童念没怎么搭理朱玉，直接回了自己屋里。

朱玉去收拾自己的行李了。童志宇回到书房，锁上房门，再次摸出那本《纳兰词选》来，查看那个密码：35621Klw。

对照了一下，童志宇发现最后形成的一句话居然是：有人跟踪你Klw。

最后三个字母是什么意思，童志宇不解地研究半天。

这字母如果和跟踪的人有关系，那么——难道是名字？

但是K代表什么姓氏呢？柯、况、肯，大概只有这几个姓氏。

然而他并不认识拥有这几个姓氏的人。

而且lw也拼不出什么靠谱的名字。那么，暂时放弃这三个字母代表的是名字的说法。

和跟踪有关的——童志宇突然灵机一动，想起了另一种可能：车牌号。

如今车牌号有数字也有字母的，莫非跟踪者的车牌号？

但是这就很难查了，谁知道这车牌号带有这三个字母的是谁，难道还要去车管局查。

童志宇心中无奈，但转念一想，林抒彤如果真的要提醒他，必然会把所有的车牌号告诉自己吧。如果没有说出全部，要么是她没看清楚，要么可能是觉得跟踪的这个人和自己认识，说出几个字母，自己就知道。

然而他并不认识这个车牌号的人。

童志宇想了半天没结果，更为郁闷。

就在他琢磨着怎么办的时候，突然听到书房房门又响了起来。

“志宇，你在吗？”朱玉的声音传了进来。

如今童志宇听到她的声音，只觉得心中十分厌烦，但是表面只能装温柔，上前打开房门，瞧见朱玉站在门外，笑意盈盈地捧着一只扁平的棕色包装盒。

“这是什么？”童志宇问道。

“送你的礼物，打开看看？”朱玉微笑道。

童志宇只能耐着性子接过来，打开一看，里头是一件棕色的衬衣。

“衣服很好看。”童志宇赞道，其实他并未仔细看这衣服。

“你喜欢就好。”朱玉笑道，“喂，在家有没有想我啊？”

说着，她挽着童志宇的胳膊，后背微微靠在墙上，笑靥如花地问道。

童志宇又觉得自己的笑容有些僵硬，但还是看着她勉强笑道：“当然，你不在的时候我一直在想你。”

“油嘴滑舌。”朱玉笑道，上前展开那新衬衣，对童志宇说道，“试穿一下，样子和市面上那些普通衬衣不同，这是我让设计师专门做的。我们那个剧请了一个国内有名的设计师来设计专门的戏服，所以我托他给你设计了一件衣服，他也是你的书迷。”

童志宇兴趣缺缺地听完，打开那衣服看了看，嗯，设计师的品位果然非同寻常，说是衬衣，扣子却都在袖子上；说是男装，后头却很长；说是棕色的吧，底下还绕了一圈白色料子。

不过整体看来很有些文艺气息，比较配童志宇。

“多谢你了，忙成这样还记得给我准备礼物，”童志宇笑道，“但是我却没有什么送你的礼物。”

“那——你就天天穿着这件衣服给我看好不好？”朱玉双手搭在他的肩膀，尖尖的下巴搁在手背上，含情脉脉地看着他。

“你很满意这件衣服？”童志宇问道。

朱玉笑道：“因为我也有一件同款，咱们穿情侣服好不好，这一阵子出门就一起穿着。”

童志宇一愣，心想以前朱玉也没闹过这一出，还什么情侣装。

不过，这剧刚拍完，朱玉人气回升，怕是想利用这段时间暂时伪装一下恩爱夫妻，让人觉得她是个事业家庭兼顾的女艺人，所以才说出要和自己穿情侣装来显示良好关系，这样的话，被记者拍到，更有说服力。

童志宇心中冷哼一声，表面则说道：“好，那我记得出门就穿着它，正是当季的衣服。”

朱玉闻言，似乎很是高兴，凑过来对着童志宇的脸颊亲了一下。

第65章　意外之举

童志宇笑了笑，说道：“你今天刚赶回来，一定很累，早点儿休息吧先。这衣服我很喜欢，一定会记得穿的。”

朱玉点了点头：“嗯，确实有些累了，那我先去睡啦。”

“好，晚安。”童志宇笑道。

朱玉关上书房的门之后离开了。

童志宇翻看着那件衬衫，摸了摸布料，虽然他不懂鉴别衣服的具体料子，但是这布料摸上去手感当真很好。

无非就是穿一件类似的衣服，答应就答应了。

童志宇喊来保姆，让她把衣服熨烫一遍，便继续看书去了。

正在童志宇聚精会神看书的时候，手机突然响了起来。

童志宇摸过手机一看，未知号码。他立即想起那个神秘人，于是接了起来。

“童老师，好久不见。”那神秘人的声音传来。

“你不用问了，我最近什么也没查清楚，一团乱。”童志宇叹了口气，“朱玉也回来了，怕是以后她在家，我更不好行动了。”

“朱玉回来了？她回来之后干什么了？”神秘人问道。

“没做什么，和正常一样。”童志宇说道。

“那就把你们见面之后的所有细节都和我说一遍。”神秘人说道。

“有这个必要吗？”童志宇皱眉问道，实在很不喜欢回忆和朱玉相关的事情。

“当然，都告诉我，所有细节。”神秘人说道。

童志宇只能将所有发生的事情告诉给神秘人。说完之后，他觉得自己也够可笑的。

神秘人听完之后，突然问道：“等等，你说她特意送了你一件衣服？”

“是，这有什么奇怪的？”童志宇问道。

他早就见过了各种明星情侣秀恩爱，借着一些无聊的东西，比如情侣戒、钻戒、情侣文身，还有送石头的。

朱玉让他同穿一件衣服也算正常，毕竟最近由于朱玉和古越的新戏，已经有人在提及朱玉和古越的旧情。

如今朱玉可能是为了维护自己的荧幕形象，才如此安排。

“检查一下那件衣服，”神秘人说道，“也许有问题。”

“衣服有问题？”童志宇摇头道，“我翻看过，没发现什么。”

“现在那件衣服呢？”神秘人问道。

“我看衣服在行李箱里放得有点儿皱，让保姆去熨烫一下。”童志宇说道。

“好，我知道了。”神秘人又说了这句话，然后挂了电话。

“喂，喂？！”童志宇对着手机喊道。

但是电话已经断线了。

童志宇纳闷了一阵子，于是继续看书。没过多久，他就听到楼下传来一阵吵闹声。

童志宇走到窗前一看，只见保姆正在院子里晾晒朱玉新送他的那件衣服。

朱玉怒气冲天的声音传来：“你怎么回事？！这件衣服不能用水洗，必须干洗！你知道这衣服多贵吗？你知道这布料多难得吗？！”

保姆好像很是惶恐：“对不起啊，我不知道这衣服不能水洗，我看着衣服有点儿皱了，就想着干脆洗洗再熨啊这样穿起来舒服。”

朱玉此时有点儿气急败坏：“以后如果再干这种事，就提前告诉我！问问我这衣服是不是能水洗！”

保姆唯唯诺诺地连连称是。

童志宇刚要下楼劝一下朱玉，就听到童念房间阳台的窗户一开，童念冲着楼下喊道：“有病！你能不能别吵啊！我在看书做作业呢！”

朱玉抬头往头顶看了一眼，怒道：“有你这么跟我说话的吗？！要是做作业就赶紧滚去做！”

童念很是火大地摔上窗户。童志宇刚想下去看看，朱玉却不再继续嚷嚷了，转身回了屋里。

童志宇想了想，还是下了楼，走到院子里问保姆发生了什么事。

保姆正整理刚洗好的衣服。

“怎么了，刚才朱玉——”童志宇问道。

“哦，小朱说这件衣服很贵，不能水洗，结果我给水洗了。”保姆异常惋惜地说道。

童志宇想起那神秘人突然提到过这件衣服，于是上前又检查了半晌，并没有查出什么。

“没事，晾干了就行，一件衣服而已。”童志宇说道。

保姆叹了口气，低声道：“也不知道小朱怎么回事，提到这衣服，居然反应那么大，是不是特别贵啊？”

“一件衣服而已，坏就坏了。”童志宇说道，“别在意。”

保姆点头道：“谢谢你啊小童。”

童志宇突然想起自己安装了监控，于是打开电脑，想看看朱玉在做什么。

他瞧见朱玉在卧室里收拾行李，最后又在到处翻找东西。

童志宇盯着她的动作，却发现她最后从行李箱的化妆品袋子里找出了一只粉饼盒。

她打开粉饼盒，从里面摸索半晌，居然取出一只像是纽扣一样大小的东西。

童志宇觉得略有些眼熟，仔细想了想，这好像是朱玉给自己买的那衬衫上的扣子。

可那件衣服是新的，根本没有掉过扣子。

况且，朱玉把一只纽扣放在粉饼盒里干什么？

童志宇觉得有些奇怪，因为他看到朱玉把那扣子又重新藏在了粉饼盒里。

干完这些，朱玉拉开卧室的门，又去了院子里，冲着保姆喊道：“家里有熨斗，把那件衣服熨干了给我！”

童志宇听到保姆惊讶地回道：“天气这么干燥，晾一晚上就可以了，不需要特意熨啊。明天着急用吗？”

“嗯，着急用，别废话了，快点儿拿来！”朱玉冷冷地说道。

童志宇觉得这次朱玉仿佛有点儿小题大做的样子，但这让朱玉的行为变得更加可疑。

于是童志宇再度回了书房，看监控里朱玉的动静。只见她继续收拾了一下屋里，等保姆将衣服熨干送过去之后，找出许久不用的针线盒，关上卧室门。

童志宇十分惊讶地看着她反锁了房门，拿出剪子将肩膀上其中一个纽扣剪掉，然后一针一线地将从粉饼盒里取出的那个纽扣给缝了上去。

童志宇惊讶地看着她的动作。本来衣服上的扣子都是完好的，朱玉剪掉一个显然是故意的，那么她缝制上去的另一个新扣子又是什么情况？

想来想去，童志宇突然想起有一种窃听器和扣子差不多大小。

呃……难道朱玉是故意缝了个窃听器在自己身上？

但他转念一想，又觉得毛骨悚然。

也许本来衣服上就已经被她安上了窃听器，只是因为保姆洗了衣服，那东西泡水之后失灵了，所以她才如此恼怒。

如果说只是因为在意衣服，完全不必如此。

更何况剪掉一个好端端的扣子再缝个全新的上去？

第 66 章　出乎意料

想到这里，童志宇越发觉得这个扣子很可能就是窃听器。

不错，朱玉如今是越来越防备自己了。童志宇难过之余，倒是突然轻松了不少。

童志宇坐在电脑前，反而越来越冷静。他淡定地写完了今天的内容，不知不觉地，发现书已经快到了结尾。

约定的截稿日期快要到了，童志宇突然也有种感觉，觉得自己的生活慢慢也会往某一个特定的方向发展过去。

只是他现在还不知未来的路如何。

童志宇看了看监控，发现朱玉洗漱了一下已经躺在床上睡着了。

他思量半晌，还是抱了床被子到了旁边的客房里睡了下来。

第二天一早，童志宇被朱玉喊了起来。

“你怎么睡在客房呢？”朱玉微微蹙眉，问道。

“我看你今天这么累，我又睡得很晚，万一我又把你吵醒了……”童志宇微笑道，“对了，今天你有什么安排？”

“没什么特别的安排，下午有个采访要去。你呢？”朱玉问道。

“和往常一样，可能去看看老何，我俩可是有一阵子没见了。”童志宇说道。

“嗯好啊，老何可是对衣服打扮很有研究，记得穿这件衣服去给他看看。”朱玉将自己买的那衣服递给童志宇，微笑道。

童志宇笑着接了过去：“好。”他打量了一下朱玉的衣着，她也穿着同款的衣服，黑白相间的颜色，但是款式简单又特别的裙子，同样很符合她的气质。

可以说这个设计师确实不错，设计的衣服都很适合俩人。

但童志宇瞥了一眼肩膀上的纽扣，心中冷笑。

吃完早饭，童志宇送童念上学。在路上，他突然想起林抒彤留给他的信息，说有人跟踪他。

童志宇顿时留了个心眼儿，一路上不断从后视镜里看身后是否跟着什么可疑的车和人。没想到快到童念学校的时候，他还真的发现有一辆可疑车辆跟在他车后头。

童志宇仔细看了看那车的车牌号，不由得一愣。

前几个数字他看不太清楚，好像是98什么的，但后头的字母他却看清楚了。

klw。本来他对这几个字母就有些敏感，如今在后头那车牌上看到，童志宇顿时上了心，等送童念到了学校，他下了车。

童念惊讶地看着他：“爸，我自己进学校就行了，今天你干吗还下车送我。”

“反正我没什么事，送你到教学楼下。”童志宇微笑道。

童念冷哼一声，理解地说道：“明白，早回去要对着我妈，更烦。”

童志宇想起自己肩膀上的窃听器或者什么玩意儿，便对童念说道：“别胡说，好好上课。”

说着，他把童念送到教学楼下，就往校门口走过去。

童志宇站在校门口侧边儿，想看看跟踪自己的那辆车在哪儿。

而他自己一眼就看到了。

因为他也曾经在这附近蹲点儿过，知道哪里停车不会引人注意，而且视野也不错。

果然，借着门口摊位的遮掩，他看到了斜对面停着一辆车，那车是黑色的，好像是大众车，车里坐着一个人，看不清什么样子，只能隐约看出是个男人。

童志宇抬头看了看这校园的四周。这校园不算小，侧门也不少。童志宇按照印象往前走了一阵，果然看到藤蔓缠绕下的铁栅栏侧门。

这门没有上锁，虚掩着。

门外就是校门口前的一条圆弧形的街道。正好在这侧门前头，是圆弧形弯曲的地方，而且还是个丁字路口。

侧门边儿上有一个卖报纸的摊位，过了马路，再折回去，就能到那个盯梢的人的车旁。

童志宇心想，跟踪别人的货色一般不是什么好鸟。谁的朋友会天天跟踪自己？更何况这个车牌号他根本不知道是谁的。

他今天出门正穿了朱玉送的衣服。童志宇是故意穿出来的，但是穿着这身衣服，就必须注意自己的言辞。

万一他的想法是对的，朱玉对他用了窃听器，那么和什么人说什么话，必须经过斟酌。

既然跟踪的人八九成不会是什么朋友，那也就不怕朱玉知道了。

于是童志宇过了马路，一路小心谨慎又快速地走到那辆车旁边。

等他走近了，才看清里头坐着一个年轻男人，但是这个人完全是陌生人。

当童志宇目光对上他的时候，那男人也看到了他，顿时神情有些尴尬。

童志宇上前敲了敲车窗，那人摇下车窗，对他笑了笑：“先生，有什么事吗？”

“这话应该是我问你吧，你跟着我做什么？不止一天吧？”童志宇问道。

“没啊。”那人眨了眨眼睛，不想承认。

“89klw，你的车牌号我都快记下来了。”童志宇说道，“你是记者吗，还是私家侦探？”

那人尴尬地笑了笑：“都……都不是。”

“那你是干什么的？如果你总是跟着我，当心我告你骚扰。”童志宇冷冷地说道。

那人顿时紧张了起来：“别，我……我没有恶意的。”

“那你说说，为什么跟着我？”童志宇双手抱胸，低头看着他。

那年轻男人从车里走出来，童志宇才发现他身材高大，虽然长相不算多帅，却也五官端正，走起路来很稳健，不像是一般的城里年轻人。

“童老师，其实我是受人之托。童老师应该认识秦萌吧？我是他朋友，他说总怕你有什么危险，让我跟几天看看。”年轻人尴尬地说道，“我叫贺坤，是秦萌的哥们儿。有时候他放假就开着我的车跟着你，现在他上班呢，我就替他。童老师你别生气，他这个人有时候过于敏感，但是既然是好朋友托付的事情，我也不好不做——虽然我也不知道你们之间到底怎么回事。”

这个结果倒是让童志宇十分意外，居然是秦萌的朋友？

这让童志宇沉默了。

贺坤也有些尴尬：“童老师，要么——要么我还是走吧……”

他见童志宇脸色不太好看，也不知说什么才好。

“你是他的同事还是——”童志宇问道。

“是战友，我是本地人。我退伍后就回到这里，后来发现他也来这儿打工了，就经常联系。”贺坤说道。

“哦，谢谢你们的好意，不过我没什么危险，也不是女人需要什么保护。耽误贺先生时间了，你有事还是去忙吧，我这就回家了。”童志宇斟酌半天说道。

他也不知道朱玉是否能听到自己说的话，但是为了保护秦萌，他将语气放得比较冷淡。

对方也很尴尬，只好讪笑片刻，上车开走了。

第 67 章　演技

童志宇本来以为是什么不怀好意的，结果居然是秦萌的朋友。

还好自己因为怀疑窃听器的问题，并未在他跟前说什么。否则被朱玉听到，不知道会不会生出什么事来。

想起自己还要去见何浩博，童志宇翻了翻随身的公文包，找出一本小备忘录和一只签字笔，在本子上写了几句话，然后才开车去了何浩博的酒吧。进了酒吧，何浩博同他打了个招呼：“哟，好一阵子不见你来了。”

童志宇笑了笑，直接将手中的纸条递给他。何浩博接过来一看，顿时一愣。

童志宇在纸条上写着：我身上有窃听器，我们写字聊。

“没错，好一阵子不来了，在写书呢。”童志宇说道。

何浩博想了想，笑道：“哎对了，我这儿倒是新来了一个驻唱歌手，你要不要听听试试看？”

“驻唱歌手？你这酒吧什么时候要歌手了，不是要做静吧吗？”童志宇笑道，内心想莫非何浩博是想让音乐声来掩饰俩人的谈话内容。

“说实话，静吧的生意不太好，在这个二线城市还是普通酒吧生意更好一些。来吧，我给你介绍一下。”说着，何浩博对身后一个服务生喊道，“让阿林过来一下。”

过不多久，一个高瘦的男孩子走了过来，头发还是自然卷的，画了很淡的烟熏妆。

男人化妆总给人娘炮感，不过，这很淡的烟熏妆居然很适合他，一股莫名的颓废却勾人的感觉。

“这是阿林，刚来的歌手。”何浩博指了指他，介绍道。

童志宇对那阿林点了点头：“新人歌手？”

“他并不是专业学校毕业的，唱歌基本靠天赋和自己后天的学习，是个很难得的人才。不如你听听看，如果觉得资质好，麻烦你给推荐一下。”何浩博说道。

童志宇端详着阿林，见他神色不卑不亢，不傲慢也不卑微，面对自己很坦然自然的样子，心中生出几分欣赏之情。

倒不是他太高看自己，确实以前有不少年轻的男女艺人以各种办法和手段接近自己，为了自己的前途，多半态度谄媚。

但这个阿林倒是很难得。

俩人互相打过招呼，何浩博就让人把音响打开，让阿林到台上唱首歌。

本来这酒吧里也没什么舞台，因为现在找了个唱歌的歌手来，何浩博找人搭建了一个木质的台子。

音乐一响，阿林开始唱一首童志宇并未听过的歌。其实他自己也不怎么听歌，只是从听众的角度来听，歌声还不错，有民谣舒缓的意味，还透着一种说不清道不明的沧桑感。

童志宇觉得这歌声也未必能完全遮挡住他们俩的聊天内容，因为这窃听器就是自己肩膀上的扣子，不过音乐确实能稍微遮掩一下谈话也许会出现的失误。

于是童志宇一边聊天，一边和何浩博用纸条写对话。

童志宇告诉他，自己肩膀上的某个扣子可能是窃听器，让他找张迪帮忙确认一下。

何浩博神情吃惊，在纸上写道：谁放的？

童志宇：朱玉，我不知道她是否怀疑我已经知道了什么。

何浩博：未必，也许是想通过你了解一些事情——我们发现的赵晓霞的死，或者最近的于冰冰事件。

童志宇：你说得有道理，不过如果我摘掉窃听器，朱玉就会发现。

何浩博：等张迪来再说。

说着，何浩博拿着手机出去打电话了。

没多会儿，何浩博回来冲他点了点头。

于是俩人在酒吧里等了许久，张迪才带人赶了过来。

来的人并未说话，拿了金属探测器在他身上试了试，点了点头。

童志宇的心顿时彻底沉了下去，果然是窃听器。

何浩博笑了笑，示意阿林停下音乐。

"怎么样，阿林的歌声不错吧。"何浩博笑道。

"是不错，有前途。"童志宇说道。

何浩博倒了一杯酒递给童志宇："来一杯，你喜欢的。"

说着，他冲着那窃听器洒了下去。

张迪在一旁看着，对他无奈地笑了笑，再上前检查一次，确定这次窃听器又被泡了，已经失灵。

张迪示意俩人到内室里谈。三人进了休息室，童志宇这才笑道："这玩意儿都被泡了两次了。"

张迪说道："童老师，谁给你在衣服上安的窃听器？"

"我老婆朱玉。"童志宇无奈苦笑道，"事到如今我也不怕你们笑话，我家里的事情有点儿复杂。不过，我不知道朱玉安窃听器在我身上是想知道什么，她又是为了谁这么做的。"

张迪端详着他的神色，莫名其妙沉默下来。

童志宇瞧见他不说话，便问道："说起来现在我也不知道如何查下去。"

张迪沉吟许久，说道："虽然我还不太清楚前因后果，但是童老师，如今你的处境也许有些危险。既然这样，我就找几个同事暗中保护你。”

“危险？保护？这倒是没必要吧。”童志宇愕然道。

张迪的神色却有些严肃：“以防万一。不过你不要太放在心上，该怎样生活就怎样生活，我们不会打扰到你正常的生活轨迹。”

童志宇有些愕然和犹豫。

何浩博说道：“那就这样吧，你这老婆也是——还是小心点儿为妙。”

童志宇叹了口气，最终点了点头。

张迪这才带着那人走了。何浩博给童志宇找了另外一件衣服换上。

“你这件衣服料子和设计都不错。”何浩博说道，“哪儿买的？不像是买的，订制的？”

“朱玉订制的所谓情侣装。”童志宇无奈地说道。

“哦，明白了。”何浩博点头道。

“张迪说让人暗中跟着我，你觉得有必要吗？”童志宇皱眉道，“我住的那小区人烟稀少，房子和房子之间距离很宽，如果多了几个人在那小区里晃悠，怕是保安也会发现，闹出动静来，也不妥当。”

何浩博说道：“放心吧，我想警察总能应付这种状况。你家里这情况确实无语，有人保护也是好。”

“好吧，那我就先回去了。”童志宇说道，抓着那件湿掉的衣服往外走。

走出门的时候，他见阿林在店里和服务生一起打扫，不由得问何浩博：“你不是请的是歌手吗？他还做服务生的活儿？”

“我没让他干，他自己乐意的。这年轻人不错，勤奋又谦和，虽然看起来不爱说话，但为人比较好相处。”何浩博笑道，“如果有机会，给推荐推荐。”

童志宇点头道：“没问题。”

第68章　疑虑

今天又是童念上晚自习的时间，童志宇于是在何浩博店里待了一阵子。俩人聊天的时候，何浩博私下里告诉他，警方确定死了的不是于冰冰。

但是这消息不好让别人知道，何浩博为了确认一下，向张迪打听了许久。

张迪禁不住他多番打听，也知道何浩博不会到处乱说，才把这件事告诉何浩博。

“意料之中。”童志宇叹道，“那么死的人是谁呢？”

“好像还真是于冰冰的一个替身。但是具体怎么死的没有人知道。”何浩博说道，“警察也查不到凶手是谁。那天的监控虽然坏了，但是保安却没有看到可疑的外来人进出过这家影视酒店。你也知道，那家酒店的进出检查比较严格。一般入住的客人，保安都会记住长相，一旦有所疑惑，都会检查身份证。”

“是吗，以前只是知道这酒店进出挺严格的，现在居然还检查身份证？”童志宇有些惊讶。

“对，那是因为前年出过一件事，有记者混入酒店里偷拍一个小明星，正好拍到她和影视公司的上司开房，结果新闻说得很不堪，还有网友说她是什么婊子之类，最后逼得那女孩割腕自杀，就在这酒店死的。”何浩博叹道，“所以说，为了防止这些娱乐记者混进来，酒店增加了保安的数量，并让他们记住每一个客人的样子和名字。”

“你知道得还挺清楚。”童志宇笑道。

“是啊，别看我开酒吧，怎么也是个做生意的，偶尔也要有点儿应酬。这种八卦传得很快，没多久就人尽皆知了。”何浩博叹道。

“也就是说，这个丽景影视酒店的安保设施和进出检查特别严格，外人很难混入。”童志宇沉吟道。

“对，不过既然监控坏了，那肯定是凶手做的吧，就为了不让人发现自己从外头混了进来。”何浩博说道，“不过呢，这都是警察的事情，就算于冰冰想告诉你什么，你也不一定要管。我看她是惹到了什么不得了的麻烦。”

“嗯。”童志宇敷衍地回了一句，脑子里却在转着其他的念头。

监控坏掉，是人为从外头弄断了电线。表面上看起来是凶手为了掩藏自己的行踪，为了自己不被人发现才弄坏了监控。但如果这是障眼法呢？因为酒店那么严格的安保措施之下，外来人混入很难。那么如果凶手是在酒店里的话，用坏掉的监控做障眼法，让人以为自己是从外头进来的，但其实他还在酒店里。

这时候，他去杀了那个替身，将提前写好的遗书放在电脑上，然后杀了那替身。可为什么杀那个替身——是把她当成了于冰冰？

想到这里，他又想起自己的那本一起摔在血泊里的《逝者之语》。

童志宇突然问道："对了老何，你问过没有，那本和死者一起掉在楼下的书，原本是抓在死者的手里呢还是后来被扔下去的？"

何浩博一愣，说道："你别说，这件事我还真问过，因为涉及你，我就提了一下，问那本书怎么回事。警察说，并不像是那人抱在怀里的。按照他们多方的模拟实验来验证，那书好像是被后来扔下去的。"

"凶手杀人去杀就是了，还要扔本书下去，这不是有点儿太不可思议吗？"童志宇有些茫然地说道。

"说得是啊，这让人有点儿费解。没事扔什么书啊，扔的还是你的书。你说这人是不是其实跟你有仇，才扔你的书。"何浩博说道。

童志宇思虑许久，脑海里慢慢涌上一个想法，随即心中一愣。

虽然这想法不太靠谱，不过，从林抒彤后来的行为来说，确实有点儿奇怪。

也只有一种可能可以解释她的行为。

想到这里，童志宇对何浩博说道："老何，我先走了，等回头再聊。"

"这么快就走了？"何浩博有些惊讶。

"嗯，出去一趟。"童志宇说道。

出门之后，童志宇想起附近有个大超市，于是从里面买了一大包猫粮，这才往丽景影视酒店开过去。

到了大门口，果然有保安上前拦了下来："先生你好，请问你找谁？"

童志宇晃了晃手中的猫粮，把身份证递过去："我来找林抒彤小姐，住在这楼上的，她养了不少猫，上次有猫粮忘在我这儿了。"

保安说道："好，请您等一下。"

说着，他对另外一个保安招了招手："去给 23 楼的林小姐打电话，说有客人来访……"

童志宇在一旁听着他说话的内容，觉得这简直比军区守卫都森严。因为对方把他来访的原因、叫什么名字，全都说了一遍。

童志宇心想这样也好，林抒彤如果听到这内容，八成会明白自己来的目的。

如果她见他，那说明自己以前的猜想是正确的，她在想办法给自己留联系方式。

其实在这里见面，虽然会被不少人看到，甚至被记者拍到，不过反正别人都知道他和于冰冰是“好朋友”，在于冰冰去世后，为了私事见见她的助理，也没什么不正常。

等了一会儿，保安走过来说道：“先生请上楼，林小姐现在正在房间里。”

童志宇道了谢，提着猫粮上楼去了。

到了 23 楼，童志宇出了电梯门，没急着去敲门，而是在走廊上左右看了看。

这一层楼上虽然有很多房间，可只有林抒彤住的一间有人。

据说在“于冰冰自杀事件”之后，林抒彤也换了房间，是靠近消防通道的 2314 房。

童志宇以前肯定不会明白她为什么要搬，但现在想想，仿佛知道了原因。

他上前敲了敲门，片刻后，林抒彤开了房门，对他笑了笑，招呼他进门。

童志宇进了她的房间，只见这五星级房间空间还真够大，有小客厅，角落里放着一张大床，和客厅还有一扇屏风隔开。独立的卫生间，还有大阳台、飘窗，不过阳台不是完全密封的。

看着屋里的布局，童志宇想象着于冰冰那间房，目光落到了紧闭的卫生间门上。

第 69 章　亡者归来

“童老师还真带着猫粮来了啊。”林抒彤笑道。

童志宇低头看了看眼前这个个头儿不高，有点儿胖又戴着眼镜的女孩，觉得真心有些不可思议。她居然能想出那种隐晦的办法给自己传递信息。

“直说吧，上次你在郊外的那处废屋里，是不是为了给我传递信息，让我来见你。”童志宇双手抱胸，问道。

林抒彤叹了口气：“我就知道童老师一定会找上门来，这才换了房间。”

“什么意思？”童志宇不解地问道。

“童老师，我能相信你吗？”林抒彤扶了扶眼镜，很认真地看着他问道。

“如果你不信任我，也不会给我留言，是不是？”童志宇说道，“无论真相是什么，我都不会随便乱说。”

林抒彤点了点头：“我相信童老师。那么，先让你见一个人。”

说着，她上前反锁了房门，又走到卫生间门口，打开门。

一个人从里头走了出来。

童志宇看到那人倒是并不惊讶。

“你果然还在酒店里待着。”童志宇叹了口气，对眼前出现的于冰冰说道。

于冰冰的状态很糟糕，脸色差得很，不过神情倒是镇定。

“外界都说我死了，不过说得也对，我也没有几天可活了。”于冰冰说道。

“你这样不去医院没事吗？”童志宇皱眉道，“能挨得住吗？”

童志宇虽然没得过什么重病，可是他知道癌症病人晚期会经受极大的痛苦，有些人受不了就会打一些镇痛针剂。

于冰冰看起来也到了那种程度，只是看起来并没什么痛苦的感觉。

不过再端详一番，他发觉于冰冰脸色苍白里透着蜡黄，人也更瘦了，能看出神情疲惫而憔悴，状态很不好。

“没事，反正没几天可活了。”于冰冰示意他坐下。

童志宇坐下之后，林抒彤去泡茶了。

“我说，你不会是为了镇痛吸毒了吧？”童志宇低声问道，因为于冰冰的脸色和暴瘦实在有点儿像是吸毒的。

“没错，是的。”于冰冰说道，“为了保持在生命最后时刻头脑清楚，不那么痛苦，吸毒也是个好办法，反正都是要死了。”

童志宇心中暗叹一声，但是也不知说些什么才好。

“今天你过来，应该不是为了问我是不是吸毒吧？”于冰冰笑了笑。

“我是问你，死了的那个替身怎么回事？”童志宇问道。

于冰冰端起放在茶几上的茶喝了一口，淡然说道：“童老师觉得呢？这事情的真相是什么？”

“我认为？”童志宇笑了笑，目光灼灼地盯着她，“我认为那个替身是你杀死的。”

于冰冰闻言，手微微一顿，目光惊讶地盯着他。

童志宇也看着她，问道：“是不是？”

于冰冰半晌后才回道：“童老师果然厉害，这都能猜到。没想到写小说的比警察还厉害。”

童志宇说道：“你为什么要杀了那个人？”

于冰冰微笑道：“童老师这么厉害，不如你来说说看，为什么我会杀人？”

童志宇叹道：“我没那么厉害，想不通所有的前因后果。”

“无所谓，你随便说。”

“我猜测，那个替身是你杀的。我进过这酒店，安保设施和保安数量十分之多，而且每一个保安都记住了住客的名字和容貌，所以外来的凶手很难进入酒店。而且安保措施既然那么严谨，那么从内部破坏监控是很难的，所以才选择了从外头破坏电线这种简单粗暴的办法。”童志宇说道。

“但是，一旦全面停电，保卫科肯定第一时间就会去检查问题所在，全面戒备。这时候在外头破坏电线的人肯定没有太多时间和机会跑进来杀人，所以凶手应该是两个人合作的。监控破坏之后，那替身才被推下楼。”

于冰冰突然笑了笑：“童老师好大的脑洞。不过，你说得都对，你全都猜对了。”

“什么？你真是这么做的？”童志宇惊讶地问道，“我虽然猜是你们俩杀了那替身演员，可是为什么？动机呢？”

“因为她要杀了我。”于冰冰语出惊人。

“她？和你有仇吗？”童志宇吃惊不小。

“没有，她只是受雇于人。”于冰冰说道。

接着，于冰冰给童志宇讲述了当天发生的全过程。

那死去的替身演员叫杨欣，做了于冰冰好几年的替身。于冰冰对她也算不错，起初杨欣很喜欢和于冰冰一起，逛街买衣服的时候，于冰冰也会送她一套一样的，俩人曾经上过新闻，说杨欣是和演员本身相似度超过百分之九十的替身。

但是自从去年杨欣交了男友之后就和于冰冰疏远了，甚至还有几分莫名其妙的敌意。

于冰冰工作比较忙，外加得知自己得了病，也没有心情去关注其他，因此也慢慢和杨欣断了联系。

不过两人还是有合作，每次需要替身，于冰冰的首选都是杨欣。

这次的悬疑爱情剧，于冰冰又找了杨欣做替身，因为会有一些海边的戏，或者在海水里游泳的戏。

于冰冰身体情况不好，游泳的戏份都是杨欣上的。

但是这次杨欣回来，于冰冰感觉她对自己很冷淡也很有敌意。大概女人的直觉都很准，虽然杨欣表面上和她很亲密，甚至穿着当年于冰冰送她的衣服，看似穿了闺密装，但其实笑容里藏着的都是冷漠。

但人之将死，于冰冰也并不在意杨欣的态度。

只是这戏要拍三个月，所以俩人三个月内相处的时间也不少。

于冰冰本身以毒品来镇痛，自然知道吸毒的人都有什么反应，或者看上去什么样子。因此于冰冰发现杨欣可能在吸毒，于是有一次出于好意，劝了几句，却没想到杨欣对她冷言冷语，极尽讽刺。

从那个时候起，于冰冰发现杨欣似乎对自己有特别奇怪的成见或者敌意，也不由得心中好奇，追问的时候，对方却缄默不言。

直到于冰冰暗中调查古越的时候，发现杨欣居然是古越的隐藏情人之一，这才大概猜出前因后果。

“也许是因为古越想除掉我，才接近我的替身，用了某些办法来点燃她对我的敌意，促使她杀人。要么，就是杨欣对古越和我的关系胡思乱想过——曾经有人写过一则帖子，猜测古越的正牌女友是谁。我记得那人猜的对象是我，因为古越在外的表现是谦谦君子温文尔雅，对女人尤其有耐心，即使和他没有暧昧的女人，也会对他笑脸相迎。只有我，即使在和古越同台的时候，也会对他冷漠以对，保持相当的距离。”于冰冰苦笑道。

“所以大家猜测你们俩才是真正的情侣，只不过分手了，或者在公共场合里避嫌？”童志宇问道。

“对，要么杨欣是信了这种鬼话，才对我下手的。”于冰冰说道，“但是现在我觉得应该是古越教唆的。”

“你的怀疑也不是没有道理。”童志宇思虑半晌，说道，“赵晓霞的尸体被发现，我和老何就在现场看着警察打捞。在此前我又和你见过面，这些都是媒体知道的。如果赵晓霞的死和古越有关，那么他可能会猜到，是你无意间发现了当年这件杀人案，并且告诉了我，我去和警察说起，才有了那次打捞。我猜想，当年他们抛尸的时候，你也在影视城拍戏吧。每次来拍戏，剧组在影视城都有登记，一查就知道。外加你调查古越，古越不一定没有丝毫察觉。联系到此前你对他的态度——他决定对你下手，杀人灭口也不是不可能。因为他也不知道你到底知道他多少秘密。”

“又或者，杨欣发觉了我调查古越，告诉了他，古越才教唆她对我下手。”于冰冰说道，“这几天我发现楼下经常有人在守着。娱乐记者对我来说都是熟面孔，可那几个人全都是陌生人。我怀疑是古越的人在蹲点儿，除了警察和我们之外，古越也一定怀疑死了的人不是我，因为他联系不到杨欣。”

第 70 章　杀人的理由

“那么，你是怎么确定杨欣真的要杀你的？”童志宇问道。

“这没什么需要确定的，因为那天晚上她拿着刀子进了我的房间，本来就是想杀了我。”于冰冰说道，“不过当时她的情绪不太对，可能是吸毒之后产生的不对劲情绪。不过也正是因为那样，我才能把她制服了。”

“她当时没说什么吗？”童志宇问道。

“喊了一些乱七八糟的话，好像大概是想杀了我之类，总之我也不懂她为什么这么执着，直觉里还是和古越有关系。”于冰冰说道，“你猜得没错，当时我正在写遗书。因为那之前的一天，我去医院做复查，医生告诉我癌细胞扩散，已经无药可救了。我想，趁着自己还活着，把最后的遗书写好留下来也不错。”

“所以当时你是真的在写遗书？”童志宇问道。

“对，我是真的在写遗书，只是还没写到最后，赵欣就闯了进来。说起来，你只有一点说错了。毁了电源线的不是我，也不是小彤。”于冰冰说道，“所以我觉得杨欣想杀我，一定是有人教唆的。那人应该和杨欣一起的，知道她什么时候行动，才在外头剪断了电线。因为监控虽然不是在每个房间都有，但是走廊里确实都有监控，杨欣当时并不是和我住在一层楼，如果她冲进来，自然会有监控拍到。”

“也就是说，杨欣杀人，是某人教唆的。而且那人可能就在外头，算着时间毁了电线。”童志宇说道，“你在写遗书，杨欣冲进来要杀你。当时房门是开着的吗？”

于冰冰摇头道：“是她在外面敲门，给我收拾房间的小彤听到了就去开门，然后杨欣冲了进来，手里拿着一把水果刀。她叫嚣着要杀了我，我在和她争执的过程里将她从楼上推了下去。”

“我想，杀了杨欣的不只是你吧。”童志宇摇头道，“林抒彤也参与过，是不是？”

“不关她的事。”于冰冰冷冷说道。

童志宇摆手道：“我不是警察，也不想来抓谁归案。即使我知道真相，我也不会告发你们，我只是想弄清楚前因后果。而且古越的事情可能牵涉朱玉，也就是我老婆。”

于冰冰端详了他半晌，嗤笑一声：“我没有讽刺你的意思，但是你那个老婆，确实有点儿让人无言以对。”

“哦？你说朱玉？”童志宇问道，“怎么？”

“我调查古越这么多年，自然对他周遭的人有所了解。据我观察，朱玉和他不简单。”于冰冰说道。

童志宇沉默下来。可能于冰冰知道自己没几天好活了，说话好像也不怎么在意旁人的感觉。

不过童志宇并不在意她的说话方式，而是惊讶于她说出口的内容。

“朱玉和古越？”童志宇半晌后问道。前阵子他特意找人调查过朱玉和古越的关系，完全没看出任何苗头。于冰冰怎么会生出这样的念头？

“他们两人表面看似相安无事，但是我觉得朱玉和古越一定有联系。我无意间发现，你们家住的那个地方，对面是古越经纪人赵飞的房子。”于冰冰说道。

“这你都知道？”童志宇惊讶地问道。

“当然，我说过我一直在调查古越，连同你老婆朱玉。古越经纪人赵飞这些年在北京的时候很多，不是本市人，更很少来这地方，他的亲戚也不在这里，买房子似乎很没必要。”于冰冰说道，“古越和赵飞一直是利益捆绑的合作伙伴，所以我觉得，那房子是他替古越买的。但是你家就在对面，这让人没办法不多想。”

虽然童志宇内心里也有这个怀疑，纵然前阵子他也差点儿打消这个疑虑，但是自己藏在心里的怀疑，被别人说出来，总觉得带着一种讽刺，仿佛大家都知道自己的老婆出轨似的。

于是童志宇的心情也沉了下来，冷冷说道："我老婆充其量是出轨，不过你和林抒彤就不一样了。我猜测，你一个人根本没办法杀了杨欣，毕竟你现在生病，没有那么大的力气去对付一个正常人。所以我想当时的情景是，杨欣带着水果刀想杀了你，你当时在写遗书，却还没有写完。这时候林抒彤也在室内，于是和你一起制服了杨欣，或者是拿着烟灰缸砸晕了她，或者是别的什么办法。总之，在她晕过去之后，你重新设计了如何处理她的计划。"

说着，童志宇的目光下意识地落到坐在沙发一角，默默听着他们聊天的林抒彤身上。

林抒彤目光有些闪烁。就在打量她的时候，童志宇注意到她的手腕处有几处淤青，像是被掐出来或者抓出来的。

想起她这阵子都穿黑色长袖衬衫，别人以为是她为了怀念于冰冰，童志宇现在看到那瘀青，却觉得这瘀青很可能是林抒彤在那天和杨欣进行过争执留下的，比如互相牵制住动作的时候。而长袖衬衫，正是为了掩盖这个痕迹。现在她在自己房间里，自然不需要穿那么严实，毕竟九月正值秋老虎时节，还很热。

等林抒彤牵制住杨欣的时候，于冰冰袭击了杨欣。

"等杨欣晕过去之后，你快速想好了接下来的事情。第一，如何处理杨欣。你觉得她是个碍事的麻烦，以后可能会经常来纠缠你，但是你的时间已经不多，不想在未来的日子里还被疯子纠缠，所以想除掉她。第二，你觉得如果只是把她送回去，那么这件事不会有任何人知道，古越还是继续藏在暗处。所以你最后决定闹得全世界都知道于冰冰死了，借以引起大家的各种猜测，也好让警方一并介入，调查所有和你有关的人员。"童志宇说道，"也许你觉得警方甚至可能查出杨欣和古越有暧昧关系，把古越也变成调查对象。这样，你想知道的事情，也许警方就能查个彻底。"

于冰冰笑了笑："童老师说得差不多。这确实是我考虑过的，不过呢，我已经没几天好活了，做事难免任性一些。当时我还有一层想法，就是让这阵子一直莫名其妙盯着我的几个人看着杨欣坠楼。古越联系不到杨欣，一定能猜到我没有死，死的可能是杨欣。这样的话，也给他一个警告：我可不是好惹的，他敢下黑手，我就敢杀人。"

第71章　僵持

“所以你修改了一下遗书的最后部分，伪装成自杀前留下的，然后藏身到了隔壁林抒彤的房间。”童志宇说道，“此时大家的注意力都在楼下那具女尸身上，自然没人会想到林抒彤房间里藏着没有死去的你。”

于冰冰闻言点了点头：“没错。”

“那么你为什么把我写的书扔了下去？”童志宇皱眉道，“难道当时你连要用什么办法联系我，让我来找你都想好了？你之前告诉我要有话跟我说，那又是什么意思？难道你打电话的时候，杨欣已经被你们俩弄晕了？等我快到酒店的时候，你们才把她扔下去？”

“你说得没错。当时我故意给你打电话引你过来，”于冰冰冷冷说道，“书也是我故意扔下去的。那本书是我最近才买了看完的，倒是对我大有启发。”

“所以你只是为了引起更大的轰动，让人把那个假于冰冰的死和我扯在一起，这样在社会舆论的压力下，警察会介入调查，古越也会受到影响，也许会有一些不太一样的举动。”童志宇说道，“所以，你既然这样利用我，后来为什么用我写过的办法来传递消息，你还想告诉我什么？！”

“童老师别生气，”于冰冰说道，“事到如今，我也只能这样做。其实我本来并没有想要联系你，只是小彤买了你的那本书《逝者之语》，前阵子我闲着无聊看了看，发现童老师头脑蛮厉害的。我想也许你能帮到我，就这样求救了。当然，如果你没有看明白我留下的信息，那也没什么，说明你没办法没有能力帮我。”

童志宇顿时无语：“警方还没对外公布消息，想必过几天就会发现死者是杨欣，那么还不知道要花多久调查到古越。可是你选这个时机找我，是想让我帮你什么？”

于冰冰说道：“我只是想在死之前弄明白古越在做什么。其实十年前他威胁我让我陷害何浩博的时候，我就想着总有一天我要收拾他。虽然我调查古越好几年，可是他的保密工作做得很到位，到现在我也只是拍到零星半点儿的蛛丝马迹，或者他和一些女星约会的照片，但是并没有什么用处。”

童志宇看着她的神色，叹道：“你——不必要花这么多时间来关注这些事。”

于冰冰不在意地笑了笑："你是说我快死了，何必卷入这些纠纷？你错了，从十年前开始，从我推了何浩博一把，差点儿要了他的命开始，我就已经牵扯其中。"

童志宇轻咳一声，说道："老何并不在意当年的事情，你也不要太放在心上。"

这话童志宇虽然说过一次，可是觉得于冰冰仿佛比他想象的在意这件往事，简直成了心魔。

"好了，童老师，今天我找你来，一则说清楚这些话，二则，给你一样东西。"说着，于冰冰从自己的包里取出一只密封塑料袋，里面放着一只针管和小半瓶蓝色药水。

"这是什么？"童志宇不解地问道。

"杨欣死了之后，我并没有立即躲到小彤房间里。当时我在想，反正警察马上会到，也许还能从监控里找到我，怀疑我杀人并拘留审问，所以我在酒店众人还没有完全意识到发生什么事的时候，就快速去了杨欣的房间，翻找了一通，最后在她包里找到这个。我怀疑是毒品，但是我也不确定。"于冰冰说道，"没想到我返回小彤房间之后，才听说酒店的监控坏掉了，由于一路上我也没遇到什么人，居然就这样躲过了调查。"

童志宇接了过来，问道："你想让我把这个交给警察？"

"对，上次我也没想到你这么快就发现了那照片的事情，还找到警察去捞尸体。"于冰冰说道，"听说你和本市的刑警队长认识，这次也就拜托你了。我本想试试让小彤送过去，但是，这些事情我也不想让小彤过多参与。"

童志宇看了看一旁愣着的林抒彤，点了点头："好，我知道了。"

于冰冰说道："我想这种东西可能是查到杨欣行为异常的关键，还有和她牵扯在一起的古越，那么，童老师，这次还是麻烦你了。以后如果还有机会，我们再见。如果没机会，那就葬礼上再见。"

童志宇虽然知道她在说笑，但听在他耳朵里，却带着一股无奈的伤感。

童志宇想安慰几句，却觉得无论如何都显得话语苍白，于是起身道别。

林抒彤把童志宇送到楼下，俩人有点儿相顾无言。

童志宇说道："你保重。"

想了半天，他也不知说什么合适，最后说出这么一句不痛不痒的话来，自己都觉得尴尬。

童志宇觉得如果这是在漫画里，自己头顶上肯定顶着一排省略号。

“你也是。”林抒彤笑了笑，“童老师，谢谢你。”

“呃……没什么。”童志宇赶紧走了。

他坐进车里，不断回想着刚才于冰冰的表情和说过的话。

童志宇顿觉这个世界有点儿超乎想象。

他打开随身的包，看了一眼刚才于冰冰给自己的东西，蓝色液体的瓶子有点儿刺眼。

难道这真是毒品？于冰冰说的是不是真的？事到如今自己也只是听了她的一面之词，无法判断是真是假。

但是于冰冰没有什么撒谎的必要，所以这些事可能是真的。

那么接下来要怎么办呢？直接送去给张迪？可如何解释自己哪儿来的这个。

只能说自己在帮忙整理于冰冰和杨欣遗物的时候，无意间发现了这个。

想到这里，童志宇觉得自己这番话真是强行解释。

但是比较起来这个，他倒是更想知道这是什么。如果古越和杨欣有牵扯，还和贩毒有关系，那么朱玉——是否也牵扯其中？

他们俩到底是什么样的关系？

想到这里，童志宇觉得他们俩的关系自己倒不怎么在意了，更在意的是朱玉可别真的牵扯到贩毒活动中。

他虽然心中慢慢开始厌恶朱玉，并且这情绪与日俱增，却也不想她有个三长两短。

毕竟两人十多年的感情，还有两个孩子。

童志宇深深叹了口气，将头伏在方向盘上静默了许久。

打定主意后，他发动车子，往市局的方向开过去。

一路上，童志宇觉得后头好像跟着两辆车。他不断从后视镜里看后头的两辆尾随而来的车。

他想起张迪说要派人跟着保护自己，莫非现在就开始了？

童志宇心想，反正要去往警察局，也不怕出什么事。

第72章　争执

童志宇一路开车到了市局，停下车之后，发现后头跟着的两辆车也在远处停了下来。

他没管后头的车辆，提着包进了警察局。

由于此前来过，他轻车熟路找到了张迪。张迪正在同其他组员开会，于是童志宇坐在他办公室里等了一会儿。

可就在这时，警局大院里仿佛传来一阵喧闹声。

童志宇本来没做理会，但是这声音越来越大，他似乎隐约听到了秦萌的声音。

童志宇一愣，起身走到外头，果然看到人群里秦萌在和几个人吵架。

“秦萌？！”童志宇喊道。

秦萌从人群里看过来，看到童志宇之后，立即分开人群跑了过来“宇哥！”

原本有两个人拦着他，大概是看到他和童志宇打招呼，也就松了手。

“你怎么来了？”童志宇问道。

“今天我休息，就跟着你啊。”秦萌低声道。

“什么？你休息为什么要跟着我？”童志宇忍不住问道。

“怕你出意外。”秦萌低声道。

童志宇这才反应过来，有点儿尴尬：“市局已经派人跟着我了，你不用特意天天跟着。不过这是什么情况，你和市局的警察打起来了？”

“跟着你的是两个便衣警察，我怎么知道他们是谁啊，还以为不怀好意的呢。”秦萌无语道。

那俩原本跟着童志宇的便衣警察看到秦萌和童志宇说话，于是走过来问道：“童老师，这人你认识？”

“认识，误会啊误会，这是我朋友，担心我的安危才跟着的。”童志宇笑道。

“童老师的朋友啊，怎么不直接说呢？误会一场，我们俩看着他跟着你一路了。”俩便衣警察无语道，“结果问了他几句，他不仅不理会我们，还摆臭脸恶语相向的，我们俩当然觉得他不是什么好人，这才起了争执。”

童志宇连忙道歉，那俩人也就不再继续追究了。

他拉着秦萌到一旁问道："上次是你让你朋友跟着我的？好像叫贺坤。"

"是啊。"秦萌小声说道，有些担忧地瞥了一眼童志宇。

"你让他跟着我做什么，你朋友不上班吗？再者，我不是女人，不需要别人看着。还有，警察也都在，以后不用这么麻烦了。"童志宇说道。

"哦，但是—"秦萌看了看他，神情有些泄气，最终什么也没说。

童志宇叹了口气，着实有些不知怎么和现在的年轻人相处了。

他能看出这小伙子对自己是很好，不过这种好意总让人觉得有些无奈。

"好了，我和张队还有些事情要谈，你快回家吧。"童志宇说道。

"那……那我先走了。"秦萌说着，转身就走。

"等等。"童志宇突然叫住他。

秦萌回过头来："还有事吗？"

"不过，谢谢你。"童志宇笑了笑，"改天一起喝酒。"

秦萌闻言一怔，随即又有些不好意思，抬手挠了挠头发："嗯，那我先回家了。"

说着，秦萌先离开了。

童志宇回到张迪办公室里等了一阵子，张迪才开完会进了办公室。

看到童志宇，张迪上前问道："童老师？这次找我什么事？"

童志宇苦笑道："好像我每次来找你，都是来麻烦你。"

张迪笑道："这没什么，不过这次又出了什么事？"

童志宇把那密封的塑料袋从包里拿出来："这是于冰冰的助理林抒彤从一个叫杨欣的替身演员房间里找到的。杨欣是于冰冰的替身，平时林抒彤也帮她收拾一下东西，不过这个人好像很久没在剧组出现了。林抒彤说觉得这东西像是毒品，所以我请你帮忙查一下看看。"

张迪接过来，疑惑地看着他问道："这个林什么的为什么要把这个东西给童老师你呢？"

"这个我也不知道，对方说是因为我和张队认识，所以托我送来。她毕竟在那个圈子里工作，不想管太多闲事。但是于冰冰也是我朋友，如果说她周围的人涉及毒品一万一和她的自杀有关系呢—"童志宇笑了笑，"所以我就拿来给你了，麻烦你了。"

张迪隔着袋子看了看，说道："其实这种蓝色液体倒是让我想起一种新兴的毒品，只是市面上还很少。”

“真的是毒品？”童志宇吃惊道。

“具体是不是，还得等法医做毒理实验。这样吧，有了结果，我会告诉您一声。其实于冰冰的死大有问题，我们也在暗中调查。”张迪说道。

童志宇并不多问，不过他觉得张迪可能对他也有些怀疑，这才派人跟着。那两个便衣警察不一定是保护自己，也许是在监视自己的。

毕竟从捞尸体开始，到于冰冰事件，还有古越、朱玉，每一桩事自己都或多或少参与其中。

本来就够乱了，没想到还多个关心过度的秦萌，这下估计警察更怀疑自己有什么问题吧。

“好，那麻烦你了，我就先回去了。”童志宇说道。

童志宇开车到家的时候，就见保姆在院子里收被子。她看到童志宇进门，便叹道：“小童啊，你快给小朱打个电话吧。”

“怎么了，她不在家？”

“可不是吗，刚才接了个电话，脸色很奇怪地就出去了，好像脸色很难看的样子，也不知道是出什么事了。”保姆摇头道。

“也许剧组的事情，没什么。”童志宇心想，反正不管去哪儿，如果是去见古越或者什么别的男人，她也不会接自己的电话。

童志宇刚想进屋去，就见院子里那一排美人花有点儿颓败的意思。

好像全都被霜打了一样，有些委顿。

“这花怎么了？”童志宇有些惊讶。平时朱玉十分小心保护这些花，保姆也都仔细打理，可在她回来的这几天，还没过花期的美人花却都要死了一样。

“不知道呢，本来小朱很喜欢这些花，可最近不知怎么回事，这些花开始败了。”保姆惋惜地说道，“我看活不了了，怪可惜的。”

童志宇看着这些花，想起美人花能导致幻觉的特点，莫名想起了自己送去市局的那瓶蓝色液体状不明物。

第 73 章　夜半时分的降头术（上）

总不会这蓝色的液体是——美人花汁液制成的吧?

童志宇为自己这脑洞暗暗惊奇。

不过好端端的花怎么会突然就死了呢? 童志宇蹲下去查看半晌，却并未发现什么不对劲的地方。

但他突然想起家里到处都安装了监控，那不如回去看看，这花儿是怎么回事。

想到这里，他回了书房。

打开电脑，童志宇看了看监控视频。这几天事情比较烦琐，他也没打开仔细看。

从几天前的视频开始，童志宇挨个儿看了一遍，看到最后几段的时候，童志宇顿时愣住了。

这监控里出现的是昨天庭院里的视频，保姆好像正举着浇花壶在浇花。

但是过了一会儿，童志宇发现她返回了厨房。然后童志宇点开厨房的监控，发现保姆居然将一壶热水倒进了浇水壶里。

然后，童志宇看着她出了厨房门，把这一壶热水倒入了花丛里。

看完这一切，童志宇有瞬间的蒙逼。

这保姆为什么要弄死朱玉种的花呢? 起初他以为保姆和朱玉起码是一起的，她们俩应该是有些什么暗中的交易和联系。

但是现在看来，好像俩人并不是一路的。

而且这个保姆居然还特意弄坏了家里的花?

如果说她这个人只是单纯地看自己家不顺眼，却没找到她破坏其他东西的证据。也就是说，她好像是知道这花有问题才浇热水弄死的。

童志宇思虑半晌，也不明白这保姆是什么套路。莫非报复朱玉上次骂她的事情?

比如无意间洗了自己的那件衣服，破坏了窃听器。

或者，这不是无意的，而是有意?

这保姆到底什么来历? 还是说自己想多了?

童志宇看着监控，实在有点儿无言以对。

他甩了甩头，准备不再多想，关了监控，等朱玉回来。

因为他想起自己那件又被老何泼了水毁了窃听器的衣服。

想必朱玉会问衣服为什么又湿了。现在朱玉不知去哪儿了，但那保姆的说辞却有些意思——让他给朱玉打电话问问去哪儿了。

什么意思？童志宇总觉得她话里有话。

傍晚时分，等童志宇接童念回家之后，发现朱玉也到家了。

朱玉的脸色看起来不太好，在她看到童志宇的时候，脸色似乎更沉了几分："志宇，你的衣服呢？"

"哦，你买的那件啊。"童志宇瞥了她一眼，发现她也没穿同款的那一件裙子，"在老何店里的时候遇到个歌手，老何说让我推荐一下这歌手。结果和他们喝酒的时候，酒洒我衣服上了，我就借了老何一件衣服穿回来的。"

"这么巧啊。"朱玉的神情似笑非笑。

"是啊，又得麻烦宋阿姨洗洗了。"童志宇嘴上说着，目光却观察着朱玉的神态，只见她的脸仿佛微微抽搐了一下。

"是啊，这次希望她别再水洗了。"朱玉冷笑道。

童志宇微微蹙眉。平时的朱玉就算对什么事情不太满意，也不会明显露出什么不满和厌恶的情绪，最近朱玉好像莫名地暴躁。

童念冷眼看着俩人，冷哼一声："宋阿姨不过就是水洗了一件衣服，又不是不能穿了，你这么斤斤计较阴阳怪气的，是不是过分了？"

"没你的事，滚上楼去！"朱玉突然冲着童念呵斥道。

童志宇吓了一跳，皱眉道："别对孩子这么凶，今天你这是怎么了？"

朱玉沉默半晌，脸色缓了缓："最近有点儿累。"

童念暗中嘟囔了一声，转身上楼去了。

童志宇和朱玉在客厅里默然站了一会儿，谜之尴尬。

"院子里你养的花怎么都败了，我检查半天也没弄明白怎么回事。"童志宇主动找了个话题。其实他内心里也疑惑，不知道这保姆为何要做这种事，是不是朱玉授权的。

但朱玉的神色看起来似乎并不知道这件事的内情："我也奇怪，可能这几天不在家没人好好打理就这样了。"

说完，朱玉微微皱眉道："我有点儿累，吃完饭就先去睡了。今天我睡客房，最近睡眠不太好，有一点儿声音都会被吵醒。”

童志宇觉察出她语气里的不耐烦，于是说道：“工作太累就休息一阵子，不需要这么拼。”

朱玉这才微微缓和了神色，语气中透着敷衍的意味：“嗯，其实也不累。”

童志宇觉得实在尬聊不下去了，于是上楼进了书房。

晚上，几个人吃完饭后各自回了屋里，家里上下一片安静。

童志宇锁上书房门，打开监控，想看看朱玉晚上会有什么行动。

时间过了九点半之后，朱玉回了客房。此前她好像在院子里打过一次电话，时间挺长。

回了客房，朱玉把门锁上，窗帘也拉了起来。

朱玉偏爱厚重、颜色复古的窗帘。拉上之后，一点儿不透光，外头也看不到屋里的样子。

不过屋里开着一盏壁灯，灯光昏黄，却能大概看清画面。

童志宇瞧见朱玉坐在床上，呆呆坐了好一阵子，才突然起身，从床下翻出一只上了锁的木箱子。

那木箱子也很奇怪，黑沉沉的样子，从外表看像是和棺材一样的材质。

此时朱玉上前打开木箱子，从里面拿出一只被白布包裹的东西。

童志宇觉得这一切都挺奇怪，因为木箱子里还放着其他的玩意儿。有亮闪闪的好像是毛衣针那个长度的银针，有一个长条的圆柱形玻璃瓶，里头装着有点儿浑浊的液体，不知道是什么东西。

除了这个，居然还有一排白蜡烛。

此时，朱玉把白布打开，从里面拿出一样东西来。

等她把那个东西捧到眼前的时候，童志宇顿时被吓了一跳。

那好像是一具婴儿干尸，黑漆漆干巴巴的体表，五官因为风干，被扭曲成可怖的形状。

这是什么？童志宇愣了片刻，想起了一种可能。

网传很多明星喜欢研究邪术，降头术、古曼童什么的，莫非朱玉也是这样？

可是，她求的是什么？不少人买来古曼童，或者为了事业名利，或者为了恋情。她呢？

童志宇在震惊之余，突然有些想弄明白缘由。

第 74 章　夜半时分的降头术（下）

他有些震惊地看着朱玉把那一排白蜡烛拿出来点燃，然后一字排开，将那婴儿干尸一样的鬼东西用红线倒着吊在了墙壁的挂钩上。

此后，朱玉拿出了一串银色长针，对着那倒吊的娃娃扎了下去。

童志宇看着这一切，十分无语。虽然他以前写过灵异小说，但是自己本身并不相信这些所谓的邪术。

当然娱乐圈不少明星迷信这种所谓的降头术，可是也没见谁真的因为这邪术突然发达或者取得了什么成就。

童志宇无奈地看着朱玉搞半天，等她鼓捣完了，才关门出去了，之后就回了卧室，仿佛很焦虑地来回踱了半天步。

紧接着，童志宇瞧见朱玉从柜子里翻出一瓶药来，倒了几片在手中，就着水喝了下去。

看那药好像是自己以前吃的那种安定片。最近朱玉怎么了，童志宇突然感觉到朱玉仿佛有点儿不对劲。

大概从上海回来之后，朱玉就有点儿不对劲，她似乎比以前暴躁了不少。

现在看来，不只是暴躁了，就连神经病都得了。

童志宇觉得朱玉以前不是喜欢捯饬这种邪术的人。于是等她去洗手间洗澡的时候，童志宇才从书房里出来，慢慢走进那客房，从床下摸出那诡异的箱子来。

他翻出那娃娃看了看，瞧见上头还写着名字和生辰八字。生辰八字他是看不出是谁，但是那名字却让他有微微的惊愕。

汪依琳？这好像是汪氏集团的大小姐吧。

朱玉这个举动，莫非因为古越？因为当汪依琳是情敌？

此时，童念的话仿佛言犹在耳："你不知道我妈，她迷恋古越迷恋得要死。"

童志宇皱了皱眉，赶紧把这箱子放了回去。

这回他倒是再也睡不着了，推门出去，来到院子里。

院子里的美人花丛全部趴了下去。看来朱玉的心情真是挺糟糕，她连最喜欢捯饬的美人花也不管了。

童志宇走出大门，在门口的路上散步。

夜风越来越凉了，深秋冷意入骨。童志宇看着前方延伸出去的路，一时间如穿越一般，找不到真实存在感。

他也说不上内心是何种感觉，不由得站在路灯下许久。

过了一阵子，他仿佛听到有人在喊他，这才从茫然里回过神儿来，看着身后的人。

“小秦？”童志宇有些惊讶，“你这几天怎么都在上班？”

“我和别人换班了。对了宇哥，这几天那些便衣警察为什么跟着你啊，他们是想保护你，还是怀疑你怎么着？”秦萌问道。

“不知道，也许怀疑吧，毕竟于冰冰死的时候，旁边还有我的书。”童志宇随意说道，并不想告诉他真相。

“也许警察是想保护你。宇哥，我朋友那几天跟着你的时候，发现还有另一个人好像在跟踪你。那绝对不是警察，但是那人十分小心，发现我朋友之后，就跑了。”秦萌说道。

“哦？什么样的人，怎么没早告诉我呢？”童志宇有些惊讶。

“没来得及，这几天你都太忙了。好像是个男人，长得很普通。我也不清楚他跟着你做什么。”秦萌说道。

童志宇听完后，有些茫然。

这个人是谁呢？朱玉找的人？不太可能。如果是朱玉，她就没必要再安装窃听器在自己身上。

古越？呃……好像古越应该不会觉得他是个威胁。

“谢谢你，小秦，你不必花这么多时间帮我。”童志宇叹道，“这让我过意不去。”

“没什么，宇哥你对我这么好。”秦萌微笑道。

童志宇有些茫然，自己对他好吗？

俩人聊了半天，颇有些微妙的尴尬，童志宇便先回家去了。

第二天一早，童志宇便被电话声吵醒了。他摸过手机看了看，只见是张迪的电话号码。

童志宇瞥了一眼房门。卧室的门现在关着，于是童志宇接了起来。

“童老师，你给我的那个蓝色液体查清楚了，是一种新型的毒品，叫作荼蘼，价格昂贵，只是在特有的圈子里流行。你说这是杨欣的？”张迪问道。

“是。那么，这毒品的成分是什么？里面是不是含有什么有毒植物的成分？”童志宇问道。

“哦？童老师居然知道这个。确实，据说含有一种有毒花草的成分。那种花也曾经被一些人加入制作催情香水，”张迪说道，“好像俗称美人花。”

“你说的这个美人花，我家里好像有。”童志宇说道，“只是最近花败了，是朱玉种的。”

童志宇心中叹了口气，原本他并不想将朱玉牵扯进去，但是她着实太过分了。而且包庇并不是解决问题的办法。

“什么？你老婆——呃……朱玉种这个？有照片吗？”张迪问道。

“有，我手机里曾经拍过我住的宅子的照片，那时候花还开着。现在败了，花可能都死了，不过我都拍给你看看。”童志宇说道。

“行，那麻烦你一会儿发给我。”张迪说道，随即报了自己的微信号码。

“除了这个，还有一件事。童老师，关于古越这个人，你是否有所了解？”张迪问道。

“我？”童志宇愣了愣，心想难道警方也怀疑到了他身上？斟酌片刻，他说道，“古越，我和他接触不多，他很早就去了国外。”

“我们查到古越和杨欣有地下情，但是调查得知，杨欣死亡当晚，他并不在现场，而是在一个酒会上。可是他好像后台比较硬，现在又入了美国国籍，我们没有任何确凿的证据，还真是没法接近他。”张迪叹道。

古越已经入了美国国籍？童志宇有些惊讶。

“这个——他回来之后，我们就见过一面，也没说过什么。不过他和汪氏集团应该是有些联系吧。”童志宇沉吟道。

“行吧，童老师，当年赵晓霞是不是也和你们俩一起工作过？”张迪问道。

“对，十年前我们剧组的化妆师，好像也给古越化过妆。”童志宇说道，“怎么，她的死因查清楚了吗？”

“还不清楚，主要是嫌疑人无法锁定。一则时间过去多年，二则这个赵晓霞已经多年没回老家，离婚了，没有孩子，实在找不到任何相关人员。如果童老师知道，可以给我们提供一下信息。”

“这个我尽量打听一下。”童志宇说道，“我也不怎么关注圈内人，如果是以前，我还可以问问朱玉。可如今她有点儿——不怎么和我说话。”

张迪立即说道：“明白，那还是麻烦童老师了。”

于是俩人互相加了微信，童志宇将照片发给张迪。没过多久，张迪从微信上回复说，这就是美人花，是那毒品制作成分之一。

童志宇听到这话之后，心情立即沉了下去。牵扯毒品可不是小事，而且童辉就是毒品受害者，朱玉居然还种这种制毒的花！

想到这里，童志宇对她失望透顶。

第 75 章　意外（上）

在童志宇暗中感叹的时候，他突然听到外头传来一阵争吵声。

于是童志宇推门出去，却见童念和朱玉又吵了起来。

“怎么了这是？”童志宇皱眉道。

朱玉压了压火气，冷冷说道：“你这女儿越发不好管教了！”

童念冷笑道：“我是我爸的女儿，但是你呢？！都说我是你亲生的，我看你却巴不得我死了吧？！”

“你——”朱玉大怒，抬手想给童念一巴掌。童志宇立即拦住，说道：“好了！你拿孩子出什么气！昨天卢冲就给我发微信了，说今天可以把小辉接回来了。如果你没什么事，就去接他吧，我送小念上学。”

朱玉这才冷哼一声，转身走了。

童志宇轻拍了一下童念的头：“怎么回事啊你，大清早吵架。”

“你不知道她神经病啊，一早起来自己做豆浆喝，结果心神不定地把食盐当成砂糖加进去了。喝的时候发现不对劲，非说是我加的。”童念无语道。

“你看到了？那还不提醒她。”童志宇无语道。

“我提醒她？懒得。”童念耸了耸肩。

“小念，不管她怎么样，都是你妈妈对不对？不要总是针对她。”

“她？得了吧，我宁可没妈！”童念啐道。

“好了，时间差不多了，我们快去学校吧。”童志宇看了看墙上的挂钟，拉着童念出门。

把童念送到学校之后，他想起朱玉和童辉，本想打个电话问问情况，但又想起张迪的话，于是便转而去了何浩博那里。

“哟，又来了。”何浩博笑道，“这阵子你的气色比以前好多了。”

童志宇“嗯”了一声，心想现在不吃朱玉给的坑爹药物了，确实会好一些。

“我来是想和你打听点儿事。”童志宇沉吟道，“你可知道赵晓霞的相关资料？上次我好像问过你，你再好好想想，谁和她关系比较好，当年那个剧组里。”

“怎么问起她了？我想想——”何浩博沉吟片刻，说道，“有个同样是剧组化妆师的，叫周虹，一个男的，挺娘炮，被人传闻是GAY，你记得不？”

童志宇苦笑道：“你知道我，并不太关注这些事，你如果问我当年的剧情是什么，我可能一字不差地告诉你。可你要问我当年的人和事，我还真不清楚。”

“唉，我告诉你吧，周虹这个人挺娘炮的，据说是个GAY，他特别喜欢和女的聊天，其中就有赵晓霞，可能是因为同行吧，俩人闺密似的。但是以后他们联系没有，我还真不清楚了。”何浩博摇头道。

“那周虹还在圈子里混吗？”童志宇搜索半天这个人的信息，并不记得有什么相关资料。他本来也没关注过化妆师。

“混啊，上次于冰冰剧组有个小演员过来喝酒，还聊起来周虹，他给于冰冰化过妆，现在混得还行。”何浩博说道。

“那你能联系到他不？帮我找找这人。”童志宇说道。

“那我帮你问问。怎么，你还关心赵晓霞了？”何浩博问道。

“张迪那案子还没查完，今天他问我是不是了解赵晓霞，我哪儿了解去。”童志宇摇头道。

“行吧，我帮你问问。你最近怎么样，朱玉她？”何浩博问道。

“朱玉越来越不对劲了，你知道吗，她居然还玩起降头术了。这事儿别告诉别人啊，我也是无意间撞上的。”童志宇苦笑道。

“朱玉也真是——”何浩博也有些无语。

说到这里，童志宇突然想起一件事来：“对了，我记得你以前说过，资助过几个孩子，是干啥的来着？唱歌的？”

何浩博无语地看着他：“你这个人，真是只关心小说啊。我不止一次地和你提过，我确实资助过几个孩子，都是有些天赋的酒吧歌手或者卖艺的。阿林也算是其中一个，不过他已经从学校毕业了。其中有两个孩子已经在圈子里当歌手了，你以为我了解的娱乐圈新闻从哪儿来的，有时候他们回来找我，会聊聊这些。不过你怎么突然关心起这个？”

“难怪你消息这么灵通。”童志宇笑道，“没什么，只是问问。老何，我总觉得事情和十多年前有联系，还是麻烦你找那个周虹来问问。”

“行，我试试。”何浩博说道，“我和周虹也不熟悉，不知道他肯不肯出来。”

“试试就好，也无所谓。”童志宇话音刚落，手机便突然响了起来。

他看了一眼号码，居然是陌生号，但想了想，还是接了起来。

“哪位？”

“请问，您是朱玉的家属吗？”电话里一个陌生女声传来。

“是，您是？”

“这里是市立医院急诊科，您的妻子和孩子出了车祸，正在急救，麻烦您过来一趟。”

童志宇只觉得脑袋“嗡”的一声，手有点儿发抖：“他们……他们伤得严重吗？”

“还不清楚，但是需要马上手术，需要您签字，再者就是受伤的孩子可能会大出血，需要您输血。”

“好好，我马上过去！”童志宇立即挂了电话。

何浩博看他脸色惨白，问道：“怎么了？”

“朱玉和小辉出事了，我得去医院一趟，改天聊！”

“别，我载你过去，我看你这情况，别再出事。”何浩博赶紧嘱咐别人看店，自己带着童志宇出门。

一路上俩人沉默不语。何浩博开着车，从后视镜瞥着他的脸色，说道：“你别太担心啊，也许事情没有那么严重。”

“好端端的怎么出车祸呢？”童志宇皱眉道，“也是怪我，分明看着朱玉不太对劲，还让她接人。”

“你也没想到能出这种事不是？”何浩博安慰道，“别多想了，去了看看再说。”

俩人一路开车到医院，问了问情况，说是都在手术室，但是孩子伤情严重点儿，需要输血。

“我来，我是孩子父亲。”童志宇立即起身道。

何浩博在外头等着他，童志宇跟着医生进去抽血。

过了一会儿，医生出来告诉他，血型不一致，因为童志宇的血型是A型，孩子的血型是AB，同他不一致。

童志宇一愣，突然想起朱玉是O型血，按照一般规律来说，父母双亲血型O+A，那子女血型可能有A、O型号，但是子女血型不可能有AB、B的情况出现。

以前他写过类似的凶杀小说，特意查过资料。

见他愣着，一旁的何浩博站起来说道：“我是O型血，应该可以给孩子输血吧？”

“好吧，请您进来一下。”医生说道。

门再度关闭，童志宇只觉得全身变得更冷。

本以为童辉是自己亲生儿子，现在看来并不是。

第76章　意外（下）

朱玉到底有多少秘密瞒着自己？！

童志宇顿时生出一股恼怒来。

他坐在走廊的长椅上，感觉世界仿佛失去声音一般寂静得可怕。

来去的行人仿佛飘荡的游魂一般，让他视而不见。

不知过了多久，何浩博出来在他身旁坐下，推了推他：“喂，喂喂？你怎么了？”

“啊？”童志宇这才回过神儿来，茫然地看着他。

“别担心啊，医生说没那么严重。不就是没能输血吗，看你这脸色白得。”何浩博安慰道。

“我和他血型不一致。”童志宇喃喃说道。

“正常，你不一定和你儿子一样血型。”何浩博说道。

“但是朱玉是O型，童辉却是AB型。”童志宇说道。

“那就奇怪了！”何浩博惊讶地说道，“我听说，O型血的母亲可生不出AB型血的孩子！你家孩子抱错了？”

童志宇冷笑道：“不，很可能恰恰相反。我记得明星资料上说过，古越的血型是AB型。”

“那又如何，一般来说，O和AB生不出AB型血的孩子，也不是古越的。”何浩博说道。

童志宇摇了摇头：“父亲的血型是AB型，母亲的血型是O型，按照一般情况下的血型遗传规律，生下的孩子的血型只有可能是A型或者B型。O型血的妈妈生下AB型血的孩子，看似完全不符合血型遗传规律。而且我想起来童念是O型血，竟然又与血型遗传规律相违背。”

“这么夸张，到底怎么回事？”何浩博问道。

“人的血型呢，由基因决定。血型的基因有A、B、O三种型号，A基因和B基因是显性基因，O基因是隐性基因。每个人的血型是由一对基因决定的，按照一般的血型规律，A加B就是AB型血，O加O就是O型血，A加O，因为O是隐性基因，所以就是A型血。同样，B加O就是B型血。

“孩子的血型基因，一半来自父亲，一半来自母亲，这就是血型遗传定律。根据这个定律，男女双方，一个是O型血，就是两条O基因；一个是AB型血，就是一条A型基因，一条B型基因，排列组合，就有可能是A型，有可能是B型，但是看似不可能是O型或者AB型。

“但是，现在这两个孩子，偏偏把不可能的两种情况都实现了，这种事情其实也有先例。因为，也许古越家族里存在一个非常奇怪的基因，而且这个基因非常罕见。比如说，他的血型基因是一个O基因，加上一个B（A）基因，然后变成AB型血。这是什么意思呢？原本B基因是一个链条，都是B基因段，但是在一个点上，却发生了神奇的改变，原来的B，变成了A。在这一个基因链上，呈现了两个血型基因，这就叫作等位基因。”童志宇解释道，提到古越的时候，眉头依然皱了皱。

“如此一来，古越的血型基因是一条B（A）加上一条O，而朱玉的血型基因是两条O，这样排列组合，孩子的血型正好是一种AB型，一种O型，完全符合遗传学规律。如果出现A型或者B型，那就不对了。这就叫作孟德尔遗传定律。”

何浩博听得目瞪口呆："呃……好像很有道理的样子，但是真的很神奇。也就是说，这俩孩子都是古越的？"

"很有可能。"童志宇叹了口气。

俩人顿时沉默下来，何浩博感觉空气中透着一股莫名的尴尬。

何浩博陪着他在走廊里坐了许久，不知几个小时过去了，手术室的灯这才灭了，医生们走了出来。

俩人立即迎上去。"手术比较成功，两个人都脱离了危险。"医生说道，"不过不一定什么时候醒过来，要看恢复情况。"

童志宇松了口气："谢谢医生了。"

何浩博拍了拍他的肩膀："行了，人脱离危险就好，我去买个晚饭咱俩先吃点儿。"

"你先回去吧，晚上不是还要开店吗？"童志宇说道。

"别了，你一个人看俩病人，看不过来。我那店少去一天也没事，有人帮忙看着。"何浩博说道，"还有童念，总也得接她放学吧。"

童志宇这才看了看外头的天色，早就黑了下来。

"好，那麻烦你先看着，我去接小念。"童志宇说道。

"好，你去吧，有事我会给你打电话。"何浩博说道。

童志宇这才出了医院门，开车到了童念学校门口。此时放学没多久，童念在门口等着他。

"小念，你妈和你弟弟出车祸了，要不要去医院看看？"童志宇叹了口气，神色疲惫。

"什么？他们俩现在怎么样了？"童念神情一慌，问道。

"还好脱离了生命危险，"童志宇说道，"现在还昏迷着。"

"那我也去看看吧。"童念说道。

"好。"童志宇载着她一路往医院开过去。路上，他下意识地瞥了一眼后视镜，果然还是看到有人在跟着他。应该是便衣警察，因为那车牌号他已经记住了。

两个病人还在重症监护室，他们不能进去探望，只能隔着玻璃看看。

童志宇透过玻璃，看着躺在病床上的两个人。

两个人安静地躺着，童志宇看着他们，心中泛起一股说不清的感觉。

童念也默默看着，手放在玻璃上，神色有些悲伤。

童志宇抬手摸了摸她的头顶：“没事，他们已经脱离危险期了。”

“平时我最讨厌我妈了，现在看到她差点儿死了躺在这里，倒是有点儿难受。”童念叹道。

“那以后就别和她对着干了。人生很短，变数又很大，身旁人总该珍惜。”童志宇说道。

童念点了点头，看着童志宇：“嗯，爸，你最近好像感慨挺多。”

童志宇笑道：“我以前不是这样吗？”

童念想了想：“以前不太说话，总是很严肃，但是最近好像不一样了。”

“你这孩子就是想得多。”童志宇摇头道。

“爸，那个秦萌到底和你什么关系啊？”童念突然问道。

“小秦？朋友啊。”童志宇说道。

“说起来，我好像认识他妹妹，叫秦莉莉吧。”童念沉吟道。

“你怎么认识她妹妹，你俩也不是一个学校的。”童志宇惊讶地问道。

“嗯，不是快高考了吗，市里举行过两次模拟考，就是把所有学校的学生学号打乱，然后布置考场。我和她在一个考场来着，她就在我身后坐着。”童念说道，“那次她忘了带铅笔，自己紧张得不行不行的，我就把备用的一支铅笔借给她了。”

“没想到你们俩还认识。”童志宇微笑道。

“她妹妹长得不如哥哥，差远了，但是人挺好的。出了考场我看到她哥哥来接她，才知道她是秦萌的妹妹。”童念说着，跟着童志宇往走廊里走。

“这就是了，也许小秦觉得你帮了他妹妹，他就对我好一些。”童志宇说道。

“不像啊，明明很好，总喜欢跟着你。”童念说道。

“你这话里好像有话啊。”

“爸，你遇到我妈这个渣女真是可惜了，要是你喜欢了男人，我也支持的！”童念语出惊人。

“什么？你这孩子天天想什么呢？！”童志宇无语道。

第 77 章　当年的秘密（上）

童念陪着他们俩待了一会儿，朱玉和童辉还是没有醒过来，于是童志宇先把童念送了回去。

他叮嘱保姆好好照看童念，但是想起保姆古怪的举动，又觉得不妥当，于是去了保卫科，找到秦萌，拜托秦萌晚上多注意自己家的情况。

秦萌立即答应了。童志宇和他聊了几句，秦萌追问朱玉和童辉的情况，童志宇也一一回答了。想起童念说的猜想，他也觉得好笑，不过秦萌对自己确实不错。

想到这里，他对秦萌笑道："一直麻烦你，等我这波麻烦事情过去之后，请你吃饭。"

秦萌笑道："没事啊宇哥，你先忙你的。"

童志宇回了医院，何浩博还在外头守着，见他回来，说道："他们俩还没醒，今晚你要陪床吧？咱们俩轮班好了，上半夜我守着，下半夜你来，你不是夜猫子吗。"

"又连累你了。"童志宇说道，坐到何浩博身旁去。

"说什么连累不连累的。对了，你不在的这会儿我找人要了周虹的电话，打电话约了他出来，大概明天中午吧，他正好在本市还没走。前几天不是于冰冰剧组还在本市拍戏吗，他也跟来了。之后又是于冰冰出事，剧组的人都被扣了好几天，不让离开，周虹也在。这几天刚好解禁。"何浩博说道。

"明天中午，也可能没空见他，我要在医院看着。"童志宇想了想，说道。

"没事，我把他约在了医院附近。"何浩博说道。

童志宇笑了笑："你还想得真周到，谢谢了。"

"谢什么谢，你也真够客气的。"何浩博笑道。

俩人轮流守夜，这一晚上朱玉和童辉都没有醒过来。

到了第二天一早，童辉倒是醒了，童志宇赶紧去看他。

"小辉，感觉怎么样？"童志宇紧张地问道。

童辉看了他一阵子，才咳嗽一声，轻声道："爸？我这怎么了？"

"你出车祸了，到现在才醒。"童志宇松了口气，"好在是醒了。"

"哦，我妈呢？"童辉问道。

“她还在昏迷中。不过医生说了，也没什么大碍，没生命危险，不用担心。”童志宇安慰道。

童辉点了点头。此时，外头有人进来，说是警察，要问问童辉车祸的事情。

童志宇皱了皱眉，对来访的两个警察说道:“我儿子刚醒，你们就来问话，有点儿太着急吧。”

“没事，爸，让他们问呗。”童辉说道，“我也没什么事了。”

童志宇只好答应，在一旁看着。

听了半天，从童辉的描述中，童志宇发现仿佛是有什么车突然开过来撞了朱玉他们的车。但是那车好像是在撞的一瞬间还往旁边拐了一下，否则俩人真的就实打实地被撞死了。

但是那路段并没有监控，所以警方也不能判断车祸是否意外。

童辉没看清车牌号，也无从知道那车是哪儿来的。

一切听上去很像是意外，于是警察问了问，也就离开了。

警察走后，童辉又睡了过去，快到中午的时候，还是没有醒。

童志宇拜托护士看着他，自己则和何浩博出来，到附近的饭馆去见周虹。

他们俩先到了约定的地方，童志宇回忆半晌，也记不起来周虹的长相。他以前从未关注过剧组的成员，以前注意到的也都是演自己的剧本的主演。

过了一阵子，周虹来了。人还没到他们的座位这儿，童志宇就先闻到了一股扑鼻的香水味儿。

童志宇皱了皱眉，抬头一看，只见一个发型梳理得油光水滑的年轻男人走了过来。

这人看不太出年纪来，长得还算清秀，但是打扮略有夸张。

上身黑色长衬衫，下身紧身黑色裤子，还穿了一件亮闪闪的银色马甲。

再看他脸上，画了眼线和小烟熏妆。仔细看呢不觉得难看，但总显得有些娘气。

不过这个圈子里打扮得奇奇怪怪的人多了去了，他也不算什么。

“哟，何大哥，好久不见。”周虹坐了下来，一开口，也是一口娘娘腔。

“是啊，这么多年都没见了。”何浩博笑了笑，指了指童志宇，“这是童志宇，认识吧？”

“童老师，这怎么不认识呢，大名鼎鼎。”周虹对童志宇笑道，俩人打过招呼。

周虹来了，三人便开始吃饭，吃饭的时候，何浩博把话题扯到了赵晓霞身上。

“你问赵姐？”周虹微微惊讶，随后叹了口气，满脸惋惜哀伤之色，“以前我们关系是很好，可五六年前她就不和我联系了。前几天不是有新闻说她死了吗，真可惜。不过这事情也在情理之中。”

“什么？这怎么还情理之中了？你这话说得，好像人家就该出事似的。”何浩博说道。

“唉，你们不知道，赵姐呢有个前夫。那前夫可不是个东西呢，酗酒赌博，当年欠了不少赌债让赵姐给他还。赵姐想和他离婚，他就不肯，经常去骚扰她。”周虹摇头道，“不过恶有恶报。他呢，听说前几年赌博借了高利贷，还不上，被人打残了，谁知道现在去哪儿了。”

“这赵姐死得很蹊跷，她是不是惹了谁啊？”何浩博问道，“当年在剧组你俩最亲近，我就想问问。我一个兄弟当警察，接手这案子，一直也找不到赵晓霞的朋友或者亲戚，这不我想起你来了，就问问。”

“呃……这个不清楚，一开始我以为是那个醉鬼前夫干的，但是后来看新闻说她被沉尸海底，我觉得那个醉鬼没有这么大本事。”周虹皱眉道，“我也不清楚了。”

“赵晓霞当年没告诉你什么吗？”何浩博问道。

“没有啊，不过赵姐这个人吧，喜欢聊八卦、什么明星隐私之类的，还喜欢拍这个那个的照片偷偷卖给娱乐记者。这种确实是赚钱，但是很危险，万一得罪了哪个，事情败露了，这不是找麻烦吗。”周虹说道。

童志宇听到这里，不由得一愣，莫非赵晓霞当年发现了古越的什么秘密？

估计又是什么绯闻，也许是和汪依琳的，否则为什么汪家原来的保镖会被于冰冰拍到抛尸。

不过如今任何线索都是线索，于是童志宇细问赵晓霞生前住在哪儿。

“嗯，她以前有个房子，是在北京通州那边。地址我就不清楚了。”周虹想了想，说道。

“赵晓霞有房子，警察没理由查不到啊。”童志宇沉吟道。

“嗯，可能警察没注意呢，那房子不是以她的名义买的，是她弟弟的。

她有个同母异父的弟弟，那弟弟比较有钱，她结婚送了她一套房子，但是后来因为前夫的事儿，两家闹得不好，也多年没有往来了。这些还都是好几年前赵姐说的，我也记不清了啊。”周虹说道。

第78章　当年的秘密（下）

童志宇听到这话，心想倒是可以去查查她以前住的房子。

那么要通过张迪吗？如果是警方来调查，那得走正常程序，还不一定告诉他细节。如果要调查，不如自己上了。

想到这里，他打定了主意。

接下来他们三个人聊了一阵子，童志宇发现周虹也就知道这些，其他也不清楚。

送走了周虹，童志宇让何浩博先回去休息。

何浩博说道：“也好，我先回去睡一会儿，晚上来替你。”

童志宇很是感激，也就同意了，因为他也实在没别的人可找。

童辉再度醒了过来，恢复得不错，这倒是让童志宇比较欣慰。

但是想到连童辉都不是自己亲生的，这让童志宇又有点儿郁闷。

他倒不是觉得替别人养了这么多年儿子，只是郁闷朱玉居然不告诉他真相，还有她居然在他们结婚之后还出轨，和古越珠胎暗结。

想到这里他就有些兴致缺缺，不怎么高兴。

童辉看着他，问道：“爸，你有事要去忙？”

“哦，没有，就是有点儿困了。”童志宇说道。

童辉以为他一直没休息，颇有些感动，便说道：“爸，要么你在这儿躺会儿。”

童志宇笑了笑，摸了摸他的头发：“好，我先眯会儿，如果你有事就喊我。”

童辉点了点头。童志宇于是趴在他的病床边儿上睡了会儿。

等到了晚上，何浩博早早就来替班，顺便带来了晚饭：“一起凑合吃点儿吧。朱玉没醒？”

“没有，现在还不知道什么时候醒。”童志宇叹道，“你先帮我照看着，我回去拿点儿换洗衣服什么的过来，也好陪床。”

“没问题，小心开车。”何浩博说道。

童志宇和童辉打了个招呼就要走。童辉突然叫住他：“爸！”

童志宇回到他床边儿，问道：“怎么了？”

“嗯，爸，我戒毒成功了，”童辉低声道，小心地瞥了他一眼，“以后都不会碰毒品了。”

童志宇笑道：“不错，受伤一次倒是乖了。这阵子你就在医院休息一个月吧，医生说你的腿受伤，不过很幸运，没伤到骨头。”

童辉很乖地点了点头。

童志宇笑了笑，走出医院门。

坐在车上的时候，他开始琢磨谁能帮他这个忙。

通州距离这里不太近，自己开过去都要六七个小时，更何况路上还有便衣警察盯梢，自己要去，还得甩开他们。

他不是不信警察，而是想知道一些具体内情。警察完全置身事外，可能到现在这些人物关系都没顺得完全清楚。

那还不如自己去查查来得快速。

想来想去，想到了一个人——秦萌。

记得他说自己有个朋友是警察，而且还有开私人保镖公司的。

事到如今，他觉得自己最信任的就是秦萌了。

想到这里，他开车往回走。

到了小区停下车之后，童志宇去往值班室找秦萌。

没想到却正遇到秦萌往他的方向走过来。

“宇哥，你回来了？”秦萌笑道。

“这么巧，我正要去找你呢。”童志宇说道。

“哦，找我什么事？宇哥说让我注意下你家的情况，我就来了。”秦萌说道，“今天挺好的，家里没什么事。”

“嗯，多谢。我记得你说你的朋友里有警察，还有私人保镖老板是吗？”童志宇问道。

“嗯对，宇哥要做什么？”秦萌问道。

童志宇说道：“有个叫赵晓霞的，我以前认识的一个人，她好像有个同母异父的弟弟，我想查查这个人，但是应该比较难查。”

“那没问题。我问问看，有时候警察不知道的事情，私人保镖或者私家侦探能查得到。宇哥你得多提供一些相关的资料给我，我才能让人查。”秦萌说道。

童志宇于是将自己知道的所有信息都告诉了秦萌，末了，他说道：“小秦，我可能卷入了个大麻烦里，所以这次如果你不想帮忙，我也没怨言，还是感激你。”

“怎么会不想帮忙，”秦萌急忙说道，“当然不会。宇哥你等我几天，我查查那个人。”

童志宇感激地说道：“多谢了。”

秦萌苦笑道：“我也只能做点儿这个，别的也帮不上。不过宇哥，如果你需要去哪儿，需要个帮手，可以找我。”

“那怎么好意思，不过多谢了。”

“没事。”

和秦萌说完，童志宇往家里走过去。刚进家门，保姆就迎了上来：“小童，今天你们怎么一个也没回家啊？”

“哦，今天童念上晚自习，我让她暂时住在学校了。朱玉和小辉出了车祸，都在医院呢。”童志宇叹道。

“什么，这么严重？”保姆忧心忡忡，“没事吧？”

“没什么大事。”童志宇说道，“今晚随便做点儿吃的就行。”

保姆答应下便走了。

童志宇回卧室收拾了点儿衣服和洗漱用品，准备这阵子常住医院。

临走前，他还是打开电脑看了看监控视频，却惊讶地发现保姆从童念屋里出来的时候，拿着一本本子。

童志宇很少去童念屋里，也不知道那本子是什么，远看好像是一本蓝色的本子，不像是什么作业本，更像是日记本。

童志宇眉头立即皱了起来，看着保姆拿着这本子去哪儿。这么长时间以来，家里什么值钱的东西都没丢，他收藏的那点儿古董摆件也没有丢，偏偏这保姆总是拿一些匪夷所思的东西，这么想来更是奇怪。

他看着监控里保姆拿着本子出了童念屋子，居然进了自己的书房，然后把那本子居然放在了自己的书桌上，随后就走了。

童志宇惊讶地翻了翻自己电脑桌上堆着的材料和书，果然找到了那本本子。

这本子上头带着一只密码锁，看起来是日记本。蓝色的背景，上头印着一个美少女的侧脸，举着一束黑玫瑰在月色下沉思。

难道这是童念的日记本？保姆拿这个做什么？

童志宇十分不解。

看着那密码锁，童志宇开始尝试起来。

小女孩的密码锁，要么是自己的生日、偶像的生日，或者别的什么纪念日。

但是童志宇一一试过，都不对。

他想了想，突然灵机一动，想起童念英语非常好，莫非这个密码是月日年的顺序？

想到这里，他试了试按照这个顺序来输入童念生日，果然打开了。

第 79 章　黑暗青春（上）

童志宇虽然觉得随便看孩子的日记是不对的，但为了了解一下为什么保姆会对这个日记本感兴趣，他还是打了开来。

中二期少女的心情真的很微妙。童志宇以为现在的孩子都写网络日记，没想到童念会手写日记。

也许这类孩子是内心更为柔软敏感，或者不想自己的东西放在网上给人发现。

不过打开本子之后，他发现里面也不是日记，而是一些心情随笔。

第一篇的书页都有些泛黄了，看来已经过去不少时间，是一首诗歌：

突如其来的悲伤

是个奇怪的人
生活在缥缈的云层里
梦想是电影里的漂移

生命、名誉、生活似乎都不重要
只有飞驰的梦想
只有疾速的心情
从来都没有支撑点
接触的大都是弱小的灵魂
被命运欺压
想变得强大
这样才能使命运服软

我的命运是一个邪恶美丽的男子
有深如大海的暗眸
他憎恶我，一如我憎恶他
因为他形单影只

某一天
我乘着末班地铁经过一大片秋原
在枫叶中看到他的背影
秋风将他的孤独描重

我想这是一场畸恋
我爱上我的命运，同时憎恶我的命运
想让他俯首称臣

我也许还在某个时刻爱上了另外一个人
他是生命中的意外
不知如何授格
她？他？

也许是错觉
确是逃避的避风港
纵然风雨依旧透过斑驳的漏洞摔到我的身上
疼痛悲伤

突如其来

第一滴泪

童志宇看得有些好笑，这应该是十二三岁的时候写的东西吧？这是初恋，还是暗恋？虽然写得有些匪夷所思，不过少女心事就是这样缥缈。从文笔来看，十二三岁能写成这样，算是很不错，是可塑之才。

在莫名的欣慰中，童志宇翻开第二篇，标题叫《爱在兵荒马乱的年月》，内容也有点儿匪夷所思。

很爱他
这个他不是指生理上所定义的男性
是我意念中的
有强悍的灵魂
强劲的生命脉动
是朋友圈中耀眼的人物
有时很冷漠
任由我像弃猫一样赖在身边
有时会回头看我
用飞扬的笑容
唇角弯出美丽的弧度

恋慕他清俊的容颜
不经意间挑眉的样子
说话时的爽朗
是夏天的风
清新 靓丽

在想是否他是我前生的恋人
只可惜有一段残缺的缘

即使今生相遇

也是擦肩而过的结局

只好

相约来世

说一个圆不了的谎言

第二滴泪

童志宇看完后，心中有点儿怪怪的。什么情况，不是男人？朦胧的爱意？难道——她喜欢一个女人？

童志宇想到这里哆嗦了一下，心想别是这孩子有点儿取向问题。虽然不至于怎么样，但总觉得——不太好。

第三篇是《我亲爱的朋友》。

只见这篇写道：

家里养的狗狗患了重病。濒临死亡。

依稀记得它小时候很温驯很可爱的样子，躺在我的臂弯里缩成一个毛茸茸的小球。转瞬间，竟然已经过了这么多年。

它迈不动脚步，眼睛只能张开微小的缝隙。记得它听到我回家的脚步声，无力地抬起头，努力想睁眼看看主人。我抚摩它的毛发，似乎可以感觉到它心底的叹息。无论是怎样的生命，在面对生死离别时，总会给人一种人生无常的苍凉感。生老病死，自然循环。肉体消亡，精神上的留恋依然固存。于是我们明知死亡是注定的事，却依然为亡友缟素恸哭。

它陪伴了我大半的童年岁月，聆听了我无数心事、抱负、牢骚。生性孤僻古怪的我向来不为旁人所理解，也唯有这位朋友肯细细倾听。

喜欢文字的人，向来多情善感。春花秋月，夏雨冬雪。即使一抹轻燕的身影，也能牵惹千万年的情愁。

我亲爱的朋友，没有人可以挽回死亡的结局。我只能在怀旧民谣响起的时刻，回忆一片片温情的记忆。

死亡终结生命，也终结了无尽的寂寞。

不知道，是该喜欢死神，还是该憎恶他。

在我的生命里，你比那个女人更重要。

童志宇看到这里，思虑半晌。自己算不上喜欢狗，养的九月也放在院子里当了看门狗，童念不在的时候，平时都是保姆喂养打理的。难怪童念喜欢小狗，这样回忆起来，童念小时候刚搬来和自己生活的时候，确实带着一只瘦不啦唧的小京巴。那时候她虽然也很乖，但起初不怎么理会自己。

童志宇虽然把她当亲生女儿养，可那时候他满心里事业至上，朱玉和家庭倒是其次，早就忘了那只来了家里没多久就死掉的小狗。他以前也想过再给童念买一只，但是被朱玉否决了，说是孩子要上学，不能玩物丧志，童志宇也就作罢了。

他以前从未仔细回想过这些事，现在看了日记，才惊觉自己其实并未完全了解女儿。

至于那个女人，指的可能是朱玉。

看来童念对朱玉积怨已深。

童志宇这样想着，翻开了下一篇日记：《不伦之爱》。

不敢想象，我似乎爱上一个女人。

其实也不是什么大不了的事。没有伊壁鸠鲁式的欲望，只有柏拉图式的爱恋。

是一种可以毁天灭地的爱恋。

也许是过犹不及。有时想想，似乎对眼前那个一心倾慕的女人没有一点儿感觉。

是无可救药的境地了啊。强烈到麻木，因为知道结局的毁灭性结果。

所以趋利避害地麻木神经。

这就是疯子的爱情。正常人不可理解吧。

他是个清俊的女子。他，这个授格在语法上是错误的，但在意识上与那个女子十分地契合。

清俊的轮廓似乎被造物主用粗线条的笔粗粗描绘过。有了一丝刚毅。

他在努力向上地生活。也许有时也对自己的生活质疑，但不颓废，是一种完美的成熟。

我痴迷于他的这种成熟与一本正经。喜欢他身上的味道。让人安心的气息。

就像狂风暴雨之中的一方雅舍，有清新的温暖的气息。

但他的牵绊太多。他的爱人也许并不十分懂得如何欣赏他。但我不得不承认，他的爱人懂得如何爱护他，一定的。

我喜欢他。却希望他跟另外的一个人长相厮守。毕竟，我们的轨迹如此不同。毕竟，不能让我的畸零思想禁锢他的自由。

你看，我有恶魔的心思，却有天使的爱恋。

不伦之爱，就是我的真爱。

童志宇看完这一篇之后，内心是无限鄙夷的。

童念果然有取向问题，喜欢同性?

第80章　黑暗青春（中）

不可能啊，这种取向问题一般是遗传造成的。但是朱玉和那个古越，都不是同性恋啊!

童志宇顿觉脑门儿都疼了。

也许是朱玉从来都不怎么关注她，让她对女性的关爱有极度的渴望。

童志宇顿时有些蒙了。一连串的震惊信息，让他脑子里如同有人在擂鼓，响个不停。

童志宇定了定神儿，准备继续看下去。他有点儿哆嗦着手翻开了下一篇。

题目是《除了痛哭还能剩下什么 》:

今天本想去上自习，突然想到某些事情，有些反胃。

没人会相信，在我小时候，我妈居然想杀了我。

这件事说给谁都不信，就算我报警，警察也不会相信。

因为我报警过一次。那一次，那个女人把我按在浴缸里，我差点儿被淹死。

如果不是狗狗救了我，我一定是死定了。

报警之后，她很会表演，告诉警察是我不听话，她打了我几下而已。警察就信了。

不过从那之后，她也不敢再对我动手，因为我一直防备她，还和狗狗一起睡觉。

你看，我不想做的事情，一直在做。

我根本没想到会爱上的人，一直在爱着。

不知道这种动荡会将我带向何处。以前喜欢过的人，都是近乎崇拜的感觉，而非现在如死亡般的强烈恐怖与炽烈。就像一个极其英俊的吸血鬼在喝我唇上的鲜血。

什么也做不好的时间段。

最近一直在哭，明里的，暗里的。没有理由的。

越来越没有以往的锐气。我成为一柄被黄沙掩埋的剑。

不想学习，不想生活，我也想那个女人赶紧死。

很多人都戴着假面。我又何尝不是。

可是，最喜欢的人，也曾在我的面前戴着假面。

曾经想过自杀。可是又很不甘心。

比死亡还恐怖的日子。一半是阳光城堡，一半是颓败古墓。

最近的心情是什么，

很想自己的生命终结，一刻也不想多活。

因为没有想到，

所有人都必须说谎。而我真的不明白，

为什么有些重要的时刻还要说谎。

为什么善良会变成残忍。

好羡慕海子。他可以比我更像小孩那样无所顾忌地死去。

我被黎明前的深水杀死。

我想继续这样的绝望爱情，让心脏在生死边缘徘徊。

真的，很没有办法。

真的，看上去太过矫情。可是，我倒是希望只是我的矫情。

……

看完这一篇，童志宇真心震惊了。

朱玉真的想杀死童念来着?

童志宇突然觉得自己全身有点儿僵硬。

他了解童念，虽然骨子里有些叛逆偏激，但是童念爱恨分明、精神正常，不可能编造谎话。

那么，朱玉曾经真的想杀了童念，是嫌弃她是个累赘，还是因为别的?

还有，看起来童念确实有过自杀的念头，而自己居然也不知道。

童志宇叹了口气，皱了皱眉，继续看下去。

《写给曾经喜欢的人》:

一直没有找到很好的词语来形容我的心情。

我并非天生拥有什么不伦之爱的倾向。

现在我明白，似乎我的喜欢在别人眼里，是很扭曲的。即使在你的眼里，也无法接受。

可是为什么不直接告诉我，你很讨厌这一点。为什么和我说那么温柔的话，和别人却用另外一种言辞。

也许你太仁慈。

现在我失去了喜欢你的资格。

其实，一开始，我只是把你当作闺密姐妹那样喜欢。但现在，我还真不明白自己到底正常与否。

所以就这样吧。我真的很不明白你的想法。

我想，我真的需要心理医生的帮忙。

童志宇翻完这一页，叹了口气，看来童念这段“同性之爱”是结束了，无疾而终。他也不知该庆幸还是伤感。

翻开下一篇，好像依然在缅怀她的同性之爱。

《在尘埃中抓住绝望的纯粹之爱》：

世界上真的很难有纯净的东西了吗？

我不知道，堵起耳朵，不想知道。

现在没来由地嫉妒起他的新恋人。羡慕以后可以和他共度一生的人。

可是来世，你可是我的哟！这是他承诺过的。一直乐意相信，强烈的意念可以转变未定的命盘。我想象，在今生消逝之际，在饮掉孟婆汤之前，一定要少喝一口，留有今世的片段记忆，在来世的茫茫人海、滚滚红尘中，记得他清俊的容颜，温暖如春的笑。

曾经浪漫地想象，前世也邂逅了你。也许是在一个樱花初绽的春日，惊鸿一瞥，喜欢上了临风而立的他。也许那时他已是别人的爱人。

也许我用了极其激烈的卑鄙手段争夺到他。但终究是因果循环，我的下场并不好。甚至我前世的怨念延续到了今世。于是还是不能和他在一起。

这个世界乌烟瘴气。没有梦想，没有希望，没有我的爱情。

我所要背负的，竟是沉重的人世枷锁。

我曾想象过在北京生活的某些人。那些有梦的生活在阴暗都市角落里的人们。

除了梦想一无所有。

我能坚持吗?

能的。因为我除了梦想一无所有，也不允许我占有。

曾经在最开心的时候奢求时间就此停住。

喧嚣热闹之后，是深深的落寞。

我想要常常见到他。

我在这样的世界中穿行，无法跟很多人正常沟通。

大家身上都带着物质的病。也许我也是，可我不知道。

我只知道，我的身体正落满尘埃。

而我不希望被尘埃覆盖。

……

如果童志宇不是前头看过她的日记，这一篇里的他，几乎会被认为是个异性。

童志宇沉思许久，觉得童念的这个同性倾向可能来自两种原因，第一就是遗传，第二可能是后天刺激。要么就是以前中学的时候处过男朋友，如果真的是这样的话，童念很可能就是在异性恋受过伤害之后，转而退缩到了对同性的依恋。

由于青春期恋情遭受打击之后，也许她急切地寻找能理解自己的人，以及能够促膝长谈、倾吐心中痛苦与烦闷的人，这个时候不论是遇到现实的还是虚拟中的同性以诚相待的理解和关爱，都会随着同性间交往的不断加深，再加之曾经的恋情伤害而形成的惧怕、讨厌男人的心理共同作用，导致了拒绝和厌恶异性，变成追求同性或独身的情况发生。

但是呢，看起来她好像并没有异性恋方面的恋情曲折。看这个本子有些年头了，像是几年前的本子。她几年前也才上初中，估计恋上女孩子也是在初中。

这样的话，她确实没啥时间去搞异性恋，也就是说初恋可能就是个同性。

童志宇知道，不论感觉也好、情感也好，毕竟不是那么容易改变的，也不是说改变就能改变的。如果不能接纳和理解孩子，也必然会引发她的焦虑。看来自己不能随便提起和讨论这件事。

其次，童志宇现在也明白，自己这个家庭根本就缺乏和谐、愉悦的氛围，如果自己以前经常与孩子沟通交流的话，多听听她形成这个观念、感觉和情感的经历，可能会对童念的影响更好一些。

不过，童志宇觉得这件事也不算多严重。若是真的天生同性取向，改不了的话，他也可以接受并给予支持。但是，如果童念把这件事当痛苦的负累，那就麻烦了。可惜，自己居然完全不知道。

当然，最让他纳闷的是，朱玉和古越都没什么同性恋倾向，这个童念哪儿来的同性取向？难道真是后天被刺激，改变了？

想到这里，他更讨厌朱玉这个人了。不只是想杀了女儿，她也没好好尽过一天做母亲的责任。

自己以前真是瞎了眼，怎么会看上这个恶魔心肠的女人！

童志宇翻下一页，看到这一篇的标题是《宁静》：

> 这样的生活很不错，虽然也会有灰暗的影子，棉絮一样飘过心底。有了比较正常的生活轨迹，有时候也像进入了电视剧的情节里。
>
> 有些人别人无法代替，
>
> 有些人我无法代替，
>
> 我无法将某人时刻留在身边。
>
> 就像某教授说的：不能占有，那就拥有吧。
>
> 很多事情都在维持着一种平衡，不能打碎的平衡。
>
> 这是种要命的宁静。这是让我爆发嫉妒的宁静。
>
> 那个女人总是看我不顺眼，最近却突然讨好了起来。我偷偷跟踪她，才知道她和一个大明星搞上了。
>
> 我猜那就是我亲爸，长得和我很像。古越这个名字不陌生，许多女生都喜欢他，可每次看到他和那个女人在一起，我就觉得无比恶心。
>
> 你们俩怎么不一起去死？古越不是出国了吗？怎么还会回来？
>
> 这个女人真恶心，分明嫁给了别的男人，还惦记着古越！
>
> ……

童志宇皱了皱眉，猜测这是古越出国之后又回来后的事情。这样看来，朱玉和自己结婚之后，还见过古越。

然后他想起了童辉，顿时又有些发堵。

看来古越回来的这一次和朱玉有过私下见面，而朱玉还出轨了，所以才有后来的童辉。

他突然想知道童念是不是也写过关于自己的日记，自己以前在她眼里是什么样子？

于是，他继续翻开下一页。

第 81 章　黑暗青春（下）

无题

不知写些什么才好，很多事情、很多人，都无法用语言准确表述。

每个人背后都有光怪陆离的影子。不是暗影，是奇怪的复杂的影子。但看上去是单一的影子。

有什么呢。

不知道明天天气怎么样，已经很久没看到窗外海的清晰面貌了。

那个女人最近着实歇斯底里了一阵子，和我的继父吵架。我甚至想在她的阿司匹林里加入一点儿老鼠药，直接毒死她。

可惜我弄不到那种毒药，也不忍心下手。不就是古越又出国了吗，你以为你是谁，他会为了你停留？

呵呵，不是说那个男人攀上高枝儿去美国定居了吗？还是什么集团的大小姐。

她说古越是我亲爸，我特么一点儿都不关心，爱谁是谁是，你这个臭婊子！

我倒是希望继父是我亲生父亲！

……

童志宇看到这里，有些感叹。果然，童念早就知道古越是她亲生父亲，看起来这段时间古越再度回了美国。

童志宇深吸一口气，看了下去。

青葱岁月

安置好行李，我下楼绕着校园前前后后转了一圈，然后抬腕看了看表，只用了十五分钟。这校园竟比我们初中校园还小。对我来说，这是个好消息。这说明我可以每天睡到日上三竿离上课只有五分钟，然后踏着凌波微步走进教室。操场就在教学楼前，不丁点儿大，上体育课跑个八百米还要绕它个四五圈。

生活维持宁静的外表。这里有很温馨的笑声。多年后，希望它依旧存在。也隐隐地希望它不再存在。

……

童志宇琢磨着，这是童念上高一的时候写的。那时候学校在自己另一处房子附近，但是当时自己和朱玉频繁吵架，童念可能也不喜欢住在家里，就提议住校。

直到朱玉突然转了性子，童志宇才让童念继续住在家里。学校毕竟伙食不如家里，宿舍也不够安静，休息不好。

从这一篇看来，童念的心态仿佛比之前好多了。这让童志宇也从心里生出莫名的欣慰。看来童念和自己生活之后，总比和以前跟着朱玉的时候好多了。

童辉从小生活在自己身边，童念则不是。现在想来，自己好像也是因为朱玉怀了童辉才立即求婚住在一起的。想起当时俩人都很年轻，朱玉那时候也才刚二十岁。

其实他和朱玉结婚三年后，朱玉才和他透露自己有个女儿。当时童念还是被养在她老家，让亲戚照顾。

童志宇听了之后虽然惊讶，却没有不高兴，只是提议把当时年幼的童念接过来和童辉做伴。于是童念被接了过来。家里突然多出一个人，自然是被娱乐记者拍到而流言四起。为了不影响童念，童志宇对外说，朱玉是他初恋，这是他们的女儿，以前养在老家。

不过看了童念的日记，童志宇才意识到，朱玉和古越之所以私下见面却没有被自己发现，是因为他们俩在朱玉的老家幽会。

然而这一切被当时知道朱玉再婚，但是还没有搬来和自己住的童念发现了。

那么也就是说，朱玉在古越出国之前怀了童辉，拿自己当孩子的便宜后爹。可这之后，她也许真的和古越断了三四年，但是古越每回回国，她都见过他。

可是古越平白无故回来干什么，难道是为了看看亲生女儿童念？

童志宇想到这里十分不舒服，只能定了定神儿，继续看下去。

下一篇也是写宿舍生活的，好像还不错的样子：

校区小倒也罢了。问题是这几年扩大招生，学生多得没个安排处，于是学校便把教学楼最高层空出来，作为男生宿舍的分支。

这样安排的缺点在于，每次上课，自楼下经过的学生都会看到教学楼外晾着的男生内裤，夏天时，还有特别不注意形象的男生光着膀子只穿一点在窗前看操场上的篮球比赛，实在有损校容。风大的时候还会把内裤刮下来，让女生们见了不免尴尬。

更尴尬的是，某次我们一年轻女外教正风姿绰约地向教学楼里走，突然一阵狂风刮过，一白色物件自天而降，落到女外教头上。女外教拽下来一看，见是一男生内裤，当场恼羞成怒地骂骂咧咧着，气急败坏地把内裤丢到垃圾桶里。

那次我们学校男生真是丢脸丢到国境线外去了。那之后班主任三令五申地让住在教学楼上的男生们“检点”些。后来那帮哥们儿当真“检点”了，再没有一个人在窗外晒内裤。听说原因是那几位从此再也没穿过内裤。

我转完校园后又转到校外去巡视一番。按常理来讲，学校外开得最多的店应该是服装店、饰品店、饭店和网吧，但我们学校外面最多的是五金店，锤子、钉子、钳子……各种作案工具应有尽有，真是令人费解。

校外有一条小吃街，正冲着校门，各地小吃琳琅满目。这小吃街一直缓解着我校学生的就餐压力，在一定程度上解决了我们的吃饭问题，但同时也增加了我们患上乙肝的概率，以至于校医院的校医们一开学就给我们每人注射了三针乙肝疫苗。

转悠完了，我走回学校。那时已近黄昏，夕阳暧昧不明地自天边看着我们。校园里开始晚间广播。于是我第一次听到校歌："泰山升腾旭日，黄海映霞光；壮丽的齐鲁簇拥着山海气象；这里有仁者兴学，这里有智者安邦。风雨沧桑锻造了民族的脊梁……"

总之第一次听到这校歌时，我心想民族的脊梁就由别人锻造去吧。我要努力学习，考个好学校，最好去北京，远离那个疯女人。

不过最近她变得奇怪，好像突然善解人意了。虽然我知道她是装的，但是总比时而抽风来得好。

我真替我现在的爸不值，他是眼瞎了才看上这种女人吧？！

……

童志宇看到这里，心想虽然童念并没有提过自己这个继父几次，但是也没有怨言，看来自己给她的印象也不是那么差劲。

不过之后的几篇日记，好像都比较平静了。记录一些高中生活片段和童念自己的成绩。

童志宇回想了一下，自己两三年前确实和朱玉关系"缓和"了不少。其实怕也是朱玉已经对他没啥感情了，才能扮演恩爱夫妻。

不过这种相对和平，倒是让童念的心情略略好转了似的。毕竟比起吵架吵得天翻地覆来说，宁静的生活会更好一些。

但是从下一篇开始，童志宇发现童念又在记录早恋了。

这回好像是她真的爱上一个男孩子，因为还有一张军训时候剪下来的男孩子照片。照片旁边写着：

要寻这样一个影子。

会揉揉我的发，握紧我的手。笑起来唇角微扬，有一点点的邪恶。

有清俊的轮廓，清如秋水的眸。常把手臂帅气地搭在我的肩上，冲我俏皮地眨眼。

不懂伤春悲秋，与唐诗宋词无缘。但记得每届欧洲杯和世界杯的战况。不懂复杂的数理题，但能看懂股市斑驳的走向图。

像婴孩一样嗜睡，喜欢美食，同时又极富运动细胞。

霸道独立，又是朋友圈中的灵魂人物，有强劲的生命脉动。

明明五音不全，却敢在KTV里放声高歌。很奇怪地会吹长笛。会喝酒。抽烟的样子很迷人。

最重要的是，身上要有我熟悉的味道。还可以被他揽着痛哭。

童志宇看着这照片，有些眼熟，仔细想了想，这男孩子他见过，是上次给童念拍照片的那个小子。

童志宇微妙地松了口气，看来童念也不是完全的同性恋，可能男孩女孩都能接受。

此后的日记都是关于这个男孩子和她的琐事了。看日记的内容，仿佛比较平和，比以前那几篇好多了。

童志宇翻了翻，粗略看了看，到最后一篇的时候是一首古诗词：

玉梅令

凄凄寂寥，

若丝指间绕。

问情蛊，

在劫难逃。

梦里花落少，

雁过影缥缈。

鱼传尺素，

不待花好。

思亦飘飘，

念亦飘飘。

空余水中月，

对影度寒霄。

怎争得，鹣鲽年少。

这古诗词旁边是童念和那个男孩子的合照。那天自己也没看得十分仔细，如今看起来，这男孩子眉目清秀，虽然青涩，不过还不错。

但是想起上次他俩居然去拍“艳照”，童志宇又有些生气。臭小子！带坏自己闺女。

日记到这里就结束了。后来好像是她写过几篇，但是又都撕掉了。童志宇看了看时间，有点儿来不及了，也没再细看，就将日记本再度锁上，拿着它到了楼下找到保姆，故意问道：“宋阿姨，这本子不是我的，你从哪儿弄来的？”

第 82 章　出乎意料的帮手

问完这句话，童志宇自己心里也不无疑惑，为什么保姆把童念的日记放在自己桌子上，是为了提醒自己看看里面的内容？

但她是为了让自己知道什么呢？童念对朱玉的憎恨，还是朱玉曾经想杀死童念的往事？

保姆看了看那本子，一脸茫然：“我也不知道啊，没见过啊。”

童志宇冷笑道：“没见过？宋阿姨，有些事我一直知道，只是不想追究。比如家里的花儿是你浇了开水烫死的吧？这本子是小念的，但它是你放在我书房里的吧？我甚至怀疑，我上次的衣服也是你故意用水洗了的。”

保姆有些尴尬地笑了笑：“小童，你这么说我就不明白了，这洗衣服就是洗衣服，怎么还故意的。”

“因为你知道我的衣服上有窃听器。”童志宇盯着她冷冷说道，“可是你怎么会知道呢？起初我以为你是朱玉派来看着我的，现在我发现你好像是和她对着干似的。”

保姆有些愕然：“小童，你在说什么？”

“所以我只是想到一个可能：你不是朱玉刻意带来的，但是也不是无意间来的，你一定是另一个人派来的。那么另一个人是谁呢？”童志宇冷笑道，“我只能想起那个神秘人，没事就给我打电话的那个，你应该是他的手下吧。”

保姆顿时不说话了。

童志宇说道：“我刚和那神秘人打完了电话，你突然就把我的衣服洗了。我觉得一定是他猜到了衣服有问题，可能有窃听器，这才让你洗了我的衣服。”

保姆叹了口气，有点儿不知道说啥才好。

“那么你到底是不是朱玉的老家远亲？”童志宇问道。

保姆笑了笑：“是，这是真的，不过也不算是小朱找我来的。”

“什么意思？”

“唉，那真正的雇主说了，如果哪天呢你发现了问题，就让我直接告诉你。事情是这样的，此前呢我确实是想找个家政的工作，后来有个人找上我，先问我是不是小朱他们老家来的。后来听说我确实是，就给了我一大笔钱，让我听他的命令做事，而且要我努力争取小朱的信任来这儿当保姆。”宋阿姨叹道，“我儿子得了病，需要钱，我就答应了。不过我说过了，伤人命的事我不做。对方说不让我伤害你们，就按照他说的做点儿小事就行。”

果然保姆是神秘人派来的！童志宇心中吃惊。

“说起来，你搬家来的第一天，我们就见过。”保姆说道。

童志宇惊讶地看着她：“我们什么时候见过？”

保姆说道：“就见过那一次。”

童志宇狐疑地看着她，思虑半晌，突然想起搬家那天见过一个诡异的老太太。对比起来，童志宇觉得这保姆倒是和那老太的身形比较相似。

“你……你不会是那个看上去像是乞丐的老人吧？”童志宇吃惊地问道。

保姆倒是从容地点了点头：“没错。那就是我。”

“你为什么要扮成乞丐在我家周围出现？”童志宇不禁问道。

“很早之前那雇主就找到了我，本来让我乔装成乞丐观察一下你们家的情况，结果你们还注意到我了，我只能和你说几句装神弄鬼的话来遮掩一下。”保姆笑了笑。

童志宇心想，如今看来身形有些相似，但是其他地方真是看不出。

如果是乔装，如果是那神秘人帮忙乔装，那个人还真不一般，这化装技术，在圈内都得是大神。

“所以那神秘人到底什么样子，雇用你的人是什么样子？”童志宇追问道。

“那个人我完全没见过，就是他一个手下还是什么的来找的我。一个三十来岁的男的，有点儿胖，看着挺有钱的。”保姆说道，“他说他老板让我干这件事。”

童志宇看着她的神情，觉得这保姆不像是在撒谎，便不再追问了。

他倒是觉得，神秘人不会随便把身份透露给别人，尤其这还只是个监视他们家的保姆。

“我知道你能联系到那个神秘人，如果你能联系到，那么就让他给我回个电话。现在我要去医院，家里就麻烦你照顾了。”童志宇对保姆说道。

那神秘人没有对他们一家做过什么，现在看起来还算是在帮他，所以童志宇觉得这保姆也不会怎么样。

“好，那你先去吧。”保姆说道。

童志宇这才出了门，开车回了医院。

到了医院，他瞧见何浩博在和童辉说话，自己便去看了看朱玉。听护士说朱玉醒过一次，但是身体太虚弱，又睡着了。

童志宇看着她的脸，内心十分厌恶，一点儿都不想和她待在一个屋里。

想起外头还有几个记者想进来拍照采访来着，童志宇也没心情搭理他们，一律拒绝了。

他很厌烦地坐在屋里，但是也没办法，总不能让老何看着朱玉。

本想把童辉和她搬到一个病房，但是医生说不建议如此。童辉已经开始恢复了。如果他们几个在一起待着，可能会吵到朱玉休息，也就此作罢。

童志宇坐在单人病房里的简易沙发上，望着床上的朱玉，脑子里却回忆着童念的日记。

自己一家真是精彩，他越发追究，越觉得自己所知甚少，甚至不曾了解过身旁的每一个人。

此时万籁俱寂。童志宇胡思乱想着，坐在沙发上开始打盹儿。

原本他还睡得很轻，可到了后半夜实在控制不住了，打了个呵欠，慢慢靠着椅背睡了过去。

可就在这时候，他仿佛听到有什么声音从身旁传来，迷迷糊糊将眼睛张开一道缝儿，却好像看到一抹人影开门走了进来。

他想睁开眼睛细看，却觉得脑后一疼，仿佛有人砸了他一下，紧接着，胳膊上一阵轻微的刺疼，随即，童志宇陷入一片黑暗中。

恍惚间不知过了多久，童志宇慢慢醒了过来。

其实他觉得自己也不算真的醒来，因为头脑仿佛是有些昏沉，却又觉得自己意识清醒。

他慢慢睁开眼睛，一时间竟然不知自己身在何处。

过了一阵子，他才觉得自己周围的情景有些似曾相识，是在某个片场吗？

第 83 章　似梦非梦（上）

童志宇仔细看了看四周，觉得这地方好像是自己小说里的某个场景。确切地说，是自己早年小说里出现的一处杀人现场场景。

童志宇模模糊糊地记不住那个小说的具体名字，只是记得里面的男主是个上班族，老婆和自己的好友出轨，他发现真相后肢解了好友和偷情的老婆，然后如何脱罪之类的故事。

可他此时觉得头晕得不像是自己的，脚仿佛踩踏在棉花上。他感觉自己坐在了一张布艺沙发上。

旁边是一盏暖光的复古台灯，一切都好像是自己的小说还原到了现实，又像是他穿越到了小说里。

四处茫茫一片，仿佛到处都散发着一种不真实的光晕，一个全身裹着黑衣的男人走了过来。

童志宇打量着他，只觉得这个男人不像是个活人，阴惨惨的一张脸，穿着长风衣，全身黑色，胸前还戴着一条骷髅链子。

童志宇有些无语，这么中二的打扮，这是在干什么？

但是，又有些眼熟。

那个全身黑衣的男人端详了他几眼，冷冷说道：“你是童志宇？”

童志宇愣了愣，努力集中精神问道：“对，你是？”

神秘人叹道："你忘了吗，我是那个给你打电话的人。"

童志宇努力思考，好像是有这么个人，于是他冷笑道："你逗我玩呢吗？你说是就是！"

因为他隐约记得，自己并未见过这个人。

神秘人说道："你仔细回忆一下，看看我说得对不对。"

童志宇说道："我记得早上我起床，有人说我老婆—朱玉出车祸了，我去医院看她。后来基本是在医院了，其间回家了一趟。"

童志宇一边回忆着，一边惊讶地发现好多细节自己居然记不起来了，不由得心中有些慌乱。而且眼前的这个人，好像是认识，又似乎不认识，一种十分混沌的感觉充斥在自己脑海里。

神秘人摇了摇头，冷笑道："不不，你记错了，出车祸的是你。你去医院，然后途中经过十字路口，一辆大货车突然冲了出来，你车毁人亡。"

童志宇闻言心中一惊，仔细想想，好像觉得是这么回事。

因为这一刻开始，他觉得自己的记忆越来越清晰，又像是记忆开始重组，总之，一种很奇怪的感觉。

童志宇沉吟道："所以，所以我真死了？！"

神秘人目光灼灼地盯着他说道："当然，你已经是个死人了。"

童志宇吃惊道："我怎么会死了？"

神秘人安慰道："你也别太伤心，我给你四次重生的机会，如果你能在这几次机会里逃脱厄运，那么你会长命百岁。"

童志宇摇了摇头，只觉得这事情不太可能："你到底是谁？你说真的？"

神秘人微笑道："当然是真的。"

说完这句话，童志宇再度陷入一片黑暗中。

不知道过了多久，童志宇再次醒来。

这一次，他发现自己是在家中的床上躺着。

家里仿佛和平时不太一样。童志宇看着屋里的情景，有些茫然。

阳光有点儿白惨惨的，院子里空荡荡的，家里一个人也没有。

童志宇的记忆也有些混沌，隐约觉得好像忘了什么，又好像记错了什么。

但是，他还记得朱玉和童辉出了事故，于是赶紧开车去医院。

记得那个什么神秘人说，自己是在十字路口的时候出了车祸，这次是重生。于是在开过医院附近十字路口的时候，他小心地四下看了看，平安开过去。

童志宇抵达医院，走去住院病房。

刚要推门，童志宇突然听到里头传来一阵男女调笑的声音。

童志宇皱了皱眉头，因为他察觉其中一个女人的声音好像就是朱玉的。

于是他透过玻璃窗看了进去，果然看到古越正坐在朱玉病床前。

朱玉已经醒了，根本没有什么病人的苍白，简直容光焕发。

古越正俯身对她笑着。而朱玉正在一颗颗解开古越的衬衫扣子。

古越一把抓住她的手，笑道："你干什么，别胡闹啊，一会儿婚礼就要开始了。"

朱玉笑道："哎呀，还早呢。你到底为什么选汪依琳当老婆？就因为她是汪氏集团的大小姐？"

古越漫不经心地叹道："老婆嘛——谁都可以。"

朱玉将手臂搭在古越的肩上，含情脉脉地看着他笑道："那你结婚了之后还会记得我吗？"

古越笑道："记得，当然记得。哎你先别着急，门还没锁呢。"

但朱玉似乎很着急，继续扯着古越的衣服，屋里一阵窸窸窣窣的亲热声。

童志宇看到这里，怒火中烧，立即推门闯了进去，屋里俩人衣衫不整地回头看着他。

看到是童志宇，古越的脸上飘过一丝不自然，尴尬地笑道："志宇，这么早就来了啊。"

童志宇冷笑道："别叫得这么亲热！古越！你们俩到底怎么回事？！你不是要和汪依琳结婚了吗？你们俩的事儿，我要告诉她去！"

古越顿时慌了，立即上前拉住他："你干什么？！这怎么能告诉汪依琳呢？这样，你要多少钱我给你，别说出去！"

童志宇冷笑，一指旁边的朱玉："既然你要结婚了，那你为什么还要和她搅和在一起？！她是我老婆你知道吗？！你就他妈不是人！"

童志宇觉得自己从未如此愤怒过，激动之余立即冲了上去，和古越扭打在一起。

童志宇觉得自己在慌乱之中抄起床头柜上放着的玻璃花瓶，正想冲着古越的头砸过去。但是在这一瞬间，童志宇觉得心中微弱的意识挣扎了一下，让自己觉得不应该如此草率，便硬生生停下了动作。

就在这时，朱玉突然起身反击，对着自己后脑就是一下，童志宇感觉鲜血喷薄而出，顿时倒地不起。

不知过了多久，童志宇隐隐约约觉得像是魂不附体一样，混混沌沌的。

就在这个时候，他耳旁好像有若有若无的说话声传来，细细碎碎的，像是有两个人在自己身旁絮叨，又好像是他们在争吵。

这时候，他的记忆仿佛被重新清除又加固过，慢慢清晰了许多。

第 84 章　似梦非梦（中）

童志宇再度醒来的时候，觉得自己仿佛又回到了那个莫名其妙的房间。

他翻身而起，觉得头有些微微疼，对面坐着的是那个神秘人。

童志宇隐约觉得自己刚才有一丝疑惑，不知道是想起了什么，但是面前的神秘人却冷冷盯着他，一双眼睛如同有魔力一般，慢慢让他放掉了心中的疑惑。

“我又死了吗？”童志宇茫然地问道，“我为什么又死了？”

一旁等待他的神秘人一脸冷漠，说道：“你的事情你自己处理，我只是负责帮你计数。现在你失去了第一次机会，但是还有剩下三次逃脱厄运的机会，抓紧时间吧，我送你回去。”

说着，神秘人拿出一只奇怪的怀表，将指针回拨。童志宇听到耳旁传来一阵清晰的嘀嗒嘀嗒的声音，然后他感觉自己眼前一片昏黑，仿佛慢慢失去了意识。

童志宇再度从床上醒来，一切景色如旧。他走到院子里瞥了一眼，家里依然是空荡荡的，光线依然是白惨惨的。他总觉得哪里不对，却又想不出到底哪儿不对劲。

他死活想不出什么，便还是开车出门，平安经过十字路口，到达朱玉住的医院病房。

童志宇满心想着的是古越和朱玉的出轨，想着是古越对自己下了杀手。他满心里都是如何阻止这俩人。他的意识依然是混混沌沌的，但是隐隐约约之间，他想起了古越未婚妻汪依琳有个哥哥叫汪子阳。他是汪依琳的同胞哥哥，应该不会同意自己的妹妹被这个人渣欺负。

既然自己要“逃脱厄运”，那么不如把古越交给汪子阳处理。

想到这里，童志宇靠近了病房门，并未推门进去，只见门内古越和朱玉又在偷情，于是悄悄从门缝里录下来他们俩偷情的全部过程。

录完之后，童志宇瞧见汪依琳的哥哥汪子阳从走廊尽头走过来。

童志宇有些惊讶，脑子里闪过一丝不对劲的念头，为什么汪子阳恰好在这儿出现？

就像是自己想到谁，谁就会出现似的。

但童志宇还是喊了一句：“汪先生！”

汪子阳站住脚步看着童志宇。近距离看汪子阳，童志宇才觉得他风度翩翩，有点儿民国贵公子的风流倜傥气质，但是印象里的汪子阳，又好像不是这个样子。

正在他愣神犹豫的时候，汪子阳对着童志宇笑了笑：“童老师，我认得你。找我有事吗？”

童志宇有些惊讶，但是眼前的事情促使他忍不住将话题扯到古越身上：“汪先生，我有点儿事儿想和你说……”

汪子阳问道：“是什么事这么着急？”

童志宇看着偶尔经过的医护人员，心中有些烦乱：“咱们还是找个比较安静的地方聊吧。”

汪子阳沉吟片刻，说道：“好，我住在医院旁边的酒店，那你跟我来，去我住的地方说。”

童志宇不由自主地跟着汪子阳走到隔壁酒店，又上了酒店十八楼，进去汪子阳的海景房房间。

童志宇走到阳台上，望着外面的海景。

他隐隐有些疑惑，这是哪个酒店，居然有这么宽阔浩大的景象？

汪子阳看到他心绪仿佛很烦闷，于是问道：“有什么事还要特意找个安静的地方说呢？童先生你说吧，一会儿我还得去确认婚礼事宜，你知道，我妹妹要嫁人了，刚才我就是来医院找我妹夫，听说他朋友生了病。”

童志宇疑惑地问道：“古越要结婚？”

汪子阳皱了皱眉，有些不耐烦地问道："童先生有话最好赶紧说。"

童志宇这才压下别的念头，说道："汪先生，我就是要说这件事，你要慎重，令妹不能嫁给古越！"

汪子阳皱起眉头，问道："哦？为什么？"

童志宇说道："你先看下这个视频。"

说着，他将手机递给了汪子阳。

汪子阳看完童志宇录完的视频，一言不发，眼神看不出什么。

半晌后，他问道："除了我之外，你还给别人看过这个视频吗？"

童志宇说道："没有，古越算是我朋友，我也不想多说什么，而且朱玉是我老婆。但是，你为了你妹妹的幸福，还是多考虑下更好，对不对？还有古越，他做出这种事，汪氏集团是不是不该放过他？！"

汪子阳笑了笑："我明白童先生看到老婆偷情的愤怒，但是这场婚礼已经定了，不能更改，而且我希望你也不要把这件事说出去。别以为你说得好像是替我妹妹着想，其实你是为了你自己吧，你想报复你老婆和古越。但是今天的婚礼，任何人都不准破坏！"

童志宇吃惊地看着汪子阳一成不变的脸和冷漠的态度，心中转了转念头。

汪子阳说得不错，他是想借着汪氏集团的势力来对付古越，因为他很难和古越对抗。

可现在汪子阳居然不接茬儿。不过他们一路过来的时候，楼下放着婚礼用的气球，可见今天其实是古越和汪依琳的婚礼，只是时间还不到罢了。

于是童志宇冷笑道："那我去找汪大小姐说。"

汪子阳突然冷笑道："不行，这件事不能告诉依琳！"

看到童志宇要走出门的时候，汪子阳突然上前拦住他，堵在门口。

童志宇吃惊道："毕竟汪依琳是你妹妹，你到底为什么非要让他们俩结婚？！你难道看着自己的妹妹嫁给一个伪君子？！"

汪子阳冷冷说道："当然，我也不喜欢古越。不过，和古越偷情的是你老婆，难道你不该自己去解决吗？"

童志宇疑惑地看着他："你什么意思？"

"杀了古越，杀了他，一切都结束了。我把古越叫过来，不如，你来动手。"

汪子阳突然眯着眼睛盯着童志宇。

童志宇顿时觉得脑子又有些迷糊了，仿佛汪子阳的话不断在他耳旁重复着：杀了古越，杀了古越，杀了古越……

本能的意识却仿佛在抗击这个想法。童志宇忍不住捂住头，抬头一看，仿佛觉得汪子阳如念着紧箍咒一样在重复这句话。

童志宇不堪忍受，忍不住上前和汪子阳在阳台扭打到一起。扭打过程中，汪子阳突然将童志宇推过了阳台的栅栏摔到楼下！

这一瞬间，童志宇觉得自己全身失重，仿佛被无形的力量压制着，完全反抗不了。

然后，再度陷入一场黑暗中。

第 85 章　似梦非梦（下）

童志宇再度醒来的时候，看到那神秘人一脸怜悯地站在他身旁。

童志宇突然感觉到一种挫败感。

神秘人看着他的表情，冷笑道："呵呵，是你蠢就别怨天尤人，我告诉你，你虽然避开了两次死亡机会，但是你想过没有，为什么你会死第三次？"

童志宇摇头道："不知道。"

神秘人摇头叹道："那你为什么不按照汪子阳说的去做呢？否则死了的就是你了。"

童志宇叹了口气，只觉得自己越来越陷入一个旋涡里，无法自拔："我不能杀人！"

神秘人冷冷说道："你记住，你不杀人，别人就会杀了你！"

这句话如惊雷一样在他耳旁炸开，童志宇仿佛觉得自己连心尖儿都为之一颤，顿时一愣。

意识游离间，自己又如前几次一样从床上醒来。这一次他仿佛被神秘力量控制一般，全无迟疑地立即出发去了医院。

在病房门外，童志宇再度录下俩人私会的录像，然后看到走过来的汪子阳，冷冷打了个招呼。

他走出医院，来到旁边的五星级大酒店，找到了新娘化妆室。

童志宇在化妆室门外踌躇半天，不知道说什么才能让汪依琳见他。因为他并不认识汪依琳，只是在八卦杂志上看过她的样子。

可就在这时候，化妆室的门一开，穿着婚礼礼服的汪依琳走了出来。

她看到童志宇之后，惊讶地说道："童老师？今天来得这么早。"

童志宇有些惊讶："你认识我？"

汪依琳笑道："你是朱玉的男朋友嘛，都是古越的朋友，当然也是我的朋友啦。"

童志宇闻言，突然觉得哪里有些不对。不过他想起那个视频，暂时将不对劲的念头压了下去，对汪依琳说道："那汪小姐，你先出来，我给你看样东西。"

汪依琳惊讶地问道："在这儿不能看吗？是什么东西啊？"

童志宇想起汪子阳的态度，只能叹气道："这东西只能给你看。"

因为新娘化妆室里有几个化妆师、造型师和汪氏集团的助理秘书，人太多眼太杂。

俩人于是走到走廊上。汪依琳看了看四下无人的走廊，问道："现在可以了吧？给我看什么呢？"

就在童志宇要掏出手机的时候，他瞥见朱玉从走廊一端走了过来。

朱玉此时也看到了他们，于是喊道："志宇、依琳！"

童志宇眉头一皱："你来了啊……"

想起她和古越在医院病房里的纠缠，童志宇就一阵厌恶，于是冷冷问道："你不是在医院吗？"

朱玉笑道："你忘了，今天是我出院的日子。正好是依琳和古越的婚礼，我来参加，是不是很够朋友？说起来—"她将手中的餐盘给汪依琳递了过去，"你忙了一早上，是不是有点儿饿了？我带了你最喜欢的金枪鱼吐司面包跟杧果汁哟！"

汪依琳立即笑逐颜开："还是你对我最好！"

童志宇看着开心的俩人，有些茫然。朱玉和汪依琳是闺密吗？他为何一点儿也不记得？

还是说，因为朱玉和古越暗中来往，被汪依琳看到了，只好说她自己是古越的朋友，这才和汪依琳联络起来。

越表现得光明正大，越不被对方发现龌龊。

想到这里，童志宇又是一阵反胃。

此时，汪依琳正在吃东西，童志宇则下意识地不断看表，注意时间。

汪依琳看着他着急的神态，便问道："对了童老师，你要给我看什么？"

童志宇摆手道："没事，等会儿我再告诉你。"

朱玉此时仿佛若有所思地瞥了他一眼，将手中的餐盘递了过去："志宇，帮我拿着空盘子。"

童志宇看着她，脸上不好表现得十分明显，只能心中冷哼一声，接过盘子："嗯。"

就在这时候，童志宇注意到汪依琳的脸色变了。她的神情有些扭曲，捂着肚子蹲了下去。

朱玉大惊失色地喊道："依琳，依琳，你怎么了？！"

汪依琳冷汗落了下来，紧紧抓着朱玉的手说道："我……我感觉特别难受，肚子很疼——"

童志宇一瞬间明白了什么，立即喝道："你好像中毒了！"

但是汪依琳是怎么中毒的？童志宇立即注意到手中的餐盘。刚才她什么都没做，只是吃了东西。

童志宇冷冷喝道："朱玉，你……你给她吃了什么东西？！"

朱玉顿时指着他大喝道："是你！你给依琳下毒！"

童志宇怒道："你胡说什么？！别血口喷人！"

此时，俩人的争吵声惊动了越来越多的人。化妆室里的化妆师们都走了出来，在走廊上围观。

朱玉冷冷说道："你端来的吃食里有毒！一定是这样！"

童志宇怒道，忍不住爆粗口："这他妈不是你端来的吗？！"

朱玉立即矢口否认道："你胡说！不是我！"

童志宇冷笑着打量着她："很好啊，你戴着伴娘服上的手套，就是为了不在盘子上留下指纹。现在你把盘子给我，上头的指纹就是我的了！你这是嫁祸给我！"

朱玉好笑地说道："我为什么要嫁祸给你？"

童志宇冷冷说道："你是汪依琳的好朋友，但是你却和古越偷情，可你还是我女朋友。就算你不承认偷情，也会在事后说，我误会了你和古越的关系，然后你利用这一点，让大家以为我嫉妒杀人，将杀人嫌疑引到我身上！”

朱玉冷笑看着众人：“你们大家看到了，他都承认了，就是他干的！”准新娘汪依琳死亡，此时现场一片混乱。

童志宇怒道：“分明是她朱玉干的！对了，这酒店肯定有监控，查一下监控，就知道是谁端来的面包和果汁！”

此时，汪子阳也赶了过来，在一旁看了看现场的情况，于是喊道：“保安呢？！赶紧去查监控！还有，警察来之前，你们都不准走！”

保安此时赶紧跑了过来，立即甩锅：“我们不清楚啊，因为监控被人做了手脚，今天早上就坏掉了。”

童志宇吃惊道：“这么巧？！对了，楼下自助餐厅的人肯定有人能看到是谁拿的东西，你们去问问服务生，就知道不是我端来的点心！”

第 86 章　梦醒之前

汪子阳立即让人去找那服务生了。

童志宇站在原地等着，一瞬间觉得周围安静得出奇，他不由得有些奇怪。

周围的一切都仿佛似真似幻一般。他的脑袋也如同被灌入了温水，混混沌沌的，分不清个所以然。

就在这时，有个穿着服务生衣服的人从远处走了过来。

童志宇如找到救命稻草一样迎了上去。但当他看清那人之后，不由得吃了一惊：“老何，怎么是你？”

何浩博穿着一身侍应生的衣服，一脸冷笑地看着他，说道：“我证明，是童志宇在楼下买了给汪依琳的面包和果汁，而且毒就下在里头。”

童志宇震惊万分：“老何，你怎么是服务生？你为什么说是我下毒？你到底怎么了？”

何浩博皱眉道：“我刚才听你说古越和朱玉偷情，那也不能说明是古越他们干的。汪氏集团势力这么大，古越没有理由不同意结婚。朱玉不是你女朋友吗，还是外地人，也不是什么高门大户出来的，古越能抛弃千金小姐娶了她吗，无非玩玩吧。童志宇，你已经有点儿不正常了。刚才分明是你在楼下买了面包和果汁端了上来，我看你放了些东西进去，没有多想，现在汪依琳死了，那显而易见，是你下的毒！”

童志宇听到这番话，震惊地看着何浩博。他总觉得这番话绝对不像是老何能说出口的。

但是在他想仔细想下去的时候，何浩博立即问道：“怎么了，你还想反驳？你在想什么？”

童志宇说道：“你胡说！老何，我不知道你为什么帮他们。你是有什么难言之隐吗？”

何浩博叹道：“你已经疯了。”

童志宇看到他脸上的嘲讽和怜悯神色，顿时怒了，上前一把掐住老何的脖子。

就在这一瞬间， 他渐渐觉得有点儿奇怪。

自己这状态不对劲。慢慢地，一股微弱的意识点点滴滴让自己有了几许清醒。

老何不可能对自己这样说话，他也不会背叛自己。何浩博和汪子阳也应该没有什么联系。

自己好像被迫陷入了一片混乱里，是构建于真实事实基础上的想象世界。

有个疑问呼之欲出，而这个时候，眼前的何浩博一直在盯着自己看，看得他心里发毛。

“你在想什么？”何浩博冷冷问道。

“你是假的？！”童志宇心中疑惑更深，就在这时，他捕捉到意识里的片刻清明。

就在这时候，他突然觉得手背上一疼，一股钻心的痛楚感觉袭来。

“咳咳，你快惊醒！”有人在他耳边喊道。

童志宇豁然惊醒，吃惊地发现自己正掐着何浩博的脖子。何浩博脸色已经因为窒息略显发红，他好像扭了一把自己的手背，才让自己松开手。

何浩博趁机完全掰开他的手，大口呼吸了两口气：“你这是怎么了？差点儿掐死我！”

“你怎么在这里？！”童志宇惊疑不定，又感觉自己的脑袋前所未有的沉重。

以前他也在不知情的情况下喝下朱玉给的迷幻药物，但是从未有现在这么头疼欲裂过。

“你这问得，够奇怪的啊，我不是来帮你看着孩子吗，结果你就突然从门外冲进来掐了我的脖子，梦游了？！我去，太狠了啊。”何浩博摸了摸脖子，又擦了擦满头冷汗。

童志宇看了一眼窗外，天蒙蒙亮了。但是床上的童辉仿佛还在沉睡中，就算他这么大吵大闹的，童辉还是没醒来。

难道刚才是在做梦？童志宇觉得哪儿不太对劲，做梦可能那么真实吗？自己以前也有幻觉，也做梦过，但是都有点儿超乎现实，也有些乱。

可梦里的场景，分明清晰又真实，不太像是梦境，更像是——催眠？

童志宇努力回忆了昨晚的情景，觉得有人进来了，然后头一沉，睡着了。

之后他就没什么意识了，然后就是混混沌沌的梦。但是，来的人是谁呢？

“你没事儿吧？”何浩博担忧地看着他。

童志宇定了定神儿，发现自己也是一头冷汗：“没事，我就是觉得刚才像是中邪了一样。你一直在这个病房里吗？”

“当然，我没出去过，不过后半夜太困了，我就睡过去了。然后你就冲了进来，还没等我有反应呢，你就掐醒我了，你这病不轻啊！”何浩博无语道。

童志宇想起隔壁的朱玉，立即开门出去，到了隔壁病房，进门看了看，朱玉还是在睡觉。

屋里一切如常，并不像是有人来过的样子，自己睡过的那个沙发上有些凌乱。

童志宇站在屋里看了半天，目光不经意地瞥到一旁的柜子上。

童志宇瞥见她床头柜上的水杯，又看了一眼旁边的自动饮水机。

童辉虽然受伤不重，但是朱玉腿上有伤，不太可能自己起来倒水。

童志宇也记得自己没有在睡前倒过一杯水喝过。

如今杯子是空的——但是可以看到杯底的未干的水渍。

是自己喝过的吗，还是有人来过？

童志宇想了想，走到走廊里看了看，一片寂静。此时隔壁的门一开，何浩博从里面走出来：“我刚看了看小辉，睡得挺沉的，没什么事，呼吸很均匀，可能孩子们睡觉就是死吧。”

“这医院安静得很啊。”童志宇这才觉得不对。平常医院里就算是单人病房也常常爆满，可这一层上仿佛只有他们两个房间有人似的。

“哦，这是一家私立医院，全名好像是叫第一人民医院。听起来是公立的，但是并不是，听说隶属汪氏集团，是以前经营不善，被汪氏集团买了下来，不知道真假。”何浩博说道，“后来进行了大改造，这医院环境好，收费高，确实更没太多人来，不过每年都有富豪从外地来这儿养病或者休息。这地方不只是医院，还有一部分疗养院区。”何浩博说道，“也不是说我多了解，十年前我腿受伤的时候，就是进的这家医院。那时候汪氏集团应该还没有买下。”

“汪氏集团居然还经营医院？”童志宇一听这个汪氏集团，就觉得事情好像更复杂了。

“对，他们家不少行业都有涉猎。”何浩博说道。

“难怪人这么少。”童志宇坐到沙发上，何浩博看他脸色恢复了些，这才倒了杯水给他，“你也该看看病，我看你这都要得焦虑症了。”

童志宇看着他递过来的水杯，突然一愣。

第 87 章　反击（上）

“这是不是刚才在病床前那个小柜子上面放着的杯子？”童志宇问道。

“是啊，不是你喝水用的？”何浩博惊讶地问道。

“不是，不知道哪儿来的，还是别用。”童志宇说着，把水杯里的水倒入床边的垃圾桶里。

然后，他将水杯用塑料袋包起来。

“你这是做什么？”何浩博惊讶地问道。

“怀疑这水杯有问题。对了，刚才你在屋里听到什么动静没有？”童志宇问道。

“没啊，这地方隔音很好，你在屋里出点儿动静，我在隔壁应该也听不到，反正说话声是透不过来。问这个做什么？”何浩博不解地问道。

“我怀疑有人来过，而且这杯子就是那个人放的。”童志宇说道，接着，把自己刚才遇到的怪事都和何浩博说了一遍。

何浩博听后十分震惊。半晌后，他说道：“你确定刚才那是幻觉？我听着怎么不对劲啊。你说别人给你下药？如果是幻觉，只是脑子的意识吧，不会像是你一样跑过来还要掐死我。”

童志宇想了想，确实是这个道理。

冷不丁地，童志宇想到一种可能：催眠。

他想起一个人说过的：普通程度的催眠，能够让人根据催眠师的说法来体验到各种感觉。比如：先让人闭上眼睛，然后催眠师缓慢地说“伸出你的两只胳膊，水平平行，我现在在你的左胳膊上放了一块铅块，你能感觉到沉了吗？它越来越重……”

然后，这个人醒来之后胳膊不再平衡，就是被催眠了。

可是最叹为观止的催眠是在真实基础上构建一个世界，类似于盗梦空间，让人在梦境幻境里走不出来，并且相信催眠师说的每一句话。也就是说，催眠师讲述的内容，就是你幻境里的内容。

不过这种事情除非是配合一定的药物才能达到效果。那么，和自己说这句话的人是谁来着？

他看着何浩博，想起梦里的事情，有点儿不寒而栗。如果是催眠，那么在自己睡过去之前，来的人一定是自己的熟人，还是深为自己信任的某个人，并且懂催眠。

童志宇正在琢磨的时候，床上的朱玉动了动，醒了过来，迷迷蒙蒙之间，对童志宇喊了一声：“志宇？”

“醒了？”童志宇回过身去看她，“什么时候醒的？”

“刚醒，有点儿累，不过身上不怎么疼。”朱玉说道，看起来精神还不错，“你们在这里多久了？”

“嗯，”童志宇走到那饮水机旁拿起一只一次性水杯，看着自己手背上被何浩博掐出来的瘀青说道，“没事就好啊。我们一直在，你昏迷很久了，不过医生说没有大碍，腿受了伤，但是不至于很严重，养一个月就能下床了。”

童志宇接了一杯水，注意到自己手臂上有一个微小的针孔，也注意到屋里窗台上那熏香。

本来他以为是医院给的蚊香，因为看外观比较像，但是现在觉得，屋里有一股奇怪的香味。

自己昨晚睡得很沉，起来却头疼欲裂，还做了个无比真实的梦。

一切都像是预谋已久。但一开始他并不确定这到底怎么回事，直到发现刚才那杯子。

他虽然记不住昨天看到了谁，但是绝对没有倒过水，这倒是记得清楚的。

这种惊人的猜测，让童志宇再度感觉心凉了半截。

谁来过呢？或者朱玉昨晚也是在醒着？

“昨晚我做梦了，把你吓着了吧。”再度面对朱玉的时候，童志宇已经一脸淡然，“我昨晚做了个梦，但是醒来之后就记不住了。”

朱玉有些茫然：“是吗，我昨晚一点儿也没听到。”

何浩博在一旁有些尴尬地笑了笑，摸了摸自己的脖子：“唉，你这梦一定是个噩梦。”

“可不是吗。”童志宇笑道，说着，他若有所思地想起了童念的日记。

所以，昨晚的梦境—确切地说很可能是有某个人对他的催眠和下药，最后也许是想借着自己的手杀了谁。

可是要杀谁呢？看起来不像是杀朱玉吧？那么，隔壁就是老何，难道是为了杀老何？

有人趁着自己精神松弛的时候给自己下药注射毒品，然后催眠杀人，目的是为了杀老何？

童志宇虽然觉得自己想得有点儿多，但是身上的针孔和细小的血点，总不能是假的吧？可是那人为啥让自己杀老何？

想到这里，他对俩人说去个厕所，结果转去了外头给张迪打了个电话，说怀疑自己被人注射了毒品，但是自己信不过别人，让他想个办法给自己检查一下。

“你说什么？这么巧？”张迪的声音顿了顿，继续说道，“昨天下午我们有紧急任务，我就把跟着你的便衣警察抽调回来了，结果昨晚还就出事了？”

童志宇沉吟道：“我也不确定，但是每次我的直觉几乎都是对的，这次我也想看看是不是真有人对我下毒了。”

张迪沉默片刻，说道：“我让人找个医院的医生帮你查一下，童老师，你先稍等。”

说着，张迪挂了电话。

童志宇站在外头愣了一阵子，一时间不知道作何感想。

就在这时，手机铃声又响了起来。他以为是张迪，立即接了起来："喂，怎么样了？"

"哦，童老师，你在说什么？"手机里传来了那神秘人的怪声。

"是你啊。没事，我在等一个人的电话。"童志宇微微叹了口气，说道。

"童老师的声音好像很疲惫。"神秘人说道。

"我麻烦缠身，正在处理一些事情。"童志宇冷冷说道。

"在处理什么？我听说你知道了那宋阿姨是我派去的人。"神秘人笑道。

"嗯，知道。"童志宇声音有些敷衍。

神秘人顿了顿，继续问道："童老师，我说过，你有什么问题，可以直接告诉我，我一定会帮你。"

童志宇想了想，很多事情自己确实也不方便一直让警察帮忙，于是琢磨片刻，把自己的怀疑告诉了神秘人，然后把昨晚的情况和神秘人说了说。

"所以，你怀疑是有人对你催眠？"神秘人问道。

"如果不是这样，我还真想不出别的可能。"童志宇叹道，"但是我也觉得我的猜想有些夸张了，因为我根本不认识这种催眠高手。"

第88章　反击（中）

"催眠如果要成功，最可能下手的人，是你信任的人。你该知道是谁吧。"神秘人说道。

童志宇无语道："我如果知道是谁，我还需要问你吗？"

"你是有多蠢。和你相识的，又懂这方面的人，不就是那一个吗？说起来，关于卢冲这个人，你了解吗？"神秘人问道。

"卢冲？"童志宇一惊。确实，和自己相识并熟悉的人，只有卢冲了，而且也只有他是懂心理治疗的人。可他是自己多年好友，高中时候就认识了，以前自己也曾经资助他，卢冲也对自己一家人照顾得极好，几乎是自己的家庭医生。童辉在小时候得过一次重病，如果不是卢冲深更半夜顶着台风冒雨赶过来，童辉恐怕会凶多吉少。

这么多年来，他们俩相处得一直很好。如果说卢冲对自己下手，童志宇觉得这比朱玉的背叛更让人不可思议。

“对，他，我调查过。我说过，童老师身旁的人，我都调查过。”神秘人冷笑道，“卢冲，海归，心理学和外科医学双博士，好像是童老师的多年老友。在高中的时候你们就认识了吧，一直联系。至于他，还是汤式催眠的研究者。你知道吗，美国有个举世闻名的催眠大师，卢冲就是他的得意门生。汤式催眠就是这个催眠大师自创的什么催眠术，不过具体叫什么我就不清楚了，前些年曾经在网上很火。”

“他果然学过催眠？”童志宇头一疼，想起卢冲好像并未和自己说过还是心理学博士，他一直以为卢冲学的只是外科临床医学。

“看来童老师身旁可信任的人越来越少了，所以你我合作是必需的。”神秘人笑道。

“既然是合作，你能不能告诉我你到底是谁？”童志宇问道。

那人沉默两三秒，随即说道：“童老师，等事情差不多水落石出了，我会亲自去见你，而你也一定认识我。至于现在，你是不是想去查查那个赵晓霞的老宅子？”

“你也知道我要去查？”童志宇惊讶地问道。

“当然，我也想去查，而且我告诉你地址，通州越秀小区一楼104。那房子空了好几年，现在应该还在空着。”神秘人说道。

童志宇沉默片刻，决定要去看看。

这一切总该有些了断了。就算赵晓霞没有留下什么，自己去这一趟，也算是取消了心理的一种怀疑。

“对了，你了解那什么汤式催眠吗？”童志宇问道。

“这个，我还真不太清楚，听说很玄妙，说是能让人进入一种虚拟空间，在半真半假的基础上深陷其中，逐渐成为一个角色，完成角色扮演。最后无论那个虚拟世界多荒谬，他都深信不疑。被催眠的人轻则头疼昏厥，重则精神崩溃，死亡。”神秘人说道，“当然，你也知道现在的人，夸张的可能性很大，尤其是媒体。”

童志宇苦笑道：“嗯，希望是。这样，我先去一趟赵晓霞老宅，回来我们再联系。”

神秘人说道：“需要我派帮手过去吗？不过现在我在躲着古越，一旦被他发现，我也没什么好下场。不过童老师需要帮助的话，我可以派个人和你一起。”

童志宇冷不丁想起了秦萌，对他说道：“不用，我自己带人去。”

说着，他挂断电话。

张迪很快就找到了给童志宇化验的医生。童志宇对何浩博和朱玉说，自己有事出去一趟，便去了张迪说的那家医院检查。

因为结果一时半刻出不来，童志宇决定先去通州看看。他先联系了秦萌，秦萌立即答应一起去。

童志宇想起家里的保姆，就把她也叫来医院看着，让老何回去休息。

想起童念，童志宇给她打了电话，说要出去一趟，明天回来，让她晚上住宿舍。

童念很爽快地答应了。童志宇想起自己看过童念的日记，有些莫名的感觉，也不知自己接下来如何去做，才会让她感觉开心一些。

于是沉默半晌，童志宇说道：“小念，在学校自己好好保重，好好吃饭，别太累。”

童念笑道：“爸，你才应该好好保重呢。我打算周末放假的时候就去看看我弟，你先忙去吧哈。”

童志宇心中叹了口气，挂了电话。

昨晚的后遗症还在继续，童志宇觉得头疼欲裂，只能去买了点儿止疼片吃了。

他找了个理由和朱玉交代了一下，说编辑胡文熙让他去出版社一趟，有事面谈，一会儿保姆来接班。

朱玉似乎有些疑问，但是端详了下童志宇的脸色，并没有说什么。

童志宇于是开车去见了秦萌。

秦萌有点儿尴尬地说道：“宇哥，我还没有查到那人的地址，你是知道了吗已经？”

童志宇点了点头：“有朋友查到了。”

“哦。”秦萌的小表情有点儿失落。

童志宇好笑地说道：“这次麻烦你跟我一起，可能是要翻门跃户地进去暗查，如果被发现，你也会受到牵连。”

“没关系，我不怕。”秦萌说道。

童志宇顿时有些感激。起初他也怀疑过秦萌的目的，但是多方查证下，证明秦萌的背景很单纯，和自己的相遇也是巧合。人的一生里有许多朋友也许是自己花心思去结交的，然而对方并不一定会一直与你坦诚相待。

反而偶然认识的人，也许在关键时刻站在你身旁，会成为你一生的朋友。

这回没有便衣警察跟着，俩人倒是很顺利地一路到了通州。

等找到那个小区，童志宇才发现这是个挺老的小区，连个保安都没有，楼下也没有公共防盗门。

而且小区快拆迁了，不少住户已经搬走。童志宇顿觉天赐良机。

这小区防卫很松，还都是老式样的门锁。秦萌说他就会撬这种锁，他们俩还为此特意带了工具。

他们俩在周围逛了逛，等到入夜之后，又从后门回了小区。

楼上的灯光基本都灭了，只有零星几家有灯光亮着，看来真是绝大多数人都搬家了。

童志宇和秦萌摸黑进了楼道，童志宇看了看左右无人，示意秦萌开锁。于是秦萌上前用工具三下五除二地撬开了门锁。

那门是很普通的旧时的防盗门，几年前的那种，并不怎么结实。

“宇哥，好像小偷进去过似的，这锁有撬过的痕迹。”秦萌低声道，拉着童志宇进门，关上大门。

童志宇有些担忧，如果是古越他们这群人，会不会已经把东西拿走了？

赵晓霞会留下什么秘密呢？

第89章　反击（下）

屋里一股霉味儿扑鼻而来，俩人开着手机照明，能看到地上的垃圾和沙发上落满的灰尘。

这就是个套一的小房子，有个小客厅，没什么值钱的东西，电视机也是几年前那种笨重的彩电，卧室里还有一张床，被褥早就脏污不堪了。

墙壁上挂着有些过时的婚纱照，童志宇瞥了一眼，看出女方隐约像是赵晓霞。

男的大概就是那个倒霉的前夫了。如今俩人都已经故去了。

童志宇和秦萌在房间里翻找许久，也没找到什么。

刚有些泄气的时候，童志宇突然注意到墙上的婚纱照。秦萌发现他盯着那偌大的相框发呆，便问道："宇哥，你看什么呢？"

"那照片也许有问题。"童志宇说道。

"这能有什么问题。"秦萌说着，还是上前将那相框给摘了下来。

俩人缩在卧室一角，打开手机上的手电筒仔细看。

翻转过那相框的时候，童志宇惊讶地发现，相框背后贴着一层挡板，显得有点儿厚。

其实如果不仔细去看，还是看不出什么端倪的。不过童志宇来回摸了几遍，感觉相框和挡板之间有空间，里头好像装了什么东西。

"宇哥，难道里头真有东西。"秦萌低声说道。

童志宇摸出随身的瑞士军刀，将这个挡板切割开来，露出里面的东西来。

他惊讶地发现，里头散落出一沓打印出来的文稿，还有几张照片。

照片像素不高，童志宇拿起来放在灯下看了看，不由得吃了一惊。

照片里的人是古越，好像还都是古越的"艳照"。看样子是他年轻没有出名的时候的照片，貌似背景是各种酒吧、私人会所。

但是他身旁的人可是形形色色的。有男人有女人，有老有少，仿佛来者不拒。

童志宇顿时想起童念的日记。看她日记的意思，童念其实是双，难道古越也是?

"宇哥，这好像是那个大明星古越。"秦萌低声道。

"没错，确实是他。"童志宇无奈地说道，"一切噩梦的起源，可能都是他。"

但是，童志宇心中疑惑更甚，古越出道前这么私密的照片是谁拍的?赵晓霞为什么会有?

想到这里他拿起那些文稿，翻看了起来。

那些文稿不知道是谁写的，因为是打印出来的，纸张有些泛黄了，看起来有些年头了似的。

只见文稿上写道：

我写这些东西，是记录下来从大学到现在，我和古越，以及古越杀掉的那个叫沈璃的女人的纠葛。

没错，古越手上沾血。只是他后台太深，那个被杀的人，或者那几个被杀的人，早就被埋葬在了不知名的处所了吧。

古越越来越火。而伴随他火起来，以前和他有点儿关系的狐朋狗友要么被打压，要么被雪藏消失，要么直接不见。

我是圈子里的人，但是也有点儿惶惶不可终日，总觉得某一天他也会对我下手。所以写下这些，也是有种微妙的心态，想留下古越过去的证据，也许有一天这东西会派上用场。

……

童志宇看到这里，后背一凉。

莫非这是古越的一些见不得人的秘密记录，这个作者留给了赵晓霞，才招来赵晓霞被杀的祸患？

从照片上看，如果这些证据是真的，那么古越的名声确实会受到影响，但是他有最厉害的公关团队，应该也不至于是什么致命一击吧。

想到这里，他继续看了下去：

和古越的相识，是在大学的时候。

世界总是这样，表面上光芒万丈阳光明媚，实际上不知掩藏了多少龌龊。

大四的时候，有个朋友特别喜欢泡吧，于是我周末也总和他耗在一个叫Feeling的酒吧里。但巧的是，我居然在那酒吧里遇到古越。他在我们学校比较有名，因为是表演系的系草。可是在酒吧里见到他的时候，我几乎快要认不出他了。

这是个暗自开放的城市。有些高档酒吧里的吧妹或者歌手，其实都是艺术学校的学生，或者混不下去的三流模特。

附近有家酒店就是专门提供情色服务的。酒店里多的是这类“艺人”。这些人目的各不相同，有些人为了钱，而很多有才的人通常都有变态心理，或者堕落行为，比如古越。他的性格和才华是我所欣赏的，但是他的私生活之混乱，又是最终让我无法忍受下去的。

古越是酒吧的歌手。虽然传闻中说，酒吧歌手或者能被演艺经纪人发现或者被影视公司老板潜规则而后发掘。但现实里，酒吧歌手大多做了某富豪或者老外小三儿这种路途。而我怀疑古越也是在做什么不太对劲的工作，仿佛是走了兼职男小三的路途，上班时间灵活，客户繁多，档期很满，和明星赶场子一样。

不过对于古越的行径，我冷眼旁观，不想阻止。由于经常在酒吧里看到他，又因为是同一个学校不同系的学生，我和古越倒是成了朋友。那时候我觉得我在他出来卖这种事情上特别思想宽容。就像他和我讲："我不过是肉体上放荡，你是精神上放荡。奇怪的是，你的肉体却有极度的洁癖。"

写到这里，我不得不发挥意识流的精神，提一下古越在学校时候的床伴之一，沈璃。

沈璃并不是我们学校的学生，好像是什么三流大学的在校学生，但是我没见过她在学校上过课。沈璃不只是有古越一个情人，她也算是有累累战绩，属于那种高级妓女一样的存在。

但沈璃在这方面，却还远不如古越。古越是很能玩的人，他比这个女人更夸张，而且男女不拒。

……

童志宇看到这里，觉得眼睛有点儿酸疼，也就暂时放下了文稿。

秦萌连忙问道："宇哥，这是小说吗？"

"不是，更像是日记类型的东西、随笔之类的。"童志宇叹道，"不知道是谁写的，但是我敢肯定这不是赵晓霞能写出来的东西。我们先带走，回去的时候看。"

秦萌点头道："好。"

第 90 章　遇险

童志宇和秦萌“很有经验”地都戴了手套，所以这次也没留下什么指纹。

他们俩把那结婚照挂上去，文稿和照片都收走了。

这破旧的房子里一览无余，可见也没有别的什么东西。

两人从这旧楼里出来，一路往小区门口走。童志宇一边走一边想吐槽，这地方简直不能再破，就连小区里的路灯都没几盏亮着的了。

就在这时候，秦萌拉着他的胳膊，低声道：“宇哥，好像有人跟着我们。”

“有人在跟踪？”童志宇低声道。

秦萌点了点头，对他使了个眼色，两人继续往小区门口走，但是走得比较快。

此后，童志宇果然听到身后传来微微的脚步声，那脚步好像慢慢加快了。

秦萌突然将童志宇往旁边一带，自己返身迎上身后的人。

童志宇在旁边看着，昏黑的天色下也看不出是谁，只见那人全身黑衣，戴着口罩和帽子，从身形上看是个男人，但是身材比较高大，比秦萌矮不了多少，身手也敏捷，和秦萌对打居然不落下风。

童志宇在一旁看着，才发现秦萌的功夫不错，看来在部队的时候练得可以啊。

童志宇立即上去帮忙，俩人一起差点儿就把那小子给抓住了，结果冷不丁地，对方手一抖，一把匕首不知从哪儿掏出来，对着童志宇就刺了过去。

“宇哥小心！”秦萌喊道，随即一把将童志宇拽到身后去。

这时候，那匕首已经划到了秦萌的胳膊。

秦萌吃痛地低叫了一声，飞起一脚踹飞了那黑衣人。那黑衣人闷哼一声摔了出去，却立即爬起来跑了。

秦萌要去追，却被童志宇一把拉住了：“别去了！先看看你受伤严重不。”

秦萌只好停了下来，这才觉得手臂真的很疼。

童志宇拉着他走到路灯下，只见鲜血从秦萌手臂上的伤口流了出来，地上已经滴了不少血。

童志宇心中一惊，赶紧从手机上搜了一下周围的小诊所，所幸这地方还真有一家，于是赶紧拉着秦萌到那家诊所。

这时候已经九点了，那诊所医生正要关门，童志宇赶紧走上前拦住：“大夫，麻烦您等等，我这儿有个病人想找您看看。”

那医生仿佛四十多岁的年纪，是个男人，看到秦萌手臂上的伤吓了一跳，转而将门又打开了，开了灯，招呼道：“来，我看看。”

那医生把秦萌带进去，消毒包扎。

童志宇看到他手臂上的伤口，皱眉道：“大夫，这伤不会留什么疤之类的吧？”

那医生说道：“不会，看着血流得多，其实也就是皮外伤，但是这几天注意点儿别沾水，过阵子就好了。还有啊，别吃辛辣食物，一般没什么关系了。年轻人体质好，过几天就可以拆下来了。”

“不用缝几针吗？”童志宇看着那伤口有点儿狰狞，问道。

“不用，留不下疤痕。再说了，一个小伙子又不是姑娘家，还怕留疤吗？又不是在脸上。”医生摇头道，“以后不要随便和人动手，打架斗殴什么的可不是好事。”

童志宇懒得解释，只能答应了。

俩人从诊所里出来，童志宇带着文稿和照片和秦萌从小区出来，来到车里。

秦萌看着他难看的脸色，低声道：“宇哥，这是谁写的，上面有什么不得了的秘密？”

童志宇苦笑道：“我不清楚，写的是古越的过去。但是，赵晓霞藏得这么隐秘——应该是真的。至于写下这个东西的人，应该是古越的校友，可我还想不出是谁。先别说他了，你怎么样？”

秦萌想了想，说道：“我没事，这点儿小伤怕啥。宇哥，我来开车，你可以继续看看，回去还得五六个小时呢。”

童志宇摆手道：“不行，我们回去再看，你手受伤了不能随便乱动。”

在童志宇的坚持下，秦萌只好答应了。

他开车一路载着秦萌先送了他回家，然后开车到了自己住的小区。家里无人，保姆也去了医院。童志宇想了想，很想知道那文稿里面写了啥，便给保姆打了电话，让她留在医院照顾，自己暂时留在家里，想看完这文稿再去。

童志宇把那些照片锁到了保险箱里，然后翻出文稿继续看了下去。

接下来的内容，依然是古越那些奇葩的往事：

之后，我发现古越乐此不疲地出去约会，开房的地点从小旅馆到五星级大酒店不等。而且我发现一个问题，沈璃也总是会给他介绍不少衣冠楚楚的老大爷老大叔们。每到这种场合，古越都会出现，自称是沈璃的弟弟。

我看到之后真的是极度无语。我当然明白他们的意图，不过是想走个捷径一举成名。某次我终于忍不住问古越："你的口味什么时候变得老龄化了？"我没好意思说，"你的口味怎么这么重。"

古越的回答却是很经典："越是不举的男人，越喜欢用钱来修饰自己。虽然作为一个男人他们已经是半废品或者回收品了，但这样的人钱包还是很可观的，也能给你一点儿通往光明前途的机会。"

真想知道古越的粉丝以后如果知道他曾经有这种男娼一样的过去，会作何反应。

有一次，沈璃又约我们出来聚会，那天还有古越在场。他穿着亮红色面料的衣服，留着时下流行的刘海，特别伪装花美男。但是他的气质，就一夜店牛郎。

我问他："你怎么穿成这德行？"

古越哈哈笑了笑："觉得好玩。"

沈璃则拿手肘捣了我一下，示意我去看一个席上年近五旬的老头，然后我就瞧见那老头十分意味深长地看着古越。顿时，我恶寒。

沈璃坐实了我的想法："那老头是个制片人，就喜欢年轻小帅哥。"

我打了个寒战，瞧见古越笑着去看那老GAY。

沈璃翻了翻白眼儿："没什么好奇怪的，古越他就是一公共汽车。"我顿时失去了语言能力。但这个世界上什么事情都有可能发生，当我错愕了半晌后，这些情绪立即烟消云散了，取而代之的是对今晚这帮大叔的好奇。因为我注意到沈璃暗中带了相机和录音笔。她到底打了什么主意，我也不甚明白。

除了我之外，大家都叫了红酒。

我点了果汁，说对酒精过敏。和沈璃、古越比起来，我是不招人喜欢的那类。因此，几个老家伙都将目光放到了沈璃和古越身上。

一开始，这几个老家伙还算规矩。虽然彼此暧昧兮兮眉来眼去，但也只是停留在精神勾搭的层面上。但当两瓶啤酒下肚的时候，这群妖孽全部显出原形。我冷眼旁观到沈璃坐到一个老头腿上去，自己喝了一口酒，然后嘴对嘴地喂给旁人喝。我看着那人十分受用的样子，想的却是另外一个问题：沈璃有没有把唾沫也吐啤酒里？然后我瞥见老头将手伸到沈璃的短裙里，之后我就瞧见沈璃在他耳边低笑，拍他的手。

第 91 章　真正的秘密（上）

童志宇看到这里，回想了很久，也想不起来沈璃是谁。如果是后来比较有名的人，那么自己应该认识或者起码知道名字。

看来是和古越的过去有关的人。童志宇翻开新的一页，继续看了下去：

我顿时觉得鸡皮疙瘩扑簌簌地掉，扭头去看古越，他也放荡得十分给力。几乎靠在那个制片人大叔身上去，搂着人家的脖子低声笑着咬耳朵，时而灌自己一杯酒。此时他的情态也十分给劲。西装已经脱掉，白色衬衣的扣子开了四颗，露出微微泛红的胸膛。而那个老 GAY 正把手伸进古越的衬衣里去。古越似乎十分得意，跟那大叔继续勾肩搭背。我正无语问苍天，却发现藏在沈璃包里的摄像机正亮着灯。我顿觉很惊悚：竟然在录像！这是在玩火啊！

我赶紧把身体挪了挪，防止不小心把我也录进去。而我想不通，沈璃录完这个，要怎么处理，放到网上一夜被骂红？不可能。那就是勒索。很显然，这帮人敢出来玩，就不怕这些烂手段。现在我才发现其实我没啥想象力。

结果喝来喝去，几个老头把自己给喝大了，顿时开始跳起来脱衣舞。就他们那水桶身量，直接成为甩肉舞。跳到尽兴处，这帮人开始了猜拳脱衣服的游戏。

这个时候，沈璃又叫了几个酒吧里的姐妹来作陪。

现在本就夏天，大家都穿那么一件衣服，而玩了脱衣游戏后，现在酒吧女们脱得只剩三点了。

我好奇地看着她们，心想看你们怎么继续脱。果然，俩女的不想脱了，然后就跟那个肥猪老头跟前蹭来蹭去。那老货也知情识趣，就拿出四张一百的，给她们俩每人内衣里塞了两百。当然，他是分开塞的，一百塞内衣里，一百塞内裤里。

这样可以顺便摸一把。两个酒吧女见有钱赚，就更蹭过去了。我心想，接下来不能上演A片吧？那我真是省事儿了，也不用到处去搜A片看，而且还得担心带病毒。

总之，后来那个肥猪老头和酒吧女舌吻的时候，我赶紧转过头去看沈璃他们。这包间里是有卡拉OK的，此时，古越正举着话筒唱一首巨暧昧的歌。我一看他那德行，当时默然了，因为他竟然干脆没穿上衣了。

古越的身材不属于肌肉型，而是李准基那类阴柔型。但是如果不去看他的灵魂，那么他真的是一个看上去干净纯洁的美少年。此时，那个制片人正点着烟开始抽。吞云吐雾地，向古越脸上吐烟圈。古越则笑得极其温柔而邪恶。他丢下麦克，走过去爬上那男人的腿。制片人大叔比肥猪倌身材好很多，而且留着飘逸的长发和胡须，十分男人味。

但是，这俩人也有滚在一起的趋势。我看着古越被压在身下的情形，实在难以界定他到底是个什么怪物。我想在那一刻，我的确反胃了。古越的生活越来越荒淫无度，作风越来越老少男女通吃，我也越来越恶心他的作为。

我曾经想过为什么要和他们俩混在一起。很简单，灵魂类似，我们其实是同一种人。

灵魂深处隐藏着大片的黑暗，只是我表现得波澜不惊，而古越他们却不想控制内心深处的黑暗。

所以，就算现在他躺在制片人大叔的怀里，我也觉得可以理解，只是稍微有点儿不喜欢而已。我于是在想，我到来的目的是什么，难道是观看他们上演春宫秀？正当我疑惑不解的时候，沈璃适当地为我答疑解惑："我今晚不回学校了。你帮我把背包带回去吧。"

原来如此！

我会心地瞥了她一眼。原来沈璃是让我来帮她把证据悄然带走的。我点了点头，看了看时间。制片人大叔正抱着古越上下其手。我实在找不到任何美的词去形容古越放荡的笑声。那一刻，我猛然觉得我们这三个人都过得如此不靠谱，于是我赶紧带着沈璃的背包冲出了包间门。

此时正是初夏。

空气中有一丝缱绻的味道。清新，稍微渗透着些许悲凉。我低下头看了看手中的包，明明这个夏夜如此清新美好，我却捧着证实人类荒唐的最肮脏的证据。我突然觉得有趣得很，于是低声笑了起来。

我抱着沈璃的包回宿舍，不知道要怎么处理这个烫手的山芋。于是也就丢它在床头，等明天沈璃回来再说。

第二天一早，沈璃便来我们宿舍把她的色情视频给取走了。等到第二天晚上，这女人打电话给我："过来我宿舍看爱情动作大片吧。晚上正好别回了，住我们宿舍，同宿舍的姑娘都回家了，古越也来。"

我说："QQ 传来吧，我懒得去，再说了，我毕竟是男人好吗？"但接下来沈璃的话让我顿时改变了想法："真人版的，我主演的，剪辑过的，相当好的。还有，你算男人吗？"

我隐隐觉得，这丫对那视频做了什么见不得人的手脚。当然，那个视频本身就是见不得人的视频，也不在乎多此一举。

想来我也没什么正经事，于是果断去了沈璃的宿舍。

这是我第一次来沈璃的宿舍。之前看到她的时候，不是在酒吧，就是在卖淫场所，我常担心下次我得去警察局捞她。

但沈璃却对我这想法嗤之以鼻：“老娘后台很硬，别说本市扫黄组得给我卖三分面子，就算是Q城法院的一把手，也得看我三分脸色。”

我问为什么，沈璃说：“丫们经常找我和我姐妹儿，老客户了。”

我顿时心惊胆战。所谓男人征服天下，女人征服男人，原来这大半个城市都被沈璃和古越这一对儿妖孽踩在脚下。我当时考虑过，让她给我公务员考试做点儿手脚，把我弄进市文化局逍遥一辈子去。

沈璃听过我的这个想法后慎重地摇了摇头：“算了，那里都是些不举的老男人和绝经的老女人，你去了会疯掉。”

我听完她的形容就差点儿没疯了。我抚摸着我的心口说：“你能不能说话不要这么职业特点昭然如月。”

沈璃严肃地说：“这是事实。”我想了想觉得这也对。事实总是不动听不入耳的。话说我到了沈璃的宿舍，她把她的手提电脑打开。此时，宿舍里其他美女不在，宿舍里只剩下我俩，然后沈璃就点开了那个视频。

里面果然是昨晚的一些暧昧视频，只是在剪辑之下，显得更为过分。

我汗了：“留下这么多证据，你想怎么样？”沈璃关掉视频，飞快地拿出她的一个本子来。我看着那精致的密码锁日记本十分喜欢，但当她打开，让我看里面的内容之后，我顿时觉得日记本也是随主人的。金玉其外，色情其中。里面记载着沈璃所认识的所有有点儿精神暧昧或者肉体暧昧关系的男人的名字。甚至有几个人都被她标注了家庭住址和家庭情况、背景关系等。我一看她那名单，本来觉得半个城市被她踩在脚下，现在一看，整个城市原来都在她脚下，或者裙子下。我惊悚地看着她。我想这绝对不是她一个人搞定的。这么浩大的男人群，就算她日夜不休去搞，也搞不定。沈璃的背后，肯定有一大帮小三。

沈璃说："怎么样，我把这帮人都喊来的话，都能组个上流社会联谊沙龙了。"我急忙点点头："招商会也能开了，有招标的，有投资的。"各行各业的有钱不举老男人，都在她这个黄色名单里。

我继续问："你想怎么样？"

沈璃说："很简单，要名，要利，要个未来。"我点了点头，看了看这帮人的名字说："如果运筹帷幄，那绝对绰绰有余。"

沈璃点点头："对，这几年我光琢磨这个了。"

此时，我对沈璃为何会拉我来看这些表示一刻钟的疑惑。于是我问："你为什么想让我知道这个？"沈璃盯着我，笑了笑："我知道你家里生意不好，你大哥做生意欠债逃在外头没回来。"

我吃了一惊，问道："你居然调查我？"

沈璃点了点头："我调查你不是为了对付你，相反，我要和你当好朋友、好盟友。"

我有些疑惑，问道："你为什么这么做？"当然，沈璃现在也只是把我当成普通朋友，并非什么好友。或者现在看来，根本连朋友都不是。

沈璃："我让你盯着古越，我不信任他，我总觉得他有朝一日会是个麻烦。"

……

童志宇看到这里，已经不想看了，大部分的内容都是古越和一个叫沈璃的酒吧女或者外围女一起上位的潜规则历史。童志宇以前只是认为古越勾三搭四有过不少风流浪荡史，但是却没想到，古越还做过男妓一类的营生。而且这个沈璃好像还和古越面和心不和。

于是童志宇翻到了最后几页，看了看这个人最后记录的内容。

第92章 真正的秘密（中）

但是，最后几页的内容却很少，仿佛这个人在写的时候很是害怕似的，讳莫如深：

沈璃吸毒过度，死在了自己的单身公寓里。没人会怀疑她的死因，因为她本来就是一个声名狼藉的外围女。她的那点儿实力和学历，在京城这个人才济济的地方压根儿没有展现的舞台。

可我很明白，沈璃最后身败名裂，是她妄图要挟古越，让他背后的汪氏集团捧红她，因为他们以前做过太多见不得人的龌龊事。

古越很聪明，他早早看透了娱乐圈的本质，投靠了汪氏集团。外人都以为他是攀上了汪依琳汪大小姐，其实他的金主是汪子阳。

古越作为汪子阳的商业间谍去接近汪依琳，窃取企业机密，帮助汪子阳夺取了汪依琳的家产。

这才是真实的版本。但是其中是否还有一些弯弯绕绕，就不太清楚了。对于古越，他身旁来来往往无数男女，谁才是真爱，或者完全没有真爱，我已经不得而知了。

但是我想最终我还是会死的，因为我知道了一个秘密。我想我已经被古越发现了，可惜我没能拍下证据。

如果我没记错，2008年12月25日的圣诞聚会，也是仙侠剧《陌上风满庭》的杀青聚会。那个聚会上，有个叫康宁的编剧因为吸毒而从高台上摔下去，最后神志不清被送去了日本治疗。

其实那人是古越从阳台上推下去的。不知道他发现了什么，古越像是在杀人灭口。

也许，我是下一个吧。我准备随便把我的电脑放在某个人的包里，也许有一天这些证据会被人发现，也许会被人当成胡言乱语。总之，真相必将大白。

整个文档完结在这里。童志宇看到这里，长舒一口气，一时间他不知道说啥才好。

他也不知道是谁写下来的，怕是这个人把电脑放在了赵晓霞的包里，这才让赵晓霞带了出去，然后发现了里面的内容，打印出来，本来是想威胁古越，结果自己先被弄死了。

如果这个人写的都是真相，那么童志宇有点儿明白为什么朱玉会想弄死他，或者说为什么古越会想杀了他。

当年的那个聚会，他和老何都去过。但是具体发生了什么事，童志宇也不清楚。但是文档里说古越推人下阳台？

童志宇当时并未待到最后，因为他一向不喜欢这种聚会，但是老何确实是待到了最后。

而且他记得老何当年很喜欢拍照，因为几年前单反刚刚流行起来，老何还买了一个总是给人拍照当练习。

如果去找老何问问，也许能找到当年的照片。

想到这里，童志宇给何浩博打了个电话。

"老何，你在哪儿呢？"童志宇问道。

"当然在医院，你呢？"何浩博说道。

"你怎么还在医院？"童志宇有些吃惊。

"废话，你没回来我走什么，怎么样，忙完了吗？不然你在家再休息一晚上，明天再来。"何浩博说道。

"不用不用，我一会儿就过去。"童志宇说道，"我是想问你一件事啊。你记不记得第一部仙侠剧，就是你出事的那时候——我记得最后杀青的时候，你也去了。"

"没错，那时候我确实也去了，我还给古越拍了不少照片呢。当时那是他第一部演男主的剧，此前虽然也拍了广告什么的，但都是小角色。"何浩博想起来之后有些唏嘘，"没想到那剧让他一举成名了。不过，你问这个做什么？"

"那时候编剧组有四五个人吧，我记得其中有个叫康宁的，你记得吗？"童志宇问道。

"哦，记得，还是个挺传奇的人物。"何浩博说道。

他刚要继续说下去，童志宇赶紧打断他：“你现在在哪儿打电话，找个没人的地方再给我打吧。”

何浩博仿佛愣了愣，停了片刻，说道：“那你等等。”

说着，何浩博好像是开了门上了楼梯，最后童志宇听到从听筒那边传来一阵阵风声。

“好了，刚才在小辉的病房，他醒了在看电视呢。现在我到楼顶了，你要说什么啊？”何浩博问道。

“我就想了解一下康宁的事情。”童志宇说道。

“他啊，你了解他干什么。康宁当年也不算多出名的编剧，不过长得倒是挺帅的，当时不少人告诉他，不如直接出道当演员。”何浩博说道。

童志宇想了想，隐约记得那人年轻时候的模样。如果到现在，那个康宁和自己应该也差不多年纪了。

“那他后来怎么受伤的？”童志宇问道。

何浩博说道：“说是那次聚会出了意外，从二楼阳台摔到了一楼水泥台上，摔断了腿，而且后脑撞了一下，意识也有点儿不清楚了。”何浩博叹道，“说是他喝醉了酒自己摔下去的。当时我也没注意，正给大家拍照呢。”

“再后来听说他去了日本，这是怎么回事？”

“对啊，后来的事情就有些蹊跷了。”何浩博犹豫道，“咱这也不是贬低他哈，你说他出事摔伤了脑子，腿也废了，去了日本养病这件事，也是真的。但是康宁没什么特殊背景，最后却听说是被日本山口组还是什么组的一个人认了干儿子，结果就在日本定居了。媒体说，是因为那个日本黑道的老大觉得康宁像是他死了的儿子。”

“这么狗血的后续，是真的？”童志宇惊讶地问道。

“这个我就不清楚了。应该是真的吧，否则一个黑道的收养这么一个——头脑有些不太清楚的年轻人做什么。”何浩博说道，“所以说，康宁后来是有些传奇的意思。”

“现在有没有他的消息？”童志宇问道。

“当然没了，这都多少年前的事儿了。”何浩博说道，“毕竟他在日本，谁会跟去日本拍他啊。”

童志宇沉默了下来。

何浩博见他不说话，问道："怎么了你这是，突然问起康宁的事儿了。"

"对了老何，当年你拍的照片还在吗？"童志宇突然问道。

何浩博说道："也许在吧，也许不在，这么多年了我还真记不清楚了。不过从腿伤了之后我就开始搞摄影，用了四个移动硬盘存拍过的照片，说不定还真在，但是我得找找，那可是成千上万张照片啊。我还真不一定找到，因为我没给硬盘编号，记不住哪个是最初的了。"

童志宇说道："那麻烦你回去帮我找找那晚上的照片，然后发我邮箱。如果你不想自己找，就都给我，我找找。"

何浩博叹了口气，说道："得，怕了你了，我给你找吧，不过你起码告诉我，找那照片干什么？别是又有什么麻烦事儿了。"

"我也说不好，我在想你当时也许拍到了什么。"童志宇沉吟道。

第 93 章　真正的秘密（下）

"哦？什么意思啊？"何浩博惊讶地问道。

"你说那个康宁喝醉了酒坠楼，好像不是。也有人说，他是之前吸毒了吧。"童志宇想起那个文档上写的事情，于是说道。

康宁，他虽然记得，可对于康宁受伤之后的八卦就不清楚了。因为那时候他和朱玉正在热恋——虽然可能只是他单方面觉得那叫作热恋，除了朱玉和自己的作品，他也不太关注其他人。

"哦，那是无聊小报瞎写的吧。据我所知，康宁不吸毒。"何浩博说道。

"什么？他不吸毒吗？"

"对啊，康宁这个人不错，因为他弟弟吸毒过量死了，所以他很痛恨毒品，还加入了个什么戒毒志愿者协会，就是帮人戒毒的一些组织之类的。"何浩博说道。

"你怎么这都知道啊。"童志宇惊讶地问道。

"靠，你是多不关注我。当年你不是编剧组的老大吗，我们俩总是在一起，我自然和那三个编剧也熟悉了，比剧组的其他人都熟一些。"何浩博说道，"康宁当时和咱们年纪相仿，就走得近了些，这些事也是他自己告诉我的。说实话，那人是不错的，有时候我不喜欢他有点儿优柔寡断的样子，但是他心地挺好。”

“你才应该去当娱乐记者。”童志宇摇头道。

“我这叫随和。”何浩博笑道，“你个傻缺，说起来，为什么想起他了，你还没告诉我。你觉得我当时能拍到什么？”

“我还不确定，等我找到之后告诉你。还有，你是不是没有告诉别人，你拍过那些照片？”童志宇问道。

“说起这个，也是有些奇怪。”何浩博沉吟道，“我不只是在那天聚会拍过照片，在拍摄中我也拍过照片，不过因为不能外传，我都放在相机里，只是有一天心血来潮自己买了个移动硬盘，拷贝了一份。”

“然后呢？”童志宇追问道。

“然后我发现那一阵子我的相机里照片总是被删。我一开始以为相机有问题，就去修，结果修理的人说完全没有问题，说我自己删了照片却不知道。我当时也没多想，你这一问起来，我怎么觉得这事儿有点儿奇怪呢。”何浩博说道。

“你是有多迟钝，现在才发现不对？”童志宇有些哭笑不得。

“唉，也不是。当时不少人借我的相机去用，我以为他们拍的时候给删了呢。有两次别人没有借过，但是照片还是被删了，我才觉得不对劲。”何浩博说道。

“你也是特别，别人要么把照片存相机里，顶多复制一份到电脑，晒个朋友圈空间什么的，你居然还放第三份在移动硬盘里。”童志宇说道，但是他现在倒是很庆幸，幸亏老何有这个习惯，否则怎么去找当年的照片。而且显然删了他照片的人不想老何拍到什么东西，一定是有人故意为之。

但是大多数人不会很费事地将平时拍的照片拷贝三份来保存，所以那删照片的一定不知道老何还存了一份在移动硬盘里。

“当年对摄影感兴趣啊，我就想留个纪念，集中存起来，等过几年看看自己有多少进步。”何浩博说道，“得了，我不和你废话了，赶紧的，要来就来，或者就去我家拿硬盘。”

“别，这事儿还是隐秘点儿。你别把硬盘拿出来，等我去你家的时候在你那儿看完了就行，或者你不嫌麻烦就找出来发给我。就要当年聚会的照片。”童志宇说道。

“行吧，我回去看看。”何浩博说道，也没追问到底怎么回事，就挂了电话。

挂断电话之后，童志宇倒是有些莫名的兴奋了。说兴奋也不对，是心跳加快的激动。这么久的迷雾重重，终于有了一丝线索。如果能在照片里发现什么，那也许自己就能顺清这前因后果，知道发生这一切的怪事都是什么原因了。

但现在最要紧的还是去看看朱玉和童辉。还有这次车祸也是突然，朱玉开车技术还是不错的，毕竟她和自己结婚这么多年，一直有自己的车，也算是有十年左右驾龄的老司机。

怎么就突然平白无故撞车了？又不是天乌漆麻黑的时候，对方司机也应该不会这么不小心。况且他了解过那路段，没有监控倒是真的，可路不算窄啊，是条能够并行四辆车的马路。

这在这个滨海城市里已经算是宽敞的马路了。

想到这里，他洗了把脸，开车去了医院。路上他给童念打了电话，童念说晚上有晚自习，不能去医院，也就干脆不回家了。

童志宇倒是松了口气，这下可以分出精力来照顾童辉，考虑这些怪事。

到了医院之后，童志宇先去了童辉病房，瞧见他居然下了床。

“这才两三天，你怎么下床了？”童志宇皱眉道，“怎么能随便活动呢？”

“爸，我都能出院了！本来我就没什么大伤，当时只是撞了头，晕过去而已。医生说了，有轻微的脑震荡，不过过阵子就好了。其他地方都是皮外伤。”童辉满不在意地走到沙发上坐下，拿起一旁的葡萄吃了起来。

何浩博笑道：“你这儿子不错啊，身体倍儿好，果然和你很像。”

童志宇勉强笑了笑，这话如今听在耳朵里多少有些刺耳。

童辉闻言笑道：“何叔叔，我比我爸小时候强多了吧？”

何浩博笑道：“的确，你比你爸还厉害。”

童志宇顿时脸色有些尴尬。想起童辉的身世，顿时心情莫名郁闷了下。他定了定神儿，说道：“老何，你回去休息吧，记得我说的。这几天辛苦你了。”

何浩博拍了拍他的肩膀，说道：“咱俩还说这些做什么。得，我先走了。”

“干爹再见！”童辉挥手道。

何浩博笑骂一声，推门出去了。

童志宇讶然道：“什么时候你叫上干爹了？”

童辉说道：“我这一病，何叔日夜守着我，比我妈对我还认真。我当场就认了干爹。”

童志宇也忍不住笑了：“你这孩子。饿了吗？我去给你买点儿吃的，顺便看看你妈去。”

童辉说道：“嗯，爸你去吧。对了，刚有个人来看我妈，一开始走错了病房，走我这儿来了。现在估计还在。”

“哦？什么样的人？”童志宇问道。

“四十来岁，一个男的，有点儿娘娘腔，反正看着就讨厌的那种。”童辉皱眉道。

童志宇闻言，心中一愣。

第 94 章　冷面相对

也不知道为什么，这个描述让他迅速想起一个人。

于是童志宇立即去了隔壁朱玉的病房，果然看到一个人正坐在朱玉床前。

他进门的时候，那人回过头来。熟悉的脸，让他眉头忍不住皱了皱。

“哟，赵先生。”童志宇笑道。这人果然是赵飞。

难道古越躲在幕后坐不住了，这回居然让人公然出来探望朱玉了？

朱玉出车祸的事已经被记者曝出去了，但是由于这个医院的安保设施不错，普通娱乐记者混不进来。

毕竟这医院里住的病人通常非富即贵，如果病人有什么隐私被记者拍到了公布出去，对医院的信誉也有影响。

赵飞立即站起来，对童志宇笑道：“童老师，好久不见了。”

“是啊，好些年了。”童志宇似笑非笑地说道，“怎么有空来看我们啊。”

还没等赵飞说话，一旁的朱玉突然笑道：“志宇，你还不知道吧？赵飞住我们家对面，他在我们家对面买了楼，以后我们就是邻居了。”

“这么巧？”童志宇故作惊讶地问道，其实内心里已经开始冷笑了。

赵飞现在来看朱玉什么意思，是公然表示自己要住在对面——实际上是为了给古越和朱玉暗中来往打基础吧？

赵飞笑道：“童老师这意思，莫不是不希望我住在你们家对面？”

“哪有，只是觉得巧合。我们家对面那楼——”童志宇说到这里，故意沉吟了片刻，才继续说道，“从外头看好像荒废许久的地方，没想到是你买下来了。你不是一直在北京吗，怎么突然想住这里了。”

赵飞说道：“唉，也不是我住，是我哥让我买的。说是我妈年纪大了，受不了北京那气候，我想了想，咱们这城市靠海，夏天不太热冬天不太冷，空气还干净，都没什么雾霾天儿，老人在这儿养老正好。这不是刚要收拾出来吗。我以前就买了下来，可还没机会去收拾呢。”

童志宇点头道：“嗯，确实，这样的话我们以后还能做邻居。对了，古越呢？这些年也不见他了，前阵子匆匆一面，也没说上什么话。”

他说这些话的时候，眼角余光瞥着朱玉，想看看她什么反应。

从刚才进门的时候，他就觉得朱玉脸色不太对，好像有点儿凝重有点儿苍白。

如今他一提到古越，朱玉脸色更难看了。赵飞倒是神色如常，笑道：“他啊，准备回国发展之后就忙了，毕竟离开这么多年，国内娱乐圈都是小鲜肉的天下了。现在不得不多努力一些才行，所以近期他有点儿忙。”

童志宇此时想起几个月前去探班，看到的那个叫《宅迷情深》的剧本。

想起来他就不怎么高兴，那剧本太像他的创意了。

于是他问道：“对了，上次我见古越的时候，那剧组有个叫付瑶的编剧，听说是古越的亲戚，是他介绍过去的？”

赵飞的脸色飞过一丝异样，随即他扶了扶眼镜，笑道：“他呢，确实是古越的一个亲戚后辈，不过人却不是古越介绍过去的。”

童志宇心中冷笑，脸上神色不变，淡然地说道：“哦，是吗？”

此时朱玉的脸色更不太好看了。半晌之后，朱玉说道：“那孩子是我介绍过去的，他是我师弟，我母校的。我想既然资质不错，不如介绍个工作机会给他，也算是历练了。”

童志宇只是以为那付瑶是古越介绍过去的，没想到却是朱玉！这顿时让他愣了愣，随即脸色就有些难看了。

他现在十分确定，是朱玉拿着他的创意给了那个名不见经传的小子付瑶，让他抄袭自己的，给古越送人情献殷勤。

这一刻他也是真正明白了刚才赵飞的脸色为什么那么微妙，简直几乎是公然让自己难堪了。

赵飞虽然不说话，不过唇角似笑非笑的表情十分刺眼。怒火冲到童志宇头顶，童志宇脸色立即沉了下来，冷冷说道："哦？你不会是介绍他的时候，连我的创意都直接送给那付瑶了吧。"

朱玉脸色变了变，皱眉道："你这是什么意思？"

"我记得那个《宅迷情深》的剧本，可是很像我写的一篇随笔小说。结局虽然不同，但是中间的细节很相似，甚至名字都有些相似。我还以为是巧合呢，这如果是你介绍过去的，该不会连剧本都指导过了吧？！"童志宇声音如寒霜，眼神也冷冷地逼了过去。

朱玉脸色顿时变了，童志宇看着她的神色翻来覆去的变化，心中寒意更甚。

"没有，你误会了，我没说过。你知道的，我……我记性不太好，你说的那个什么剧我都不记得了。你电脑密码不是换了吗，我很久没看过了！朱玉慌乱之下连忙分辨。

"哦，连我电脑密码换了都知道了。"童志宇笑了笑。此前他并不瞒着朱玉自己的电脑密码，只是为了防止童辉乱用电脑，误删了他的文档，他才设置的密码。

但是自从怀疑朱玉之后，他就把电脑密码、保险箱密码等都换了。他以前给家里人说过，不要随便动自己的电脑。

看来朱玉在他换过密码之后还是动过了，这让童志宇十分不满。

朱玉说完那话之后，也觉得自己失言，一时语塞。

赵飞察觉到俩人之间的气氛不对，便干笑两声，说道："我就先走了，不打扰你们夫妻聊天了，童老师，咱们改日再见。"

"嗯，走好。"童志宇招呼道，赵飞立即开门出去。

朱玉想说点儿什么，但是看童志宇脸色难看，一时间也没说话。

"宋阿姨呢？"童志宇也不想现在就撕破脸皮，因为一切尚未尘埃落定，于是自动转移了话题。

"哦，她去楼下买饭了，"朱玉回答，"刚走没多会儿。"

正说着，门一开，保姆走了进来。她看到童志宇，笑道："小童来了？

今晚还是我看着吧，你回去好好休息。”

童志宇心中惦记着那照片，外加刚才朱玉确实恶心了他一下，实在不想面对她这张脸，于是说道：“嗯，那就麻烦你了。小辉已经能行动自如了，明天就办出院，今晚我想还是让他在这儿休息一晚上，也麻烦你看着。”

保姆点头道：“好的，没问题。”

第 95 章　旧照片（上）

童志宇再度转身面对朱玉的时候，脸上的怒气跟冷漠已经隐藏了起来，他淡然说道：“好好休息，医生说你的伤比小辉重不少，一定要注意身体。”

朱玉愣了愣，随即点了点头，说道：“那你先回去吧。”

童志宇应了一声，又去看了看童辉。

此后他才出了门，本想马上回家或者找老何，但突然想起自己被催眠的事情，不由得念头一转，往医院的保卫科走过去。

进了保卫科，童志宇找到医院保安，说道：“前天晚上我朋友在这儿丢了一个钱包，我想查查看当时病房的情况，是谁来过那病房，麻烦你给调一下监控。”

保安立即说道：“不可能，我们这里不是随便谁都可以进来的，来的人都是病人家属或者朋友。”

“是吗？那为了证明你们这儿安保措施不错，起码让我看看总可以吧？我又不干别的，只是和你一起看看监控。”童志宇说道。

保安依然没有答应：“不好意思先生，监控什么的，就算警察来了也不一定有权限查。”

童志宇冷冷说道：“那么我朋友丢了的钱包怎么办？里面还有重要证件。不然我们报警吧，顺便让外界知道知道，你们医院的保卫科连个小偷都防不住。”

那保安一听报警，立即变了脸色，将童志宇请到内屋里的小休息室，低声道：“先生，不瞒你说，前天我们这儿线路坏了，监控也没运行，至于监控视频更是没有。现在我们也不知道到底什么情况，但是您朋友——”

童志宇打断他的话，问道：“怎么线路坏了，总不会是有人把电线剪断或者烧坏了吧？”

童志宇冷不丁想起于冰冰那件事，同样也是酒店门外的电线给剪断了。

“电线给人烧坏了。不过先生，这件事麻烦您不要对外透露，至于您朋友的损失，我会上报给领导，看他如何处理，到时候是赔偿呢还是——”保安说到这里，童志宇打断了他：“算了，他准备去补办证件了，我只是有些生气，但愿别人没丢东西吧。”

保安见他突然不追究了，一时间有些茫然，但很快就回过神儿来，大概觉得多一事不如少一事，也不再多问，把童志宇送了出来。

童志宇出来之后，心中不断想着这件事。

这回又是电线被破坏，上回也是，难道是巧合？更像是同一个人干的吧，或者是同一拨人。

童志宇叹了口气，心想还是先找老何再说。不过还没等他给何浩博打电话，就看到邮箱有新邮件提示，随后老何用微信发了个消息过来：“找到了，发给你了，不过我没细看，就算从聚会开始到结束，也有上百张照片，你自己看看吧。”

“多谢，辛苦了哈。”童志宇回道。

想到有照片过来，童志宇立即开车回家。这时候又到了晚上，家里照旧空无一人。

他赶紧到了书房，打开电脑，点开自己的邮箱。

邮箱里头果然有老何发来的一封邮件，邮件附件是一个压缩包。

童志宇将那附件下载下来，打开一看，果然是十年前的老照片。

照片一共 106 张，童志宇有些无语。这要是挨张仔细看完，最起码也得半个小时。

不过也幸亏何浩博留下这些照片，才能让他仔细查看一番，追寻当年的真相。

这一张张照片看下来，倒是勾起了童志宇的回忆。想当年他们编剧组有四个人，他、康宁、闫晶晶、傅青红。康宁如今居然去了日本，还留下残疾。闫晶晶混得还不错，不过成了言情剧的编剧，主要是做古装和偶像剧。傅青红？

童志宇的手停了停，此时正落在第三十五张照片上。

照片里是他们四个人的合照，可对于这个傅青红，他就没什么印象了。

好像从这部戏之后，他就淡出了。由于当年他也不是什么太出名的编剧，并没有人关注。

从照片来看，傅青红也是个挺俊朗的小伙子，喜欢笑，脸上常带笑容，照片上还能隐约看出梨涡。不过他为人——童志宇回想了一下，傅青红看似对任何人都很温和，但是内心里其实比较疏淡。别的人在聚会的时候也会聊聊自己，什么朋友啊家庭啊，好像印象里这个人从来不提自己的家人，甚至连他的名字是真名还是艺名，也没人知道。

童志宇感叹一声，心想这个人还真算是挺神秘的。

他们这四个人，除了闫晶晶，当年还都长得不错。童志宇略微怀念了一下自己当年的帅气。

接着，他继续翻了下去。

童志宇每一张都仔细看过了，一直看到第九十张，还是没看出什么来。等他翻到第九十一张的时候，顿时停了下来。

这一张拍的是聚会里大家喝得七七八八的时候，围在一起玩大冒险游戏。

但是，这场地是一处别墅的二层起居室，好像是导演的一个朋友的住处。那朋友是搞音乐的，将起居室和一间大卧室打通，直接做成了一间影音房。

既能唱歌录歌，又能放电影。也正是因为这个便利条件，大家才选择在这儿聚会。

环境好，又便利，还有大厨给做饭。

这一间房是落地大窗户，外头是阳台。

虽然是夜里拍的，但是能隐约看到阳台上站着两个人。

一个背对着镜头，另一个侧着脸和他说话。

侧脸的那个，正是古越。

那么另一个人难道是死去的康宁?

想到这里，童志宇继续翻了下去，瞧见下一张，那康宁也转过脸来，和古越说话。

由于屋里是女主演和男三号在玩大冒险的游戏，好像是绑在一起吃苹果，所以老何拍了好几张。

当时他俩被传是情侣，大概是俩人拜托老何拍的。其他人都在看着他们。

往后的几张，都是大家在屋里欢乐，没有人注意到外面。

但是翻到后头，童志宇心跳得越来越快。

他把照片用幻灯片的方式放了出来，可以看出古越和康宁似乎起了争执，古越拿出注射器给康宁扎了一针，然后趁着他意识昏沉的时候，将他推到阳台下。

古越全程都是戴着黑色手套的——那时候正是冬天，他穿了全黑的西装，也戴着一副手套。

也就是说，警察后来发现的针管上面根本没有古越的指纹。

屋里音乐声音很大，没人注意到外头有声响。大家喝得很醉，也没人注意到外头发生了命案。

童志宇看完了照片，突然明白了一件事。

全场人都喝醉了，唯有老何一个人没多喝，因为他要给大家拍照。

但是老何的注意力都在屋里的人身上，自己根本没有发觉外头的情况。

然而古越一定是在做完这一切的时候，突然发现老何在拍照的。

但是当时他一定没露出什么端倪。童志宇回想了一下，那别墅的大阳台也是打通的。除了这大房间，旁边还有一间，就是洗手间了。

洗手间外头也有阳台，他隐约记得刚才翻看过别墅整体照片，那阳台外头是屋子主人用来放盆景和植物的地方，远看十分漂亮。

也就是说，古越可能通过那个小阳台，开了洗手间的推拉窗户进去，然后从洗手间正门绕出来。

警察来了之后，所有人还在宿醉之中，根本说不清发生了什么，而老何也根本没想到自己拍了康宁被推下楼的全过程。

童志宇心想，当时公司的经纪人一定是和警察沟通过，由于出事的人是娱乐圈的，所以不能过于声张。也就是说，基本上当年当意外事故，或者吸毒过量跳楼处理了。

等这件事风头过去，古越想到老何当时在拍照，一定十分后怕，想要杀人灭口。

他肯定也检查过老何的照片，也让别人盯着老何，所以老何才发现自己的相机总是有照片被删除，也许是检查的人不小心删掉的，也许真是老何拍了什么别的藏着秘密的照片。

但是删了照片也不能让古越安心，这才有想炸死老何的那一幕——想到这里，童志宇突然发现逻辑不通。

老何参与拍摄在前，拍照在后，古越就算下手，也该在后头。

难道之前还发生了什么事，才让古越忌惮老何？

还是说，那次的爆炸真的是他想多了，并不是古越安排的？可看于冰冰的样子，分明是告诉自己，古越安排了那场爆炸。

难道——他是为了要替换这个角色？可是为什么啊？

如果只是抢角色，不至于用这种玉石俱焚的手段。

童志宇想到这里，更是觉得茫然了。

第 96 章　旧照片（下）

童志宇考虑半晌，觉得一切的源头在死去的康宁身上。可能当年老何做了什么事情和康宁有关系，让古越认定老何和康宁是一伙儿的，或者，康宁和老何说了自己的秘密。

但是，那个文稿的作者是谁？并不是康宁才对。古越的校友——单单是这个身份很难去查到底是谁。

古越成名前没人关注过，他成名后肯定是做了无数工作来遮掩以前的丑闻。但是如果他杀人这个事情被人知道了，那就不只是丑闻这么简单，他背后势力再大，也会锒铛入狱。

童志宇叹了口气，躺在躺椅上沉吟许久，想着接下来怎么办。

照片不能这么随意地给警察看，因为照片历史太久，如果给警察，警方立案调查也不容易，古越现在入了美国国籍，普通警察无法问讯。

而且也说不好送去警局，到底会不会查下去，汪氏集团怕是和官警高层也会有利益往来。

所以为了慎重起见，还是再等个合适的时机。这些照片自然要存好，毕竟是证据。

想到这里，他准备小睡一会儿，于是先自己做了点儿饭吃了，又走到院子里，看到在自己别墅里住着的九月迅速钻了出来，绕着自己扑来扑去地玩儿。

果然那片花田被铲掉了之后，小狗也精神了。童志宇给九月倒了一盘子狗粮，填了水之后，就往书房走过去。

想起地底下的暗道，童志宇便不想在楼下待着。尤其是卧室里还有朱玉的痕迹，如今他已经彻底厌烦了这个女人。

童志宇回了书房，将门反锁，躺在躺椅上盖着被子睡了过去。也许因为有心事，他睡得并不安稳，梦境纷乱得很。

就在他迷迷糊糊睡着的时候，突然隐约听到一阵狗叫声传来，童志宇顿时翻身醒了过来。等他醒了会儿神走到窗前往下一看，只见大门口站着一个人。九月可能本来冲着那人在叫，但是看清之后又欢脱地奔到门口摇尾巴。

童志宇透过大门往外看，只见那人有些熟悉，仔细一想，这人好像是秦萌？！

想到这里，童志宇才有些不好意思起来。自己一直在追寻当年的真相，却并未仔细想过秦萌的伤势。人家为了帮自己而受伤，自己却再也没过问，电话都没打一个。

于是他立即穿上外套下了楼，走到大门口，果然看到秦萌正在门外逗九月。童志宇打开大门，笑道："你来了怎么不按门铃叫我？"

秦萌笑了笑，说道："我看你们家灯都灭着，以为你不在家。"

童志宇说道："在，倒是我没去问问你的情况。进来说话吧。"

秦萌于是进了院子，九月也跟了上来，跟前跟后的仿佛很喜欢秦萌。

童志宇笑道："我家的小狗好像很喜欢你。"

秦萌笑道："在部队的时候，我们那儿也有狗，我喜欢养狗。"

童志宇看着他胳膊上包扎的绷带，问道："伤口还疼吗，这两天怎么样？"

"已经没事了。我想起你来，想来看看是不是有需要我帮忙的。"秦萌问道。

"倒是没什么事。"童志宇笑道，"倒是你，今天找我只是为了来看我？"

秦萌沉吟片刻，说道："宇哥，你家对面那个楼的主人好像要来住了。"

童志宇一愣，笑道："你也知道了？"

秦萌茫然道："你早就知道了吗？"

童志宇忍不住冷哼一声，说道："嗯，我还见过对面的人，我们算是认识。"

秦萌"哦"了一声，说道："宇哥，我总觉得这事不太妥当啊。那个地道怎么办，你不封起来吗？"

“先不用。”童志宇说道，“等以后再说。”

俩人又聊了些别的，童志宇顺便把自己的书和晚上留的晚饭热了热，递给秦萌：“我知道你们夜班要熬到天亮，当消夜吧，不然明早热热吃也行。”

“这是……海鲜面吗？你怎么知道我爱吃虾。”秦萌挺高兴地接过去。

“海鲜乌冬面，喜欢吗？我随便做的。”童志宇说道。

秦萌看来也不知道啥是乌冬面，不过还是挺开心。他带着便当盒子出门的时候，瞥了一眼院子里，忍不住惊讶地问道：“宇哥，你家的花都铲掉了？”

童志宇瞥了一眼院子里，说道：“我不太喜欢那些美人花，也正好开败了，就让保姆铲掉了。少了那一大片花，看着院子都宽敞了吧。”

秦萌点头道：“确实是的。”

送走秦萌，童志宇回屋看了看时间，快半夜十二点了。于是他又躺下睡了过去，但是这次只睡到凌晨四点多就醒了。

他起床拉开窗帘，看着外头雾蒙蒙一片，才发觉是下雾了。

回头下意识地看了看台历，今天居然是寒露。

深秋的寒意从开着的纱窗蔓延进屋里，让他有些不由自主地发寒。

窗外依然有些发黑，微微的亮光从天边慢慢渗透过来。

他突然觉得自己周围也正处于这种迷雾之中，似乎是在那无法预知未来的黎明之前。

童志宇洗漱完毕，到楼下做了个早饭。打开面包机的时候，他忍不住环顾了一下四周。

四处空荡荡的，仿佛自己生活了许多年又回到了原点。

不知道这一切结束之后，自己的生活会变成什么样子。或者，就像现在一样，像最初一样，孑然一身？

窗外仿佛有秋蝉鸣泣，一股沉默的凄凉围绕在他周身。

吃完早饭后，童志宇回到书房，将新书写完了结尾，然后发给了编辑。

完成这一切之后，童志宇看了看时间，上午八点四十多了。

想必一向习惯早起的老何已经起床了。

于是他拨通了何浩博的电话。

“哟，难得你能起这么早。今天找我干什么？”何浩博问道。

“唉，我还是在想那些事。关于康宁这个人啊，你以前是不是和他来往过？”童志宇问道。

因为他始终想不通这前后逻辑关系，何浩博什么人他自然清楚，绝对不可能和汪氏集团有任何牵扯，也不可能和他们有仇，更和古越没有任何来往。

那么剩下的唯一可能性，就是何浩博和康宁可能有密切往来，曾经的那段日子，让古越误会了，这才想弄死他。

也许康宁早就知道了古越的秘密，只是在戏杀青的时候，古越才找到机会，或者说不得不除掉他。

“你怎么问这个？”何浩博有些惊讶，“这个……我还真是记不太清了。要说印象深点儿的，那就是有一阵子康宁总喝酒，好像有什么愁事。那阵子我没啥事，就陪着他喝过几次。我问他在愁什么，他也不说。”

“那你仔细想想，他到底说过什么让你印象深刻的吗？”童志宇问道。

“都说了记不住，我没那么好的记性。嗯，好像是失恋吧，不过真奇怪了，我也没见他和什么女孩儿来往，”何浩博说道，“所以也许就是工作上的事儿。”

“到底是什么？”童志宇无语地说道，“这俩能一样吗？”

“靠，那兴许就是失恋吧。”何浩博说道，“不过我没见过他女朋友。”

第 97 章　出乎意料

“是这样。”童志宇沉吟道，半晌无言。

“欸？你没事吧？你这一天天神神道道的——”

“没事，我就是问问。”童志宇刚说完这话，就听到有声音从手机听筒里传来。他拿下手机一看，一个陌生号打了过来。

“先不和你说了，我有电话，晚点儿聊。”童志宇说着，挂了老何的电话，接起这个陌生号打来的电话。

他想起自己刚给胡文熙发过稿子，也许他大略看了看后半部分，要给点儿建议吧，因此也没多想便接了起来。

结果，这次却还是那神秘人的怪声传了过来：“童老师？”

“怎么又是你？”童志宇有些惊讶，“你这号码是？”

“先不说这个，最近那卢冲可有什么动静？”神秘人问道。

“没有，我没见过他，这两天发生了不少事情。”童志宇说话的时候，内心在斟酌，要不要把发现的告诉神秘人。当然，不能轻易告诉他，一定要确保对自己没什么威胁的时候再行打算。

也许是童志宇的迟疑让那神秘人有所注意，便问道：“怎么，童老师是不是有什么事情不想告诉我？”

童志宇沉默许久，才说道：“我确实发现了一些东西，但是，你到现在都没有让我看到你的真面目，我实在很难信任你。”

那神秘人笑道：“我明白童老师的顾虑，不过得看你的消息是什么。如果你要告诉我特别重要的事情，那么，我可以和你面谈。当然，前提是，特别重要，对我很有用。”

童志宇一愣，并未想到神秘人这么痛快就提出了见面。这痛快倒是让童志宇一时间不知说什么才好。

“童老师？”神秘人见他不说话，继续问道，“说说看，你发现了什么？”

“我发现了古越的秘密。”童志宇说道，然后简单把照片内容给他说了说，并未告诉他是老何拍的。

神秘人听后，沉默了片刻并没有说话。童志宇以为他觉得这消息并不怎么可靠，便说道：“既然你不信，那就算了。”

“我并非不信，只是觉得有些惊讶。”神秘人说道，顿了顿，“我寻了这么多年，没想到还不如童老师这几个月的发现。”

“所以你是不是相信我的话？”

“嗯，我相信你这个人。”

“什么？你相信我这个人？”童志宇有些惊讶了。这神秘人冷不丁说这句话，倒是有些意料之外。若是只是知道他的名字，对自己并不熟悉，那这个神秘人应该不会说“相信你这个人”这样的话。

莫非早就认识自己？

可童志宇想不出自己认识的什么人能够做到这种地步，不动声色地监视别人，能查到很多人的秘密。这应该不是一般的人能做得到的。

“嗯，为了表示诚意，我就和童老师约见如何？”神秘人说道。

童志宇愣了愣，才问道：“我们什么时候，哪里见？”

神秘人说道：“那就定三天后，上午十点，地点我再通知你。”

童志宇问道：“哦？为什么要三天后？”

“童老师，你总得留给我赶过去的时间吧。”神秘人笑道，“放心，三天后，我会主动联系你。”

说着，对方挂了电话。

童志宇愣愣地回想许久，一时间没能回过神儿来。

他一直想知道神秘人到底什么身份，也曾经想过神秘人根本不会主动公开身份，可没想到突然之间他居然同意了见面。

童志宇思虑半晌，觉得神秘人不太可能忽悠他，应该是真的想见面。

那么这个人难道和古越有不共戴天的仇恨？否则怎么一听到古越要倒霉了有什么把柄了，分分钟就要过来见面呢。

童志宇回想了一下刚刚神秘人的语气，那句“我相信你这个人”，隐约透露出一种他和自己很熟悉的感觉。

或者也不是熟悉，应该是早就认识的人？

当然，这句话也可能是一种感叹而已。毕竟神秘人让那保姆在自己家里盯着自己一家子，他们家发生什么事，童志宇到底是什么人，保姆也会和那人汇报。

在他胡思乱想的时候，张迪的电话打了过来。

“童老师，化验结果出来了，你的身体里确实含有毒品成分，好在并不多。”张迪问道，“是怎么回事？”

童志宇心中一沉，心想果然如此，否则自己不会那么容易被催眠。

“说来也许你不信，我也不清楚为什么，那天晚上我在第一人民医院的时候，觉得我可能是在昏睡之中，被人注射了毒品。”说着，童志宇将那晚发生的情况告诉了张迪。

张迪听了没说话，童志宇觉得他可能也不太信这个说法。当然，谁特么会无凭无据信这种怪事。

半晌后，张迪问道：“童老师，其实您身体里这个毒品，应该是最新的一种，里头含有一种有毒植物的成分。这毒品容易上瘾，我们已经接到两起吸这种毒品而导致幻觉自杀的案子。当然，这是中毒很深的时候才会发生这种情况。但是您好像并没有太多中毒的迹象，或者上瘾的感觉，这是为什么？”

童志宇想了想，问道：“是不是这毒品里含有的有毒植物成分，叫作美人花？”

“对，美人花，就是上次你让我检测的那个美人花。”

“如果，我以前一直在接触这种美人花毒，那么会不会产生抗药性，所以才没什么感觉了？”童志宇想起自己被朱玉下毒可不只是一日了。

虽然她用量很小，但长年累月的，总有上瘾的时候吧。

也确实，自己有时候失眠多梦，记忆力差，体质也大不如前。

不过起初他以为自己是工作累的，可现在看来，可能是常年被下毒的缘故。

“不会，如果长期服用，只会越来越上瘾，除非你喝了什么解毒的东西，否则会像是其他吸毒者一样，必须强制戒毒才行。”张迪说道。

解毒的东西？童志宇并不觉得自己吃过这东西。

“不过，我说的毒品和您说的美人花不一样。美人花是有毒，但是它并不是毒品。我们发现的那种毒品有个名字叫蓝色冰恋，美人花只是构成成分的一种。”张迪继续解释道，“也许您没有上瘾的感觉，只是因为分量太少，或者只是中了美人花的毒，而不是我说的这种新型毒品的。”

蓝色冰恋，重口味。童志宇听到“冰恋”这俩字，有点儿头皮发麻。

张迪见童志宇并不说话，便继续说道：“童老师，中毒总是不太好，您还是去医院做个彻底检查吧。我这比较忙，等这些案子调查完了，会帮你查查到底怎么回事。这阵子一定要小心啊。”

“哦，你先忙，多谢了。”童志宇想起张迪那几件一直都没有破获的案子，心想他最近也算是焦头烂额了，于是便挂了电话。

第 98 章　试探

童志宇觉得，自己也真该去检查一下身体，比如这美人花的毒。

于是第二天他便开车去医院。但想起卢冲，他决定趁着看病的时候，去试探一下卢冲。

就算没有证据，童志宇觉得凭借自己这么多年见过那么多人，观察研究过那么多人和事的经验，总能看出点儿端倪。

于是他转而去了卢冲开的私人诊所。

说卢冲开的是私人诊所，也不算是完全正确，他这诊所的规模类似一个社区医院，还有简单的分科。

什么牙科、内科、外科、耳鼻喉科之类的，童志宇也没仔细看。卢冲这个诊所病人还不算少，因为他收费不算高，而且医术很好。以前童志宇也问过他，按照他的资历，去大医院当个主任医师都轻而易举的，为什么要这么辛苦自己经营一家小医院。

卢冲笑笑说，因为自己在国外待久了，不太适应国内医院的制度，所以干脆自己开了一家诊所。以前童志宇不觉得这理由有什么问题，但是一想到卢冲可能对自己进行过催眠，童志宇就觉得，他自己开诊所是不是因为工作时间自由，童志宇提前给卢冲打了个电话，说到他这里做个简单的身体检查，卢冲也欣然同意了。从电话里听不出卢冲有什么不对，语气和平常一样。

于是童志宇进了诊所，自己找去了三楼卢冲的办公室。

卢冲见了童志宇，很是高兴："哟，这么久不来，我以为你不高兴见我呢。不过你这气色是比以前好些了。"

童志宇有些惊讶地问道："为什么不高兴见你，你怎么会这么想？"

卢冲笑了笑，脸色有些促狭："有一次我和朱玉见面，你不还以为她和我在幽会吗？"

童志宇恍然，笑道："你还记得呢？"

"当然记得，看你捉奸的样子挺有趣。"卢冲笑道，"对了，这次找我，是身体有什么不舒服？"

"嗯，想检查一下。朱玉和小辉前阵子出车祸了，小辉出院了，朱玉还在医院躺着。"童志宇叹道，"祸不单行啊。"

他这样说着，眼睛却观察着卢冲的神情。

卢冲叹道："这件事我听说了，前几天还去过医院看过朱玉和小辉，那时候你不在。不过听说朱玉伤势不重，你也别太担心。"

"哦，我不在？你什么时候去的呢？"童志宇问道。

"大概上周四的上午吧，那时候你家保姆在。"卢冲说道。

"哦，我以为你是晚上去的呢。"童志宇想了想，那天自己确实不在，已经和保姆换班了。

"晚上？哪有大晚上看病人的。"卢冲惊讶地看着他，"晚上你看到我了？"

“没有，我就随便这么一说。”童志宇说着，移开目光，打量着他办公室里的摆设，心中暗想，卢冲的神情看不出破绽，但是如果对方善于伪装，那就说不好了。

一个心理学家，总会有点儿伪装自己的本事吧。

“我说兄弟，你这样子好像有点儿不对劲啊。”卢冲说道，“你来我这儿，不会只是为了检查身体吧？你是想问我什么？”

童志宇笑了笑：“真没有啊，你怎么这么想？”

“咱们这么多年朋友了，都几乎一家人了，我待小辉、小念像我自己的孩子一样，你也很照顾我妹妹，你说咱们这关系，还需要问个问题都拐弯抹角的吗？”卢冲神色严肃起来，但是并未生气，语气里倒是充满诚恳之意。

童志宇叹道：“真没有，只是我在医院的时候，有一天晚上迷迷糊糊睡着了，结果进来一个人，好像是你。可是等我醒来人就不见了。我还以为是你悄悄进来，看我睡着了没好意思叫我起来，又自己偷偷走了，这才想起来问一句，倒是你多想了，我真没再怀疑你和朱玉有什么。”

童志宇这番话说出来，倒是让卢冲笑了：“倒是我多想了。你是看错了吧，谁大半夜去看病人。”

“也是，这几天也没睡好，可能是把医生当成了客人。”童志宇说道，他打量着卢冲的办公室布置，发现这办公室还挺宽敞，阳台落地窗，外头放着一排植物，吊兰、绿萝什么的。

屋里还有几株多肉植物，办公桌上放着卢冲和妹妹卢欣的合照。

在他身后放着的玻璃橱柜里，也放置着俩人的合照，从小时候、少年时代，到大学毕业、硕士毕业戴着学士帽拍的照片都有。

童志宇看着照片上的卢欣，印象里这女孩比较安静，但是很有礼貌又有耐心，长得不如卢冲，但是也算清秀。

以前卢欣上中学的时候，高考那半年，曾经常住在童志宇家里，因为当时童志宇住得距离她的学校近。当时童念还小，刚来家里没多久，有卢欣偶尔来住，童志宇觉得孩子也不会太寂寞，因此那阵子他和卢欣也打过照面。

印象里瘦小的孩子如今长大成人了，而且——童志宇看着那照片背景，不由得一愣，问卢冲道：“你妹妹是在牛津读的医学博士学位？”

“对，我妹妹是从国内毕业后作为交换生过去的。”卢冲笑道，“幸亏国家给分摊学费，不然我当时还不一定能拿出那么多学费来。”

“你妹妹也是个医学博士，居然只是当护士？”童志宇惊讶地说道，“这不是大材小用吗？”

“哦，不是，她刚毕业没多久，在第一人民医院实习，是当医生，不过那医院本来病人就少，所以她平时不忙，当护士只是来我这里兼职。我看前几天小辉住在我那里，怕他没人照顾，就让我妹妹暂时过去了。”卢冲解释道，“其实我妹妹比我天赋高，学习成绩也比我好。”

童志宇只觉得十分意外：“你妹妹居然比你还厉害啊。”印象里，他记得卢欣学习是很好，也知道她大学考上了复旦医学院，但以后童志宇就没有关注过了，却没想到这孩子年纪轻轻的，比卢冲的成绩还要好。

“是啊，对于小欣，我还是挺自豪的，就像你觉得小念也是你的自豪一样。”卢冲笑道，“据我所知，小念成绩也很好吧，快高考了，说过要读什么学校吗？”

“考完了再说吧。”童志宇敷衍地回道，内心里却转过了几个念头。

第一人民医院，怎么这么巧？

第 99 章　见面

朱玉住院是在第一人民医院，如果卢冲以去找妹妹卢欣的名义去了那家医院，并且找到自己的病房，并不会引人注目。

而且两个人是兄妹关系，应该经常在医院那里见面，所以保安们也没觉得意外，更没觉得可疑。

想到这里，童志宇更觉得卢冲有问题，但是他的表现太无懈可击了，一点儿都没露出什么来。

两个人又聊了一会儿，卢冲带着童志宇去检查。之后，童志宇便先离开了。

他从卢冲的诊所里出来，对卢冲的疑惑并没有消除，但是也没找到任何可疑的蛛丝马迹。

卢冲表现得太镇定了，如果说是做戏，那简直比影帝还厉害。

因此童志宇也不太确定他到底是怎么回事。

这两天童志宇去看过一次朱玉，瞧着她的状态不太对劲，虽然表面平静，但是童志宇总觉得朱玉哪儿不一样了。

也许是情绪不对，也许是劫后余生有心理阴影，总之本来朱玉还能和童志宇假装一下和谐夫妻，但是住院的这几天，对童志宇不怎么理睬，因此俩人说话的时候也越来越少。

虽然童志宇对朱玉很厌恶，但也不想她因此出什么生死攸关的状况，于是便去问了问主治医师。

医生说朱玉没什么大事，可能出了车祸多少对心理有些影响，有点儿创伤后遗症，但是这东西就不是医生能治好的了，需要自己调节。

听到身体没什么大碍之后，童志宇就放下心来，不准备多管朱玉的事情。

童辉出院后就去了学校，但是从这次出院之后，童志宇发现童辉好像也莫名其妙和朱玉有些疏远了。

于是这天晚上，童志宇将童辉叫到书房，问他是不是和朱玉吵架了。

“她毕竟是你妈，住院的时候你就说自己身体不好不想动，连看都没去看她一眼。现在出院了，让你去看看她，你怎么不去？”童志宇问道。

童辉冷哼一声，脸上满不在乎地说道：“反正她要是回来，肯定能见到，干吗非要现在去？不是有记者总是盯着她吗，我懒得应付那些人。”

“只是因为这个理由吗？”童志宇看着他，沉下脸说道，“你不去，人家才觉得你这个孩子没什么孝顺长辈的心思。你老实告诉我，是不是和你妈吵架了，这次为什么吵架。”

童辉不耐烦地说道：“爸，你怎么这么啰唆！”

童志宇皱了皱眉，但是想起以前自己总是责备孩子，便忍住脾气，缓和了语气说道：“无论如何，你妈妈以前对你很好，对吧？你不该对她不管不顾的。”

童辉突然抬头看着他说道：“爸，你什么都不知道，就别多说了！她？对我好？！好个屁！我想要什么东西，她确实是都买给我，但是也仅限于这个而已。你看她什么时候管过我学习，什么时候去过我的家长会，什么时候了解我有什么朋友？！她在外人眼里看起来是个贤妻良母，但是爸，你想想，她以前除了在家里做点儿家务做点儿饭之外，就是逛街、玩、美容吧？”

童志宇一愣，没想到看似粗心大意神经大条的童辉，其实一直注意着这些事情。

“呃—这—”还没等童志宇多说什么，童辉打断他的话，打了个呵欠，说道：“爸，我身体还没完全恢复呢，我得去睡觉了啊。还有，你也别总去看她，人又没事，不就是腿伤了吗。”

说着，童辉打着呵欠开门走了。

童志宇看着他的背影消失在门外，总觉得童辉话里有话。莫非那个车祸之前，朱玉和童辉说过什么事情，或者两个人发生过什么问题，才让两个人之间气氛不太对？

但童志宇再追问，童辉却不理他了，童志宇也就没再追问到底。

两个人之间关系刚好转了一些，童志宇不希望自己再度引起孩子反感。毕竟两个孩子都长大了，逐渐有了自己的想法。

明天就是他和神秘人见面的日子，童志宇的心思多半放在了会面上，不由得有些说不出的期待和忐忑。

保姆这阵子并未在家，一直守在医院里看护朱玉。童志宇甚至觉得她是在替那个神秘人监视朱玉。

到了晚上，童志宇开始有些莫名的焦急，因为神秘人一直没有告诉他会面的地点。

等到了快十点的时候，神秘人的电话打了过来：“童老师，明天我会叫一辆车去接你，车牌号6604，一辆黑色大众汽车，司机姓江。到时候他会载着你过来找我。”

“搞得这么神秘，和间谍见面一样。”童志宇有些好笑。

“小心一些比较好。”神秘人说道，“那么童老师，明天见。”

说着，神秘人挂断了电话。

童志宇想了想，将那些奇怪的文稿复印了一份，准备给神秘人看看。至于照片，他也拍了几张在手机里。

做完这一切，童志宇才洗漱睡下。一直到躺在床上的时候，他脑子里依旧在想象着神秘人的样子。

他是男人还是女人，或者，是自己认识的人？

这样胡思乱想着，童志宇睡了过去。

第二天一早，童志宇便醒了过来。因为童辉明天要去复查，所以今天也赖在家里睡懒觉，不肯上学。

为了安全起见，童志宇先拜托了秦萌看着童辉，然后到了上午九点半，果然有人打电话给他，说车已经在小区门口停着了。

童志宇出了小区门，果然看到一辆黑色大众车停在门口，车牌号6604。

司机摇下车窗，对童志宇笑着招了招手："童老师！"

童志宇端详了一下那司机，只见是个四十多岁的男人，有点儿发福，莫名让他觉得和保姆描述过的那个神秘人的手下有些相似。

童志宇对他点了点头，上了车，坐在后座，司机便发动了车子，一路开了出去。

路上，童志宇本想和司机旁敲侧击地打听一下神秘人的相关资料，但是那司机却笑笑不说话，让童志宇自己也觉得没啥意思。

眼见着车子开往海边，几乎跨越了一个城市。

最后，在一家相当僻静的私人会所跟前停下。

第100章　神秘人

童志宇抬头看了看那私人会所，挺低调古朴的门头，没有一般高档场所那种恨不得别人都知道的富丽堂皇感。

他注意到门牌旁边还有一串日语，顿时明白了这可能是个日本人开的私人会所。否则前几年反贪什么的，取缔了不少大张旗鼓的私人会所，一般来说，这种地方已经很少了。

如果是日本人开的，倒是可以理解。

司机带着他进门去，里头的工作人员居然都穿着和服，无论男女。而且全都遵循日本人的行礼方式，让童志宇有点儿穿越感。

从外头看以为空间不大，但内里却带着一座小庭院，也是按照日式庭院装修成的，看上去清幽雅致。

潺潺流水声传来，童志宇看到庭院里还放置着一处流水器，流水入池水中，隐约可见残荷下有金鱼锦鲤在游动。

司机带着他到了一处屋内的推拉门跟前，推开门，让童志宇进去。

童志宇看了看干净整洁的地面，脱下了鞋子。

屋里放着茶道用具，面对着一扇玻璃落地窗。半边纱窗开着，能看到庭院流水，长势茂盛的红枫。

童志宇不由得暗叹，没想到这地方风景如此清幽。不过居然都是日本式的风格，而且出入这种高档会所的也许还是和这里老板有所交情的人。莫非——他冷不丁想起了何浩博说的康宁。

该不会，神秘人是康宁吧？不是说康宁已经摔得有点儿意识不清了吗？

于是童志宇更觉得奇怪，想看看来的人到底是谁。

就在这时候，外头传来一阵脚步声。这脚步声仿佛不是同一个人的。

于是童志宇往门口看过去。没多久，推拉门一开，门口出现两个人。

其中一个就是带着童志宇来的那个司机，另一个童志宇不认识。

童志宇站起身，端详着进来的这个人。这人貌似和自己差不多年纪，是个瘦削高挑的男人，也是穿着很宽松的和服。

但是他走路仿佛不太方便，需要旁边的人搀扶着。半边脸有些不对劲，像是僵硬的面具一般。但是仔细看看，好像不是面具，是他本来的皮肤，只是有些皱巴巴，隐约可见坑洼不平的疤痕。

另外半张脸倒是正常的，仔细看看的话，觉得这人原本长得应该也可以，只是有一些不协调感。

“童老师，”进来的人对他笑了笑，那不自然的脸显得更扭曲了，看得童志宇觉得别扭，“好久不见，还记得我吗？哦不，我应该问，还能认出我吗？”

童志宇一愣，端详了片刻，看着他被那司机扶着坐下，说道：“这个……我们以前认识吗？”

这脸变成这样，童志宇觉得自己就算是认识他，也看不出来到底是谁。

“坐吧，不要客气。”那人对他招了招手。

童志宇坐下来，看着眼前的男人。

司机将他扶进来之后，就退了出去，给俩人关上推拉门。

屋里顿时陷入一片安静之中。

“你是？”童志宇不解地问道。

那人给他倒了杯茶，看着童志宇笑道：“你再仔细看看，真的看不出我是谁？”

童志宇盯着他看了半晌，苦笑道："好像是有些熟悉，但是又觉得不认识。"

其实童志宇是真的没认出这是谁，而且对方的声音嘶哑，看起来嗓子也受过伤，这就更听不出了。

"在十年前，我们曾经做过一阵子同事。只是我不经常出现，可能你不太记得。"这人说道。

"十年前，难道……你也是当年那个仙侠剧剧组的人？"童志宇心中一愣，问道。

这人点了点头。

童志宇盯着他许久，吃惊地说道："你……你总不会是康宁吧？"

这神秘人一愣，笑道："我和他很像吗？"

童志宇这回愣住了，居然不是康宁，那还能是谁？

"我也是当时编剧组的人，童老师记得康宁，却不记得我。"神秘人叹气道。

童志宇一愣，忍不住脱口而出道："你是，傅青红？"

神秘人唇角微微弯起，笑道："就是我。是不是我外表变化很大，童老师看不出我了？"

童志宇这才从震惊里回过神儿来，摇头叹道："是看不出了。你的脸？"

"受过伤，被火烧过，就连我的嗓子都坏了。"傅青红说道，"是不是听起来还不如变声器好听一些？"

童志宇一时间不知说什么才好。当年的编剧组，居然有两个人惨遭横祸，简直是受到诅咒的编剧组。

当然，他自己也不见得多好，身旁麻烦事一堆。傅青红，如果不是那天他再度看过傅青红的照片，童志宇对这个人都快淡忘了。

傅青红和康宁似乎关系更近一些，和童志宇并没有太多交集，除了必要的会议和聚会之外，他们几乎不见面。外加傅青红如今确实容貌改变了许多，童志宇完全没认出来。

如今仔细对比照片上的傅青红，童志宇渐渐看出了眉眼轮廓还是很像的。只是半张脸——

"你这些年发生了什么？"童志宇问道，"好像咱们从十年前之后就再也没见过了。"

“一言难尽，”傅青红说道，“我还在鬼门关外走了一遭。”

“是遭遇过火灾吗？”童志宇看着他的脸，问道。

“嗯，大概在那剧组杀青聚会结束之后，康宁出事，我也差点儿被火烧死。”傅青红看着他，笑问道，“童老师现在都明白了，这些事情是谁做的了吧？”

“你是说古越？他为什么要杀你呢？”童志宇问道。

“嗯，不过，我觉得古越也只是个小卒子而已。”傅青红说道。

“康宁呢，你和他联系过吗？听说他去了日本。”童志宇问道。

傅青红笑了笑，伸手从里衣口袋里摸出一张照片，递给童志宇：“康宁已经死了，三年前。”

“什么？怎么死的呢？”童志宇一惊。

“他从那次被古越推下阳台之后，就因为摔伤了脊椎而变成说不清楚话的残疾人。他确实是去了日本，但是日本的医术也没有把他救过来，就这么瘫痪了好几年，三年前病逝了。”傅青红叹道，神情里满是悲伤之色。

童志宇看着桌子上的照片，照片里是两个人的合影，康宁和傅青红。

“你们两个人是？”童志宇问道。

“好兄弟，”傅青红笑了笑，“我们还是同一届的校友。”

第 101 章　往事尘烟

接着，傅青红讲述了自己和康宁的过去。

傅青红和康宁都是一个学校的，国内影视专业最高学府毕业。当然，童志宇也是，算起来，他们都算是校友，只是不同届。

康宁和傅青红在大学时是同一个宿舍的舍友，康宁是北京人，傅青红是江西人。因为是单亲家庭，家境又不太好，傅青红只好在上学的时候打工来赚学费。

康宁知道这种情况，就私下里资助了傅青红不少，甚至帮他一起打工，这让傅青红十分感激，于是俩人也就成了好朋友。

“哦？没想到你们俩从上学时候就是朋友了，但是在剧组的时候，却不太看到你们俩常常待在一起啊。”童志宇喝了一口茶，问道。

傅青红笑了笑："为了解释清楚所有的事情，我便把过去的所有隐情都告诉你，但是也希望童老师保密，别把涉及亡者隐私的事情说出去。"

"这个自然。"童志宇说道。

"康宁起初对我那么好，其实并不是把我当兄弟。"傅青红笑了笑，神色有些说不出来的意味。

"这是什么意思？"童志宇问道。

"康宁是个GAY，他起初对我好，是喜欢我。但是，我却不是GAY，最终只能拒绝了他。"傅青红说道，"不过虽然拒绝了康宁，他也并没有从此对我冷脸相对，依然对我不错。"

童志宇听到这里，有些无言以对，如今搞基的人这么多了吗？

"康宁居然是GAY。"童志宇有些惊讶。

"对，其实也不算纯GAY，他以前也有过女朋友，只是更喜欢男人而已。你没听说过吗？据统计，这世上百分之八十的人是双性恋，百分之十的人是纯粹的异性恋，还有剩下百分之十的人是纯正的同性恋。"傅青红说道。

"倒也是，那后来呢？"童志宇问道。

"后来康宁和我待在一起的时间少了一些，因为他认识了古越。在上学的时候我就觉得他们两个人关系有点儿暧昧。因为知道康宁的性向，我并没有把这件事当成什么奇闻逸事，并没有觉得多奇怪。"傅青红说道，说到这里，他顿了顿，仿佛微不可闻地叹了口气，继续说道，"如果我知道古越是那种衣冠禽兽，也不会看着康宁和他在一起。"

"古越当时在学校的时候，什么样子？"童志宇说道，"你们都比我小几届，所以我还真不清楚你们的事情。"

"古越在学校的时候？除了长得帅被女孩子们关注比较多之外，别的似乎没什么特别。我也不了解古越，因为他和我不是同专业，更何况我当年平时要打工，没多少时间和他们俩在一起。"傅青红说道，"我知道古越的为人，还是在当年剧组拍摄的时候。"

"没想到古越居然和康宁还交往过。"童志宇摇头道，"我前几天给你看过的那份文稿，也不知道是谁留下的，写了古越从学生时候就很混乱的私生活，难道这些康宁都不知道吗？"

"我想康宁并不知道。他是个干净单纯的人，不喜欢混酒吧，也不太喜欢吵闹的地方。古越去的那些地方，也许根本就没有和康宁说过，至于他的过去，康宁可能并不知道，因为古越也没有承认过康宁是他的恋人。当然，也许只是康宁自己觉得和古越是恋人，而对方并不拿他当回事。”傅青红叹道。

“这倒是古越的风格。”童志宇想起朱玉，顿时觉得朱玉有点儿可怜。

傅青红瞥见童志宇微妙的表情变化，忍不住笑道：“童老师，我很好奇，你知道了朱玉，你老婆和古越的私情，为什么没太大反应？”

童志宇心中冷笑，心想我怎么没有反应，当时知道真相之后大病一场，醒来之后还得装没事人。

“你想让我有怎样的反应？”童志宇看着桌上酒精炉上温着的茶水，缓缓说道，“大吵大闹？立即离婚？我也想过马上离婚，直接摊牌，但是，在我发现朱玉对我下毒、我家里还有暗道的时候，我就觉得事情并不是表面这么简单。我想要一个结果，只能暗中调查。我想就算我家里人有危险，那么被杀的那个人也只应该是我。小辉和小念应该没什么危险，毕竟他们不只是朱玉的儿女，也是古越的。他再丧心病狂，也不会对亲生儿女下手。”

傅青红看着他，神情甚至有些钦佩之色：“童老师，以前合作的时候，我们虽然没太多接触，但是我知道你是个正直可信任的人，如今我倒是更佩服你了。明知道两个孩子都不是亲生的，你还能照顾爱护他们，发自真心的，这可是一般人很难做到的。”

“孩子毕竟无辜，况且也是我从小养大的，只是不知道未来会怎样。无论如何处理，可能他们最后都会受到影响。”童志宇皱了皱眉，想到自己最后和朱玉分道扬镳的话，那童念和童辉呢？

是要跟着那个不靠谱的妈，还是跟着自己这个没什么血缘关系的爸？

正出神地想着，傅青红将一杯茶放在他跟前：“尝尝这个。”

“我不怎么懂茶。”童志宇接了过来，见那茶汤是通透的橙黄色，有浓郁的鲜花香。

喝一口下去，只觉得香气浸染五脏六腑，一股说不出的清爽安宁。

“怎么样？”傅青红问道。

“味道不错，像是有花香一样，这是什么茶？”童志宇赞道。

“武夷岩茶中的不见天，”傅青红笑道，“乌龙茶的一种。”

“哦？那是好茶，听说武夷岩茶具有绿茶之清香、红茶之甘醇，是中国乌龙茶中之极品。况且历史悠久，始于唐朝，在宋元时期被列为皇家贡品。”童志宇由衷地赞道。

“不错，武夷山名山胜境，陶冶出岩茶的天然灵气，这也是我喜欢这种茶的原因之一。”傅青红笑道，“但是我喜欢这茶的另一个原因，却是因为这茶的名字。”

“哦？什么意思呢？”

“武夷岩茶，乌龙茶，不见天。”傅青红笑道，“就像是我的人生一样，一场乌龙，想活下来只好改名换姓，不见天日。”

“你改名字了？”童志宇问道。

“对，我现在是日籍华人，我现在叫井上建二。”傅青红笑道。

第 102 章　最戏剧的人生（上）

童志宇看着眼前的茶汤，袅袅冒着轻微的白色水汽。

两个人一时间安静下来，窗外的水流声潺潺入耳，让童志宇有一瞬间的浮生若梦之感。

这种如梦似幻的感觉他体验过不止一次，但是却发现，更戏剧的人生并不是自己的，而是眼前这个人的。

“那么，你后来是去日本了吗？”童志宇首先打破了平静，问道。

“我其实是和康宁差不多时间去的日本。”傅青红说道，“康宁其实并不认识什么日本的黑道，而只是将古越电脑里的资料作为交换，把那些资料交给了日本黑帮的人，让对方保我们两个人的命，并要了一笔足够生活的钱。”

“什么资料？”童志宇忙问道。

“我也不知道，康宁最终也没有告诉过我。那资料还是暗码写的，就算是我偷看了也没明白是什么。”傅青红说道，“我还记得康宁在那部戏快拍完的时候，突然搬到我家里住，说和古越分手了。我们一起住了半个月，我觉得康宁那时候的状态非常不对劲。”

“也就是说，他得知了古越的秘密，并偷了过来，却没有交给警察，而是和日本的黑帮做了交易。”童志宇有些愕然，“可是康宁怎么认识的日本人呢？”

“这也是我想弄明白的。我想最有可能的是，古越当时做的事情被康宁知道了。不管古越是不是喜欢过康宁，他对康宁的信任确实是真的。”傅青红说道，“康宁可能某种机缘巧合下发现了古越的秘密，也许因为这个才是两个人争吵并分手的原因。但是和我一起住的时候，康宁并未提起过古越到底在做什么。后来我也不知道他怎么联系到了日本的黑帮，甚至要带着我一起走。我想，当时他就发现了我也会被古越和他身后的势力灭口，这才想要带上我逃跑。毕竟最后我们住一起那么久，而且我和康宁又是好朋友。”

“所以，在康宁受伤之前，他就和你谈过逃走去日本的事？”童志宇问道，“那你当时答应了吗？”

“没有，起初我并不相信自己会有什么危险。”傅青红苦笑道，“这也算是人之常情，突然有个人告诉你，现在你是谁谁要暗杀的对象，对于当时的我来说，简直天方夜谭。毕竟当时我只是个名不见经传的小编剧，我以为康宁是和古越分手之后患了妄想症，还劝他去看看医生比较好。”

“之后古越发现康宁知道了自己的秘密，生怕秘密被泄露出去，这才杀人灭口，也就有了剧组聚会的时候，他给康宁注射毒品，并推下阳台的一幕。”童志宇说道。

“对，那毒品的剂量几乎要了康宁的命，其实他后来头脑不清醒的后遗症，多半是毒品的影响。”傅青红说道，“也正是因为他突然出事，我开始相信了康宁的说法，也因此怀疑到了古越头上，因此挨个儿私下询问剧组的人，想知道那晚上是不是有人看到康宁坠楼和古越有关。可惜当时大家都喝得醉醺醺，没人注意到什么。童老师当时是提前走了吧，所以我也没问过你。”

“你当时问我也没用，我确实不知道这些事。”童志宇说道。

“在康宁住院的时候，就突然有几个日本人来看他，然后我才知道，这些人是要带康宁和我去日本。我看他们不像什么好人，当时拒绝了。不过那些人留下了联系方式，说他们是说话算话的人，答应了交易，就会做到。如果我有麻烦，随时可以和他们求助，当然，只限当年那一次。”傅青红说道。

“所以，在你犹豫不定的时候，出现意外，家里发生了火灾？”童志宇看了看他的脸，目光又落到了他的手上。

童志宇之所以确定他遭遇了火灾，是因为他的手上皮肤有很狰狞的疤痕。童志宇见过烧伤的病人，他们身上的疤痕，和傅青红手上的一样。

“对，医院起了火，所幸我因为害怕睡得不死，这才背着康宁逃出火海。但是，出来之后，我头发烧没了，半张脸烧毁，身上多处烧伤，嗓子也被浓烟给毁了。”傅青红说道，“当时算是捡了一条命回来。后来我在日本做生意，赚了点儿钱，给脸做了整容手术，不过，伤痕并不能完全祛除，还是能看出一些。”

童志宇听到这些，只觉得心中更冷。

想起被沉尸海底、变成了骷髅的赵晓霞，差点儿被炸死的老何，死去的康宁，和眼前这个死里逃生的傅青红，他难以想象这所有一切厄运，居然都和古越有关，那个光彩照人的一线大明星。

“那后来你就去了日本吗？”童志宇问道。

“对，当时我给那些日本人打了电话，他们果然派人来接走了我和康宁。”傅青红说道，“对方不肯多透露身份，我也没有多问，他们给了我们一笔钱，帮我们俩在日本安顿下来，就消失无踪了。后来我靠着那笔钱在日本做生意，创业，又给康宁治病，然后找人调查，才知道那些人还真是日本的黑帮，他们身上有特殊的文身标志。”

“这些人是因为康宁送了他们某些东西，他们遵守承诺，保护了你们。”童志宇一时间不知道说啥才好。黑帮都这么守承诺，反而是普通人视承诺为无物。

“是，我当时也不相信这是真的，但是现在想想，也就理解了。”傅青红说道，“他们在日本势力发展得很大，盘根错节，如果说这些人只是一些反复无常的无赖流氓的话，他们也不会有如今的这种势力，所以康宁这个交易，反而让我们俩都过上了平安隐遁的生活。但是，我一直对这件事耿耿于怀，一直想查清楚来龙去脉，回来找古越算账。可是这些年等我生意有了发展，开始着手花钱回国调查的时候，才发现古越并不是孤身一人在做什么事情，他背后有一个利益集团，我怀疑就是汪氏集团。”

“你曾经说怀疑古越贩毒，但是具体的证据却没有，你为什么如此怀疑呢？”童志宇问道。

“康宁的弟弟死于吸毒过量，他一直很讨厌贩毒的。他当年很爱古越，其实对于古越那些烂账，他不一定不知道。古越情人众多，他都能忍了下去，但是冷不丁离开了古越，我想，一定是古越做的什么事情触及了他的底线。”

傅青红说道，“可惜，他偷来的资料我确实看过，但是完全不懂那是什么意思，当时也没有拍下来。还有康宁，就算和古越分手，也终究没有告诉我古越到底在做什么。我想，他内心还是很维护古越的。”

第 103 章　最戏剧的人生（下）

童志宇听完，实在不知说什么才好。

傅青红看着他的神色，笑道：“起初我也和你现在的表情一样，简直不可置信，以为在梦里。”

童志宇苦笑道：“我是佩服古越，他那样一个人居然能把许多男男女女迷惑得舍生忘死。就算他长了一张倾国倾城的脸，也不至于有这种祸国殃民的本事。”

傅青红冷哼道：“我也不明白，但是古越应该不只是明星艺人这么简单。你应该知道古代有一种人，被称为‘扬州瘦马’吧？”

“当然知道。”童志宇说道，“在古代繁华的扬州城，一般贫苦人家养下了一个面貌姣好、丽质天生的瘦弱女孩子，长到七八岁时，就会有牙婆领了去收养，称其为‘瘦马’。牙婆将贫家幼女买回来后，会根据她们的才貌专门请人调教，并教以莺歌燕舞、琴棋书画、针线女红甚至房中秘术等，以增加其价值。一等资质的女孩，将被教授百般淫巧，以及精细的化妆技巧等；二等资质的女孩，也能识些字，弹点儿曲，但主要则是懂得记账管事，以便辅助商贾；三等资质的女孩则不让识字，只是习些女红、裁剪，被培养成合格的主妇。当然，所有这些煞费苦心的培训都是为了能找个好买主，卖个好价钱。调教的终极目标是要做到以瘦为美，个个儿苗条消瘦，以满足豪商巨富们的审美观。举止投足、一颦一笑，都必须严格符合豪商巨富们的审美趣味。

“这样经过大量的专门培训，至十四五岁时，这些‘扬州瘦马’在各方面都具备了一个做小妾的条件。这时，就由养她们的牙婆向愿意出钱买妾的官宦公子、豪商巨富推荐。可是呢，这说的只是女孩，古越是个男人，难道让他去做什么小妾、富豪的玩物？”

说到这里，童志宇突然想起那文稿上说，古越也曾和老男人搞在一起，不由得顿时顿住声音。

傅青红笑道："当然，古代的'扬州瘦马'是女孩子，但是，我只是来做个比喻。那些古代女孩都是商贾玩物、小妾，但是古越，我想他也是差不多的存在，只不过既然不能和女孩一样，他就有别的用处。"

"哦？什么用处？"

"商业间谍。"傅青红说着，从随身的手袋里抽出几张纸，递给童志宇，"这是我调查过的古越的行程。他贩毒与否我不知道，但是我总觉得他和某些商业活动有关系。"

童志宇接过来大体浏览了一遍，他对于招商投资，还是商业内战啥的不太懂，但是总体明白了这些资料说明了一件事：汪氏集团抢了某某集团公司的大项目，或者某个大客户之前，古越都或多或少地出入过这些商家或者集团进行商业聚会活动的场所。比如，去给某慈善义演做嘉宾，参加了某个什么沙龙聚会之类的。

童志宇放下资料，摇头道："这也不能说明就是古越在做什么间谍活动。不过既然汪氏集团有了他这个商业间谍，还需要贩毒吗？一项大的业务下来，赚钱就不会少吧。"

"传闻汪氏集团的背景不怎么干净，创始人也是黑道起家的。"傅青红说道，"这行当，进来容易，洗白就很难了。可惜，我调查古越始终不得法，他这个人这些年变得很谨慎，保镖也不少，接近不了，我只能在外围调查他。但是当我发现他和你老婆朱玉有那么几次来往之后，我觉得可能调查朱玉，会查到古越的信息，这才和童老师你联系。"

傅青红说到这里，童志宇突然想起一个人来，于是问道："对了，你听说过沈璃这个人吗？"

"沈璃？不认识。"傅青红说道，"是什么人？"

童志宇也把带来的文稿递给他："这里写的一个女人，似乎也是被古越做掉的一个。对了，你知道写这个的是谁吗？他好像也是当时我们剧组的人，可我想不出是谁。"

"那就难说了，我们那个剧组当时算上龙套、替身等工作人员，可是有上百个人。"傅青红看了看那文稿说道。

"是古越的校友，年纪应该和古越差不多大。"童志宇说道。

“哦？”傅青红想了想，说道，“不是我，也不是康宁——我记得当时有个副导演是个年轻人，好像也是我们学校毕业的，可是我记不清他的名字了。因为他是个富二代，平时眼高于顶的，根本不屑于搭理我们。”

眼高于顶，不屑于搭理？

童志宇心中一动，这还真挺像是这个文稿的作者。虽然他没有见过这个作者，但是从字里行间可以感觉出，这个人的性格有些像猫，冷冷淡淡，不管世事，甚至有些毫无目标的生活。

“这个人叫什么？”童志宇问道。

“我想想，好像叫宋洋，后来移民荷兰，没混娱乐圈了。”傅青红说道，“我为了调查古越，把当年剧组的成员、能想起来的人都过滤了一遍。说实话，我最先排除的就是他，因为他当年在剧组的时候，似乎也不是对拍戏很感兴趣，只不过是靠着家里有钱送进来‘历练’的，后来剧组杀青，他就走了。在剧组的时候，看不出他和古越多亲近，和别人也没什么来往。”

“如果说这世上还有一个人知道古越杀过人，那就是宋洋了。如果文稿的作者真是他的话，他是亲眼所见古越杀人的过程，而老何只是偶然拍到的。老何自己也没注意到自己拍到了古越。”童志宇苦笑道。

“所以，如果我们找到这个人并说服他出来做证，也许会对古越产生致命打击，并且让当年的事情被调查下去。”傅青红沉吟道，“只是人海茫茫，很难找到这个人。”

“那么沈璃呢？如果这个人也存在，并且被古越害死，那么她的下落呢，她的尸体呢？”童志宇说道，“如果找到她，可能也会有线索。如果这件事被远在国外的宋洋知道，也许他会回国来一探究竟也说不定。”

“你说得倒是有道理。”傅青红想了想，说道，“那找人的事情就交给我吧。宋洋和沈璃，我会尽力查查看。”

“嗯，还有一个人也让我头痛。”童志宇叹道，“卢冲，我怀疑他对我催眠，但是却找不到证据。而且他表现得无懈可击，我都有些怀疑，是不是我想多了。”

“卢冲？那简单，想让他露出马脚，只要演一场戏就可以了。”傅青红说道。

第104章　套路

“演戏？”童志宇抬头看着他。

“嗯。”傅青红说道，“如果他对你催眠，想必他最想知道的就是你对于古越了解多少，或者让你在催眠的时候杀人。卢冲为什么做这种事情呢？现在朱玉显然是想对你下手，那么古越应该也知情，卢冲和你没有私人仇恨，那么多半是为了钱才对你催眠。对方应该是买通了你这位朋友。”

“我始终不能相信卢冲会被他们收买。”童志宇摇头道，“他并不缺钱，也只是个医生，没有复杂的社会背景。我实在想不出他为什么需要那么多钱。”

“这世上没人嫌自己的钱多，只有觉得钱少的时候。”傅青红说道，“你去主动找到卢冲，告诉他自己发现了一些朱玉的秘密，好像和古越有关。如果他追问，你就说得更模糊一些，让事态看上去很严重。然后观察看看，他会不会对你下手。”

童志宇苦笑道：“如果说他真的懂那种厉害的催眠术，还会给我下药，那我可能防不胜防。总不能他倒给我的水我在他眼皮子底下不喝下去，他对我进行催眠，我就算竭力抵挡，万一中招，我还怎么去观察他。当然，单独被催眠可能很难，可药什么的，那就防不胜防了。”

“这个简单，其实，催眠并不是影视剧里演得那么夸张，想必童老师你也明白。”傅青红说道，“这些年我闲来无事，看过不少杂七杂八的资料。催眠是一种注意范围集中缩小的状态，在这种状态下，人的受暗示性会大幅度提高。催眠术被运用于很多领域，在一些欧洲国家，催眠甚至被运用于法庭。

“但是，人就算是进入到最深层次的催眠状态，也不可能会被催眠师完全控制，因为人类有一种本能的自我保护防御机制，一旦促发了这种防御机制，那么就会拒绝催眠师的指令。”傅青红说道，“所以就算是最厉害的汤式催眠也很难达到，卢冲作为这个催眠术的弟子也很难做到，但是他可能会对你暗中下药。这种药物不一定是在食物和水里，也有可能是香薰，是花草，等等。所以，你可能防不胜防。催眠术外加药物，就很难抵抗了。”

“你说了这么多，总有办法让我破除这个催眠术吧？”童志宇问道。

“嗯，有个笨办法。”傅青红说着，起身扯了扯窗帘旁边的一条垂下来的麻绳。

紧接着，童志宇听到门外响起一连串的铜铃声。过了一会儿，那司机又回来了，拉开门问道："傅先生，您有什么吩咐？"

"把我放在卧室里的那只黑色小皮箱拿来。"傅青红说道。

那司机于是去了。童志宇心中也很好奇傅青红会拿什么东西来给他，便静静等着。

没多会儿，司机带着一只小皮箱回来，递给傅青红。

傅青红接过来打开，从里面取出一只男士手镯一样的东西。

他递给童志宇，童志宇接过来看了看，只见这手镯有普通镯子大小，黑色，不知是什么材质。

"这是什么，男士手镯？"童志宇不解地问道。

"嗯，里面藏着一枚针。"说着，傅青红按了内侧一个按钮，然后那手镯上居然像电子表一样出现了一串数字。

但是那数字并不像是时间，也不是日期，不知道是什么。

傅青红稍微调整了一下数字，居然从手镯里突然跳出一只像尖刺一样的小针。特别小，芝麻一样大小。

"呃……这是？"童志宇不解地问道。

傅青红关上那按钮，对童志宇说道："这是我在日本买的，我让日本的机械专家改造过。其实它本身像一个脉搏测试仪器，有点儿像国内戴着的那种运动腕表测试仪，测试你的心跳速度什么的，平时你打开，就是一个运动腕表。只是我改了一下它的内部构造，如果心跳一旦平缓下来，它里面会跳出这只小针，刺破表皮肌肤，产生刺疼，让人醒来。"

"这？你是想让我戴着这东西？"童志宇惊讶地问道。

"对。因为睡觉的时候，人体大部分器官不运动，需要的能量少，所以需要的养分和氧气也少，那么就不需要血液循环得太快。这样心脏跳动得就慢了些，也算是心脏休息，"傅青红说道，"心跳一旦缓慢下来，这小针就会跳出来刺中皮肤，你就会醒来。放心，不会刺破血管什么的，我尝试过。你只要让计数的地方贴着你的皮肤就行。"

童志宇看着这手镯暗中称奇："也亏你能想得出来。"

傅青红笑了笑："我这些年一心报仇，所有方法都想过了。一个人一旦有某种坚定的目标，就一定会产生强大的动力。"

童志宇半信半疑地接过去，说道：“你确定管用？如果我进入催眠沉睡里，这针头真的能跳出来？万一失灵，我怕我还真难以醒来了。”

傅青红笑道：“你放心吧，我尝试过很多次了。”

童志宇于是接了过去。

傅青红说道：“童老师，今天我们就聊到这里吧。一开始我没出来见你，还用了你书里的联系方式通信，只是因为起初我也不是很放心，不知道你是不是会和我合作。现在看来，你对我倒是比较信任。”

童志宇看了看他，说道：“警方办案要受到许多限制。而且你说得对，如果汪氏集团是古越的后台，那么警方高层里不一定没有他们的耳目。为了保密起见，我对警察是有所保留的。”

傅青红笑了笑：“童老师聪明。好了，今天先到这里，我让人送你回去。我有事会主动联系你，当然，如果你有急事，可以自己到这个私人会所来找我，只要告诉前台，你是井上的朋友，他们会待你为上宾。普通人也不会来找麻烦。”

童志宇淡然道：“也对，如今你是日本人，就算是国内的警察也不好随便为难你。”

童志宇从私人会所里出来，那司机便开车将他送回家里。

回到家之后，童志宇仔细考虑了一下神秘人的提议，觉得可行。

如果抓到卢冲现行，也许有办法问出一些事情来。

第 105 章　真真假假

想到这里，童志宇准备实行自己的计划。不过这种事毕竟略有危险，虽然他觉得凭借自己还是很有可能搞定卢冲那个文弱书生的，不过为了安全起见，还是找个后援比较好。

身旁可信任的人不多，能帮上忙的人，想来想去，童志宇只好找上秦萌。

为了让秦萌配合自己，他只能给秦萌简单讲述了一下自己怀疑卢冲的理由。外加解释了一下卢冲和自己的关系，还有自己和古越那点儿前尘往事。

秦萌听完之后倒是没有多问，只是说道：“行，宇哥想怎么做，我配合你就是。”

童志宇沉吟道:“我也不确定这件事是否有危险,所以你要多考虑一下。”

秦萌摆手道:“考虑什么,我答应了,咱们什么时候去?”

童志宇拍了拍他的肩膀,说道:“多谢。这样的话,我先和卢冲联系一下,确定了时间告诉你。我们不要一起去见他,我先去,你随后就好。”

秦萌于是答应了。

童志宇回头给卢冲打了个电话,说自己有要紧事和他谈,外加最近失眠,想让卢冲帮忙给治一下。

卢冲听了,便说道:“明天你来医院找我吧。”

“明天不是星期日吗,你不休息吗?”童志宇问道。

“不休息,我们医院并不是和平常人的休息日一样。”卢冲笑道,“你尽管来吧。”

童志宇挂断电话,便和秦萌说了时间地点,于是俩人约定明天早上九点半出发过去。

出门之前,童志宇找出傅青红给他的手镯,戴在手上。过了一阵子,感知到体温心跳之后,那手镯便亮了起来,出现数字标记。

果然,从表面看,他手上的这个东西很像在做运动的时候戴着的心跳测试仪。

收拾妥当之后,童志宇开车带着秦萌往卢冲的医院而去。到了医院大门口,秦萌就下了车,跟在童志宇后头上去,但是并未和他一起进医院办公室,而是在外头走廊休息区等着。

卢冲的这个诊所,或者说小医院设计得不错,每一层都有休息区,空间不算大,却桌椅齐全,还有给小孩玩的滑梯等小东西。

秦萌和几个病人家属坐到了休息区,正好在卢冲办公室的不远处。

童志宇进了卢冲的办公室,见他正在打电话。瞧见童志宇来了,卢冲招呼他坐下。

就在这时候,一个穿着护士服的女孩子走进来,瞥了童志宇几眼。童志宇也看了看她,发现居然是卢欣,便主动笑道:“小欣?今天你不去上班吗?”

卢欣笑道:“童大哥,不用去,我在第一人民医院是实习生,那边工作不忙,双休,所以周末我就来我哥的诊所上班。你是身体不舒服吗?”

“嗯，有点儿事要和你大哥说，还有，最近失眠，因为一些旧事，唉，一言难尽。”童志宇叹道。

他不想和卢欣多说，只想等卢冲打完电话，于是只敷衍了几句。卢欣却仿佛很负责地坐了下来，问道：“您是为了什么失眠呢？”

“这——”童志宇刚想找点什么说辞搪塞过去，就见卢冲挂了电话，对他俩说道，“怎么了，说什么呢？”

卢欣说道：“童大哥说他最近失眠，因为一些旧事，我正想问问是什么事呢，这么多年我都没机会真正过把当医生的瘾，这次就问问看啰，万一我能治好呢。”

卢冲听到童志宇说“旧事”，便明白他要给自己说些不方便被人听到的事情，于是对卢欣笑道：“行了，你别在这儿添乱了，该干吗干吗去。”

“我不能在这儿听听吗？”卢欣问道。

“不行。给我们俩泡点儿茶过来，然后你就去忙吧。”卢冲说道。

卢欣只能开门出去了。

卢冲看着坐在沙发上的童志宇，笑道：“你倒是第一次主动来找我聊失眠的问题。以前在你家里看到你的时候，好像你还对这件事讳莫如深，不想和我详谈。”

“是啊，以前我没想到这么严重。”童志宇摇头道，“可能年纪大了吧。”

“说说看，到底什么事情困扰你了，让你睡不着？”卢冲端详着他的脸色，说道，“不过你的气色看上去比以前好了不少。”

“唉，我想起了十年前的一些事情，还有古越和朱玉那些事。”童志宇叹道，偷偷观察了一下卢冲的神色。

只见他并没有什么特别的神色，只是认真听着童志宇说话。就在这时候，卢欣推门进来，将两杯茶放到了两个人之间的茶几上。

卢冲抬头看了一眼卢欣，皱眉道：“放下就走吧，还不走，干什么呢在这儿？”

卢欣这才撇了撇嘴，走出门去。

等门再度关上之后，卢冲说道：“你继续说说看。”

童志宇于是将提前想好的一套说辞，真真假假地说给了卢冲。其中包括自己知道了古越和朱玉的旧情，两个孩子可能不是自己亲生的之类，卢冲也认真听着，听完了之后，才说道：“你确定这都是真的？其实你也没有实际证据是不是？”

童志宇心中一动，心想这是在套我的话吗，想看看我了解多少，知道多少，又是否有实际证据。

于是童志宇说道：“也是有一些证据，只是我藏起来了，并未公布。毕竟关系到我家，我还不想现在就和朱玉摊牌。”

卢冲若有所思地点了点头：“你有没有想过，有可能只是你太能脑补了？你为什么不直接问问朱玉真相如何呢？”

“她一定不会坦白，既然瞒着我这么多年。”童志宇说道。

“这个——”卢冲扶了扶眼镜，说道，“你就因为这个失眠？那属于心中有事，心病很难靠医生来治愈。我的建议是，你还是和朱玉直接聊聊，越将问题藏起来，越容易把问题复杂化。”

“嗯，还是等她出院再说吧。现在我睡不着，我就想知道你能不能有办法让我睡一觉。”童志宇故意说道。

“你难道想让我催眠你？”卢冲笑道，“行是行，但是你也不能天天靠我给你催眠啊。”

童志宇站起身来，走到落地窗前，看着外头的风景说道：“我知道，不过我想试一次。”

“也好。”卢冲说道，“起码能让你好好睡一觉。”

第 106 章　反转

迷迷糊糊间，童志宇突然感觉手腕一疼，于是他立即警醒过来。

醒来之后，他并未睁开眼睛，而是静静听着周围的动静。

他听到有舒缓的音乐在流淌，卢冲好像正坐在他的办公椅上，因为他听到纸张翻动的声音。

童志宇回忆着刚才的情景，好像自己精神放松之后，就逐渐按照卢冲的指令，真的进入被催眠的状态里。因为接下来自己就沉睡了过去。

然后刚刚睡着，那手镯就真的跳出了刺针，让他突然一疼，从睡眠状态里警醒过来。

童志宇静静听了一会儿，见卢冲并没有移动的样子，于是微微将眼睛睁开一道细缝儿，向卢冲可能在的位置瞥了过去。这一看，倒是让他有些意外：自己的身上盖着一床空调被，卢冲正在办公桌后看书，仿佛并不想趁自己被催眠的状态，问什么问题，打听什么秘密。

童志宇想了想，还是继续安静等着。没等多会儿，他听到卢冲桌子上手机的震动声传来。卢冲便拿着手机出门接电话去了。

童志宇睁开眼睛，有些不解。

难道卢冲发现了自己想试探他，才不动声色？这似乎很难发现吧，就算是发现了，人在催眠的状态下也不得不说出自己的秘密，难道他对自己的催眠术没有信心？

童志宇想起自己在卢欣送茶进来的时候，故意走到落地窗前背对着卢冲，就是想从玻璃的倒影里观察一下，看看卢冲是否会对自己下药，是否会把药物下在茶水里。

然而，卢冲没有任何动作。

童志宇这时候真的有些迷惑了。

当他在办公室里胡思乱想的时候，秦萌在走廊里坐着，不住地瞥着卢冲办公室的门。

由于秦萌长得很帅，带孩子来的年轻妈妈或者姐姐们都忍不住偷偷瞥他几眼，甚至有妹子上前搭讪。

秦萌本来也不擅长和女孩儿聊天，为了免除尴尬，他只好站起身去陪几个在楼道里跑来跑去的小孩子玩儿。

就在这时候，卢欣突然从走廊另一端走过来。一个小男孩正追着小皮球跑，一下子撞到了卢欣身上。

而卢欣也不知道在想什么，似乎有些走神儿，一时间躲闪不及，被孩子撞了一个趔趄。

“对不起啊阿姨！”小男孩抬起头来看着她，甜甜笑道。

秦萌瞧见卢欣对小孩笑了笑，笑容有些勉强：“没事，小心点儿啊。”

说着，她下意识地将手插入口袋里。摸了摸里头的东西，甚至拿出来看了一眼又放了回去，似乎有点儿紧张。

秦萌眼尖地看到卢欣戴了手套，而且那瓶子里的液体是蓝色的。

蓝色？秦萌觉得脑中灵光一现，好像想起了什么。

也就在他迟疑的时候，卢欣走到卢冲办公室门前，推门进去。

此时，秦萌突然想起那是什么东西，立即一个箭步冲了过去，使劲儿推门，而那门早就在里头反锁了。

“开门，开门！” 秦萌不顾周围人的目光，立即使劲儿敲起门来。

秦萌这一吵闹，童志宇也不好在屋里继续当睡死的人，立即起身，回头一看，有些惊讶。

来的人居然不是卢冲，而是卢欣。

“你——”还没等童志宇问出话来，卢欣已经冲上前来，想将一针管刺进自己皮肤里去。

童志宇立即反手抓住她的手腕，俩人对峙的时候，童志宇发现那针管里的液体是蓝色的。

“毒品？！原来上次给我催眠的人是你？！”童志宇震惊道，一把将卢欣摔到地上去。

童志宇毕竟是练过的，这一下摔得不轻，卢欣半天没爬起来。

“卢欣，你这是什么意思，想杀我？！”童志宇皱眉道。

卢欣从地上慢慢爬起来，看了看他，并未说话。

此时，门“哐当”一声响，秦萌踹门而入：“宇哥！”

进门之后立即冲到童志宇身旁：“你没事吧？！”

“没有。”童志宇微微叹了口气，“卢冲呢，看到他没？”

“好像去天台打电话了。”秦萌说道。俩人正说着，卢欣趁着他俩不备就要跑。结果被秦萌一个箭步上前，抓住手腕又推到地上去:“老实待着！”

“出什么事了？！”此时卢冲从外头冲了进来，看着地上的卢欣，和站在屋里的秦萌和童志宇，一脸吃惊。

“你看看，这是不是毒品？！”秦萌二话不说，捡起地上的针管递给卢冲。

卢冲皱了皱眉：“哪儿来的？”

“哪儿来的，你怎么不问问她，是她要把这东西给宇哥注射到身体里。”秦萌冷哼一声，指着地上的卢欣说道。

他并不知道卢冲和卢欣的关系，只是以为卢欣是医院里的一个小护士。

童志宇一直沉默不说话，因为他也不好说什么，只静静观察卢冲的表情。

卢冲很震惊，这不像是装的。

莫非他不知道卢欣会做这种事？

半晌后，卢冲回过神儿来，将卢欣拽起来，问道："说吧，这是什么？！"

卢欣并不说话，仿佛一瞬间哑巴了一样。

"我在问你话！"卢冲怒道。

办公室外头围了几个人，大家听到响声，纷纷来看热闹。

童志宇这才说道："咱们换个地方说话吧，这么多人看到不好。"

"对，我们换去别的房间。"卢冲深吸一口气，平静了一下怒气，拽着卢欣就往外走。

童志宇和秦萌跟上，四个人进了一间小会议室。卢冲关上门，冷冷看着卢欣，说道："这不会是毒品吧？"

说着，他将那针管放在鼻子跟前闻了闻，皱眉道："气味很像，这种毒品我也见过，蓝色冰恋，此前一个病人就是吸这种东西，在我这儿戒毒。"

卢欣照旧不说话。

卢冲看着她，冷冷说道："你告诉我，为什么要做这种事？！童大哥，你还好意思叫人家大哥！他一家如何待你，你忘了吗？！现在你是忘恩负义还是狼心狗肺，居然对他下毒！说，谁让你干的？！"

卢欣照旧不说话。卢冲这回怒了，反手一个巴掌扇到她脸上去，清晰的一声脆响过后，卢欣脸上立即肿了起来。

第 107 章　未亡人

即使是被打得脸肿成馒头，卢欣依然不说话。

卢冲还要打下去，童志宇立即拦住他："别，她不想说，一定是有不能说的理由。好了，这事以后再说，让她好好想想吧。"

其实童志宇知道，看卢欣的表现，是不想透露幕后主使。或者是因为有危险，比如威胁到卢冲，或者是有别的原因，再或者——

童志宇看着卢冲，心中暗想，卢冲是否也牵涉其中呢？但是，他的神情比影帝还要真实。若说是假装，真的不怎么可能。

也许卢冲并不知道这一切。

四个人沉默下来。不知过了多久，卢冲长长叹了口气，说道：“卢欣，既然你和毒品有关系，还妄图谋害我朋友，那我不能包庇你，只能送你去警察局了。自首吧。”

卢欣这回脸上才露出惊恐之色：“我不去！”

“现在知道说话了？！有胆子做，没胆子去承担后果？！”卢冲怒道。

“我不能去！”卢欣着急地嚷道。

童志宇一听这话，顿时愣了愣。不去是一个意思，不能去，就是另外一个意思了。

于是他想了想，缓声道：“是不是有什么人威胁你，让你做这种事？比如，有人拿着这件事威胁你，否则要对你哥哥不利？”

卢欣又不说话了。半晌后，她才对童志宇低声道：“对不起，童大哥，我不得不做。”

“谁让你做的？！你为什么要做这种事，以家里人威胁，你就去做坏事？！你怎么不告诉我，我们可以报警！”卢冲怒道，“看来平时我太纵容你了，以为你是个懂事的孩子，没想到一出事就是大事，简直让我刮目相看！”

卢欣再度沉默下来，不再说话。

童志宇看着她的神色，就知道这回卢欣是真的不会说什么了。

“不如你先带她回家吧。”童志宇说道，“但是，你们要注意安全。”

童志宇话里的意思是，卢欣既然没有杀了自己，或者对自己下手，那就说明对方发现之后，不会那么轻易放过卢欣。

既然这样，自然要注意是否有人要对卢欣灭口。

卢冲很聪明，听懂了童志宇话中的意思，只能叹了口气，对童志宇说道：“对不起，我妹妹给你惹了这么大的麻烦。”

童志宇笑了笑：“没事。”自己老婆都想下手杀了自己，何况外人呢。

卢冲沉默了一会儿，说道：“今天让我和她好好聊聊，我会给你一个交代。放心。”

说着，卢冲拽着卢欣走了。

秦萌看着他们俩走出房门，对童志宇说道：“宇哥，就这么让他们走了？刚那个女的可是想给你注射毒品啊！”

“我想她也是有什么难言之隐。我看她的样子，再怎么问也不会说实话，那不如让她走了好。”童志宇说道，“也许好好想想，她就改主意了。我们还是先回家吧，今天麻烦你了。”

秦萌说道：“我也没做什么，其实没有我，宇哥也能搞定这一切。”

“我只是没有想到，原来要害我的人，不是卢冲，竟然是卢欣。”童志宇摇头道，“这世事变化——”

秦萌说道：“那我们怎么办，不报警吗。”

“先让卢冲好好想想吧。”童志宇说道，“现在不合适。况且，这件事怕是警察也未必能弄清楚前因后果。”

童志宇心想，如果汪氏集团牵扯其中，那就是跨国事件，就算是报告给当地警察，能有什么用。

如果卢欣控制自己杀人，或者催眠来套取情报，显然也是这群人在背后操控了。

到底怎么办，自己还真要好好想想。

童志宇看了看时间，已经是中午了，于是载着秦萌在附近吃了个饭。

下午刚想回家的时候，傅青红突然给他打来电话：“童老师，于冰冰可能要不行了。这几天我看她气色更差了。”

“什么，于冰冰？”童志宇这才惊觉，自己已经很久没想起她了。上次从丽景酒店一别，就再也没什么联系。

这件事也不怪他，因为自己周围各种变故，童志宇也难以顾及很多。

“对，你要不要来看看她？”傅青红问道，“我把她接到了我的私人会所里。”

“你不怕别人看到？”童志宇吃惊道。

“没事，接人的时候我是半夜过去的，给于冰冰化了个妆，戴了个假发。因为警方没有公布死者的身份，所以大家以为于冰冰早就已经去世了，谁也不会在酒店楼下等着看于冰冰的新闻。”傅青红说道：“你过来一趟，也许我们能商量出来，如何引古越背后的人出来。”

“也好，我正好去看看她。”童志宇叹了口气，挂掉电话。

秦萌问道：“出什么事了吗？”

“嗯，有点儿麻烦。你先回家？”童志宇问道。

“宇哥是有什么事情不想我知道吗？”秦萌脸色不太高兴，倒是像闹别扭的小孩子。

童志宇笑了：“你好不容易休假又被我拽了出来，现在跟着我过去，又要浪费一天。”

“能帮上你的忙就不是浪费！”秦萌脱口而出道。

童志宇笑着摇了摇头，瞧见秦萌又有些不好意思地抓了抓头发。

“行，不过你要保证，看到的事情不能说出去。”童志宇说道。

“我保证。之前的事情，我也没有说出去啊。”秦萌说道。

“那好，如果想跟着我去，那就一起吧。”童志宇说道。

他在想，也许以后自己还会需要秦萌帮忙，如果现在就让他参与其中，也许没什么不好。

于是他载着秦萌到了傅青红的私人会所。

同样是上次那个房间，童志宇见到了傅青红，还有一脸苍白的于冰冰。

再见到于冰冰之后，童志宇差点儿没认出她来。

于冰冰瘦得几乎脱了相，胳膊甚至能看出骨骼嶙峋的样子。

傅青红看了他身后的秦萌一眼，问道：“这个小朋友——是秦萌？”

“我不是小朋友，你认得我？”秦萌说道，目光却落在于冰冰身上，疑惑地说道，“这位有些眼熟。”

“于冰冰。”童志宇介绍道，“你知道的吧？”

“于冰冰，那个明星？不是已经——”秦萌吃惊道。

“她没事，死去的是一个替身。”童志宇说道，“这些事情说来话长。”

于冰冰此时说道：“倒也不是没事，我也快死了。不过在死之前，我想你们应该需要我做点儿什么，于是就找他来了。”

“所以你们两个也认识？也是，我们都算是故人。”童志宇说道。

“不，在我知道她还在人世的时候，就已经想办法联系她了。”傅青红说道，“今天童老师去见卢冲，结果如何？”

“结果倒是让我也很意外。”童志宇苦笑道，“那晚给我催眠的恐怕不是卢冲，而是他妹妹卢欣。我还是没想明白为什么，也许卢欣受了什么威胁，也许是其他原因，这个我还真是不清楚。”

“卢欣，看来也是有必要查查她。”傅青红说道，“关于那个沈璃，有意思的是，我发现她的档案完全不见了。前几天和你分开后，我就去问了当年的校友，查了查你说的那个女人在的学校，还真有沈璃这个人，但是她不常来学校上课，合照上也有这个人，只是档案全被人删了。”

童志宇皱了皱眉：“看来这个人也不一定活着了。”

“所以现在唯一可能知道内情的，就是那个宋洋，只是就算找到他，也未必能说服他，来指证当年古越杀人的旧案。”傅青红叹道。

“你说得对，即使找到了，也没什么用。”童志宇说道。

此时，在一旁沉默的于冰冰突然问道：“你们说谁，宋洋？”

“对，当年我们那个剧组的一个副导演。不过我和他不熟，只是知道这个人。”傅青红说道，“他和古越会不会是熟人？”

“他和古越是校友，和我倒是熟人。”于冰冰突然说道，语出惊人。

第 108 章　故人归来（上）

“这么巧？宋洋是你的熟人？”傅青红有些惊讶地问道。

“对。”于冰冰点了点头。

这倒是让童志宇也有些意外：“宋洋——难道是你朋友？”

“不，是我第一任男朋友，算是初恋情人吧。”于冰冰淡然道。

傅青红和童志宇面面相觑，没想到这世上的事情如此巧合。不过，宋洋本来也算是这个圈子里的人，当年又和于冰冰一个剧组，私下里搞点儿恋爱什么的也不是不可能。

“那宋洋这个人，为人如何，和古越曾经是好友吗？”童志宇斟酌片刻，也不知要问什么才好。

“我确实听宋洋说起过古越。”于冰冰笑了笑，“我知道你们想问什么。宋洋说起过古越，但是提到的时候很少。他这个人像是——像是猫一样的性格，对人不冷不热，让人想不通他在琢磨什么。其实我和他交往之初，无非是因为那时候我刚演戏，经常在剧组加班看剧本，宋洋那个时候也常在剧组，也就这么熟悉了。后来有一次他胃病犯了，我就送他去医院，陪着他待了一晚上，也就这么好上了。”

说起过去，于冰冰难得地表情和缓了下来，仿佛有些怀念之色：“现在想想，当年还是挺单纯的，想在一起也就在一起了。”

“那后来呢，完全没听说你们俩是情侣。”童志宇说道，其实他连宋洋啥样子都记不清了。

“后来能怎么样，其实本来他家里就看不上我，自然不可能要我们在一起。外加我还要养家，不能放弃事业。所以在拍完那戏的时候，宋洋突然问我想不想和他一起移民欧洲，我自然不能去了，于是就分手了。”于冰冰说道，“不过，宋洋到底怎么了，让你们这么打听？”

“说来话长，但是宋洋是古越的朋友，还知道古越不少秘密，那么这份文稿，也许是宋洋写的。”傅青红将童志宇给他的文稿递给于冰冰看了看。

于冰冰看后很是惊讶：“你们确定这是宋洋写的？”

“不确定，所以才问问你，既然你们关系曾经那么亲密，你能不能分辨出这稿子是否出自宋洋之手？”童志宇问道。

于冰冰看了几页，摇头道：“这个我还真不确定。以前虽然我也知道宋洋没事喜欢写点儿什么，但是我也没什么兴趣看。可你说如果这是古越以前的事情——看上去还不知道是真是假。起码这些年我没看到古越过得太过混乱。”

“他现在到底是出名了，自然不能和以前一样。”傅青红说道，“你现在还能联系到宋洋这个人吗？”

“这——他出国前倒是给我留过一个 MSN 的号，可是我基本不上网聊天，也就在他出去的第一年偶尔聊几句，现在也不知他用不用了。”于冰冰说道，“况且，如果按照你们的说法，他是为了躲开古越才去的国外，那他怎么可能为了指证古越回国。”

“当然不能这么说。”傅青红说道，“不如就说你想见他最后一面。”

于冰冰闻言，突然笑了：“我们俩在一起都是多少年前的事情了，你以为他会为了我回国一趟？”

“我觉得这件事有可能。你想，他在要出国的时候还想着带上你一起，可见对你的感情不是假的。初恋最难忘，也许会为了你回来一趟呢。”傅青红笑了笑，“等他回来，我们只是想问问这文稿的作者是不是他，至于这里说的那个叫沈璃的女人他是不是认识，也就是了，并不想让他做什么过分的事情。”

于冰冰思虑片刻，说道："好，那我问问他。等有消息了我就通知你们。"

傅青红说道："好，那请尽快吧。"

说完这些，于冰冰似乎身体有些吃不消了。见这情状，童志宇和秦萌就先从私人会所里出来，一路往回走。

秦萌问道："宇哥，我们接下来怎么办？"

"也没什么怎么办，等他们的消息吧。"童志宇说道，他其实并不太确信宋洋就是写文稿的那个人，他就算是回来，也不知道能不能提供什么有帮助的线索。

而且从文稿里看，这个叫宋洋的对很多人和事并不关注，也许是个相当自我主义的人。

不过就凭他们几个，想揭古越的老底，自然是不能硬来，也不可能让警察来全权处理。

事情到了这里，看似要水落石出，其实距离最后的结局，仿佛还隔着千山万水。

童志宇和秦萌刚上了车，他的手机便响了起来。童志宇拿出一看，来电显示居然是卢冲。

"卢冲？怎么？"童志宇立即接了起来。

"卢欣……刚才从家里逃走了，我本来把她关在家里，让她好好想清楚。结果现在我也联系不上她。她有没有去找你？"卢冲的声音从手机里传来。

童志宇一愣，没想到卢欣会逃跑。这是真的，还是卢冲故意这么说的？

童志宇迟疑片刻，说道："我没有见到她，并不知道她会去哪里。这——你知道她还有什么朋友在本市吗？"

"哪有什么朋友，她在国外三年多，国内的朋友也不常联系。算了，我还是继续找找吧。"说着，卢冲便挂了电话。

童志宇放下手机，秦萌问道："宇哥，又出什么事了？"

"卢冲的妹妹卢欣突然离家出走，不知去向。他现在正满世界找人。"童志宇说道。

"这么巧，她就跑了？奇怪了，为什么要逃跑？"秦萌说道，"难道她着急去见什么人？"

"这个就不清楚了。调查人的事情，让傅青红去做吧。"童志宇揉了揉眉心，“我送你回去，然后去看看朱玉。”

“要去看她啊？”秦萌说道。

“怎么？”童志宇转头看着他。

“没，就是觉得她对宇哥做的那些事有点儿过分了，始终有些——”

“我也是没想到啊，”童志宇笑了笑，“不过，想通了也就罢了。等这些事结束之后，我们也就分开了。只是可怜了两个孩子也跟着受折腾。”

秦萌笑了笑，并未多言。

第 109 章 故人归来（中）

将秦萌送回家后，童志宇开车去了医院看朱玉。

走到病房门口的时候，他正好撞见保姆从屋里出来。

保姆将他拉到一旁，低声道：“小童，我看朱玉这几天精神不太对劲。”

“怎么回事？”童志宇问道。

“我也说不清楚，就是这人吧，有点儿恍惚，还一个劲儿地打电话。再后来还要我的电话，拿着不知给谁打了过去。”保姆说道。

童志宇想了想，说道：“那个号码你还记得吗？”

保姆于是将自己的手机掏出来递给童志宇：“最上头一个拨的号就是。”

童志宇接过手机看了看，确实是陌生号，于是拿出自己的手机来，按照这号码拨了过去。

第一遍拨号，没人接。于是童志宇拨了第二回。直到拨第三回的时候，那边才接了起来。

“喂？是谁？”一道仿佛刻意压低的声音传来。

“你又是谁？”童志宇问道。

对方愣了片刻，说道：“不认识我，却还给我打电话？”

对方似乎脾气不怎么好，或者正生气的时候，这句话像是脱口而出的。

但是这一句，却让童志宇有了些熟悉感。

于是他沉默片刻，问道：“古越？”

这回对方沉默了，半晌后才冷冷问道：“你是谁？”

“老朋友了。”童志宇也冷冷回道。

就在这时，对方突然挂了电话。

童志宇也放下手机，一股沉郁之气凝滞在胸口。本来他以为自己应该没啥感觉了，但是抓到自己老婆——虽然现在也就是名义上的老婆和古越私下联络，还用了特别隐秘的手机号，他平静下来的心情又再度烦躁起来。

他将手机还给保姆，说道："我去看看朱玉。"

说着，他走到朱玉病房门前，推门进去，见朱玉正背对着自己躺着。

童志宇走到床前，冷冷喊了一句："朱玉。"

朱玉听到声音，转过身来。看到是童志宇，她便从床上坐了起来。

童志宇端详着她的脸色，只见朱玉还不如刚住院的时候，脸色苍白得厉害。

"志宇，有事吗？"朱玉平静地问道。

童志宇看到她的惨状，也一时间说不出什么重话。他知道朱玉应该是和古越联系，但是古越不知为什么又不待见朱玉了，恐怕是想断了，这才让朱玉反应这么奇怪吧。

童志宇也不知道其中发生了什么，但是他忍了又忍，知道这时候也不是翻脸的时候，只能强迫自己坐了下来，问道："听宋阿姨说，你这些天情绪不太好，为什么呢？"

朱玉定了定神儿，说道："没有，就是在这儿待了太久，有些闷了。"

"说起来小辉和小念也没怎么来看过你，不然我带他们过来看看你。"童志宇说道。

朱玉立即皱了皱眉，说道："算了，他们还得上学。我累了，你先去忙吧，我再睡会儿。"

童志宇叹了口气，说道："好，好好养身体吧。"

说着，他起身走出病房门，见保姆在外头等着，便说道："这些天麻烦你看紧她些，我也觉得她有些不对劲儿。一旦有变故，就给我打电话，赶紧通知医生什么的。"

保姆点头道："好，没问题。"

童志宇说道："让你这么没日没夜在这儿陪着她，我也挺过意不去，等她能出院了就不用麻烦你了。至于工钱，想加多少，我会另外给你的。"

保姆一愣，摆手道："算了，不用。"说着，她看了看四周，低声道，

“小童啊，你这人真不错，对她好得没话说。不过，我虽然不知道你们家到底怎么回事，可我看她的心思不在你身上，甚至连这个家也不怎么顾得上。”

保姆说得比较隐晦，童志宇苦笑一声，说道：“我知道。不过她也总算和我一起度过了十多年时光，没必要事到临头大闹一场，好聚好散吧。但是我们的事还是不要告诉她，别人也不要多说。”

保姆点头道：“我明白，你去忙吧。”

童志宇这才从医院出来。他看着外头白惨惨的日光，一时间有些茫然。

就在童志宇愣神儿的空当儿，于冰冰的电话打了过来。

童志宇一愣，接了起来。

“童老师，我找到宋洋了。”于冰冰的声音传来。

“这么快？”童志宇有些惊讶。

“他不在国外，就在国内，我让他赶紧赶过来。但是宋洋不想见傅青红，只是想见我。我说我现在身体羸弱，得让人陪着，他才同意让你一起。”于冰冰说道。

童志宇略微思量了一番，知道宋洋可能不太相信傅青红。如果他知道古越那些破事的话，那么八成知道古越和朱玉的过去。既然自己是朱玉现在的丈夫，那么就一定和古越没什么关系。

可能是因为想到了这一层，宋洋才比较相信自己。

童志宇问道：“我什么时候去接你？”

“明天晚上吧。我们定在一家海边咖啡厅见面。那是我们第一次约会的地方。”于冰冰说道。

“那你的身体还能折腾这么远吗？”童志宇不由得有些担忧。

于冰冰笑了笑：“没事，医生说了，还能扛三四个月。”

童志宇说道：“那好，我们到时候见，我去接你。”

于冰冰说道：“好，不过呢，你最好换个车来。你看你老婆的剧也杀青了，接下来就是一波宣传，万一你被娱乐记者拍到什么，也不好解释是不是？上次我那替身死了的事情，没有影响到你吗？”

童志宇想了想，那件事还真对自己没啥影响。虽然也有人猜测是不是童志宇和于冰冰有私情，但是因为俩人的交集实在等于零，外加童志宇和朱玉一直是娱乐圈模范夫妻，许多粉丝还是相信“真爱”的，自己居然没有怎么被人黑。可能也因为他的人缘还行，并没啥影响。

“没有，你放心吧。不过我也会小心，这回还是换辆车过去。”童志宇说道。

和于冰冰联系完毕，他就去和秦萌借了车，准备第二天去见一见那叫宋洋的人。

想起第二天的见面，童志宇当晚居然挺兴奋，一直没睡踏实。

于是他干脆又起来了，跑到书房去上网。

刚登上QQ，就瞧见编辑胡文熙发来几则信息：“童老师，新书我看过了，果然不错，又恢复了您以前的功底啊，比前期作品还要好。

“不过怎么觉得有点儿奇怪，像是——亲身经历?

“啊我说错话了，我就是觉得很真实——”

……

童志宇看着他啰里吧嗦发了一通，无语地回了一句：“所以你觉得这新书怎么样?”

发完之后，看对方没回。童志宇看了看时间，十二点半了，小胡可能也睡下了。

他正准备看点儿资料，就听到书房外头有人在轻轻敲门。

第110章　故人归来（下）

童志宇走过去打开门，只见童念站在门口，瞪着大眼睛有点儿可怜兮兮地看着他。

童志宇心中一软，将她让进屋里来，温和地问道：“怎么了小念?”

“爸，我睡不着，有点儿害怕。”童念坐到躺椅上说道。

“害怕? 怕什么呢? 这几天你都不是一个人在家呢，有我、有小辉还有九月。”童志宇说道，“我们都会保护你。”

“不是，爸，我总觉得会发生什么事，老是有点儿心神不定。”童念说道。

“没事，别瞎想。你一定是读书压力大了，想太多。”童志宇走上前揉了揉童念的头发，“你这孩子心思就是重，别多想啊。”

“不是，爸，你写了这么多书，也一定看过不少书吧? 你觉得预感这个东西存在吗？”童念问道。

“预感？”童志宇沉吟片刻，说道，“你预感到什么了？别瞎想。其实古语有云，智者千虑必有一失，愚者千虑必有一得。你内心里越觉得自己预感强预感得准确，那么造成的结果就是你越来越多地预言某些事情。你预言的次数越多，那么相应成功的次数也就会增多。但人都是这样，你只会记住成功的预言，而选择性地忘记失败过的，所以成功背后巨大的预言基数并不是一瞬间发生的，它必然有一个或长或短的过程累积。有时候呢，可能在环境中你已经感受到一些变化，但自己却没有意识到自己潜意识里知道这些变化，而只是形成一种潜在意识藏在心里，这就是我们常说的潜意识。我觉得预感和差不多期望定律有些相似：就是你坚信的希望什么样，就会趋向于什么样。当你深信自己的预感，自身便会朝着这个方向继续发展，会越来越敏感地觉察到周围环境的细微变化，使得预言越来越成功。预感朋友有不好的事情发生，其实呢你只是在事情发生之前就感知到了事情的潜在趋势，并不是因为你的感知才会发生这些事情，所以你也不要太有压力了。”

童念想了想，点头道：“有道理。唉，就是总觉得咱们家会发生什么事情。”

童志宇闻言沉默不语。他自然知道家里会发生变故，但是却不想在这时候加重孩子的心理负担。

想来想去，童志宇说道：“无论家里发生什么，你都要记得，我都会尽力保护你和小辉，所以不要担心。”

童念紧张的神色缓和了下来，点头道：“嗯，我知道。”

童志宇正要让童念回去继续睡觉，冷不丁地，书房里的灯却突然灭了。

童念惊叫一声，一下跳了起来，躲到童志宇身旁。

“没事，可能跳闸了。”童志宇安慰道，但是自己却警觉了起来。

此时，屋里漆黑一片，但是手提电脑还亮着，映出一点儿微光在窗玻璃上，映出童念有些惊恐的脸。

童志宇让童念待在原地，自己走到桌旁摸出棒球棒提在手里，对童念说道：“没事，九月没有叫，说明没什么人闯进来。这小区的安保措施还好，没人敢随便进来。”

他嘴上虽然这么说，人已经走到书房窗户跟前往外看去。大门外头没什么人，庭院里也安静一片。天还不是很冷，九月还在外头的狗窝里待着。

如果真有人靠近，小狗一定会叫。

往外看的时候，童志宇才想起对面的那小楼，于是看了看那楼的情况。

但是距离有些远，看不清楚什么。

童志宇想了想，将还在睡梦里的童辉给拽了起来。

“爸，大晚上的你要干吗？”童辉打了个呵欠，不满地瞥了他一眼。

“家里突然没电了，你和姐姐待在一起，小心些，我出去看看。”童志宇说道。

童辉揉了揉眼睛，说道：“不就是停电了吗，是不是跳闸，你们俩也太紧张了。”

“行了，别多说了，赶紧起来和姐姐待一起。”童志宇把童念拉进童辉房间里，提着棒球棍下楼去了。

等他推开客厅门出去，九月听到声响，立即跟上他，讨好地摇了摇尾巴。

童志宇看着它肥短的样子，不由得有些好笑。

刚才在楼道里，他就检查过电闸，没有跳闸。那也就是说，可能是有人在外头破坏了电线。

不过电箱在家门外头，隔着一点儿距离，如果有人想掐断电线，也不用靠近自己家门。这样九月没什么反应，也有可能。

童志宇走到电箱跟前，左右看了看，没瞧见什么人。但是他却发现，这地方倒是监控的死角。

可能为了不碍事不挡路，也不影响别墅区整体美观，电箱的位置比较隐蔽，而且为了装饰，还涂成了绿色，远看的话，和墙壁的藤蔓像是融为了一体。

电箱的锁好像真的被破坏掉了，拉门虚掩着。童志宇一拉开门，打开随手带着的手电筒，发现电箱里居然有一只死老鼠。电线断了，虽然断口参差不齐，但是并不太像是老鼠咬的，倒是更像拿锯锯断的。

为什么要让自己家断电？来图谋不轨？这不太可能，一则是小区的安保设施不错，来回的人都登记，随便什么人不可能偷偷溜进来。

二则自己在家，家里还养狗，如果有人存心来捣乱，怎么也会提前调查一下他们家的情形，才好下手。

可是对方弄断电线，却没了接下来的动作，难道？

想到一种可能，童志宇不由得皱了皱眉。

这种小伎俩，为什么有人会以为能骗过他?

童志宇想着，下意识地往斜对面的那座小楼看了一眼。

黑漆漆的小楼里，仿佛隐约有红点闪过。

童志宇想了想，带着九月回了屋里。

到了童辉房间，童念问道：“是跳闸吗?”

“不是，电线让老鼠咬断了。没事，明天上午会有人来修。因为物业也会发现我们这儿停电了。”童志宇说道。

“我就说没什么嘛，你们俩太紧张了，困死了，我要睡觉了！”童辉说着，倒到床上去。

“老鼠? 怎么可能，电箱一直锁着吧。”童念说道，“而且电箱的门是铁的，老鼠再厉害，又怎么能把铁门咬开。”

童辉又打了个呵欠，抱怨道：“哎姐，你怎么那么多问题，这门也许是上次电工打开之后忘了关紧了呗，真烦。”

“你懂什么，就知道睡觉！”童念冷哼道。

第 111 章　回不去的路

童志宇说道：“好了，让他睡吧，你也去睡。我就在书房，你们隔壁，如果有事就喊我。我开着门睡觉。”

童念这才放下心来。

“对了小念小辉，你们明天是不是都放假?”童志宇问道。

“嗯，放假。”童辉含含糊糊地回了一句，看来快睡着了。

“对啊，难得放假。”童念说道。

“好，明天白天就别出门了，在家待着。”童志宇说道。

“嗯好啊。”童念说道。

童志宇嘱咐完毕，自己就回了书房。

回书房后，童志宇也没睡下，先给秦萌打了电话，问他是否有时间明早来家里一趟。

其实看现在的时间，已经是凌晨，童志宇本不好意思打扰秦萌，但想来想去也没找到别人帮忙。

如果外面有人弄断了电线，还没有立即采取行动，那么应该是想假装电力公司维修人员，趁着明天来家里。

真是这样的话，来的人到底会冲着谁，为了什么而来，那就不好猜测了。不管怎么样，家里有两个孩子，童志宇并不想让他们陷入一点儿危险之中。

但是，自己又没有什么证据来证明已经陷入任何危险当中，报警似乎也不怎么可行。主要是警察不会因为他捕风捉影的猜测出警。

童志宇思前想后，也只有秦萌能来帮忙了。

深更半夜接到电话，秦萌倒是一点儿没生气，反而痛快答应了："我就在宿舍，难道是刚才有什么事情发生了？不然，我现在过去？"

"不用，你先睡吧。我也就是猜测，但是具体如何，我也不清楚。"童志宇说道。

"好，明天一早我就过去。"秦萌说着，挂了电话。

童志宇在二楼的客房里睡下，总是睡不安稳。这一晚上迷迷糊糊的，不知不觉就到了天亮。

天亮之后，童志宇就先醒了，还没等洗漱，就听见九月在院子里呜呜呜地低声叫唤。

他走到窗口一看，果然见秦萌正蹲在大门外，从门缝里伸手摸九月的脑袋。

九月正开心地蹭着他。

童志宇看到后忍不住笑了笑，赶紧下楼去给秦萌开了门。

"你怎么这么早就来了？天刚放亮呢。"童志宇说道。

"睡不着了，起来锻炼，正好路过这边，就过来了。"秦萌笑道，"还以为你没起床呢。"

"刚起，脸都没洗呢。"童志宇打了个呵欠。

"啊，说到洗漱，我忘了冲澡了。"秦萌抓着自己的运动服嗅了嗅，"早上跑完步什么的，都会出一身汗。"

"那在我家洗洗得了。哦，一楼的浴室别去了，我没有开热水器，二楼的可以，我带你去。"童志宇说道。

自从朱玉住院后，童志宇就没有在一楼住过。一楼有他和朱玉以前的卧室，童志宇如今连进都不怎么想进。

秦萌也没推辞，跟着童志宇到二楼洗手间去。童志宇家里的洗手间也挺大，分割成两部分，里面是可以洗澡的地方，有暗色玻璃隔开。

童志宇在外头洗脸刷牙，秦萌在里面洗澡，他动作倒是很快，童志宇洗漱完毕，秦萌也洗完了，围着一条浴巾出来。

“哟，身材不错。”童志宇扫了一眼秦萌的腹肌笑道。

“你也一样。”秦萌笑道。

俩人正说着，童志宇听到外头有动静，回头一看，只见穿着睡衣、睡眼惺忪的童念站在门口。

童念看到家里多了一个人，愣了半晌，吃惊道：“爸，你真找了个男人啊？”

“什么跟什么，这是小秦。我们先出来，你用洗手间吧。”童志宇说道。秦萌有些尴尬，赶紧抓起衣服披上，让开了路。

童念看着他俩走去书房，在身后笑道：“爸，无论你找男人还是女人，我都支持！”

“现在这些孩子，脑子里不知道在想些什么。”童志宇无奈地对秦萌笑道。

秦萌笑道：“小念好像比以前开朗了不少。”

“嗯，这也是好事。”童志宇将秦萌带进书房，想起童念刚才的话，冷不丁又联想到童念的日记，不由得一阵说不上来的感觉。

“对了宇哥，你觉得会是谁破坏了你家的电线？”秦萌有些疑惑地说道，“我一早看了看监控，并没看到什么可疑的外来人。”

童志宇笑了笑：“那我们家对面那户，是不是已经住进来了？”

秦萌想了想，说道：“前些日子有园艺工人把他们家的院子修整了不少，想必住进来了。”

童志宇一阵头疼。朱玉现在不在家，对面的人还住过来，是想做什么？难道住进来之后，还是要和朱玉在暗道见面？

秦萌见他不说话，便继续说道：“宇哥是不是还有些困？你先睡会儿好了，我盯着。今天我是下午的班，上班还早呢。”

“睡不着，还是算了。”俩人聊了一会儿，童志宇去做了早饭。

秦萌也去帮忙，童志宇才发现他做饭比自己快，味道居然也比自己做得好。

等两人快做好饭之后，童念和童辉也都起床了。

童志宇看了看墙上的挂钟，有些惊讶地说道："你们俩今天起得倒是早。"

"平时都习惯了，节假日反而睡不着了。更何况今天的早饭好像特别香。"童念笑道，跑到秦萌旁边去看他做鸡肉蘑菇粥。

"去坐着等吧，快好了。"秦萌被她看得有些不自在，便说道。

"哟，秦哥哥比我妈贤惠多了。"童念眨了眨眼睛，跑到餐桌旁坐下。

童辉瞥了她一眼，说道："姐，你最近中奖了？天天这么高兴。"

"我开心你不乐意？臭小子。"童念冷哼一声，看了一眼童志宇，低声嘀咕道，"最好那个妈再也别回来，那我就高兴多了。"

童志宇坐得距离她最近，这句话自然是听到了。他听到后心里也不知是啥滋味。纵然知道这行为不对，但是童志宇也无法责备她。

朱玉以前如何对待童念的，童志宇也知道一些。也难怪童念宁可自己真的"出柜"，也不想他与朱玉复合。

不过，在吃早饭的时候，童志宇倒是真的感觉到一股轻松和谐的气氛。

回想之前朱玉在家的时候，也算得上平静和气，但是彼此之间确实有些疏离。

童志宇想到这里，才觉得以前自己真是没有把心思放在家人身上，居然连这点儿区别都没发现。

第112章　可疑之人

早饭之后，童念和童辉回了楼上。童念向来努力，童辉则是拉着秦萌到楼上玩游戏。

童志宇收拾好屋子之后没多久，外头果然有人来敲门。

秦萌也听到了动静，从楼上下来，走到童志宇跟前问道："那人来了？"

"不只是一个。"童志宇说着，推门出去，看到两个穿着电力公司制服的人站在门外。

九月在院子里叫得厉害，童志宇一边走过去，一边打量那俩人。

这两个人都是高大年轻的男人，样貌平常，但是看面色，并不像是常年在外工作之人。

“你们是？”童志宇上前问道。

“哦，我们一早接到您的报修电话，就来看看。坏掉的电线要重新换一下，您家里的电路估计也要查看一下。”其中一人说道。

“行，让你的同事在外头看看电箱，你进来吧。”童志宇不动声色地说道。

那人于是跟着童志宇进门。秦萌会意地关上大门，上了锁。

于是俩人互换了个眼色，便从背后靠近那进门的人。

童志宇心想，如果你真是普通的电工，自然不会想到要和客户起什么冲突。

“等等。”童志宇一把抓住他的肩膀，手上突然用力，想将那人直接推到地上。人在突然遇袭的时候自然也会有本能的反应。

果然，在童志宇动手的瞬间，那人先一步抓住他的手，想来个过肩摔。

俩人一瞬间僵持下来，下一秒，便动起手来。

秦萌自然也不能傻站着。那“电工”虽然有些功夫，却扛不住两个人的攻击，没多久便被按倒在地。

而另一个发现同伴被抓，也不敢来帮忙，自己麻溜儿跑了。

童志宇本来也不想俩人都抓住，因为他并不确定他和秦萌是不是能够将两个人都控制住。

“你们俩干什么？！”那人吃惊道。

“我还想问你，你是什么人？！”童志宇冷冷问道，“别告诉我你是维修公司的，我看你的手，可不是经常做活儿修电线的工人。”

那人皱眉道：“你什么意思，我就是电力公司的，包里有我的证件！”

“证件也可以作假，这样吧，我们还是报警仔细查查你的证件好了。”秦萌冷笑道。

提到报警，那人脸色也变了：“别别，要是报警，我们以后的工作都受影响。”

那人说着，眼神却闪烁不定。

童志宇将他从地上拖起来，冷冷说道：“我们还是有话直说吧。你和你同伴来我家，并不是为了修电线，而是为了别的吧。你也不是真正的电工，否则你同伴看到你被抓，那反应不应该是第一时间去找保安来救你吗？可是他却自己跑了，到现在也没见半个人过来。显然，他内心里也有鬼。”

那人听他这番话，到底是显露出了一丝惊慌不定的神色。

“不过，如果你告诉我你是为什么而来，我就不会为难你。”童志宇说道，“毕竟我也知道，你我是陌生人，不可能平白无故来找我麻烦，一定是有人授意。”

那人想了想，说道：“其实，我们俩只是来——带你家孩子走的。也不是绑架，就是你老婆说，你和她要离婚，但是你不肯放孩子走，说为了要走俩孩子，她就只能这样了。”

“我老婆，朱玉？”童志宇皱眉道，“她一直在医院里，怎么找的人？！”

“是你老婆的朋友来的，她给我们打的电话，又给了一笔钱。”这人说道，“我们俩需要钱，想着这事儿也不算多难——又不是杀人放火，就答应了。”

童志宇冷笑道：“让我猜一下试试。雇你们的人是个男人，看上去四十多岁，说话有些娘炮。”

“呃——”那人想了想，说道，“好像是这样。”

“宇哥，难道你说的是赵飞？”秦萌问道。

“那人说自己姓刘。”这可疑的电工说道。

“嗯，我明白了。”童志宇说着，放开手，对这人说道，“既然这样，你就先走吧。当然，那人问起来的时候，你就告诉他说，家里有别的人不好下手，别把所有的事情都告诉他。”

那电工连连点头：“知道了。”

说着，童志宇真将他放走了。

秦萌看着他走远，对童志宇说道，“宇哥，你就这么放他走了？”

“不放走又怎么样呢？”童志宇说道：“他没有绑架成功，我们报警也没有证据。而且，对方见了警察可以彻底反水，说我们突然袭击了他，他并不知道发生了什么。如果我们带着他去和赵飞对质，你觉得赵飞能承认吗？”

秦萌低声道：“那怎么办，就这么算了？”

“嗯，就这么算了。”童志宇说道，“知道了对方的目的就可以了。看来古越是想要这两个孩子。但是为什么呢——他突然这么着急要强行带走孩子。”

“难道，他要着急离开？”秦萌挠了挠头，“不然为什么要绑架？”

“着急离开？”童志宇有些疑惑，“他刚回国，居然又要走，这是为什么？”

童志宇这一问，秦萌也不知如何回答了。

童志宇内心也很是疑问。朱玉没有必要绑架孩子，如果和自己离婚，不论孩子判给哪一方，她都能经常见到两个孩子。而且以他对朱玉的了解，她并不怎么关注童念，甚至不太想童念和自己在一起。

所以赵飞出面的话，要孩子的是古越。

然而古越刚回国，如果想要俩孩子在自己身边，大可以慢慢来，不需要使用这么强硬的手段，仿佛以后再也见不着了似的。

难道赵飞和古越还不是一路的？绑架孩子的是另外一些人？

可无论怎么样，童念和童辉如今都有危险，自己得照看好他们。

而这处宅子，怕是不能再住下去了。

“小秦，帮我一个忙。帮我重新找一处房子。如果我去找，可能会被人注意到。”童志宇说道，“这房子不太安全，我想搬走。”

秦萌了解地点头道：“我明白，那我马上去办。”

“嗯，辛苦了。”

童志宇说着，担忧童念和童辉，便上楼看了看。俩人都在屋里，一个在玩游戏戴着耳机，另一个在听英文听力，难怪这俩都没注意到楼下的动静。

看着他们，童志宇莫名安心下来，也莫名觉得前路沉重。

第113章　宋洋

这件事之后，童志宇准备主动出击去警告一下斜对面的那位住客。

不过等他走到赵飞那别墅跟前的时候，发现大门上着锁。院子里已经修整得干净整洁。

他按了按门铃，没人应门，心想赵飞可能真的不在，这才回了家。

第二日，等他送孩子们上学之后，于冰冰打来电话，说她已经约好了宋洋，让童志宇一起去见见。

童志宇这才开车出去，和他们到约定地点见面。

这回三人见面定的是傍晚。那咖啡厅在一处海边，四下里很幽静，这天又是工作日，咖啡店里除了于冰冰之外，居然没有其他客人。

童志宇很快找到于冰冰。她今天稍微做了打扮，化了妆，看上去气色好了一些。只是比以前确实瘦了一圈。

童志宇突然想起了以前见她的那次，也是在海边。只是于冰冰比上次见面还不如，瘦得几乎像是骷髅一样。

“只有你自己来的？说好去接你，怎么自己过来了？”童志宇说道。

“本来我想等你一起，但是我自己照了照镜子，发现就算现在走在大街上，也没人能认出我来。我病得已经脱了相，还真是最佳易容术。”于冰冰微笑道，“所以干脆自己戴了个墨镜和围巾，打车过来了。司机也没认出我，主要是，我在人们眼里已经死了，没人会联想到于冰冰。”

童志宇有些沉默，一时间不知说什么才好。

就在这时，门上的风铃一响，有人推门走了进来。

那人四下看了看，直接冲着童志宇和于冰冰的桌子走了过来。

童志宇看着这人，只见他是个个子高挑的年轻男人。

他的打扮很韩风，留着刘海，看上去颇有气质。

这人走近了，坐到于冰冰身旁，摘下围巾对她一笑：“好久不见。”

童志宇看清这人的样貌之后，这才逐渐将眼前的人和记忆里的影子慢慢重叠起来。

眼前的宋洋是个挺阴柔美的男人，微微上挑的桃花眼，高挺的鼻梁，嘴唇比较薄，整个人看上去有点儿男身女相，过于阴柔。不过也正是这种长相，让他和以前的模样看上去没有多少变化。

“宋洋，你倒是一点儿也没变。”于冰冰笑道，指了指童志宇，“童老师，你还记得他吗？”

“当然记得，我在国外也买过童老师的书。”宋洋对他笑了笑，“其实我也是童老师的书迷。”

童志宇笑道：“见了你的人，我才想起咱们确实共事过，只是不太常见面。”

宋洋点了点头：“嗯，以前我也算不得喜欢当导演。现在我在国外当自由摄影师，过得还算自在。这次回来，是以为冰冰真的走了，偷偷去参加了个葬礼，结果，前阵子一开MSN之后，发现冰冰给我留言，真是吓了一跳。”

于冰冰笑道："没事，这回你多待几天，可能真可以参加我的葬礼了。"

宋洋脸色僵了一下，说道："冰冰，这种玩笑不能开。"

"好了，不开玩笑了，咱们说正事吧。就像是我提前打电话告诉你的，我们想知道一些古越的旧事。首先是那个叫沈璃的女人，她现在去哪儿了，你可知道吗？"于冰冰问道。

宋洋摇头道："我不清楚。其实当年我也没有和他们太亲近，只是因为无聊，才和这群人混在一起。不过沈璃当年和古越确实是关系很好，后来却又互相防备，让人不懂。沈璃让我帮忙盯着古越，我拒绝了。"

童志宇说道："为什么想要让你盯着古越呢？"

宋洋说道："他们俩以前一起开过一个酒吧，那是在古越大三的时候。但是古越可能在酒吧里不知做了什么事情，让沈璃不太高兴。大概是让我盯着古越别在酒吧里做手脚。"

"那些文稿，是你写的吗？关于古越的过去。"童志宇问道。

"确实是我写的，不过你们是怎么发现作者是我的呢？"宋洋笑了笑，"不过这些对我来说，都像是上辈子的事情了。我知道你们想找沈璃，可是我也不明白她为什么会像你们说的一样消失无踪。如果真是古越下手做掉的——那还真是有些可怕。"

"那关于她——是否还有什么亲人好友之类？"童志宇问道。

宋洋想了想："没有。沈璃做酒吧女的一个原因就是因为自己没钱，为了在北京生存下去，只能做那一行。她的朋友也都是风月场的狐朋狗友。要说亲人，我记得她偶尔提过一两次，老家是河北的，河北的蔚县，一个挺偏远的小村子里。在村里还有个什么堂哥，不过很久不来往了。可我想她总不会回了老家吧，沈璃可不是那种能避世隐居的人。"

"避世隐居是不可能，不过，如果为了躲开古越，她回老家住一阵子，这也许是可能的。"童志宇想了想说道，"那个村子在哪儿，你还记得吗？名字什么的。"

"我哪儿还记得，我就隐约记得沈璃说过，他们那村子有个传得邪乎的祭台，说是当年哪个少数民族部落建的，有千百年历史了。可这个也不算什么线索，我一直喜欢旅行，当年也是闲聊的时候说起来这个地方。但是她到底是说真的，还是假的，我就不知道了。"宋洋说道。

童志宇点头道："多谢，有这个线索，总算是多少有些眉目。"

"赵晓霞那件案子，有后续吗？"于冰冰问道。

"张迪没有和我说过结果，想来也是没有。毕竟是五年前的尸骨，被海水冲了这么久，死因应该是可以查明，但是那几个人好像都不是凶手，只是抛尸人。他们这几个人以前是汪子阳的保镖，可是后来被辞退了，而且抛尸那天前后，汪氏兄妹都不在本市，没有作案可能。至于后续，我就不清楚了。"童志宇说道。

"也就是说，古越可能和好几件杀人案子有关系，但是没有任何确凿的证据来证明。"宋洋沉吟道。

"对。"童志宇说道，"还有一件事，我记得你隐约提过古越可能贩毒，这是真的假的？"

"不好说，我也没见他真的碰毒品，这个怀疑是沈璃提出来的。沈璃过得虽然迷乱，但是她却不喜欢碰毒品。"宋洋说道，"但是咱们这圈里的人很多都吸毒，有的人吸毒长达十余年，如果真是贩毒，还怪赚钱的。"

童志宇沉默下来。古越此前就想炸死老何，也就是说，老何以前的照片里可能还拍到了什么。难道是古越贩毒的证据？

看来自己还是需要再翻看一下那些老照片。

想起那几百张的照片，童志宇有些头大。

三人接下来聊了些闲话，知道于冰冰时日无多，宋洋有些伤怀，说要留在这儿一阵子，陪着于冰冰。

童志宇瞧见两个人聊得开心，也便找机会走了。

从咖啡厅出来，童志宇觉得有些心绪烦乱。

很多调查仿佛都只是差了最后那一步，那关键的一步，却让现在的事情一直停滞不前。

现在古越已经要向两个孩子下手了，就算他是孩子的亲生父亲，也不能用这种夸张又危险的手段抢走孩子。

万一期间出了什么问题，孩子受了伤或者有个三长两短——想到这里，童志宇赶紧回了家。

为了出来见宋洋，他让秦萌陪着两个孩子在家里待着。

等他匆忙赶回家之后，瞧见三个人正在门前打羽毛球。秦萌一个人对战他们俩，三个人玩得不亦乐乎。

第114章 风暴中心（上）

童志宇松了口气，瞧见三人这么高兴，也就在一旁看着，并未打扰。

“宇哥，你回来了？”秦萌注意到站在一旁观看的童志宇，笑道：“这里路灯还算明亮，我看他们俩看书也是累了，就带他们休息下。”

“爸，一起来打球啊！”童念挥了下球拍喊道。

“很久没打过羽毛球了，我不行，生疏了。”童志宇笑道。

“反正是玩儿，试试呗。”童念拉他过来，说道：“咱俩一队，对他们俩。”

童辉说道：“那你们输定了！”

“谁输还不一定呢！”童念叫道。

童志宇热了热身，也和他们玩了几场，等孩子们都累了，才停了下来。

看着他们回了家，秦萌才问童志宇：“宇哥，今天出去有什么结果吗？”

童志宇苦笑道：“没有。谢谢你陪着他们，晚上你是不是不值班，不如就在我家住下吧。”

秦萌想了想，说道：“也好，晚上我还能照应一下。我已经联系了中介，但是要找个房子不太容易，最好是环境好的，靠近他们俩学校的地方。”

“嗯，不急，先去洗澡吧。”童志宇擦了擦脸上的汗说道。

童志宇先进家门洗了澡，回头秦萌也去了。

就在他回书房的时候，童念溜了进来。

“怎么了？”童志宇看着她笑道。

这阵子让童志宇唯一欣慰并感到高兴的事情，就是俩孩子仿佛慢慢亲近他了。而童念也慢慢有些孩子的朝气，不再像以前那样沉默安静。

“爸，你真出柜了？”童念眨着眼问道。

“你这孩子说什么话！”童志宇哭笑不得，“怎么冒出这么一句？”

“爸，你不看网络新闻吗？有人发新闻说拍到你深夜和男性友人同进同出，老婆还在住院都不去看看，说怀疑你出柜。”童念说道，“男性友人就是秦萌喽。”

“什么乱七八糟的，有这种新闻了？”童志宇皱眉道。

“有啊，不过多数人表示不信，不过还有人支持呢。”童念笑道，“我也支持，我想弟弟也是。”

“你们俩孩子真是——现在的人也是脑洞太大。”童志宇笑道，“不必理会，你也别瞎想。”

“我懂的。”童念笑道。

童志宇想起她的日记，于是思量片刻，低声道：“小念，你有喜欢的人了吗？”

“没有，现在还没，怎么了？”童念问道，“爸，你这么开明的人，不会是要警告我不要早恋吧？”

“不是，我是想说——无论你喜欢什么样的人，都可以告诉我，我支持你。”斟酌片刻，童志宇委婉地说道。

童念有些惊讶：“呃……好呀，要是有喜欢的人就带给你看看，你别吓到就行。”

童志宇心想，看来以后带回来的不一定是男是女。

“小念，如果我和你妈妈分开了，你会选择跟着谁呢？”童志宇问道。他想，这一天迟早会来，不如早早给孩子打个预防针。就算童念不喜欢朱玉，但是孩子对母亲似乎天生都有依恋之感，如果真的分开了，她是不是真会和自己生活在一起？

想到这里，童志宇倒是有些紧张和不舍。

“当然跟爸你一起住了，我想弟弟也是这么选的，我妈——她肯定觉得没有我俩拖油瓶更好。”童念冷哼道。

“那……如果你们的亲生父亲来要求你们跟着他生活呢？”童志宇一时没忍住，还是问了出来。

“我亲爹是谁我都不知道呢，古越？那我也不乐意。他对我来说就是个陌生人而已，我爸就你一个。”童念认真地说道，“虽然你以前不太和我们多说话，我却明白，你比我妈对我们用心多了。”

童志宇闻言有些感动，沉默片刻，说道：“无论在何种情况下，我都不会放弃你们。”

“聊什么呢？”秦萌穿着睡衣走了进来。

童念笑道：“聊你呢，说你对我们好得像亲妈。”

“亲妈，我很娘吗？”秦萌无奈地笑道。

“那你们俩聊，我先走啦。”童念说着，跑了出去。

“这孩子真是。”童志宇笑道，“你想看电视就去楼下看吧。如果上网玩游戏，我的平板电脑给你用。”

“我倒是想看书了，拿一本书去看咯。”秦萌笑道，拿走了童志宇写过的一本书，回客房去看。

童志宇见书房再度安静下来，这才打开电脑，找出老何拍过的那些照片，一张一张仔细地看过去。

但是看到眼睛发疼，他也没找到什么，不由得有些泄气了。

也许老何已经把那些照片都删了，也许只是因为康宁和老何关系近一些，古越就怀疑康宁把自己的秘密告诉了老何，这才想杀人灭口。

童志宇放弃了翻找，刚想去睡觉的时候，就听到手机响了起来。

他拿过手机一看，好像是楼下保安室的电话。为了方便联系秦萌，他曾经记过这个电话。

童志宇不解地接起电话。只听有人说道：“请问是童先生吗？”

“我是，你是？”

“我是小区保卫科的，有个女孩子说，她是你朋友，来找你的。但是，她情况不太好，你要不要马上来看一下？”

“什么？她说叫什么名字了吗，为什么情况不太好？”童志宇一愣。

“受了很重的伤！但是她不让我打120，非要见你，童先生，你快下来看看吧！哦，她说她叫卢欣。”

“卢欣？！”童志宇几乎跳了起来，“好，你等等，我马上下去！”

童志宇穿了外套，赶紧往外跑。

秦萌听到动静出来问道：“宇哥，出什么事了？”

“有个人来找我，你先在家吧，我去看看。”童志宇说着，匆匆忙忙跑了出去。

他快速跑到小区门口，远远就看到一个保安扶着卢欣站在路灯下。

卢欣好像有些站不住，腿都在发抖。

等童志宇跑到跟前，才吃惊地发现她身上横七竖八不少伤口，嘴唇也因为失血而十分苍白。

“卢欣？！你怎么变成这样？！”童志宇吃惊道。

“先，先别管我了……童老师，我要告诉你一件事。死前一定告诉你……”说着，她挣脱保安的手臂，冲到童志宇跟前，在他耳边说了几句话。

童志宇顿时血都凉了下来。

第115章 风暴中心（中）

“你身上的伤是怎么回事？怎么不去医院？”童志宇听罢，愣了许久回过神儿来问道。

“我自己就是医生，我知道我不行了……童老师，记住我说的话，赶快……”卢欣话说到这里，顿时晕了过去。

“保安小哥，来帮帮忙！”童志宇冲着愣在一旁的保安喊道。

保安这才反应过来，找了另一个一起值班的，上前来将卢欣扶住。

“麻烦你们把她送去医院，我看她伤得不轻。”童志宇觉得自己的手都有点儿发抖。手臂上沾了不少血。

童志宇站在原地愣了片刻，这才迅速跑回家里去。

秦萌听到动静，从屋里出来看了看，看到童志宇身上沾了血，不由得吓了一跳：“宇哥，你受伤了？”

“没有，刚才一个受伤的朋友来找我，我让人把她送医院了。”童志宇叹了口气，“我先洗个澡。”

说着，他关上洗手间的门。

脱下衣服开始洗澡，当热水浇到身上的时候，童志宇才慢慢冷静下来。

刚才卢欣说的话让他很是吃惊。她说，他家的暗道里藏着一批毒品，如果被警察发现，可能对他来说有麻烦。

可他后来也曾经暗中检查过暗道，并没有什么东西，也没遇到别的人。

卢欣说，她并不想害童志宇，无奈自己男朋友在别人手上。

她男友本来读的是警察学校，但是因为吸毒辍学，跑去混黑道，现在被人抓出来交给了古越。古越说，只有卢欣按照他的说法去做，才肯放了那人。

卢欣仓促间也只说了三言两语，告诉童志宇她男友叫丁妙，是在一家酒吧里当老板。所谓老板其实就是管事的，因为那家酒吧的真正老板应该是古越。

想到酒吧，童志宇突然想起宋洋说过，沈璃和古越开过一间酒吧。

莫非就是卢欣说的这个？卢欣只是说，这酒吧名叫该隐，一股非主流的感觉。

将身上的血迹洗完，童志宇才出了洗手间。想起卢欣的伤势，他给卢冲打了个电话，报了卢欣去往的医院的名字。

“她怎么会去找你？”卢冲松了一口气之余，有些疑惑地问道。

“我也不清楚，我想她逃出来的地方距离我家比较近吧。我也不清楚她发生了什么，但是，我想她现在受的伤，和上次想给我催眠的事情有些关联。因此我只是托了小区保安送她过去，如果别人看到我们俩在一起，我怕那些人再对她下手。”童志宇说道，“你快去看看吧。”

“好，多谢了。”卢冲说着，立即挂了电话。

童志宇看着沾血的外套，有些心惊。他将衣服丢进洗衣机，正要放水进去，却见口袋里掉出一样东西。

童志宇从洗衣机里将那东西拿出来，只见那是一条手链。

这手链像是情侣款，因为童志宇记得，似乎童念也买过带着玩，只是过了一阵子就扔掉了。

这手链上坠着几只夜光的小珠子，远看像是萤火虫。童志宇想起一个泰国的老电影，主题是关于萤火虫的爱情传说。

故事是，很久以前，一个年轻公子爱上了某个叫海桑的少女，然而少女被人嫉妒，于一天夜里，被人推入河中淹死，于是魂魄被困在河里，找不到轮回的路。

年轻公子没有及时救下少女，懊悔不已，也抑郁而终。他的灵魂化成无数萤火虫，像是孔明灯一样引领着少女的魂魄走出困局，终于在死后相遇。

因为这电影在当年算是浪漫文艺爱情片，很受年轻人喜欢。萤火虫手链曾经流行了一阵子。

莫非这也是卢欣和她男友买的情侣款？不过说起来，她男友的名字倒是很像女孩的名字。

童志宇将手链收起来，开了洗衣机，才发现秦萌一直站在外头等着他。

“宇哥，你真没事吗？”秦萌问道。

“没有。对了，我想去暗道看看。”童志宇说道。

“那我和你一起。”

“好。”

童志宇取了手电筒来，和秦萌一起下了楼，从一楼暗道入口，进了暗道里。

他们俩从头到尾走了一遍，也没找到所谓的毒品。

里面什么都没有。

“宇哥，你要找什么？”秦萌问道。

“刚才卢欣说，有人在暗道里藏了毒品。可看来这里面也没什么毒品。”童志宇说道，“莫非是被人拿走了？”

“是啊，这暗道里空空荡荡的，什么也没有。”秦萌说道，“可惜九月不是缉毒犬，应该也找不到毒品。听说那东西人闻起来是没什么气味——不知道普通的猫狗能不能寻到。”

“说得也是，不如让九月来试试。”童志宇想了想，说道。

于是秦萌出去一阵子，将九月抱了进来。

童志宇打着手电筒，照着坐在地上的九月。

刚到一处黑漆漆的地方，九月有点儿懵逼，一时间没什么反应，只是坐在地上愣愣地看着他们。

过了一阵子，适应了暗道的环境，九月才站起来，东闻闻西嗅嗅，往前跑去。

“宇哥，跟上去看看。”秦萌说道。

“嗯。”童志宇也打着手电筒跟了上去。

九月跑了没多久就停了下来。只见它在暗道一侧的墙壁跟前停下，竖起两个前爪抓墙壁，似乎有些兴奋。

“这墙上好像没什么，它高兴什么？”秦萌照了照眼前黑漆漆的墙说道。

童志宇走上前，举着手电筒仔细照了照。

他突然发现一个问题：这一段墙壁仿佛比前后的墙都略略向前突出一点儿。

起初童志宇以为是自己看错了，但是仔细对照之后，发现确实是突出一些。

于是他走上前摸了摸，惊讶地发现这墙好像不是泥土砌成的。

从触感上说，像是某种树皮之类的东西。

于是他手上用劲儿，使劲儿一扯，只听“刺啦”一声，有东西从那墙上被扯了下来。

出现在墙壁后头的，是一排排如压缩饼干一样的东西，堆砌起来占据了一面墙。

“这……这是？”秦萌吃惊道。

“这可能就是毒品。”童志宇说道。

第116章　风暴中心（下）

“怎么这么多？！”秦萌吃惊道，“又是谁放在这儿的呢？”

“那多半是我们的邻居赵飞了。”童志宇说道，“这暗道除了我们俩，再就是朱玉和对面的住户知道。这么多东西不可能一个人就摆得这么整齐。”

童志宇说着，仔细打量了一下这些像是压缩饼干一样，用真空包装袋储存的东西。

这应该就是毒品了，粉末状，但是泛着微微的蓝光。

一般来说毒品是没有颜色的，除非后期加工过。可能这颜色是因为那所谓的美人花成分。

也就是说，这些毒品很可能就是蓝色冰恋，传闻里的新型毒品。

按照张迪的说法，这一小袋子，就会卖出很高的价格。

现在全国禁毒，本市打击也很严格，能藏这么多毒也是不容易。

不过如果是赵飞这样的人，来回都开着车，尤其是高档车又证件齐全，也不会有人想到去查他。这样的话，慢慢运来这些东西，也不是不可能。

又或者，这些是很久前就藏在这儿的了。

“宇哥，这些要怎么办，报警吗？”秦萌问道。

“先不用，先藏起来吧。”说着，童志宇将那模仿泥土做的假墙再度盖在上头。这面假墙像是布料，又像是树皮，不知道什么材质。它本来是挂在墙上的几只钉子上头。

俩人将这东西再度挂好之后，又沿着暗道寻找了一番，最后确定没什么别的东西藏在暗道里，这才走出来回到屋里。

这时候已经很晚了，童辉和童念都已经睡下。

秦萌跟着童志宇回到书房，关上门之后，才问道："宇哥，这件事之后要怎么办呢？如果一旦被警察知道，这暗道里藏有这么多毒品，那么他们会怎么看宇哥，这毒品可是说不清到底谁放的了。"

"没关系，警察连我家底下有个暗道都不知道，又怎么会来查。而且这显然是对面赵飞藏的，这可都是钱财，想必对方也不希望警察查到，他自己更不可能报案。"童志宇说道，"所以这一阵子，这里的毒品应该还会好端端藏着。卢欣知道这件事，应该是她那个男朋友告诉她的。我猜想，她男朋友参与过贩毒，而正好是在古越开的酒吧里。他现在既是吸毒的又给古越当老板，算是古越的人，无法脱身，所以卢欣才被威胁。不过，据说卢欣的男友去戒过毒，看来是想脱身了。也许正是因为两个人都不想继续在古越那里待了，卢欣才被打成那样。"

秦萌不是太明白前因后果，但是也大概听懂了童志宇的意思。

"可她来找你，会不会被人知道，然后——这些人怕这里的秘密被人发现，就移走了这些毒品，那么以后再找什么古越或者赵飞的证据就难了。"秦萌说道。

"没事，"童志宇说道，"这几天你帮我看着，如果说赵飞或者什么人频繁出入这小区，就告诉我。"

"这个没问题。那宇哥你呢？这几天要出门去吗？"秦萌问道。

"嗯，我去找找卢欣这个男朋友。"童志宇说道，"卢欣说他在戒毒所，但是这是几个月前的事情了，现在不知道那人还在不在，我需要去看看。"

"不需要我跟你一起吗？会不会有危险？"秦萌担忧地问道。

"不会，"童志宇说道，"放心吧，无论是戒毒所还是酒吧，这两处人流量大，人员众多，不会有什么危险。"

"嗯，如果有事情要帮忙，就告诉我。"秦萌说道。

"一定。"童志宇点头道。

俩人商量完毕，各自回房间睡了。

第二天一早，秦萌上班，童志宇拿着车钥匙出了门，先送了两个孩子上学，然后一路开车往城南区那边儿开了过去。

那里有一处本市的戒毒所，按照卢欣的说法，丁妙应该在那里。

童志宇一路沉默。

往城南区已经不算市区，交通不错，没堵车情况，很快就到了城南区的戒毒所。

到了来客登记处，工作人员问童志宇找谁。童志宇说道：“我找丁妙。是男的，应该是几个月前进来的一个病人。他现在还在你们戒毒所吗？”

工作人员翻了翻档案资料，摇头道：“来的人里只有一个叫丁妙的，确实也是几个月前进了戒毒所。但是，他已经出去一个多月了。”

“那他的毒都戒了？去哪儿了？”童志宇问道。

“那当然，我们这儿都有评估，达到要求才会放病人走。放走的人，毒当然都戒掉了。至于去哪儿，我们哪儿知道，可能还是回他以前工作的地方或者在家呗。”工作人员说道。

童志宇点头道：“谢谢你。”

说着，他出了戒毒所大门。

童志宇想了想，莫非丁妙又回了那个酒吧工作？否则卢欣为什么会被威胁要对自己下毒催眠，让自己背上杀人罪名。如果不是古越授意，不是她男友被威胁，似乎也没有别的理由。

古越也算是有心了，一方面除掉自己这个“情敌”，另一方面还借着自己的手要除掉老何那个杀人案的“知情人”。而且还是要人给自己催眠，让自己杀了人也不知道怎么回事。

童志宇心中苦笑。想起卢欣的男友，同时又有些好奇。卢欣一个医生，怎么会有个吸毒的前男友？

想到这里，童志宇顿觉这里头似乎是有点儿隐情，有点儿问题。

他掏出自己放在口袋里的那条手链，想起卢欣告诉过一个地址，听起来是个居民小区，那应该是丁妙住的地方。

于是他准备先去这个住处看看。

于是童志宇回到了车上，一路开出城南区，按照那地址，进了一处居民小区。

下车之后，童志宇直奔卢欣说的一座 7 号楼的 3 楼，站在 302 门前按了按门铃，随后敲门。

然而门内半晌无人应答。

见没人开门，童志宇边敲门边喊道：“丁妙，丁妙！”

没多会儿，隔壁门一开，一个大妈探头出来：“你找谁？”

“哦，请问一下，这屋住的人去哪儿了？”童志宇问道。

第 117 章　古惑仔

那中年妇女说道："谁知道，这人天天深更半夜回来，有时候好几天也不回来。这会儿多半又不在家呢，不知道去哪儿了。"

童志宇皱了皱眉，说道："多谢了。"

出了这小区，童志宇也只想到了那个酒吧。那酒吧在城西区，好像是个挺乱的地方。

童志宇只能开车直接到了城西区。他往车窗外看了看，现在这地方依然有些破旧。这区域从以前就比较乱，虽然最近几年整治了，但依然不见得太好。

由于街道比较弯曲，外加有些窄小，所以童志宇找了个可以停车的地方停了下来，然后下车往小路上走过去。

他七拐八弯，进了一个小巷子，最后停在了一家酒吧跟前。

童志宇抬头看了看，见这个酒吧的牌子上写着：该隐。

这酒吧有些年数了，肯定是再度装修过，但是墙体什么的看起来还是有些破旧。

有些酒吧白天也开着门，只是并不营业。比如老何的酒吧。

这酒吧也是开着门，只是里面黑漆漆的好像没什么人。

童志宇直接走了进去。一进门，觉得这酒吧里头装修风格果然够妖邪。里头的灯光不是炫紫就是冰蓝，服务生穿得都挺哥特风。摆设的摆件不是骷髅就是骨架，另有一些小年轻男女一个个儿打扮得跟吸血鬼似的。

原本童志宇是最正常的打扮，结果到了这地方，成了最不正常的人，吸引了众人好奇的目光。

但是倒也没人阻拦。

从表面看，这是个比较正常的酒吧，但是不知为什么，童志宇觉得，这里头总给人一种压抑和十分怪异的感觉。

童志宇拉住一个服务生问道："请问这里有没有一个叫丁妙的人？"

"丁妙？不知道，没有吧。"那人摇头道。

"不是没有，是很少人叫那个名字。"另一人说道，"因为他叫丁妙，小名叫妙妙，像是小猫的叫声，所以好多人都叫他猫哥，这回你们知道了吧。"

“靠，原来是他啊，我们二老板，在地下一层最后一个包间里。”

童志宇道谢之后，就往地下一层走。

等到了一层，童志宇发现里头居然都是一间间的隔间。每个隔间都挺安静。童志宇快步走到最后一个隔间，推了推门，但是门仿佛是从里头锁着的。

童志宇立即上前敲门，边敲门边喊道：“丁妙，丁妙？”

敲了三四分钟左右，有个服务生模样的年轻男人跑了过来，打量了一眼童志宇，问道：“这位客人，你这是干什么？！”

“我来找人。”童志宇说道。

此时，包间的门一开，一股诡异的怪味扑面而来。同时，童志宇看到一个衣衫不整的年轻男人站在门口。

这男的留着一头长发，神情仿佛很是困顿，身材瘦高，长相还算英俊。但是他的脸色十分难看，苍白里泛着青色，有点僵尸儿的皮相。

童志宇下意识地透过他身体和门框的缝隙往里头看了看，只见屋里黑沉沉一片，没有开灯，但是隐约能看到里面长沙发上躺着一个年轻姑娘。

童志宇一愣。一般来说，酒吧里可没有什么包间之说，他这处酒吧，显然是有些“特殊”目的的。

那沙发上躺着的姑娘估计就是所谓的冰妹，冰妹的来由是因为吸毒者在吸食毒品后性欲旺盛，需要通过一些性行为来“散冰”，冰妹便因此产生。也就是那些向客人提供色情服务的同时，又会陪客人吸食毒品的小姐。

当然也不只是有女的当冰妹，还有的场子有女场，也就是顾客是女人。所以会有“鸭”出去陪女客玩。不过冰妹貌似很不值钱。

眼前这位丁妙，居然沦落到这地步，真难以想象为什么卢欣还会对他死心塌地。难道在所谓的感情面前，人们都容易执迷不悟？

卢欣虽然不是什么富二代千金小姐，但好歹也是靠自己奋斗出来的学霸才女，看上的男人估计会很优秀吧。总不会是现在丁妙这种情况。所以这是什么情况？

丁妙低垂着眼睛看了童志宇一眼，问道：“大叔你谁啊？”

“你认识这个吧？”童志宇将那手链拿出来，在他跟前晃了晃。

“哦？眼熟。”丁妙漫不经心地说道。

“你女朋友是不是卢欣？”童志宇问道。

“不认识。”丁妙说着，就要关上门。

童志宇知道这小子一定是认识卢欣，因为在提到卢欣名字的时候，他的神情有微妙的变化。虽然一闪即逝，但是童志宇还是很敏锐地发现了。

童志宇想起卢欣的惨状，突然为这个姑娘觉得有些不值，不由得一把挡住要关上的门，喝道：“你给我出来！”说着，童志宇一把抓住丁妙的衣领，就将他给拽了出来。

这一拽，衣服“刺啦”一声裂了，扣子纷纷落地。

丁妙被他拽出门，却猛地一甩手，怒道：“大叔，你到底要干什么？！”

“干什么，看看你现在这个样子！”童志宇骂道，“你知不知道你女朋友都快死了！”

丁妙顿了顿，冷笑道：“她死不死关你屁事，我已经和她分手了！倒是你，你是谁？！管什么别人家的闲事，别来烦我！”

骂完之后，丁妙对着童志宇的脸啐了一口，走近他又撞了童志宇一下，几乎将童志宇撞得后退。

眼前的门“哐当”一声关上，童志宇的心有点儿发堵。卢欣让他来找丁妙，其实也没说清楚到底为什么，只是说丁妙可能了解有关蓝色冰恋这种毒品的事情。

可看这种情况，丁妙应该也不会提供什么有用的信息。

如今俩人发生冲突，不少人都来围观。好在地下室灯光黯淡，暂时没人认出他是谁。万一一会儿人多了，有人认出他，那就有点儿麻烦了。

于是童志宇只好赶紧从酒吧里出来，回到车里。

第118章　神秘村庄

回车里之后，童志宇叹了口气，没想到这丁妙是这反应。

他有些郁闷，便开车往外走。刚那一段争执，让童志宇的心情也不怎么好，开车的时候走神，在不能拐弯的时候拐了一下，好死不死地还撞上了交警查车，直接给拦了下来。

童志宇无奈地交罚金，在口袋里掏钱包的时候，却掏出一样东西来。

他将那东西放到眼前看了看，只见是一个多年前的诺基亚手机。

童志宇自己并没有这东西，想来，莫非是刚才和丁妙冲撞的时候，他把这东西塞到了自己的口袋里？

他赶紧将这手机放回去，爽快地交了罚款，然后继续往前开了一段。

随后，他看了看附近路况，找了一处僻静的小巷子停了下来，将那旧手机开机，反复看了看。

然而通话记录是空的，信息是空的，只有相册里有东西。

这相册里的照片有不少，居然是一处挺古旧的村子。从房屋墙壁瓦片能看出这片房屋已经有些年头了。

童志宇一张一张地往下翻，最后在其中一张照片上停了下来。

那是一张挺奇怪的高台的照片，青灰色的石头基座，台阶延伸上去。高台上有一只断裂的雕像，但是看不出是什么雕像。

看到这里，童志宇突然想起了一件事。那宋洋说过，沈璃的老家是蔚县的一处老村子，那村子以前是少数民族部落，所以有一处很高的祭祀高台。

莫非，他给自己的是沈璃老家的照片？可是真没想到，这个丁妙居然会给自己沈璃老家的照片。

也许，卢欣只是赌一把，将自己那手链作为信物塞在自己口袋里。如果自己看到并且意会，就能去找到丁妙，并且取得他的信任，得到这照片。

如果自己并没有察觉这手链，可能也就得不到这手机。但是连沈璃的老家照片都有，可见这丁妙跟随古越的时间可算是不短了。

有了这些照片，总能查到沈璃老家在哪儿。

童志宇想了想，便赶紧开车回家去了。

童志宇将照片用彩信发给自己，然后保存了图片，放到网上搜了搜。

最后还真的找到了一处地址。

河北蔚县董家村。这个村子的介绍比较少，有两个驴友发的帖子，说是这村子在北宋燕云十六州的时候，是少数民族地盘，后来少数民族的姓氏改成了汉族里的董姓。

但是沈璃却不姓董，要么是后来改的名字，要么是她父亲入赘，才随了父亲的姓氏。

找到这地方之后，童志宇关了网页，琢磨着去看看。

丁妙拍下这东西来，怕不只是这地方和沈璃有关，更是因为这地方和古越的什么秘密有关系。

但是，这么多照片，到底哪里藏着秘密，却不好说。

还是先去看看再说。

童志宇想到这里，准备收拾行囊，尽早出发。

就在这晚上，秦萌找到童志宇，问是否最近需要帮忙。

童志宇沉吟片刻，说道：“我想去河北一趟，但是你可能也没时间和我同去，还是算了。”

“这没事，如果你去三四天的话，我可以请假一起。”秦萌说道。

“你这个月都请了多少假了，”童志宇笑道，“你再请假我都不好意思了，我都想给你开工钱了。”

“其实我也考虑要不要换个工作，我也不想一辈子当保安。等妹妹读了大学，我正好辞职自己干，所以现在倒是也没什么。”秦萌说道，“说吧，宇哥这次要去干什么呢？”

“找一个小村子，但是具体要找什么，我还真没什么主意，只是想先找到那村子再说。”童志宇沉吟道。但是看照片里特别拍了几张那祭祀高台的图，想必那东西里藏着什么秘密。

网上对这个祭祀台并没有什么解释。

但童志宇内心里确实也感激秦萌要一起同去。毕竟谁也不知道那地方会发生什么，天高地远的，有个人互相照应也是不错。

至于童念、童辉，只能让老何来照顾了。

所幸老何至今单身，但住的地方也够大，还在市区，倒是更方便孩子们上下学。

想到这里，童志宇先和童念、童辉商量了一下，俩人倒是没什么意见。于是童志宇又给何浩博打了电话，老何倒是很乐意孩子们去住。

安排好了之后，童志宇和秦萌在隔天就出发往河北而去。

这一路山高水长，童志宇和秦萌轮班开车，从清早五点出发，到了河北蔚县，已经是傍晚了。

再打听到那个董家村，并找到那村子的时候，已经是晚上九点了。

这地方偏远破旧得如同倒退了几十年。

村子里虽然通了电，但是好像信号极差，基本上没有手机信号。

房子也是老旧的砖瓦平房，九点多的时候基本没人在村子里晃悠了。

童志宇和秦萌看了看时间，只能敲开村子里唯一一家小杂货店的门，向主人借宿。

瞧见外地人来，那杂货店老板很是惊奇。不过由于童志宇给的钱比较多，老板一家也很乐意他们俩住进去。

杂货店老板一家四口人，一对儿中年夫妇，两个儿子，都在上小学。

为了安置俩人，夫妇俩给他们腾出了一间小房间。屋里床比较小，灯光也很昏黄。

老板和他们闲聊几句，问俩人来这么偏僻的小村子做什么。

童志宇笑了笑，说道："我们俩特别喜欢旅游，听说你们这儿有个特别有历史的祭祀高台，就来看看。"

第 119 章　祭祀台

那杂货店老板听了，立即摆手道："那地方可是不吉利的，可千万别随便去！"

"哦？这怎么说？"秦萌忙问道。

"多年前啊，这里有个姑娘也是到那高台上玩儿，结果第二天就失踪了。那前一天晚上，有人还看到她就站在高台上，对着那雕像不知道说什么话。结果说着就不见了。我们这儿的人都说，是那雕像把女孩给带走了。"杂货店老板说道。

"这具体是怎么回事？"童志宇问道。

那杂货店老板见有人对这种怪事感兴趣，便前后详细添油加醋地讲述了一遍。

据说那姑娘本来也是这个村子的人，但是十几岁的时候就外出打工去了。但是在几年后，这姑娘又回了村子，仿佛发达了，回来的时候穿得很光鲜。

几年前那高台上还有个雕像，好像是什么神灵柱，以前是用来捆绑祭品在上头，然后村民们在祭祀的时候烧了那祭品，就等于献祭了。

这个村子是古代某个少数民族的后代，那高台好像是祭祀天神用的。人生于天地间，天如父，地如母，五谷百物滋养生命，这就是祭天文化的内涵。这种观念自古以来就贯穿于少数民族的意识之中。

在二十年前，这村子还保持了一种叫猎头祭的最隆重的祭祀活动，当时村子里还有主持祭祀的族长。求神灵保佑全村人畜平安，庄稼丰收。现在已经逐渐放弃了这种旧俗，但是这样的传说倒是依然存在。

所以那姑娘在几年前的某天消失在了高台上的时候，大家传说一定是被神灵当成祭品给带走了。

本来村子里的孩子们都喜欢在祭台上玩，但从出了那件事之后，再也没人敢去了。前年一场罕见的暴风雨，霹雷似乎击中了那神灵主子，居然将那雕像柱子给劈倒了。

“那……那个姑娘呢？”童志宇问道，“就这么凭空消失了？”

“对，就这么没了。”杂货店老板说道。

“那姑娘叫什么名字？”童志宇问道，“哦，我们只是觉得这个事件很奇特。”

“叫董丽丽，嗯，说起来，她们家今年又出事了，真是邪门。”杂货店老板叹道。

“那这个村子有没有叫沈璃的人呢？女孩子。”童志宇问道。

“这个没听说，这村子的人多半姓董。”老板说道。

童志宇想了想，问道：“那有没有姓沈的呢？”

老板想了想，说道：“这——哦，还真有过。就那个消失不见的董丽丽，她妈就姓沈，不过已经去世了，早就去世了。”

董丽丽，沈璃，童志宇心想，莫非这是同一个人？只是沈璃随了母姓？

“哎，大叔，你说这家人又出事了，是怎么回事？”秦萌问道。

“他们家房子挺老的，前几天起火，一家七口烧死了四口。就是那个突然不见了的董丽丽堂哥家里。这不还活着三个人吧？她嫂子和儿子女儿还活着，那嫂子总是说那老宅里有鬼才这样。她说她婆婆生前就说宅子里面有东西，非要搬出去，但是还没搬出来的时候，有一天去城里看病，居然出车祸死了。唉说起来我们这的怪事不少。”杂货店老板说道。

童志宇和秦萌面面相觑，心想怎么这么巧，他们找来的时候，在这之前几天，这沈璃家里就出了火灾。

当然，前提是董丽丽是沈璃，这一点还需要确定一下。

打发了杂货店老板，童志宇看天色还早，便想去村子里走走。

秦萌见他想出去，也赶紧跟了上去。

偏远小村子，九点半已经漆黑一片了。

童志宇和秦萌沿着弯曲又不怎么平整的山路慢慢走，发现这村子并不大，几十户人家而已。

而在村子最尽头的地方，果然有一处高台。

这高台比照片上还显得破旧，落满了枯叶。

童志宇打开随身带着的手电筒，照着石头台阶往上走，一边走一边数了数台阶数，一共四十九阶。

到了尽头便是一处很平整的高台，往下一看，这台子高度还真可观。

最顶层的平台很宽敞，上头果然躺着一只石头雕像。

这石头雕像好像是一只怪鸟的样子，大概两米多高，但是一只翅膀已经断裂了。

这高台四面都是台阶，童志宇走到另一面台阶往下照了照，心中一惊。

这一面台阶的后头居然是一大片坟地。

此时，夜风呼啸而来，卷挟来几片冥钱，扑在高台上，飞过童志宇身旁。

“宇哥，对面居然是坟地，这地方果然鬼气森森的。”秦萌走到他身旁说道。

“是啊，可能这台子废弃了之后，也不再注意什么布局，村民们的坟墓也就随意在后头建了起来，延伸到了祭祀台附近。”童志宇说道。

“哎，宇哥，你说那个老板说的消失的女孩子，会不会是被人杀了？这地方距离村子有一段距离，要是被杀了之后扔在坟地后头的荒山里，也很难被人发现吧。”秦萌低声道。

“不会，这里的山林不高，村民们也可能经常去后山。如果扔到那地方很容易被发现。更何况村子里还有不少人家养了狗，你没听到这狗叫声吗？”童志宇说道。

“那这个女孩子怎么会突然消失，总不能这高台上也有暗道吧？”秦萌笑道。

“应该没有。刚才我绕着高台走了一圈，没听出有什么暗道入口，应该是实心的石头高台。”童志宇说道，“不过，我们还是先确定一下失踪的这个人是不是我要找的人再说吧。”

第 120 章　灵堂疑影

“那……不如我们明天也去看看办丧事的那一家，问问沈璃这个人是不是董丽丽。”秦萌说道。

“嗯，幸好宋洋留下的照片里有沈璃的几张，虽然老照片已经不太清楚了，但是勉强能分辨出模样吧。”童志宇叹道，只觉得这高台上冷飕飕的，风吹得人头疼，便拉着秦萌下了祭祀台。

两个人回了住处，简单洗漱完便在床上躺了下来。

这偏远小村子里没什么暖气之类的玩意儿，而现在已经入冬了。

窗外的风嗖嗖地刮，有几分冷意透过窗户吹了进来，童志宇不由得裹紧了被子。

好在他和秦萌挤在同一张床上，倒是不觉得太冷。这一晚上，童志宇也没睡踏实，总是听到外头呜呜咽咽的好像有什么人在哭似的。

等着第二天一早，他就被一阵喷呐声给吵醒了，翻身起来的时候，秦萌也醒了。

“一大早的，吵什么呢外头？”秦萌打了个呵欠，困顿地问道。

“是啊，天刚亮呢。听起来好像是有人在吹喷呐。”童志宇说道。

他话音刚落，那喷呐声越来越响了。等他听得清楚了，才发现好像是有什么人家在办丧事。那声音貌似是丧曲。

那喷呐声凄厉得很，直钻人的耳膜。俩人也待不住了，只能穿衣服起来。

等他们俩起来之后，才发现杂货店也开门了，有两个村民来买烧纸。

“老板，一大早的这是在干什么呢？”童志宇问道。

“哦，不就是那个董丽丽她家在办丧事吗。董大嫂也是怪不容易的，家里就她和俩孩子了。这丧事也是准备了几天才开始办的。一下子死了四个人，很多麻烦事儿。对了，今天我们都得去她家帮忙，你们两位怎么吃饭呢？”老板问道。

“反正我们也没地方可去，也跟着你们去帮忙怎么样？”童志宇问道。

杂货店老板有些吃惊：“你们居然想参加葬礼，这——”

“哦，正好看看本地的风土人情。”童志宇说道，“而且我们也想出去溜达溜达。”

杂货店老板被城里人的爱好惊呆了。

“那如果你们两位不觉得晦气，就和我们一起去。我们这村子人比较少，一家出了什么事，其他人都去帮忙，所以今天人也会很多，倒是会热闹些。”老板说道。

童志宇见老板答应了，于是也买了些纸钱之类的带上，去那董家。

农村人起床本就比城市的早，外加这里的习俗挺奇怪，清早起来办丧事。

一家有事，其他人也来帮忙，于是童志宇和秦萌出去之后，发现村头村尾满是人。

他们俩的衣着和样子在这群人里很显眼，于是大家纷纷看他们俩。好在杂货店老板说他们是远房亲戚，也没有人过多询问。

童志宇趁着这机会，打量了一下那家办丧事的董大嫂。她看上去挺沧桑，五十多岁的样子，黑瘦，穿了一身黑衣服，更显得老气横秋。

不过杂货店老板说，这个妇人也才四十出头而已，只是乡下做农活儿的人显得更老一些。

这样的话，算起年纪来，如果沈璃还活着，也得三十多岁了。

和这个妇人的年纪相仿，也许真是姑嫂。

可是他也不好直接上去拿着照片问。毕竟这是人家办丧事的时候。

想到这里，他和秦萌借着帮忙搭灵堂的时候，进屋里去看挂在墙上的一些家里的合照。

董家的房屋还算新，而且显然院子比较大，房间也多，像是新翻修过。

客厅墙上挂着一些相框照片，看样子是家里人的合照。

童志宇挨个儿看了看，有些失望，因为里面没有和沈璃相似的人。

或者即使是有，他也分不出来，因为有一些是很老的照片了。

“叔叔在看什么？”童志宇正盯着墙上的照片看，突然听到身后有个小女孩的声音传来。

他回头一看，只见一个十岁左右的小姑娘正仰着头看着他。

童志宇心想，这莫非就是那董大嫂的女儿？只是这小姑娘好像没什么悲伤之色，似乎对家里发生这种变故并无感觉。

但转念一想，也许孩子太小，对生离死别似懂非懂，也就没什么反应了吧。

“小姑娘，这个姐姐是你们家里人吗？”童志宇见其他人都没注意到他们，便摸出那旧手机，翻出沈璃的照片给小姑娘看。

那小姑娘看了几张，说道：“很像我姑姑。”

“你姑姑？叫董丽丽是吗？”童志宇问道。

小姑娘点了点头：“姑姑不见了，好像是被妖怪抓走了。”

童志宇有些好笑，但是这时候可不适合笑。

“那姑姑被妖怪抓走的那天，有没有什么人来找过她？”童志宇问道，心想大概可以确认沈璃就是这家的女孩了。

小姑娘摇了摇头：“不知道。”

童志宇刚要继续问下去，就见小姑娘的神情有些惊慌，眼睛不由自主地看向他身后。童志宇也顺着她的目光看过去，只觉得好像是有一道影子闪了过去。

他后头是另一处院子，其实就是这家人圈出来的一片地，从客厅侧门看出去，那边好像满院子里放满了花圈和纸人。

童志宇走过去推开侧门往里头小院子看了看，只见里院的门也开着，为了方便进出。

而里院的房间就是设的灵堂。

童志宇走进去看了看，里面此时没人，一下子停着四副棺材，多少感觉有些冷飕飕、阴惨惨的。

童志宇没看到什么人，便回身往回走。这一回头，吓了一跳。那小女孩不知什么时候跟在他后头走了过来，就静悄悄地站在他身后，和旁边一对儿纸扎的金童玉女站在一起，不甚明亮的天光下，有些诡异的恐怖。

“孩子，你怎么跟来了？”童志宇问道。

“叔叔，刚才那个人我好像认识。”小女孩犹豫了片刻，突然说道。

第121章　起火

“哦？是你们村子的人吗？”童志宇问道。

小女孩摇了摇头，神情好像有些害怕。

“瑶瑶！你怎么在这儿？！”童志宇刚想详细问问，就见一个十五六岁的少年冲了进来，一把拉起那女孩，目光警惕地盯着童志宇。

童志宇解释道：“我是村口杂货店大叔的朋友，来帮忙的。刚才小姑娘说这里有个人影子，我就来看看，但是没发现什么。”

少年上下打量了他几眼。童志宇也端详着他。这少年人并不怎么好看，不过看上去倒是穿得干净整洁，身形结实，挺朴素的样子。

“哦，这边没人，叔叔到前边去吧。”少年说道，语气冷淡而客气。

秦萌此时也走了过来，看了看那对兄妹，又看了看童志宇，问道：“怎么了宇哥？”

“没什么，刚看到一个人影一闪而过，于是就来瞧瞧究竟。”童志宇说道。

此时少年把那叫瑶瑶的小姑娘给拉走了。童志宇发现小姑娘边走边回头看着自己，仿佛有话要说。

童志宇也不知道她这神情什么意思，是觉得自己奇怪呢，还是因为他问起沈璃，小姑娘有别的事情要告诉他。

“宇哥，这家一下子死了四个人，真有点儿邪乎。”秦萌俯身在他耳旁低声说道。

“可不是吗，”童志宇摇头道，“说是什么鬼魂作祟放火杀人，这怎么可能。不过这一家子还真算是有钱。”

“为什么这么说？”秦萌问道。

“杂货店老板说，这前阵子起火烧死了这家四口人。这宅子本来老旧了。所以起火应该是烧毁了起码一小半房屋。但你看这房子的崭新程度，像是在几天里快速修葺完好，赶工出来的。当然，也许是为了办丧事设灵堂好好处理家里的事儿才赶着修整好的，可这房屋等于是翻新了，外加要加急施工，钱一定少不了。”童志宇说道。

“如果这家人是沈璃的家人，那她一定是留给家里人不少钱吧。”秦萌说道，“这倒是有可能。”

“嗯，我就在想，会不会他们家有谁，为了沈璃留下的钱而杀人，就算是沈璃，是不是也死在谁的手里。”童志宇低声道。

他话音刚落，就闻到一股怪味儿从身后传来。等童志宇回头一看，顿时吃了一惊！

只见里院里的花圈突然自己燃烧起来！紧接着，旁边的纸人纸马，连同堆砌在墙角的柴火也都烧了起来！

“失火了！”童志宇吃惊地喊道。

“失火了，救火啊！”秦萌冲到前院喊道，看到前院有水井和木桶，立即去接水。

其他人见了，先是愣了片刻，随即纷纷要去家里提桶来灭火。

此时，童志宇觉得哪儿有点不对劲儿，便高喊道：“大家别慌！这不能用水扑火！好像院子里有汽油味！”

他这一喊，大家确实注意到了，于是纷纷放下水桶，一时间不知怎么办才好。这村子偏远，如果等消防队过来，估计这一家也都烧完了。

“大家都去拿铁锨，用沙土灭火！”童志宇喊道，四下寻了一番，找到这家放在门口的铁锨，于是拿过来在院子里泥土上铲了一铁锨土，扬到那火堆上去。

众人看到这招确实有效果，纷纷效仿。好在起火发现得早，大家很快就灭了火。

董大嫂来给童志宇道谢。秦萌在一旁说道：“好端端地起火了，这很奇怪啊，更何况，火里一股汽油味儿。”

“是啊，你家里放着汽油吗？”童志宇问道。

“哪有什么汽油，我们家也没车。”董大嫂愤愤地说道，“看来是不知哪个挨千刀的货偷偷给我们家放火！”

童志宇上前看了看那些没有烧掉的花圈，凑上前闻了闻，确实有特别细微的汽油味儿。

想来是有人把汽油给涂抹在了这些纸花圈上头。如果是这样的话，谁在门外扔个烟头或者打火机进来，就很容易引起火灾。

大家都在前头院子里，如果注意不到这边的情况，那这里的房子可能就烧着了，不只是棺材烧没了，人也可能受伤。

出了一场火灾，大家议论纷纷。过了一阵子，村主任来了，和董大嫂聊了聊，准备先把亡人下葬了再说。

于是村民们帮忙抬了棺材，一行人吹吹打打地往后头坟地走过去。

村子里的坟地正好在那祭祀台后头，四座新坟已经挖好了。

童志宇和秦萌看着众人下葬，在这个过程里，童志宇无意间瞥了一眼那高台。

凄清的天光下，高台显得更古朴沉闷。

在这一瞬间，他脑中灵光一闪，突然冒出一个念头来。

如果沈璃确实是在这高台消失的，那也许她是在祭祀台上被杀的。

被杀之后，人不可能消失无踪，一定是就近抛尸了。

扔到山林里，会被村民发现。这里也没有什么河之类。

那么唯一不容易被发现，又不会被怀疑的抛尸地在哪儿呢?

童志宇的目光顿时落到了那处坟地上头。

他突然冒出了一个大胆的想法。沈璃，或者董丽丽的尸体，很可能是被人埋在了坟地里的某处坟茔之中!

第122章　挖坟起尸（上）

有了这个想法，童志宇觉得自己心跳加快，越来越觉得极有可能。

谁也不会没事就去挖自己家的坟，更不会想到有人埋了别人的尸体在自己家的坟茔里。

想到这里，他立即摸出那旧手机，打开看了看相册。

当时他看到那一片坟地的时候只是觉得奇怪，为什么会有一处坟地的照片。但是现在想来，这些坟地照片，一定是在指明哪个是埋葬了沈璃尸体的坟茔!

他再度翻看了那几张坟地的照片，发现其中三四张都在拍一座无名的坟冢。

照片上的坟头没有立墓碑，也没有特别标志，好像是一家无主的孤坟似的。不过也许是某一家先人的坟地，这家人后人不在了，或者不想立墓碑。

于是童志宇跟着那群帮忙下葬的人过去，在坟墓的墓碑之间徘徊寻找了一番，最后确定了是哪一个。

在靠近山林方向，两座坟墓之间有一处无主坟冢，看坟头已经不怎么明显了，看起来很多年没人动它。

就在这时，那杂货店老板走上来问道：“在这儿看什么呢?”

“哦，我只是在想，为什么其他坟头都有石碑，这一座没有呢。”童志宇状似随意地说道。

“这个啊，这家人已经绝户了。”杂货店老板摇头叹道，“这是我们村一个光棍的坟，四十多岁就死了。这坟都十多年了，他没子女，也就没人给他修整，我们上坟的时候也就顺路给他清理一下坟头杂草，其他的也不管。”

童志宇闻言，心想这就是了，如果把尸体埋在这地方，估计成年累月也不会有人去动它。

童志宇觉得沈璃的尸体很可能就被埋在这里头。

想要证实一下的话，只能趁着深更半夜出来挖一下坟看看了。

既然是要挖坟，那肯定是要深更半夜，否则被村民们看到就尴尬了。

打定主意之后，童志宇在白天的时候就端详了杂货店老板家里的布置，注意到他们家里放置铁锹等农具的位置。

在农村人家里，这些农具也不算什么贵重东西，自然是随便放在院子角落里了。

童志宇和秦萌中午是在董大嫂家里一起吃的饭。农村里白事也算是大事，一起开宴席，请众人同吃。

童志宇在席间旁敲侧击地问了一些问题，想看看这董家是不是和什么人有矛盾之类，才被人放火。

但是却没得到什么确切消息，不由得有些泄气，想着还是先能找到沈璃的尸体再说。

吃完饭之后，童志宇就和秦萌离开了董家，出门之时，他总觉得有人在盯着自己看，于是回头看了一眼，正好瞧见那少年人站在门口看他们。

俩人对视片刻，童志宇正想返回去和他说几句话的时候，那少年却转身回了家。

“宇哥，这董家的孩子有点奇怪啊。”秦萌说道。

“嗯，好像是。也许那个叫瑶瑶的小姑娘已经看到了放火的人，她和我说里院后门有人的时候，我确实看到了一个人影一闪而过，可惜没有追上看看是谁。也许那人就是纵火人。”童志宇皱眉道。

“不过我看董大嫂似乎并不在意这件事，居然也不查查看。毕竟有人要在他们家放火啊。”秦萌摇头叹道。

“也许她不是不在意，只是觉得意料之中，或者知道是谁。不过我们也不能干预太多，如果咱们表现得对这件事过于关注，可能会引起对方的反感，这样再想问董家人关于沈璃或是董丽丽的事情的话，可能就问不出什么了。”童志宇说道。

“那我们要怎么办呢？”

“晚上出来挖坟看看。我猜沈璃的尸体藏在某个人的棺材里。”童志宇看着秦萌说道，“你要一起吗？”

“那当然，不然我来这里干什么的，自然是配合你的行动。”秦萌说道。

“如果被人发现我们挖坟，可能会有大麻烦。”童志宇担忧地说道，“你——”

“来都来了，还怕什么。”秦萌说道，“今晚我们轮流来挖，一人动手的时候另一个望风，这样有人来了会及时发现，不用担心。那坟地后头是山林，就算半夜有人过去，咱们藏到山林里，也不会被发现。更何况那坟地在祭祀台后头，深更半夜的谁会过去呢，没事。”

童志宇说道：“嗯，那我们今晚就去。”

两个人说定了之后，下午在村子里和小后山山林里转了一圈，觉得这里的风景其实还不错。

回来的时候，居然看到了那个叫瑶瑶的小姑娘。这小姑娘显然是个颜控，看到他俩就贴了过来。

童志宇摸了摸外衣和裤子口袋，居然从口袋里找到一块巧克力糖。这是童念喜欢吃的牌子，国外的一种牛奶巧克力。

于是他递给那小姑娘。小姑娘似乎很高兴。童志宇看着她，觉得对于一个十岁小孩子来说，早就已经懂事了吧。毕竟亲人离世，居然一点儿反应也没，是有些奇怪。

于是童志宇蹲下身，摸了摸她的头，柔声道：“瑶瑶，不要伤心。”

“叔叔，我为什么要伤心啊？”小女孩惊讶地问道。

“呃……你家里爷爷、奶奶和爸爸都过世了——”童志宇有些吃惊。

“爸爸死了才不会打妈妈。爷爷奶奶病得很厉害，妈妈说还不如死了，不然躺在床上动不了太痛苦了。”小女孩坦然地说道，语出惊人。

童志宇倒是尴尬了。

愣了愣，童志宇问道：“今天早上，你是不是看到有人在院子门口呢？”

“嗯，邻居叔叔家的哥哥。”瑶瑶说道。

“是他往你家院子里扔了什么东西吗？”童志宇又问道。

“嗯——好像是吧。”瑶瑶想了想，奇怪地问道，“叔叔问这个做什么？”

“啊没事，只是你家起火了，我就问问。”童志宇说道。

瑶瑶摇头道：“不会，邻居叔叔对我们很好。”

“噗——”一旁的秦萌忍不住笑了。

童志宇想继续问问，但是看到小女孩的哥哥又走了过来，只好作罢，起身和秦萌回去了。

“刚才你笑什么？”要进门之前，童志宇问道。

“没啊，我就想起了隔壁老王的故事。你不觉得那小姑娘话里话外是那个意思吗？”秦萌笑道。

童志宇笑了笑没说话。

第 123 章　挖坟起尸（下）

俩人一直等到了晚上，确定所有人都睡着了才出门。

此时已经是晚上十点半，俩人偷偷拿了杂货店老板的铁锹，往后山坟地走过去。

村子里一片沉寂，几乎家家都没了灯光。如果不是偶尔一两声狗叫，简直如空无一人的村子似的。

也幸亏村子里流行的祭祀台闹鬼事件，让这村子一到晚上就没什么人在外头晃悠。

俩人很快找到了那坟地，打着手电找到了那无墓碑的坟。

秦萌让童志宇在一旁看着，自己开始动手挖坟。

半个多小时以后，童志宇发现连个鬼影子都没有，于是一起和秦萌动手干活。

俩人动作还算快，过了快两个小时，彻底将坟给挖开了。

此时俩人一身热汗，但是也顾不上歇口气，便将手电筒照进了挖出来的坑洞里。

童志宇之所以停下，是因为他确实感觉自己铲到了什么软绵绵的东西。等手电筒一照，才发现里头居然有一卷草席。

草席子掩盖在泥土下面，看不清草席之下是什么。

“这个人死了，居然连棺材都没有。”秦萌有些惊讶地说道。

“听说这个坟墓的主人单身无后，可能没人给他买棺材吧。”童志宇说着，跳下坑洞中，上前掀开草席。

这一掀开，让童志宇还是吃了一惊。很容易看得出来，里头躺着两副尸骨，都已经白骨化了。

能看出一男一女，因为底下那一副看起来身材比较高一些，骨架大。

上头那一副之所以能看出是女人，是因为头骨上居然还残留了几缕长发。

“这……居然有个女人的尸体。头发居然还残留了下来，这头发不是会腐烂的吗？”秦萌低声道。

“头发当然也会腐烂，因为头发的主要成分是蛋白质，只是腐烂的速度很慢。在常温湿润条件下，也需要50年以上，因为分解胶原纤维的微生物很少。不过，这头发，果然和沈璃照片上的有些像——好像是染了栗红色的卷发。”童志宇皱眉道，“该不会这个尸体就是沈璃的吧。”

“那我们怎么办，把她的尸骨取出来？”秦萌问道。

“不行，擅自挖坟就是违法的，拿出来我们放哪儿去，警察会问我们，为什么知道这坟墓里有别人的尸体。”童志宇说道，“确认了之后也就好办了。把土埋回去，先回去再说。”

于是俩人又动手把坟埋好。为了看上去自然而不露破绽，童志宇从远处铲了些浮土，撒在坟头上，盖住因为翻土挖出的新泥。

忙完这些，俩人再回去，已经是凌晨三点了。

幸亏他们住的地方距离杂货店老板一家住的几间房比较远，并没有惊动主人一家。

两个人回了房间，用毛巾沾水擦了擦汗。

“宇哥，这事——我们是不是要报警才好？”秦萌说道。

“是，等天亮之后，我先给张迪打个电话再说吧。这地方信号也很差，看来得走一段路找找信号才行。”童志宇说道。

两个人商量妥当了，这才躺下睡了。

只是因为有事横在心头，俩人一早就醒了，没睡多久。

童志宇醒来之后，就出门去找地方打电话。

村子里果然没什么信号，童志宇走了好一阵子才找到信号，于是给张迪打了过去。

“童老师？你这是去哪儿了？”张迪说道，“前天我还给你打过电话。”

“哦，出什么事了？”童志宇问道。

“你老婆在医院里闹自杀，差点儿就没命了。因为引起了不小的轰动，我们也去看了看。”张迪说道，“正好被粉丝拍到发网上去了，你没看到吗？”

童志宇一惊：“怎么自杀了？”

“这我就不知道了，现在问她什么也不说，你家保姆陪着她。”张迪说道，“听说你出远门了。”

童志宇定了定神儿，这才说道：“对了，我打电话是告诉你另外一件事。我怀疑我现在所在的村子里发生过谋杀案，死的人是古越的一个朋友，以前的朋友。”

“什么？这——”张迪十分吃惊。

童志宇深吸一口气，沉思几秒钟，整理好语言，将前因后果简单和张迪说了说。

当然并未说全部的真话，只是说很久以前的一个朋友宋洋，怀疑古越杀了他们共同的朋友沈璃，这才让他到河北沈璃的老家查查。

然后就是昨晚挖坟的行为，确实在一个老坟里发现了两具尸体。

童志宇说完之后，张迪表示不可置信。但童志宇再三强调说，自己并未和他开玩笑。

张迪这才重视起来，联系了河北这边相熟的刑警，然后通知童志宇，他们很快就会过去一看究竟。

童志宇这才放心下来，此后给保姆打了电话，问朱玉的情况。

“唉，朱玉她为什么自杀，我还真不清楚。”保姆说道，“本来好好的，但是冷不丁地她就割腕了，还有什么粉丝看到了，给拍照发到了网上。”

“怎么会，那个医院里不是随便谁都能进的，这所谓的粉丝是哪儿来的？”童志宇觉得这事儿透着点儿古怪。

“这我就不清楚了。那人也是在我离开病房的时候进去的。”保姆说道，“至于怎么进的医院，我没问，她就走了。”

第 124 章　纵火者

童志宇又问了问朱玉的情况，确定没事之后就挂断了电话。

此后他又给童念、童辉分别打了电话，结果两个孩子对朱玉自杀的事件并不是太担忧。

“爸，她要是真想死，怎么可能大张旗鼓让人知道？”童念冷哼道，“她住院的医院我又不是没去过，就算是病人家属，进出都要登记验证，普通的粉丝怎么可能进去，除非她认识那粉丝，和那人特别熟悉，是她自己带进去的人。”

童志宇一时语塞，其实他也是这么想的。

童辉的反应稍微比童念显得担忧一些，不过显然也没到特别担心的程度，这小子关注更多的是，秦萌什么时候回去陪他打球。

“你这小子，你妈都出事了，你还想着玩。”童志宇无语道。

“爸，你倒不如担心一下自己。现在她一自杀，网上的白痴都说是你有出轨或者出柜事实才导致的。你不看新闻的啊？！”童辉没好气地说道。

童志宇：“……”

“所以呢，我和我姐一个想法，我妈在演戏吧。”童辉冷哼一声，“以前我没有和你说过。我曾经看到她和别的男人约会，就在家门口，还是大晚上。我想她就算自杀，八成也是为了那个男的。”

童志宇：“……好吧，好好学习，等我回去要检查你功课。”

“知道了知道了，记得让秦哥一起回来！”童辉说着，挂断电话。

童志宇心中无语，他以为童辉只是有所察觉他和朱玉的关系有点儿不太和谐，却没想到童辉在某个晚上目睹过朱玉和古越——也许是古越——的幽会。

应该是最初搬家过去的时候吧？

童志宇一直想不明白家里的地道到底是谁让挖的。如果说只是为了幽会，古越犯不着花这么大心思。

最有可能的是这暗道本来就存在了，赵飞买下对面那座楼之后，修整了暗道。暗道并不是最近才有的。

里面放着毒品——那么，只是古越用来藏毒的地方？

童志宇一时间也想不通，只好暂时放弃了细想，回了住处。

秦萌见他回来，便问道："怎么样宇哥？"

"一会儿有警察会来。不过这件事有点儿匪夷所思，恐怕要先验证事情的真实性，所以一开始不会大张旗鼓地查吧。"童志宇想了想，说道。

"那我们是不是要在这儿多待几天？"秦萌问道。

"这——说不好。对了，你请假也不多，不然就先回去吧。"童志宇说道。

"那怎么行，没事，我再请几天就是了，假期还没用完呢。"秦萌说道。

等到上午十点多，警察才到。不过一共也就来了三个人。三人中有一个是张迪的同学，叫顾严，上来和童志宇打了招呼。

"听说你们发现了多年前一桩凶案的尸体？"顾言看上去比张迪沧桑一些，但是俩人其实是同学。一身烟味儿，头发比较长，胡子拉碴。

"嗯，具体的我已经和张迪说过了。我知道这听上去有点儿不可置信，但是还是希望你们能查查。"童志宇认真地说道，然后又简单复述了一遍。

顾严显然有点儿不相信，但事关人命案，他也不能不查。

于是顾严找到村主任，告知大概情况，说要开那无墓碑的坟检查尸体。

因为那坟主人已经没了后人，村主任和村民们并未反对，于是顾严将其他两个人和同事们都喊了过来。

一个小县城的警察局根本就没几个人，就连法医也只有一个，是个快退休的老头。

于是几个人动手将那坟再度挖开，再度将那带着长头发的女人尸骨挪出来。

法医取证的时候，顾严把童志宇叫到一旁，低声问道："你们是不是自己偷偷挖坟看过？"

童志宇只好坦白，为了确定一下，确实挖开看过，但是这尸骨并未动过。

顾严皱眉看了看他，低声道："这种事以后请不要再做。毕竟你们擅自挖别人家的坟就是违法，再者这一动的话，可能影响法医取证。"

"我们也是不想弄错，万一是错误信息结果让你们白跑一趟，这不是报假警吗。"童志宇苦笑道，"毕竟只是凭着几张照片和多年前一个朋友的几句话，我们也不敢确定到底有没有这回事。"

顾严叹了口气："下不为例。"

"对了顾警官，这村子里有一户人家昨天起了火，我怀疑是有人放火，因为他们家昨天办丧事，但是所有的纸花圈上都被涂了汽油。”童志宇说道，“还有，昨天那家小姑娘说，看到他们邻居家的一个小伙子在他们家后门徘徊，反正你也来了，不妨也给查查这件事？”

“哦，我知道，这一家前几天死了四个人，孩子的爷爷、奶奶、爸爸和一个来串门的亲戚。”顾严说道，“不过没发现什么异常，应该就是普通的失火。怎么，他们家又起火了？”

“对，说来就是奇怪，这一家连着两回都起火，第二回分明是故意纵火。”童志宇说道，“顾警官不如查查看。”

顾严看着他，突然笑了笑：“我说，听说你是个作家还是编剧的，是不是小说写多了，听到怪事就想管管？有些事非专业人员不能随便参与，因为谁也不知道这背后藏没藏着危险。”

童志宇心想，你要是知道我家地下还藏着不少毒品，我老婆公然偷人，孩子一个都不是我的，你就不说这话了。

危险？谁有我的生活危险。

第 125 章　死去的沈璃

童志宇敷衍地回了几句，就跟着他们的警车一起去了警察局。

杀人案在这个小地方算是大案要案，大概是上峰比较重视，这调查起来的进度也比平时快不少。

由于童志宇之前告诉过警察，怀疑这女尸就是沈璃。果然隔天就出了结果，通过 DNA 对比和女尸的颅骨复原图，可以确定这就是本村失踪的董丽丽。

这董丽丽后来去了北京打工，改名沈璃，就是童志宇要找的那个人。

“她怎么死的？”童志宇有些紧张，心想如果能找到凶手，也许就能直指古越。

“从骨头来判断，这人应该是长期吸毒。但是致命伤应该是被人扭断脖子死的，从颈椎骨头的断裂程度能看出。”顾严说道，“有这么大的力气，多半是职业杀手。但是一个职业杀手来杀一个曾经外出务工的女人，这倒是有些奇怪。”

“吸毒？”童志宇有些惊讶，“我听说沈璃—也就是董丽丽并不喜欢吸毒。”

“人都会变的，而且在那个大环境下，就算不吸毒也容易染上毒瘾。”顾严说道，“不过我们查到她回老家之后，在县城的戒毒所待过，可能是想戒毒，最后应该是戒了，只是吸毒年限有点儿长，骨头已经被毒品侵蚀。”

童志宇听了这话，想起以前写书时候了解过贩毒吸毒之类的资料，据说金三角地区特别是境外加工的毒品中，都会掺进人的尸骨粉。在边境地区，有人就亲眼看见过吸毒致死者的尸骨被挖出掺进毒品原料中，进行提炼，增量重复利用，做成毒品。

盗挖、收购吸毒者尸体在当地已是公开的秘密。而制毒者为了利润，也不会管这些“四号鬼”—也就是指吸海洛因致死的人—有没有患艾滋病或者其他传染性疾病。

就因为这个，童志宇觉得吸毒这事儿也怪恶心的，想想那些倒在毒品路上的“死人前辈”，他们可能正混在新的毒品中，期待着后世人将他吸入体内。而等新人也死在吸毒这条不归路上，又会有人挖出新的尸骨，然后将它磨成粉，送进活着的人的体内。

想想这些，再想到沈璃的尸骨，童志宇有点儿反胃。

顾严看他半天没说话，脸色也不好，便继续说道：“我们查案呢不方便透露细节给你，这样吧，既然你是张迪的朋友，到时候有结果了我让他告诉你。如果需要你配合，可能还是要麻烦你过来一趟。”

“明白，那我们就可以先回去了？”童志宇问道，内心里有些失望。他本以为这回能找到什么证据，结果尸体处理得很干净，除了白骨，没什么东西留下来。看来古越就算是下手，也是雇佣杀人。

“嗯，你们先回去吧，等有消息我会通知你们。”顾严说道。

童志宇于是和秦萌回到村子，收拾行装。

不过由于他们俩带着警察来折腾了一通，村民们对俩人的态度不如以前，有些微妙。

算不上讨厌，但是明显敬而远之了不少。

“唉，好歹也是帮村子里破了一桩杀人案，大家的态度还真是让人郁闷啊。”秦萌摇头道。

“没什么，我听村子里的人议论说，怀疑我们俩是便衣警察。”童志宇好笑地说道，“但大家对我们似乎并没有什么恶意，只是有些戒备吧。”

“不过，我倒是想知道那纵火案是谁做的。”秦萌说道，“但是看来警察也不是很想查下去似的。”

“事情有轻重缓急，现在沈璃的案子肯定是最被重视的，这些都不是我们能管的事，警察肯定也有相应的计划。”童志宇说道，“我们还是收拾东西先回去吧，你这也出来三天了。”

俩人收拾了背包，将剩余的钱递给杂货店老板的时候，对方却诚惶诚恐地没收：“本来我这儿也不是什么旅馆，之前给的钱就够多了。”

童志宇见他执意不肯收，便说道：“那就算了，等我回家给您寄点儿我们那儿的特产过来。”

杂货店老板很是感动，于是问道：“呃……其实我们现在都很不明白，你们两位到底是干吗的？便衣警察？”

童志宇笑道：“其实我是个写书的，并不是什么警察。只是死去的这个姑娘，是我一个朋友的朋友，受了他的托付，我就来看看。”

那老板惊讶地说道：“原来你是作家啊！唉，丽丽这姑娘命不好啊。她小时候就没爹妈了，跟着堂哥堂嫂一起生活。结果你也看到了，那家人，她哥不是什么好东西，喜欢赌，这么多年欠了不少债务，让他老婆还，老婆不乐意就打她。后来多半赌债还是靠丽丽还上了。”

“这姑娘在北京过得还不错，为什么突然回来了？”童志宇问道。

“这个就不清楚了。看样子算是衣锦还乡，回来给了她嫂子一大笔钱，至于其他的事儿，咱就不清楚了。本来村子里传闻说她被神灵给勾走了，没想到是被人杀了。”老板摇头叹道，“真不知道是谁干的。”

“应该不会是村子里的人，那她回来那几天有外人来过吗？”童志宇问道。

“没见着，当然，也许是晚上来的？我们这儿晚上睡觉早，不清楚。”

童志宇见问不出什么，也就作罢，和杂货店老板道别，提着行李带上秦萌，往村口走去。

这地方太偏，如果要去县城，要走相当一段路。

俩人正在山路上走着的时候，听到身后传来一阵摩托车的响声。

秦萌拉着他往路边靠的时候，童志宇不经意地回头一看，惊讶地发现董家的那个少年人开着一辆三轮摩托，载着另一个年轻人冲他们的方向开过来。

第126章 朱玉的坦白（上）

俩人在童志宇和秦萌跟前停下车，走了下来。

“怎么，要送我们一程？”童志宇笑问道。

“嗯。”没想到那少年人答应了。

童志宇打量了一下他身后跟着的另一个少年。中等个子，有点儿瘦，长得怪清秀。

他回忆了一下，看身形倒是比较像那天在里院后门出现的那个人。

“我叫董东，这是我朋友董毅，我邻居。”少年介绍道。

“所以这是？”童志宇不解地问道。

“我听说你是警察，就来——自首的，你们也不用查了。”董东一脸视死如归。

“哦？你要自首什么？”童志宇问道。

“火是我放的，家里人是我烧死的。”他说道。

“呃……这是真的？”童志宇微微吃惊。毕竟烧死的人是他的直系亲人，一般人不会下这种狠手吧。

于是童志宇不解地看着他。

“其实说是烧死的也不对，因为之前他们就死了。”董东说道，“我只是不想让别人知道，就……就放了一把火。”

“这到底怎么回事？”童志宇问道。

董东犹豫片刻，说道：“可能你也不清楚，我爸是个赌徒，喜欢赌博，欠了不少赌债。我家经常有上门收债的，我爷爷奶奶也是因为这个，气得脑出血中风，躺在床上。后来有一次，催债的再上门，说要是三天内再不给钱就要砍了他的胳膊。我让我妈别给，因为钱要留着给爷爷奶奶治病，结果我爸疯病起来，就把我爷爷奶奶砍死了。所以——我把我爸弄死了。”

童志宇愕然听着这一切，感觉少年陈述起来语调平平，仿佛是在说一件和自己毫无关系的事情，但是内容却惊心动魄。

“所以，你怕警察查到他们的死因，就放了一把火。”童志宇半晌后才找回声音，说道，“让别人以为你们家是失火死了人。可另一个亲戚是什么情况？”

“嗯，那个人——就是拉着我爸赌博的一个叔伯。当时我恨极了他们，连他也错手杀了。不过不管怎么样，我都没后悔。因为我爸的事，我家里人过得都不好。”董东说道，“你去我家的时候，我就怀疑你是暗中调查这事儿的警察，所以想再放一把火，烧得尸体越面目全非越好。因为我听说警察能从尸体里查出死因——”

“你也算是挺聪明，还知道在花圈上涂汽油，然后扔火点燃。”童志宇冷冷说道，“地上也倒了汽油吧，你就不怕连着你家所有房子都烧了？”

“你们说的那个董丽丽就是我姐，她回来的时候给我妈留了不少钱，所以我并不担心房子被烧没地方住。”董东说道。

“其实你如果当时去自首，算是情有可原，你这年纪应该也是未成年吧，会轻判。可你还纵火掩盖罪行，这就不好了。”童志宇认真地说道，“我呢不是这儿的人，现在要赶回去。如果你想自首，就找今天来的那位顾警官吧。”

“不不，第二次放火的人不是他。”旁边一直沉默的董毅出了声：“是我做的。我把点燃的火柴扔进去的，看到起火星了才走的。”

“没有，是我点的。”董东说得斩钉截铁。

“不是，是我。”董毅急忙说道。

“得了，这种事情上没必要讲什么义气。”童志宇有些哭笑不得，“你们俩还是去跟顾警官说吧。以后不能做这种荒唐事情了。”

俩人沉默下来。

童志宇说道：“回去吧，我们俩很快就能出这村子，也不用送了。”

俩人面面相觑，也没再坚持。

为了节省时间，童志宇和秦萌坐飞机回了家。

刚要出机场门，就瞧见不少记者在旁边候着，他不由得有些头皮发麻。

童志宇心想，这些人八成不是在这儿蹲自己的，应该是某个明星或者名人要来。

但是，听说朱玉自杀的事情已经闹腾得满城风雨，这回就算他们没打算蹲自己，但是看到他之后，怕是也会有麻烦。

于是他拉着秦萌想快速经过，却没想到童志宇还是被其中一人认了出来，因此快步赶了过来：“童老师！”

童志宇内心暗骂一句 MMP，立即拉着秦萌拦下一辆出租车就跑了。

秦萌上车后，问道："刚才那几个人是？"

"记者，应该不是等我的，只是被他们发现也会比较麻烦。"童志宇说着，给司机报了朱玉所在的医院的地址。

等到了医院之后，童志宇先下了车，让秦萌自己回去。

"嗯，宇哥那就回去见了。"秦萌说道。

看着秦萌的出租车走远，童志宇才推着行李箱，进了医院大门，往朱玉住院的那座楼走过去。

这一路上他反复涌起不少念头，一时间也不知道见了朱玉要说什么才好。

俩人已经回不到当初，再见恐怕只是尴尬。

朱玉自杀肯定是她自己设计的，也许是古越想要分手，她不乐意，设计自杀还让人播出去，当大众都纷纷议论她为什么自杀的时候，再同别人说出自己和古越的关系？

如此下来，怕是古越不承认也不好办了。

童志宇冷笑一声，平静了下心情，才打开病房的门进去。

进门之后，他瞧见朱玉和保姆都在，俩人似乎正在聊天。

看到他进门，保姆脸上微微惊讶，朱玉则是一派冷静，很平静地看着他。

童志宇有些意外，看到她的脸色仿佛好多了，并不是以前那么苍白。

而且朱玉整个人不知哪儿发生了变化，让童志宇有些意外，也有些从内心里感觉不太对劲的气息。

"你回来了。"朱玉的语气比较温和，"坐吧，我正好有事情要和你说。"

童志宇的目光落到她的手腕上，果然看到包裹着层层纱布。

他叹了口气，想起对面的人虽然万般可恶，但是总算在生死线上徘徊过一回，也真能对自己下得去手。

因为这个，童志宇倒是也平静了下来，对保姆说道："你先出去吧，我和她聊几句。"

保姆于是起身出去，将门关上了。

"我知道你一定听说了我自杀的事情，网上传播得沸沸扬扬。"朱玉看着他，问道，"你怎么想的？"

童志宇一阵愕然："你这话——什么意思？"

第127章　朱玉的坦白（下）

“我的意思是，你是不是觉得我想自杀，而且是为了古越？”朱玉直白地问道，这句话倒是让童志宇惊讶不已。

他直直地看进朱玉的眼睛里，但见朱玉满目坦然之色：“我告诉你，不是我自己想死的，而是有人想杀我，你信吗？”

“这……谁要杀你？”童志宇看着她问道。

“我怀疑是古越。不，应该说很可能就是他。”朱玉叹道，“我感觉你一定也察觉到了什么，所以才和我渐行渐远，是吗？”

童志宇沉默下来。原来朱玉也有所觉，知道自己已经怀疑她了。

但是她都知道一些什么呢？

“我可以告诉你，我确实还喜欢古越，就算他想杀了我，我也喜欢他。不过，这么多年来，我也知道你对我很好，对两个孩子也很好。以至于现在他们只想跟着你，却连看都不想来看我一眼。”说到这里，朱玉的语气里透出一丝丝遗憾。

“你是说，有人想杀你？为什么？”童志宇问道。

“我想古越是想灭口吧。他确实在私下里从事一些见不得人的事情，但是我不会把他的行为出卖给别人。”朱玉说道，看着童志宇，神色认真而严肃，“我说这些，只是想告诉你，古越并不是什么罪魁祸首，他也只是一个小角色而已。我想提醒你，如果你真的在暗里调查什么，需要万分小心。任何在这时候出现的人，无论看上去和你周围的事情多么不相干，多么不重要，他都有可能是幕后黑手。他也许是古越的同伙，也许是真正的凶手，总之，你要很小心。其实，就连我也不明白，是不是古越想杀了我。不过事实真相也没什么重要了。”

童志宇被她这一连串云遮雾绕的话有点儿弄晕了。

“那你‘自杀’当天是怎么回事？”童志宇问道。

“没什么怎么回事，就是我觉得很困顿，于是在床上睡着了。那时候宋阿姨回家去给我取换洗衣服。然后我感觉手腕有些疼，却醒不过来。后来是护士看到了，才救了我。”朱玉说道，“好像在当时，有个人在场，说是我的粉丝，但是我不认识她。”

童志宇看着她的神色，觉得她不像是撒谎。

看起来古越是想灭口了。他们俩互相来往，应该是朱玉知道了他贩毒的秘密。

但是这次古越回国，到底为什么？

回来发展，还是说回来负责什么贩毒的路线？

但是显然，古越没有金盆洗手，依然在干贩毒的勾当。否则自己家地下暗道里的毒品是哪儿来的？

但是朱玉刚才那番话似乎别有深意，好像在暗示他古越不是唯一的嫌疑人。

那么还有谁在操纵这一切？傅青红？不可能，他的立场很明确，也帮了自己。

童志宇准备稍后再考虑，现在他倒是一直有一个问题想问，于是问道："朱玉，我们毕竟认识了十几年，结婚也有十多年了。那么你——之前给我下毒，又让我以为自己总是有幻觉，是有什么目的？想慢慢让我变疯了，然后'意外死亡'？"

朱玉看着他，眼底慢慢涌上泪水，脸上少见地浮上内疚之色："对不起。古越回来之后，一直和我有联系，还多次问起童念和童辉。我以为他是想和我重修旧好，就想着和你分开。但是，那时候他让我低调，不要搞什么婚外情的新闻，我就以为，他是想彻底留在国内发展，还做这一行，所以不想陷入负面新闻里。

"因此我就想到了搬家到赵飞家对面，一方面可以和古越见面；另一方面，我确实对你下毒，想让你在所谓的凶宅里慢慢变疯狂，到最后大家只会以为是你太沉迷写作导致病重而亡。"朱玉叹道，"当时我真是鬼迷心窍了，以为这样静悄悄让你离开，不会有任何麻烦。"

童志宇虽然内心里都将这些"真相"了然于心，但听到朱玉亲口说出来之后，还是觉得有些难过。

同时，也有挥之不去的挫败感。他和朱玉十几年婚姻，居然抵不过古越回国的几个月。

事到如今，也没什么好说了。

"其实你也没必要这么大费周章。"童志宇语气冷淡地说道，"如果你坦白告诉我，我也不会纠缠你不放，咱们和平分开，也不会引起什么滔天巨浪。”

朱玉微微垂下头去，低声道：“我以前并不知道，你能为我做到这种地步。我想，任何人知道自己的孩子是别人的，妻子还在出轨，都不会平静吧。”

童志宇冷笑一声，说道：“我是很生气，不过，生气有什么用。事情已经发生了，而且我也明白，我们走到这一步，也不是你一个人的错。”

说到这里，他顿了顿，继续说道：“我也知道，很多时候，我太看重事业，痴迷于创作，完全忽略了家人。这一点上，我也对你有亏欠。”

朱玉听了这话，忍不住流下泪来。

童志宇觉得再坐下去也是堵心，便起身说道：“既然这样，我就先走了，你好好休息。我想你也不会继续和我生活下去。我会让律师起草离婚协议，我们低调离婚。你有什么条件到时候可以告诉律师，我尽量满足。至于两个孩子，看他们想跟着谁吧。如果他们跟着我生活，以后你有空了，可以尽管来看他们。”

第 128 章 遗书

说完这些，朱玉哭得更厉害了。

童志宇有点儿坐不住，于是起身要走。

朱玉一把拉住他，泪眼婆娑：“对不起。”

童志宇再度回来，看着她明显瘦了又憔悴的脸色，心中略微有些不忍，便上前抱了抱她：“珍重。”

这一瞬间，童志宇觉得自己也够圣母的，这都能原谅。不过他本身可能对这些事情就迟钝一些，反而更能看得开。

童志宇松开她，给她盖好被子，便从病房里出来。

看到保姆站在外头，童志宇说道：“这几天还是麻烦你照顾一下，我得去接孩子们。”

保姆叹了口气，说道：“我明白，你去忙吧。这也快到饭点儿了，我去食堂买点儿吃的过来。”

童志宇点了点头，坐了电梯下了楼，一路往医院门口走过去。

就在这时，他突然听到身后传来一声闷响，不由得心中一颤。

童志宇立即回过头去，只见身后朱玉仰面躺在地上，鲜血从头颅下缓缓流淌出来。

“朱玉！”他立即奔上前去扶起朱玉，但见她已经说不出话了。

童志宇只觉得双耳轰鸣，一时间听不清外界的声音。

在他愣神的空当儿，医生护士涌了上来，将朱玉抬走。

仿佛有人在劝他先去楼上等着。于是童志宇有些茫然地随着那人上了楼，等在手术室外头。

过了半晌，医生从手术室出来，满脸遗憾地告诉他，人已经没救了，宣告死亡。

所谓人死灯灭万事空，朱玉一死，童志宇对她生前的怨恨，似乎一瞬间减轻了不少。剩下的只是茫然和不知所起的可怜心情。

朱玉为什么自杀？难道只是因为古越？

想到这里，童志宇想起朱玉病房里放着她自己用的笔记本电脑，便想返回去看看，是不是有什么线索。

等他往病房走的时候，正好看到保姆提着盒饭走上来。看到童志宇之后，她有些惊慌失措地问道：“朱玉自杀了？我这一路上听到有人议论说，看到一个女的跳楼自杀了，好像是大明星朱玉，是真的假的？”

“真的，已经死了。”童志宇闷声道。

保姆也一脸吃惊：“这……怎么这么突然？”

童志宇摇头道：“我也不清楚，我先去病房收拾一下她的遗物。先麻烦你在外头等会儿吧。”

“嗯，那好吧，你先忙。”保姆了然地点了点头，留在了外头。

童志宇进了病房门，看到房间里还放着朱玉的衣物，一时间有些物是人非之感。

果然床头柜上放着朱玉的电脑，看起来电脑是开着的。童志宇晃了晃鼠标，电脑屏幕果然亮了起来。

而他一眼注意到电脑桌面中央标注着“遗书”字样的两个文档。

两封遗书？

童志宇有些意外。朱玉居然写了两封遗书，看来是一早就想好了要自杀。难怪回来看到她的时候，朱玉一脸平静，看起来不太正常。

现在看来她是做了必死的打算，所以才那么镇静。

童志宇看了看两封遗书的标注，一封是给自己的，另一封是留给“粉丝们”，可能意思是为了让童志宇好跟大众有个交代，在媒体跟前有个说法。

于是童志宇打开第一份给自己的遗书。

遗书内容不多，一共一页纸。童志宇于是打开看了下去。

志宇：

当你看到这封遗书的时候，估计我已经不在人世了吧。

也许你想知道的事情有很多，想问我的事情也有很多，可惜我不能一一回答你。

在我第一次被人割腕的时候，我就忍着手腕伤口疼写下这两封遗书。因为我已经知道我爱的人终究不爱我，反而想杀了我。

想杀我的一定是他吧。

很抱歉隐瞒了你许多。童念和童辉，都不是你的孩子。不过我总有种感觉，你已经知道了这个真相。

但是我了解你，我知道你无论如何也会对他们很好。

我不是个称职的母亲，对他们始终怀有愧疚。在年轻而难熬的那些年，我甚至想过要抛弃童念。所幸后来很快遇到了你，我的生活才有了改变。

其实我是爱过你的，只是我觉得你最爱的始终是你的事业。

可我也知道，自己内心里最爱的人终究不是你。我以为往事终究会过去，却发现那人一直留在我的记忆里。

也希望你原谅我。珍重。

信的内容到这儿就结束了。童志宇心中叹了口气，觉得胸口有些发堵。

看了看另一封，童志宇决定也打开看看。他不知道朱玉会对媒体讲什么内容。

打开另一封之后，发现这一封也不长，同样一页纸：

写下这封信的时候，我已经决定离大家而去了。没想到《谍战上海滩》是我最后一部影视作品。

我自杀的理由，只是因为我自己出轨，承受不了良心的谴责。

我知道一直以来，我和志宇都是大家心目中的完美夫妻，但是，童话故事也有结束的时候。

我不是个好女人，也不是个好母亲，愧对丈夫和儿女。

志宇是个很好的男人。他在我最艰难的时候陪伴我度过，悉心照顾孩子们。我从来不后悔遇到他，也很感激他。

最后，跟所有关注我的粉丝说一句抱歉，我实在心力交瘁，不想继续活下去，让你们失望了。

不过这样也好，让大家记住我最美年华的样子。

……

第 129 章　暴风雨前夕

接下来几天，童志宇简直忙到焦头烂额。

这阵子发生的事情让他有些无言以对。没想到朱玉之死，虽然让他受到不少质疑，却也不断地上了各大头条。

出版社和公司看到这一点，居然借机宣传他的新书，说是以他本人为原型写的小说。而这个宣传显然十分能引起人的兴趣，结果童志宇新书瞬间大火。

他一边要忙着应付各种媒体，另一边也在给朱玉办丧事。

这样一耽误，就把两个孩子还是留在了何浩博那里。

虽然朱玉在最后写过遗书，但是大众还是对她的自杀充满了各种猜测。于是以前早就沉寂下来的一些陈年旧日新闻，再度被网友翻了出来。

童志宇也曾经抽空看了看网上的评论，各种类型的评价满天飞。

各种新闻标题也充斥了各大头条。

“朱玉居然出轨了？呵呵呵，说好的娱乐圈神雕侠侣呢？她那女儿不是童志宇的吧，童志宇原来是接盘侠！”

“她那闺女很漂亮啊一看就是古越的种！”

“古越太让人失望了，居然找这种三流明星！”

“童老师顶着呼伦贝尔大草原啊！同情他 233333。”

“你们这么说是不是有点儿过分，童老师人挺好的，又很低调，长得也挺帅的，结果被朱玉坑了。”

“听说童志宇出柜了，真的假的？一个出轨一个出柜，真是配！”

……

童志宇翻看了一些，也就没什么心情看了。大部分人其实是抱着看热闹的心态，不过大众还是挺同情他，看来自己以前营造的公众形象还算不错。

但他也顾不上大众怎么看，童志宇更关心俩孩子怎么办。

古越在此期间很是沉寂，并没借机发表什么。

但是他和朱玉的新剧《谍战上海滩》未播先火，因为朱玉的死而备受观众关注，几次上了热搜。

甚至有人在知乎发帖，分析童志宇、古越和朱玉的关系，简直分析成了侦探小说。

葬礼那天，居然异常热闹。

因为朱玉跳楼这件事引起了不少人瞩目，媒体也连续几天在发布这则新闻，各种帖子满天飞，所以葬礼上来的娱乐圈明星或者导演什么的简直不要太多。

童志宇心中明白，这群穿着黑衣服戴着墨镜、握着他的手泪水涟涟的人，不一定是真的怀念朱玉，而是来作秀。

一则是在大众跟前表现得自己有情有义、怀念同行，营造正面形象；二则是来蹭热度，因为这时候出现，曝光率会大大增加。

童志宇也只能一一接待。

童念和童辉也和他一起，童志宇观察过他们俩的情况，虽然也是各有悲伤，但是看上去并不如他想象的那么难过，一时间他也不知道是该庆幸还是无奈。

葬礼整整折腾了一天。在下午的时候，童志宇隐约从人群里看到了宋洋。

宋洋戴着墨镜穿着黑色风衣来的，只是远远躲在人群后头看了看，然后就离开了。

童志宇本想上去打声招呼来着，结果宋洋没多会儿就走了，童志宇也就作罢。

但是看到他之后，童志宇想到了傅青红和于冰冰，沉思许久，总觉得这事儿有点儿不对劲。

到了晚上回家之后，童志宇给于冰冰打电话，却没人回。

随后他想起了傅青红，给他打了个电话，傅青红说，于冰冰最近和宋洋一直在一起，并没有回到私人会所，所以也有几天没联系了。

童志宇于是刚想挂断电话的时候，傅青红突然说道："我听说朱玉自杀了。但是也不方便去看你，还好吧？"

"还好，都过去了。"童志宇叹道，"等我忙完了再找你们。"

"好。不过可能你接下来还会更忙。别忘了两个孩子——我想古越会来讨要孩子的，你做好心理准备吧。"

"孩子？"童志宇皱了皱眉，心中觉得傅青红猜测得也许很对。

"算了，孩子都已经长大了，如果他们真想跟着古越，那就跟着吧。"童志宇只觉得满心疲惫。

"那可不行，你得想想，古越也许是个罪犯，你让孩子们跟着他，放心吗？"傅青红说道。

童志宇一愣，突然意识到这个问题。也是，自己真是忙糊涂了，这种事情都忘了。古越很可能涉嫌贩毒和商业诈骗等活动。如果让孩子们跟着他，那就毁了。

"你说得对，为了孩子，我也得找到古越犯罪的证据，送他进去。"童志宇说道，"如果他仗着汪氏集团撑腰，把孩子们强行带走，那就麻烦了。"

"嗯，如果需要什么援助的话，你可以随时找我。"傅青红说道。

"多谢。"童志宇说道。

但他没想到，傅青红说的事情来得这么快。

没过两天，古越果然带着律师上门，开门见山地要带两个孩子走。

这几天朱玉刚去世，外加临近新年，童志宇给童念和童辉都请了假，因此古越、赵飞外加律师来的时候，两个孩子正在家里。

虽然朱玉到死也没说出外遇对象是谁，但这种明摆着的事儿，并不需要明说。更何况现在他自己找上门来了，更是显而易见了。

因此古越出现在自己家客厅的时候，童志宇对他也没什么好脸色。二人沉默地对视半晌，谁也没说话。

童志宇看着古越，觉得现在的古越，容貌和多年前没多少变化，依然十分俊朗，风度翩翩。

但是气质却比多年前更沉稳，看上去隐隐有点儿透着洒脱不羁的贵族的味道。

不管这个人内心如何龌龊，表面上看去，他依然是有十二分吸引人的魅力。也许正是那些复杂的经历，在他身上留下了神秘而无法言说的气质。

也难怪那么多人会迷恋他。

“童老师，你好。”古越微笑着伸出手来。

童志宇没有和他握手，而是冷冷地说道：“古越，事到如今，也不用虚假地客套了。直接说你的来意吧。”

古越也不生气，很淡然地收回手去，微笑道：“童老师还是像以前一样是个直截了当的人。我来的目的只有一个，想带童念和童辉一起走。”

“你要去哪儿？”童志宇问道，“你凭什么带他们走？”

“在外人面前不好说，但是我们之间就不需要避讳了吧。”古越说道，“他们俩都是我的孩子，我想带走他们。”

说着，他示意律师递过一份文件：“这是亲子鉴定报告。”

童志宇目光低下去，扫了几眼那份文件，并没有接过来。

“有亲子鉴定报告又怎样？孩子们已经长大了，他们想去想留有他们的自由。你也干涉不了。”童志宇冷冷地盯着古越，说道，“你心里清楚，自己都干过什么。别以为没有留下证据就万事大吉。你如果真的为孩子们考虑，就要想想，他们跟着你，对他们有没有好处。”

第130章　疑惑初生

古越闻言，脸上的笑容也收了起来，冷冷地回望着他。

还没等古越再说话的时候，童志宇听到二楼楼梯上一阵脚步声传来。

他回头一看，只见童念和童辉从楼梯上走了下来。

“爸，他们来干吗？”童念脸色不善，冷冷地看着古越等人。

“小念——”古越刚想上前一步，童念却冷笑道：“别叫那么亲，咱们又不熟。”

古越闻言，多少有些尴尬，便没有说话。

“小念，你们先回屋里去。”童志宇低声道。

“不用了，我在二楼楼梯口早就听见你们说什么了。爸，我和小辉都不想跟古越走，你才是我们的爸爸，他只是个陌生人，为什么要跟他走啊。”童念说道。

“小念，小辉，我才是你们的亲生父亲。”古越皱眉道。

童志宇看了看童辉，见他一脸冷淡，但是也没说什么。

“嗯，亲生的又怎么样，我还是我妈亲生的呢，她还想弄死我来着。”童念冷冷说道，“我告诉你们，我跟定了我爸，我爸就童志宇一个人，我姓童，我弟弟也姓童。”

古越仿佛叹了口气，将目光落到童辉身上。

可能因为童辉一直没说话，古越觉得也许从他开头，会有所突破。

童志宇心中也有些忐忑，因为朱玉对童辉还算不错，但是他自己以前管教不得法，不知道童辉是不是想跟着他生活。

如果童辉答应了古越，自己要怎么阻拦呢?

看来朱玉为了重修旧好也是拼了，连亲子鉴定都去做了。

童辉此时看了看古越，又看了看童志宇，半晌后仿佛下定决心一样说道:“我和姐姐一样，想跟着我爸生活。”

古越的脸色更加尴尬了。

童志宇笑了笑，对古越说道：“他们这意思，你也明白了吧。现在请你离开，否则闹起来被别人知道了，大家都不好看。”

古越听到这里，自然知道童志宇是在下逐客令。如果是一般人家也就罢了，古越也知道童志宇如今处于风口浪尖之上，而且是个名人。如果真的强行带走两个孩子，必然会引发新一波风浪。

于是他只好忍了下来，笑道：“那这件事我们以后再谈。”

“不用谈了。”童志宇冷冷地说道，“其他事情可以，但是在这件事上，我不会妥协。两个孩子我会负责抚养长大，至于你，你自己清楚会有什么样的下场。劝你及早觉悟。”

古越冷哼一声，并未多言，转身就走了。赵飞和那律师看了他一眼，笑了笑，也跟上了古越。

等他们走后，童志宇回头看了看童念和童辉，叹了口气，说道："其实他真的是你们的亲生父亲。不过我不想你们和他一起生活。因为在我心里，你们已经是我的孩子，无关血缘，我想陪着你们长大。再者，我怀疑他背后有些不太好的事情，怕影响到你们。"

童念说道："爸，我们都明白。"

童辉走到童志宇跟前，拽了拽他的胳膊："爸，那你以后也不能抛弃我们啊。要是哪天结婚找了后妈，也不能把我们俩送回去。"

童志宇失笑道："我这把年纪了，也不想再婚了。以后我们三个一起生活。"

童念笑道："哎，如果你不找个后妈，找个后爹也行啊，我看秦哥哥就不错。"

"你这孩子满脑子想什么呢？！"童志宇说道，"这话开玩笑可以，要是在人家跟前说，对方会不高兴。不过我确实该谢谢小秦，他帮我太多。"

童辉说道："是啊，无缘故帮你这么多，肯定呵呵呵。"

"你这臭小子！"童志宇作势要去拍童辉的脑袋。

"哎哎，我去写作业了！"童辉一溜烟儿跑去楼上。

"我也去啦。"童念也跟着上楼去。

童志宇看着俩孩子的身影消失在楼梯上，心中莫名轻松了一些。

朱玉一走，仿佛这个家的气氛也莫名明朗了许多。虽然这样的想法对死者不太尊敬，但童志宇内心里真是隐隐有这样的感觉。

古越走了之后，童志宇坐在沙发上，顿时觉得困意袭来，因此闭上眼睛眯了会儿。

在半梦半醒之间，童志宇总觉得自己想到了什么，但是又觉得抓不住。

于是他还是翻身坐起来，愣愣地看着前方。

此时已经是下午，冬天的阳光洒在院子里，却带着一股明晃晃的寒意。

由于天冷了，童志宇把九月的狗窝搬到了客厅里。

看他坐在沙发上，九月欢快地蹦了过来。

童志宇对于猫狗的品种没什么研究，也没啥要求。当时店主说这狗是边牧，但是看起来不像是纯种的。

现在看来这小家伙确实不是纯种的，但是体形不小，才大半年，已经长得很高了。

童志宇摸着九月光滑的绒毛，脑子里则放电影一样回忆最近发生的事情。有些事却越想越觉得不对劲儿。

想到这里，他又给于冰冰打了一遍电话，但是对方依然没接。

她难道病到电话都接不了的地步了吗?

不太可能，傅青红给她请了最好的专家医生来治病，医生说，她尝试新药之后情况还不错，半年内应该没什么问题。

那么，最近于冰冰怎么回事?

想到这里，童志宇冷不丁想起朱玉临死前说的那番话：不要以为一切都和古越有关，你身旁的人也不一定可信。任何突然出现的人都可能有问题。

想来想去，童志宇突然觉得细思极恐。

第 131 章　反转（上）

童志宇在家闭门思索了一天，最后做了决定，将童念和童辉再度送去了何浩博家里。

童念很是不解："爸，你要干什么啊，又把我们送过来。"

童志宇说道："有点儿事，这几天可能比较忙，你们先在何叔叔家里待几天，等我忙完了再接你们回去。"

童念想了想，问道："爸，你要做的事情有危险吗?"

"没什么危险，不过这是大人的事情，小孩子就不要管了哈。"童志宇说道。

童念还想问个仔细，童辉拉了她一把，使了个眼色，对童志宇说道："那你先忙，我们会好好待在何叔这里。"

童志宇有些惊讶童辉的听话，不过心中也松了口气。

如果这俩孩子非要跟着自己，还要想办法甩脱他们，这才叫麻烦。

何浩博笑道："得，你把我当你家保姆了啊。不过，这回你到底要去做什么?最近这阵子你行踪不定的，也不告诉我到底去了哪儿。"

童志宇笑了笑："等一切结束后你就知道了。"

何浩博看着他，叹气道："行，但愿你别出什么事啊。"

童志宇和何浩博告别之后回了家，将保姆也赶走了。

此后，他给卢冲打了个电话，结果又得到一个很糟的消息：卢欣不治而亡。

卢冲的情绪很差，童志宇也不知如何安慰他才好。二人对着电话相顾无言半晌，卢冲才问道："那天晚上……她去找你说什么了？"

童志宇思量片刻，觉得卢冲应该不知道这些前因后果，少一个人知道比较安全，而且他也不怎么想让卢冲参与进来。

于是童志宇说道："没来得及说什么，我看她伤得很重，就只能先送去医院了。却没想到，那是见她的最后一面。"

说到最后，童志宇的语气有些沉重，卢冲便又不说话了。

童志宇见他心情不好，也就没继续说什么，直接挂了电话。

此后，他才收拾妥当，戴了帽子和太阳镜，围上围巾带好手机，检查了一遍家里，然后走到地铁站，换乘了两三回，到了该隐酒吧门口。

他四下看了看，还是进了酒吧里。他坐了一阵子，打听了一下丁妙在哪儿，最后才知道他并不在酒吧，而是在酒吧后头的一家台球场。

童志宇按照别人指的方向找了过去，很快找到了正在打台球的丁妙。

稍微明亮一些的灯光下，童志宇才看清了他的样子，多少比上次见到他的时候整洁一些。

童志宇走上前去，刚要打招呼，却见丁妙已发现了他。出乎意料地，丁妙倒是主动热情地给他打了个招呼："哟，大哥你来了，走走，一起喝一杯。"

说着，把台球杆一扔，搭着童志宇的肩膀便往外走。

童志宇见附近还有其他人，也没有多问。两个人出了台球场，走到外头的一条暗巷里，停下脚步。

"这回为什么来找我？"丁妙突然问道。

童志宇看了看自己周身上下，从头到尾都改装了一遍，甚至假发都戴上了，丁妙只是见过自己一面，近距离面对面了一次，怎么一下子一好像认出了自己？

对方好像看穿了童志宇所想，便笑了笑："这个程度的伪装，我能看得出来。"

童志宇有些意外，思量片刻，忍不住惊讶地问道：“难道，你是卧底？你不是普通的一混黑帮的人是吗？”

丁妙说道 ：“你呢，就问我是不是真正的‘古惑仔’就好了。我确实是卧底，市局缉毒组的，可惜这些年来我破获的都是小案子。但是我知道，本市应该是藏着一个大毒贩，只是我到现在没查出是谁。”

童志宇看了他许久，才说道：“我本以为你会帮我，却没想到你是警察。”

丁妙皱眉道：“我上次帮你只是因为卢欣的嘱托，那个手链。她一是我前女友。”

“前任？”童志宇沉吟道，“你知道她现在的情况吗？”

丁妙摇头叹道：“不知道。自从她以为我涉嫌贩毒之后，就不理我了。当然，她并不确定我在做什么，只是觉得我一定没做什么好事。然后我们就分了。”

“卢欣似乎受到过威胁。对方让她杀了我，否则就会除掉你。”童志宇说道。

丁妙十分震惊：“为什么要杀你？你……我后来看过你的新闻，你是个很有名的编剧。可你和黑帮有什么联系？”

童志宇苦笑道：“本来八竿子打不着，可我现在知道了。恐怕是因为我阴差阳错地住进了一处拥有地下暗道的宅子。而那宅子，最有可能是贩毒组织用来躲避追捕或者藏毒的旧宅。对方也许不确定我是否发现了暗道，或者以为我无意间知道了他的犯罪事实，才想着杀我灭口吧。”

“这……很像是小说啊。”丁妙将信将疑地看着他，“你说的这个人，莫非是一古越？”

“对，所以这个酒吧是古越开的，是吗？”童志宇问道，“该隐酒吧。”

“嗯，我掌握了他一些贩毒和商业诈骗的证据，但是，我怀疑他还有上司，或者说幕后黑手。”丁妙说道，“可惜到现在毫无头绪。”

童志宇想了想，最终还是说道：“卢欣去世了，你知道吗？”

“什么？！”丁妙立即盯着他，脸色顿时变得很难看。

“嗯，可能是被人抓住虐待过，她走的时候，全身都是伤。”童志宇低声叹道。

丁妙沉默许久，半晌后声音有些发颤地问道：“谁干的？！”

“不清楚，我怀疑是你说的那个古越的上司做的。”童志宇说道，“我本来怀疑过古越和汪子阳有龌龊勾当，但是现在，我怀疑另一个人。”

丁妙问道：“是谁？！”

“如果你想抓住最后的凶手，要不要和我一起合作？”童志宇问道。

“如果真能抓住那个人渣，我自然乐意和你合作。但是，你为什么有这样的自信？”丁妙皱眉道，“我在这儿卧底了两年，却一点头绪都没有。”

“就凭我无意间发现了暗道。”童志宇说道，“我在暗道里做了点儿‘准备工作’，现在就希望你配合我去抓住那些人。”

“可以倒是可以，但是……什么时候去？”丁妙还是不怎么相信地看着他。

童志宇刚要说话，突然听到手机发出一长串提示音。

他摸出手机看了看，说道：“现在就去。”

第 132 章　反转（下）

此时，童志宇家里的暗道中，有几个戴着黑色口罩的黑衣人打着手电，一路寻找着什么东西。

他们走到那处假墙跟前，其中两个人上前扯掉了那假墙的掩饰布。

“这些东西全都搬走，快点儿，别被别人发现！”其中一人低声道。

正在一群人忙着搬运的时候，暗道里突然灯光大亮。

那人下意识地挡了一下眼睛，这才看清有几个人举着手电快步跑了过来。

而等到这几个人跑到跟前的时候，他看到对方手中的枪，不由得一愣。

灯光下，面对面的俩人都看清了各自的长相。

“古越？！”

“赵飞。”

暗道里，俩人面对面站着，各自脸上闪过一丝惊讶。

但很快的，古越和赵飞神色都恢复了正常。

古越看着赵飞，冷笑道：“我就知道我身旁一定有眼线，却没想到就是你。”

赵飞笑了笑，说道：“我也没想到，你会把这么多毒品藏在这里。原本我想，你应该不会藏什么秘密在这儿，毕竟这地方我们都知道。”

“你现在是想做什么？把这些东西都要带走吗？”古越冷笑道。

“那当然，你私藏了这么多蓝色冰恋，就不怕老板知道？哦，我明白了，其实你早就想脱身离开，才想着留着这些给自己做后路，卖了之后，也就足够生活一辈子了。”赵飞冷笑道，“但是你别忘了，老板可不是那么好糊弄的。”

古越笑了笑，说道：“既然遇上了，那就别怪我了。”说着，他对身旁的人一挥手，几个人便将手中的枪对准了赵飞。

然而两拨人显然都是有备而来，互相持枪以对。

暗道里原本就不甚流通的空气仿佛更沉闷似的，越发有点儿一点就着的紧张。

此时，赵飞突然将打火机打开，冷笑道：“这暗道里都被我泼了汽油，如果点着了，这些东西就全都烧了。不只这样，你我也一个别想活。”

古越不为所动，冷冷地说道：“如果你真想死在这里，我倒是没意见。”

正当这两拨人剑拔弩张的时刻，古越和赵飞听到暗道上头有脚步声。

两人互相看了一眼，古越问道：“你叫了别人来？！”

赵飞皱眉道：“没有，难道不是你？”

“当然不是，事情不对，我们撤！”古越对手下人喊道。

而此时，那脚步声已经越来越近，暗道已经被警用手电照得通亮：“前面的人放下武器！”

暗道两端不知何时涌来两拨持枪的警察，将古越和赵飞两拨人堵在中间。

与此同时，童志宇和丁妙正开车快速往家里的方向赶过去。

路上，童志宇将事情前因后果和丁妙大概讲了一遍。

丁妙听完有些吃惊：“你确定你的办法能成？”

童志宇晃了晃手机：“不管是不是能成，现在确实有人已经进了我家。我在我家各处都安装了网络摄像机，这东西和我的手机连着，一旦有人入侵，自动录像并且给我发警报。在刚才警报发来的时候，我已经报警了。想必按照警察的出警速度，已经将他们几个人堵在暗道里。”

丁妙愕然道：“你怎么就知道他们一定会去暗道？”

“里面藏着那么多毒品，他们不可能不回去拿走。蓝色冰恋这种东西很难制作。而且我仔细检查过暗道，里面不只是藏着毒品，还有别的东西。”童志宇说道。

丁妙看了他几眼，叹道：“但愿这次能成，否则我就跟着你一起暴露了。”

“警察已经去了，现在人赃并获，怕是要狡辩，也不怎么好办了。”童志宇看着手机上的录像视频，冷笑道。

当他和丁妙赶回家的时候，张迪等人已经将古越和赵飞一行人扣押，全部带到了他家的院子里。

大概两方经过了一点儿小冲突，童志宇注意到古越和赵飞等人身上多少带了些伤。

没过多久再和古越相见，俩人面对面的这一刻，气氛有些微妙。

张迪看到童志宇回来，又看了一眼他身后的丁妙，问道：“这位是？”

丁妙笑了笑：“警号 2302 警员向领导报道。我是两年前在古越身旁的卧底。”

古越此时注意到丁妙，脸上的神色变了变，却也没说什么。

张迪有些惊讶，但表情一闪而逝。这一连串的杀人案贩毒案压得他喘不过气，忙得焦头烂额，一直没多少进展，被上司怼到没脾气。

如今突然有点儿柳暗花明又一村的意思，让他一时间有点儿反应不过来。但是事到如今，他只能凭靠童志宇的帮忙来了结这一连串的案子。

让他有些吃惊的是，古越这个一线大明星居然是犯罪嫌疑人。

“原来你早就知道。”到了这个地步，古越倒是也没显得多慌乱，反而镇定了下来，对童志宇说道，“你什么时候知道的？”

“开始的时候我并不知道你和贩毒有关系，但是自从发现了密道之后，我就觉得，如果你只是用密道来和朱玉约会，那就有些‘大材小用’了。”童志宇冷笑道。

张迪此时咳嗽了一声，问道：“童老师，这前因后果，到底怎么回事？”

童志宇说道：“要解释清楚还得等等。因为还有一个人。不过我说张队，你总不能把我家当审讯室吧，难道不能带去市局问话吗？”

张迪想了想，说道：“靠，难道前几天国际刑警过来，就是为了要抓这幕后的人？”

童志宇无语道：“这我不清楚。”

“这样，童老师麻烦你和我们一起去市局一趟。这里法医也快取证完毕了。”张迪说道。

第133章　幕后之人

童志宇跟随张迪到了市局之后，没多会儿，两辆警车到了市局，一个人从车上被拖了下来。

童志宇站在监控室的窗前，看着外头车上下来的人。

张迪站在他旁边，看着那人慢慢走到灯光下。

等看清那人的脸之后，张迪吃了一惊：“怎么是他？！这不是你说的那个……那个叫宋洋的人吗？”

童志宇说道；“没错，我以前也没有怀疑过他。可没想到，他居然是幕后黑手，是古越的直属老板。”

“我一直以为古越应该是和汪氏集团有联系，这些年一直和国际刑警合作，在查这个汪氏集团的背后事，查来查去，也没什么突破，我还以为是汪子阳隐藏得太好。现在看来，他这老板另有其人啊。”张迪有些感叹。

童志宇说道：“我也没想到，宋洋才是那个贩毒集团的老板。他看上去和毒品什么的没有任何关系。”

张迪好奇地看着他，问道：“你怎么怀疑到他头上的？”

童志宇叹了口气：“因为朱玉临死前告诉我，古越还有幕后黑手，让我不要信身边人。我想，她应该是注意到了什么。我从来都不认识汪子阳，没有和他来往过，所以朱玉暗示的这个幕后黑手应该不是他。我又曾经怀疑过另外一个人，但是很快又打消了念头。如果那个人是幕后黑手，他不可能和我来往那么久。但是宋洋刚出现的时候，我也没有多想。直到最近联系不到于冰冰，我才突然怀疑到了宋洋身上。”

童志宇正说着，宋洋已经被押到审讯室里。然而没过多久，问讯的警察从里头出来，对张迪说道：“张队，嫌疑人不肯多说，但是说要见童先生。”

张迪想了想，说道：“他不交代也没什么，现在古越和赵飞都已经落网，证据什么的不难找。不过，他要见童老师，这是怎么回事？”

“不清楚，那……让不让见？”审讯的警察问道。

“我去见见他吧。”童志宇说道，“我看他一脸镇定，估计也是知道自己躲不过了。反正只是见一面，无妨。”

张迪沉吟道：“也好，我就在这儿看着，他不敢怎么样。”

童志宇笑道：“他就是敢，也不一定动得了我。”说着，童志宇出了监控室的门，推开审讯室的门，直接走了进去。

审讯的警察也出去了，屋里只剩下他和宋洋两个人。

童志宇看着面前泰然自若的宋洋，倒是有些佩服他。多少人在被抓之后，要么惊慌失措，要么痛哭流涕，要么吓得抖如筛糠，镇定自若的人极少。

而看他的神色，不只是镇定，甚至很坦然。

宋洋也看着他，半晌后微笑道：“童老师，我真是小看你了。”

童志宇说道：“我也小看你了。我以为你就是一个不怎么染凡尘的文艺青年而已，可完全没想到，你居然是隐藏的毒枭。我不懂，你为什么要贩毒？”

宋洋笑道：“为钱，为利，为了救家里人，我的理由倒是很世俗。多年前，家里生意赔了，欠了巨债。为了还债，我想尽办法结识了一个黑道毒贩，当了他的得力手下。后来他死了，我就接管了他的贩毒网络。”

“那么也就是说，古越背后的利益集团，并不是汪氏集团？”童志宇问道。

“当然不是。古越原本是汪家大小姐很喜欢的人，还为了嫁给他一哭二闹三上吊。甚至出钱找人脉捧红了古越。起初汪氏集团睁一只眼闭一眼，目的是为了利用古越当那种商业间谍，套取一些商业情报。但是后来汪依琳表示非君不嫁，汪子阳才发觉这件事不好收场了，于是将汪依琳送出国，也‘解雇’了古越，拿钱打发了他。”宋洋说道。

“可古越杀康宁的时候，应该是他依然跟着汪氏集团混的时候吧。”童志宇想了想，说道，“那时候康宁被杀，难道不是因为知道了古越的秘密？”

“古越正式参与贩毒，是跟着我的时候才开始。但是在这之前，他也买卖过毒品。你也知道，你们那个圈子里乱得很，很多人都吸毒。他从读大学的时候就接触毒品，本来也算是在贩毒。只是后来被康宁发现了，没想到这小子还真心狠，直接杀了人。”宋洋笑道，“后来我发现了他的秘密，他才投靠我。”

童志宇听了之后，心中百感交集。他以为自己写的书就足够曲折离奇，但是没想到，现实比剧本更不可思议。

宋洋看着他，说道：“童老师，你问的问题我都回答了，现在换我问你了。”

“你要问什么？”童志宇问道。

“你是怎么发现古越的老板是我的？”

童志宇想了想，说道：“从我联系不到于冰冰开始。”

说着，他看着宋洋：“于冰冰的身体虽然很差，但是医生说，她现在起码还有大半年的时间。换了日本的新药之后，于冰冰比以前好转了一些，不可能连电话都接不了。而且她的助理突然莫名其妙被她一则短信就辞退了，林抒彤也告诉我，她到处都找不到于冰冰。那么于冰冰消失之前和谁在一起呢？”

童志宇说到这里，语气冷了下来：“她是和你在一起。”

第134章 缉毒“狼人杀”

“我们谁都没有留过你的联系方式，你只和于冰冰联络，所以一开始我和傅青红都没有找到你。”童志宇说道，“但是后来，他调查过你的档案，发现你移民之后，将以前留在公安局的电子户籍档案销掉了。这样更无从查找。

“傅青红说完这一点之后，我就十分奇怪。如果一个人移民国外，根本不需要销掉自己的档案，就算是像你那所谓的文档里说的，日后怕古越找麻烦，那他也没有本事找到已经在国外更名改姓生活的你。主要是没有这个必要。一般人也销不了你的档案，除非你是认识政府的人，或者什么厉害的黑客。可这两点就足以说明，你不是个普通的人。

“再后来，我联系前后仔细想了想，尤其想到我和秦萌去赵晓霞家里拿那些旧日照片和文稿的情景。我们在那小区里撞上一个黑衣蒙面人。起初我以为他也是来找那些资料的。但是后来我想，如果他不是去找那些关于古越的‘罪证’，而是去特意将那些文稿藏在赵晓霞的老宅里，故意让我们找到呢？如果那晚他不是来抢文稿，而只是因为正巧发现了我们，在你的指使下做出了这种行动来迷惑我们呢？”童志宇说到这里，看着他，“所以，我突然对文稿的真伪产生了怀疑，于是我立即连夜拜托张迪对那些看上去很旧的纸张做了个鉴定。

“鉴定结果果然如我所料。那是一沓被人故意做旧的纸张。其实它是新打印不久的东西。照片虽然是旧照片，可能是你从那死去的沈璃那里搞来的。但是文稿里表述古越过去未来的‘罪行’的内容，应该是你让人现写现编出来的。虽然里头应该百分之七八十都是真事，但也有你瞎编的内容是吗？你发现有人在查当年的事情，就把文稿放在赵晓霞家里，让我们故意发现，将所有犯罪证据引向古越。”

“等等，你怎么确定是我呢？毕竟我可是在‘国外’。”宋洋微微眯起眼睛，说道，“你忘了，我刚从国外回来。”

“说自己刚从国外回来，那只是你的说辞。而且于冰冰一联系你，你就说自己正好在国内。我想那个时候开始，你就想把罪行栽赃到古越头上。然后……你应该有什么把柄也在古越那里，才必须亲自回来处理。”童志宇说道，“你以为古越在警察追查的压力之下，会和你做交易，为了自己逃脱，而交出他手中关于你的证据。可惜古越这次是真的想金盆洗手不干了，他这次回来只是为了接近朱玉，然后想办法带走两个孩子。”

宋洋听到这里，失笑道：“童老师脑洞够大，果然是写小说的。但你对古越的猜测建立在什么基础之上？他到现在可都没有带走你家的小孩。”

童志宇叹道：“他确实来过我家。他可能本来以为，我知道了两个孩子都不是自己的骨肉，会愤怒失望，放弃抚养孩子。但是他没想到，我早就知道了真相。我也不想放弃抚养两个孩子。因此，他应该是动了绑架孩子的念头。不过没关系，我已经让人去处理了。”

说到这里，童志宇拿出手机，拨了秦萌的号码。

“小秦，孩子们还好吗？”童志宇将手机通话外放。

“宇哥，你放心，我和傅先生的人都在这里，刚才确实有人要来抢孩子，被我们赶走了，可惜就抓到一个，已经报警了。”秦萌说道。

“好，辛苦了，一会儿我们市局见。带上孩子过来。”童志宇说道，“路上小心。”

“放心吧，我们好几个人呢。”秦萌说道。

挂断电话之后，童志宇看着宋洋，察觉到他脸上已经慢慢浮现出惊讶之色：“童志宇，你还真有些料事如神的意思。”

“并不是我料事如神，而是我没有放弃观察细节。”童志宇冷冷说道，“当我发现文稿是伪造的之后，我就给于冰冰打了电话，然而几次都没打通。林抒彤也告诉我，她也几天没有联系到于冰冰了。因此，我就开始怀疑你。

“怀疑你之后，我想起了暗道里的毒品。我想，如果古越真的想跑路，他应该很快就会行动。这些毒品可能是他私藏的，卖了之后来度过后半生的日子。古越要跑的话，他可能会带上两个孩子，所以我让小秦他们在孩子们住的地方候着，果然抓到了古越的人。”童志宇说道，“而我本来就在家里安装了监控，只是我在暗道里安了一个升级版的网络摄像机，和我的手机连接，只要里头有动静，就有警报发到我的手机上。在发现古越有行动之后，我就报了警。

“可我没想到，更精彩的事情出现了。原来一直跟随古越的赵飞已经被你买通了，他一直在帮你盯着古越。所以赵飞和古越才在暗道里相遇。”童志宇顿了顿，说道，“不过也许你根本不怎么信任别人，为了除掉古越这个隐患，把所有罪行都放到他身上，才亲自回国指挥行动，没想到却再也回不去了。”

宋洋听到这里，忍不住鼓掌赞道：“童老师果然厉害。我自以为将怀疑的目光引到古越身上，做法比较周密，却没想到成了我的破绽。”

童志宇冷冷说道：“你确实太自信。你以为我真的不会拿那文稿去给警察看，你说怕给自己惹来麻烦，让我们不要把那东西展示给别人。可是当我开始怀疑文稿的真实性，也只能去做鉴定试试。没想到却成了反证你的最好证据。”

第 135 章　尘埃落定（上）

宋洋摇头叹道：“童老师果然聪明。”

童志宇说道：“那么，你能不能告诉我，赵晓霞是怎么死的？那些抛尸照片里的保镖都是汪氏集团的人，但是他们都被辞退了。赵晓霞到底是死在汪子阳的手里，还是你的手里？她为什么被杀？”

“怎么可能，赵晓霞是死在古越的手里。”宋洋满不在意地说道，“抛尸那几个人和我没关系，是汪大小姐安排的。后来汪子阳知道了，怕惹来麻烦，就把人都辞退了。这件事是古越告诉我的。他告诉我实情，一是为了表忠心，二是怕东窗事发，让我帮忙遮掩。因为他杀康宁的那天，赵晓霞正好在隔壁阳台上接电话。古越没发现她，她却知道古越杀了人。当年赵晓霞为了给老公还赌债就去要挟古越，被古越给杀了。杀了她之后，古越因为有点儿害怕才跑去了国外。不过他一直和我合作，在国外也是。”

“那么他要杀沈璃，是因为什么？沈璃真的知道他贩毒的事情？”

“沈璃那个女人——”宋洋冷笑一声，“她和古越认识得早，也和我认识。这女人很聪明，发现了我和古越的事儿，但是自己躲去了老家。我只能让人灭了她的口。”

童志宇看着他，只觉得眼前俊秀的这张脸有点儿扭曲有点儿狰狞。半晌后，童志宇说道：“你和古越随随便便就杀人，杀人对你们来说就这么简单？！”

宋洋看着他，笑道：“童老师，你不用笑我，也不需要指责我。你老婆朱玉不也是想杀了你吗？我听古越说，朱玉自从他回来之后就开始纠缠他不放，还说要秘密处理了你，然后和古越在一起。如果我没记错，她那个蠢货还找了两个混混一样的货色去杀你吧？本想在荒山野岭解决掉，却没想到你一个人能对抗俩人。后来朱玉害怕露馅儿，找古越帮忙，最后古越还是求到我头上，我才找人炸了那俩蠢货住的地方。”

“看来古越和你的关系密不可分，那为什么近来这几个月，他反倒背叛你了呢？”童志宇问道。

“还不是因为你家那俩小孩儿。”宋洋无奈道，“古越知道那俩孩子是自己的之后，怕是就萌生了想离开我的念头。但他走就走了，却还偷了我的一批货藏起来，还杀了我的一个得力手下。你说这样的人我能饶了他吗？正好我发现你们在调查他，干脆顺水推舟喽。不过我回来的主要目的，确实是要找一卷当年古越录下的关于我贩毒交易的视频。不过既然我被你们发现了，也没什么好说。古越和赵飞都落到了你们手里，贩毒又是个重罪，他们为了脱罪，一定会列举各种证据来证明我是主犯。所以现在我没必要隐瞒。”

童志宇看着一脸淡然的宋洋，半晌后说道：“你倒是坦然。居然不怕入狱，也不怕被判死刑。甚至，应该是没有任何悔改的意思吧。”

宋洋好笑地说道：“当然，自从选择走上这条路，我便知道自己可能没什么好结果。我这一生，荣华富贵也享受过了，人生百态也见识过了，也没什么好遗憾。”

童志宇看着他，有点儿无语。

现在看来，宋洋和普通人不同。他为人更为冷血，没什么底线。正因为这样，宋洋才如此坦然。也许到了现在，他依然不觉得自己做的事情、犯的罪行有多么不可饶恕。在他眼里，这只是一种生活方式罢了。

“那我问你最后一个问题。于冰冰在哪儿？我到处找都没有找到她，警方也一无所获。看在她爱过你的份儿上，起码应该告诉我她的下落吧。还有，是不是你杀了于冰冰？”童志宇皱眉道。

“冰冰啊。”宋洋神情似乎有些感叹：“你知道我怎么爱上于冰冰的吗？”

“不知道。”

“当年古越还没有跟随我的时候，已经在参与贩毒。他那时候发现圈里不少人在吸毒，就私下里兜售毒品给他们。他怀疑这件事被何浩博给拍了下来——因为那小子总是拿着个相机哪儿都拍照，所以才让于冰冰借着拍戏的时机炸死他。就是我看穿了于冰冰要杀人的真相，才爱上她的。能做出这种事的女人，真是别有一番魅力。”

真是疯子。

童志宇内心暗骂，已经有些坐不住了，于是起身道：“如果你不肯说，那就告辞了。接下来就让张队同你说吧。”

“等一下。”宋洋叫住他，问道，“我还有一个问题——你安排了这一切，比如调查文稿的真伪，派人拦住古越去绑架的人，在暗道里安装摄像头，找到古越的卧底手下，一共用了多长时间？”

“三天。”童志宇冷冷说道，“对付你，不需要多长时间。”

宋洋叹道：“你果然厉害。好吧，我告诉你于冰冰在哪儿。她——就在她一生悲剧开始的地方。”

“哪里？！”童志宇皱眉道。

“这就需要你想喽。”宋洋摊手道。

第 136 章　尘埃落定（下）

童志宇看他这样子，旁敲侧击也没再问出个所以然，因此从审讯室里出来。

他一出门，张迪也从监控室里走了出来，拉住他问道：“怎么样，他说的这个于冰冰的下落到底在哪儿啊？”

童志宇说道：“于冰冰一生悲剧开始的地方。听这意思，在宋洋看来，于冰冰入演艺行当就是个悲剧。”

“那也不能指明地点啊。”张迪挠了挠头，皱眉道，“说什么一生悲剧开始的地方，太虚幻了，哪儿找去？”

“于冰冰以前是个平面模特，是被影视公司的人看中了才演了这第一部仙侠小说，然后有了名气，步入演艺圈。”童志宇沉吟道，“这部戏我也参与了，主要取景地都是在外地。但是宋洋肯定没有时间去外地抛尸。我想，他的意思是，人在拍这部剧的地方。我想起最后几个场景是在海岛影视城取的景，就在那片带着竹林的仿古建筑群里。那地方现在也算是个景区酒店，前些年有人买了下来。如果猜得没错，这买下来的可能是宋洋的人。”

张迪听了之后，立即招呼人，想连夜去海岛影视城搜寻。

张迪走了之后，何浩博带着童念和童辉也来了。

“爸，你没事吧？”童念立即跑上前来，“这几天到底怎么回事啊？”

童志宇看到他们俩都没事，才松了口气：“没事，都过去了。”

何浩博问道：“你这到底怎么回事，搞出这么大的动静来。”

童志宇苦笑道：“不是我搞动静，而是我没办法。对了小念、小辉，古越现在被抓了，以后可能——可能会判重罪。他毕竟是你们的亲生父亲，你们还是应该去看看他。”

童念和童辉面面相觑，最后童念说道：“好吧，我们去看看他。”

童志宇让何浩博陪着俩孩子去审讯室看看古越，自己则到了警局院子里，站在一辆警车旁歇口气。

一连好几天他基本都没睡，现在所有事情尘埃落定，他终于感觉到一阵疲惫。

秦萌走到他旁边，问道：“宇哥，以后……你有什么打算吗？”

“没什么特别的打算，准备先休息一阵子再说。休息一年，不写东西，陪着孩子复习，准备高考。”童志宇说道，转头看了看他，“这几天辛苦你了。”

他瞧着秦萌也有了点儿黑眼圈，不由得有些愧疚。

“这倒没什么，不过宇哥，我找到房子了，就在童辉上学的附近，是个中高档小区，安保设备挺好的，大房子，两百多平方米，有四个卧室、一个客厅、一个厨房和起居室，还有很大的阳台。”秦萌说着，将照片给童志宇看了看，“宇哥，这地方我感觉不错，安静，交通便利，也足够你们一家人住。向阳，价格也可以。前任屋主是一家韩国人，这个屋主本来是被调职到我们这儿的外企高管，现在要回国了，着急出售房子。我大概谈了谈价格，明天你去看看，如果满意就住下来，不然就再换。”

童志宇看了看照片，说道：“就这个吧。以前我喜欢住一些风格特异的、有诡异传说的房子，没想到却闹出这一团事情来。现在还是回归正常吧。毕竟我也不能让孩子们陪着我折腾。”

秦萌笑道：“那明天你看过之后，我就帮你搬家。”

“嗯。”

……

几天后，童志宇将孩子们送去学校之后，就开始收拾自己的行李，准备搬去新家。

秦萌不知从哪儿借来了一辆面包车，帮着他一起装东西。

当大门在眼前关闭的时候，童志宇回头看了看住了大半年的所谓凶宅。

真没想到，在这个宅子里，自己迎来了人生中的大反转。

世事永远出乎意料，猝不及防。

按照童志宇的提示，张迪很快找到了于冰冰的尸体。于冰冰最终死于毒杀。

但这一桩事件却让童志宇二度占领了各大头条和热搜。

“悬疑作家变身侦探破获陈年大案”等标题屡见不鲜。

原本在大众眼里已经死了的于冰冰，此时由于在影视城被“再度”发现，而被各大媒体争相报道。

于是警方不得不再度发布声明，简单说清楚了于冰冰之死和赵晓霞之死的真相。

这一新闻直接导致了社会新闻和娱乐新闻全国性炸锅现象。

一则，全民偶像、几度被封为“亚洲女性最想嫁的明星”古越直接如秦桧一样被万人唾骂，遭粉丝背弃。这种骂战直接延伸到了《谍战上海滩》的官方微博。本来刚要上映的剧被骂得无奈下架，公司憋屈到郁闷。因为观众反响恶劣，实在不能顶风而上。

二则，原本在公众眼里比较低调、热度并没有太高的童志宇突然成了媒体红人。童志宇已经不敢再上微博，因为微博粉丝翻了不止一倍，不少读者粉丝发来私信问各种问题，让他无言以对。

第三，童志宇的新书，由于被出版社宣传为“以朱玉和童志宇的真实生活改编而来”，史无前例地畅销。看来公众还是比较喜欢他这种“文艺范儿智商高大叔”的人设，以前嘲笑他头顶大草原的讽刺声已经很难见到了，清一色的迷弟迷妹。

古越等人落网之后，傅青红也和童志宇告别，回了日本。而与此同时，童志宇也搬到了新住处。

新家不如以前的住宅宽敞，却多了些人间烟火气。

童志宇拉开窗帘，看着闯入屋内的阳光，心想，人还是适合活在明媚的地方。生活向阳一点儿，才觉得前路有希望。